宜昌市政协文史资料
第五十辑

王定安诗文辑注（上）

宜昌市政协文化文史和学习委员会◎编

周德富◎辑注

中国文史出版社

《王定安诗文辑注》

编辑委员会

主　任：王均成

副主任：冉锦成

委　员：王　蕾　孟美蓉　陈华洲　王雪竹

主　编：陈华洲

副主编：王雪竹

序 一

宜昌枝江市一中著名语文特级教师、地方史专家周德富先生慨然以收集整理乡邦文献为己任，在先后整理出版乡邦文献《沮江随笔注译》、《张盛藻诗文集》、《朱锡绶诗集》、同治《枝江县志》、同治《宜昌府志》、乾隆《东湖县志》、《雷思霈诗辑注》等著作之后，又一新著《王定安诗文辑注》即将付梓，欣喜莫名。上述著作皆为宜昌乡邦文献校注整理本，其校正讹误，注释疑难，辑补资料，增录佚文，诚为宜昌乡贤之知音、宜昌乡邦文献之功臣。

《宫太保长白裕泰公重刻〈楚宝〉序》云："著书难，取前人之书而增益之、考订之则尤难。著书者自立门目，去取由我，犹可避难而就易；取前人之书而增益之，安知我所增者非彼所弃乎？又安知所增者什之九，不犹漏其一乎？取前人之书而考订之，既难遍得所见之本，不将愈考而愈失其真，得于此而复遗于彼欤？盖非多闻而识定者，不足以语此。"周德富先生之著作，皆属尤难者也。周德富先生乃多闻而识定者也。

去岁十月，师兄湖北大学历史文化学院院长黄柏权转赐周德富先生新著《王定安诗文辑注》文稿三十四万余言，嘱余为之序，推让再三，周先生亦多次相邀，再次辞谢，不获命。

有清一代官员兼学者甚众，乾嘉尤盛，道咸以下，代不乏人，宜昌乡贤王定安堪为代表焉。王定安，号鼎丞，湖北宜昌东湖县（今夷陵区）人。生于道光十六年（1836）。幼颖异，二十八年（1848）补县学生。咸丰五年

（1855）拔优贡，九年（1859）选为八旗教习。同治元年（1862）中举。四年（1865），以议叙分发江苏参曾国藩戎幕，荐为昆山令。光绪元年（1875）以直隶候补道需次津门。三年（1877），以直隶道员调赴山西襄助曾国荃赈灾，负责转运山东漕米入晋。五年（1879）十一月奉诏赴山西，以道员使用，六年（1880）正月，简授山西冀宁道；七月，代理山西按察使；十二月代理布政使。八年（1882）六月，遭张之洞弹劾，发往张家口军台效力。十一年（1885）四月遇大赦得返宜昌。十五年（1889），捐银四千两助赈山东水灾。二十年（1894）三月，授安徽凤颍六泗兵备道。二十二年（1896），去世。所莅皆有政声。为昆山令，善听讼，有奸杀亲夫再醮者，以离参法廉得其谋杀状，开棺验尸，情实，置之法，邑人颂为神明。奉命往山东接运赈米八万石入晋。山东、山西之间有太行之险，山路崎岖，峻坂萦折，马仆车倾，难以运达。兼岁荒车少，民畏役，率走匿山谷中。定安创各县分募法，令直隶东部州县委员赴乡招募，合五十辆为一组，一绳头领之，以市价付酬，严禁刻减，事遂。任职山西，裁减差徭，每岁省民钱一百余万缗，豁除无著银粮岁十余万两，晋人皆感其德。

王定安一生著述甚富，有《湘军记》二十卷、《曾子家语》六卷、《宗圣志》二十卷、《两淮盐法志》一百六十卷、《求阙斋弟子记》三十二卷、《曾文正公大事记》四卷、《曾忠襄公年谱》四卷、《曾忠襄公荣哀录》二卷、《平回记事本末》十卷、《贼酋名号谱》、《宝宋阁书目》二卷、《彝器辨名》二卷、《三十家诗抄》六卷、《空舲随笔》四卷、《塞垣集》六卷、《空舲文稿》八卷、《空舲诗稿》十六卷。又拟辑《皇朝群经正义》《晋宋齐陈北魏北周隋辽金元明诸史会要》，惜未成而卒。

明清时期之宜昌，相对于鄂东及江汉平原而言，属文化不发达地区，名宦大儒不多，而王定安堪称大宦硕学。其与晚清大员曾国藩、曾国荃过从甚密，与湘军悍将刘坤一、中兴名臣李鸿章多有交集，与名臣方大湜及学者龚绍仁、邓传密有师生之谊，与吴汝纶、杨守敬、姚永朴亦有交往。王定安之兄王赓飏、弟王养丞、子王邕皆为宜昌晚清时期重要文化名人。其诗文颇具文献价值，然大多散佚，仅存《塞垣集》六卷，让人扼腕叹息！

《王定安诗文辑注》以《塞垣集》为基础，辑录散见于其他文献中的王定安之诗文、联语为第一编、第二编和第三编，搜录王定安家人、同僚、友朋、老师、弟子等书写王定安之诗文为第四编和第五编，摘录王定安生平传记资料、编纂《王定安大事记》及《王定安著作版本一览》为附录，搜采佚文，校勘文字，注释典故，考证繁难，链接背景，实属不易。其《前言》三万余言，叙述王定安家世、考定生平，评骘得失，辨明是非，皆平心而论，实事求是，真乃王定安之隔世知音。

余为宜昌市夷陵区鸦鹊岭人，与王定安为同乡，与周先生为近邻，感乡贤王定安身世之沉浮，赞王定安著述之鸿富，叹乡邦文献之散佚，敬周先生网罗乡邦文献之盛心，勉为其难，敬书卷首，是为序。

郭康松

2024 年 5 月 21 日

郭康松教授简介

郭康松，湖北宜昌人，湖北大学文学院二级教授，博士生导师，享受国务院政府特殊津贴。现任《湖北大学学报》常务副主编、湖北省高校古籍整理研究中心主任。主持国家社科基金项目、国家古籍整理出版规划项目等 7 项，两次获湖北省优秀社科成果一等奖、湖北省教学成果奖一等奖。发表学术论文 80 余篇，著有《清代考据学研究》等十余部著作。

序　二

　　王定安，字仲嬎，号文白，一号鼎丞，是晚清较为知名的宜昌籍文化人物。在同时代的宜昌文化名流中，其流传后世的著述文字，从体量上看仅次于宜都人杨守敬。而且，王定安先后追随曾国藩、曾国荃兄弟共二十余年，参与或见证了晚清诸多历史大事，官至署理山西布政使，也算得上是晚清一位宜昌籍名宦。特殊的宦游经历造成他与曾氏兄弟尤其是曾国荃的特殊关系，因此其平生著述大多与曾氏兄弟密切相关。其中，最知名的当数《湘军记》，这是一部记述湘军本末的史著，也是与王闿运《湘军志》旗鼓相当、互有短长的晚清纪事本末体湘军史著。又有王定安充任总纂的《两淮盐法志》，洋洋二百余万言，汇两淮盐法史料于一炉，体例完备，蔚为大观。但除此之外，王氏的生平事迹、学术活动和著作留存情况大多不为人知。

　　宜昌文化界的一批老前辈曾经对王定安有所关注，因此我们可以从地方文献上看到几种王氏的传记，其中影响较大的有：民国《宜昌县志初稿》卷二十九《王定安传》；熊楚洪先生的《东湖著名学者王定安》，见于《宜昌文史资料》第十三辑；欧阳运森先生的《史志文献著作家王定安》，见于中国文史出版社的《夷陵国宝》。《宜昌市志》《宜昌文化志》也有王定安的传记，关键信息出入不大。前人在有限的条件下仍然能够留存下一些有关王定安的珍贵信息，筚路蓝缕，当然不易，但以上集中的王氏传记大多没有详细注明文献来源，很多信息都无从核实。最主要的缺陷还在于，这些对王氏生平事迹的记述过于简略粗疏，对其著述的收集整理不够全面完整，而且还有些许臆断和明显错误，容易在流传的过程中以讹传讹。因此，对王氏的生平事迹，还有待细致且精确地考证；对王氏的著述，也有待全面和系统地整理。周德富老师的新作《王定安诗文辑注》纳入宜昌市政协文史资料专辑，即将付梓，这将是宜昌学人在王定安研究方面的一项超越性的成果。周老师对王定安的研究，无论是在史实考证上，还是在文献整理上，都有突破性的进展。

周德富老师是一位资深的宜昌历史文化研究专家，桃李满园，著作等身，在地方文史学界享有很高声誉。其主要文史著作有：《沮江随笔注译》、《张盛藻诗文集》、《朱锡绶诗集》、《雷思霈诗辑注》、同治版《枝江县志（校注本）》、康熙版乾隆版道光版《〈枝江县志〉合刊（校注本）》、乾隆版《东湖县志（校注本）》、同治版《宜昌府志（校注本）》、《荆楚文库丛书·张盛藻集》、《枝江古代道德箴言》、《明代尚书刘一儒》、《炎黄文化研究书系·雷思霈文集》、《爱国学者曹廷杰》、《荆楚文库丛书·雷思霈集》、《枝江历代艺文录》、《宜昌名儒杨毓秀》、《明朝"铁御史"王篆》。还曾在《湖北方志》《楚天都市报》《华西都市报》《雅安日报》《三峡日报》《三峡晚报》《三峡文化》等报刊发表多篇文史论文，尤其是《寻找围炉夜话作者王永彬》一文成功破解《围炉夜话》作者的身世之谜，经《楚天都市报》、中国国学网以大篇幅报道，产生了巨大影响，被誉为"破解了学界百年难题"。该文也因此于2016年获得宜昌市社会科学成果奖。

周老师以其杰出的研究成果和显著的社会影响，在教书育人之暇，身兼宜昌市炎黄文化研究会理事、炎黄文化研究会名人分会学术顾问、三峡大学民族学院兼职研究员、湖北省三峡文化研究会会员等多项学术职务，并担任枝江市政协常委、枝江市作协副主席、枝江市党外知识分子联谊会副会长等多项社会职务，尽管事务繁忙，仍然笔耕不辍。在本应该尽情享受闲适退休生活的年纪，周老师每每表示，枝江、宜昌的历史文献还有许多尚待整理，枝江、宜昌的历史人物、历史事件还有不少尚待挖掘，退休后他将会继续从事这方面的研究工作，将其作为自己退休生活的重要内容。周老师年逾花甲，壮心不已，因此不断有佳作面世。

我与周老师相识已经有些年头，向来敬仰老师的才情和学问。如今又有特别的机缘使我可以忝列门墙，还能在老师的大作付梓之前先睹为快，实属荣幸之至。周老师又嘱余为序，大概是因为我曾经写过两篇有关王定安的小文章，整理过王定安的《两淮盐法志》等著作，可以跟老师有些许共同语言。的确，拜读完这部《王定安诗文辑注》，感觉有很多内容是我熟悉的，但也有很多内容让我耳目一新。其中洋洋洒洒三十余万言，不仅仅是对王定安诗文的辑录和校注，还有对其家世履历的精详考证，使得此书的学术价值增色不少。周老师在资料收集、文献整理及史事分析考辨上的功夫都让我叹为观止，尤其是对王氏《塞垣集》的整理、解读和利用，堪称历史研究中"以诗证史"的典型范例，很值得玩味和学习。因此，将《王定安诗文辑注》纳入宜昌市政协文史资料专辑出版，对于保存宜昌地方的历史文化遗产，深入进行地方历史文化研究大有裨益。

衷心祝愿周老师的新作早日出版，也祝愿周老师多出佳作，造福后生晚辈，造福地方文化。

学生黄河谨序

黄河教授简介

黄河，1980 年生，湖北松滋人，华中师范大学历史学博士，泉州师范学院副教授，主要从事中国近代史和相关历史文献整理与研究工作。

目　录

第二编
散文篇

前　言

周德富

一

王定安的祖籍并非宜昌，据咸丰五年（1855）《王定安优选贡卷》上面的
《履历》记载，其曾祖王肇绪始从金陵迁夷陵。由于一直未发现王氏族谱，因
此我们对王定安父辈和祖辈的了解非常有限。关于其曾祖和祖父，只有《王
定安优选贡卷》的简短记载："曾祖，肇绪，号绍曾，从金陵迁夷陵；妣氏，
汪、黎。""祖，正芳，号芬林，例赠修职郎；妣氏，杨，例封孺人。"

有关其父王廷鸾的信息相对多一点。除了《王定安优选贡卷》的记载
"父，廷鸾，号翔圃，邑庠生，例封文林郎。母氏，王，例封孺人。具庆下"
之外，同治版《宜昌府志（校注本）》上记载有两条信息：一、同治版《宜昌
府志（校注本）》的"参订"人员中有"东湖县学武生王廷鸾"；二、宜昌府
宾兴馆捐款人员名单中有"武生王廷鸾捐钱二百串文"。1984年出版的《宜
昌市文史资料第二辑》中有一篇《清末民初宜昌人物缀集》的文章，其中有
一段文字是写王廷鸾的："定庵（按，'定庵'系'定安'之误）之父，住南
正街。一日过关圣楼，闻住持言：'有一老者在此流寓久矣，苦无人与之接
谈，王老愿一见耶？'王老欣然请见，与谈渐洽。老者乃自道名号，曰：'予

邓石如也。'王老惊喜，曰：'盍不早说？'因邀至舍下，劝其迁住，便于长谈。王老复请其设馆，约邑中菁英七八人从学焉。邓即开列书名，托友在湘中买来。邓在宜流寓五六年中，所授生徒，赴省应试，十九皆中，名遂大噪。适邑人倡议重修河西龙洞（灵洞）寺庙。洞离江岸三十五里，由五龙进发，一路平坦，步行需三小时。工竣，请邓作序并书，邓乃叙其始末，复作隶书'列岫丛青'刻碑立于山顶，竖于庙前，并亲临指导刻工。"此文疑似将邓石如与其子邓传密搞混了，把两人的生平信息杂糅在一起了。从时间上看，当时流寓宜昌的应该是邓传密。邓传密跋其父《列岫丛青》碑时曾提到了王廷鸾："先君子乾隆乙卯年书此四字于吾乡龙山秀头庵壁间，庵已遭劫火，幸昔年双钩本尚存，难后携至夷陵灵泉寺，住持普光刻之岩石，距书时已七十有一年矣。名山拱护，共寿千秋，不可志欤？适偕东湖封翁王君翔圃廷鸾、直隶州同知阎君柏泉大廉、翔圃幼子愉安来游寺中，敬识于后。是为同治四年，岁在旃蒙赤奋若阳月，不肖男传密百拜书于石侧。"（蔡建国主编《宜昌市政协文史资料》第41辑《宜昌摩崖碑刻》，赵金财、覃建国撰文）另外，同治时宜昌人孙可钦的《癸亥重九日偕王翔圃罗南轩施俊甫牯牛峰登高》一诗也提到了王翔圃。

王定安兄弟五人。黄维申《鼎丞观察母万太夫人寿诗六十韵》说王定安母亲："膝前森五桂，庭下植三槐。"长兄王赓飏，号策臣，又作策丞，曾任同治版《宜昌府志》"考辑"。《宜昌府志》记载："拣选知县王赓飏，东湖人，同治壬戌科解元。"同治版《东湖县志》记载："同治元年壬戌科补行辛酉科，王赓飏，解元。"并记载王赓飏与其弟王定安同年中举。关于王赓飏中解元的时间，《东湖县志》《宜昌府志》与曾国藩说法不一致，曾国藩说王赓飏是"戊午解元"（见曾国藩《与九弟国荃书》）。这个说法错误，因为清人法式善所著的系统记述清代科举考试制度的著作《清秘述闻》亦作"同治元年壬戌科"，并记载杨守敬与王赓飏、王定安同科，而杨守敬的所有档案均记载其中举是同治元年（1862）。《同治元年壬戌恩科并补辛酉科湖北乡试同年录》记载："一名，王赓飏，二十七岁，东湖县廪生。"该"同年录"记载王定安亦是二十七岁。曾国藩称王赓飏是王定安的"胞兄"，王定安在《示季弟锡丞二首》诗中说"同母三人怜我在，一门诸季独君奇"，并自注"三弟愉安戊辰年（1868）卒，年才十五耳；伯兄策丞，壬申年（1872）八月病肺痈卒"。据此推测，王赓飏和王定安是双胞胎兄弟。同治《东湖县志》收录有王赓飏的《次守之师游石门洞韵即呈子寿比部》。王赓飏与当时的宜昌文学名士杨毓秀是朋友，杨毓秀有《刻〈尔雅读本〉序》《送王策臣赴礼闱序》等文（见笔者所编《宜昌名儒杨毓秀》一书），对王赓飏介绍比较具体。王柏心的《偕邓守之刘俊贤孙敬之罗南轩王策臣游石门洞得诗四首》、邓传密的《游石门洞简王子寿比部》等诗亦曾写到王赓飏。王赓飏擅书法，邓传密的《重建石门洞灵济殿并各殿启》、王柏心的《游石门洞记》等均由王赓飏书写并刻石。光绪年间刊刻出版的《赋海大观》收录有署名"王赓飏"的《画松赋》《六经无骑字赋》《青玉案赋》《五月江深草阁寒赋》四篇赋，因为《赋海大观》未对作者"王赓飏"作任何介绍，我们无法断定此王赓飏即王策丞，因此在《胞兄王赓飏诗文》部分未收录这些作品，只于此处存目，供读者自行深入研究。

三弟王愉安，同治七年（1868）即去世，去世时年仅15岁，因此有关他的记录不多。由他的去世时间反推他的出生时间则是咸丰四年（1854）。再看《王定安优选贡卷》所附王定安履历的相关记载，不难明白，王愉安就是咸丰五年（1855）尚幼的"胞弟，梦阳"。邓传密同治四年（1865）为石门洞《列岫丛青》碑所写的跋中曾提到同游石门洞的有"翔圃幼子愉安"，可见邓氏与王定安父辈交往较深。

四弟王赓夒，字锡丞，应该就是《王定安优选贡卷》所附王定安履历中所记载的王永安。王定安在光绪八年（1882）所作的《渡海行》一诗的序言中写道："九月初六日，余携季弟锡丞赓夒、内弟黄叔宋刺史自上海乘'保大'轮船渡海。"王定安有《示季弟锡丞二首》。

王定安还有一个么弟王养丞，字或号颐安。黄侃1913年8月20日日记作"养臣"："午出访王养臣于宜昌馆。"民国版《宜昌县志初稿》记载："王颐安，养丞，生员，河南项城县知县。"王定安的同僚王闿运对王养丞也有记载："十七日，晴煊。写涂寿序，又待洗菜毕乃出。答拜文廷式、周给事、殷竹伍、潘营官才福、曾礼初、王右丞，至少村处会饮。周给事、张厘员、李子静先在，余尚以为来早，乃已迟矣。无聊应酬，殊无真意。王养丞县丞颐安，复得相见，鼎丞弟也。""十八日，晴，王养丞来。点史、倍书、看字毕，还家课读。"（马积高主编《湘绮楼日记》）王养丞在光绪三十年（1904）因为河南巡抚陈夔龙参劾，被清廷革职，永不录用。中国第一历史档案馆编《宣统朝上谕档》记载："已革河南试用知县王颐安，经河南巡抚陈夔龙特参，该员忘亲嗜利，声名狼藉，奏请革职，永不叙用。光绪三十年十二月二十四日奉朱批：'著照所请，钦此。'"王养丞在民国时期相对活跃，热心公益事业，积极参与办教育。20世纪20年代做过宜昌教育局长。1992年版《宜昌市教育志》记载："民国十二年（1923）绅士王颐安、钟崇德（钟润午）等设立成德小学校，校址旧大北门正街，校长钟崇德，初设高级1班，初级4班。该校于民国十五年（1926）停办。"1925年5月3日《申报》记载："宜昌电：学生联合会筹备举行国耻纪念。宜昌电：各校教员索薪，教育局长王养丞避不见面。"

王定安有一个妹夫叫陈家政，民国版《宜昌县志初稿》收录有翰林院编修、安徽巡抚冯煦写的《清故诰封荣禄大夫陈公墓志铭》，该文对其生平有详细介绍。该文附录在本书第四编《胞兄王赓飏诗文》的"相关链接"中，读者可自行查阅。

二

王定安的儿子已知的有三个（实际也许不止三个）。长子叫王恩锡，但此子于光绪八年（1882）腊月廿六日夭折。王定安有《哭亡儿恩锡四首》，诗前有序："儿子恩锡生于同治□□六月晦日，貌奇性慧，迥异凡儿。自予来塞，屡有噩梦，疑其不祥。今其母来，始知壬午腊月廿六日以惊殇矣。"序中"同治"系"光绪"之误，同治无"壬午"年，光绪才有。估计是宣统三年（1911）刊刻《塞垣集》时弄错了。王定安在光绪九年（1883）上半年写的《芷莼和余示弟诗二首叠韵奉酬》一诗中自注："儿子恩锡三岁，略识字。"因为王恩锡在宜昌老家随母生活，身在张家口军台的王定安写作此诗时并不知道王恩锡在他离开宜昌前往张家口谪戍不久就已病逝，故有三岁之说，王恩锡实际只活了两岁多。王定安的《忆春词十首》中有"观风三晋荷恩纶，翠柏红薇次第春。最好一家欢乐事，胡僧摩顶识麒麟。江上秋风解组还，无端远谪到边关"。"麒麟"是夸赞别人孩子聪明，这说明他的长子出生在他被谪戌之前。另，光绪十五年（1889）《申报》记载："东湖王鼎丞方伯年逾四十无子。""其后历官山西藩臬，裁减差徭，每岁省民钱一百余万缗，豁除无著银粮岁十余万两，晋人皆感其德。未几，方伯连生两男两女，人皆以为积善之报。"这段文字又说明王恩锡应该出生于王定安任山西冀宁道和山西按察使之后。综合上述材料看，王恩锡极有可能出生于光绪六年（1880）。

王定安的次子叫王邕。王邕，号容子。关于他的出生时间，缺乏直接的记载，只能由其他相关记载推知。王定安光绪九年（1883）、光绪十年（1884）的诗作中两次写到王恩锡，用的均是"儿子"，而不是"长子"，极大可能是写作时王邕还未出生，那王邕就应该出生于光绪十年（1884）之后。王定安光绪十年上半年写的《灯花二首》中有"有花皆结子，含蕊似连珠。故送宜男喜，秋风产凤雏"，似乎是说其妻或妾身怀有孕。据司马朝军教授的《黄侃年谱》记载，黄侃的妻子王采蘩于民国五年（1916）30岁时去世，那王采蘩就是出生于光绪十二年（1886），而黄侃有《记妇兄夜闻》一诗，诗题下有自注："妇兄王邕居鄂园中，夜闻曳履声，以语侃，为诗记之。"非常清楚地说明王邕是王采蘩的哥哥。更有说服力的证据是曾国藩孙子曾广钧的诗歌《题塞垣集》中的自注。曾广钧在"厌胜无方奠石牛"一句后自注："新得骥子，颖慧绝伦，闻河绝，不易塞，捐金为之祈福设斋。"在"八部天龙持绮忏"一句后自注："集《〈金刚经〉联语》，颇佳。"而王定安的《〈金刚经〉联语》刊刻于光绪十二年二月。结合这三则材料推测，王邕极有可能出生于光绪十一年（1885）秋。

王邕聪明好学，王定安对这个晚年所得之子倍加疼爱，据林旭《述哀》诗："中间再见公，钟山雪花裔。客坐见小同（即小童），髫鬌垂如苗。试文中学官，钟爱时加膝。顾言此儿异，老夫让跨轶。予昔年如渠，定是更秀出。昨日得佳章，开缄忔复哐。"据熊楚洪《东湖著名学者王定安》（《宜昌市政协文史资料》第13期）记载：光绪二十八年（1902）五月，王邕留学日本，就读于日本早稻田大学政治经济科；宣统二年（1910），清廷举行归国留学生第五次考试，王邕获法政举人，分发浙江候补知县；民国二年（1913），宜昌省立第三师范学校创办后，王邕任该校国文教员，后又任省立四中国文教员。王邕是当时宜昌著名的文化人，抗战前曾参与民国版《宜昌县志初稿》的编纂，现在已知《续修宜昌县志·凡例》由其1930年所拟，他是否还参与了该书其他章节的起草或统稿，不得而知。王邕晚年皈依佛门，潜心修行，传播佛学，经常与佛学大师太虚探讨佛理，并多次参与太虚大师在宜昌、荆州、武汉等地的佛事活动；参与近代历时最久、影响最大、学术价值最高的佛教期刊《海潮音》的创办，王邕是该刊物的发起者之一。王家的大部分家产也被王邕捐献出来从事佛事活动。暮年贫病交困。王邕生前好友、民国时期宜昌著名爱国诗人全敬存在其《追和王容子见寄之作》的序言中记载："抗战方始，予归自金陵，见容子于病榻。旋以诗见寄，哀不忍读。未几，容子死，大战愈烈。"全敬存在《吊王容子并序》中还记载，"容子避难东乡杨树河（今龙泉王家场）"，1939年"死于先人鼎臣公之墓庐"。王邕的诗、词、文均造诣极高，仅仅是我们目前所找到的9首诗、3首词、7篇文章，都是出手不凡。3首词全是集句词，写作的难度极大。王邕曾应邀给黄侃的第一部词集《缤华词》写序，而应邀给后来的国学大师作序，这本身就能说明他是一个填词高手，试想，他的词如果写得不好，眼界极高的黄侃怎么会邀请他写序呢？他的诗歌特别是歌行体颇有白居易歌行的韵味，佛教题材的诗能细腻再现修行者的心态，禅理禅趣自然融入日常的景、事、物中。7篇文章涉及多种题材，但都能让人读后难忘。特别是传记文，三言两语，人物的个性、神态、心理就活现于读者眼前。就现有材料看，全敬存和黄侃是最了解王邕及其作品的人：全敬存称赞"鼎丞公学问文章有声于同、光间，容子独能事其业，卓然成家"，并称其父子是"文星两代"；黄侃不仅请王邕给自己的词集写序，还高度评价王邕《光复颂》一篇，文气深穆，上侪士衡"，说王邕可与晋代文学家陆机相提并论，这些评价一定不全是感情的产物。遗憾的是王邕的作品大部分已经遗失，我们只能凭借这仅有的十多篇作品去想象他作品的全貌。

据《宜昌市文史资料》第12辑侯叔轩的《忆〈宜昌新闻报〉创办前后》介绍，1923年前后，"王定安之子王小貘办《宜昌时报》"，这个王小貘极有可能就是王邕，因为王定安字仲貘。

王定安还有一个儿子叫王芥予，亦作王芥舆，王定安的遗稿就是王芥予交给王定安女婿黄侃的，这个事在黄侃日记中有记载。据《海潮音》的相关报道，王芥予民国时皈依佛门，法名慧净。会写诗，与太虚法师有唱和。作品见后。

已知王定安有三个女儿。长女叫王采蘋。有关王采蘋的信息非常少，我们目前掌握的仅有一条，即王定安《送适张氏女采蘩归保阳四首》诗"我老无儿惟弱女，保阳南望是衡阳"一句自注："长女采蘋适吴氏，时偕其婿随侍衡永郴桂道署。"显然，王采蘋的丈夫姓吴，其公公应该是光绪八年（1882）前后湖南衡永郴桂兵备道道台。查同治版《宜昌府志》和光绪版《湖南通志》可知，这位衡永郴桂道道台是兴山人吴锦章（兴山名人吴翰章的哥哥）。同治版《宜昌府志》记载："吴锦章，兴山人，戊午（1858）优贡，八旗教习，兵部主事，分发湖南直隶州。"光绪版《湖南通志》记载："署衡永郴桂兵备道臣吴锦章。"能与上述史料形成佐证的是王定安女婿黄侃的一则日记："妇从弟子贞（名邦郅）来，携芥予一书来，取外舅著书六册去。余以吴姻丈（讳锦章，其号与家讳音近）《守愚斋诗存》一册托彼交芥予转吴婿丘季屏。"黄侃此处所说的"外舅"指岳父王定安。黄侃的父亲黄云鹄号芸谷，而吴锦章号云谷，因此黄侃说吴锦章"其号与家讳音近"。吴锦章，号云谷，室名守愚斋，少时曾师事冯誉骥，略闻读经之法必自《说文》入手。咸丰年间曾官兵部主事，光绪间任湖南辰溪县知县，郴州、直隶州知州，衡、永、郴、桂兵备道，参修《湖南通志》。湖南一些志书中收有他的多首诗歌。有《六书类纂》8卷、《读篆臆存杂说》1卷、《字学寻源》3卷存世。

次女叫王采蘋，"采蘋"又作"采蘩"。王定安有《适张氏女采蘩偕其婿联棠自保定省我塞上赋此志喜三首》和《送适张氏女采蘩归保阳四首》。这7首诗让我们了解到，王采蘋嫁给了张联棠，光绪十年（1884）时已经生育一个女孩（"老去关心只儿女，呱呱时唤女孙前"）。王定安在《送适张氏女采蘩归保阳四首》"白云万里含春色，汝到燕南我到家"一句自注："时其翁任安肃知县。"此处的"翁"指王采蘋的公公，安肃县隶属保定府，诗歌标题中的"保阳"是保定府的别称。这位张姓安肃知县疑似是张大中，张大中是东湖县（宜昌）人，同治甲子（同治三年）科举人。张大中光绪十年担任安肃知县，后任隆平知县。

王定安另有一女叫王采蘅，又名王灵芳，此女就是著名国学大师黄侃的结发妻子。据黄侃侄子黄焯《黄季刚先生年谱》记载：光绪"十八年壬辰，一八九二年，七岁。翔云公应江宁尊经书院山长之聘。先生留家，延师授读。值家用告匮，奉生母周孺人命，肃书白状，即于书末缀一诗云：'父作盐梅令（翔云公曾署四川盐茶道），家存淡泊风。调和天下计，杼轴任其空。'时宜昌王鼎丞（定安）先生自山西布政使解职，客居江宁。王先生与公为挚友，于时过从甚密，见先生诗，诧为奇才，即日以弱女许字，实先生元配王夫人。""二十九年癸卯，一九〇三年，十八岁。王夫人来归。"王采蘅为黄侃生育三男一女，在动荡年代，黄侃常年在外，王采蘅在家操持家务，养育孩子，照顾黄母，备尝艰辛。民国五年（1916）6月28日，王采蘅因患肺病英年早逝，享年31岁。王采蘅的去世触发了黄侃的无限愧疚之感，回想起糟糠之妻的勤劳贤惠，他仿佛觉得自己是一个不可饶恕的罪人。此后他写下了《亡妻生日设祭作》《宫渠败莲》《念楚哀辞》《忆先母亡妻啜粥》等大量忏悔的诗词，追悼亡妻，寄托哀思。《忆先母亡妻啜粥·序》记载："近日购米以一斗为齐，犹虞匮乏，因忆十余年前先母犹在时，值六月米荒，恒兼旬啜粥，犹不能继，则质亡妻嫁衣以济之。今虽贫，尚未至是也。先母弃养已一星终，亡妻之没，亦五改火矣。病床追念，悲怆不胜。"黄侃写王采蘅的相关诗词都是这种肺腑之言的自然流露。

　　王定安给女儿起名，都源出有典。王采蘋、王采蘅典出《诗经》。《诗经·召南》有《采蘋》及《采蘩》篇。《诗经·召南·采蘩序》："采蘩，夫人不失职也。夫人可以奉祭祀，则不失职矣。"后以"蘋蘩"借指能遵祭祀之仪或妇职等。王采蘅典出屈原的《九章》："薠蘅槁而节离兮，芳以歇而不比。"这几个名字寄寓了王定安对女儿的期望，体现了他的教育观念，也寄寓着他的人生追求。

<h1 style="text-align:center">三</h1>

　　王定安（1836—1896），字仲黲，号文白，一号鼎臣，又号鼎丞，出生于道光十六年（1836）丙申年八月初二日。民国《宜昌县志初稿》记载王定安"幼颖异，年十三补县学生"，这说明王定安是道光二十八年（1848）考中秀才的。7年之后，20岁时考上咸丰五年（1855）乙卯科的湖北优贡。民国《宜昌县志初稿》记载王定安"咸丰辛酉科拔成均"的说法与《湖北优选贡

卷·乙卯科》档案矛盾，与曾国藩的记载也不一致，曾国藩记载的是优贡在先，八旗教习在后。并且曾国藩记载，咸丰十一年（1861）二月，王定安因为"报捐期满"，"奉朱笔圈出，着以知县用"。民国《宜昌县志初稿》极有可能是将"报捐期满"和"拔成均"搞混了，咸丰辛酉即咸丰十一年（1861），是"报捐期满"的时间。此外，王楷的《鼎丞赠诗次韵奉答三首》有"早备成均三载贡，联攀锁院一枝秋。鳌头甘让难兄（伯兄策丞，同榜解元）得，蚁学曾携胄子游（充教习官）"。说明王定安考取贡生多年之后才中举，而不太可能是中举前一年考取拔贡。

　　王定安学业优异首先得益于他曾师从一流甚至可以说是超一流的老师。王定安乙卯科优选贡卷之履历记载他的业师有六位："屈体庵夫子，印相仁，邑廪生。曾锐夫夫子，印先敏，邑庠生。邓守之夫子，印传密，怀宁庠生。龚九曾夫子，印绍仁，庚子翰林，户部主事，掌教墨池书院。庄卫生夫子，印受祺，庚子翰林，现任湖北按察使。刘章侯夫子，印步骊，进士，刑部郎中，现任宜昌府知府。"屈相仁、曾先敏估计是王定安的蒙师，一个是邑廪生，一个是邑庠生，但同治版《宜昌府志》对此二人均无记载，同治版《东湖县志》只收录了屈相仁的一首诗《黄牛峡谣》（见《王定安优选贡卷》所附相关链接），也没有其他记载，说明两人名气不大，应该就是当时宜昌城的一般塾师；而庄受祺和刘步骊实为当时的主政官员，并不是直接授课的真正意义上的老师。真正给王定安打下学术功底并深刻影响王定安的应该是邓传密和龚绍仁。

　　邓传密原名尚玺，字守之，号少白，安徽怀宁人。清代乾、嘉时期著名碑学大师、篆刻大师邓石如之子，当代著名物理学家"两弹元勋"邓稼先的高祖。邓传密曾从清代名士李兆洛（字申耆）学，晚入曾国藩幕。敦朴能诗，篆、隶有家法，为清代著名书法家、学者。邓传密为何到宜昌，现在不得而知。《宜昌市文史资料》第2辑有一篇《清末民初宜昌人物缀集》的文章，虽然错误众多，但提供了几个重要的信息：一是邓传密曾被王定安的父亲邀请担任家庭教师，当时教授了宜昌城里的一批年轻人，并且其学生在各种大考中高中者多；二是邓传密参与了宜昌的一些重大的文化场馆的建设；三是邓传密在宜昌生活时间很长。其实，邓传密在宜昌的时间可能不止上文所说的

"流寓五六年"，因为邓传密有关宜昌的诗文多写于同治四年（1865），而早在咸丰五年（1855）他就是王定安的"业师"，当然也不排除他是几次到宜昌，而不是一直住在宜昌。邓传密不仅是王定安的老师，也是王定安胞兄王赓飏的老师。王赓飏有《次守之师游石门洞韵即呈子寿比部》（见第四编"胞兄王赓飏诗文"）。联系前面相关资料看，"守之师"这个称呼并非一种客气的尊称，而是表明了两人实实在在的师生关系，王赓飏应该就是那"邑中菁英七八人从学焉"者之一。邓传密与曾国藩私交甚厚，曾国藩同治二年（1863）五月初十日日记记载："邓守之之子解，字作，于本日寅正在公馆内去世，完白先生之孙也。余派人料理殓殡，未刻异出。其父曾敦托我教训培植，余以公私繁冗，久未一省视，不知其一病不起，有负重托，殊为歉仄。"王定安在曾国藩幕中受到器重也与邓传密有关。曾国藩同治五年（1866）五月初二日《复邓传密》书札中说："王鼎丞大令现在敝处，清才宏识，足征赏识不谬。其兄另谋位置及借居一事，鄙人均不能致函。"这说明邓传密不仅给曾国藩介绍王定安，而且还委托曾国藩帮王赓飏谋事。此后曾国藩于同治五年（1866）九月初二专门给九弟曾国荃写信，让曾国荃给王赓飏谋事："其胞兄王赓飏，号策臣，戊午解元，闻学识俱可。鼎丞求余函荐弟处觅一差使。若晋谒时，弟接见，察看才具，量为位置可也。"

龚绍仁其实是晚清宜昌文化教育界的一个重要人物，以往对其研究很不够，很多人只知他是同治版《宜都县志》的编者，其实他的更大贡献是为宜昌培育了多位杰出的人才。龚绍仁，字九曾，湖北监利人，道光二十年（1840）进士，官户部主事。龚绍仁中进士时已经29岁，入朝为官只有3年，就"乞养归"，"家居二十四载"，56岁即去世，而24年的家居生活中"主讲宜昌日最久"（龚耕庐《容城耆旧集》）。他在宜昌设馆授徒的具体时间查不到记载，估计是道光二十五年（1845），因为杨毓秀的祖父杨继焕是道光二十五年由黄梅教谕调任宜昌府学教授的。龚绍仁与杨继焕是姻亲，龚绍仁是杨家的姑爷，龚绍仁来宜昌最初的起因极有可能是受杨继焕的邀约。至于龚绍仁来宜是自己设馆授徒，还是一开始就"掌教墨池书院"，我们无从知道，但我们知道杨继焕的孙子杨毓秀是龚绍仁的得意弟子，杨毓秀有众多诗文写到自己这位恩师（详见笔者所著《宜昌名儒杨毓秀》一书），并且龚绍仁的诗文遗集就是由杨毓秀整理刊刻的。而王家与杨家住地相距不远，同为宜昌当时的名门望族，且杨毓秀与王定安、王赓飏是同龄，均是出生于道光十六年（1836）。有史料证明杨毓秀与王定安、王赓飏来往密切，是很好的朋友，杨毓秀的《平回志》就是受王定安所托而编撰。龚绍仁来宜昌时，杨毓秀、王定安、王赓飏他们才9岁，杨毓秀曾明确说过他"方龀"之龄即受教龚绍仁，"屈宋之邦，师来掌教。我齿方龀，旧戚敦好"。因此我们充分相信同龄的王定安和王赓飏也是一同从小就受教于龚绍仁的。一个人在这么小的年龄能有幸接受一流学人的教育栽培，他的人生起点自然就远远高出了其他同龄人，长大成人后出类拔萃是情理中的事。

咸丰九年（1859），时年24岁的王定安通过八旗教习官考试。曾国藩《遵照部定新章甄别各道府州县官折》称王定安"由廪生考取优贡，己未科考取八旗教习"；一年之后，于"咸丰十年五月补镶黄旗汉教习"；咸丰十年（1860）"十一月报捐期满，十一年二月奉朱笔圈出，着以知县用"。

同治元年（1862），27岁的王定安中举。曾国藩《遵照部定新章甄别各道府州县官折》记载："同治壬戌恩科并补行辛酉科中式本省举人，在部呈请分发。"法式善的《清秘述闻》还记载了当年的考官和考题："湖北考官，侍读学士颜宗仪，字雪庐，浙江海盐人，癸丑进士。编修谭钟麟，字文卿，湖南茶陵人，丙辰进士。（带补辛酉科）题'子曰古者'二章，'柔远人也'二句，'乐正子强好善'，赋得'水绕芦花月满船'得'船'字。解元王赓飏，东湖人。"两位座师中的谭钟麟在王定安后来的人生中发挥了极其重要的作用。谭钟麟，字文卿，谥文勤，湖南茶陵人。咸丰丙辰年（1856）进士。历任江南道监察御史、杭州知府、杭嘉湖道、河南按察使、陕西布政使、陕西巡抚、浙江巡抚。光绪七年（1881）擢陕甘总督，光绪十七年（1891）以尚书衔补吏部左侍郎，兼署户部左侍郎，次年署工部尚书，旋迁闽浙总督，光绪二十年（1894）署福州将军，次年调任两广总督，其间镇压了孙中山领导的乙未广州起义。他反对变法，是当时因循守旧的代表人物之一。有《谭文勤公奏稿》。王定安后来到曾国藩处任职，与谭钟麟有很大关系。曾国藩在同治四年（1865）十二月初九日《复谭钟麟》中略告近状并安置王定安事："王鼎丞大令器识闲远，可称佳士。已令随营练习，以副雅嘱。""雅嘱"说得很明白，谭钟麟曾将王定安托付给曾国藩。晚清后期重臣刘坤一在光绪十七年（1891）七月二十八日《复谭文卿》信札中写道："承嘱王鼎臣之案，弟以异地异时，无从洗刷，只合从轻着，抱定才力可用一语，为之乞恩，幸得谕旨矣。"光绪十七年（1891）十月初四日，56岁的王定安终得以道员发往江苏补用。李慈铭《荀学斋日记》丙集之上记载："已革山西冀宁道王定安开复衔翎，以道员发往江苏补用。"显然，王定安这次被起用，刘坤一的奏章起了决定性的作用，而刘坤一的奏章则是源于谭钟麟的嘱托。从同治四年（1865）到光绪十七年（1891），时间长达26年，谭钟麟几度在王定安人生的关键时期发挥了重要作用，实属王定安人生遇到的大贵人。现在的读者不一定知道谭钟麟，但有可能知道他的儿子和孙女婿。他的儿子是曾任国民政府主席、陆军大元帅的谭延闿。他的孙女婿是国民党副总裁陈诚。

四

同治四年（1865），时年30岁的王定安以叙议荐署昆山令，以知县分发江苏参督师曾国藩戎幕，代拟书启等。王定安《曾文正公事略》序记载："定安以同治乙丑谒大学士湘乡曾公徐州，命厕幕府，侍左右。"同治乙丑即同治四年（1865）。这与民国版《宜昌县志初稿》和曾国藩《遵照部定新章甄别各道府州县官折》的记载一致，前者记载"四年，以教习叙知县，分发江苏参督师曾国藩戎幕，荐署昆山令"，后者记载"四年九月初十日行抵徐州，留营差委。以到徐之日作为到省日期。嗣于克复黄陂等城五案汇保案内保奏"。从现有资料看，王定安当年参曾国藩戎幕，推荐的人除了谭钟麟，还有工部尚书贺寿慈。贺寿慈（1810—1891），初名于递，继名霖若，字云甫，晚号赘叟，又号楚天渔叟。湖北蒲圻（现改名赤壁市）人。清道光二十一年（1841）进士，初授吏部主事，后擢员外郎中，最终官至工部尚书。曾国藩同治四年（1865）十二月初九日除了撰《复谭钟麟》，另有一札《复贺寿慈》，其中谈到"鼎丞器识闳雅，已令随营练习"。曾国藩在同治五年（1866）九月初二日《与九弟国荃书》中写道："再，此间幕府有王定安，号鼎丞，湖北东湖人，以分发江苏知县。贺云甫荐至兄处学习，安详有识。"这些都说明贺寿慈曾向曾国藩推荐了王定安。贺寿慈与王定安是湖北老乡，也许还有其他关系。据

1988年《武汉文史资料·武汉人物选录》记载，贺寿慈长孙贺纶夔与黄云鹄、王定安都是儿女亲家，王定安有一女嫁贺纶夔子。如果此文记载无误，那王定安就至少有四个女儿。

从同治四年（1865）入曾国藩幕府，到同治十一年（1872）曾国藩去世，王定安一直在曾国藩手下办理文案，深得曾国藩信任，曾国藩分别在致友朋的信札、呈送慈禧和光绪的奏章及给曾国荃等家人的私信中，均给予了充分肯定。比如前述复谭钟麟、贺寿慈、邓传密的信札，均是如此。

其间校订曾国藩《十八家诗钞》，这是王定安编纂曾氏书籍的开端。

这期间，王定安拜年长其25岁的曾国藩为师，全面学习写诗写骈文写奏章。王定安很多文章的落款为"门人东湖王定安"，或"受业王定安"，或"求阙斋弟子"，称曾国藩为"吾师"。这些称呼还真不是他一厢情愿地自我贴金、自我标榜，而是得到了曾国藩的正式认可的。这个认可的时间肯定在同治八年（1869）之后，因为曾国藩在该年十二月初七日复王定安书信中，称王定安为"鼎丞尊兄阁下"，正式收为弟子大约是同治九年（1870）。王定安有《致宫太保侯中堂夫子》札，落款只有"五月朔"，没有记年。据该札内容看，估计是同治十年（1871）所写，其中有"敬再禀者，去冬得以劼刚世子书，知葵藿下忱，仰邀慈照，略去属僚之礼，命跻弟子之班。数载景仰，私情始得一慰，欣忭奚如"。查曾国藩的日记和书信，曾国藩确实对王定安的写作有多次的具体指导。见诸记载的就有《题王定安〈蜕教斋稿〉》《阅王鼎丞所为〈游泰山〉诗七首》《王鼎丞所作骈体信稿多不工稳》等作品。还有散见于其他文章的众多信息，诸如"夜改信稿数件，因王鼎丞所作骈体信稿多不工稳，批令自为改正"之类，因此可以说王定安自称弟子并非阿谀之词。

五

王定安虽然早在同治四年（1865）就荐署昆山知县，但并未实际到任。据郑伟章、姜亚沙《湖湘近现代文献家通考》："同治七年六月，国藩赴直隶总督之际，奏保为知昆山县事"。这与光绪《昆新两县续修合志·职官》的记载一致："王定安，鼎丞，湖北东湖举人，七年七月署。"（《昆新两县续修合志》卷十六《职官》）与同治版《苏州府志》记载的相关信息也基本吻合。王定安自己在《重建拱极门钓桥记》记载："今天子御极之七年，余奉檄权知昆山县事。"同治版《苏州府志》有关王定安的信息多集中在同治八年、同治九年、同治十年这三年。这与李慈铭在光绪元年八月的日记中记载的"摄令昆山者"也相吻合。据此可知，王定安在昆山的实际任职时间极有可能是同治七年（1868）底至同治十年九月。王定安离开昆山应该是因为其父去世，王定安的父亲去世于同治十年九月。

在昆山三年，王定安还是有不少建树的。同治版《苏州府志》记载的有："万岁行宫，在新阳县城隍庙东，其地本宾馆旧址，国朝同治九年，昆山县知县王定安、新阳县知县廖纶改建为朔望朝贺之所"；"积谷仓，在新阳界天区三图望山桥，国朝同治十年署县事王定安捐廉创建"；"桑圃，在天区三图，国朝同治九年署昆山县知县王定安、新阳县知县廖纶捐建，栽桑三百余株。十年，里人席元禧续购拱字圩宇区八图废地四亩，栽桑四百余株"；"九年，署昆山县知县王定安等建名宦、乡贤祠并东西斋房。十年，明伦堂圮，里人席元禧等重修"；"堵何二公祠，在明伦堂西，祀明训导堵应畿，国朝教谕何锡九。初惟祀应畿，名堵公祠，在训导署内。国朝雍正十一年移建今所。道光二十八年，以锡九合祀，改题今额。咸丰十年毁，同治九年昆山县知县王定安、新阳县知县廖纶重建"。"同治八年十二月□日邑绅士等立石"的《重建明伦堂碑记》对王定安参与明伦堂建设有具体记载。民国版《宜昌县志初稿》还记录了王定安在昆山知县任上办的一个案子："善听讼，有再醮妇犯奸者，以离参（指分别调查参酌）法廉得前夫被谋杀状，开棺检验，情实，遂置之法，昆民皆服，颂为神明。"王楷《鼎丞赠诗次韵奉答三首》有一首讲到了王定安在昆山的情况："粟积昆山留惠泽，水流瓦浦洗征尘。吴中旧是文章薮，选士还推老凿轮。"诗中所说的积储粮食、选拔人才，其具体情况我们还不得而知。

王定安在《致宫太保侯中堂夫子》中自述："定安位官三载，自问毫无善政，而去官之日，父老祖送至数千余人，饯席络绎二三里不绝。"这是王定安给曾国藩的汇报。而昆山县此前曾是曾国藩的治下，昆山的旧部下众多，信息渠道众多。按理，王定安不至于编造事实来自我吹嘘，他即使有此心，应该也无此胆，其基本事实应该可信。

六

同治十年九月，王定安 35 岁时父亲去世，同治十一年八月十六日，胞兄王赓飏又去世。因此，从同治十年九月到光绪元年（1875）八月，王定安一直在宜昌祖茔守丧，长达 4 年的时间里一直未履任新的官职。

同治十一年（1872）年二月曾国藩去世后，王定安先后两次奉署两江总督何璟和其后任李宗羲之檄，前往长沙整理曾国藩遗集。曾纪泽同治十一年六月十七日日记记载"王鼎丞来谈极久"。此后，王定安前往江苏办理交接手续，同治十一年七月抵达江苏，原打算九月底办完手续就赴长沙，但八月十六日其兄王赓飏因肺病去世，王定安只得先回宜昌办理丧事。离开江苏回宜昌之前，王定安给曾纪泽就曾国藩遗集的编写提出了具体建议："《文正公遗集》想已开局编校，鄙意全集贵精不贵多。卷帙浩繁，读者因难生畏，骤难卒业。譬诸珍肴异味，须令食者常惜其少，转有不尽之味。肉林酒池，多则多矣，而游其中者，未食先饱，未饮已醉。世人有恒者少，于古今典籍，非深嗜笃好则鲜能终篇。故欲其传之远，必恃乎选之精。太傅诗文既少，有录无弃；尺牍、批牍，似须多选。惟奏稿但拣得意者数十篇入全集中，此外另选奏疏为一集，如《陆宣公奏议》单行于世，庶全集不至过冗，而奏稿仍可另行。不识高明以为然否？至《经史百家文抄》《十九家诗选》，太傅平生精意所在，尤宜早刊，以示后学。"这些建议后来均被曾纪泽采纳。

同治十二年（1873）春天才重新回到长沙。王定安《〈鸣原堂论文〉后序》的落款为"同治十二年九月，门人东湖王定安叙于长沙寓斋"。曾国荃同治十二年九月所写《〈鸣原堂论文〉序》记载："今岁王君鼎丞来湘，编公遗书，因出此篇，属其校雠付梓。"黄维申在其《集句寄赠东湖王鼎丞太守》"闲看书册应多味，细校遗编得妙诠"一句后自注："时奉檄来湘校刻曾文正公全书。"黄维申在《鼎丞观察母万太夫人寿诗六十韵》又说"昨奉合肥檄，遄臻湘水隈。宏文□参订，贱子滥追陪"，说明王定安到长沙编辑曾国藩遗集一事，直隶总督李鸿章也曾下文，其中原因可能是王定安虽然是江苏昆山知县，但是"以直隶州知州仍归江苏补用"。

同治十三年（1874）三月十八日，时年 39 岁的王定安由长沙回宜昌为其母亲万夫人庆祝 60 大寿。曾纪泽代替叔叔曾国荃作《王母万太夫人寿诗序》，对王定安的前半生做了充分肯定："国荃时时延见鄂中耆宿，询其乡清俊颖异之士，金曰王君实贤，间以书问达。文正公访论帷幄，工文章，励古训者，亦曰王某实贤。余固心焉志之，亟思晤语而不可得，盖昕夕获相过从，为扼捥抵掌，流连不倦之欢者，实自癸酉岁始焉。""王君抑亦磊落魁杰之士，通时变而识大体，不徒美秀能文而已。""昔之从吾游者，如王君之华实并茂，诚难其选。"此文情感浓郁，自然流露笔端。既然是代作，被代者自然要过目审读。因此，此段文字也可以看作曾纪泽和其叔曾国荃两人的看法和评价。当时在长沙协助王定安整理曾国藩遗集的湖南善化人黄维申写有《鼎丞观察母万太夫人寿诗六十韵（甲戌）》《王母歌》等诗，也对王定安的才华和学识作了高度评价。光绪元年前后，王定安在长沙继续编写《求阙斋弟子记》《曾文正公事略》等。吴汝纶代李鸿章作《〈求阙斋读书记〉序》，对王定安的《求阙斋弟子记》评价甚高："今观察东湖王君鼎丞间独就其家取所藏手校诸书，撰次散遗，厘为十卷。半辞一说，皆见甄录，其勤至矣。是书出，其殆与顾、姚二家著述相颉颃，何书不足数也。"郭嵩焘对这些书同样给了高度评价："鼎丞编辑《曾文正公读书记》《弟子记》，于文正公生平著录搜括无遗，而皆能撷其精英，足资后人搜讨。曹镜初才力百倍，不逮鼎丞，而一味负气，所刻《文正公文集》，已多不惬人意矣。"（《郭嵩焘全集·史部四》）

光绪元年八月底，王定安结束守丧。此前，曾国荃曾委托李鸿章为王定安的升迁谋划，李鸿章虽然在光绪元年七月十七日《复曾宫保》的信札中没有答应，但在光绪二年（1876）十月二十日却给朝廷上了《王定安考语片》："兹查有试用道王定安到省一年期满，例应照章甄别。臣查该道才具开展，通达治体，堪胜繁缺，俟有应补缺出照例补用。除履历册咨部外，理合附片具陈，伏乞圣鉴。谨奏。"光绪元年（1875）冬天至光绪三年（1877），王定安以直隶候补道需次津门。王定安《〈朔风吟略〉序》自述："乙亥冬，定安需次津门。"

七

光绪三年，山西发生了近代史上罕见的特大旱灾，史称"丁戊奇荒"。山西1600万人中，有500多万人死于这次大旱，朝野震动。王定安到山西之后代曾国荃拟《晋省疮痍难复胪陈目前切要事宜疏》，陈述善后三策（详见《曾国荃诗文》），这是王定安从政经历中的亮点之一，是他治国理政思想的具体体现。据民国版《宜昌县志初稿》："国荃据以入奏，得旨谕允，岁省民钱百余万缗。"这是王定安在地方治理谋略上的体现，是他当年对山西赈灾的一个极大贡献。

后又被曾国荃派往山东运送救灾粮，并在京杭大运河畔的德州设立转运局。民国版《宜昌县志初稿》记载："光绪三年，山西大饥，人相食。定安时以候补道需次荆门（按，系'津门'之误），倡捐资购粟之议，白直隶总督李鸿章，檄东南善士分道募；复驰书晋抚曾国荃，谓宜请发国帑，截留京漕，远运苏、粤、奉天之米，赈务始有济。国荃大韪之，檄定安赴晋襄筹赈事。十一月奉檄往山东接运赈米八万石。晋东距太行之险，依山傍麓，羊肠峻坂，十里百折，车倾马仆，米莫能至。兼岁荒车少，民畏役，率走匿山谷中。定安创各县分募法，令直东州县派人赴乡招募，合五十辆为一批，一绳头领之，皆用民价平僦，严讯刻减，事遂以集，而自获鹿、井陉，辟陉凿阪，以入于晋，备极艰险。定安躬督之，至呕血不少休。"

时任山东巡抚文格因为山东自身也遭遇旱灾，对山西的赈灾并不配合，但在其给朝廷的奏章中仍有一段话可佐证上引《宜昌县志初稿》的记载："王定安亦能认真从事，多方雇觅车辆，分程起运。计自上年十一月二十三日起，至十二月二十六日，共运出米八万七千石。又自本年正月初四日，至二十二日，运出米三万三千石，均由获鹿、东阳、关道口三路入晋，计东漕十二万石，两月之间即已全数运完，办理尚为迅速。"光绪十五年（1889）十一月二十日《申报》上面登载有一篇《办赈获报》的文章，其中有这样一段文字："东湖王鼎丞方伯年逾四十无子，值山右奇灾，方伯时需次天津，乃与丁乐山廉访、黎召棠京堂首倡义举，募捐运粮，度太行而西。曾伯宫保奏留山西襄理赈务，资其擘画，活灾黎数百万人，晋民至今感戴。曾公如慈父母者，方伯之力也。其后历官山西藩臬，裁减差徭，每岁省民钱一百余万缗，豁除无著银粮岁十余万两，晋人皆感其德。未几，方伯连生两男两女，人皆以为积善之报。"看来王定安的确是山西赈灾首倡募捐的人，其首倡的意义自不待言。光绪《凤阳府志》对王定安在山西赈灾中的表现有这样的评价："在山西为巡抚曾国荃办赈，筹银数百万，活饥民六百万人。"

民国《宜昌县志初稿》、光绪十五年（1889）《申报》和光绪《凤阳府志》上面这些说法，在王定安与曾国荃、阎敬铭的书信，曾国荃与丁乐山、阎敬铭的书信，以及曾国荃的有关奏章中都可以得到证实。光绪三年十二月，曾国荃与阎敬铭联合上奏《为晋省办理赈济事务殷烦恳请调员襄助恭折会奏仰祈圣鉴事》："该员博雅宏通，体用兼备，历来随大学士曾国藩戎幕多年。臣敬铭昔在山东军次，闻知其服官江苏，实心爱民。"曾国荃曾在给多人的书札中谈及王定安在山西赈灾中的表现，如光绪四年（1878）正月的《复王鼎丞》："此番挽运之速，实为始念所不到，故伯相、式帅亦欢喜赞叹。得未曾有以此见名实相宾，而骏望鸿才之蜚声于燕、齐、三晋间也。本拟候阁下运竣文到，便行入告，用慰宸系，并将阁下救焚拯溺深衷，快为倾吐，借酬万一之劳，而励后劲之气。"光绪五年（1879）三月《复郑玉轩》："至王鼎丞观察办理此事，甚为得手，屡次来书，惟以运费不继为虑。"光绪五年冬的《复吴挚甫》："古称雄长一世，若斯其难。鼎丞除官，殆亦类是。然渠于晋赈宣力独多，厚以酬之，尚不尽为私谊也。"其他人也有一些评述，比如李郁华在《〈塞垣集〉叙》中称："论功赏，则宜延百世；语生全，则奚啻万家。"

光绪十六年（1890）王定安在《祭曾忠襄公文》中回忆当年的赈灾及曾国荃对他的充分肯定："橐驰万足，牛车千辕。批陉凿坂，遂达太原。公喜谓我，汝策诚良。譬彼海舶，汝司其樯。骇涛不惊，万里可杭。举国听汝，汝其予匡。"当旱灾基本得以缓解之后，"公曰未已，汝筹其长。无田胡赋，无屯胡粮。均徭减役，蠲除逋荒。岁省百万，民气以昌"。这种刻碑勒石的文字是要公之于世的，王定安不可能说假话。这段文字披露的信息是，灾后曾国荃又让王定安负责减免百姓赋税，组织百姓垦田种粮。王定安在这方面确实还想了不少办法，这从他写给时任赈务大臣阎敬铭的第三封信可明显看出："州县摊捐，有妨吏治，如能一律汰净，牧令既可养廉，亦不至借口赔累。现经宫保疏请，将部铁不敷之三万余两在厘金项下动支，未知部议允否？此外，拟皆设法裁减，如能办成，有益于吏治民生，实非浅鲜。"

因为王定安在山西赈灾中的特别贡献，光绪五年（1879）冬，王定安受到慈禧太后和光绪皇帝召见，王定安《为恭报微臣接署臬篆日期叩谢天恩仰祈圣鉴事》记载："上年冬间，奉旨送部引见，仰蒙召见一次。"光绪六年（1880），王定安在四十四岁时迎来了人生的鼎盛时期。光绪六年正月，王定安选授山西冀宁道。王定安《为恭报微臣接署臬篆日期叩谢天恩仰祈圣鉴事》记载："今年正月，蒙恩简授冀宁道缺。"王定安《塞垣集·癸未正月二日呈葆芝岑中丞再叠前韵》"曾随冠盖伴"一句后自注："余于光绪六年正月简授冀宁道，公时开藩山右。"光绪六年（1880）七月，王定安代理山西按察使，官至二品。王定安在《塞垣集·癸未正月二日呈葆芝岑中丞再叠前韵》"微材忝刑案"一句后自注："庚辰七月，公摄山西抚篆，余权臬司。"王定安在其《为恭报微臣接署臬篆日期叩谢天恩仰祈圣鉴事》记载："窃臣接奉抚臣曾国荃行知奏委署理按察使印务，旋于光绪六年七月初三日，准臬司松椿将印信文卷委员移交前来，臣当即恭设香案，望阙叩头谢恩，祇领任事。"光绪六年十二月十八日，王定安兼代理布政使。王定安《为恭报微臣兼署藩篆日期叩谢天恩仰祈圣鉴事》记载："窃臣接奉暂护抚臣按察使松椿行知，奏委暂行兼署布政使。旋于光绪六年十二月十八日准护抚臣松椿将藩司印信文卷委员移交前来，臣当即恭设香案，望阙叩头谢恩，祇领任事。"一年内三次被超擢任用，这在当时的确很少见。这虽然与曾国荃对王定安的极力推荐有关，但曾国荃的推荐却是眼见王定安在赈灾中的表现而形成的判断。曾国荃在光绪五年冬《复冯展卿中丞》中称："鼎丞经济文章，渊源有自，昨已奏补冀宁道实缺。晋中得此干材，于吏治良有裨益。我公闻之，当捻髯一笑也。"在光绪六年二月《复阎丹初》信中有类似说法："冀宁道实缺已补鼎丞观察。晋中得此干材，亦殊有用。"还有光绪六年十一月《复葆芝帅》中有："晋中库储支绌，经阁下饬令峻峰方伯、鼎丞廉访悉心斟酌，明定局章于节费之中，仍杜偏枯之弊，公平精细，钦佩莫名。"在表扬葆亨的同时，也不忘表扬王定安。

八

祸福相倚，盛极必衰。光绪六年七月初三，在王定安上任山西按察使的同一天，曾国荃卸任山西巡抚。光绪七年（1881）一月，清流派首领内阁学士张之洞出任山西巡抚，山西原本就相对落后，经过"丁戊奇荒"之后，民不聊生，方方面面的问题层出不穷，可谓是处处狼藉，百废待兴。张之洞上任之后极想迅速扭转局面，他决定先从整顿吏治、清查财政、禁烟戒毒入手，而整顿吏治，张之洞首先就拿布政使葆亨和按察使王定安开刀。试想，当时灾害那么严重，全省死亡人数都快接近全省总人数的三分之一了，活着的人也有不少流离失所，在这种情况下，无论是地方官员，还是当地百姓，怎么可能对当时主管全省财政民生工作、具体负责赈灾的葆亨和王定安没有意见？拿这样有影响力的官员开刀，既能平息民怨，赢得民心，又能树立威望，排除异己，何乐而不为呢？于是张之洞于光绪八年（1882）六月十二日上《特参贻误善后各员片》，认为"晋省去灾祲之后，亦已数年，而元气益索，度支益艰，吏治益敝者，大率皆前藩司葆亨、前冀宁道王定安二人所为"，然后历数葆亨和王定安三大罪状：玩视民瘼，虚糜库款，贻累属吏。其中反映王定安的主要问题有："王定安代理藩司不过一旬，亦于一日中放银三十余万，亦皆不急之款。""王定安自定冀宁道所属公费，如太原通判苛岚、阳曲、交城、岚县、介休、高平、黎城、武乡等州县，皆较前有加。""晋省官铁局虽有总办之员，实皆王定安一手主持，帐目、案据存其署中。用其至戚通判黄学濂为提调，总办不得与闻。支用浮滥，不可纪极。王定安又创立营制所，一年开销数万金。""考其帐目，无名之费甚多，内有'阖省生息公用'一项，并不遵照详定章程，于半年中擅将应备一年之款全行动用。王定安又创议岁提公款，津贴藩司五千金，并自定道署津贴千金。其署臬司时欲领全廉，为诸官吏所格，因于局内自提津贴五百金。"并认定"大抵晋省弊政，事事皆葆亨出名，而大半皆王定安播弄"，最后强烈要求朝廷将王定安"即行革职"。

张之洞是朝中重臣，加之当时朝中上下议论纷纷，慈禧太后不可能不重视，只得于光绪八年六月下旨"葆亨业经革职，着发往军台效力赎罪。王定安着即行革职，一并发往军台效力赎罪"。

光绪八年七月，当时清流派的另一要员张佩纶上《水灾泛滥请行儆惕修省实政折》，要求对葆亨和王定安施予极刑："张之洞历检山西旧案，特劾葆亨、王定安。谕旨遣戍军台。夫军台，犹近边耳。臣敬稽成宪臣下婪入振款者，或治以极刑，或籍其家产，法至严也。山西灾时段鼎耀以侵振伏法，今葆亨、王定安腼然大吏，贪黩营私，贻误善后，罪状殆浮于段鼎耀，置而不杀，何以服段鼎耀于地下哉？今朝廷轸念东南，已命有司加意抚恤。第前日贪污之吏，未予重惩，恐后来者视胺削为利薮大泽，仍屯而不下耳。伏愿朝廷将葆亨、王定安或处以极刑，或戍之极边，没其家产，以为侵振虐民者戒。"

但张佩纶的将葆亨和王定安处以极刑的建议并未被慈禧和光绪采纳。正如王定安自己的感觉，这一处罚，好像只是给清流们一个交代："圣主矜愚臣，薄遣塞谗慝。谬妄实臣辜，宽宥荷君德。"

王定安一直认为，他只不过是朝廷党派之争的牺牲品而已，在他看来，"汉唐党锢有前辙，洛蜀攻击垂殷监"。吴汝纶在光绪十年（1884）四月五日《答王鼎丞方伯》书札中记载了当时官场对这件事的反应和他本人的看法："所读朝报章奏，所以齮龁我公者不复有余地。市人窃骂侯生，某心知其妄，及方公（指方大湜）去官，其迹尤明。今得惠书，乃备闻颠末。此等于执事何尝加损毫末乎！吾知前时声实隆起，执事固不以为荣，即今日塞草边风，亦自不以为苦。端居多暇，撰著自娱，安知造物者非禁其为彼而开其为此乎？"

出人意料的是，一年之后，张之洞于光绪九年（1883）九月二十九日上《遵查革员侵蚀各款拟议结案折》："当经派委前藩司方大湜、升任河东道唐咸仰、今授河东道高崇基检调案卷，传询当日局员、库官、承领经手人等，详细确查去后，惟该革司革道在晋乃赈务方殷之时，用款纷淆，文卷舛漏，有无弊端，猝难稽核。"最终核实的王定安的问题只有："王定安滥发之款，除琐细者不计外，有光绪六年十二月二十三日放楚军勇粮银一万四千两。此款本可缓发，该革员曲徇将弁之请，亦难保无丁吏索费扣成之弊。""王定安设立营制所，浮支糜费过多，虽所动系本省公用生息外销之款，究属虚糜误公。""至此外有无朦销侵蚀各节，查询局员库吏在省人员，均不能指出确据。"也就是说，王定安主要是用钱不当，但没有证据证明他有贪腐行为，于是张之洞建议："若再搜求陈案，徒致株连废事，于库款仍无所益，应请免其置议。窃惟葆亨、王定安两员不知体念时艰，节慎库帑，致有滥发浮支、索费扣成诸弊，虽非朦销侵蚀，实属荒谬异常，业经褫职遣戍，追缴巨款，已足蔽辜。""合无仰恳圣慈，将晋省旧案准其从此清结，于晋省官吏不复追咎前失，但考察现在实政，俾得振奋精神，濯磨自效，出自逾格鸿施。"从张之洞这次的奏章可知，他前次奏章中的一些指控是不能成立的。

这里需要补充说明的是，张之洞弹劾王定安时，方大湜接任葆亨担任山西布政使，于是张之洞命方大湜查办此案。后来张之洞给朝廷的奏章中说"正值奏明设局，清查库款之际，因饬各员随案综核详加参考，方大湜旋即去任"，但方大湜离任是有原因的，王定安的《怀方菊人方伯大湜四十八韵》较为详细地讲述了其中的原委："公时膺按验，钩考不辞繁。款目析缁铢，卷簿穷阅翻。浮议竟无证，舞文宁非冤。携册白大府，罗缕诉且论。赫赫中丞威，勃然怒鬋掀。掷册投之地，盛气同炮燔。公曰吾何私，直道斯民存。拂衣自投劾，不复穷其根。"原来，方大湜受命调查，尽管翻阅了大量原始档案，但查无证据，于是给张之洞汇报，据理力争，认定这是一起冤案，张之洞则勃然大怒，掷册于地，而方大湜是一个刚直不阿之人，于是愤然辞职。

　　时隔 9 年之后，光绪十七年（1891）六月二十九日，时任两江总督刘坤一上《酌举被议道员折》，再述前案："（光绪）八年，在冀宁道任内，因案革职。当经原参抚臣张之洞覆查，并无侵吞浮冒情事；惟禁止首县承办供应，仍由局创立款目支用浮滥一节，查系司道会禀前抚臣卫荣光办理，业将经办不善之委员革职完案。张之洞虽经参劾于前，仍复辨明于后，足见持论之平，毫无成见。该革员原参之案，既系承办委员经理不善，则是代人受过，情尚可原。"这里刘坤一交代了王定安当年被责罚的原因其实是事出因公，代人受过，是措施不当，而并非个人贪腐。这是上奏朝廷的，而光绪和慈禧则是当年处罚王定安的当事人，刘坤一自然不敢说假话。因此，刘坤一的这段文字与前述张之洞的奏折都可证王定安的自述："去年七月，有人劾余权藩篆朦销干没，奉旨查究，阅一年矣。近闻晋中覆疏，迄无左验，诏免置议。晋帅系原劾者，当不为我回护。其言或可见信于世欤！殊可感矣！"（王定安《志感三首》）。其实，多年之后，张之洞和王定安还有一次合作。张之洞在光绪二十一年（1895）十二月二十八日《拨款疏浚江皖豫三省河道摺》称："本年徐州道沈守谦禀复，以砀萧灾民迭年困苦情形为言，请力筹修河之举，经臣派委江苏候补道李振帮前赴徐州暨皖省下游，会同该道沈守谦并凤颖道王定安、凤阳府王咏霓妥议勘办。兹据该道府往复筹商，勘估工程，先后禀复。"王定安被谪戍张家口之后所写的诗歌，不少都是表达自己遭受他人陷害、蒙冤受屈的愤慨，应该是他当时真实心情的记录，诸如"谤书不问乐羊子，谣诼终迁屈左徒""积毁实堪伤，沉冤讵能诉"等。

目前看到的史料，似乎可证王定安有贪腐行为的是王闿运《湘绮楼日记》，王闿运在光绪十四年（1888）五月十日记载："十日，晴。写联屏十数纸。涂稚衡、张雨珊来。午出城，答访王鼎丞，见其二妾，谈山西分银事，然后知曾沅甫辈真劫盗也。"但王闿运是一个被梁启超称为"缺乏史德，往往以爱憎颠倒事实"的人。录此存疑。

九

光绪八年（1882）到光绪十一年（1885），王定安在张家口谪戍两年半，最大的收获是留下了一部诗歌集《塞垣集》。正如王定安自己所说，"才名随谤远，佳句借愁成"，"闭门索句暂消遣，搜搅肠胃劳觿劂"，这是王定安那两年半谪戍生活的真实写照。"不有歌谣，曷舒怀抱！"写诗成了他当时的精神寄托，也是他的生活方式之一。

据王邕《塞垣集·后序》，该诗集由王定安生前编订，全书共6卷，收录诗歌共405首。

王定安作为一个擅长编纂历史著作的学者，他的文学创作也常常带有记史的性质。其《塞垣集》的史学价值要大于文学价值，许多诗歌足以弥补史乘之遗漏。

王定安谪戍军台时接触的人，大多是获罪的官员，是一个特殊的群体，因此相关诗歌所写的一些特殊的人或事，就有着特殊的史料价值，"南冠四五辈，樽酒聊相就""涉世丛愆尤，末途互匡救"及《和文轩长门行四叠百步洪韵》等诗都是这种内容。

不少诗写的是当时抗击洪秀全和回民起义的清军将帅，相关诗歌对研究湘军和当时的军界人物及其关系以及太平天国史都具有一定参考价值，特别是一些诗歌的序言、自注。比如《寿王枫臣军门六首》等，其诗中注释提供了不少湘军将领不为人知的事，可与有关湘军历史的其他史料互为补充。

沙俄归还伊犁是中国近代史上的一件大事，王定安的《喜闻俄人元旦交还伊犁和张丹卿韵三首》有一些相关细节的记载，内有不少有关茶马古道的珍贵史料。

《居墉关》一诗中有"长途捆载络茶茗，时见估客来俄罗"。《万全令张沚莼明府（上蘇）招饮抢才书院即席奉赠三叠前韵》"氊俗久不盥"自注："中国茶商自张家口运至哈克图，与俄人交易，岁色银数百万众。此凡百余家，皆拥巨资。近俄人自行运茶，中国茶商才七八家耳。"《酬张芷莼五叠前韵》"闻道算缗新请命，应知合浦有珠还"一句自注："芷莼因张家口茶肆为俄人所夺，白大府，请免厘税，以纾华商之困。"《出塞行》序言对"阿尔泰军台"的考证，对研究清代新疆、蒙古一带的邮驿很有价值。

王定安的《侯生曲效吴梅村体》是一篇几乎可媲美《琵琶行》的歌行，可谓是清代的《琵琶行》，该诗介绍了一大批当时的戏曲名角，是研究清代中国地方戏曲的重要资料。王定安笔下的侯峻生简直就是清代的李龟年，但有关他的具体的材料以往见的并不多。

王定安作为最早亲见西洋现代工业产品的一代学人，用他的笔给我们留下了一些珍贵的一手资料。如，海轮这样的外来之物是什么样子？王定安在其长篇歌行体《渡海行》中给我们生动地作了介绍，并且生动再现了当时人们目睹这些物品的新奇又狭隘的心理，让我们感受到了当时的人们那种刘姥姥进大观园般的观感。"保大"轮船后来沉没了，这种以乘客的身份作真实记录的文字就显得弥足珍贵了。王定安见的外国人、事、物较多，比如《上海洋泾浜二首》《沪渎杂诗八首》对国门初开时涌进中国的各种新鲜事物多有记录。

张家口是当时中国的内陆口岸，值得研究的东西很多，王定安对当时张家口的地形地貌、水系、物产、风俗、自然灾害等都有记载，对有关研究应该大有帮助。

王定安的诗歌远不止《塞垣集》中的这405首，这只是被贬张家口时的作品，此前此后都有大量诗歌，仅我们已知的就还有《空舲诗稿》16卷，其规模是《塞垣集》的近三倍，但这些作品均已丢失。我们现在能看到的主要就是《塞垣集》中的作品，其他文献中能找到的极少。

王定安的诗歌喜欢用典，说明他的学识较为广博。王定安可以同一内容，反复叠一韵，这对词汇量和思维的要求都很高，词汇量不够会重复字词，思维不活跃则很难写出新意迭出的篇章。王定安的部分诗歌较注重虚实结合，结尾升华，比如《七月十五夜通桥观放烟火》的结尾："人间荣悴皆泡影，何须予夺怼天公。"有画龙点睛的效果。王定安的诗歌有的还有民歌化、乐府化的倾向。曾国荃对王定安的诗歌曾大加赞赏:"叠韵诗如阳羡鹅笼,幻中出幻,无不各如其意以去,此才殆可驱使草木。东坡尖叉之韵,昌黎石鼎之吟,波诡云谲,大贤与之抗手矣!"

王定安的文章写于不同的时期,为了使读者对其诗文有一个整体印象,笔者在此一并介绍。王定安的文章,我们现在能见的不多,且文体多样。可见的共同特点有如下几点:

一是显示了扎实的考据功底。从其《鸣原堂论文·后序》《求阙斋读书录·序》等文可看出他对中国文化史、中国思想史、中国文学史、中国学术史等都相当熟悉。《求阙斋读书录》历数中国历史上的义理之学、词章之学、考据之学的各路名家,并作评点,没有相当的学问是做不到的。《〈三十家诗钞〉序》对中国诗歌发展的脉络梳理明晰,而且有自己独特的看法和评价,"夫以李、何之才,假使生于汉、魏、盛唐,吾不知视曹、王、李、杜先后何如,要其汪洋恣肆,固亦一时之杰也。而世乃以剽袭字句诋诟无遗力,岂非诸贤信古之过有以贻其口实哉!虽然尊汉、魏、盛唐而抑宋、元者,嘉、隆诸子之偏也,而因嘉、隆诸子,遂并谓汉、魏、盛唐之不可轻学,则又持论者之大谬也。盖宋、元之诗,三唐之遗;三唐之诗,汉、魏、六朝之遗。自后观之,千歧万变而不一其涂辙;自前观之,则黄河万里起于昆仑之滥觞,无所为异也。"其表露出来的文艺观点也较先进,这一点似乎深受宜昌前辈雷思霈等人的影响,当然也深受曾国藩的影响。王定安如果潜心于学问,也许是一个大学问家。

二是带有明显的历史地理学家的风格。比如《山右救灾记》,写景三言两语,读者就感受到了山西的地形地貌和历史源流,很有史家特色。据王定安自述:"拙作《山右救灾记》曾蒙性丈改削,闻此文颇为人所憎恶。"估计与此文具有明显的情感倾向和现实针对性有关。黎庶昌纂《黎氏续古文辞类纂》收录此文,文末有其评点:"磊落崷崒,文品雅洁。其颂曾忠襄公处,尤彰特识。"充分肯定王定安的"识"。才、学、识是一个优秀史家必备的素养,"史才须有三长",这是刘知幾的高论。

三是带有骈文特点。王定安曾师从曾国藩认真修习过骈文。他的散文,语言上注重骈散结合，转换自然，读起来有音韵美。王定安习惯用四字短句抒情或写景，尤其是酣畅处、高潮处、欣喜处。如"于是增沼辟囿，缭以周墉，翼以曲榭，堂皇环丽，既鬟既娙。高栋蹑云，朱甍欲日。悬嵲怪石，唅呀豁露。丛树嘉卉，澄鲜飒缅。亭台之胜，冠于吴会"（王定安《曾忠襄公祠记》）。这显然与他喜欢写骈文有关。

四是伤悼之情居多。这与他自己仕途不顺有很大关系。特别是写碑记祭文之类，王定安常常把自己摆进去，写自己的经历和与逝者的交往。诸如，写曾国荃遭谤，实际也是在写自己，"今老矣，追回畴昔，执笔呜咽不能成辞，既丧公遇，亦自悼也"（王定安《致仕都察院左副都御史前工部尚书贺公神道碑铭》）；"我交曾侯，垂三十年"（王定安《祭曾惠敏公》文）等，以自己的情感带动读者的情感，极易产生共鸣。

王定安的散文深受桐城派散文的影响。王葆心在其《古文辞通义》中论述桐城派与湖北文人的关系时有这样一段文字："刘椒云、王子寿与桐城文家多友处，龚定子又友子寿，而张濂卿、王鼎丞皆执业于曾文正，杨毓秀子坚受学于定子、子寿两人，长阳张荣泽芷韵又受于毓秀，而特长词赋。蕲州童树棠憩南友荣泽，而兼师陈右铭先生及关季华先生棠、周伯晋先生锡恩。陈、关、周又相为友。憩南攻文至力，早治《骚》《选》，三十后治马、韩书，甚有得，尤善持论，以早世不竟其志。关之弟子，又有嘉兴朱克柔工文，至笃师谊。周既友陈氏父子，又为张文襄入室弟子。是此派文又流入湖北矣。"桐城派后期重要人物、京师大学总教习吴汝纶在为其诗作序时说："鼎丞诗文纯懿浩博，间辄托诸《远游》《九辩》，以上契乡先正之指，盖其胸中雄怪磊落，非屈宋遗则，不足宣其轸苑也。"（陈斌《晚清史家王定安》）

十

光绪十一年（1885）四月十六日，因纪元开秩，王定安被赦免回乡。王定安有《四月十六日因纪年开秩蒙恩赐还恭纪三首寄示子和诸弟》。李慈铭《荀学斋日记》庚集上记载，光绪十一年四月十六日上谕："其沈仕元、常春、王辅清、黄得贵、董家祥、龙世清、永平、葆亨、王定安、阎文选、王桂荫、锺树贤、孟传、金富、景德禄、廖得胜、文裕、谢翼清，均着加恩释回，以示朕法外施恩至意。"

回家不久，王定安母亲万夫人去世，同年儿子王邕出生（曾广钧在其《题王定安鼎丞〈塞垣集〉二首》"厌胜无方奠石牛"一句自注"新得骥子，颖慧绝伦，闻河绝，不易塞，捐金为之祈福设斋"可证），可谓迭遭大喜大悲。守丧期间，辑录《金刚经》为联语，借此"为先人乞冥福，兼以自律"。此书于光绪十二年（1886）二月完成，由江南书局刊刻，现藏湖北省图书馆。同时，王定安开始静下心来系统梳理湘军的发展史，开始编写代表他最高学术成就的纪事本末体湘军史著作《湘军记》。王定安《〈湘军记〉自叙》："蒙以不才废弃，居彝陵山中，湘中诸君子书问相勉，而为此作。自光绪十三年三月讫四月，成第一至第五卷。""阅时几三载，历游五省，中间人事牵率，忽作忽辍。其执笔为文，凡九阅月耳。"王定安编写《湘军记》是源于此前王闿运编写了一部《湘军志》，而王闿运的《湘军志》对湘军多有贬辞，对曾国荃讥评尤甚，且成书较早，述湘军事不甚完备，故曾国荃安排王定安重新编写此书。此书编成之后，曾国荃非常满意："鼎丞久从愚兄弟游，谙湘军战事。其所述者，非其所目睹，则其所习闻。书既成，复与湘阴郭筠仙侍郎嵩焘暨下走商订得失，漏者补之，疑者阙之，不为苟同，亦不立异，盖其慎也。至其叙事简赡，论断精严，则仰睎龙门，俯瞰兰台，伯仲于《陈志》《欧史》之间，可谓体大思精，事实而言文者矣。"并对王定安的学识大加赞赏："鼎丞少负异才，不谐于俗，由州县历监司，所至树立卓卓。及承召问，摄藩条，世且希其大用，谓勋名可翘足待。而顾齮龁于时，偃蹇湖山，行且以著述老，人多惜之。然鼎丞不穷，其著书必不能工且赡，信今传后，如此觥觥也。鼎丞昔为诗文，喜为瑰伟悲壮之辞，今乃益诣于和平雅淡，盖彬彬然几于道矣。夫名位烜赫一时，而文章则千载事也。韩愈氏所谓不以所得易所失者，其斯之谓乎？吾既悲鼎丞之遇，复为快语壮之。"（曾国荃《〈湘军记〉叙》）

《湘军志》和《湘军记》孰优孰劣？自两书问世之日起就有不同的看法，是近代史学的一桩公案。梁启超在其《中国近三百年学术史》中评价说："其局部的纪事本末之部，最著者有魏默深源之《圣武记》、王壬秋闿运之《湘军志》等。默深观察力颇锐敏，组织力颇精能，其书记载虽间有失实处，固不失为一杰作。壬秋（指王闿运）文人，缺乏史德，往往以爱憎颠倒事实，郭筠仙、意城兄弟尝逐条签驳，其家子弟汇刻之，名曰《湘军志平议》。要之，壬秋此书文采可观，其内容则反不如王定安《湘军记》之翔实也。"

从光绪十三年（1887）到光绪十五年（1889），王定安还编著有《曾文正公家书》《曾文正公家训》《曾文正公大事记》《曾文正公荣哀录》《求阙斋日记类钞》等书。其间，光绪十三年六月二十五日，晚清重臣诰授光禄大夫兵部尚书兼都察院右都御史云贵总督刘长佑去世。刘长佑的大女婿龙继栋是王定安谪戍张家口时的挚友，多次出手挽救王定安的两江总督刘坤一是刘长佑的同乡同族且是刘长佑一手提拔上来的。可能是这两个因素的叠加，53岁的王定安于光绪十四年（1888）客居新宁刘氏，撰写长达14000多字的《皇清诰授光禄大夫兵部尚书兼都察院右都御史云贵总督武慎刘公行状》，此文后来刊刻成书。刘长佑行状是一篇记载极为详细的平捻记，史料性极强。此书不仅是研究新宁刘氏，而且是研究湘军乃至清代历史的一份重要史料。

十一

光绪十五年（1889），山东黄河接连发生水灾，王定安"睹此哀鸿遍野，待哺情殷，竭力凑集数千金，捐助东赈"，捐款时专门申明："不敢仰邀议叙。"但时任山东巡抚张曜认为："山左连年灾歉，需振过巨。王革道捐资助振，尚属勇于好善。若不予以奖叙，不足以资观感。"因此专门附片入陈恳恩，希望"赏还王定安原保花翎二品衔，以为助振者劝已"，最终奉旨："交部议奏矣。"（光绪十五年十月二十六日《申报》）据《张曜片》，王定安"捐助赈银四千两"。

光绪十五年十一月，曾国荃始议设局续修《两淮盐法志》，由淮南、淮北商贩略捐经费，派委王定安专司总纂。光绪十六年（1890）十月刘坤一接任两江总督，刘坤一饬令王定安继续完成这项工作。光绪十七年（1891）六月二十九日，刘坤一上《酌举被议道员折》为王定安争取升迁的机会："臣到任后察看，该革员学问优长，通知时事，实为不可多得之才。"希望将王定安交吏部带领引见，终获奉朱批"着交吏部带领引见，钦此"。由此看来，王定安曾先后两次被引见。至光绪十八年（1892）十二月《两淮盐法志》全书告竣，历时三年多。全书洋洋200余万言，汇两淮盐法史料于一炉，体例完备，蔚为大观。光绪十九年（1893）二月二十七日，刘坤一又专门上奏《邀恩议叙修志人员片》为王定安请功："总纂王定安，督率各员，昕夕从公，寒暑无间。虽时隔八十余年，势易时殊，较难搜辑，中更兵燹，案牍荡然，竟能广为搜罗，获臻完备。似未便没其微劳，自应循照旧案，择尤请奖。合无仰恳天恩，俯准将江苏补用道王定安交部从优议叙，其余出力各员，谨缮清单，一并恳恩，俯照所请，给予奖叙，以昭激劝。"

从光绪十五年到光绪十八年底，这期间王定安还于光绪十六年编写《宗圣志》《曾子家语》。王定安《〈曾子家语〉叙》记载："光绪庚寅之春，定安客金陵，宫保威毅伯曾公以明吕氏所为《宗圣志》若干卷，属为重刊。定安披读至再，所述曾子言行，颇多挂漏，且不详所本。盖沿明人臆断锢习，芜杂不复成章。因另撰《宗圣志》二十卷。复以余闲旁搜载籍，得五万余言，仿宋薛据《孔子集语》例，编为二十四篇，谓之《曾子集语》。"《宗圣志·序》记载："自光绪十六年二月属稿，十二月竣事。"其子王邕在《塞垣集·后序》中说："公之归也，望绝云台，心精缃帙，终年搦管，无时离书，成《湘军志》二十卷，《宗圣志》卷二十，《曾子家语》□□卷。"近人蒋伯潜《诸子通考·诸子著述考·〈曾子〉考》评论《曾子家语》说："凡所引必注明出处，原书有异本者，不臆改。采用善本，必注明此本之故。同一条并见于两种以上古书者，以较古之书为本文，以较晚之书为附录。其搜辑之广、采录之慎，远在汪晫之上。"除了上述著作，光绪十七年，王定安撰有《致仕都察院左副都御史前工部尚书贺公神道碑铭》。

十二

可能是刘坤一等人的奏章最终起了作用，光绪十九年（1893），王定安被授予江苏特用道办理金陵善后局。在此任上，王定安办"金陵粥厂，新增五处，能容数万人，可省年年搭篷，又无火患，洵属一劳永逸，利益无穷"（李鸿章《复办理金陵善后局江苏特用道王》），因此被直隶总督兼北洋大臣李鸿章大加赞赏。此时的王定安思想似乎也显得特别成熟，与李鸿章讨论一些当时重大而敏感的问题："别笺详论西学源流，推本载籍，旁征博引，殚见洽闻。筠仙侍郎尝言，指为中国所无则群焉疑之，知为古人所有则无可怪矣。

至论其富强之原，如上下情势之通，文书期会之简，举才任官之实，通商考工之详，皆与秦汉以前制作精意若合符节，即至都邑官室、衣服器用之有迹象可指者，大抵近于古而远于今，是当就大者、远者而观其会通，正不必于一名一物之微比傅求合也。"（李鸿章《复江苏特用道王》）李鸿章的这番话至少说明王定安是关注过西学的，特别是在光绪十九年前后国内的那种舆论环境下，王定安的观点和态度更是难得。

光绪二十年（1894）三月，时年59岁的王定安授安徽凤颍六泗兵备道兼管凤阳关税务。凤颍六泗道管辖凤阳府、颍州府、六安州、泗州两府两州，为省、府之间的高级行政长官。王定安上任凤颍六泗兵备道应该是从南京直接到凤阳的，报到之后，他抽空回了一趟宜昌。光绪二十年四月初一（1894年5月5日）《申报》引《苏省官报》："三月十九日，新授安徽凤颍六泗道王定安，二品衔、江苏候补道莫□孙，均由宁来。"光绪二十年四月十八日（1894年5月22日）《申报》报道："新任凤颍六泗道王鼎臣观察日前至皖呈缴文凭，已纪报章。观察捧檄频年，离乡日久，皖鄂相距不远，一苇可杭，遂于初八日乘招商局'江孚'轮船回里望故乡之云树，话旧日之桑麻，亦人生不可多得之境也。皖北诸军营务处系归凤颍六泗道兼办，新任王鼎臣观察到省后，中丞札委兼办营务处，观察即诣宪辕谢委，俟履任时再行接办。"在凤颍六泗道任上，王定安曾上《为征收药土税银一年期满据实奏闻仰祈圣鉴事》，大力改革淮北营务处，这些都有一些零星史料记载。光绪《凤阳府志》对其在任期间的表现有如下评价："长于政治，案无留牍，清厘关务，税课增加，添练马队，盗贼屏迹。尤知人善任，使爱才士，增书院经古课，拔柳汝士、熊仕导等校雠书籍。"王定安在凤阳的生活，袁昶等人的诗歌中也有部分描述。

职事之外，王定安此时最大的收获是将自己多年的收藏进行了整理，形成了《宝宋阁书籍法帖字画目录》稿本。此书今存清华大学图书馆，是目前研究目录学的重要著作之一。该书目录前夹一红签，云："书籍凡一百二十一只，字帖箱共十八只，逐箱装匀，以便查阅。其中书籍、字帖逐部查对无讹，并将有子目者逐卷誊写。子目凡有目无书皆签红条在某处，以期查考。谨呈鉴核。树声谨录。"据说该目录"是目不分类，依箱著录"，前有"凤颍六泗道署书箱位置次序"。如今，古籍善本已成为收藏界关注的焦点之一，宋本古籍的价格已高达每页万元之巨，王定安收藏的这些宋版元版书，其珍贵不言而喻，自然是收藏者梦寐以求的奇货。

<h1 style="text-align:center">十三</h1>

王定安的去世时间，以往的说法是光绪二十四年（1898）。此说源于王邕宣统三年（1911）刊刻的《塞垣集·后序》："复以刘忠诚公保荐，开复原官，任凤颍六泗兵备道。越三年卒于任所，时光绪二十四年也。"王邕这个说法是错误的。王定安实际上去世于光绪二十二年（1896），即王定安61岁时。这有多个证据，光绪二十二年，安徽巡抚福润曾上过一道奏折《为道员因病出缺先行遴员护理请旨迅赐简放以重职守恭折》，其中有"凤颍六泗道王定安于光绪二十二年三月二十九日因病出缺等情"。这是给皇帝的奏章，是绝对准确可信的，二十九日是"出缺"的时间，这与后面《申报》所说的二十七日去世不矛盾。当时和王定安一起在凤阳重修《两淮盐法志》的姚永朴在《刘忠诚公》中记载："光绪二十一年，王君在凤颍道任，延予及朱仲武重修。逾年王君卒。"而更直接的证据是光绪二十二年四月二十六日（1896年6月7日）《申报》的记载："电报云：王定安观察向居宜昌北门外，自起复后分往两江，现任凤颍道。前日忽有电报来家，悉观察已于上月二十七日在任仙逝云。"民国版《宜昌县志初稿》编者（工邕是该书的编者之一）在为王定安立传时可能没有看到上述史料，因而沿用了王邕《塞垣集·后序》的说法："二十一年，授安徽凤颍六泗兵备道。越三年，殁于任所，年六十有五。"由于王邕身份的特殊，民国《宜昌县志初稿》又是王定安故里的志书，二者记载一致，后来的研究者自然就深信不疑。王邕之所以把其父去世时间弄错，与他出生较晚有关，王定安去世时，王邕大约才11岁。

王邕说其父"卒于任所"是正确的，这与《申报》"在任仙逝"的报道是一致的。而王定安时任凤颍六泗道，治所在凤阳府。现在还能查到《申报》的3篇相关报道，光绪二十二年七月初七日（1896年8月15日）的《申报》记载："藩台瑞莘候方伯亲诣督署禀知，借筹防局'江安'轮船赴瓜洲口接王故道定安灵柩，岘帅随饬管驾杨星田遵照，即日鼓轮下驶。"光绪二十二年七月初八日（1896年8月16日）的《申报》记载："（六月）二十三日，总理两江营务处候补道桂总兵张腾蛟，辞赴吴淞赣州营守备江清、南昌城守营守备潘玉桂，均江西来，均见潘台瑞禀知借筹防局'江安'轮船赴瓜洲接王故道定安灵柩。"光绪二十二年七月二十四日（1896年9月1日）的《申报》又载："又蒋嶙禀知王故道定安灵柩于二十日起程。"很遗憾的是，王定安的灵柩最终运到了哪里未见记载。

王定安可能葬于他老家——今宜昌市夷陵区龙泉镇王家场，这里是他的祖茔所在地，他的母亲万夫人即葬于此，光绪十四年（1888），王定安曾为其母于此修墓立碑（详见王文澜《我们见到的王定安母亲万夫人墓》）。王定安儿子王邕的好友全敬存在其《吊容子》诗的序及正文中写道："容子避难东乡杨树河，死于先人鼎臣公之墓庐。""一袭青毡传旧业，百年黄壤傍先茔。文星两代精英聚，待看灵芝出九茎。"这个杨树河是流经王家场的一条小河，东乡杨树河指的就是王家场。全敬存的老家就在今天的夷陵区，对夷陵的山水较为熟悉，他的这个说法当然毋庸置疑。但令人不解的是，20世纪五六十年代王家场的老人都只知道王定安母亲万夫人的墓，而不知道王定安的墓。笔者分析有两种可能：第一种可能，万夫人的墓是王定安生前所修，1955年，王氏有后人画有万夫人坟墓的图，从图可看出，坟茔比较大，墓前还有高大的石碑，另有石桌椅等，是较显眼的高等级墓；而王定安去世时儿子王邕才11岁，不太可能给王定安修高大豪华能引人注意的坟茔，他的墓可能只是一座普通的坟墓，因此当地人就只知道万夫人的墓，而不知王定安的墓。第二种可能是王定安的遗体根本没有运回宜昌，全敬存所说的"鼎臣公之墓庐"也许只是一个衣冠冢。王定安去世于三月底，其灵柩七月下旬才运抵瓜洲，费时近4个月，从凤阳到瓜洲今天来看才200公里，就用了这么长时间，而瓜洲离宜昌有近千公里，那时的轮船几乎只有白天才能开，速度也较慢，这从"江安"轮由南京到瓜洲的时间可以看出来，下水船这么一点距离就用时近半个月。试想，即使全程用"江安"轮船运送，逆流而上，送到宜昌那一定得好几个月。而当时正值炎热的夏季，遗体即使做了处理，也很难运回宜昌。因此，王定安的遗体不一定运回宜昌了，不排除只运到了南京或什么地方。王定安祖籍金陵，直到他曾祖才迁入宜昌，论理，南京也有其祖茔，王定安的遗体是否埋在了金陵的祖茔中呢？并且王定安本人疑似在南京有房子。王楷在《赠王鼎丞定安观察二首》"剖厥氏惟搜宋代"一句后自注："藏宋刻书极多，名其斋曰'宝宋'。"林旭《述哀》诗有："昔岁客江宁，闲居重九日。高轩隆隆过，文场之魁率。幼卑不敢见，童仆笑喽嗦。敦敦拈髯髭，风雅意无匹。扬榷极古今，头纷而绪密。百川秋灌河，乃睹会归一。海内宝宋斋，牙签三万帙。招我坐其中，竟日常折垤。"从林旭这段文字看，王定安的藏书阁"宝宋斋"就在南京。而王楷在其《笠臣鼎丞同日各以消寒雅集相招赋谢》"既饱重趋宝宋斋"一句后自注："鼎丞所居。"这又说明"宝宋斋"既是书斋，也是居所。并且王定安自己的诗歌中也有"我家门巷近乌衣""金陵吾旧里，世业守青箱。乌衣盛冠盖，弈叶腾其光。滔滔长淮水，緜緜荆与扬。安能挹清泉，涤我九回肠。乡思寄南燕，万里遥相望"这样的句子。甚至还有一种可能，王定安的遗体根本就没有从凤阳运出来，所谓的"灵柩"有可能只是一具空棺材或只是装载他的遗物而已，遗体可能就地安葬于凤阳了。吴汝纶《挽王鼎丞方伯》："当年定交，在太白楼头，倚马才高，共看人敬张君嗣；异日掩泪，过八公山下，停车腹痛，苦忆书论盛孝章。"八公山在今安徽淮南市，古属凤阳府凤阳县。"腹痛"也是一个与墓地有关的典故，《后汉书·桥玄传》记载："初，曹操微时，人莫知者。尝往候玄，玄见而异焉，谓曰：'今天下将乱，安生民者其在君乎！'操常感其知己。及后经过玄墓，辄凄怆致祭……又承从容约誓之言：'徂没之后，路有经由，不以斗酒只鸡过相沃酹，车过三步，腹痛勿怨。'虽临时戏笑之言，非至亲之笃好，胡肯为此辞哉？"联系这个典故想，"八公山"确实很像是指王定安的安葬地。

最后说说王定安的家。夷陵区王家场应该只是王定安的祖居地，而不是王定安的居住地，王家应该早就进城了，这从王定安父亲王廷鸾的活动范围可看出来。但前述1984年出版的《宜昌市文史资料》第2辑上面的《清末民初宜昌人物缀集》一文称王定安之父"住南正街"疑似错误。光绪十年十二月十二日的《申报》记载："前山西冀宁道王定安，东湖北门外人，因案革职，近闻已沐圣恩，准其效力赎罪，未知然否。"光绪二十二年四月二十六日的《申报》记载"王定安观察向居宜昌北门外"。今人的回忆录和当时报纸的记载比，当然是当时的报纸更可信，何况两次的记载相差12年，所以《申报》

的记载应该是准确的。当然也不排除其父原居住在南正街，王定安后来搬迁到了北门。不过，这种可能性应该较小。安土重迁是中国人几千年的习俗，如果不是出现了特殊变故，一般不会轻易搬迁。

十四

王定安的才华在前面一些章节已有论述，此处再补充部分他的友朋和政敌的评价。黄云鹄："鼎臣才气卓越，学识俊伟，行事不拘拘绳尺，议论常惊座人，一如又桓。"（黄云鹄《送王鼎丞之官江苏序》）黄维申："不见鼎丞观察人中豪，儒术淹雅倾时髦，吏治卓异空其曹。夷然皇路方坦荡，长风万里快翱翔，即今囊笔侨吾湘。一灯风雨丹铅劳，宗臣著述绍宗圣，摩挲校读觚恒操。间与名流事酬唱，酒边乘兴一挥毫。吾湘耆宿杨郭李，老去为文格更超。见君击节生叹赏，谓君文章足以上掩乎风骚。抑知文辞余事耳，其经济乃足以扶世翼教，而立名于朝。"（黄维申《鼎丞观察母万太夫人寿诗六十韵》）李慈铭："王定安鼎丞，好学工诗，意气傥荡，不可一世，而独心折于予，顷闻予已戒行（出发上路），怆然来别，言：'君既去，都中不复可居，亦将束装归矣。'"张之洞："王定安办事颇有才具，而不知自爱，附和妄为。"（张之洞《遵查革员侵蚀各款拟议结案折》）李郁华："碑曾手读，卧看太学之经；赋出心裁，抄贵洛阳之纸。""夫惟大雅之不群，实继元音于正始。"（李郁华《〈塞垣集〉叙》）张上龢："先生丹篆吞胸，墨书盈掌。"（张上龢《〈塞垣集〉叙》）

王定安的思想比较复杂。他是一个封建时代的臣子，有着传统的忠君爱国的儒家思想，但是王定安也有着很多值得肯定的进步思想。

"戊戌六君子"之一的林旭视王定安为私淑老师，在得知王定安去世之后，写了长篇诗歌《述哀》，情真意切，感人肺腑。用今天的话说，林旭简直就是王定安的铁杆粉丝。大家都知道，偶像与粉丝之间首先就是思想的契合。无独有偶，"戊戌六君子"中的杨深秀亦为王定安的朋友，亦有多首诗歌写到王定安。王定安的朋友中，不光林旭、杨深秀被清廷处死，还有一个叫袁昶的朋友亦被清廷处死。袁昶因为光绪二十六年（1900）直谏反对用义和团排外而被清廷处死，同时赴刑的还有许景澄、徐用仪等4人，史称"庚子五大臣"。这至少说明王定安的思想中一定有着与清朝统治者不一致的地方，只是由于史料的缺乏，我们现在还找不到直接的证明材料罢了。

他有着中国古代知识分子共有的家国情怀，"平生忧道不忧身"。据蒋德钧光绪二年（1876）所写《丙子十月至天津观大沽海口炮台赠王鼎丞观察定安二首》"富强十策非空论，早听吴门政有声"一句自注："鼎丞早岁作宰江苏，近上书译署，曰《富强十策》。"译署是清政府于咸丰十一年（1861）设立的总理各国事务衙门，是为清政府办理洋务及外交事务、派出驻外国使节，并兼管通商、海防、关税、路矿、邮电、军工、同文馆、派遣留学生等事务而特设的中央机构。说明王定安十分关心国家大事，尤其是很关注洋务外交方面的大事。遗憾的是这《富强十策》我们没有查到，也许早已遗失。李鸿章的《复江苏特用道王》部分段落疑似涉及这方面的内容，读者可参阅。王定安在诗中常常抒发"时事艰难空有泪，人生会合岂无因"的感慨。伊犁回归时他差点儿喜极而泣，以《喜闻俄人元旦交还伊犁和张丹卿韵三首》以志喜悦。他在《塞垣集》中十多次写到屈原，"却顾秭归山，迥与尘世殊。秋烟澹橘柚，兰茝亦堪娱。哀彼怀沙客，颛颔同一符。天问岂能对，搔首独躇蹰。""泽畔那寻渔父语，汨罗江路隔千里。""三年儋耳怜苏轼，万古江潭吊屈原。""放逐怜屈原，髡钳赦季布。愿言追正则，轪鞨崇姱修。"这样的句子比比皆是，足见屈原的诗歌无论是情感内容还是表达方式都深深影响了王定安。而且，他还十多次写到王昭君。多次写屈原和王昭君，除了"名媛远嫁，文士迁谪，同有薄命之嗟"的因素，还有一个原因就是他们有着共同的家国情怀。看来，伟大的乡贤对乡人特别是对乡里文化人的影响是十分深远的。

他主张对西方列强要坚持斗争，不能妥协。王定安在《闻粤军滇军迭获胜于越南境法人要求愈甚四叠坡韵呈文轩诸君》一诗中写道："由来和议误戎机，坐令他族入庭户。"他对甲午战争之后中国面临的外国列强的觊觎非常忧虑，他非常关注中国当时周边地区的形势，特别是朝鲜、越南、日本等。光绪九年（1883）前后写有《闻越南警报再叠果仙韵二首》《海国杂诗十首》等诗，后者回忆历史上征服周边属国的辉煌，带有明显的讽喻当朝的对外屈服政策的意思。曾国藩的长孙曾广钧在其《题王定安鼎丞〈塞垣集〉

二首》"纵横捭阖非长计，要酹蚩尤战五洲"一句自注中说得更明确："不持和议。"

王定安对清末边疆问题"塞防""海防"之争有着自己的独到见解："故汉之经营西域，其意在匈奴，非黩武勤远之谓也。今俄夷与我毗邻，东西亘万里。其患岂止汉匈奴比哉！而回疆柔懦反侧，弃之且为所噬，日蹙百里，不致于地尽不已也。左文襄排众议而独任其难，不惜竭天下全力图之。其深谋远虑，弭祸乱于已兆，岂非古之所谓社稷臣乎！"（《湘军记》卷十九）左宗棠为大清收复了近六分之一的领土，在很大程度上影响了现在中国的版图。站在今天的国际大背景下来看，左宗棠当年打下新疆、争回伊犁的历史意义就更大，试想，要是这一块领土丢失，中间横着一个其他国家，我们今天必然是举步维艰。因此从这个意义上说，左宗棠算得上中华民族的一个大英雄。王定安早在100多年前的上述评价就显得特别具有战略眼光。王定安还曾与李鸿章讨论当时的对俄策略，讨论了国内的学术思潮，很是令李鸿章信服："欣谂朗抱冰清，新猷云焕，慰洽颂忱。俄事相持未决，议论滋纷，承示通商与割地不同，划界与口岸两事，宽以论通商，严以争划界，在我既无大损，在彼或可转圜，允推惬当之论。"王定安的"通商与割地不同，划界与口岸两事，宽以论通商，严以争划界"这些观点实在是太精辟了，在100多年前能有这种眼光真是难得。他还曾与黄维申谈夷务："殷忧独抱谙先机，肉食纷纷薄时患。""君昔作吏居海滨，洞悉夷情思御患。""侏离鬼怪变化多，君能烛照剖真赝。中外市易聊羁縻，海宇澄谧赖参赞。""但能忠信可行蛮，何虑焉耆不臣汉。"（黄维申《与王鼎丞观察谈夷务鼎丞有诗次韵和之》）这些都可见王定安关注的广度，思考的深度。

王定安对回民宗教信仰的看法，今天来看，仍然十分有道理并有借鉴意义，诸如"独循其国俗，讽经事天，不祀鬼神。又不奉正朔，每月持斋礼拜。此其难强同者耳""假使回回遵圣朝大同之化，循三代周孔之典礼，而以天方教侪诸浮屠、老子，偶一涉猎，固亦圣主之所不禁，而儒者之所时有，何碍于宇宙之大乎？其守之也愈笃，斯其溺之也愈深。天方教导人为善，而械斗戕杀累百余万弗加悔，所谓诗礼发冢者耶？呜呼！其可悯也已"。

十五

王定安有可能是宜昌历史上，除了杨守敬之外，留下文字最多的古人。三峡大学黄河、张潮老师称"历见于古今文献记载的大约有二十余种名目，迄今仍见于各种古籍书目及各大图书馆馆藏书目著录的约有十六种，累计四百余万字"（黄河、张潮《王定安生平与著作考略》）；宜昌著名文史学者熊楚洪说王定安"文字逾千万"（熊楚洪《东湖著名学者王定安》），而这些巨量的文字主要是他的历史著作。王定安的历史著作，陈斌先生的《晚清史家王定安》一书有较为详细的介绍，此处不再具体介绍。王定安是晚清时期在多个领域都有不凡建树的学者，当代有学者称："在中国近代史上，有一位对中国文化的发展产生巨大影响的史志文献著作家，那就是以史志文献学、金石彝器学、版本目录学等诸多学问并称于世的清末学者王定安。"（王桂云《清末史志文献著作家王定安》）其实，王定安还可以说是著名文选学家、文学家、收藏家。

本书收录的王定安诗文其实是很不全的。王定安的诗文的数量不是一个小数字，民国版《宜昌县志初稿》记载的就有《空舲文稿》8卷、《空舲诗稿》16卷、《空舲随笔》4卷。王定安的女婿黄侃在其日记中还记载有："（王）芥予以新自宜昌带来外舅遗稿《归田集》二册、《空舲文稿》二册、《毅斋文钞》二册示余，持归敬一翻阅，当择要选录。""外舅"即岳父，这个王芥予又作王芥舆，是王采蘩的弟弟，是目前所知的王定安年龄最小的儿子。黄侃日记中有"携两儿至妻弟王芥舆寓，看其纳妾。吴女，十七岁。貌则寻常，或宜家道尔。"从书名看，《归田集》《空舲文稿》《毅斋文钞》应该是写于宜昌，内容应该也以写宜昌的人事物为主。从黄侃的另一日记看，这些书稿后来黄侃都委托他夫人王采蘩的从弟王邦郅交给王芥予了。遗憾的是这些书稿从此不知去向，也许在战乱中丢失了，也许至今仍深藏于一个不为人知的地方。但愿随着《王定安诗文辑注》的出版发行，关注者多了之后有人能意外发现这几部书稿。祈愿这种奇迹能发生，到时我们再来做一个《王定安诗文辑注》增补本，那样就会更加圆满。

第一编 一

诗歌篇

第一辑 《塞垣集》

《塞垣集》叙

　　沙飞雁碛，正汉妃拨阮①之乡；天接龙堆，乃秦女哭梁之地。冰天雪海，总是愁城；豪竹②哀丝，更无艳曲。然而夜郎谪去，益惊太白之狂名；儋耳③归来，共索坡仙之诗卷。木客离乡之恨，对夜月以讴吟；铜人故国之思，感秋风而滴泪。大抵声之所激，情见乎辞。《离骚》本忠厚之音，《孤愤》亦感恩之作。由来平子④，赋号多愁。除是，乐天集名"长庆"⑤，可知学由困进，诗以穷工。自古为昭，于今益信矣！

　　予同年鼎丞观察⑥，系原荆楚，幼对杨梅。蜚骏誉以冠南宫，观鸿都而游北阙。碑曾手读，卧看太学之经；赋出心裁，抄贵洛阳之纸。晋公⑦从事，帝识文星；钱帅⑧宾僚，人呼仙吏。岂第甲兵腹贮，扫鹅阵于千军；争传杼柚心劳，奠鸿嗷⑨于三晋。论功赏，则宜延百世；语生全，则奚啻万家？胡为塞上之双凫，竟是舟中之一鹤！向使郗超⑩无禄，书成入幕之谋；李广不侯，人道杀降之报。则得马早知其非福，亡羊自误于多歧。而君则义设路粮，恩周仓窖。麦舟万斛，指挥倾智士之囊；豆粥三盂，涓滴拜仁人之粟。亿姓群呼为父母，九重亦奖其贤劳。讵知天道之无凭，抑亦人心之不古。遂使黄沙白草，招山鬼以行吟；芰佩蓉裳，吊湘灵而寄慨。风过箫而簧动，水撞石以钟鸣。不有歌谣，曷舒怀抱！《塞垣》之集，所由来乎！

　　夫汉女出游，人原善赋；湘累长逝，士尽悲秋。念作者之如林，怅古人之已淼。吴歈洛咏，覆瓿徒多。杜集韩文，凿坟不破。犹且雕虫刻鹄，描摹才子之称；弄月嘲风，腼腆女儿之态。此固君所弗屑，亦非仆所能知。夫惟大雅之不群，实继元音于正始。烛龙火鼠，偶吟风土之宜；毳帐毡裘，旁涉沙河之种。听到伊凉之调，羌骑思归；唱残敕勒之歌，将军入阵。文姬反国十八拍，口授胡笳；苏武入关一万里，手持汉节。固宜幽燕千里，犹驰老骥之雄心；湖海十年，未减元龙之豪气也。

嗟乎！猿啼夜月，断尽回肠；鹃泣春风，滴残碧血。凄凉《五噫》梁伯鸾，泪洒吴江；呜咽《七歌》杜子美，魂销同谷⑪。续阮瞻⑫之论，魑魅宵争；著仓颉之文，鬼神夜哭。吊汨罗于何处，悲掩袖于伊人。

再诵君诗，请为转语。此日解从老妪，慰枕戈柳塞之离愁；他年歌以名伶，享画壁旗亭⑬之艳福。

光绪癸未年孟冬月，年愚弟李郁华⑭谨叙。

【注释】

①拨阮：弹奏乐器。阮，阮咸，乐器名。形似琵琶而圆。相传为晋阮咸所造，故称。此处的汉妃指王昭君。

②豪竹：竹制的大管乐器，音调嘹亮昂扬。

③儋耳：古代南方国名。又名离耳。汉元鼎六年内属，称儋耳郡。在今海南岛儋州。苏轼曾被贬儋州。

④平子：指汉代的张衡，字平子。他在《归田赋》中表达了自己不满现实的黑暗，情愿返回田园从事著述的心情。后用为咏归隐之典。唐吴融《离霅溪感事献郑员外》诗："云沉鸟去回头否，平子才多好赋愁。"

⑤长庆：白乐天（白居易）的作品集名为《白氏长庆集》。

⑥观察：清朝道员之尊称。此前王定安曾任山西冀宁道，故称。

⑦晋公：亦似指曾国荃的前任山西巡抚卫荣光。

⑧钱帅：指后来出任山西巡抚的曾国荃。

⑨鸿嗷：《诗经·小雅·鸿雁》："鸿雁于飞，哀鸣嗷嗷。"后遂以"鸿嗷"形容饥民哀号求食的惨状。

⑩郗超：东晋高平人，字景兴，一字嘉宾。曾任桓温参军，深获信任，

任中书侍郎等职，参与废立密谋，桓温死后去职。

⑪同谷：古县名。治所在今甘肃成县。唐代安史之乱起时，诗人杜甫寓此，因感伤离乱，作《同谷七歌》。

⑫阮瞻："竹林七贤"之一阮咸之子。初仕为晋东海王司马越记室参军，永嘉中为太子舍人。性清虚寡欲，善弹琴，有求者，不问贵贱长幼皆为之弹奏。持无鬼论，无人能屈。

⑬画壁旗亭：唐代薛用弱《集异记》中记载的王昌龄、高适、王之涣三人交往的一个故事，后借指文人诗酒之会。

⑭李郁华：字韦仲，一字果仙，晚号瓠叟，湖南省新化县人。咸丰九年（1859）恩科举人，拣选知县，候选主事。同治七年（1868）中进士，选翰林院庶吉士，散馆授编修。历任实录馆、国史馆等处纂修。光绪元年（1875）出任恩科顺天乡试同考官。五年（1879），任云南乡试正考官。历充毅庙奉移、奉安典礼随员及钦命稽察南新仓事务，稽察吏部、提督衙门事务，都察院掌河南道监察御史。曾疏请修筑广东、大连、旅顺、塘沽等地海防炮台。光绪二十八年（1902）去世。李郁华喜写诗，著有《听松楼诗集》《瓠叟诗抄》《苦素山房诗集》等，大多散佚。李郁华还是著名的书法家，其《双鹤铭》是一本流传甚广的颜体楷书字帖。李郁华与户部主事龙继栋、云南永昌知府潘英章都是因为云南报销案革职，流放军台效力赎罪。云南报销案是晚清第一报销大案，实际是晚清党派的一次剧烈斗争。王定安与其有大量唱和之作。

《塞垣集》叙

刘越石栖迟河朔，诗体清严；庾开府留滞关中，赋才哀艳。闭门咏史，续虞翻①之故书；还汉何年，识管宁之皂帽。天虽高，倚杵及之；海虽深，衔石平之。

我读鼎丞观察先生《塞垣集》，而不禁悄然以悲也。先生丹篆吞胸，墨书盈掌。少年登第，中岁知名。罗含之梦鸟五色，汗漫之屠龙②千金。其进也，谒金门，观秘籍。盾鼻代墨，矛头洗兵。偶膺赤绂，单父③鸣琴。旋更绣衣，相如乘传。友扶风之豪士，揖大树于将军。戛戛乎不可一世焉！其退也，眺洞庭，临巴峡。招故园之鹤，借饰琴书；烹汉水之鱼，以供甘旨。拂灵芸于侧理，巧制鸳鸯；搴芳杜于荒洲，踢翻鹦鹉。君门已远，臣里言欢非所企矣。其荣也，亦尝张隼旟④，坐熊轼。泛舟之役，老稚欢呼；监门之图，流亡如绘。羽幢受宠，处丛脞⑤而晏如；樽罍杂陈，作退余之古趣。其悴也，抱长戈，衣短褐。戍楼月落，鸿雁孤飞；大漠云低，牛羊尽小。升九天而堕九渊，读万卷而行万里。荆门⑥之远，远于长安；刀镮⑦之思，思在今夕矣。

　　然而裘披青兕，曲谱黄麖⑧。采汉俗之风谣，作楚骚之别则。白云亲舍，怅望家山。青冢明妃，新编乐府。蔡季通抵戍春陵，生徒问业（公奉都护文，校阅课卷）；苏长公谪居岭表，侍妾偕行。洪崖仙侣送之入关（谓琴西⑨都转），严光客星陨而为石（星桥⑩大令殁于戍所）。伤离感逝，触绪兴怀。着屐登山，携筇问水。固已极朋旧之谭，尽唱酬之雅焉。

　　嗟乎！汉文有道，终念贾生。杜牧罪言，岂忘唐室。樊笼跳出，角巾优游。或东湖词客，被西湖而见招；南征纪程，忆北征之琐语。庶几牙琴去海，尚有知音；心事题襟，同为息壤。不可谓非厚幸也已！

　　光绪九年夏六月，知万全县事，钱塘张上龢⑪芷莼拜叙。

【注释】

①虞翻：三国吴经学家，字仲翔，会稽余姚（今属浙江）人。孙策时任功曹，出为富春长。孙权时为骑都尉，因触犯孙权，被谪戍。家传西汉今文孟氏《易》，将八卦与天干、五行、方位相配合，推论象数。为《老子》《论语》《国语》作训注。

②屠龙：典出《庄子·列御寇》："朱泙漫学屠龙于支离益。单（同'殚'）千金之家，三年技成，而无所用其巧。"朱泙漫学习屠龙的技术，花了三年工夫，用尽千金家产，学会后没有地方使用。后遂以"屠龙""龙屠""学屠龙""屠龙学""屠龙技"等称艰难伟大的事业，用"屠龙手"称有真才实

学而不为世所用的人。

③单父：春秋鲁国邑名，故址在今山东省单县南。孔子弟子宓子贱为单父宰，甚得民心，孔子美之。后用来指有治绩的郡县或官员。此指王定安任地方官。

④隼旟（yú）：画有隼鸟的旗帜。古代为州郡长官所建。指代州郡长官。

⑤丛脞：琐碎；杂乱。

⑥荆门：荆门山，在今点军区。此代指王定安的故乡宜昌。

⑦刀镮：刀头上的环。"镮""还"同音，后因以"刀镮"喻征人思归。

⑧黄麚：唐代杂曲谣辞名、舞名。

⑨琴西：洪汝奎，字琴西。湖北汉阳人。道光二十四年（1844）中举。咸丰初考取官学教习，参曾国藩军事，保用为江南道员，总理粮台事务。代两江总督沈葆桢治事，颇有声望。被荐举为两淮、广东盐运使，裁冗员，建义仓，浚扬州城河。坐三牌楼案革职遣戍。与王定安唱和众多。参见《洪琴西都转（汝奎）奉诏释回叠前韵志喜》等诗。

⑩星桥：严堃，字星桥，署理江苏沭阳县知县，是洪汝奎任命的具体审理三牌楼案的四个负责人之一。

⑪张上龢：字芷莼、沚莼，号怡荪。浙江钱塘人，史学家张尔田之父。咸丰四年（1854）诸生，官直隶昌黎、博野、万全、静海、永年等县知县。有《莼乡诗钞》一卷，张蓥作跋及题词。张蓥跋云："大著雄浑奇丽，哀感顽艳，时出入于唐代三李，而于长吉尤近，故一洗乾嘉派，不为所囿，而能独标风格，真异才也。集中长歌，如《登岱》《谒项王墓》《蓬莱阁观日》《酒楼题壁》《梦游香海吟》《题〈塞垣集〉》等作，奇气郁勃，光怪陆离，追踪太白，不特貌而神亦似之。又《秋梦图》《冶游曲》《隋宫古镜歌》《苦塞行》《铜雀砚歌》《懊侬曲》《乞巧篇》《拟乐府》《无题》等作，直入义山、昌谷之室。七律咏古诸作，与国朝梅村、阮亭为近。虽不名一家，要亦当今之能手也。"（《张尔田年谱简编》）张上龢曾从蒋春霖受词学，侨寓吴门又与郑文焯等为词友。有词集《吴沤烟语》二卷。王定安与之唱和之作极多。

【相关链接】

洪汝奎传

洪汝奎，字琴西，湖北汉阳人。道光二十四年举人。咸丰初，考取官学教习，期满以知县用。参曾国藩军事。同治初，洊保至江南道员。总理粮台，供应防军及他省协饷。又筹还西征洋债，出入逾二千万，综核名实，不避嫌忌。光绪中，沈葆桢为两江总督，尤倚任之。葆桢治尚威猛，因疾在告，辄疏请汝奎代治事，声望益起。会诏求人才，大臣交章论荐。五年，特擢广东盐运使。调两淮，裁冗费，建义仓，濬扬州城河。方欲大有为，而江宁三牌楼之狱起。

先是有弃尸三牌楼竹园旁，汝奎令参将胡金传侦获僧绍宗等仇杀谢姓男子，又称薛姓，名亦屡易，汝奎请覆讯。葆桢以会匪自相残，即置大辟。逾三年，得真盗周五、沈鲍洪等杀朱彪事，时地悉合。事闻，命尚书麟书、侍郎薛允升往江南即讯。金传坐滥刑失入，治如律；汝奎失察，褫职遣戍；葆桢以前卒，免议。于是朝旨申戒各行省慎重刑狱，并禁嗣后武员毋庸会鞫。汝奎至戍所，未几赦归，遽病卒。宣统初，总督端方疏陈其治行，复原官。

（《清史稿》）

卷一：古近体诗
（起光绪壬午^①八月，讫癸未^②正月）

【注释】

①壬午：光绪八年，公元 1882 年。

②癸未：光绪九年，公元 1883 年。

光绪壬午夏余自山西冀宁道^①乞病归养七月十一日抵家即闻谪戍军台^②八月二十二日启行赴戍留别家山亲友四首

忽闻恩谴到燕然，北望乌桓路几千。

三峡归鸿才昨日，五原征骑入遥天。

投荒旧是诗人例，薄谪终承圣主怜。

朔漠虎狼犹未戢，孤臣敢惜枕戈眠？

投绂^③南来为养亲，谁知还作远游身。

高堂白发离为别，故国青山不改春。

菽水频年依弱弟^④，田庐几处待归人。

却怜未竟离骚业，惭愧清时放逐臣。

翠柏红薇递绾符，滥权高位愧庸迂。

谤书不问乐羊子，谣诼终迁屈左徒。

失马塞翁谁铸错，移山野叟敢辞愚？

伤心汾水滔滔绿，曾送归鞍出晋都。

踟躇⑤南冠作楚囚，亲友相慰且包羞。
怕惊老母⑥翻无语，暂弄娇儿⑦未解愁。
野渡寒云闻画角，秋江凉月送孤舟。
丹忱报国终无已，一剑从他笑蒯缑⑧。

【注释】

①冀宁道：全称为分守冀宁道，清置，故治在今太原市。《清一统志》山西省："分守冀宁道，驻太原府，管理驿传事务，辖太原、潞安、汾州、泽州四府，平定、沁、辽三州。"王定安于光绪六年（1880）选授冀宁道。

②军台：清代设在新疆、蒙古一带的邮驿，专管西北两路军报和文书的递送。《清会典事例·邮政》："张家口外阿尔泰军台正站二十九处。"参见《出塞行》"阿尔泰军台"条注释。

③投绂（fú）：弃去印绶。谓辞官。

④弱弟：疑似指王定安四弟王赓夑和五弟王养丞。王定安有一兄三弟。长兄王赓飏、三弟王愉安（梦阳）同治年间均已去世。王赓夑，字锡丞。参阅《示季弟锡丞二首》。

⑤踟躇：畏缩恐惧的样子。

⑥老母：王定安的母亲万氏。可参阅曾纪泽《王母万太夫人寿诗序》。

⑦娇儿：此指长子王恩锡。王定安在其《芷莼和余示弟诗二首叠韵奉酬》一诗中自注："儿子恩锡三岁，略识字。"此子后来早逝，王定安有《哭亡儿恩锡四首》。

⑧蒯缑（kuǎi gōu）：用草绳缠剑柄。典出《史记·孟尝君列传》。

曾沅浦①宫保因余事褫职留任赋此志愧

自怜投窜到戎荒，夹袋②当年姓字藏。
子美忧谗连范老，张侯夺秩为陈汤。

欣闻优诏留元佐，愧蹈丛瑕负圣皇。

敢诩孟明③能晚盖④，还从胥靡⑤卜贤良。

【注释】

①曾沅浦：曾国荃，字沅浦。曾国荃曾因功赏加太子少保衔，故称宫保。曾国荃当时已升任两江总督，因王定安案被降两级。

②夹袋：夹袋中人物。指当权者的亲信或被收揽作备用的人。典出《宋史·施师点传》："师点惓惓搜访人才，手书置夹袋中。谓蜀去朝廷远，人才难以自见。"

③孟明：孟明视。春秋时期秦国大夫，秦穆公的主要将领，秦国国相百里奚的儿子。多次率领秦军与晋国作战，屡败屡战，最终战胜了晋军。

④晚盖：以后善掩前恶。多泛指改过自新。

⑤胥靡：古代服劳役的囚犯。此处系王定安自指。

自汉口乘轮船至沪上有感

万里长江万斛舟，鹤楼牛渚望中收。

南来钟阜萋萋绿，东去吴淞滚滚流。

六代青山连楚塞，十年明月梦扬州。

朱方①旧是蛟龙窟，扫荡功还让故侯②。

【注释】

①朱方：春秋时吴地名，治所在今江苏省镇江市丹徒区东南。此指南京。"朱方旧是蛟龙窟"是指南京曾是洪秀全太平天国的都城。

②故侯：指曾国荃。

上海洋泾浜①二首

春申②旧俗叹沦胥③，翠树红墙接里闾。

圆甍数层同佛塔，重楼千尺似仙居。

估人尽学英仑语，教士新翻罗马书。

闻道乘槎泛牛斗，频年西海遍轺车。

旧闻海上有蓬瀛，今到光明世界行。

万户寒灯然电气，三街铁毂④走雷声。

朱离⑤杂奏倭奴曲，红褶争看布鲁兵。

圣德包荒暨中外，垓埏⑥歌舞乐升平。

【注释】

①洋泾浜：当时上海的一条河浜，位于从前的公共租界和法租界之间，后来被填成一条马路，即现代的延安东路。

②春申：旧上海的别称。

③沦胥：泛指沦陷、沦丧。

④铁毂：当时人们眼中的汽车。

⑤朱离：古代中国西部民族的音乐。

⑥垓埏（gāi shān）：天地的边际。指极远的地区。

海上喜晤余云楣①同年时以知府充日本领事

东倭诸国尽同文，海客乘槎早策勋。

蓬岛新通鲛女市，楼船环列汉家军。

节麾耀日临秋水，仙峤凌空隔暮云。

冠盖昔年夸乐土，武灵变俗②颇纷纷。

【注释】

①余云楣：余乾耀，字元眉，又字云楣，广东新宁人。任日本长崎领事多年，并出使印度、澳大利亚等多国。王定安光绪年间的旅日游记、日记等多涉及此人。余乾耀有《辖轩抗议》二卷，为在日时所撰。收录文章二十篇，上李鸿章书即占十六篇，内容多有关国际事务及本人建议。其中上总署书主

设海军衙门，保边固围，颇为时重。

②武灵变俗：战国时赵武灵王曾采用西方和北方民族的服饰，教人民学习骑射，史称胡服骑射。

沪渎杂诗八首

十二年前系客舟^①，西风黄叶又深秋。
吴淞水鸟如相识，日暮高飞傍画楼。

竹篱万叶剪刀裁，凤尾鸡冠烂漫开。
正是秋风鸿雁过，静安寺外看花来。^②

阑干曲曲似围墙，知是西人斗马场。
赢得金钱三十万，轮船那胜马蹄忙。^③

梨园子弟暂停歌，碧眼番奴演软梭。
一道长绳自来去，惊人胆落是飞车。^④

翩跹阔袖汉时衣，东国娇娆舞带飞。
双屐何如莲步稳，笑他新月印潘妃。^⑤

天魔跳舞太喧哗，一片夷腔隔碧纱。
未听塞门杨柳曲，管弦今已似清笳。^⑥

街前电炬寒如月，户外煤灯烂似星。
巧夺天工嗟已甚，怜他色相太空灵。^⑦

湖心亭畔海风凉，曲槛临流茗椀香。
料得苏台今夜月，照人魂梦到沧浪。^⑧

①十二年前系客舟：十二年前指同治九年（1870）。王定安大约在同治八年（1869）到同治十一年（1872）间任江苏昆山知县。

②作者此处自注："静安寺距夷场约十里，新建茅楼，可眺野景。"夷场指上海的租界。

③作者此处自注："西人斗马，有一胜而得洋行轮船者，所值辄数十万金。"

④作者此处自注："英仑人演软梭，于绳上行独轮车，往来如飞。"

⑤作者此处自注："日本妇人圆领阔袖，头垂两堕髻，着草屐，以两足指勾系，出则着木屐。"

⑥作者此处自注："西人过礼拜日，两人握手跳舞，有善讴者，依洋琴声，其调甚悲。"

⑦作者此处自注："煤气灯行之已久，近英界又有电气灯，光寒如月。"

⑧作者此处自注："湖心亭，在上海城内，远过苏州沧浪亭，惜为肆市所估，可慨也。"

渡海行（并序）

九月初六日，余携季弟锡丞赓夔①、内弟黄叔宋②刺史自上海乘"保大"轮船渡海。始出吴淞口，即值大风，颠簸呕吐几不支。初七日，过黑水洋，古所谓溟海也。风稍息，余云楣同年扶余登船顶，水天溔溔，极人间大观。初八日黎明抵山东烟台，小泊，食顷，仍展轮北行。是晚三鼓抵大沽口。初九日未刻抵天津，周玉山③观察（馥）留住榷署。肃毅伯相国李公④悯余颠踬，橄县丞张子新（敬铭）伴送至京。因述所历而赋此篇，凡八十韵。

> 季秋海气肃，狞猋无时休。
>
> 匉哮謷心魂，蹒跚行复留。
>
> 番奴狎溟涛，促余登轮舟。
>
> 轮舟郁盘困，赭白精垩髹。
>
> 偃卧亘虹蜺，攀跻踊狝猴。
>
> 列屋排蜂窠，横梁缀灯篝。

洞闼络长篴，屈曲蟠蚴蟉。
上台渺旷阔，坦夷犹平畴。
朝瞰羲乌浴，夜窥星蟾流。
下腹何彭亨[5]，蠢与鸱夷侔。
环坐容千人，珍货堆山丘。
舟工怜我怯，卧我中层楼。
悬榻两三磴，俯蹑身伛偻。
拳曲踻膣肘，展转不自由。
夜闻吹筒响，钟声谐鸣球。
潜突然石薪[6]，巨镬熏膏槱。
歊歔吐晨赮，澒洞噫冬飕。
烁烁炎熺扇，轩轩阴风遒。
铜龙骧首尾，低昂无停辀。
辟翕摆橐籥，高下摇千秋。
哆管喷黑烟，天际玄云浮。
磊訇碎冰雹，的烁霏晶球。
擘浪走骇犀，冲波跃奔虬。
乾坤倏动荡，日月遭蹦蹂。
瞀乱迷宙合，震撼愁埏陬。
龙伯畏不出，海若恇且羞。
百灵困蹙踖，狼狈迁窟湫。
转眄失吴越，遐睇穷东瓯。
岛屿杳难见，壶峤不可求。
坐客咸恶呕，侧卧同槛貗。
勺汤尚难咽，焉能茹干糇。
呻吟倚欹枕，性命轻蜉蝣。
我亦苦哕逆，粒米不入喉。
眩晕昏心神，颠倒翻衾裯。
虺䐪[7]废坐寝，昼夜倏已周。

同侣辱慰问，欲答还咿嚘。

童仆来窥觇，僵仆两足柔。

强起问舟工，已过黑水不。

余侯湖海士，邀我船顶游。

踉跄扳梯槛，顿若鹰脱韝。

是时日垂夕，蜚廉⑧威渐收。

溟渤过将半，海色深而幽⑨。

矫首望大荒，天水莽悠悠。

沆瀣但一气，安复辨齐州。

初更月始出，皓洁垂银钩。

瞥见齐东山，绿水澄如油。

侵晨抵烟台，溇云堆之罘⑩。

开轩阚村市，泊岸投修矛。

同舟相庆贺，安睡闻鼾齁。

行行才逾日，已到津门头。

晨入大沽口，蟹舍依鱼艘。

苍葭白日晚，古树荒烟稠。

秋气太萧瑟，万窍鸣悲飗。

追回溯古欢，胜侣多枚邹⑪。

周郎吾故交，扫榻烹凫鳈。

穷途倾肺腑，箴诚重琳璆。

自怜踣疵瑕，畏客如避仇。

旧友四五人，百慰不一雠。

缅惟相公惠，煦育实寡俦。

悯我愚戆姿，失足罹置罘。

委官相伴送，庶免诃诘忧。

张丞⑫同里契，惊视涕盈眸。

问我婴何疾，今癯昔何腴。

别来才四载，儿女罗床褥。

凄怆话畴昔，万感生眉睫。

生无谐俗姿，世味异薰莸。

投趾挂荆棘，众口纷嘲啁。

此行御魑魅，流放同共兜。

蹈海不择死，鱼腹甘所投。

回首西陵山，倚间望正愁。

将母嗟未遑，触事丛悔尤。

顾惭圣主恩，百死未能酬。

罪疑罚惟轻，薄遣理则优。

在昔宽大朝，亦有拘縶囚。

季长徙朔方，贾谊谪南洲。

跂首望帝阍，白日澹夷犹。

皇仁岂不厚，臣实不自谋。

愿言追正则^⑬，轨羁崇姱修。

微生委造化，竢命归樵耰。

斯文苟未亡，托志在阳秋。

【注释】

①锡丞赓夔：王赓夔，字锡丞，王定安四弟。王定安兄弟五人，还有一个么弟王养丞，民国版《宜昌县志初稿》记载："王颐安，养丞，生员，河南项城县知县。"王闿运对王养丞也有记载："十七日，晴煊。写涂寿序，又待洗菜毕乃出。答拜文廷式、周给事、殷竹伍、潘营官才福、曾礼初、王石丞，至少村处会饮。周给事、张厘员、李子静先在，余尚以为来早，乃已迟矣。无聊应酬，殊无真意。王养丞县丞颐安，复得相见，鼎丞弟也。"（马积高主编《湘绮楼日记》）黄侃日记作"王养臣"："午出访王养臣于宜昌馆。"

②黄叔宋：王定安的妻弟，疑似张之洞所说的黄学濂。内弟指妻子的弟弟。据《王定安优选贡卷》所附王定安履历："娶黄氏，从九品印运昌之女。"张之洞在光绪九年（1883）九月二十九日《遵查革员侵蚀各款拟议结案折》中奏请朝廷："王定安之戚山西试用通判黄学濂，充当营制所委员，倚势罔

利，款目含糊，应请旨即行革职。"

③周玉山：周馥，字玉山，号兰溪。安徽至德（今安徽东至）人。同治元年（1862），李鸿章组建淮军，周馥应募入其幕。后又升任县丞、知县、直隶知州留江苏补用、知府留江苏补用。同治九年（1870），以道员身份留直隶补用。光绪初年历任永定河道、津海关道兼天津兵备道等职。光绪后期官至直隶总督兼北洋通商大臣、山东巡抚、两江总督、两广总督等。

④肃毅伯相国李公：指李鸿章。

⑤彭亨：鼓胀，胀大貌。

⑥石薪：石炭，即煤。

⑦虺虺（wù niè）：不安。

⑧蜚廉：风神。

⑨海色深而幽：作者于此处自注："黑水洋即溟海。"

⑩之罘：山名，在今山东省烟台市北。

⑪枚邹：汉枚乘、邹阳的并称。

⑫张丞：从本诗序言看，应该是指县丞张敬铭，子新应该是他的字。其他不详。

⑬正则：屈原，名平，字原；又名正则，字灵均。王定安在《塞垣集》中多次提及屈原，足见伟大的乡贤对乡人特别是对乡里文化人的影响。

【相关链接】

宜昌官民冲突
——争夺桃花岭地皮

宜昌市民近因桃花岭地皮案，与宜昌高等审检厅大起风潮。按南湖桃花岭地皮系属丛葬之区，但非官荒，而系私产。高等审检分厅指作官荒，以宜绅黄祖荫等名义禀呈北法部，拟变价充修造地方厅经费，地方人士起而抗争，已有日矣。近日又传该地已获价。而省委张辛农到宜，外间误会其来提款，遂于二十九日在公园开市民大会，讨论应付方法。宜昌教育局长王颐安为抗争有力分子。高检厅指其怂动人民，突遣法警逮捕。是日市民大会，闻此消息，会场秩序大乱。王侄王容子请众到教育局开会讨论援救办法，众皆赞成。

时王颐安正由刑庭受讯，朱检长谓王既占官荒，复盗卖石子，且藏匿官荒契约款项不缴，更鼓动市民开会。王答："盗卖石子，确无此事；至官荒契约款项，屡送行政官厅，皆不收受，故暂收存；市民大会系黄树棠、陈子维二人发起，并非予之鼓动。"朱厅长谓："汝盗卖官产、石子皆有证据，本厅曾两次票传，汝竟匿不到庭。今又组织市民大会。若非主使，汝何故在该会场？"云云。后卒以外界声势汹汹，勒令亲具切结一纸，随即开释。一方教育界人士咸聚教育局，继即结队赴县请愿。县立学校并拟翌日一律罢课，再电督省，呈控吴、朱两厅长。王被释后亦奔赴县署陈述一切。吴知事随即赴厅谒朱，一面婉劝教育界勿罢课。教育界全体乃出，即向北京、武昌等处发出数电，请求撤惩该厅人员。次日市民又在培元堂开会，结果亦电呈司法部大理院湖北督省检查总厅。而黄祖荫、马道明又发电声明高等厅盗窃名义，电云："（上略）宜昌南湖桃花岭，坟墓累累，碑石重重，确系有主之地，并非官荒。乃高等审检分厅吴夷吾、朱道融垂涎该地，阳假修造地厅之名义，阴实贪图侵占之私。窃取荫等名义朦禀法部，作为官荒，希图变价，直接处理，以遂其私。荫等实未与闻，除详情另呈外，特先电闻，伏乞鉴察！宜昌平民工厂厂长黄祖荫、学务委员长马道明同叩。"现司法界与市民仍在相持中云。

（1924 年 6 月 11 日《益世报》）

津门①晚泊堤上步月回舟已三鼓矣喟然有作

秋气日惨栗，朝阳忽已西。
明月挂高树，清辉满芳堤。
弭棹傍回渚，散步寻幽蹊。
黄叶被兰皋，野菜偎霜畦。
渔舍俯寒川，绿水清以凄。
萧萧芦苇丛，时闻孤雁啼。
微茫黯村灯，乍明旋复迷。
矫首望澄空，渐觉银汉低。
荣悴有时易，得丧理亦齐。

酌酒聊自遣，世事同醯鸡②。

【注释】

①津门：天津市的别称。明永乐二年（1404）筑天津城，因地处畿辅门户，故名"津门"。光绪元年（1875）至光绪三年（1877），王定安在此需次。

②醯（xī）鸡：小虫名，即蠛蠓。古人误以为是酒醋上的白霉变成，故名。常常用以形容细小。

十六日津门晓发

日出沙渚明，水阔兼葭长。
凉飔漾轻帆，寒潮送微榜。
修川苦盘纤，曲岸憎回柱。
倏见日东西，乍疑云下上。
远浦偶停棹，村酤时一往。
澹烟霏估舟，霁色挂渔网。
白鹭飐晴波，孤鸿送凄响。
遐瞩脱囚拘，静坐息尘鞅。
滉瀁涤千愁，寥廓涵万象。
抚兹逍遥游，允结沉冥想。

夜泊河西务①闻村歌

夜月照澄川，秋色侵寒篠②。
轻舠漾微波，摇荡鸣枯蓼。
乡墟悄无人，繁声③出林杪。
村童十四五，连臂傍塘沼。
合还弄管弦，音节清可了。
似云太平年，禾黍堆秭兆④。

逸响遏行云，窃听惊宿鸟。

我行戍边庭，蕃歌杂夷獠。

胡箭入朔风，羌笛动秋草。

但讴行路难，愁聆阳关道。

何当操土音，南风歌袅袅。

醉饮随社翁，高唱楚山晓。

【注释】

①河西务：在今天津市武清区。河西务是出入京都的水路咽喉，因而历代朝廷在这里设置的钞关、驿站、武备等各种衙门众多，因其繁华而素有"京东第一镇"和"津门首驿"之称。

②篠：小竹。

③繁声：指浮靡的音乐。此指音乐。

④秭兆：万亿。

通　州

杪秋鸣绪风，寒云冻高树。

惊沙拂面来，横流不可渡。

谪弃怀殷忧，踯躅畏行露。

咫尺瞻天关，欲行还小住。

自怜楚国囚，甘赴秦城戍。

积毁实堪伤，沉冤讵能诉。

侧闻圣主仁，早霁天颜怒。

放逐怜屈原，髡钳赦季布。

公冶或非罪，即墨容当恕。

明发秣吾车，振策问皇路。

赴戍篇

　　九月二十六日，余自通州赴都门，亲交知之，咸相慰视，携酒相过者累日。二十八日，赴兵部验到。十月初一日，乘骡轿出德胜门，寒雪霏微，景物凄怆，追维昔游，感慨其曷已也！

风厉百草枯，冥穹盘霜鹘。
寒雪拂征鞍，阴云黯崷崒。
行行赴边沙，含泪辞京阙。
阊阖①凌层霄，万里悬日月。
忆昔觐彤廷，温语褒勤伐②。
感涕叩天恩，奏对词转讷。
持麾未三载，溺职③遭颠蹶。
丛怨实臣愚，积毁真销骨。
此生甘沦弃，安复辱袍笏。
亲交矜我厄，杯酒饯行轫。
络绎携壶浆，慰藉消郁勃。
部吏持牒来，催促随走卒。
严程迫限期，朔旦戒早发。
长揖谢亲交，内顾悲白发。
四夷犹倔强，妖氛彰彗孛。
努力树奇勋，西去扫羌羯。

【注释】

①阊阖：指宫门。
②勤伐：勤劳和功业。
③溺职：犹失职，不尽职。

昌平州望明帝诸陵^①

辽金旧宅在幽燕，汉祖移都卜洛年。

几处荒园埋玉匣，一家憾事是金川。

祠官守冢偕翁仲^②，宫女无人望墓田。

回首石城^③开国地，孝陵频岁苦戎旃。

【注释】

①明帝诸陵：昌平是明代十三座帝陵所在地。

②翁仲：墓前的石像。

③石城：指南京。朱元璋建都南京，死后葬于南京孝陵。

居庸关

乱峰嵬礌如卧驼，磷磷剑戟争相磋。

骡舆低昂寻蚁径，似乘轻舸凌旋沱。

雄关横截万山里，仰见长城歌坡陀。

秦皇威力詟山海，七十万人委荒阿。

当年单于戒南牧，榆塞^①月明郊无戈。

岂知斯高^②患肘腋^③，白蛇夜哭隳山河。

汉唐拓边动万里，乌桓突厥朝鸣珂^④。

清流祸烈钩党炽，奸徒暗窃天王柯。

我今乘障吊古迹，洋河^⑤夜冻寒不波。

长途捆载络茶茗，时见估客来俄罗。

古云尚德不尚险，强弱在我非由佗。

虮须深目亦何患，但祝明良一德相赓歌。

【注释】

①榆塞：此指居庸关。典出《汉书·韩安国传》："后蒙恬为秦侵胡，辟

数千里，以河为竟。累石为城，树榆为塞，匈奴不敢饮马于河。"后因以"榆塞"泛称边关、边塞。

②斯高：秦代大臣李斯与赵高的并称。

③肘腋：胳膊肘和胳肢窝，比喻极近的地方，亦代指产生于身边的祸患。

④鸣珂：显贵者所乘的马以玉为饰，行则作响，因名。

⑤洋河：桑干河的支流。

岔　道

黄沙古碛暮啼乌，几处人家种白榆。
自笑亡羊等臧谷①，何须歧路泣杨朱②。

【注释】

①臧谷：《庄子·骈拇》载，臧、谷二人牧羊，臧挟策读书，谷博塞（古代的博戏）以游，皆亡其羊。

②杨朱：歧路亡羊的主人公。典出《列子·说符》。

怀来县

时代几兴废，荒城自古今。
黄云栖土木，白日澹榆林①。
地阔人烟少，山遥鼓角沉。
英皇夸远略，北狩大骎骎。

【注释】

①榆林：作者自注："驿名。"

土木①行

赤光夜绕真王帐，神龙骧首蟠天仗。

震雷下击虏骑死，蕃儿拔剑神沮丧。

当年宦竖②邀边功，黄幄北伐趋居庸。

羽林期门③尽健士，被驱不异羊与豵。

翠华仓卒临大同，白登④古木号悲风。

五十万人尽东走，胡歌遍满飞狐峰。

妖星落地⑤秋月黑，乘舆竟逐毡车北⑥。

朝士汹汹议南迁，本兵于公⑦能谋国。

天门晄荡开九衢，群臣舞蹈齐嵩呼。

国有君矣虏何恃，乃知索币非良图。

中朝又值陵谷变，上皇重御明光殿。

夺门诸将彼何人，于公于公真忠臣。

【注释】

①土木：土木堡，位于今河北怀来境内。明初，蒙古地区分为鞑靼、瓦剌、兀良哈三大部。正统年间，瓦剌部首领脱欢统一了鞑靼和瓦剌两大部。脱欢死后，其子也先（也称乜先）继续扩充实力，征服兀良哈三卫，并准备进攻明朝。正统十四年（1449）七月，也先发动瓦剌军分四路南犯，也先亲率部众主力进袭大同。英宗昏庸腐朽，军政大权落在宦官王振之手。王振挟持英宗亲征，调动五十万大军，仓促出发。八月，至大同，闻前方失利，急回军东归。王振又想要英宗"临幸"其家乡蔚州（今河北蔚县），中途又折往宣化，行至土木堡，被也先追及，明军死伤过半，英宗被俘，史称"土木之变"。

②宦竖：指明英宗的宠臣宦官王振。

③期门：官名。汉武帝时置，掌执兵扈从护卫。

④白登：山名。在山西省大同市东。

⑤妖星落地：指王振战死。

⑥乘舆竟逐毡车北：指英宗被俘。

⑦于公：指于谦。"土木之变"后，京师大震，百官张惶失措。于谦毅然采取一系列果断措施：拥立英宗弟郕王为帝，是为景帝；反对徐珵等提出的南迁主张，坚决保卫北京；杀王振党羽马顺。于谦被任为兵部尚书，担负起保卫京师的任务。于谦调集军队，加强城防，并派人四出招募民兵，由本地官司率领操练，遇警调用。北京城内居民纷纷赴官投报杀敌，大大加强了北京的防御力量。同年十月，瓦剌部首领也先驱兵直抵北京城下，于谦率二十万大军迎战，在当地居民的支持下，经过五天激战，也先连战皆败，又闻明援军将至，恐断其归路，遂由良乡退去。于谦论功加少保，总督军务。他积极备战，令大同、宣府（今河北宣化）、永平（今河北卢龙）、山海（今河北山海关）、辽东（今辽宁辽阳）各路总兵官增修备御。将京师三大营改为"团营"，选精兵十五万，分十营团操，改变过去不相统一的混乱情况，提高了战斗力。次年，也先见无隙可乘，被迫释放英宗。景泰八年（1457），英宗乘景帝病重，发动"夺门之变"，夺回帝位，于谦被诬以"谋逆"罪，惨遭杀害，家属戍边。宪宗时，其子于冕上疏讼冤，得复官赐祭。孝宗时谥"肃愍"，神宗时改谥"忠肃"。王定安认为自己也是蒙冤之臣，走到此处自然是百感交集。

保安州①

野戍黄榆里，荒城自草边。
乱峰镵积雪，枯树斫寒烟。
地冷饶薪炭，泉多足稻田。
桑干何屈曲，前路问宁川②。

【注释】

①保安州：明清州县名，治今河北省涿鹿县城。

②宁川：古水名，即今河北省万全县西洋河支流洗马林河。

鸡鸣驿①

毳帽毡车冒晓行，摩笄山②下野鸡鸣。
生憎北地风霜苦，却憾寒鸡是恶声。

【注释】

①鸡鸣驿：位于河北省张家口市怀来县。
②摩笄山：又名鸡鸣山。

宣化府

巍巍巨镇拱京畿，十月寒霜驿路飞。
辽后园①中花鸟静，谷王②宅里漏钟稀。
牛羊向晚驱荒碛，雕鹗盘空下猎围。
夜半边城闻觱篥，不堪老泪落征衣。

【注释】

①辽后园：指宣化府的下花园。因辽萧太后、辽圣宗耶律隆绪时期建上、中、下三个花园而得名。
②谷王：朱元璋的第十九子朱橞，洪武二十四年（1391）被封为谷王，就藩于宣府。

榆　林①

曾闻嬴氏榆为塞，才见妫州②柳向城。
地近蕃庭饶劲骑，晓吹羌笛作边声。
荒村汹涌胡羊入，古寺凄凉野鹳鸣。
北去乌桓三十里，铙歌新识汉家营。

①榆林：作者于此自注："榆林驿在怀来县宣化北三十里，亦曰榆林堡。"

②妫州：州名。唐贞观八年（634）改北燕州置，治怀戎。辖境相当于今河北张家口市宣化、怀来、怀安、涿鹿及北京市延庆等县区。开元中张说在州北筑长城，东南有居庸塞，形势险要，为北方重镇。

十月初六日抵张家口汉广宁县地也明曰来远堡今隶万全县察哈尔都统①建衙于此

橐驼远涉塞沙黄，廛肆喧阗侈朔方。

旄节威瞻都护府，毡庐地接犬戎疆。

街前茶马鲜卑市，塞上珠璎鞑靼装。

我似昌黎苦南食，先将北味问狍羊②。

【注释】

①察哈尔都统：为了加强对内蒙古察哈尔八旗及四牧群的管理，乾隆二十六年（1761）十一月，清廷始设察哈尔都统，统辖察哈尔十二旗群，总领旗兵而不理政事。翌年建察哈尔都统署。察哈尔都统由皇帝特选，为独当一面的封疆大臣，是清廷在全国仅设的三处都统之一。

②狍羊：作者自注："黄羊似鹿，狍似麝。"

出塞行

十月二十日，奉阿尔泰军台①都统谦公②（即察哈尔都统兼摄）派第十三台效力。按《理藩院则例》，十三台曰叟吉布拉克，距张家口九百五十四里。《万全县志》曰："吉勒喀郎图里数相同。"询之驿传道书吏，十三台地名布鲁图③，距张家口五百四十九里，盖第七台腰站，讹谬相沿已久。前吉林将军奕公榕亦派十三台，即布鲁图也。是月二十二日，余自大境门出口。谍报二十九日到台任事，旋奉檄调入口差遣，遂侨寓张家口下堡文昌阁西李氏宅，兼阅抡才书院④课卷。谦公名禧，字星桥，世袭辅国将军，宗室支庶也。

边塞多悲风，懔栗来北极。

行行出塞门，始惊落异域。

童仆苦峭寒，羸马畏崩坺。

相顾惨不欢，欲进还复息。

前登单于台，云是冒顿国。

古碛没尘沙，白日澹无色。

朔云卷地黄，万里天如墨。

狼狐时悲嗥，满目生凄恻。

自怜蹈愆尤，累牍丛弹劾。

圣主矜愚臣，薄谴塞诤愬。

谬妄实臣辜，宽宥荷君德。

分应食豺虎，敢辞投有北。

都护过怜才，戒卒勿相迫。

谓言放逐臣，戍守固其职。

苟能乘障亭⑤，亦足补愆忒。

惶恐谢元戎，涕泪沾胸臆。

北狄犹枭张，城旦⑥甘努力。

夜半登戍楼，星月辉天阒。

【注释】

①阿尔泰军台：清代从张家口至科布多的驿路总名。始创于康熙北征噶尔丹时，乾隆平定准噶尔后趋于完备，其后略有变动，至嘉庆时定型。据《嘉庆会典事例》，阿尔泰军台分为四个区段：第一段从头台察汉陀罗海（张家口北长城外）至第二十三台图古里克（今蒙古国东戈壁省哈通布拉克东北土古里格呼都克），由张家口管站司员管理；第二段从第二十四台穆呼尔嘎顺（今蒙古国东戈壁省阿伊耳巴扬苏木东南木胡尔加顺呼都克）至第四十四台哈达图（今蒙古国前杭爱省翁金河西），由赛尔乌苏管站司员管理。这两段皆统

辖于察哈尔都统。其西接乌里雅苏台南路第二十台哈剌尼敦，由此至乌里雅苏台东南的头台华硕噜图，达于乌里雅苏台城站，为第三段；第四段乌里雅苏台西路（也称科布多东路）从城西南的头台阿勒达尔至第十四台哈剌乌苏（今蒙古国科布多省哈尔乌苏湖西南岸），达于科布多城站。这两段统辖于乌里雅苏台定边左副将军。全线共设七十八台，连同乌里雅苏台、科布多二城站，共八十台，全程长五千八百五十里，为阿尔泰军台主干线。

②都统谦公：谦禧，宗室，八旗满洲正红旗人。光绪七年（1881）八月出任察哈尔都统，此前曾任阿克苏办事大臣、伊犁参赞大臣、宁夏副都统。光绪八年（1882）十一月去职回京。光绪十年（1884）四月又任热河都统。光绪十六年（1890）去世于任上。

③布鲁图：清代爱国将军志锐（1853—1912）曾用竹枝词记录"阿尔泰军台"，留下了珍罕而绚丽的历史长卷《布鲁图·第十三台》："传云砂碛石成堆，绕径山行辟草莱。越尽榛芜见平旷，征车已到十三台。"前注："译大圆石块也。"后注："正路多石，绕山上行，蔓草蓬蒿几没车轮，急驰时许，抵台。"

④抡才书院：坐落于张家口市堡子里书院巷。据《万全县志》记载，抡才书院建于清光绪四年（1878），由察哈尔都统穆图善和万全知县（当时张家口属万全县辖）尹开先邀请集满汉绅商捐资而建，是唯一保存完整的近代书院。至今保存完好。

⑤障亭：古代边塞要地设置的堡垒。

⑥城旦：古代刑罚名。一种筑城四年的劳役。后指流放或徒刑。

卜 居

高阁祀文昌，崔崒瞰山麓。

我居阁之西，云泉日在目。

谪窜敢求安，寥落数间屋。

庭户久阒寂，塞墐功难速。

纸窗聊补缀，土垣微加筑。

复壁架空厅，室小炉稍燠。

夜来闭毡帷，白酒下豆粥。

篝灯黯无光，冰气惨肌肉。

檐溜漏寒飔，蛰雀冻且缩。

歠醨随众醉，酣眠藉被襮。

人生如传舍，百年才信宿。

呢訾①学偷生，何用詹尹②卜。

【注释】

①呢訾：阿谀奉承。

②詹尹：古卜筮者之名。

北　食

黄羊饫不羶，此语闻杜老。

野豕硕且肥，身长同穄䵂。

麜形略如狗，狍状微似麌。

呦鹿素所识，食野逐苹草。

烧羊与烤猪，炉火绝精巧。

百味沃乳膏，浑酪当鱼稻。

群夸熊蹯肥，竞说芦酒①好。

精饭惟荞莜，酸醋和盐蒏。

穷边不择食，茹毛堪一饱。

努力劝加餐，善啖以为宝。

【注释】

①芦酒：以芦管插酒桶中吸而饮之。这种饮酒方法称"芦酒"。

苦寒行

幽都近北极，四时鲜炎噢。

霾曀闭阳和，木瘠花不繁。

况值日短至，玄冥威独尊。

蛮廉助惨虐，缪戾尤寡恩。

惊沙卷回飙，千里阴云昏。

草木尽镵削，万山秃若髡。

严雪漫崖谷，浩浩白无垠。

狐兔蛰深穴，雕鹗颓不骞。

橐驼习流沙，蹄冻不敢奔。

牛羊掘罅草，百啮才一吞。

萧萧胡马群，万足偎相温。

嘘气暂自暖，噢咻若与言。

其余蛮走类，冻馁半无存。

行人避毡帐，爇火风轩轩。

围炉未觉暖，白酒烹羊羱。

手僵箸似铁，足动裘如幡。

漱齿冰在须，探汤①雪凝裈。

夜深拳曲卧，缩颈同孤猿。

寒灯碧无焰，重褥冷难扪。

皇天覆四海，朔漠皆黎元。

胡为惜阳泽，偏枯含郁冤。

生风吹死气，早闻昌黎论。

为我语东皇，昫育活群根。

万卉尽璀璨，百畜孳且蕃。

庶令横目氓，咸负爱日暄。

我虽独寒栗，亦不嗟遭屯。

【注释】

①探汤：用手或脚试于热水之中。

来远堡^①观蒙古诸王入觐^②

安车纼绥谒明光，仪卫欣瞻异姓王。
高鼻左贤^③皆世仆，垂鬓少妇半男装。
冰天雪霁毡裘紧，沙塞风来湩酪香。
圣代绥柔暨西朔，而今郡县遍河湟。

【注释】

①来远堡：位于今张家口市，与大境门、小境门（西境门）、张家口堡组成张家口大境门关，并成为相互依托的防御体系。有五百余年历史。

②入觐：诸侯于秋季入朝觐见天子。

③左贤：左贤王，匈奴贵族的高级封号。

明妃曲六首

余与屈子、明妃生同里闬^①，迢迢千载，沦谪同伤，毋乃荆门山水郁结不平，故名姝、骚客所遭俱不偶欤？闻青冢^②距此才数百里，凭吊陈迹，喟然增感，悲来悼往，情见乎辞。

三峡猿声清昼长，曾闻骚客谪南湘。
无情最是楚江水，又睹琵琶马上装。

绝代佳人命转艰，汉皇有道诛谗奸。
妾心不怨毛延寿^③，明月何曾损玉颜。

罗衣轻染塞边尘，几盼黄金赎美人。

青冢年年芳草绿，分明犹报汉宫春。

画图当日玷芳姿，赢得才人百代诗。
借问昭阳歌舞侣，秋风几见哭蛾眉。

香溪故里暮烟昏，落日西陵尚有村。
试向紫台一回首，白云何处是荆门。

楚国明姝塞上游，多情宋玉正悲秋。
南归欲挽黄牛水④，一洗巫峰万古愁。

【注释】

①余与屈子、明妃生同里闬：王定安夷陵人，屈原秭归人，王昭君兴山人，清代同属宜昌府。明妃：晋朝时为避讳司马昭之名，王昭君被改称王明君，世称明妃。

②青冢：汉代王昭君墓。传说墓上草色常青，因称"青冢"，在内蒙古自治区呼和浩特市南。杜甫有《咏怀古迹》诗："一去紫台连朔漠，独留青冢向黄昏。"

③毛延寿：汉元帝的宫廷画师。魏晋时期葛洪《西京杂记》卷二记载："前汉元帝，后宫既多，不得常见。乃令画工图其形，按图召幸之。诸宫人皆赂画工，多者十万，少者不减五万。唯王嫱（王昭君）不肯，遂不得召。后匈奴求美人为阏氏，上按图召昭君行。及去召见，貌美压后宫。而占对举止，各尽闲雅。帝悔之，而业已定。帝重信于外国，不复更人。乃穷案其事，画工皆弃市。籍其家，资皆巨万。"

④黄牛：指黄牛庙，又名黄陵庙，在今三峡大坝坝区。黄牛水，指黄牛庙前的长江水。

壬午塞上除夕和东坡《除夕赠段屯田韵》

龙钟四十九，旅食恒居半。
知非愧蘧年，无闻劳孔叹。

平生少壮时，谐谑友朋玩。

旷怀傲羲蓬，高躅希望散。

岂期中道颠，日与愁魔伴。

投荒御魑魅，谪戍完城旦。

未奉潘岳舆，遽抛梁鸿案。

回首白云飞，弥使方寸乱。

朔风吹面黄，忍诟尘不盥。

讵知腰围减，但觉衣带缓。

圣人覆帱恩，菀枯同一贯。

雷霆含至仁，鼓舞起顽懦。

努力勤桑榆，俯首甘涂炭。

似闻尧母门，预卜燕贤馆①。

登台瞩春熙，负暄窥日暖。

且送昌黎穷，聊博髯苏粲。

【注释】

①预卜燕贤馆：作者于此自注："闻明年慈禧皇太后五旬万寿，特开恩科。"

洪琴西都转汝奎奉诏释回叠前韵志喜

贤哲康世屯，毁誉每参半。

杀人曾母疑，彼妇宣尼叹。

湘累虽足伤，羲易①自堪玩。

譬诸日月蚀，倏看云霾散。

昔从郭李军，忝逐邹枚伴②。

宾客盛平津，吐握逢周旦。

羽书日夜至，狼藉堆几案。

公时绾度支，擘画理不乱。

谁知无妄灾，未许沉冤盥③。

宵逐迫程期，弦急讵能缓。

长城临大荒，戢戢万鳞贯。

边风杂羯羠，旷俗羞仁懦。

穷庐坐成冰，雪窟寒无炭。

欣闻贾谊召，将筑郭隗馆。

啮毡已脱厄，吹律渐生暖。

趁兹六甲春，归咏三星粲④。

【注释】

①羲易：《周易》的别称，因伏羲始作八卦，故名。

②忝逐邹枚伴：作者于此自注："余与琴西同参曾文正公戎幕。"

③未许沉冤盥：作者于此自注："琴西以金陵三牌楼命案失入，遣戍军台。"所谓"失入"是指轻罪重判或不当判刑而判刑。三牌楼命案是当年惊动了慈禧太后的一起重大冤案，错杀了两人。但主要责任其实不在洪汝奎，洪汝奎发现了疑点，在把案件呈报给两江总督沈葆桢的时候，特地禀请"另外大员覆讯，以诚信谳而重民命"。意思是建议沈葆桢最好另外派官员再审一次。但沈葆桢并未采纳洪汝奎的建议，而是直接判决将所谓的犯人立斩。

④归咏三星粲：作者于此处自注："余为琴西都转推算星命，独少姬妾，故戏及之。"三星粲，用宋代词人赵彦端"夜久三星为粲，皓娥宁为君容"典。

癸未正月二日呈葆芝岑①中丞再叠前韵

人生如明月，既盈缺复半。

受辱何须惊，临食漫兴叹。

山川足泳游，琴史恣娱玩。

惯闻童仆瞋，任听交游散。

忆昨观政初，曾随冠盖伴②。

延宾每至宵，披牍恒达旦。

右辅新建牙，微材忝刑案③。

烹鲜戒弗扰，治丝期勿乱。

敢忘粒食艰，颇欣旧俗盥。

谣诼倏以兴，掊击讵容缓。

毁积黄金烁，志洁白石贯。

吹毛丛瑕疵，唾而甘弱懦。

窃闻造物仁，陶铸同炉炭。

行解南冠絷，且适东道馆。

冬徂梅始香，春至柳先暖。

失马未足嗟，亡羊同一粲。

【注释】

①葆芝岑：葆亨，字芝岑。满洲正蓝旗人。嘉道年间刑部尚书鄂山之子。
同光历官贵州、福建按察使，福建、山西布政使，山西巡抚。葆亨与王定安
同时遭张之洞弹劾，"葆亨业经革职，着发往军台效力赎罪"。

②曾随冠盖伴：作者于此自注："余于光绪六年正月简授冀宁道，公时开
藩山右。"

③微材忝刑案：作者于此自注："庚辰七月公摄山西抚篆，余权臬司。"
臬司指按察使。

万全令张沚莼明府上龢招饮抡才书院即席奉赠三叠前韵

宁城雄幕南①，华戎各居半。

雕捍习胡风，早闻史迁叹。

狐岭扼形胜，鸳湖足清玩。

鸣笳骇雁飞，吹笮惊狍散。

桓桓都护府，近接乌丸②伴。

赤车赐荔阳，金印封郝旦。

种落日亲附，部曲时临案。

自从西域通，渐酿边陲乱。

茶市利独专，羶俗久不盥③。

使君留侯裔，仁风崇儒缓。

和煦犬羊驯，信及豚鱼贯。

碧眼隶编氓，厮服化柔懦。

我来乘障亭，异族等冰炭。

未登受降城，且辟会同馆。

毡庐冬雪融，毳帐春风暖。

试赓励志诗，一慰登楼粲。

【注释】

①幕南：即漠南，指蒙古高原大沙漠以南的地区。《史记·匈奴列传》：汉骠骑将军破匈奴，封于狼居胥山，禅姑衍，临瀚海而还。"是后匈奴远遁，而幕南无王庭"。

②乌丸：即乌桓。我国古代民族之一。本属东胡，汉初匈奴冒顿灭其国，余众退保乌桓山（今内蒙古境内），因以为号。汉献帝建安年间，徙居内地，与汉人融合。

③羶俗久不盥：作者于此自注："中国茶商自张家口运至哈克图，与俄人交易，岁色银数百万众。此凡百余家，皆拥巨资。近俄人自行运茶，中国茶商才七八家耳。"

观演春官①

麾旌前导拥乌纱，车马喧阗野客家。

优孟衣冠同傩戏，春卿②仪仗似官衙。

秧歌几处鸣村鼓③，茗椀逢人酌乳茶。

新岁浑忘沦弃感，不须凄响问胡笳。

【注释】

①春官：旧俗在迎春仪式中扮演导牛者的角色。

②春卿：此指迎春仪式的主持者。

③秧歌几处鸣村鼓：作者于此自注："俚曲谓之秧歌。"

《塞垣集》卷一终

卷二：古近体诗
（起光绪癸未正月，讫五月）

张芷莼明府为洪琴西都转作《冰天春霁图》用王渔洋《喜吴汉槎入关》韵题其轴依韵和之

十载重逢鬓已斑，春风新入广宁关。

三秋鹤渚曾吹笛①，万里龙沙喜赐环②。

宛马骄嘶胡地月，吴船归指秣陵山。

汉皇毕竟怜才子，宣室欣传贾傅还。

【注释】

①三秋鹤渚曾吹笛：作者于此自注："琴西在金陵，一日晨起，忽吟'一为迁客去长沙'之什，次日即奉谪戍之旨；又在扬州课士，题'一日三秋'。皆前识也。"前识，犹言先知，先见之明。

②环：通"还"。

人日①思亲叠前韵

莱庭未见舞衣斑，巴峡晴云隔楚关。

羁戍几人鸿避弋，酬恩他日雀衔环②。

春回雪岭三千界，梦绕荆门十二山③。

频向老亲寄归讯，明驼④将趁早秋还。

①人日：正月初七。

②雀衔环：汉时杨宝曾救治遭鸱枭袭击的黄雀，后黄雀伤愈飞走。某夜有黄衣童子赠杨宝白环四枚。典出南朝·梁·吴均《续齐谐记》："吾西王母使者，蒙君拯救，实感仁恩。今赠白环四枚，令君子孙洁白，位登三公，一如此环。"

③荆门十二山：代指宜昌。宜昌有荆门十二背。

④明驼：善走的骆驼。

题曾寿康①明府绍勋《拈花解语图》再叠前韵

香闺寂寞锁苔斑，绣佛长斋学闭关。

楼上屡惊杨柳色，天边新唱大刀环。

廿年明月红桥路②，万里春风白脑山③。

为语朝云应一笑，诏书今赐长公还。

【注释】

①曾寿康：曾绍勋，字寿康，又字少康，广西马平人。曾官江苏金堂知县，因被沈葆桢以吸食鸦片参劾革职谪戍军台，后经查实，其未吸食鸦片。

②廿年明月红桥路：作者于此自注："如君，扬州人。"

③白脑山：作者于此自注："第一台曰察罕托罗海，驿言白脑山。"

偕寿康叔宋①送琴西入关仍叠前韵二首

秦城万堞石斓斑，曾抱琵琶出汉关。

泪眼干如双蜡炬，愁肠曲似九连环。

边头语燕衔春雪，塞上归鸿识楚山。

仰视浮云暂携手，河梁欣送子卿还。

蹀躞南行马首斑，厌闻羌笛唱阳关。

无边积雪青峰绕，几处回豁白水环。

三月春愁秦塞柳，五湖归梦洞庭山。

独怜垂钓严滩客，早向辽阳化鹤还②。

【注释】

①叔宋：黄叔宋，王定安的妻弟，宜昌人。据《王定安优选贡卷》所附王定安履历："娶黄氏，从九品印运昌之女。"

②早向辽阳化鹤还：作者于此自注："严星桥明府，与琴西同谪，去冬化去。"化去，指去世。

酬张芷莼五叠前韵

杏园春暖竹枝斑①，琴鹤优游昼掩关。

官舍闲看飞鸟下，女墙低压白云环。

风流喜识张京兆，萧瑟谁怜庾子山②。

闻道算缗新请命，应知合浦有珠还③。

【注释】

①杏园春暖竹枝斑：作者于此自注："万全县有东杏园。"

②庾子山：庾信。庾信年轻时在荆州、枝江一带生活，后被扣留北方。此为作者自喻。

③"闻道"二句：作者于此自注："芷莼因张家口茶肆为俄人所夺，白大府，请免厘税，以纾华商之困。"

酬宣化令王芸台①明府立勋六叠前韵

残雪初销晓日斑，春来佳气绕边关。

官衙雨过三槐绿，沙碛云深万柳环②。

王霸祠依妫水岸，谢公家对敬亭山。

五年旧话情如昨，千里鬲津匹马还③。

【注释】

①王芸台：王立勋，字芸台，安徽太平县人，先后任安陆县、故城县、雄县、宣化县知县。

②沙碛云深万柳环：作者于此自注："宣府西郭外有万柳亭。"

③千里鬲津匹马还：作者于此自注："光绪己卯年春三月，余自德州返晋，芸台时令藁城，款留竟日。"光绪五年（己卯年）王定安曾到德州指挥调运途经山东运往山西的救灾漕粮，"续拨东漕尾数，于三月初旬，由德州分水陆起运，共去九万一千石"[《致阎敬铭（一）》]。

酬宣化镇王枫臣①军门②可升七叠前韵

雕鹗乘秋野草斑，将军纵猎出萧关。
柳川冰合风如剪，榆塞沙明月似环。
羌笛数声催铁骑，牙旗千帐度阴山③。
从今中外为家日，漫诩边庭射虎还。

【注释】

①王枫臣：王可升，字枫臣。湖南保靖县人，花翎，简放提督直隶宣化等处，挂印总兵。

②军门：清代对提督或总兵加提督衔者的尊称。

③牙旗千帐度阴山：作者于此自注："枫臣所部马军分驻库伦、多伦诺尔等处。"

【相关链接】

挽曾国荃联

王可升

保障重金陵，讵图噩耗传来，远道忽惊梁木坏；勋名书铁卷，回忆寇围力解，偏师曾上雨花台。

偕枫臣芸台游宣府普化寺八叠前韵

衲衣惭对绣襦斑，禅院萧疏客叩关。

几处穷碑摩碧落，前生妙谛证金环①。

九莲座上风吹幔，万柳亭边雪满山。

老去英雄皈佛子，衡阳应放邺侯还。

【注释】

①前生妙谛证金环：作者自注："余童时曾剃度。"

酬刘介卿①孝廉定和即送其赴试春官九叠前韵

莲慕谈兵麈尾斑，频年诗思动乡关。

眼前洋水双流合，梦里衡峰九面环。

藜杖好窥天禄史，云帆重问海中山。

东风红遍桃千树，争看刘郎锦里还。

【注释】

①刘介卿：刘定和，字介卿，湖南保靖县人。

再酬刘介卿十叠前韵

奚囊索句墨痕斑，雪满长城月满关。

旅夜鸡声怜越石①，江头鹤梦话荀环。

羁臣愁对荨蔴岭，战骑新归箭笴山②。

闻道雄文似司马，甘泉羽猎谏君还。

①越石：指晋代抗敌名臣刘琨，越石是他的字。

②战骑新归箭笴山：作者自注："库伦防兵新自口外撤回。"

酬谢鹄溪①广文桂淼

朔云夜堕飞狐道，辽王行殿春无草。

潇湘词客畏边寒，征衫暗泣红颜老。

早闻文章迈流俗，剧怜生事愁枯槁。

上书未贡天人策，卖赋耻作封禅稿。

去年橐笔游沙陀，将军揖客谁敢诃。

龙骧智勇真人杰②，醉来横槊能高歌。

春风潋滟于延河，柳川万树摇碧波。

牙纛飘飖白日晚，时闻村鼓杂鸣螺。

座中宾客皆楚士，不话京朝话乡里。

何当共酌君山头，扁舟一钓洞庭水。

【注释】

①谢鹄溪：谢桂淼，字鹄溪。其他不详。可能是万全县教谕或抡才书院教习。疑似湖南人。

②龙骧智勇真人杰：作者自注："谓王枫臣军门。"

酬查紫珊①茂才善锡原韵

茹口城边载酒过，羁人策蹇度洋河。

青衫白发怜愁侣，紫塞黄云入醉哦。

野鹭好寻泾水岸，巴猿遥隔洞庭波。

他乡同有伤春感，夜听鸡鸣且枕戈。

①查紫珊：查善锡，字紫珊。皖南人。民国版河北《雄县新志》收录有光绪七年（1881）的《清重修王克桥文信国公祠碑记》，由雄县知县王立勋撰文，由查善锡书丹。其他不详。

送黄叔宋归觐①即寿其母王太恭人四首

劳君送我过燕然，南去乡关路八千。
毳幕低萦辽地雪，海帆轻曳蓟门烟。
九边雁影随归骑，三峡猿声上客船。
故国亲朋倘相讯，羁臣犹滞古宁川。

忆昔驱车渤碣旁，征途垂柳易星霜。
泱泱海气浮东岱，漭漭河流挟太行。
千里泛舟秦德水②，几年转粟汉敖仓。
只今携手榆关道，举酒相看塞草黄③。

廿年通籍忝腰犀，到处云山送马蹄。
垂老思亲添白发，早春归梦系青谿④。
灵均泽畔兰千畹，庾信⑤园中菜一畦。
莫奏羌歌怨杨柳，东风今到室韦⑥西。

萱堂⑦初试舞衣新，袯襫⑧刚过上巳辰。
睍睆黄鹂迎贺客，呢喃紫燕识归人。
兰荪秀苗慈颜喜，榆杏香飘满苑春。
寄语女兄⑨先献祝，明年眉寿介吾亲。

【注释】

①归觐：谓归家探望父母。王定安被贬军台，黄叔宋一路相伴到张家口。黄

叔宋疑似黄学濂。黄学濂曾帮王定安校核《湘军记》《两淮盐法志》等多部书籍。

②德水：黄河的别称。

③举酒相看塞草黄：作者于此自注："余需次津门于役山左右，叔宋无役不从。"需次，旧时指官吏授职后，按照资历依次补缺。

④青谿：在今宜昌市当阳（过去属远安），相传为鬼谷子隐居处。

⑤庾信：南北朝时期文学家。相传枝江百里洲的庾台是庾信当年读书之处，荆州有庾信故宅。

⑥室韦：古族名。一译"失韦"。北魏史书始有记载，有五部，分布在今嫩江流域及黑龙江南北岸之地。

⑦萱堂：指母亲的居室，并借以指母亲。典出《诗经·卫风·伯兮》。黄叔宋的母亲王太恭人是王定安的岳母。

⑧祓禊：古代中国民俗，每年于春季上巳日在水边举行祭礼，洗濯去垢，消除不祥，叫祓禊。

⑨女兄：姐姐。此指王定安的妻子黄氏。

酬张丹卿①明经殿士兼怀贺云甫②司空、仲愚③太守二首步原韵

> 荏苒京华别，萧条岁月深。
> 断猿乡国梦，归雁逐臣心。
> 荒碛随牙帐，空山响足音。
> 天南怀贺监④，十载隔商参。

> 朔漠风光冷，边城雪意多。
> 暖吹邹衍律，愁听渐离歌。
> 鹰室寒犹蛰，鸳湖冻不波。
> 越州牛女分⑤，脉脉望星河。

【注释】

①张丹卿：张殿士，字丹卿，同治年间举人，宣化人。民国版《宣化县

志》记载："张殿士，字丹卿，县西乡阎家屯人。少从学于进士阎右卿先生。性聪颖，读书过目成诵。十三岁入泮，十七岁考得同治癸酉科拔贡朝考二等，以教职用，旋任清苑县教谕。中式光绪戊子科第四名举人。试礼闱未遂。因病告休。年四十卒于家。"

②贺云甫：贺寿慈。详见第二编《致仕都察院左副都御史前工部尚书贺公神道碑铭》。

③仲愚：贺寿慈次子贺良樾，字仲愚，湖北蒲圻县荫生，花翎，盐运使衔补用道，光绪年间曾历官中书、浙江候补知府、严州知府等。

④天南怀贺监：作者于此自注："丹卿为云叟门下士，今闻云叟由南昌徙居武昌矣。"云叟指贺寿慈。

⑤越州牛女分：作者于此自注："仲愚时官浙江。"

喜闻俄人元旦交还伊犁和张丹卿韵三首

西戎诸部入秦年，盟好通书绝塞传。
雁户牙旗归禹甸，龙堆毳幕睹尧天。
营连葱岭千山雪，城拥乌孙万树烟。
重辟北庭都护府，壶浆箪食敢辞先。

回鹘①丁零②左右环，年年飞挽玉门关。
相公羽扇珊戈指③，上将星旗铁甲擐④。
欢郓⑤新辞齐版籍，燕云依旧宋河山。
金瓯整顿真无缺，百祀从知祖业艰。

金张勋阀枺旃常⑥，圣代威灵迈汉唐。
且喜缠头⑦归赤县，颇闻鸣镝近辽阳⑧。
羌庐夜挹寒云色，海舶朝紫晓日光。
玉斧画河真至计，十洲岛屿总微茫。

【注释】

①回鹘：即后世的维吾尔族。

②丁零：又作"丁灵"，我国古代少数民族之一。汉时为匈奴属国，游牧于我国北部和西北部广大地区。

③相公羽扇珊戈指：作者于此自注："恪靖侯左相国经营新疆，驻节哈密者数年。"左相国指左宗棠。

④上将星旗铁甲摐：作者于此自注："官军收复南北回城，京卿刘公锦棠之功为多。"刘锦棠，详见第二编《〈湘军记〉自叙》"湘乡刘公"条注。

⑤欢郓：《左传·定公十年》："齐人来归郓、欢、龟阴之田。"后以郓欢或龟阴田喻指归还的失地或失物。

⑥金张勋阀楙旂常：作者于此自注："伊犁将军金公顺总理交还事宜，广东提督张公曜帮办新疆军务。"

⑦缠头：回人以白布缠头，称为"缠头回子"。

⑧颇闻鸣镝近辽阳：作者于此自注："俄人兵帐近东三省。"

通桥①观春涨

阳春煦和风，寒川解凝冻。
层冰乍融液，急流骇渢洞。
偪侧激堆琦，批导决堤墉。
激扬驶劲箭，奔腾走飞鞚。
辚辚响雷车，殷殷鸣盎瓮。
黄流挟积沙，玄源罩宿霿。
涛喷塞雪轻，浪激寒云重。
喧威势益骄，赫怒吁可恫。
兹水来幕庭，东与群流综。
严阴郁已深，蓄意逞一纵。
剧怜沟浍盈，未适舟楫用。
望海还自嗟，秋水词堪诵。

①通桥：建于明万历二十八年（1600），由当时镇守张家口的都督梁秀倡导捐资组织修建。张家口众多义民慷慨解囊，积极出资出力，终得建成。建成的石桥共七孔，长25丈，宽2.2丈，高1.8丈，取名为普济桥，也称普渡桥。是当年张家口的地标建筑之一。

示季弟锡丞二首

天涯兄弟最相亲，急难同为万里人。
鹈鴂①屡增骚客感，鹡鸰②独傍塞垣春。
闲将友道兼师道，勉作忠诚慰逐臣。
慎守先君易箦语，徐陵终是石麒麟③。

阿兄晚节太支离，今日家声属白眉④。
同母三人怜我在⑤，一门诸季独君奇。
荒原兽鸟楼头赋，春草池塘梦里诗。
愧蹈疵瑕难报国，勉修名业答清时。

【注释】

①鹈鴂（tí jué）：即杜鹃鸟。

②鹡鸰：《诗经·小雅·常棣》："脊令在原，兄弟急难。"脊令即鹡鸰。后以"鹡鸰"比喻兄弟。

③石麒麟：《陈书·徐陵传》载："（徐陵）母臧氏，尝梦五色云化而为凤，集左肩上，已而诞陵焉。时宝志上人者，世称其有道，陵年数岁，家人携以候之，宝志手摩其顶，曰：'天上石麒麟也。'"后因以此用为对儿童有文才、前程远大的赞语，或用作对小儿的美称。

④白眉：《三国志·蜀志·马良传》："马良，字季常，襄阳宜城人也。兄弟五人，并有才名，乡里为之谚曰：'马氏五常，白眉最良。'良眉中有白毛，故以称之。"后因以喻兄弟或侪辈中的杰出者。

⑤同母三人怜我在：作者于此自注："三弟愉安戊辰年卒，年才十五耳；伯兄策丞，壬申年八月病肺痈卒。"戊辰年指同治七年（1868），壬申年指同治十一年（1872）。

芷莼和余示弟诗二首叠韵奉酬

客里无如诗酒亲，谪居常对醉吟人。
愁看塞北山容瘦，喜说湖西野水春。
晚岁柏松怀好友，边关花鸟惜累臣。
骚乡自有传薪业，鲁叟何须泣凤麟。

殊方同气叹分离，偶话佳儿一展眉。
垂老蚌珠还的珠，怜君骥子独英奇。
书来已识之无字①，客至能通瑟侗诗②。
漫笑传家太迂阔，昌黎白首教经时。

【注释】

①书来已识之无字：作者于此自注："儿子恩锡三岁，略识字。"王恩锡是王定安长子，王恩锡早逝，王定安有《哭亡儿恩锡四首》。王定安次子叫王邕，本书第四编收录有王邕的诗文，可参阅。

②客至能通瑟侗诗：作者于此自注："君儿十岁，能通数经。"张上龢的这个儿子叫张尔田。张尔田出身于官宦世家，祖父张之杲，著有《初日山房诗集》《泰州保卫记》。父张上龢，曾从蒋春霖受词学。弟张东荪，著名哲学家。张尔田早年有文名，曾中举人，官刑部主事、知县、候补知府。辛亥革命后闲居。1914年清史馆成立，参与撰写《清史稿》，主撰《乐志》，前后达七年。1915年曾应沈曾植邀请，参加编修《浙江通志》。1921年后，先后在北京大学、北京师范大学、中国公学、光华大学、燕京大学等校任中国史和文学教授。最后在燕京大学哈佛学社研究部工作，为燕京大学国学总导师。他著作丰富。1911年出版《史微》，深受国内和日本学者的重视。《清史

稿》中，他负责撰写《乐志》《刑法志》《地理志·江苏》《图海》《李之芳列传》《后妃列传》等卷，自认为《后妃列传》是其文才与史识的代表作。1922 年开始整理和诠释沈曾植有关研究蒙古史的遗稿，出版了《蒙古源流笺注》《蛮书校补》《元朝秘史注》《遁盦文集》等。还著有《槐后唱和》《遁庵乐府》《钱大昕学案》《玉溪生年谱会笺》。

酬查紫珊叠"过"字韵

东园屡盼客车过，南望幽人隔柳河。
红杏数村供饮啸，黄榆千树对愁哦。
山城吹角寒侵月，野店悬帘晓拂波。
闻道阿童来海上，楼船犹簇汉营戈①。

【注释】

①楼船犹簇汉营戈：作者于此自注："枫臣军门新自天津海口旋郡。"

酬紫珊见怀韵

南音激楚问谁如，赖有吴侬慰索居。
上谷①青山仍汉旧，长城古树识秦余。
春风紫塞鸿传信，夜月红桥鹤寄书②。
试诵君家初白句，乌桓嶂雪似琼琚③。

【注释】

①上谷：上谷郡，郡治在今河北省张家口市怀来县，因建在大山谷上边而得名。上谷郡为燕国北长城的起点。

②夜月红桥鹤寄书：作者于此自注："新得琴西书，已于二月初七日抵扬州。"

③乌桓嶂雪似琼琚：作者于此自注："查初白《张家口下堡》诗：'踏尽乌桓千嶂雪，却来平地作重阳。'"查初白即清初著名诗人查慎行。

和紫珊寄怀琴西韵

海云如鹜水如飞，几日停桡问故扉。
芳草隋堤金勒过，春风淮甸画桡归。
门来旧友询边俗，家有诸孙戏舞衣。
恰好花朝人献寿，如公恩遇近来希。

三月十三日偕寿康过万全访张芷莼喜晤许心源①茂才

羁居羡高骞，骋目穷郊甸。
沙碛莽寥廓，人烟杳难见。
荒岑秃无发，古树束若箭。
柳条含微苞，草色黄一线。
行行三十里，税驾宣平县。
山城小如村，官舍乏层院。
政清图圄空，吏少闾阎奠。
宾主操南音，春韭充庖宴。
闲语灵隐峰，艳说钱王殿。
西湖秋月明，天水澄如练。
心随南雁翔，价问吴鱼贱。
誓结和靖邻，一访武林彦。

【注释】

①许心源：失考。

偕寿康芷莼心源游万全霍氏杏园①

朔边春信迟，三月柳未绿。
阴云冱高岑，残雪缀寒玉。

荒园傍城隈，台榭寓遐瞩。

危亭挹凉飔，虚牖纳晴旭。

郁郁芳杏林，瑟瑟冻犹束。

枯枝盘权枒，缄蕊未堪掬。

我为看花来，婴姗寄游躅。

本自甘寂寥，那许窥繁缛。

东皇煦阳和，万卉被亭毒②。

曷为边头树，枯槁同桎梏。

大造本无私，始瘠终肥沃。

披拂待薰风，繁香酌芳醁。

【注释】

①霍氏杏园：王定安曾为此园题写对联。据民国董玉书《蒙园纪闻·附宝昌杂录》记载："万全县城外，旧有霍氏园，为塞外名胜，东湖王鼎丞观察有联云：'佳景视江南，春雨杏花人醉后；乱峰环塞北，秋风杨柳雁归初。'"

②亭毒：《老子》："长之育之，亭之毒之，养之覆之。"高亨正诂："'亭'当读为'成'，'毒'当读为'熟'，皆音同通用。"后引申为养育，化育。

水泉山

复嶂起连蜷，石罅忽中断。

潜窦杳深邃，危梁架虚窾。

辟岩筑琳宫，傍穴蠹高馆。

曲槛面澄潭，清奏杂梵琯。

初流犹瀺灂，渐洳稍盈满。

宛湍盘幽溪，寂漻下荒瞳。

冠缨清可濯，裘氄羶能澣。

我来值暮春，禅扉偶一款。

渫云沍山幔，春色落茗碗。
暂纾沦谪忧，肠胃借煎盥。

塞上春兴十二首

暮春扇微和，群芳乍含缬。
惊风一夜来，胡天莽飞雪。
边沙浩无垠，山色冷积铁。
古木凝阴云，荒碛没寒月。
黯澹鲜芳姿，对酒惨不悦。
谁知志士心，惜此艳阳节。

塞垣百卉腓，松柏独青青。
葆此岁寒性，郁律盘苍冥。
劲节亮不挠，风霜夙所经。
斧斤空见伐，枝叶久弥馨。
陋彼桃李姿，妖媚随娉婷。
荣华徒尔尔，暂缛终凋零。
卓哉冰雪操，允矣先贤型。

边域节候晚，农作春未兴。
岩居四五户，稍稍见沟塍。
硗土不宜麦，莜荞岁一登。
牛羊下荒碛，践茹时见陵。
凿井难及泉，乐岁饥相仍。
造物吝膏泽，劳生空抚膺。

鸣鸠安钝拙，百舌声独新。
闲关呼春风，哑咤工悦人。

慧辩固其性，变乱惧淆真。

逞兹捷幡材，甘居便辟伦。

如簧古所诫，巧令诚鲜仁。

去去不忍听，佞言圣所瞋。

荒原魑魅窟，风狞百兽骄。

朝闻鸺鹠叫，夜听群狐噑。

贪狼伺人隙，攫食捷飞猱。

日暮绝行迹，恍惚来山魈。

黄羊稍驯柔，弋取随獾狍。

割鲜岂不美，烹煮调盐椒。

我怜不忍啜，弱肉非吾曹。

豺虎为世患，谁取充君庖。

雕鹗盘秋风，春至翮犹健。

翩然肆搏击，崛起惊飞电。

山鸡虽弱质，毛羽众所眩。

本是同类禽，残贼汝何怨。

庄生齐物情，妙谛说木雁。

黄雀伺鸣蝉，此理如操券。

仰视鸷鸟翔，终被弋人篡。

北族兽为命，驼马性所安。

红茶煎醽酪，终岁忘饥寒。

去秋苦旱暵，风急百草干。

牛羊饿空谷，乳竭毛蹄残。

人畜悲耗减，食罄财亦殚。

蕃俗朴且驯，并日才一餐。

苍昊不汝厚，孰能察其端。

咄哉狡黠族，蚕食方喧欢。

谪居人事少，寂寞同隐沦。
踽踽步原野，时与猿鸟亲。
春草露微绿，柳荑黄未匀。
交游八九辈，半是囚羁人。
各言婴世网，毁誉多失真。
举觞相慰藉，暂醉愁还新。
凤鸑伤伏窜，此事非今晨。
君看诗与骚，悲歌泣累臣。
休言随夷溷，且卜屈贾邻。

春月照寒沙，渺渺龙堆路。
清光万里来，沧溟阔能渡。
婉娈入穷庐，似惜征人戍。
凄凄笳管鸣，吹落榆关树。
西沉复东升，默悟盈亏数。
寄语素心人，白云自朝暮。

黄鹂鸣树间，嘤嘤求其友。
鸿雁翔青云，依依恋匹偶。
朔马失其群，哀嘶惟恐后。
如何远游士，索居独寡耦。
昔日同舟客，姓氏忘谁某。
恐惧将弃予，谷风意非厚。
绝交勿复论，白日照樽酒。

郁郁秦关柳，寂寂龙庭月。
以彼黯澹姿，照此阴寒窟。

春风迟塞门，绿意闭岣崒。

仰视浮云翔，晴空盘健鹘。

狐兔瘠不肥，青草才如发。

皇天有至仁，青阳戒诛伐。

驱马弃之去，弯弓不忍发。

朝骑羸马出，行行欲何之。

骐骥萦四足，腾骧宁有时。

鸥乌鸣幽谷，众草萎芳姿。

桃李郁未放，春色度关迟。

携壶访故人，强笑开愁眉。

归来读书史，往迹翻增悲。

楮中出智罃，南冠释钟仪①。

明珠报主德，此事真吾师。

【注释】

①钟仪：春秋楚人。曾为郑获，被献于晋。晋侯见钟仪，问之曰："南冠而絷者谁也？"有司对曰："郑人所献楚囚也。"释而慰问之，问其族。对曰："伶人也。"晋侯曰："能乐乎？"对曰："先人之职也，敢有二事？"与之琴，操楚音。晋侯语于范文子。文子曰："楚囚，君子也。言称其先职，不背本也；乐操土风，不忘旧也。"见《左传·成公九年》。后多以"钟仪"为拘囚异乡或怀土思归者的典型。此处借指王定安自己。

感春词①六首

回首金闾②十二年，钿车三月迓婵娟。

而今不见吴门马，梦听渔歌绕画船。

塞上闲游跨蹇驴，春深犹见雪盈庐。

东坡远谪愁无那，只有朝云③伴著书。

吴淞秋夜月轮高，曾向胥门听晚涛。
北去那知鲈味美，毡庐白酒煮肥羔。

我家门巷近乌衣④，喜见南来双燕飞。
春草最增乡里感，与君酹酒汉明妃。

闺中良友遣离愁，日说忠良慰楚囚。
薄谴弥知天泽渥，故留闲暇著阳秋。

每因愁病进箴规，上有慈亲下幼儿。
闻道圣朝隆孝养，应怜白发数归期。

【注释】

①感春词：此诗似乎是写其妾。当时其妾似乎随同王定安在张家口军台生活。

②金阊：苏州旧时的别称。因城西阊门外旧有金阊亭得名。后文说的"胥门"即苏州市城西门。

③朝云：苏轼的红颜知己和侍妾王朝云，字子霞，吴郡钱塘（今浙江省杭州市余杭区）人。

④乌衣：乌衣巷。位于今南京市东南。王定安南京居所的具体位置原来不清楚，此诗提供了一个大致的区域位置。

忆春词①十首

皖南家世溯曹娥②，廿载红颜客里过。
垂老翻增牛女感，那堪清夜望银河。

斯文慧业属蛾眉，十五罗敷初嫁时。
学得簪花时样帖，闲教小婢诵新诗。

三月春山入镜台，香舆新送绛仙来。
红桃也妒佳人色，故向东风烂漫开。

书生投笔事戎鞍，岱树嵩云马上看。
历遍长淮一千里，画船同访六朝山。

翠楼朱舸盛姑苏③，五载春风问阊间。
赢得缥湘三万卷，牙签都付女尚书。

三年随我吊湘纍，木叶黄飞二女祠。
画舫忽惊春水涨，麓山夜雨著书时。

析津十月海风凉，深院焚香夜未央。
正是相如新病后，泪珠和雪煮茶铛。

观风三晋荷恩纶，翠柏红薇次第春。
最好一家欢乐事，胡僧摩顶识麒麟④。

江上秋风解组还，无端远谪到边关。
老亲未识龙庭戍，但道朝天谒圣颜。

家书罗缕说麟儿，阿母能为问字师。
春雨庭槐依旧绿，待爷归去教吟诗。

【注释】

①忆春词：此诗似乎是写其妻。当时其妻似乎留于宜昌家中带小孩。

②曹娥：东汉时会稽郡上虞县人。相传其父五月五日迎神，溺死江中，尸骸流失。娥年十四，沿江哭号十七昼夜，投江而死。世传为孝女。

③姑苏：与下一句中的"阊阖"均是指苏州城。

④胡僧摩顶识麒麟：此句应该是暗示王定安得子。与王定安在其《芷莼和余示弟诗二首叠韵奉酬》一诗中自注"儿子恩锡三岁，略识字"的记载基本吻合。

初　夏

绝域逢初夏，轻寒似早春。

边花含雨缬，塞柳抹烟新。

雁向随胡贾，鹧鸣感楚臣。

九州生意遍，谁惜未归人。

入　夜

入夜犹重鬣，侵晨尚薄裘。

晚耕怜雁户①，归梦落渔舟。

日薄单于垒，云遮楚塞楼。

清和芳未歇，那许赋牢愁。

【注释】
①雁户：指流动无定的民户。

大境门①四首

都护屯千骑，雄城扼一丸。

碧云连塞断，白日照关寒。

古堠依重嶂，清河响急湍②。

北戎世蕃辅，朝贡溯呼韩。

长城起辽海，万里入羌中。
汉障凭谁守，秦关到处通。
星辰瞻北极，郡县遍西戎。
近接乌孙信，将军早挂弓③。

昔岁征宛马，西征射白狼④。
八荒归版籍，一线界戎羌。
漠草连天紫，燕云度塞黄。
至今钦辙迹，索虏效壶浆。

北望丁零塞⑤，西邻赵信城⑥。
急流乘障入，乱石插天横。
蕃市通茶马，名王⑦半舅甥。
流沙还禹服⑧，异族敢寒盟。

【注释】

①大境门：中国万里长城中的四大关口之一，其重要地位与山海关、居庸关、嘉峪关齐名。位于今张家口市桥西区。从明朝隆庆五年（1571）起，张家口大境门外元宝山一带，逐渐形成了在历史上被称为"贡市"和"茶马互市"的边贸市场。来自蒙古草原和欧洲腹地的牲畜、皮毛、药材、毛织品、银器等在这里换成了丝绸、茶叶、瓷器和白糖。大境门外成为我国北方国际易货贸易的内陆口岸。

②清河响急湍：作者于此自注："清水河自此入塞。"

③将军早挂弓：作者于此自注："闻伊犁改六月交还。"

④西征射白狼：作者于此自注："康熙二十九年，征准噶尔大军分由张家口出塞。"

⑤丁零塞：丁零人所居边塞之地。此泛指北部边塞。

⑥赵信城：西汉时赵信降匈奴后所筑。故址在今蒙古共和国杭爱山南麓。

⑦名王：指古代少数民族声名显赫的王。

⑧禹服：《书·仲虺之诰》："表正万邦，缵禹旧服。"孔传："继禹之功，统其故服。"服，王畿以外的疆土。后用以称中国九州之地。

游赐儿山四首

云泉寺①

塞外多恶山，枯瘠同髡秃。

云泉稍环腴，梵宇启天竺。

古障蠹岩巅，疏馆抗峦腹。

我来访灵踪，驱车纵游躅。

初寻回谿上，渐觉巉崖偪。

瘦马蹋高坡，喘吁汗如沐。

解鞍憩空亭，蹑屐陟层麓。

沙深石径滑，壁削山容蹙。

跻险神转旷，履危步难速。

开轩纳遥岑，迎凉缅空谷。

日午闻梵钟，禅心入槁木。

何用苦囚拘，茕茕疚幽独。

麟趾洞②

山泽生龙蛇，怪奇无不有。

方流蓄环姿，英气育琼玖。

尼山祷圣神，此事传鲁叟。

嵩岳降申甫，诗歌垂不朽。

陈迹谅匪诬，祈请未为咎。

山僧述灵异，幽洞祀神后。

橐籥斡天关，始识万物母。

国家需栋梁，奇材诞非偶。

岳渎如有灵，厄运回阳九。

阴阳洞

坤灵闷元机，奥窔孰能睹。

溶溶石罅中，气候异寒暑。

其左冬不凝，渟潴自太古。

其右夏不溽，严冰结琼宇。

右偏尤瑰奇，二气兼凉煦。

冰水互搀杂，太极分仰俯。

三洞③若连闼，相距才数武。

寒燠备四时，异事惊游侣。

我思造物灵，毋乃狡狯祖。

游戏示天关，绲缊变晴雨。

炎凉何足咤，盈虚从此数。

凌霄殿

飞殿驾苍穹，仰见云日偪。

稽首谒仙灵，快意脱尘俗。

凭栏一回眺，万象森在目。

绿树遮城堡，白沙漫墟谷。

鳞鳞辩市廛，漠漠见溪渎。

清焱起乾陬，暖意回坤轴。

隐约闻啼鸠，依稀识耕犊。

断霞槛外飞，野鸽梁间宿。

剧怜世上人，名利争相逐。

青冥谅非遥，停琴看黄鹄。

【注释】

①云泉寺：修建于明代初期。乾隆《宣化府志》有云寺泉，可能是其得

名由来："云泉寺，在赐儿山上，泉二泓，一上注，曰'喷玉'，一侧注，曰'泛珠'，味特甘冽。"

②麟趾洞：在云泉寺东北角，取自《诗经》"麟趾呈祥"，意为祝贺生男孩。

③三洞：指云泉寺如来殿后并列的三个石洞，分别为风洞、水洞、冰洞。风洞终年冷风不停；水洞则泉水不断，塞外寒冬也不结冰；冰洞则四季结冰，夏日也不融化。确是奇观。

古柳行①

元云罩日暮山紫，谪龙卧地鞭不起。

风雷震虢回春阳，扬鳍夜跃天阶水。

霜欺雪压几经年，仙根远出元明间。

虬姿诘曲苍鳞卷，长条似带前朝烟。

轻飔拂拂吹禅院，游丝千缕碧如线。

红羊劫②火频废兴，枯株独傍空王殿。

章台青青今在无，白门夜月愁啼乌。

武昌官树谁复识，隋家堤苑悲荒芜。

何如此树藏绝域，斧斤不见忘荣枯。

嗟哉陶令真隐居，归去誓结五柳庐。

【注释】

①古柳行：作者于题下自注："云泉寺有古柳卧地，状似虬龙，相传为五六百年物。"

②红羊劫：古人迷信，以为丙午、丁未两年为国家发生灾祸的年份。丙丁为火，色红；未为羊。因称国家的大乱为"红羊劫"。

东窑子①

北户饶胡犬，荒塍种晚蔬。

白云迁客泪，绿柳野人居。

薄谴钦宽政，纯风想古初。

桑榆嗟已晚，戢影向穹庐。

【注释】

①东窑子：作者于此自注："在张家口大境门外三里，旧为谪宦所居。"谪宦，获罪降职的官员。

端午二首

塞上逢端午，幽居吊屈原。

同撄迁迁感，深负圣明恩。

霜落燕臣泪，江流楚客魂。

家家缠角黍①，忠信达戎蕃。

故国思游侣，群嬉列水滨。

龙舟争渡日，雁塞未归人。

薜荔吟山鬼，椒兰泣逐臣。

谁怜纫佩客，北窜邈胡秦。

【注释】

①角黍：粽子。

朝阳洞

近塞原无暑，萧然景物凉。

洞幽含雪意，窗晓漏天光。

野鸟来虚馆，闲云憩上方。

烛龙能遍照，法界证空王。

乡 思

塞云吹不落，随雁入吴天。
南望楚山尽，空舲①秋水边。

【注释】

①空舲：三峡险滩名。空舲滩在新滩下游十公里的地方，清代属宜昌府归州地。"舲"是有窗的小船，这里泛指船。滩名所表述的意思是，只有空船才能过滩。其凶险超过新滩、泄滩，堪比"鬼门关"。空舲滩又名崆岭滩。这里代指王定安的家乡宜昌。

戏作回文词四首

春

风漾碧桃香泛水，日遮青柳嫩凝烟。
中亭小立人游倦，静院深栖鸟伴眠。

夏

青荷晓对山中月，绿竹凉生水畔楼。
亭映碧鬟仙劝酒，座环红袂客销愁。

秋

天风晚拂青松老，夜雨新添绿菊香。
边塞客来南雁远，满山秋叶落寒霜。

冬

琴弄客愁添鹤舞，酒浇人醉伴梅寒。
吟诗小阁金樽举，倚枕高楼玉漏残。

海国①杂诗十首

海国传烽燧，蛮陬响鼓钲。
珠崖宁可弃，铜柱若为倾。
南徼原藩服，西番背旧盟。
狼胧肆吞噬，楼舰正纵横。

蜑雨千山暗，蛟涎万里腥。
膝行怜越使，痛哭向秦庭。
弨矢②周方伯，乘槎汉使星。
王师拯危弱，燀赫③旧威灵。

宗悫乘风日，文渊④触瘴年。
澜沧屯组练，漓水下戈船。
逐狄因存卫，谋戎为病燕。
似闻通绝域，风谕有张骞。

李泌中兴佐，刘琨百战才。
马屯云惨淡，犀走海喧豗。
郑伯牵羊⑤辱，周廷献雉⑥来。
九真⑦原汉郡，忍令委秦灰。

昨靖三韩⑧乱，曾临百济城。
虎牢⑨犹置戍，虾岛未休兵。
珠鬻鲛人市，弓韬貊耳营。
天朝解纷难，蛮触漫相争。

邂逅伤家难，崎岖作寓公。
未从摎后⑩策，已奏马援功。

绝市秦关闭，飞轮溷水⑪通。
倭韩世仇国，镇抚仗元戎。

百倭思狡启，齐郑遽联姻。
变服方师赵，焚书欲效秦。
琛航⑫通上国，铁舰问横滨。
犹忆彭湖垒，绥柔惠远人。

南北中山岛，夷澶海外州。
遗风问徐福，失国恸庲丘。
宋拟前朝桀，黎怜旧日侯。
小邦怀德久，宗社失诒谋。

群岛方蚕食，天王恕不庭⑬。
庐曹还戍卫，避狄合迁邢。
谁挽红羊劫，虚烦白马刑。
汉家威德远，盟好暨丁零。

拂箖⑭西海外，万里隔条支。
君长无常位，祅神有旧祠。
合纵今战国，商贾古波斯。
盛迹图王会⑮，华风渐四夷。

【注释】

①海国：临海之国或海外之国。

②觺（lú）矢：黑箭。

③焯（chǎn）赫：显赫。

④文渊：即文渊县。今越南北部谅山省北同登县。

⑤郑伯牵羊：典出北宋苏轼《留侯论》："楚庄王伐郑，郑伯肉袒牵羊以

逆。庄王曰：'其君能下人，必能信用其民矣。'遂舍之。"

⑥周廷献雉：指古越裳国进贡白雉事。喻国家强盛，人民安居乐业。语出《后汉书·南蛮传》："周公居摄六年，制礼作乐，天下和平，越裳以三象重译而献白雉。"

⑦九真：九真郡，中国古代行政区，在今越南中部。

⑧三韩：汉时朝鲜南部有马韩、辰韩、弁辰（三国时亦称弁韩），合称三韩。下句中的"百济"是扶余人南下朝鲜半岛西南部（现在的韩国）所建立的国家。

⑨虎牢：古邑名。春秋郑地。在今河南荥阳市氾水镇西。相传周穆王获虎为柙畜于此，故名。城筑在大伾山上，形势险要，为军事重镇。

⑩摎后：中国古代南越国第三代君主赵婴齐的王后。

⑪浿（pèi）水：今朝鲜青川江和大同江的古称。

⑫琛航：岛屿名，位于中国西沙永乐群岛之永乐环礁里。

⑬不庭：不朝于王庭，指背叛的诸侯不来朝贡。

⑭拂菻：中国中古史籍中对东罗马帝国的称谓。

⑮王会：旧时诸侯、四夷或藩属朝贡天子的聚会。

《塞垣集》卷二终

卷三：古近体诗
（起光绪癸未五月，讫腊月）

五月二十八夜塞外水破大境门而入毁通桥庐舍间有死者

万壑蜿蜒来匈奴，乱流飞入鸳鸯湖①。

天河夜溢蛟鳄走，惊雷骇湍争喧呼。

东沟之水汇西浍，势若群龙奔天衢。

长城高出北斗畔，丸泥自足当千夫。

岂期扫荡同大敌，一剑仰刺摧坚邬。

红灯前导汝何怪，罔两不畏明神诛②。

初闻堤坝鸣瓮盎，坐看阛市浮羊猪。

怒涛卷石入闾巷，快如骏马追亡逋。

男号女啼避何及，颇怜孩稚为鼋鱼。

晓来日霁狂澜落，室牖半被尘泥淤。

颓垣败壁不忍睹，时从沙穴求薪樗。

为告贤尹拯凋瘵，略分囊橐疗饥癯。

天灾流行国恒有，横潦岂与江河殊。

昔年救患积谗毁，移山真笑愚公愚。

斯民陷溺果谁责，穷酸未洗儒生迂。

暂沽白酒涤愁脏，羊酪聊当秋风鲈。

①鸳鸯湖：作者于此自注："即辽时鸳鸯泺。"

②"红灯"二句：作者于此自注："水将至时，有红灯十数前行。"

赠李雨苍①将军云麟

南风卷地天雨沙，蕃儿对客吹胡笳。

穹庐六月见青草，笳声彻天天欲老。

故人怜我戍边关，赢车访我燕支山。

燕支山下汉月白，嗟君旧是轮台②客。

龙堆漠漠建旌旗，乌鸢啄肉虏骑嘶。

张骞失道曾镌级，李广不侯缘数奇。

挹娄城外江如墨，铁衣远戍鞣鞨国。

旄头夜落花门垒，西行又作陇头水。

陇水秦山直复斜，青门仍种东陵瓜。

骑驴晓看湖堤月，载酒春游田父家。

海上戈船阵似云，诏书特起故将军。

手斩楼兰报天子，功成长揖归乡里。

【注释】

①李雨苍：李云麟，字雨苍，汉军正白旗人。善古文及经世之学，师事曾国藩，后入左宗棠幕府，官至署伊犁将军、布伦托海办事大臣。曾就新疆是否建省与左宗棠产生分歧。光绪初年，左宗棠曾先后五次奏议建省。李云麟撰写《西陲事略》一书，以"论经""述今""察来"三个部分内容，系统地提出反对建省之议论，放言"历来用兵，皆以旗员为帅"，公开坚持八旗的利益与特权，复辟旧制。光绪四年（1878）李云麟因病请假，左便奏请让李回京。左宗棠和刘锦棠相继提议的建省方案，终为朝野认同。光绪十年（1884）十月，清廷批准新疆建省。

②轮台：古地名。在今新疆轮台南。

挽曾国荃联

李云麟

支世局者四十年，兄终弟继，一夕震大星，六合绅民安所仰；

结心交分卅五载，道同途殊，平生矢久约，千秋志趣有谁知。

挽曾纪泽联

李云麟

前后卅五年，论两世推解恩情，称我心怀，当思图报；

纵横九万里，合四大部洲人众，如公父子，罔不知名。

赠定静村①将军安四首

珝戈南指靖妖氛，麟阁当年早策勋。

西旅护羌唐校尉，北庭破虏汉将军。

归来紫塞随闲鹤，老去青山对白云。

善病邺侯暂高卧，海滨羽檄尚纷纭。

呼韩贵族汉家甥，北部名王独领兵②。

秋瘴连云腾岛屿，海风挟雨走蛟鲸。

驼鸡艳说条支使，蜃市交通析木津。

回首可怜形胜地，北塘终古暮潮声。

牙旗南接雁门关，漠漠龙沙白草间。

羌虏畏闻充国至，回酋欣拜令公还③。

秋深冒顿庭边月，春满楼烦④塞外山。

犹忆并州观政日，威名千里詟侯狦。

汉将旌麾昨度辽，挹娄城外夜鸣刁。

金源雪落秋驱马，黑水云寒晓射雕⑤。
林壑今瞻谢安石，毡庭旧识霍嫖姚。
灞陵李广行征用，还望勋名翊圣朝。

【注释】

①定静村：定安，字静村。镶蓝旗人，汉姓黄。清咸丰三年（1853），定静村曾随科尔沁亲王僧格林沁征讨捻军，赏戴五品官职。同治五年（1866）以吉林伯都纳副都统职调任密云副都统，两年后擢绥远城将军。同治十三年（1874）以病辞职。定将军府位于张家口堡子里鼓楼西街，与堡子里中轴线上的文昌阁（四门洞）相通。定将军府坐北朝南的三大院门，在鼓楼西街上占大半条街，府邸为连环四合院住宅，威严显赫如王府级别。

②北部名王独领兵：作者于此自注："公昔隶僧亲王部，防海天津。"

③回酋欣拜令公还：作者于此自注："公任绥远城将军，甘回四五千人至归化市马，见公日操演，倏皆遁去。"

④楼烦：古关名。在今山西宁武西南。隋大业三年（607），炀帝北巡至突厥启民可汗庐帐，还入楼烦关，即此。

⑤黑水云寒晓射雕：作者于此自注："公任黑龙江将军，俄人隔江伏兵操演，公以书谕止之。"

题红蕖轩①诗稿六首②

垂髫少妇绿云斜，海燕高飞王谢家。
千骑东方说夫婿，罗裙娇妒石榴花。

五载春愁系绿杨，天津桃李忆家乡。
南流独羡鸳湖水，为送思亲泪两行。

桃根桃叶渡江来，海上明珠结蚌胎。
恼煞东风忒颠倒，故吹仙蕊落寒梅。

杨柳青青入画眉，回文喜诵蕙卿③诗。
蕉窗夜雨珠帘掩，倦倚鸳衾索句时。

塞上莺花只种愁，深闺明月向人秋。
归鞍若问来时路，南去襄州是峡州。

【注释】

①红蕖轩：疑似王定安与其妾居住的居室名。《红蕖轩诗稿》疑似王定安爱妾的诗集。未见刊刻。

②六首：原刻漏刻一首，实为五首。

③蕙卿：苏蕙，字若兰，前秦时期女诗人、文学家，回文诗之集大成者。传世之作仅一幅用不同颜色丝线绣制的织锦《璇玑图》。

奉答沚莼见赠《塞垣集题词》①即步其韵

鸳湖一片云水白，乌桓千嶂森如戟。
戍楼夜色落征衫，羁人愁见月生魄。
小宁城畔客吟诗，古调幽情畴复知。
频将蔡女胡笳拍，谱入阳关肠断词。
黄云漠漠接辽海，亭伯暂作长岑宰。
塞鸟边花只助愁，荒园古寺劳相待。
楚国孤臣叹南冠，榆关积雪照铁铠。
猎火秋看雁塞烟，旄头夜拂霓旌彩。
戎马驰驱二十霜，晋祠五阅西风凉。
黄金颇怀国士感，芝兰曾入君子堂。
蚕丛九折遽回驭，落日空山挂冠去。
斗酒思烹鲈脍肥，双柑往听黄鹂语。
空舲回首一凄然，渚宫②春色今何处。
狐啸频增塞客悲，鹃啼犹梦江天曙。

毳幕羁栖和李陵，吮毫细字如冻蝇。
弓衣绣句吾岂敢，弹铗高歌客何能。
案头如雪剡溪藤，濡墨狂呼酒数升。
烦君为画出塞幅，归去莫令猿鹤憎。

【注释】

①《塞垣集题词》：指张上龢的《题王鼎臣观察塞垣集》，收录于张上龢诗集《莼乡诗钞》之中。见后文《张上龢诗文》。

②渚宫：春秋楚国的宫名。故址在今湖北省江陵县。

送寿五卿榷使荫任满回京

黄云黯淡惊沙飞，乌桓山下行人稀。
洋河夜涨塞柳碧，辽王台畔送归客。
与君饮马长城边，秦关嵂崒高接天。
毡裘毳服来万里，汉家旧设茶马市。
商车年年减算缗，津关处处恤行李。
圣朝宽大怀远人，明驼遥蹴北海滨。
北海雄族丁零国，王庭反在单于北。
戈舰东凌瞻部洲，猋轮[1]西入条支域。
明珠金罽古犁靬[2]，蛮君鬼伯咸款关。
请君归献王会图，碧眼赤髭真吾奴。

【注释】

①猋轮：风轮。此指速度很快的轮船。

②犁靬：古国名。《魏略·西戎传》："大秦国，一号犁靬。"《后汉书·西域传》作"一名犁鞬"。指古罗马帝国。

寿王枫臣军门六首

汉家飞将拥幢旌，牙帐巍然细柳营。
万里龙沙归节制，十年雁碛领专征。
南来壮士羞鸣甲，北部蕃王喜缔盟。
塞漠而今严锁钥，韩公新筑受降城①。

中兴将帅出衡湘，弱冠从军漓水旁。
壮节独怜江子一②，行间谁识郭汾阳。
舟横鄂渚秋云黯，潮落章门夜月凉。
回首东南鏖战日，黄巾青犊太披猖。

朔方名将数哥舒，几载忧谗积谤书③。
一旅初随裴相国，诸军咸识李轻车。
皖江夜静闻吹角，淮甸春深见荷锄。
最是义旗东指处，流民争返旧田庐④。

石城高踞大江东，六代青山在眼中。
组甲千军明晓日，楼船万橹驶春风⑤。
早闻击楫诛侯景，颇见降幡诣阿童。
笑指仓困付三老，总戎垂念是哀鸿⑥。

彗昴新腾紫塞氛，汉家五道出将军。
玺书特赐王元伯，父老争留寇使君⑦。
蕃部牙旗连瀚海，偏师羽骑接燕云。
即今亭障无烽堠，横槊高歌对夕曛。

伏波老去气犹龙，马上弯弓酒正浓。
北徙钟仪原旧识，南来王粲是同宗。

欲随李泌煨红芋，早约张良访赤松。

仙药长生期共饵，与君高啸祝融峰。

【注释】

①韩公新筑受降城：作者于此自注："公葺宣化府城二十余里，费省而工坚。"

②壮节独怜江子一：作者于此自注："公初从江忠烈公忠源于广西，转战湘鄂江西等处。"江忠源，见第五编《皇清诰授光禄大夫兵部尚书兼都察院右都御史云贵总督武慎刘公行状》"江公忠源"条注。

③几载忧谗积谤书：作者于此自注："公隶忠武公多隆阿部，数载不晋秩，后乃知其能，荐之曾文正公，独领一军。"多隆阿，字礼堂，呼尔拉特氏，达斡尔族，清代隶属满洲正白旗。清朝名将，擅长指挥马队，在同治中兴时期和湘军第一名将鲍超齐名而过之，有"多龙鲍虎"之誉。咸丰三年（1853）以黑龙江骁骑校尉同随胜保与太平军作战，在击溃太平军北伐的战役中战功卓著。咸丰六年（1856）被湖广总督官文调至湖北黄州，次年在官文、湖北巡抚胡林翼统领下，与都兴阿收复武汉、黄州、黄梅，大致抵定湖北省全境。咸丰十年（1860）参与收复太湖。咸丰十一年（1861）配合湘军攻占安庆，任都统及荆州将军。次年攻陷庐州（今合肥）。同治元年（1862），陕西回民起事，多隆阿于十一月抵达潼关，次年二月攻占回军在同州的两个重要据点羌白镇和王阁村，九月攻占苏家沟和渭城湾。至此，陕西回军被迫向甘肃撤退。同治三年（1864）4月1日，多隆阿攻占盩厔，进城时遭流弹击中，延至5月18日伤重不治。赠太子太保，予一等轻车都尉世职，入祀京师昭忠祠，谥"忠勇"。

④流民争返旧田庐：作者于此自注："公驻军处，招集流亡，给牛种，令开垦，归者如市。"

⑤楼船万橹驶春风：作者于此自注："威毅伯曾公围金陵，公尝助剿，及克金陵，公驻溧水，降者甚众。"威毅伯指曾国荃。

⑥总戎垂念是哀鸿：作者于此自注："在溧水，发米数百石，赈活饥民甚多。"

⑦父老争留寇使君：作者于此自注："朝廷以库伦临俄边，饬公率所部镇守，肃毅伯李公留之。"

七月十五夜通桥观放烟火

石梁偃卧横长虹，霜蹄迅厉追晨风。
万人鼎沸夜潮至，千车雷动秋山空。
巨围棋布同战阵，高标突兀摩苍穹。
巍巍炎官导朱盖，长剑上倚崆峒峰。
须臾火发万竹响，琼花珊树相映红。
旄头乱坠枉矢窜，妖星驰突飞无踪。
颇疑羿射九日落，赤电晱睒搜蛟龙。
佛光晨跃峨眉顶，剑气夜入牛斗中。
连珠飞弹各异态，金蛇银箭若为雄。
轰然一炬群象灭，楚火已烬咸阳宫。
烟销雾散游客返，惟余凉月栖孤墉。
人间荣悴皆泡影，何须予夺怼天公。

送寿康入关和沚莼韵六首

塞柳依依拂短鞭，几人归骑度燕然。
秋风又送南鸿去，梦落吴淞卖酒船。

穹沙三载食无渔，野豕黄羊伴谪居。
归去莫谈戎马事，绿窗灯火课儿书。

边市无人不识君，腰间宝剑动星文。
羁臣只有还家乐，两袖携来万里云。

居庸南去暮烟低，绿柳黄榆日向西。
旅舍漫希刘越石，时清何事舞鸣鸡。

窜逐戎荒屡问天，英雄例不受人怜。
悲歌时带幽燕气，始信人间有侠仙。

漠漠匡庐旧雨①痕，琵琶亭畔客销魂。
生还愈觉天恩渥，春色从今度玉门。

【注释】

①旧雨：比喻老朋友。

中秋和韩昌黎《赠张功曹》韵
呈李果仙侍御郁华龙松琴①农部继栋两同年

乱流南注桑干河，宁川斗涨秋腾波。
银汉倒垂星在户，穹庐夜听蕃儿歌。
羁人例畏边碛苦，胡天八月雪如雨。
龙沙浩浩阴山高，白狼攫人元狐号。
熊咆狱啼当道路，岂有幽穴能潜逃。
自分投窜饱豺虎，羊酪马湩甘羶臊。
夜深惊猋动户牖，隐隐百怪来亭皋。
君门九重家万里，穷边又见秋草死。
汉庭逐客皆生还，明驼南去车班班。
早闻亭伯②返辽海，即看钟仪归荆蛮。
嗟君夙抱鸿鹄志，铩羽偶落尘埃间。
谪居读书可报国，古有坡谷堪跻攀。
劝君莫作懊恼歌，屈平贾谊同一科。
昨月非缺今非多，盈亏在我匪关佗。
且呼嫦娥驱愁魔，不醉将如良夜何。

①龙松琴：龙继栋，原名维栋，字松岑，一字松琴，号槐庐。广西临桂（今桂林）人。广西清代第二个状元龙启瑞之子，清朝后期重臣刘长佑的大女婿。同治元年（1862）举人。曾官云南南安知州、户部候补主事。后任江南官书局图书集成总校，江南尊经书院山长。继栋少承父学，博涉群籍，擅长诗词，通小学，工篆隶。居京师时尝以词学相提倡，在京粤西词人常聚其"觅句堂"联吟切磋，为推动"临桂词派"的形成发展有所贡献。著有《槐庐诗学》《槐庐词学》和《侠女记》等。龙继栋光绪八年（1882）任户部主事时与云南永昌知府潘英章、御史李郁华等因为云南报销案革职，流放军台效力赎罪。

②亭伯：崔骃（？—92），字亭伯。窦太后当政时，曾经在窦宪府内任主簿。窦宪横暴骄恣，他屡次讽谏劝阻。窦宪不能容忍，便让他出任长岑（即辽海）长。

答果仙同年叠前韵

我如庄叟夸秋河，崔涘安睹沧海波。

穷荒著述聊自遣，横笛喜奏巴人歌。

蓼虫食叶不知苦，客窗夜话杂秋雨。

榆关月出十丈高，万山木落哀猿号。

幽林穷谷尽照独，纵有魑魅焉能逃。

二年饱饫葱韭臭，一樽暂涤豭羯臊。

汉鳊湖鳜味久绝，那更巨蟹求江皋。

洞庭巴峡在万里，湘娥灵均原不死。

衡阳秋雁今已还，沦居犹托谪仙班。

但闻胡骑叫萧瑟，无复春鹍鸣绵蛮。

忆君昔持相如节，落日走马滇池间。

苍山洱海在眼底，云天回首何时攀。

今君与我皆楚歌，新诗索遍同催科。

世间毁誉何其多，白日自矢心靡佗。
语云道高来群魔，文章虽富如命何。

秋兴八首和杜少陵韵同果仙作

黄叶萧疏洗马林，怀戎城畔月森森。
天连北极星辰炯，日落幽都草木阴。
啼雁数声惊逐客，断猿千里促归心。
凉风又值成衣节，怯听边庭薄夜砧。

万岭纵横雉堞斜，长城一线界中华。
呼韩旧赐南庭玺，博望新通海国槎。
蜃市楼台连战舰，乌孙亭障入清笳。
天山近日无烽堠，宛马东移苜蓿花。

戍楼凉月挂余晖，独坐荒亭望少微。
秋草偏萦青冢绿，寒鸿遥入洞庭飞。
马融北徙清名陨，张翰南归宿愿违。
何日西陵放游棹，槎头一钓汉鳊肥。

胜负名场一局棋，秋蝉黄雀总堪悲。
玉关衰柳怜今日，吴苑春花忆往时。
落木始惊芳节晚，闲官深悔乞身迟。
白云南望惭将母，楚水悠悠故国思。

龙沙漭漭接阴山，古堠连绵燕赵间。
夜月野狐啼汉障，霜天秋隼落秦关。
边花红缬孤臣泪，驿柳黄摧倦客颜。
西望晋阳形胜地，使车曾忝獬衣班。

黎轩地尽海西头，楼舰东来岛屿秋。
周代越裳纡贡使，汉家铜柱①入边愁。
自怜伏枥惭征马，敢诩忘机逐野鸥。
欲请长缨报明主，瀛寰万国拱神州。

轮台西暨武皇功，县度②都归版籍中。
万里龙堆瞻汉月，九边雁户渐华风。
雪山夜映缠头白，葱岭秋看猎火红。
却羡封侯班定远，虎头犹是未衰翁。

燕山易水两逶迤，大漠南连督亢陂。
朔马独嘶沙碛月，流莺犹恋上林枝。
穷边作客惊霜早，午夜吟诗觉斗移。
同盼金鸡下宽诏，觚棱回首五云垂。

【注释】

①铜柱：古代立铜柱以标示国界。

②县度：古山名。据《通典》所载，县度山在渴槃陀（今新疆塔什库尔干塔吉克自治县）西南四百里。山有栈道，有的地方要悬绳而渡，故名县（县，通"悬"）度。自汉以来，为西域方面重要山道之一。

重阳偕潘子成①太守英章李果仙侍御登来远堡楼阁和杜少陵《九日寄岑参》韵

长城黯颓沙，秦月皛如旧。
秋山划棱骨，堑峭露清瘦。
涸鳞睁澂澜，瞑虫睇晴昼。
乘陵揽旷廓，远岫杳难就。
促膝述颠危，阱陷深莫救。

包羞颜愈低，哽语事多漏。

昔为云间翮，今似槛中兽。

追思速谤由，高位跻或骤。

福臻累纤埃，祸至急奔溜。

冥机齐宠辱，逸襟忘槁秀。

晚节惜寒葩，禅谛入甘酎。

良游勿后时，黄叶满征袖。

【注释】

①潘子成：潘英章，字子成，云南永昌知府。他与户部主事龙继栋、御史李郁华都是因为云南报销案革职，流放军台效力赎罪。云南报销案实际是晚清党派的一次剧烈斗争，目的是扳倒武英殿大学士王文韶。

果仙和余重阳诗叠前韵奉酬

秋山如宦客，炎凉变新旧。

幽人似寒花，独伴秋山瘦。

沦弃寡朋侪，蓬室暖昏昼。

南冠四五辈，樽酒聊相就。

涉世丛愆尤，末途互匡救。

休言天道疏，恢恢网不漏。

维时商森鸣，鸷鸟搏惊兽。

白草燎荒原，万骑困驰骤。

穹昊耀霜威，玄壖缩寒溜。

伤兹摇落容，讵睹春华秀。

劳君慰我愁，新诗美温酎。

何当吸流霞，共挹浮丘袖。

果仙再叠前韵因再和之兼怀周性农①年丈

濂溪楚老儒，忘年托知旧。

蹁跹海鹤姿，苍颜鬈而瘦。

忆昔觐天阙，欢饮曾卜昼。

我时抱新编，疑义亲证就②。

中言三晋氓，沉溺不可救。

娲皇大圣人，神力补天漏。

桓桓宣孟勋，煦育及禽兽。

积困廓始纾，污浴浣非骤。

滔滔江河流，砥柱回狂溜。

翁闻喜且叹，谓是吾楚秀。

岂期遽颠蹶，赪颜类含酎。

烦君谢翁德，涕泪沾衣袖③。

【注释】

①周性农：疑似杨性农之误。杨性农即杨彝珍。杨彝珍，字湘涵，一字性农，别号移芝，湖南武陵人。道光十二年（1832）参加湖南乡试，他和左宗棠、吴敏树的试卷，都以不合时趋为房师所摈弃。主考徐法绩，奉特旨搜遗卷，得到他们三人文章，大为赞赏。三人同时考中举人。杨彝珍以古文见长而风行天下。道光二十年（1840），杨彝珍北上抵京，寓居常德会馆。一时名公巨卿，都慕名争与为礼；四方爱好古文的人，也纷纷前往切磋。他自己也好结交名流，和潘少白、曾国藩、苏赓堂等相与过从。道光三十年（1850），杨彝珍考中进士，选翰林院庶吉士。咸丰二年（1852）散馆，改兵部主事。因不乐意担任部曹职务，告假回乡。此时，太平军已由永安经全州入湖南，接连攻克道州、郴州、醴陵，大军进逼长沙。杨彝珍纠集300余人组成乡兵，试图与太平军对抗。咸丰四年（1854），太平军占领常德，派军驻扎黄土店，引兵攻城，中途遇雨折回，不久便撤离常德。杨彝珍以此居功，致书曾国藩，称"自敝居以往，三十里皆免寇祸"。此后即在家著书讲学，以诗文宗主湘西。

②疑义亲证就：作者于此自注："拙作《山右救灾记》曾蒙性丈改削，闻此文颇为人所憎恶。"

③"烦君"二句：作者于此自注："性丈，果仙师也。"

果仙新营小斋课儿其中以诗见示三叠前韵兼勖其二子

万窾号悲风，庭树迥非旧。

小室窥瓮天，环座数峰瘦。

囚羁不择安，琴砚供清昼。

两儿读父书，帖括①粗能就。

斯文病膏肓，药石非所救。

伪体畴能裁，厄言日以漏。

阿翁真狻猊，吟啸詟百兽。

名驹自千里，高驾何须骤。

我亦苦蜗居，破瓦垂秋溜。

梦想见娇儿，濯濯芝兰秀。

有子胜高官，虚誉付醴酎。

闭户守青箱，名刺灭怀袖。

【注释】

①帖括：唐制，明经科以帖经试士。把经文贴去若干字，令应试者对答。后考生因帖经难记，乃总括经文编成歌诀，便于记诵应时，称"帖括"。后泛指科举应试文章，明清时亦指八股文。

偶读朱子《菩萨蛮》回文戏效其体

幕云秋卷飞鸣鹤，鹤鸣飞卷秋云幕。

初月落窗虚，虚窗落月初。

碧黯长城石，石城长黯碧。

枫映晚霞红，红霞晚映枫。

【相关链接】

菩萨蛮

朱 熹

晚红飞尽春寒浅，浅寒春尽飞红晚。

尊酒绿阴繁，繁阴绿酒尊。

老仙诗句好，好句诗仙老。

长恨送年芳，芳年送恨长。

塞下曲二首

鸷鸟乘秋入九天，谷蠡千骑猎居延。

汉庭若问苏卿节，犹傍丁零北海边。

榆关九月雁声稀，秋尽征人犹未归。

风雪满天行不易，待攀春柳送吟骓。

胡笳曲十首

名媛远嫁，文士迁谪，同有薄命之嗟。汉初以宗女嫁匈奴，史失其名。自江都主细君①、楚主解忧②嫁乌孙，其封号、名字可考也。爰赋其事，附诸诗人比兴之义。

古月凄凉塞上春，汉家岁岁议和亲。

龙沙无限伤心色，半为忠魂半美人。

姑衍③狼胥列障亭，空侯一曲泣娉婷。

中朝欲弭天骄怒，敢惜蛾眉没虏庭。

一曲琵琶出玉门，江都翁主嫁乌孙。
归心万里随黄鹄，虚费君王岁赐恩。

解忧西去不胜愁，嫁得昆弥已白头。
含泪上书思故国，梦魂夜夜楚宫秋。

相夫学语字胡雏，生小娇娆绝代姝。
多少名姬埋塞草，怜君独不到穹庐。

紫台一去草芊芊，何似长门永弃年。
延寿未诛谗妒炽，几人沦谪到胡天。

一落胡尘几载还，左贤部落接阴山。
黄金未向龙庭赎，肯放文姬入汉关。

戍旗高卷单于台，日暮笳声入帐来。
莫怨玉关春色晚，金城公主北庭回。

宁国悲啼出紫宫，可怜帝女也和戎。
秋风万里思亲泪，洒向黄流九曲中。

回鹘花门万仞山，太和当日泪潸潸。
生还不觉红颜老，惭愧君王白玉环。

【注释】

①江都主细君：刘细君，西汉江都王刘建之女，汉武帝刘彻的侄孙女，
史称其为"江都公主"。刘细君是一位美貌多才的女子，她能诗善文，并且精
通音律，能诗能歌，善弹琵琶。汉武帝元封六年（前105），细君以皇室公主
的身份下嫁乌孙国王，是汉室和亲第一人。

②楚主解忧：即刘解忧，西汉楚王刘戊的孙女。太初（前104—前101）中，武帝以为公主，嫁乌孙昆弥（王）。王死，从乌孙俗，嫁肥王，生三男二女。次子后为莎车王，长女为龟兹王绛宾妻。肥王死，又嫁狂王。狂王死，汉立公主长子元贵靡为乌孙大昆弥。以后公主孙星靡、曾孙雌栗弥等相继为大昆弥。公主曾使侍者冯嫽持汉节，行赏赐于西域各地。甘露三年（前51年），汉宣帝迎公主回京。后二年死。

③姑衍：山名。在蒙古大漠以北。

志感三首

去年七月，有人劾余权藩篆朦销干没①。奉旨查究，阅一年矣。近闻晋中覆疏，迄无左验②，诏免置议。晋帅③系原劾者，当不为我回护，其言④或可见信于世欤，殊可感矣！

一遭弹射戍穷边，白璧青蝇⑤只自怜。
从古斐萋⑥伤巷伯⑦，而今薏苡⑧辨文渊。
忧谗几欲沉湘水，忍死终羞饮盗泉。
缧绁敢云公冶枉，圣明覆照总如天。

雌黄众口实堪虞，即墨何如阿大夫。
盗裤谁污陈重节，亡金今识不疑诬。
盛朝直道犹三代，晚节生涯问五湖。
留得闲身续迁史，文章报国属吾徒。

塞门寒月啸孤猿，万里巴江绕梦魂。
贾谊谪从明主世，隽苏生荷圣慈恩。
黄河自有澄清日，沧海应无木石冤。
早盼金鸡赦归里，白云深处是荆门。

【注释】

①干没：暗中吞没他人的财物。

②左验：佐证，证据。

③晋帅：此指时任山西巡抚张之洞。

④其言：指张之洞光绪九年（1883）九月二十九日所上《遵查革员侵蚀各款拟议结案折》，其中有"此外有无朦销侵蚀各节，查询局员库吏在省人员，均不能指出确据。若再搜求陈案，徒致株连废事，于库款仍无所益，应请免其置议"等语。

⑤白璧青蝇：唐陈子昂《宴胡楚真禁所》诗："青蝇一相点，白璧遂成冤。"青蝇玷白璧，比喻谗人陷害忠良。

⑥斐菶：语本《诗经·小雅·巷伯》："菶兮斐兮，成是贝锦；彼谮人者，亦已大甚！"后因以"斐菶"或"菶斐"比喻谗言。

⑦巷伯：《诗经·小雅·巷伯》共七章。根据《毛诗序》："巷伯，刺幽王也。"或亦指寺人孟子刺谗人之诗。

⑧薏苡：多年生草本植物，果实可供食用酿酒，并入药。《后汉书·马援传》："南方薏苡实大。援欲以为种，军还，载之一车。……及卒后，有上书谮之者，以为前所载还，皆明珠文犀。"薏米被进谗的人说成了明珠。比喻被人诬蔑，蒙受冤屈。

怀方菊人①方伯大涅四十八韵

方公南楚彦，本出益阳门②。

初试鄂中令，徭赋除苛烦。

案牍自披省，不假吏与阍。

三刀③领州牧，五马乘华轩。

所到颂神君，孙叔与子文。

彝陵楚西塞，虎牙呀且蹲。

同治九年秋，岷嶓颓其源。

支祁肆威虐，雷风争欢喧。

元螭鼓骇波，万户沦蛟鼋。

俯惊坤轴断，仰眘银河翻。

居人号且走，狼狈同奔骔。

横流倏以落，廛市惟沙痕。

哀哉孑遗民，露宿无飧飱。

公怀切饥溺，棚舍栖黎元。

馆粥活羸尪，槥椟④堆丘墦。

穰穰城阓内，咸负爱日暄。

大府嘉贤劳，剧郡移麾旛。

巍巍武昌守，江汉雄篱樊。

治术喻烹鲜，清风戒县狟。

循声动九重，屡荷天语温。

观政莅岘首，陈臬依辰垣。

北来才逾载，三晋开雄藩。

嗟予旧部民，邂逅莫与谖。

维时避贤路，引痾归林园。

仓黄遽言别，握手声屡吞。

岂期罹罦网，谮言腾捷幡。

髡钳陷蔡邕，薏苡诬马援。

投阱纷下石，罗织成覆盆。

公时膺按验，钩考不辞繁。

款目析缁铢，卷簿穷阅翻。

浮议竟无证，舞文宁非冤。

携册白大府，罗缕诉且论。

赫赫中丞⑤威，勃然怒髯掀。

掷册投之地，盛气同炮燔。

公曰吾何私，直道斯民存。

拂衣自投劾，不复穷其根。

职是遭中伤，寥落归湘沅。

我于彼何仇，亦于公无恩。

公非私庇我，刚正夙所敦。

闻公家洞庭，垂竿钓游鲲。

洪涛漾日月，颢气浮乾坤。

朝吟湘妃竹，暮招虞舜魂。

访道问濂溪，投诗吊屈原。

湖山足俯仰，耕织乐鸡豚。

思公不得见，远隔戎与蕃。

何当与执鞭，步趋随朝昏。

非感公私德，道义巍且尊。

寄语谷风客⑥，弃予夫何言。

（按，此诗另见《宜昌县志初稿》）

【注释】

①方菊人：方大混，字守一，又字守初，号菊人。湖南巴陵郡岳阳县人。咸丰五年（1855），以诸生步入仕途，为巡抚胡林翼幕僚，保训导以知县用，因才干突出，被荐代理湖北广济知县。任内因功委实任知县。后历任襄阳知县，襄阳、宜昌、武昌等府知府，荆宜施、安襄、郧荆兵备道，直隶按察使，累官至山西布政使。"方伯"是布政使的别称。

②本出益阳门：作者于此自注："公初从益阳胡文忠公军。"胡文忠即胡林翼。胡林翼，字贶生，号润芝，湖南益阳人，晚清中兴名臣之一，湘军重要首领。道光十六年（1836）进士，授编修，先后充会试同考官、江南乡试副考官。历任安顺、镇远、黎平知府及贵东道。咸丰四年（1854）迁四川按察使，次年调湖北按察使，升湖北布政使署巡抚。抚鄂期间，注意整饬吏治，引荐人才，协调各方关系，曾多次推荐左宗棠、李鸿章、阎敬铭等，为时人所称道。与曾国藩、李鸿章、彭玉麟并称为"中兴四大名臣"。咸丰十一年（1861）在武昌咯血而死，谥号"文忠"。有《胡文忠公遗书》等。

③三刀：《晋书·王濬传》："濬夜梦悬三刀于卧屋梁上，须臾又益一刀。濬警觉，意甚恶之。主簿李毅再拜贺曰：'三刀为州字，又益一者，明府其临

益州乎？'……果迁濬为益州刺史。"后因以称刺史。此指知府。

④櫲椟：棺材。

⑤中丞：指山西巡抚张之洞。

⑥谷风客：疑似指张之洞。用《诗经·谷风》的典故。《谷风》是一首弃妇诗，诗中的女主人公被丈夫遗弃，她满腔幽怨地回忆旧日家境贫困时，她辛勤操劳，帮助丈夫克服困难，丈夫对她也体贴疼爱，但后来生活安定富裕了，丈夫就变了心，忘恩负义地将她一脚踢开。因此她唱出这首诗谴责那只可共患难、不能同安乐的负心丈夫。

拟古八首①

自君之出矣，秋风拂鬓丝。
思君如驿柳，春去减腰肢。

自君之出矣，常怀行路难。
思君如塞月，独傍玉关寒。

自君之出矣，膏沐何曾施。
思君如环珮，圆转无尽时。

自君之出矣，绿藓侵罗袜。
思君如秋砧，夜夜捣塞月。

自君之出矣，菱花暗不鲜。
思君如春茧，三起复三眠。

自君之出矣，门巷长莓苔。
思君如玉琐，连环解不开。

自君之出矣，不复鼓笙簧。
思君如瑶瑟，繁声总断肠。

自君之出矣，黄花篱落飞。
思君如旅燕，帘幕待春归。

【注释】

①拟古八首：此诗疑似为留守家中的妻子黄氏而作。此时的王定安已经感觉到了自己不久将放归，自然容易想到家中的妻子。

和张沚莼《昌平州谒明陵》韵四首

龙沙五度事亲征①，一统戎衣媲武成。
汉绪旁承殊代邸，洛川改卜似周京。
凄凉弓鼎荆湖在，迢递辒车榆塞迎。
地下未忘平虏策，松泉隐隐鼓鼙声。

落日金川白下门，虚传闵惠有陵园。
削藩计被诸儒误，杀敌名妨叔父尊。
瓜步一军猿鹤化，石头终古虎龙蹲。
可怜逊国谈遗迹，臣庶依依故主恩。

长陵②古树菱朝曛，穗帐珠帘销暮云。
昭代虞宾③犹主祀，当年章步尽同文。
河山尚带英王气，侯伯空酬靖难勋。
太息故宫禾黍遍，哀歌麦秀不堪闻。

荒垣古隧碧烟飞，几处穹碑沍夕霏。
五百年来王气尽，十三陵畔墓田非④。

桥横断石溪流咽，秋老空亭木叶稀。
莫话永和宫里事，九泉相见血沾衣。

【注释】

①龙沙五度事亲征：指明成祖朱棣五次亲征蒙古。

②长陵：明成祖朱棣和皇后徐氏的合葬墓，位于昌平，建于永乐七年
（1409）。明长陵在十三陵中建筑规模最大，营建时间最早，陵园规模宏大，
平面布局呈前方后圆形状。

③虞宾：本指尧之子丹朱。因虞以宾礼待之，故称。丹朱不肖，国亡。
后因以喻失位之君。

④十三陵畔墓田非：作者于此自注："近因陵户梨隙地为田，涉讼未决。"

和李果仙《塞上初冬感旧》韵二首

昔游曾睹祝融峰，北客幽都又孟冬。
远谪青莲原任侠，绝交叔夜太疏慵。
谁从衡浦听回雁，且待春雷起蛰龙。
泽畔那寻渔父语，汨罗江路隔千重。

白草黄沙万里同，几人沦落虏尘中。
南迁贾傅伤妖鸟①，北去昭君误画工。
此日灞桥诃李广，当年洛市识王充。
悲秋并是骚乡客，漫别雄雌赋楚风。

【注释】

①贾傅伤妖鸟：贾谊《鵩鸟赋》："谊为长沙王傅三年，有鵩飞入谊舍。鵩
似鸮，不祥鸟也。谊即以谪居长沙，长沙卑湿，谊自伤悼，以为寿不得长，乃为
赋以自广也。"

沚莼作消寒会^①即席叠果仙韵呈同座诸公二首

门对云泉第一峰，聊将绿酒慰严冬。

诗人泪向啼猿落，晓树愁看冻雀慵。

雁塞寒流趋渤碣，乌桓秋色满庐龙。

登楼时望长安月，咫尺君门隔九重。

楚水燕山趣不同，声名沦入浊流中。

谗言可使夷为跖，圣世宁容鲹与工。

几个衣冠附阎显^②，就中佞幸数江充。

澄清毕竟宗臣略，余子何劳拜下风。

【注释】

①消寒会：旧俗入冬后，亲朋相聚，宴饮作乐，谓之"消寒会"。此俗唐代即有，也叫暖冬会。清朝时，消寒会在北京十分盛行，嘉庆、道光年间，以翰林院官员为主的文人在冬至日后，组织同人进行联谊活动，以雅集为主，兼论古今，吟诗作对。

②阎显：东汉河南荥阳人，以其妹为安帝皇后，封长社侯，掌管禁兵。安帝死，与其妹定策立年幼的北乡侯为帝，即少帝。太后临朝，他任车骑将军辅政。不久少帝死，宦官孙程等十九人拥立济阴王为帝（顺帝），被杀。

闻越南警报再叠果仙韵二首

缥渺蓬壶海外峰，西来钲鼓响丁冬。

触蛮受甲蜗争炽，卫狄麈兵鹤战慵。

尺地频年屯鹬蚌，孤军连日斩蛟龙^①。

炎洲早隶天王籍，朝贡无烦九译^②重。

南交万里轨文同，六合澄清樽俎中。

他族方施蚕食计，汝曹何事鸩媒工。

早闻鬼貌嘲卢杞③，似梦神明录贾充。

御侮还凭勋旧在，休休郭令古臣风。

【注释】

①孤军连日斩蛟龙：作者于此自注：“闻刘永福近与法人战，斩馘数千。”刘永福，见第五编《皇清诰授光禄大夫兵部尚书兼都察院右都御史云贵总督武慎刘公行状》“刘永福”条注。

②九译：辗转翻译。此指边远地区或外国。

③卢杞：唐代著名奸相。陷害了无数忠良。据说此人长相奇丑。

和沚莼《居庸关怀古用顾亭林①韵》二首

群峰如剑倚胡天，古堠凄凉夜月悬。

南部单于曾款塞，汉家天子屡巡边。

诸蕃马市来关外，万里龙沙到眼前。

却惜金源失重险，铁门终古锁寒烟。

春老军都塞草荒，黑山突骑太苍黄。

弹琴峡里降旛出，纳款关前画角长。

几度蕃庭腾铁骑，屡凭阉寺②失金汤。

伤心成庙经营日，曾着戎衣射白狼。

【注释】

①顾亭林：明末清初思想家、学者顾炎武，字宁人。居亭林镇，学者尊称亭林先生。

②阉寺：指宦官。

闻曾沅浦宫保入觐叠前韵二首

鸣珰待漏夜朝天，紫殿云开晓日悬。
入觐汾阳初罢镇，专征张辅正筹边①。
桓圭早锡侯封宠，金鉴应陈御座前。
薄海颙颙望司马，中兴勋伐冠凌烟。

恒霍当年苦旱荒，哀鸿千里赖龚黄。
西邻范老生祠遍，东里公孙舆诵长。
谁嗾谗夫摇潞国，几回巧诋任张汤。
干城终赖鹰扬选，夜看天弧射赤狼。

【注释】

①专征张辅正筹边：作者于此自注："时两广总督为张振轩宫保。"张振
轩即张树声，字振轩，安徽合肥人。历任江苏巡抚、贵州巡抚、两广总督、
直隶总督兼北洋大臣等职，是淮军开明派代表人物。

《塞垣集》卷三终

卷四：咏怀诗

追和阮嗣宗《咏怀诗八十二首》(并序)^①

余昔读嗣宗《咏怀诗》，叹其托旨幽远，冲澹遗物，实为渊明先声。光绪癸未秋，谪居张垣^②，仿东坡和陶例，取《咏怀八十二首》，依韵和之，两月而毕。昔子瞻自谓其和陶作不堪愧渊明^③，今读之快纵自如，而乏含蓄绵邈之致，适成为东坡之诗而已。阮诗幽隐畏避，百世之下难以臆测。鄙作亦自抒胸臆，不尽求合古人知言，君子当不以辞害意也。

【注释】

①追和阮嗣宗《咏怀诗八十二首》(并序)：阮嗣宗即阮籍，字嗣宗，陈留尉氏(今河南省开封市)人，三国时期魏国诗人，"竹林七贤"之一。其《咏怀八十二首》主要抒写阮籍在魏晋易代之际的黑暗现实生活中的各种感慨，抒发诗人在险恶的政治环境中的痛苦与愤懑之情。这组诗被视为正始之音的代表，在中国诗歌史上具有开创性的意义。

②张垣：指张家口。

③不堪愧渊明：《子瞻和陶渊明诗集引》："吾前后和其诗凡百数十篇，至其得意，自谓不甚愧渊明。"据此推知，"不堪"系"不甚"之误。

其一

沦居庭院静，幽鸟答鸣琴。

金焱散炎热，凉露沾衣衿。

朱阳倏已晚，黄叶飞霜林。

繁华有代谢，秋气伤人心。

其二

元鹤戾青霄，宁与鸶鸠翔。

鹪鹏鸣浚谷，幽兰萎春芳。

结发事明君，恩爱期勿忘。

长门忽我弃，九曲回我肠。

昔为金屋宠，伊威①今在房。

永巷多凄风，浮云蔽昭阳。

哀哉班婕妤②，弃捐良可伤。

【注释】

①伊威：虫名。《诗经·豳风·东山》："伊威在室。"陆玑《毛诗草木鸟兽虫鱼疏》："伊威，一名委黍，一名鼠妇，在壁根下瓮底土中生，似白鱼者是也。"

②班婕妤：西汉女文学家，班固祖姑。少有才学，成帝时被选入宫，立为婕妤。作品今存《自悼赋》《捣素赋》《怨歌行》三篇，写她在宫中的苦闷心情。

其三

屈宋不可作，斯文陶与李。

生死诗酒间，冥心观无始。

摘艳挹薜萝，搜材企梗杞。

迢迢千载后，俛仰追芳趾。

咄哉谣诼徒，赫矣夸毗①子。

春华一朝悴，荣名亦云已。

【注释】

①夸毗（pí）：以谄谀、卑屈取媚于人。

其四

朝登单于台，暮宿乌桓道。

万里莽黄沙，微躯安复保。

策马望阴山，白云没荒草。

秦城半不存，汉卒嗟已老。

寄语玉楼人，春色岂常好。

其五

燕赵游侠窟，犷俗喜悲歌。

酒徒日征逐，屠狗来相过。

击筑互唱答，生事亦蹉跎。

悠悠督亢陂，萧萧易水河。

秦人肆虎狼，狙诈何其多。

回首黄金馆，将如国士何。

其六

太行蹑云端，黄河落天外。

中有古帝州，山川互萦带。

条山既南来，恒岳复北会。

天灾昔流行，表里幸无害。

泛舟何足多，移粟讵堪赖。

其七

浮云变万态，白日终不移。

青阳独潜颖，万卉还逶迤。

大块噫生气，披拂无等差。

人事亮难测，天道诚可知。

勿为弃妇叹，长嗟生别离。

其八

惊飙吹落月，朔气侵客衣。

登楼望故乡，中心常依依。

勤绩常苦寒，力耕常苦饥。

皦皦志士节，翻为众谤归。

岂不惜名誉，青蝇古所悲。

矫首望青冥，塞鸿正南飞。

微禽尚有托，游子何时归。

其九

驱马长城畔，西望野狐岑。

黄云接大漠，榆柳森成林。

边庭秋气早，严霜透重襟。

白日淡西陆，万壑生元阴。

凄凄异方乐，觱篥奏商音。

孰为南风操，一慰游客心。

其十

孤雁栖丛芦，侧翅含哀音。

比目失其偶，幽姿甘冥沉。

嗟彼临邛客，辞赋瑰且淫。

子虚亦云侈，何用夸上林。

伤哉白头吟，谁怜彼妇心。

其十一

伤禽避虚弓，惊麑窜深林。

胡马失群侣，长途常骎骎。

忆昔初结褵，白首期同心。

如何桃李花，冶容逞荒淫。

谗慝闲忠信，旧好谁复寻。

弃置在路侧，凄惋畴能禁。

其十二

相思杳无极，乃在巫山阳。

巫山有神女，朝云焕容光。

妩媚耀朝日，劲节厉冬霜。

承恩侍辇幄，清言吐兰芳。

明珠缀冠珮，翡翠罗裯裳。

愿为鸳鸯死，不共孤鸿翔。

君恩如天地，贱妾宁相忘。

其十三

巍巍太行顶，西接王屋阿。

羊肠当我门，屈曲苦经过。

夸娥移神山，愚公智何多。

精卫欲填海，织女终渡河。

此心矢白日，坎壈何足嗟。

其十四

董生明春秋，三年长下帷。

著书说灾异，缧绁良堪悲。

发愤究大业，隐志将告谁。

虽非王佐才，斯文垂光晖。

伊吕不可希，游夏吾所归。

其十五

伯牙抚瑶琴，幽趣托声诗。

邈矣山水志，知音惟钟期。

香草赠美人，榛苓怀所思。

麟凤蓄奇彩，隐见自有时。

夸夫徇名利，营营欲何之。

羞彼千驷雄，徒为圣者嗤。

其十六

狂飙卷骇波，欲济河无梁。

轻舸下急濑，天水森茫茫。

鲸鲵逞骄虐，奋鳍游且翔。

沉霾翳白日，金阙安可望。

燕臣昔哭市，夏日飞寒霜。

庶女叫苍天，海若神为伤。

明夷①蒙大难，柔顺以为常。

愿矢忠谅节，艰贞道弥章。

【注释】

①明夷：六十四卦之一。即离下坤上。《易·明夷》："明夷，利艰贞。"
孙星衍集解引郑玄曰："夷，伤也，日出地上，其明乃光，至其入地，明则伤
矣，故谓之明夷。"后因以比喻贤人遭受艰难或不得志。

其十七

海客狎白鸥，本是忘机者。

塞翁齐得丧，所失不在马。

羁旅乐旷闲，纵目穷原野。

秋高鹰隼疾，日夕牛羊下。

万物各有适，我心还自写。

其十八

河汉日清浅，北斗横欲倾。

秋夜何萧瑟，凉月光冥冥。
散步出庭阶，黄鞠方敷荣。
岂不畏霜雪，劲节殊群生。
万卉伤摇落，孤芳独荧荧。
回首桃李花，荣悴孰能并。
岁寒志不挠，可喻贞士情。

其十九
西京盛冠盖，甲第生辉光。
赫赫金张馆，锵锵鸣琚璜。
瑰服糅兰麝，拂拭扬馨芳。
跃鳞值明两，联翩哕朝阳。
吐气若虹蜺，云汉任回翔。
踽踽穷巷士，负薪吟路旁。
吾道甘贫贱，憔悴亦何伤。

其二十
边头古杨柳，春至垂碧丝。
金风一朝发，倏与摇落期。
茕茕贫家妇，弃置将何之。
拂涕拜翁媪，去去从此辞。
市虎谅非讹，投杼终见欺。
回头语新妇，白头善自持。

其二十一
丰隆乘玄云，青天将欲冥。
黄霾迷宙合，孤客将何征。
濛濛沙碛间，万鸟阒无声。
胡笳偶一奏，狐狄皆悲鸣。

哀哉蔡文姬，沦落单于庭。

其二十二

嶙嶙飞狐塞，旁有洗马林。

洋河去不息，深宵月沉沉。

蕃女弹琵琶，弦急不成音。

谁解曲中意，幽怨邈难寻。

昭君适异域，迢迢故园心。

其二十三

昔闻鬼谷子，肥遁①荆山②阳。

七雄方虎斗，说士持其纲。

著书尚捭阖，韬若矢在房。

苏张③袭余智，辩口含风霜。

屈伸各有志，隐晦道弥光。

何如从赤松，石室④随风翔。

【注释】

①肥遁：隐居避世，自得其乐。

②荆山：荆山余脉延伸至湖北远安。远安县、当阳县的古县志记载，鬼谷子隐居青溪。

③苏张：苏秦和张仪。相传此二人是鬼谷子的学生，曾到青溪向鬼谷子求学。

④石室：指青溪鬼谷洞（过去属远安，今属当阳）。

其二十四

苦县明大道，宠辱咸不惊。

祸福本倚伏，高下还相倾。

漆园齐万物，其言有迳庭。

西施与丑厉，妍媸同一情。

木雁①各罹害，无为夸善鸣。

嗟嗟殉名士，安知学无生。

【注释】

①木雁：比喻有才与无才。典出《庄子·山木》。

其二十五

汤文古仁圣，视民真如伤。

开网祝飞禽，瘗骨周道旁。

由来安静吏，所学非孔桑。

黍苗荷膏雨，阳和回冰霜。

甘棠思召伯，遗爱何其长。

其二十六

驱车出亭隧，北望乌丸山。

秋高百草枯，鸷鸟飞连翩。

天骄纵铁骑，猎火千山然。

岩峣青冢畔，芳草独娟娟。

造物怜淑媛，谗妒何相连。

其二十七

汉皇塞瓠子，璧马沉黄河。

从官负薪楗，翠华扬九葩。

赋诗责河伯，丽藻炜且华。

宣房复禹迹，伟烈诚非夸。

谁知金堤坚，千载忽蹉跎。

哀哀东海氓，荡析将如何。

其二十八

神州赤县外，裨海①环九州。

眇尔蜗角中，蛮触乃相仇。

飞艎来西极，狡焉敌是求。

重关一失险，犀军说甲游。

巍巍不周山，云气干霄浮。

共工触天柱，飘泊随瀛洲。

六鳌不能峙，舆峤皆西流。

辘轳奇肱车，谁令停其辀。

空怀漆室虑，未忘杞人忧。

【注释】

①裨海：小海。

其二十九

涉水莫临深，登山莫陟颠。

水深窅难测，山高欲极天。

穷达各有命，狐媚亦可怜。

靓妆效时趋，矫饰增其妍。

茕茕孤嫠妇，恤纬①不成眠。

岂如秦楼女，欢乐及华年。

【注释】

①恤纬：嫠不恤纬。寡妇不怕织得少，而怕亡国之祸。旧时比喻忧国忘家。典出《左传》。

其三十

书记非吾事，跃马西域行。

驰驱万里外，焉用儒生名。

张骞昔凿空，毳族咸输情。
傅介斩名王，楼兰耆威声。
桓桓貔虎士，矫翮凌青冥。
朝出蒲昌海，夕轾安息城。
县度岂不险，分茅亦以荣。
龙庭勒丰功，麟阁图英形。
赫矣班仲升，平陵一诸生。

其三十一

南登碣石馆，遥望通天台。
蛟螭扬洪涛，三山安在哉。
我欲访羡门，弱水环蓬莱。
徐福载男女，一去不复来。
洋洋沧海波，千载飞黄埃。
笑尔蠛蠓族，生灭随吹灰。

其三十二

仆本南州士，杖策客燕幽。
壮游曾几时，奄忽二纪秋。
轮蹄半九服，关河邈且悠。
西瞰黄河源，东观沧瀛流。
乾坤郁莽苍，日月波间浮。
夸父逐羲车，飞辔不可留。
安得骑紫凤，汗漫九垓游。
俯视尘海内，区区一芥舟。

其三十三

蠹虫食朽株，由来非一朝。
青蝇浣白璧，毁积金石销。

祸来岂能逭，福至非可招。

翩翩鸱夷子^①，智勇夙所饶。

富贵在须臾，飒若秋风飘。

谁识爨下音，空怜琴尾焦。

【注释】

①鸱夷子：鸱夷子皮，春秋时范蠡的号。

其三十四

老马识歧途，寒鸡知将晨。

如何背时巧，失路甘湮沦。

昔为青云士，今作絷冠人。

蚕丛阻修坂，盐车^①何苦辛。

升沉判驽骏，皮相久失真。

松柏厉贞操，守此岁寒身。

谁开求羊径，愿卜沮溺^②邻。

【注释】

①盐车：运载盐的车子。此喻高才大贤受到屈抑，用非所长。《战国策·楚策四》："夫骥之齿至矣，服盐车而上太行。蹄申膝折，尾湛胕溃，漉汁洒地，白汗交流，中阪迁延，负辕不能上。伯乐遭之，下车攀而哭之，解纻衣以幂之。"后遂以"盐车"为典，比喻贤才屈沉于下。

②沮溺：春秋时长沮和桀溺两位隐士。

其三十五

周公陈无逸，吐握常未遑。

赤舄避谗讥，乃徂东山阳。

老聃守雌柔，浊世和其光。

沌沌弃仁义，道德隳津梁。

嗟哉曾参贤，讲学洙泗旁。

杀人积众毁，薰莸淆其芳。

何似山梁雉，色举能高翔。

其三十六

青苗取国息，儒术祸苍生。

安危转毂间，捷若影与形。

蚩蚩耕凿氓，赋质顽且冥。

愿为弛科禁，鉴此凋瘵情。

其三十七

九河迷故轨，千里浮黄埃。

阴霾积惊湍，滔滔天际来。

支祁①逞骄虐，南山力能排。

畇畇神禹迹，昏垫亦哀哉。

【注释】

①支祁：水神名。

其三十八

蜀江下荆门，峭石激鸣濑。

蛟螭乘颓波，腾踔九天外。

七泽①相吐吞，长淮互襟带。

巨浸连楚吴，粒食将何赖。

谁拯泽水灾，屡被怀襄害。

鄂州嗟已沉，洞庭从兹大。

【注释】

①七泽：相传古时楚有七处沼泽。后以"七泽"泛称楚地诸湖泊。

其三十九

嗟余婴世网，窜身投戎荒。

反顾怀魏阙，旧恩安敢忘。

镆铘蕴沉渊，斗牛匿精光。

骐骥困羁靮，岂复能飞扬。

缅维白驹咏，苗藿食我场。

絷维永朝夕，攘询道弥彰。

方圜何能周，好修以为常。

其四十

屈平昔放逐，瑰辞吐珠玑。

汲汲勤姱修，崦嵫惜余晖。

时俗工谗妒，君子慎其微。

朱颜岂常好，倏若朝露晞。

恾恾东山思，征人感伊威。

孤忠时见疑，中道与我违。

君恩如白日，长照沧海湄。

反顾回余车，岂忧投四夷。

其四十一

羁旅怀乡国，浮云惨不舒。

安得王乔舄，来去随双凫。

江湖阻且深，蛟龙出不虞。

梦想驾方舟，飘飘凌紫虚。

却顾秫归山，迥与尘世殊。

秋烟澹橘柚，兰茝亦堪娱。

哀彼怀沙客，颣颔同一符。

天问岂能对，搔首独踟蹰。

其四十二

张汤务深文，刀笔逞其雄。

爪牙依文学，朝誉日以隆。

奸诈一以露，冰炭还相融。

天道恶盈满，易爻贵谦冲。

巧诋蹈刑诛，辨口好兴戎。

谁云仁义迂，不及功利崇。

福善岂无应，严酷宁有终。

愿求恂恂吏，一返沕穆风。

其四十三

旧闻黠戛斯，乃是李陵裔。

祖洲既东环，玄渊复西逝。

裨海环神州，浩浩邈无际。

圣人示包荒，朝聘勿相制。

咨尔友邦君，慎勿弃盟誓。

其四十四

黎轩宅西极，洲居牛货方。

楼观耀海日，碱阶白玉堂。

南侵身毒境，蚕食吁可伤。

谁云佛陀神，舍利暗无光。

乘除委浩劫，天运安可常。

其四十五

扶桑拂东海，若木亦敷荣。

早闻河伯孙，雄视句骊城。

貊弓挟骼矢，奇正环相生。

岂知唇齿邦，翻增狙诈情。

东明驾鱼鳖，庶令澴水清。

其四十六
兰成①赋小园，退之咏盆池。
广厦非所望，斗室自相宜。
沙禽鸣北牖，寒英缀南枝。
夕霏暖菌阁，朝晖悬槿篱。
随遇足偃仰，安用轩车随。

【注释】

①兰成：庾信，字兰成。《小园赋》是庾信晚年羁留北周、思念故国时所作的一首抒情小赋。该赋通过对所居住的小园景物的描写，抒发了作者的故国之思和身世之悲。

其四十七
名法饰儒术，马牛而裾襟。
如何上蔡客①，谬托荀孟林。
刻深固天性，矫诈昧初心。
诗礼乃伐冢，兹义堪追寻。

【注释】

①上蔡客：指秦朝宰相李斯。李斯是河南上蔡人。

其四十八
爰居避海风，寥落乘孤云。
栖栖鲁门外，哀鸣谁与群。
振翮谢主人，祀饷徒纷纷。

其四十九

谢公任宰衡，常怀东山思。

同游有胜侣，支遁与羲之。

功名自足终，渔弋安可期。

何如誓墓客^①，山海穷游嬉。

悠悠兰亭会，千载同一时。

【注释】

①誓墓客：指王羲之。王羲之在不愿同流合污的境况下，奔到父母坟头撰写了一篇辞官宣言《誓墓文》，后用此指辞官的奏疏。

其五十

绿云霭金阙，缥渺见蓬莱。

弱水阻方舟，欲济不可能。

仰视列御寇，御风真快哉。

其五十一

秋扇藏箧中，投弃分之宜。

妍媸同蒌谢，安论欺与施。

兰蕙闭空谷，荷蕖落清池。

芳颜不再好，恩爱日以离。

寂寂长门夜，愁见圆魄㩻。

其五十二

郢都古泽国，岷江来千里。

潜沱汇其阳，茫茫汉东泛。

息壤扬洪波，随刊功谁俟。

可怜章台宫，漰荡浮楠杞。

翼轸动妖星，淫潦曷云已。

我欲诛应龙，伊谁司燮理。

愿上流民图，扪舌还复止。

其五十三

大道如龙蛇，张弛靡有常。

文侯屈万乘，礼事田子方。

虚怀致弓币，感激披肝肠。

贤人国之宝，仁义美膏粱。

不见圯桥叟，素书贻子房。

成功访至道，相携谷城旁。

其五十四

老骥伏辁蹄，难忘千里心。

穹岩虎长啸，肃肃风生林。

古来魁杰士，肥遁游川岑。

郁郁螭豹姿，霄渊任升沉。

骞腾苟得势，扶摇谁能禁。

其五十五

昔闻成公兴，师事寇谦之[①]。

神仙有迁谪，七载以为期。

嵩高绝鸡犬，石室耽精思。

一朝谪满去，两童来相持。

元辰值厄会，升腾自有时。

徒怜汉武帝，甘受文成欺。

【注释】

①寇谦之：字辅真，北魏昌平人。学仙道，隐于松阳。太武帝诏玉阙，为其建天师道场，定道教为国教，并对佛教采取弹压政策。谦之以老子为教

主，张道陵为大宗，道教之名由此始。

其五十六

秦人啖六国，割地无已时。
巍巍楚国雄，商於屡见欺。
左徒怀忠悃，翻为谗佞嗤。
枘凿不相入，阊阖见无期。
允怀去国感，芳心还自持。

其五十七

飞鸟蹋樊笼，举翮触四隅。
骐骥困盐车，危涂孰相扶。
壮节悲蹉跎，矢志在桑榆。
廉颇逞娇妒，退让惟相如。
傲慢圣所戒，盛满胡可居。
宁甘求全毁，不受过情誉。

其五十八

至人隘六合，逍遥游方外。
乘云骑日月，下睨人间世。
传闻沙门徒，本出老聃裔。
函关接西天，青牛从此逝。
金丹如可成，黄河以为誓。

其五十九

采采南山菊，晨露如缀珠。
幽鸟鸣高树，曷来依吾庐。
沦隐避冠盖，门无长者舆。
眷言怀旧侣，携酒来庭隅。

俛仰蹈罘网，抚膺时长歔。

矫首望八荒，郁愤聊一舒。

其六十

窈窕良家女，非礼横相干。

终风苦霾曀，谑浪相与言。

颜闵希圣道，所乐在瓢箪。

穷居悯天人，岂复愁饥寒。

皎皎首阳节，脱屣轻华轩。

辞国不肯受，采薇宁一餐。

悠悠百世下，顽懦且兴叹。

其六十一

北出飞狐塞，前登兴和城。

惊猋号古木，万壑皆秋声。

牛羊遍荒谷，野马咸在坰。

寒云飘戍旗，夜闻刁斗鸣。

缅昔乘障客，允怀报主情。

长驱蹈锋刃，岂复惜余生。

其六十二

羁栖喜岑寂，门巷无杂宾。

明月鉴旃帐，棐几拂浮尘。

文章亦有命，穷愁乃益神。

青莲赋鹏鸟，早识谪仙人。

其六十三

戚戚囚羁客，常怀远逐忧。

岂知绝国使，万里乘孤舟。

勿言榆枋远，遐哉南溟游。

其六十四

穷达委天命，待时胜镃基。

逐逐朝市客，笙管相娱嬉。

草玄亦何用，名至谤随之。

圣哲忧谗毁，邈矣孔与姬①。

【注释】

①孔与姬：孔子和姬旦（周公旦）的并称。

其六十五

许由逃名者，潜身颍水滨。

岂不念民物，惟惧汩吾真。

如何倾侧士，益己而损人。

豺貙攫百兽，日以肥其身。

荒林绝行迹，惨淡增酸辛。

其六十六

江总年少时，才藻艳以浮。

自著修心赋，系出州陵侯。

晚途谐时尚，狐媚殊可羞。

临春倏以颓，玉树委荒丘。

剧怜清要资，甘居狎客流。

荒哉长夜饮，日伴后庭游。

其六十七

宏羊贾人子，言利乖官常。

均输调盐铁，大农握其纲。

厚貌饰廉洁，束身似珪璋。
由来道德士，鼠壤有余粱。
薰莸各异臭，兰茝反不芳。
古圣戒盗臣，聚敛实乖方。
榷算诩谲智，杼轴空断肠。

其六十八

梁鸿窜海曲，赁舂力所任。
匿名寄庑下，琴书写我心。
衡泌自足栖，璧帛讵相寻。
游麟潜大海，元豹藏幽林。
咄咄浮夸士，禄位恣骄淫。
富贵蹈危机，感叹畴能禁。

其六十九

达节固不易，守节良独难。
硁硁坚白质，磨涅时相干。
烈士耻盗泉，嗟来宁肯餐。
豕交而兽畜，去去夫何言。

其七十

我诵招隐什，慨焉怀左思。
言访采薇士，投簪出王畿。
停琴伫白云，仰视氛雾晞。
寒泉送清籁，嘉树郁芳姿。
飘然谢尘鞅，长与世相遗。

其七十一

黄云堕榆关，秋阳黯无色。

苍茫沙碛间，狼狐鸣我侧。
荒亭少行人，驿堠莽榛棘。
举首望穹昊，盘雕挚飞翼。
回瞻帝京远，泪落不可拭。
圣明烛幽微，晚盖益努力。

其七十二

人生百年内，孤月随行舟。
圆亏每相代，安危非自由。
穷居庸何损，知命故不忧。
不疑偿盗金，自诬宁相仇。
一闻薏苡谤，惭愧马少游。

其七十三

金陵吾旧里，世业守青箱。
乌衣盛冠盖，弈叶腾其光。
滔滔长淮水，绵绵荆与扬。
安能挹清泉，涤我九回肠。
乡思寄南燕，万里遥相望。

其七十四

华颠颇识道，投绂甘食贫。
短翮遽婴患，跛足安绝尘。
圭璧慎厥躬，网罗忽相殉。
谁言随夷洁，甘同跖蹻①伦。
廉溷岂无别，铦钝或失真。
灵均召巫阳，幽志质鬼神。
我欲续离骚，远投湘水滨。

①跖蹻：盗跖及庄蹻，二人皆为古时的大盗。

其七十五

畸士多枯槁，文采自敷荣。

伯喈^①汉史才，北窜五原城。

犴狱^②迫饮章，万死才一生。

谗嫉究何害，翻成千载名。

驽姿饱刍粟，骏蹄蹜危倾。

安得秦宫镜，一鉴妍媸形。

【注释】

①伯喈：汉蔡邕的字。

②犴（àn）狱：牢狱，监狱。

其七十六

短狐射人影，含沙伺我旁。

螳螂蓄怒心，安见鸣蝉翔。

生时值箕斗，荣禄非所望。

徘徊恋旧恩，中心何日望。

古人重一饭，颠沛宁易常。

兼葭怀好友，溯洄水中央。

其七十七

西河传圣统，乃抱丧明忧。

阿瞒窃汉祚，诸子骐骥流。

酷吏首张杜，轻重随恩仇。

安世与延年，讵遗门户羞。

天道邈难测，毒厚殃弥遒。

宁甘黔娄窭，不逐富平游。

其七十八

龙门百尺桐，郁律依山阿。
枯根半生死，春至复扬华。
良材含美音，尾焦世所嗟。
岂惜真节挠，常虞斧斤加。
樗栎乏世用，匠石将奈何。

其七十九

蓬庐蠲俗虑，高卧侣羲皇。
开轩挹寒日，酌酒缅崇冈。
丛菊缀霜蕊，未觉园径荒。
边泯筑场圃，禾稼收已藏。
渐看鸿雁稀，时见雕鹗翔。
百虫蛰深穴，肃杀令心伤。

其八十

冉冉老将至，秋阳倏在兹。
鹿裘弹鸣琴，安见荣启期。
往迹兹为鉴，后来畴能知。
七曜易躔度，千岁咸共之。
君看金谷花，菀枯各有时。

其八十一

神仙古信有，不见王子乔。
缑山驾飞鹤，谒帝乘云霄。
嵩高在人世，云路一何辽。
元龟享千龄，藏息非一朝。
笑拍洪崖肩，万里随飘飖。

其八十二

春风吹百草，亭苑灿朱华。

繁柯倏凋谢，飞鸟啄其葩。

素餐縻微禄，廿载惭廛禾。

赦宥荷宽政，散发归涧阿。

勉哉岁寒友，毋贻末路嗟。

《塞垣集》卷四终

卷五：古近体诗
（起光绪甲申正月，讫七月）

甲申①正月三日偕李果仙侍御登下堡②玉皇阁

发岁慎行趾，诹吉理轻舆。

相携凌杰阁，言访开士庐。

飞甍峙城堡，俯视临阛闾。

朝旭射轩窗，绿云霭庭除。

缁流二三人，前导相匡扶。

肃然荐胖蹇，稽首礼浮屠。

东风被宙合，万汇咸卷舒。

穰穰埏垆内，吾生独郁拘。

长跽祷神明，私爱陈区区。

但祝老弱安，他福非所须。

年来息尘坱，嗜道忘簪裾。

夷跖久不校，安论毁与誉。

皇仁一何厚，臣志实已愚。

大哉黄羲③德，邈矣遂古初。

【注释】

①甲申：光绪十年，公元1884年。

②下堡：即张家口堡，俗称堡子里，建于明宣德四年（1429），初建是一

个单纯屯兵的军屯，是明代长城九边要冲宣府防御体系的重要组成部分。

③黄羲：黄帝与伏羲的合称。

偕果仙子成过宣化府王芸台大令招饮介春园①即席赋此

林壑惬夙抱，久为尘网牵。
翻幸边州谪，恣意穷山川。
同游两三辈，末路交相怜。
欢言访旧友，饮马长城边。
贤哉茹县②宰，好客罗羞笾。
名园郁嘉树，早春未发鲜。
曾台缅遥岫，孤月耀华筵。
阶前芍药花，枯荄闭其妍。
芳心岂不萎，春风吹便娟。
座客半南冠，北游惊新年。
人生如鸿鹄，何处非家山。
安用登楼感，翱翔任自然。

【注释】

①介春园：郑振铎的《从清华园到宣化》一文对此园有记载："介春园，今名玉家花园。园本清初王毅洲（墨庄）的藏书处，乾隆间为李氏所得。道光十年，始为守备玉焕功所得，大加经营，为一邑名胜。鱼池花木，幽雅宜人。今也已衰败，半沦为葡萄园，闻年可出葡萄八千斤。园亭的建筑大有日本风，小巧玲珑。春时芍药极盛，今仅存数株耳。大树不少，正有两株绝大的，被斫伐去，斥卖给贾人。工匠丁丁的在挖掘树根，不禁有重读柴霍夫《樱桃园》剧之感。"

②茹县：宣化古称。

曾沅浦宫保新摄①礼部志喜

秩宗翼翼领朝仪，勋旧恩隆圣主知。

入觐韩侯乘马日②，降神申甫锡膺时③。
四骐振旅劳方叔④，三礼畴咨让伯夷。
六十春官今管领，尚书新讶履声迟⑤。

【注释】

①摄：代理。曾国荃于光绪十年（1884）代理礼部尚书。

②入觐韩侯乘马日：作者于此自注："恩赏朝马。"

③降神申甫锡膺时：作者于此自注："恩赐六十寿物。"

④方叔：周宣王时大臣。曾率兵车三千辆进攻楚国得胜，又曾进攻犹。
见《诗经·小雅·采芑》。

⑤尚书新讶履声迟：作者于此自注："公患足疾新愈。"

介春园雅集和紫珊赠果仙韵

连邵同迁溯柳刘①，早将身世付浮鸥。
荒台待月云成幕，曲沼临风芥作舟。
沙碛啼猿千嶂夕，楚天归雁五湖秋。
穷边投窜诗人例，万古潮州与惠州。

【注释】

①柳刘：唐诗人柳宗元、刘禹锡的并称。

酬紫珊见赠

故乡风月忆南楼，森森江天没白鸥。
万里愁牵燕塞柳，两年梦落洞庭舟。
亭前暮色疑残雪，帘外春光似晚秋。
醉后莫谈交海事，九州终古拱神州。

寄谢吉云帆①观察顺谢小淳②太守贤坊

大漠云连镇朔楼，柳川春暖浴群鸥。

周遮万树城如瓮，旋转千山马似舟。

红药园中宜早夏③，白莲池上待新秋④。

辱君重订游山约，准备新诗续柳州。

【注释】

①吉云帆：吉顺，号云帆，满洲人。曾任口北道道台。

②小淳：郑贤坊，浙江镇海人。字奥仙，一字小淳，号舵龄。室名半粟轩，有《半粟轩稿》。同治七年（1868）进士。授翰林院检讨，参与修《穆宗（即同治帝）实录》，得奖叙擢监察御史，出守直隶宣化知府。在任裁革陋规，为官清廉。三年后以足疾乞休。

③红药园中宜早夏：作者于此自注："介春园多芍药。"

④白莲池上待新秋：作者于此自注："口北道署新浚荷花池。"

左侯相①奉诏入辅曾宫保新拜总制两江②之命
中外忻忻赋诗志庆四首

中兴侯伯属群儒，早拜昌言赞圣谟。

只为契丹相司马，欣闻江左领夷吾。

九天日月新纶旨，六代山川旧版图③。

廿载父兄怀仆射④，东南千里尽欢呼。

楼船高唱大江东，昔数龙骧第一功。

铁锁千寻沉海日，石头终古峙秋风。

雨花台畔朝鸣角，幕府山前夜挽弓。

竹马而今迎帅节，春光簇簇旧城中。

故相勋名久不刊，鸰原今喜再登坛。
一门节钺同吴玠，半壁苞桑⑤赖谢安。
画舸鸣铙江日永，边城吹角海天寒。
款关未绝鲛人市，群岛应知圣德宽。

西旅违盟未止戈，越裳铜柱久销磨。
珠崖新弃日南郡，玉斧犹争大渡河。
谁遣一军化猿鹤，要凭千弩射蛟鼍。
汉家士马方全盛，矍铄欣瞻老伏波。

【注释】

①左侯相：左宗棠。

②总制两江：两江总督。

③六代山川旧版图：两江包括江西省和江南省。江南省就是原来的南直隶，而南直隶的南京是六朝古都。

④仆射：官名。秦始置，汉以后因之。汉成帝建始四年（前29），初置尚书五人，一人为仆射，位仅次尚书令，职权渐重。汉献帝建安四年（199），置左右仆射。唐宋左右仆射为宰相之职。宋以后废。

⑤苞桑：指牢固的根基。

和果仙述怀三首

稽生龙性讵能驯，掩扇难遮庾亮①尘。
漫把无情怨湘水，孤忠自古属累臣。

廿年簪绂荷恩私，投劾归田计已迟。
我似东坡老居士，儋州笠屐醉归时。

北渚湘灵若有神，扁舟归钓洞庭春。

余生留访鸥夷子，风月江湖一散人。

【注释】

①庾亮：字元规，东晋鄢陵人。北方南迁士族之一，历仕元帝、明帝、成帝三朝，其妹为明帝皇后。明帝立，奉遗诏辅政。成帝朝为中书令，政事一决于亮，平苏峻之乱，拜征西将军，后代陶侃镇武昌，遥执朝政。时晋室偏安，亮力图恢复中原，未成而卒。

喜雪和果仙韵

朔荒翻苦一冬晴，春雪霏微分外明。
晓色射窗疑月上，薄寒侵帐觉冰生。
飞随野鹤蹁跹影，冷入寒鸡断续声。
太息玉关吹笛客，柳桥舞絮几心惊。

和果仙塞上即事四首

戍旗高卷塞云黄，胡马嘶风苜蓿香。
鸿雁不来家信杳，几回归梦到衡阳。

二月边沙草色芜，愁来拊缶歌呜呜。
与君试折秦关柳，今日垂条昨日枯。

乌桓山月半轮斜，万里龙城没白沙。
莫唱文姬归汉曲，惹人肠断是胡笳。

云水回瞻楚泽低，似闻恩诏下金鸡。
秋风黄叶关山里，一路寒花送马蹄。

曾宫保德州来书将由济宁驰赴江南其行甚驶寄怀三首

节麾朝过析津城，仆仆星轺又鬲津。
正是卫河春水阔，短萧声杂画桡声。

当年行水济宁来，太白楼头泛酒杯。
父老壶浆拜司马，牵衣争识旧河台。

大江南渡石城关，共喜君侯此日还。
夜雨秦淮垂柳绿，春风吹遍六朝山。

和果仙寄紫珊韵二首

畸士多不偶，由来古已然。
龙标新逐日，鱼海未归年。
夜醉穹庐月，晨炊氄帐烟。
莫嗟方枘误，瓠破岂能圆。

辽水怜亭伯，长沙悼贾生。
才名随谤远，佳句借愁成。
边碛几迁客，熙朝一老兵。
君恩终浩荡，谗口漫相倾。

灯花①三首

有意朝南发，无心向北垂。
为应怜久客，暗与说归期。

有花皆结子，含蕊似连珠。
故送宜男喜，秋风产凤雏②。

何用金钱卜，长檠自有神。

眼前如意事，报与玉楼人。

【注释】

①灯花：灯芯余烬结成花状物，习以为吉兆。

②凤雏：比喻贤隽的后辈。

题王少卿①广文杖朝遗照

连天鼓角震江滨，数社枌榆暂避秦。

剧孟侠真同敌国，郑公乡可走黄巾。

云霾柏岭鹃啼夜，月落槐庭鬼哭春。

大节常山真不忝，斯文至竟有完人。

书生频岁事登坛，乌帽青袍独据鞍。

一剑殉名随死士，九天温语惜微官。

风鸣泾渚英魂在，潮落江城战骨寒。

尚有文孙能报国，一门忠孝属儒冠。

【注释】

①王少卿：王杖朝。王定安于诗题后自注："安徽太平县人，王芸台大父也。"光绪版《重修安徽通志》记载："王杖朝，字少卿，太平岁贡。咸丰六年殉难，赠国子监学政衔。"

【相关链接】

宣化王立勋奉其令祖少卿先生遗照属题敬成二律

黄彭年①

民团廿七姓，乡守四三年。

黄柏险初失，苍松节共坚。

元戎方血战②，义士竞躯捐。

不见成功日，丹心终浩然。

幼秉先贤训，能参天地心。

如公立人极，有子列儒林。

事势论常变，成名无古今。

文孙方作宰，聪听仰遗音。

（黄彭年《陶楼诗文集》）

【注释】

①黄彭年：字子寿，号陶楼，贵州贵筑（今贵阳市）人。黄彭年博学多才，除主持纂修《畿辅通志》外，尚著有《陶楼诗文集》《东三省边防考略》《金沙江考略》《历代关隘津梁考存》和《铜运考略》等。

②元戎方血战：作者于此自注："时曾文正师驻皖督师。"

送王馨庭①太守兆兰还京

乌桓迁客新赐环，归骑夜刷于延川。

边花含笑寒鸟语，喜见太守今生还。

穹庐对雪才几日，倏看绿草萦边关。

咕哜茹酪相慰藉，暂凭虏酒开愁颜。

自怜丛脞挂世议，圣恩宽大矜愚顽。

微生投窜何足数，忧时未敢忘贫鳏。

羡君此去脱尘网，幅巾高隐人海间。

盛代胥靡行登用，琴书且假须臾闲。

红尘紫陌走飞鞚，携筇独访城西山。

梁园秋月入梦寐，黄河万古鸣潺湲。

我先君来反后去，颇似行客上下船。

凭君寄语京华友，钟仪日夜思荆蛮。

葆芝岑中丞六十寿诗三首

闻公弱冠著循声，三十持麾众所惊。
七叶貂蝉联荣戟，八州獬豸①绾衡荆。
蛮烟夜落牂牁水，蜃雨春霁闽越城。
回首卅年尘海内，白头今作圣人氓。

雁门西望界戎华，幕府当年独建牙。
三晋河山瞻帅节，九边草木入边笳。
盘雕遥掣单于垒，野鹿闲栖戍客家。
闻道汉庭重耆旧，不教亭伯老龙沙。

六十年华七尺躯，谁念薏苡误明珠。
岭南谪宦刘偕李，塞北吟诗李和苏。
晚节生涯付琴鹤，丈夫砥节在桑榆。
从公去访衡山叟，长作清时一腐儒。

【注释】

①獬豸：是古代传说中的一种神兽，相传头上有一角，性忠，能辨曲直，见人相斗，则以角触邪恶无理者。楚文王为执法官吏制冠时，便将象征獬豸角的装饰制于冠上。后借指御史等执法官吏。

张沚莼大令邀同果仙子成松琴游水泉子巴氏园林^①

龙泉万斛埋空嵌，微流一线悬嵚岩。
蜿蜒初似蛇赴壑，逸走渐如驹脱衔。
源薄量浅宜沟浍，敢与江海争甘咸。
三农未获灌溉益，石田荦确劳长镵。
羴臊涤浣味弥浊，下流讵可污杯械。
我来正值清和月，凉飔肃肃吹轻衫。
穷荒气冷节候晚，短草如发黄髟髟。
荒园古刹递凭眺，累累巨冢森松杉。
危栏曲槛互高下，墓碣龟螭穷雕劖。
杏嫣李倩相妩媚，闲花落地无人芟。
主宾围坐恣欢谑，清茶勿烦酒令监。
半生逐逐趋声利，一官只为疗饥馋。
孔劳墨俭亦何补，文姬大圣犹忧谗。
况我生命值箕斗，畏讥欲语还三缄。
披裘带索老耕钓，顾畏岂复忧民岩。
清泉一勺期满腹，何须珍味求蟹蠊。
请君洗眼看人世，茫茫尘海如风帆。

【注释】

①巴氏园林：失考。

交海行呈果仙诸君再叠前韵

干陂石漏凭谁嵌，狞潮上下飘仙岩。
龙伯肆毒巨鳌死，蜗角群岛遭吞衔。
频年木石填精卫，勺蠡讵测沧溟咸。
楼船横海出将帅，誓薙非种凭锄镵。

千罍藏酒期一醉，岂料客至羞空械。

南征健儿尽北走，濛濛瘴雨霏征衫。

朱维文轨变异俗，剧怜断发无由髟。

哀牢鹿茤古天堑，蚕丛万仞蟠星杉。

九隆六诏自君长，蛮峰攒天畴能劖。

圣朝威德暨南徼，缅酋犯顺频夷芟。

嗟汝悬绝重瀛外，盟书歃血神所监。

黄龙清酒言在耳，铜山金穴空垂馋。

况闻渠率遮汉使，阴谋反间工行谗。

安得组甲五千士，丸泥便令函关缄。

与君击楫济江海，无复奸宄虞差岩。

蛟虬改窟海若遁，唉兹丑类同虾蟆。

鞭笞百蛮朝万国，归来渤碣收旌帆。

果仙松琴子成芷莼均再叠嵌韵因三叠奉酬兼呈褚文轩①司马瑨

长城乱石如星嵌，夜看秦月飞幽岩。

奚儿②吹角毳幕里，胡羊千尾争相衔。

穹庐两载甘窜伏，虏盐芦酒兼臊咸。

醉来骑驴即游览，偶逢佳处思耕镵。

羊酪马湩有至味，雅胜雀舌③香浮械。

旃裘久著皮骨冷，五月犹未易春衫。

扶筇便觉衰老至，历齿微脱霜鬓髟。

自惭驽钝负君国，戍馆终日依榆杉。

闭门索句暂消遣，搜搅肠胃劳镌劖。

近闻招垦邻瀚海，欲变游牧为耘芟。

侵官越俎古同患，颇嫌无蟹有州监④。

矧兹强族偪北徼，尤虞殿爵供鹦馋。

料民⑤太原史所诮，安用编丁献巧谗。

随畜逐草皆赤子，庙谟⑥柔远深机缄。

愿清疆畎反侵地，便便王道无嵯岩。

秦亭汉障绝烽候，我亦归去寻鲈蟹。

商鞅作法终自毙，咄哉陆地行舟帆。

【注释】

①褚文轩：作者于诗题后自注："江夏人。"褚瑶，字文轩。咸丰辛亥科举人。同治九年（1870）任东明县知县。擅诗文，好书法。

②奚儿：称北方少数民族之人。

③雀舌：绿茶名。

④颇嫌无蟹有州监：作者于此自注："晋抚因开垦蒙地，与归化城副都统互揭，诏察哈尔都统绍公治其事。"此句中的"无蟹有州监"是用宋代钱昆的典故，据说钱昆性嗜蟹，曾经申请到地方任职，曰："但得有蟹，无通判处，足慰素愿也。"因宋代各州均设通判，带有监视知州的性质，故有此语。

⑤料民：意指统计一国或一地区的人口数。《国语·周语上》："宣王既丧南国之师，乃料民于太原。"

⑥庙谟：朝廷的谋略。

子成招饮即席四叠前韵

混沌大地谁凿嵌，下为幽谷高为岩。

舆峤仙圣苦迁播，明月时被妖蟆衔。

妍媸忠佞不相并，有如五味分辛咸。

周迁孔逐跖寿考，沮溺贤哲终犁镵。

吁嗟身后名何有，岂如生前酒一械。

迩来世议愈严密，不才翻幸襫朝衫。

布被脱粟矫名誉，囚首自惊女发髟。

王侯将相须臾耳，旋看墓木拱楸杉。

国家开基尚忠厚，百年积累遑削劖。

奈何追逋迫官吏，欲网善类骈诛芟。

汉唐党锢有前辙，洛蜀攻击①垂殷监②。

诛求下逮远戍士，酽醋五斗真酸馋③。

张汤刻深固天性，卢杞恶貌尤奸谗。

问谁执简诉君父，防口早令金人缄。

诸公安居且无躁，即看朝日升层岩。

蛟龙终当返巨海，讵甘沮洳随鱼蟆。

仰视浮云待秋雁，西风黄叶催归帆。

【注释】

①洛蜀攻击：北宋元丰八年（1085），神宗驾崩，垂帘听政的高太后为幼年登基的哲宗皇帝聘请了两位老师。一位是洛阳人程颐，一位是眉山人苏轼。这两人都是名满天下的博学鸿儒，学识德望足以堪此重任。然而也就是这两个满腹经纶的儒学巨擘，竟演绎了一场两败俱伤的"洛蜀之争"。

②殷监：殷人子孙应以夏的灭亡为鉴戒。此指教训。

③酽醋五斗真酸馋：作者于此自注："旧事，台员报效经费，奉旨释回者不缴台费银两，今兵部改章，报效外仍缴台费。"

褚文轩司马叠嵌韵见赠五叠奉酬

飞楼百尺凌穹嵌，旧传仙鹤翔灵岩。

笛声吹落楚天外，布帆如鸟翩相衔。

与君生长七泽畔，虾油鱼面夸鲜咸。

岷江汉水入户牖，戴笠时荷春山镵。

兴来放棹湖山里，绿茶一酌香生搛。

自从北游苦车马，红尘拂拂污青衫。

南楼风月几曾见，但睹驿柳垂髟髟。

太行碣石矗天表，峩峩京邑环桑杉。

狗屠击筑纵游侠，杀人白昼轻诛劖。

君才雅宜赤县宰，莠苗乍长勤薅芟。
兼并豪右不敢逞，持麾暂作边军监。
荒徼昔称逋逃薮，一家饱食千夫馋。
蛮争触斗互雄长，片言早折奸徒谗。
近闻揭竿起沙碛①，戎府偬傯军书缄。
探丸杀吏劫墩堡，颇虞煽惑妨民岩。
海滨鼓角犹未息，忍听蛟鳄吞蛙蚨。
曷招铜马共敌忾，乘风高驾楼船帆。

【注释】

①近闻揭竿起沙碛：作者于此自注："时鱼泡子有马贼数百人，多伦戒严。"鱼泡子在今内蒙古。

文轩松琴三叠嵌韵述鱼泡子之警六叠奉答

凉月如镜天边嵌，惊风吹堕西山岩。
妖氛斗起旄头炽，天狼弧矢辉争衔。
忆昔里盗始南徼，桑田遽变沧海咸。
五管八桂①震铜鼓，映徒②竞辍春农镵。
东南烽燧一万里，社酒不暇倾罍罐。
中兴将帅首方召，连年柳雪催戎衫。
龙盘虎踞亦何有，但见乌鸢啄肉翔檐枬。
犁庭献馘告宗庙，星旗惨淡飞梧杉。
遂裁中州定西域，坚城屡借神工劖。
淮夷回鹘反耕稼，群雄窃号胥锄芟。
尔来澄清十余载，顽民不待周亲监。
奈何鸣镝动边徼，剽掠欲肆饕奇镵。
穷荒跳梁何足虑，所虞信盗如信谗。
桓桓都护兼文武，帷幄发踪操机缄。

甘泉上林备羽猎，谁令伏莽生巉岩。

王师一出猛貔虎，嗤尔介胄同龟蟒。

胡不解甲归钓鱼儿泺，夕阳晒网张蒲帆。

【注释】

①八桂：广西的代称。

②娵徒：古代西南少数民族语。男子相互间的称呼。此指教徒。

和文轩《张城行》七叠嵌韵

梵宫璀璨金碧嵌，携筇曾上云泉岩。

长城万堞倚窗外，瞥见白日青山衔。

燕代遗风杂胡羯，雅与吴楚殊酸咸。

广宁地瘠农事晚，五月播种初挥镵。

神麛遗宫问故老，温泉犹足供杆械。

华戎龙斗历千载，胡笳泪落征夫衫。

隋僵唐仆不再盛，髡徒那见发重髟。

耶律异人起沙碛，百年木叶培桦杉①。

初讨黑车陵幽冀，妫儒次第烦攻劖。

遂建西京傍延水，炭山行殿勤除芟。

岂意海青失部众，禽荒顿忘有夏监。

金源席卷压归化，天命所在非贪馋。

尔后元明递嬗四百载，边帅往往忧讥谗。

万全时见北骑入，马市屡绝狐关缄。

只今文轨一中外，察罕内隶无重岩。

宁川柳河水清浅，黄鲤差胜鲋与蟺②。

吁嗟乎，云中魏尚亦千古，何必五湖归逐鸱夷帆。

①百年木叶培桦杉：作者于此自注："木叶山，辽代发祥之地。"

②黄鲤差胜鲋与螓：作者于此自注："张城无鱼，十月后有售黄河鲤者，皆自绥远城包头来。"

赠马右轩^①大令

黄须鲜卑吹芦管，燕山逐客乡思断。

雁碛经年人未还，庞沙^②五月草犹短。

与君同戍交河西，橐驼夜啸朝猿啼。

契丹宫畔春云黯，冒顿庭前夜月凄。

君家齐州我楚县，越禽代马不相见。

绣衣曾入康成乡^③，白眉今识季常^④面。

塞边瓜戍岂无期，黄金安事赎蛾眉。

玉关泥首向魏阙，白云南望思亲时。

文母圣寿逾万纪，小人有母今老矣。

金鸡诏下特赐环，荷锄归养齐东山。

【注释】

①马右轩：作者于诗题后自注："焘，德州人，前河南镇平知县。"马焘，字右轩，山东德州人。同治九年（1870）举人，同治十年（1871）进士，官河南镇平县知县。光绪九年（1883），因当年误判"王树汶案"（此案网上有详文记载）而发配边疆充军。光绪二十二年（1896），流放归里后，与魏寿彭、魏寿彤、李泽棠等人参与了《德州志略》的编纂。后又参与了首部《德州乡土志》的编写。但因遭流放一事，没有署上自己的名字。

②庞沙：疑似"龙沙"之误。

③绣衣曾入康成乡：作者于此自注："光绪丁丑、戊寅，余移粟德州，寓马氏园。"

④季常：三国蜀将马良，字季常。马良兄弟五人都有才名，而马良又在

五人中最为出色，因眉毛中有白毛，乡里有"马氏五常，白眉最良"的赞誉。

题晋人花卉画册

旧日繁华晋水隈，儿童曾讶细侯来。
高王宫畔花无数，几度春风着意栽。

十里荷花接稻田，晋祠流水碧娟娟。
狂风一夜伤摇落，潦倒秋山野草边。

两载西风恼杀人，而今花事喜更新。
葫芦峪里香成国，依旧芙蓉遍地春。

偕定静村①将军率土人修葺下堡颓垣以防贼警二首

古障烟埋白草寒，雄城当日控乌桓。
何须更筑卢龙塞，便作秦关百二看。

汉家拓境过居延，北部称藩二百年。
他日丁零倘违约，不教虏骑渡宁川。

【注释】

①定静村：见前文《赠定静村将军安四首》"定静村"条注。

登云泉山①磨"达观"二字于崖际适文轩有《自嘲》诗 用东坡《寿乐堂》韵答以戏之

怪峰腾踔如龙虎，上有莲花古洞府。
灵湫六月寒生冰，倒泳天星入幽户。

沧居选胜凌穹窿，摩挲撰刻山之股。

观海自昔惭秋河，登岱岂惟小东鲁。

大千世界本昙花，九万瀛寰在庭宇。

怜君官守苦拘滞，日课耕氓占十五。

云泉咫尺不可亲，但睹空翠落烟雨。

我因投弃穷登临，猿鹤递为东道主。

世间万事非所求，惟有风月恣吾取。

漫将鼎食易盘蔬，且酌羊酪当花乳②。

【注释】

①云泉山：又名赐儿山。在今河北张家口市西三里。清《畿辅通志》记载：云泉山"上有寺，一名赐儿山。《县志》案：山以寺得名，赐应作寺。国朝杨国声《云泉山记略》：'张家口城倚乱山之麓，其西北一峰，峻嶒秀拔者为云泉山，云气偬速，四时不绝，薰蒸酝酿，甘泉出焉，山之所由名也。'"

②花乳：煎茶时水面浮起的泡沫。此指茶。

再叠坡韵和果仙

君才聱牙韩吏部，我情萧瑟庾开府。

不嫌屈贾同迁谪，翻怜洛蜀生门户。

作赋莫呕子云心，读书莫刺苏秦股。

须知仕宦有终南，内怀狙诈外椎鲁。

当年戡难伊何人，长驱戎马涤区宇。

幸将厄运回百六①，忽漫晋人嘲二五。

再相司马敌始畏，早烹宏羊天乃雨。

吁谋终赖社稷臣，乾断独操圣明主。

吾侪小人怀旧恩，樗材散地知无取。

莼羹菰饭归何时，日掇红茶煎牛乳。

①百六：厄运，坏运。

立秋日三叠坡韵①子成果仙松琴诸君

凉飙夜起单于部，边花晨落谷王府。

积霖厌听鹳鸣垤，怀归喜见蟏②在户。

咄哉熠燿宵腾光，嗤尔斯螽夏动股。

谁将自盗诬舜钦，况闻公钱陷师鲁。

党锢诸人半顾厨，南冠几辈对衡宇。

尖叉③韵屡和苏髯，歇后格④尤卑郑五。

朔马魂惊五管烟，塞鸿梦断三湘雨。

不须再逐冠盖游，但愿长作湖山主。

当时所否后或贤，众人皆弃吾还取。

矫廉安事公孙被，养生堪笑张苍乳。

【注释】

①三叠坡韵：此处疑似缺一"呈"字。

②蟏：即喜蛛。蜘蛛的一种。体细长，色暗褐，脚很长。古时以其出现为喜兆。

③尖叉：作旧体诗术语。指称善于用险韵作诗。

④歇后格：谓用隐去句末之词暗示其义的方式创作的诗歌。

闻粤军滇军迭获胜于越南境法人要求愈甚四叠坡韵呈文轩诸君

金师新丧老鹳河，岳军誓抵黄龙府。

由来和议误戎机，坐令他族入庭户。

朱方白雉阻越裳，黑夷飞鸟夹元股。

商於地已予暴秦，汶阳田不归宗鲁。

嗟尔一军委虫沙，可怜故王化杜宇。
昔称战国雄者七，今识地球大洲五。
沧海茫茫苦飓风，蛮天漠漠霏瘴雨。
假虞伐虢智相倾，暮楚朝齐盟迭主。
我闻师直曲为老，漫诩战克攻则取。
终看毳族朝冠带，羞将汉缯易虏乳。

五叠坡韵和文轩

世路莽莽饶荆榛，我心坦坦无城府。
鼓策窃比支离疏，游方略师子桑户。
却怜覆炼折鼎铉，敢将丛脞诮肱股。
伯夷非廉跖非贪，仲雍为佞蛇为鲁。
谁云白日烛幽潜，渐见秋风蹙眉宇。
续骚聊继诗三百，谈元且演易廿五。
武昌乡味常忆鱼，巴山夜梦曾听雨。
黄金畴赎蔡文姬，琵琶空怨乌孙主。
讥谗未息吾方嗟，节行已堕君安取。
跛足那复羡长途，高谈只合付孩乳。

果仙文轩均五叠见示六叠坡韵答之

昨闻贾儿领大农，欲将钱法变九府。
阛市①扰扰废百业，怨咨啧啧腾万户。
哇人且恃眇能视，采菽新咏菲在股。
似学商鞅法变秦，终恐少正②辩乱鲁。
聚敛不惜穷锱铢，吁谟何曾裨廊宇。
啬财隐赐裘仅一，鬻身为媵羖惟五。
西风无处避污尘，东山终日悲零雨。

翩翩鹈鹕集在梁，猜猜猰犬吠非主。

元恶未盈天犹逭，我言虽激君记取。

游冥终羡鸿高飞，献谀羞说猫相乳③。

【注释】

①阛（huán）市：都市。

②少正：少正卯。被孔丘所杀。孔丘回答子贡等弟子的疑问时说：少正卯是"小人之桀雄"，一身兼有"心达而险、行辟而坚、言伪而辩、记丑而博、顺非而泽"五种恶劣品性，有着惑众造反的能力，和历史上被杀的华士等人是"异世同心"，不可不杀。

③猫相乳：指韩愈的《猫相乳说》。该文是颂扬中唐名将马燧功绩德行的文章，宣传的是仁爱思想。

文轩招饮即席七叠坡韵呈同座诸君

舞文昔苦汉张汤，改作大类鲁长府。

妄称国息括民财，横行土断编流户。

罔水焉能通舟楫，方田到处量弦股。

鸣犊遭谗谁适晋，展禽见黜未忘鲁。

自从罗织沦风尘，无复轩昂瞻器宇。

鞶带剧怜朝褫三，罚锾宜从流宥五。

近闻采干搜梗楠，岂有筑岩希霖雨。

名场失马付塞翁，骚坛执牛让盟主。

拔茅任尔占汇征，被发何心图进取。

嗷嗷但和胡雁吟，喃喃又见幕燕乳。

八叠坡韵柬果仙松琴两同年兼呈文轩

扶风夙重龙伯高，巂州暂谪李义府。

但希著书穷九流，不羡封侯取万户。

入幽莫叹困于株，随人羞占咸其股。

近闻牛口新举秦，岂虑龟山终蔽鲁。

曲从单于罢边屯，乃格有苗来庭宇。

嵩呼万岁祝惟三，瑞班群后辑凡五。

已说京秩增椿钱，即看累臣荷膏雨。

东道况逢褚河南，朔幕同吊汉翁主。

新诗快如脱颖出，腹笥捷似探囊取。

抚琴独识焦桐音，持莛一撞巨钟乳。

果仙所养秦吉了^①自滇携来文轩有诗戏步其韵

翔舞昆明旧有池，北飞今日伴钟仪。

通言只合随公冶，解曲应须待子期。

垂翼似撄羁旅感，清谈还畏谮人知。

开笼若放乌衣客，他日衔环报亦宜。

【注释】

①秦吉了：又称吉了、了哥，与八哥相似，是一种常见的观赏鸟，智商很高，可学人语。因产于秦中，故名。

万全鸳鸯湖相传为辽时鸳鸯泊^①土人罗得二雌赠余蓄之 秋雨连绵戏筑小池令其翔浴再叠前韵

拍拍双禽掠小池，翩如飞燕伴昭仪。

谁家打鸭波相及，旧日盟鸥梦与期。

文彩合婴网罗苦，归心只付水云知。

可怜濡沫凭秋雨，何似湖山任所宜。

【注释】

①鸳鸯泊：据韩祥瑞主编的《张家口悠久的历史记载》一书记载：今张北县的安固里淖，辽代时称鸳鸯泊，这是由于当时淖里的水禽中鸳鸯最多。鸳鸯泊是辽帝的春捺钵。所谓的春捺钵，就是辽国皇帝的行宫或临时办公的地方。据《辽史》记载，辽国皇帝驾幸鸳鸯泊频繁，圣宗7次，兴宗4次，道宗5次，天祚帝7次。鸳鸯泊的兴盛起始于辽圣宗统和二十年（1002）以后。当时鸳鸯泊草滩宽阔，淖水深广，有许多鹿獐狍兔在这里生息，还有无数飞禽，是一个十分美丽的地方。《辽史》对辽国帝、后在鸳鸯泊捕鹅后举行头鹅宴的情况有详细记载。鸳鸯泊当时周围有80里，春天来临，鹅鹜都聚集在这里，夏天则长满菱芡。辽国皇帝春猎时，卫士都穿着墨绿色的衣裳，分别拿着链锤、鹰食、刺鹅锥，在水边相隔五七步散开。皇帝猎鹅开始之际，先令军士绕泊擂响扁鼓，将鹅惊出水面。这时辽帝亲自将一种叫海东青的俊禽放出。海东青最善于攻击天鹅，放飞时如旋风一样直上云霄，然后居高临下，直扑天鹅。当鹅被击伤坠落，军士们便一拥而上，用刺鹅锥向鹅猛刺，谁能获得头鹅，就会得到皇帝的赏银。并赐群臣饮宴，称为头鹅宴。

塞外多鹳土人呼为灰鹤余获其二戏作鹤诗三叠前韵

曾睹飞觞西母池，蹁跹驾引汉宫仪。

东来辽海愁相伴，南望缑山愿莫期。

铩羽宁忘千里志，鸣皋早达九天知。

却怜卫国乘轩侣，金穴回翔总未宜。

白翎雀产白沙漠蓄之者晨持笼出与众雀杂鸣其音方佳携之至粤价数十金余所蓄粤友沈善夫①所赠也赋诗一首四叠前韵

于飞似效燕差池，也向雕笼振羽仪。

北产竞师饶舌巧，南翔定与画眉期。

娇音献媚人争惑，伪语淆真世岂知。

我类鸣鸠安钝拙，闲关未适众禽宜。

【注释】

①沈善夫：失考。

文轩和鹤诗意似不足于鹳□□鹳一首五叠前韵

胎禽一例舞仙池，震巽阴阳判两仪①。
暂与老人同欬笑，也随逋客共襟期。
成军旧入群鹅列，鸣垤新愁彼妇知。
闻道三雏生异羽，青田翔举究相宜。

【注释】

①震巽阴阳判两仪：作者于此自注："《禽经》：'鹳生三子，一为鹤，巽极为震，阴变为阳。'"

和果仙《病中自遣》六叠前韵

横张网罟入污池，囚槛何人识子仪。
闰月才惊余荚长，戍楼又及食瓜期。
千金奉帚增文价，一剑装缑报主知。
且向岐黄询治术，医人医国总攸宜。

题芝南老人杖

紫塞黄沙一望平，末途赖汝免危倾。
还家且演长房术，便跨陂龙万里行。

适张氏女采蘋①偕其婿联棠②自保定省我塞上赋此志喜三首

雁碛经年屡寄鱼，相携快婿到穹庐。
乃翁真愧廉平吏，不待缇萦③更上书。

于归书赋六珈篇④，倏过辛壬癸甲年⑤。
老去关心只儿女，呱呱时唤女孙前。

敢云望女作门楣⑥，百忍家风是汝师。
我占明夷守柔顺，还将女诫讲班姬。

【注释】

①采蘋：王定安次女，又作"采蘩"。

②联棠：王定安女婿张联棠，生平失考。

③缇萦：人名，汉代孝女。汉文帝时，太仓令淳于意有罪当刑，系长安狱。其少女缇萦随父至长安，上书请入身为官婢，以赎父罪。帝怜之，为除肉刑，意乃得免。后代用为称颂孝女的典故。

④于归书赋六珈篇：此句是说，王采蘋出嫁时，其父王定安为其写《六珈》诗。于归，出嫁。

⑤辛壬癸甲年：指一心为公，置个人利益于不顾的精神。典出《书·益稷》："娶于涂山，辛壬癸甲。"孔传："（夏禹）辛日娶妻，至于甲日，复往治水，不以私害公。"此指对子女关心照顾很少。

⑥门楣：唐陈鸿《长恨歌传》："男不封侯女作妃，看女却为门上楣。"后以"门楣"指能光大门第的女儿。

《塞垣集》卷五终

卷六：古近体诗

鸳飞曲

春风二月湖水生，辽家泊上鸳鸯鸣。

闲飞讵妨置罘密，剪翎忽作扑薮声。

有人赠我红喙二，雄雌非偶相睍惊。

我怜文采遭摧折，饮以盆水饲其粳。

藁塘兰沚未汝假，积潦戏作池与坑。

亦知志不在安饱，从一早缔山海盟。

穷途铩翮独惘怅，明夷颇类幽人贞。

就中一禽羽暗长，匿彩耻与旁人争。

翩然奋翼出云表，翱翔便作江湖行。

汤网①孔弋崇仁厚，一物尚恐失其平。

何况洁身守贞固，弱质那禁五鼎烹。

我苦囚羁羡汝去，尚留其一宁忘情。

不如纵之使翔浴，双飞莲渚鸣相赓。

【注释】

①汤网：《吕氏春秋·异用》："汤见祝网者置四面。其祝曰：'从天坠者，从地出者，从四方来者，皆离吾网。'汤曰：'嘻，尽之矣，非桀其孰为此也！'汤收其三面，置其一面，更教祝曰：'昔蛛蝥作网罟，今之人学纾。欲左者左，欲右者右，欲高者高，欲下者下，吾取其犯命者。'汉南之国闻之，

曰：'汤之德及禽兽矣。'四十国归之。"后因以"汤网"泛言刑政宽大。

和褚文轩《登云泉山作》叠前韵

我梦登緱山，长揖安期生。

云中隐约笙璈鸣，万壑浩浩松涛声。

仙人胡麻饭未熟，且倾白酒炊香粳。

醒来自笑儒冠误，焚书不待秦人坑。

清猿夜啼楚山晓，等闲便结鸥鹭盟。

巴歌郢曲互唱答，岩居自叶嘉遁①贞。

举世茫茫醉梦里，鸡虫鹬蚌群相争。

太行突兀生眼底，崎岖顿作蜀道行。

绳桥云栈亦何畏，世途自巇吾自平。

古来贤哲半坎壈，甘陈获罪彭韩烹。

嗟尔小山等培塿，偪仄颇含倾险情。

谁令危坡化周道，南山白石新诗赓。

【注释】

①嘉遁：《易·遁》："九五，嘉遁贞吉。"旧时用为称颂隐居之辞。

通桥社火和李果仙侍御韵

赤光睒睗飞彩虹，虫虫万象生蕴隆。

赫若伯益烈山泽，焊如炎帝战有熊。

彤幢绛纛互飘洒，银箭珠弹争璁珑。

乍疑星石陨宋野，旋看朝旭腾崵东。

天惊石破万竹裂，爆声欲振群耳聋。

世间幻相只如此，奇正雅与步伐通。

火攻炮击谁作俑，杀机巧械争天工。

齐州横目尽冠带，何物朱发环绿瞳。

煌煌圣德光四表，早闻绝域车书同。

烧牛斩蛟饶将帅，龙泉①在手兵藏胸。

焚舟只凭楚一炬，猎火上照天门红。

蛮军鬼卒悉焦烂，蜃楼海市须臾空。

坐看赤祲化灾眚，无复蛋雨霏冥濛。

君不见赤壁火战真英雄，我欲往借诸葛风。

【注释】

①龙泉：宝剑名。即龙渊。

和果仙《月夜感怀》叠虹韵

举觞仰天呼白虹，少年意气何崇隆。

老来思钓严滩水，不羡渭滨占非熊。

穹庐羶臊亦可住，何必楼阁夸玲珑。

老聃尚入西戎国，尼父愿居九夷东。

眴眴①颇嫌禹迹隘，恢恢未信苍天聋。

乾枢乍补坤维陷，是谁力绝地天通。

似闻汉庭劾阍显，岂有尧代容共工。

三苗宜杀鲧宜殛，喁喁四海讴重瞳②。

和戎魏绛已为失，请缨陆贾将毋同。

嗟君才大具世用，吞吐云梦开心胸。

胡不上书使绝域，星槎夜犯西溟红。

我如跛马廿长弃，禅心时见五蕴空。

死灰顽石吹不起，欲收色相还鸿濛。

昙花隐见何足道，任听摇落随秋风。

①畇畇：田地开垦得很平的样子。

②重瞳：此处代称舜。

踏青行

漠南七月风光好，垂杨绿遍榆关道。

亭皋摵摵作秋声，沙碛依依见芳草。

三边士女踏青行，帐幕云屯似甲兵。

万骑奔腾飞电转，千轮硠磕震雷鸣。

美人车上垂罗幔，风斜钗合烟鬟乱。

龙髻高盘女直装，锦袍半臂春云烂。

永丰堡里调丝竹，尽日游人看不足。

嘈切疑弹赵女筝，悲歌似击燕人筑。

番姬汉女斗妖姿，绿跷红裙样入时。

翩翩白马谁家子，艳说幽并游侠儿。

烧羊煮酒坐连席，槟苹堆赤蒲桃碧。

啜茗群趁澄潭清，酣歌不觉日色夕。

绣幰云軿连鞯归，香尘和汗点珠衣。

惟有水泉寺中月，年年长照夜乌飞。

飞雹行

渴龙下饮于延水，颓云压山骞不起。

林木萧萧作涛声，飞电如蛇照天紫。

须臾急雨从西来，倒海翻江鸣不已。

惊雷狂焱助骄虐，凭借威灵逞谲诡。

穷居正愁屋宇漏，那堪冰雹打窗儿。

铿訇初疑玉山碎，汹涌忽讶珠江徙。

猛如飞弹跃晋台，银丸错落雕墙址。

轩轩变作昆阳战，惊砂卷石詟虎兕。

累累隋侯掷夜光，皑皑天女散琼蕊。

晶球跳出龙伯宫，泪珠洒遍鲛人市。

鱼目的琭颇能淆，碔砆炫烂尤堪鄙。

可怜禾稼遭摧击，枝欹叶倒西风里。

三时耕耨费胼胝，一旦岁功任残毁。

室罄徒闻妇子嗟，道殣那见田畯喜。

语云人力挽天灾，要知天定人难恃。

彼苍未肯诛蟊虫，群阴逞厉祸谁弭。

嗟尔涝饥可奈何，驱马去之不忍视。

铁甲船行步东坡《百步洪》诗韵和文轩太守

黑犀擘水鲸乘波，铜龙捭阖轻如梭。

焱轮倏忽走万里，坚金百炼光争磨。

西来发轫地中海，横行南逾新嘉坡。

狼吞虎噬到交阯，拓境欲效英与荷。

基隆斗崎台澎外，桓桓猛士来淮涡。

韩侯出奇阵背水，楚师破釜舟焚河①

长门马尾计不逞，惊兽走圹鸿离罗。

横海将军出辽左，廿年櫜鞬悬橐驼。

时危御侮要老宿，岂如白面夸委蛇②

戈船铁舰吾固有，乘风西捣蛟龙窠。

大秦景教尽扫却，闭关绝市如我何。

飓风弱水汝休恃，摩诃震旦神灵呵。

【注释】

①楚师破釜舟焚河：作者于此自注："六月十五日，刘省三爵帅基隆山之

捷。"刘省三即刘铭传,字省三,自号大潜山人,人称刘六麻子,安徽合肥人。清朝名臣,系台湾省首任巡抚,洋务派骨干之一。光绪十年(1884),以弱胜强、以少胜多,于基隆、淡水等地率军击败法国舰队的进犯。

②岂如白面夸委蛇:作者于此自注:"七月初三、初四日,福州穆春岩将军之捷。"穆春岩名穆图善,字春岩。光绪五年(1879)出任福州将军。中法战争时驻扎长门(今福建连江南),击沉法舰一艘。

五十一 自寿诗叠坡公韵

春光迅激花随波,白云挟日飞如梭。
太行可移海可塞,只有顽性无由磨。
少时扬扬矜骥足,岂妨盐车厄危坡。
长途未骋红颜老,西风摇落秋池荷。
名场曲似回沱水,卅年偃蹇同旋涡。
狂猋怒叫惊涛涌,斗见蛟螭胜洪河。
世间善恶半颠倒,此事我欲徇阎罗。
无盐嫫母①侍君幄,独令王嫱悲鸣驼。
中朝岂乏直谅士,素丝在位咸委蛇。
古来圣贤尚胥靡,穷居且作安乐窝。
百年风光已强半,有觞不尽奈老何。
堪笑李广不解事,醉后那管旁人呵。

【注释】

①嫫母:传说中黄帝之妻,貌极丑。后为丑女代称。

果仙文轩均有诗见寿三叠奉答

荆门夜雨春鸣波,震雷入壁龙腾梭。
蜀江如雪落天际,虎牙怪石锋争磨。

自从弱冠去乡井，射策屡踬金銮坡。

翩然一舸下吴苑，时见画桡藏绿荷。

金阊月白奏丝竹，美人一笑红生涡。

北来走马燕赵野，太行左转山横河。

楚材晋用究何补，坐令三闾投汨罗。

二年沙碛饱药饵，厌闻羌笛吹紫驼。

寒风刺骨双足蹇，扶筇蹒跚无委蛇。

中朝纷纷议和战，忍听野鹊居鸠窝。

吁谋肉食者谁子，徒手将如龟山何。

不若散发三峡里，归去免受猿鹤呵。

和文轩《长门行》四叠《百步洪》韵

将军矍铄今伏波，戈船来往帆如梭。

雄关但凭一丸塞，戛然刀剑声相磨①。

长门上扼八闽吭，飞炮落地球跃坡。

山焦石烁海潮沸，火星滚滚珠旋荷。

涎涎燕尾张公子，踉跄遁走乘急涡②。

平生弹劾诋将帅，睥睨意气倾山河③。

丧师辱国有军律，圣量如海宏包罗。

廿年船厂费巨帑，黄金可载千明驼。

书生谈兵只画饼，尚诩退食歌委蛇。

近闻上相出朝右，义旗南指鲸鲵窝④。

赵括宜诛颇宜将，诸葛当如马谡何。

大鹏鴳斯不同类，欲言还恐金人呵。

【注释】

①戛然刀剑声相磨：作者于此自注："马尾之战，船厂被焚，主其事者退入闽省，惟穆将军长门获胜。"光绪十年七月三日乙巳（1884 年 8 月 23 日）

中法马尾之战，福建水师损失惨重。福建船政大臣何如璋、会办福建海防大臣张佩纶并褫职遣戍。

②踉跄遁走乘急涡：作者于此自注："会办张学士佩纶退入鼓山。"王定安发配军台戍守与张佩纶有关，张之洞弹劾之后，张佩纶继续弹劾，并且建议朝廷对王定安施以极刑。参见第五编《张佩纶诗文》。

③睥睨意气倾山河：作者于此自注："廷旨有'意气用事，遇事张皇'之责。"

④义旗南指鲸鲵窝：作者于此自注："左侯相赴闽督师。"

中秋望月五叠《百步洪》韵

银潢不见槎横波，天孙倦织宵停梭。
姮娥娟娟出云际，似闻环佩铿相磨。
两年饱看长城月，晶轮快如丸走坡。
夜听山鬼啸薜荔，衣裳仿佛垂蓉荷。
巫云缥渺在万里，清晖遥射巴江涡。
杜鹃叫宵猿啼曙，三峡倒影摇星河。
人间盈缺久不较，肿背何分马与驼。
昌黎赋诗悲月蚀，自蹈褊迫忘委蛇。
岂如乘月上金阙，芙蓉为城香作窝。
仙宫种得不死药，红羊浩劫如我何。
快驱浮云迎晓日，掩蔽终妨羲和呵。

侯生曲效吴梅村体①

北音始自飞燕谣②，龟兹古调何雄豪③。
唐时翻入伊凉谱，鞑鼓吹笛天为高。
尔来西梆尤激烈④，登登击木声相敲。
吴昆楚黄拟风雅⑤，此如变雅兼离骚。
我来边庭思郢曲，久无白雪歌娇娆。

但听胡箛奏清引，阴风惨淡猩鼯号。

宣平县尹武林客，娟娟眉妩风流伯。

油车虚左迓侯生，当筵便演《兴安驿》⑥。

翩翩侠女舞旋风，虬须巾帼气如虹。

入门脱帽惊红拂，挟七飞行报薛嵩⑦。

传家一袭珍珠衫，何处狂且瞥眼看。

秦氏罗敷原有婿，贾家少女肯通韩。

花阴约被红娘误，月夜弦从贾客弹。

顿教东水成西水，惭愧新官是旧官⑧。

武昌高阁临江渚，山川一线分吴楚。

妆成顾曲小周郎，恰如鸿门宴高祖。

赌胜争奇怨葛侯，当年悔杀借荆州。

扁舟一叶西陵去，玉笛空吹黄鹤楼⑨。

舞衣忽作辽宫样，萧后妆楼簇仙仗。

从夫雅胜蔡姬贤，辜恩愧杀杨家将⑩。

儿女英雄总入神，笑啼摹写俨成真。

霓裳梦醒羽衣散，耳中隐隐犹秦声。

夜来挑灯话乡里，小字俊山⑪侯氏子。

家在万全红庙东，十龄身入梨园里。

十三学得西梆成，北部蕃儿尽识名⑫。

新讴转入勋王邸，绝技遂擅长安城⑬。

长安歌舞昔全盛，徽班四喜兼三庆⑭。

余陈二子优孟流⑮，山陬澨海知名姓。

卅年南曲数莲芬，小香慧仙皆绝尘。

最后琴香与艳侬，灼灼桃李争三春。⑯

侯生北产未与较，岂知一鸣人尤惊。

豪门贵族陪游谦，岐王宅里寻常见。

妙舞常倾金谷园，清歌上达芙蓉殿。

芙蓉别殿奏仙乐，凤管鸍弦相间作。

中兴干羽舞庭阶，四夷僸佅朝正朔。

协律不数李延年，新声偶召黄幡绰。

是时日月宣重光，洽阳渭涘舟为梁。

曲成每蒙至尊顾，熙熙四海如虞唐。

鼎湖龙去十一载，天边寥落孤臣在。

敢将红豆问龟年，且抱琵琶学康海。

侯生侯生尔何来，云帆两度申江隈。

吴山罨霭迎歌扇，东海苍茫入酒杯。

只今钲鼓震群岛，王师焯赫申天讨。

沪渎惊闻画角鸣，京师尤戒笙歌好。

阅尽炎凉世态非，饱尝甘苦红颜老。

念奴嫁得几时还^⑰，王孙归去胡不早。

我闻生语心转悲，边头只合居湘累。

丈夫见机要勇决，有田不退俟何时。

吁嗟乎，万里君门隔紫云，蒯缑一剑尚留身。

请看塞幕防秋客，何似宫墙㕑笛人。

【注释】

①侯生曲效吴梅村体：作者于诗题后自注："凡七百三言。"吴梅村即吴伟业，字骏公，号梅村，江苏太仓人。崇祯四年（1631）进士，曾任翰林院编修、左庶子等职。清顺治十年（1653）被迫应诏北上，次年被授予秘书院侍讲，后升国子监祭酒。他是明末清初著名诗人，与钱谦益、龚鼎孳并称"江左三大家"，又为娄东诗派开创者。长于七言歌行，初学"长庆体"，后自成新吟，后人称之为"梅村体"。

②北音始自飞燕谣：作者于此自注："《文心雕龙》'有娥谣乎飞燕，始为北声'。"

③龟兹古调何雄豪：作者于此自注："《西域记》'龟兹国王于山间听风水之声，约节成音，后翻入中国，如伊州、凉州、甘州，皆龟兹境也'。"

④尔来西梆尤激烈：作者于此自注："道、咸以来，弋腔渐废，梆子腔盛

行，尤以山西腔为最。"

⑤吴昆楚黄拟风雅：作者于此自注："昆腔出吴之昆山县，二黄腔出楚之黄冈、黄陂二县。"

⑥《兴安驿》：作者于此自注："剧名。"现在一般作《辛安驿》。

⑦挟七飞行报薛嵩：作者于此自注："以上演《兴安驿》，是女盗挂须结姻报仇，事见《说部》。"

⑧惭愧新官是旧官：作者于此自注："以上演《珍珠衫》，事见《今古奇观·说部》。"

⑨玉笛空吹黄鹤楼：作者于此自注："以上演《黄鹤楼》，事与《三国演义》小异，且黄鹤是晋代事，姑仍其误。"

⑩辜恩愧杀杨家将：作者于此自注："以上演《盗令》，是辽公主嫁宋降将杨四郎，归宋探母，事见《说部》。"

⑪俊山：侯俊山，河北梆子的创始人之一。名达，字俊山，号十三旦，艺名喜麟，万全县东红庙村人，晚年移居到张家口桥西区行宫巷。侯俊山自幼学习晋剧，天资十分聪颖，后经名师点传，唱念做打俱佳，旦行及红、黑、生、丑均臻于上乘。清末民初，北京演艺界梆子腔鼎盛，名伶辈出，其中最引人注目的就是"十三旦"侯俊山。时人对他的评价很高，清大学士徐桐麟曾赞誉其："状元三年一个，十三旦盖世无双。"鲁迅说："老十三旦七十岁了，一登台，满座还是喝彩。"

⑫北部蕃儿尽识名：作者于此自注："生初演剧于多伦诺尔，由是得名，呼为'十三旦'。"

⑬绝技遂擅长安城：作者于此自注："肃府管家倭心泉始携入都。"肃王府今为北京市人民政府驻地。倭心泉曾捧十三旦演桃色案。

⑭徽班四喜兼三庆：作者于此自注："菊部著名者曰四喜，曰三庆，曰春台，曰双奎，号四大徽班。"

⑮余陈二子优孟流：作者于此自注："余三胜，湖北人；陈长庚，安徽人。"

⑯卅年南曲……桃李争三春：作者于此自注："朱莲芬、徐小香、梅慧仙、时琴香，皆苏州人；李艳侬，京师人。"

⑰念奴嫁得几时还：作者于此自注："沪上名妓重生，名愿，为妾生，携至京师，旋复谢之归。"

感怀八首

党祸由张俭，清流首李膺。
暗持天下柄，广引小人朋。
京邑回桓马，豪门畏郅鹰。
甘陵南北部，讥揣日相凌。

燕尾张公子①，丹青阁画师②。
面蓝卢共诮，目眇却同嗤。
世泽嘲游涌，勋名问怃眉。
艰难中兴业，威福一朝移。

昨遣征南将，相期逐北功。
上书擢徐乐，发卒给唐蒙。
玉塞遮何及，珠崖③弃不攻。
早闻严旨下，逮问到元戎。

比匦相标榜，鲰生拥节旄。
鏖秦凭赵括，误楚是阎敖。
马尾晨飞血，鲛人夜弄涛。
似闻狼狈走，侧足鼓山高。

故国询骀氏，楼船簇汉营。
张成非宿将，何逊总书生。
晋士怼林父，秦庭恕孟明。
独怜东海上，呜咽暮潮声。

相国新征虏，闽江旧策勋。
左徒惟宝善，杨仆亦能军。
万马乘秋瘴，千旗拂海云。
即看猿鹤侣，还变鹳鹅群。

巉绝台澎岛，孤悬下濑营。
刘琨戈独枕，孙武鼓争鸣。
屡胜难持久，长围似已成。
合依严助策，早遣伏波兵。

潘濬征蛮旅，王恢入粤兵。
幡摇铜柱影，钲杂画桡声。
屡献狼膙捷，犹妨蜗角争。
奖功劳圣虑，诛赏自分明。

【注释】

①燕尾张公子：指张佩纶。

②丹青阁画师：所指何人不详。

③珠崖：地名。在海南省琼山东南。

消寒会以"天寒有鹤守梅花"为韵分得"寒"字二首

大漠霜高木叶干，诸君樽酒且为欢。
羁人暗逐边风老，野鹤长随塞月寒。
千碛沙痕连瀚海，万峰雪色落乌桓。
玉关倏见春光度，绿柳黄榆马上看。

幕庭苏李旧登坛，松柏频年伴岁寒。
朔管未谐燕客律，南音犹识楚臣冠。

江山游迹余双屐，诗酒生涯误一官。
赢得弓衣绣新句，归途柳雪压吟鞍。

再题葆芝岑中丞《萼不^①孔怀^②图》

南来薏苡共沉冤，且听琵琶到塞门。
急难弥知同气爱，绨袍犹恋故人恩。
陇云黯黮空涕泪，蜀道嵯峨绕梦魂。
却喜赐环行有日，高楼花萼几枝存。

【注释】

①萼不：亦作"鄂不"，指花萼和花托。《诗经·小雅·常棣》："常棣之华，鄂不韡韡。"《诗经·小雅·常棣》是周人宴会兄弟时歌唱兄弟亲情的诗。鄂，同"萼"；不，同"柎"。

②孔怀：原谓甚相思念。后用为兄弟的代称。《诗经·小雅·常棣》："死丧之威，兄弟孔怀。"郑玄笺："维兄弟之亲，甚相思念。"《隶释·汉慎令刘修碑》："建宁四年五月甲戌卒，二弟龙纯，挛哀孔怀。"

哭亡儿恩锡四首

儿子恩锡生于同治^①□□六月晦日，貌奇性慧，迥异凡儿。自予来塞，屡有噩梦，疑其不祥。今其母来，始知壬午^②腊月廿六日以惊殇矣。

庭阶玉树梦中寻，久客愁看白发侵。
老去兰成苦萧瑟，那堪作赋又伤心。

登台望子泪痕干，喜得家书反畏看。
昨夜风吹南雁过，开缄犹说汝平安。

噩梦频惊半信疑，两年思汝病成痴。

依稀旅店焚香夜，病里呢喃索轿时③。

记得灵均远谪年，牵衣向我泪涟涟。
阳乌问字今何处，肠断青山佛寺边。

【注释】

①同治：此处疑似"光绪"之误。王定安在光绪九年（1883）上半年写的《芷荭和余示弟诗二首叠韵奉酬》一诗中自注："儿子恩锡三岁，略识字。"另，光绪十五年（1889）《申报》记载："东湖王鼎丞方伯年逾四十无子"，"其后历官山西藩臬，裁减差徭，每岁省民钱一百余万缗，豁除无著银粮岁十余万两，晋人皆感其德。未几，方伯连生两男两女，人皆以为积善之报"。显然，王恩锡应该出生于王定安任山西按察使和山西布政使之后。综合两则材料看，王恩锡极有可能出生于光绪六年（1880）。两男中的第二男疑似王邕。王定安诗作中两次写到王恩锡，均用的是"儿子"，而不是"长子"，可能是写作时王邕还未出生。据此推测，王邕应该出生于光绪十年（1884）之后。王定安光绪十年上半年写的《灯花二首》中有"有花皆结子，含蕊似连珠。故送宜男喜，秋风产凤雏"，似乎是说有孩子即将出生。据司马朝军《黄侃年谱》记载，黄侃的妻子王采蘩民国五年（1916）三十岁时去世，那王采蘩就是出生于光绪十二年（1886），而黄侃有《记妇兄夜闻》诗，并有自注："妇兄王邕居鄂园中，夜闻曳履声，以语侃，为诗记之。""妇兄"非常清楚地说明王邕比王采蘩大。据此推测，王邕出生于光绪十一年（1885）的可能性较大。

②壬午：光绪八年（1882）。

③病里呢喃索轿时：作者于此自注："余引病南归，至权店，儿忽大病，焚香祷神，天明呼轿，已愈矣。"

寄怀洪琴西都转芜湖二首

穷荒几日怅离筵，忽忽音尘隔两年。
征骑又惊孤竹雪，来鸿犹带五湖烟。

梦悬西塞晴川外，家占南朝古木边。
到处名山足高隐，常州乞住长公田。

吴云缥缈实愁予，半载君无片纸书。
岭海妄传坡老死，江潭新卜屈原居。
春风别苑宜栽竹，夜雨寒塘好种鱼。
寄语陈蕃留一榻，门前且待故人车。

寄怀周玉山观察天津四首

曾闻抽绂自投闲，鞅掌仍居獬豸班。
朝论未容安石卧，部民争迓细侯还。
蜺旌掩映天边月，蜃雨迷濛海上山。
南望日南烽未息，一丸好为塞秦关。

森森台澎万里波，扶桑桐柱渐消磨。
临淮壁垒新横戟，越石艰难独枕戈。
忍听珠厓沦汉郡，似闻玉斧画滇河。
绥边仍赖宗臣略，肯向书生假斧柯。

蓟门山色接燕然，海畔论交已十年。
妖鸟只今怜贾谊，明珠自古误文渊。
肠回巫峡啼猿路，梦断衡阳落雁天。
他日荆门夸戚旧，游踪亲到紫台边。

单于牙帐入阴山，有客愁吟漠草间。
北海渐看苏武老，南庭未赎蔡姬还。
十年圣主新开秩，万里孤臣许赐环。
归路相逢应一笑，仲升生入玉门关。

送适张氏女采蘩^①归保阳四首

茹荼餐雪倏三年，累汝相随到朔边。
绝域翻饶家室乐，不知身落在胡天。

阿母南来何太迟，一家离合事争奇。
穹庐夜绣明篝火，疑是官斋课女时。

昨闻阿姊客潇湘，万里悠悠九曲肠。
我老无儿惟弱女，保阳南望是衡阳^②。

二月东风上苑花，忽传恩诏下边沙。
白云万里含春色，汝到燕南我到家^③。

【注释】

①采蘩：亦作"采蘋"。

②保阳南望是衡阳：作者于此自注："长女采蘋适吴氏，时偕其婿随侍衡永郴桂道署。"

③汝到燕南我到家：作者于此自注："时其翁任安肃知县。"此处的"翁"指王采蘩的公公，疑似张大中。安肃县隶属保定府，诗歌标题中的"保阳"是保定府的别称。

题葆芝岑中丞《煮雪听笳图》

龙沙积雪高于马，奚儿牧马阴山下。
阴山日落闻胡笳，辽西戍客咸思家。
丈夫读书致青紫，安论千里与万里。
观海曾登劳�<ruby>峰</ruby>，拂云几度汾河水。
建牙吹角何豪雄，千骑蹴踏追春风。

贾谊岂曾轻绛灌，马援无意触梁松。

平生折节思报国，谤书忽满君王侧。

谁将贪浊诬季长，且续离骚追正则。

黄云漠漠飞胡天，三年小谪于延川。

汉将旌旗过瀚海，单于猎火照祁连。

马通①为薪雪为水，烹羊煮酒穹庐里。

天涯何处非王土，边头汉儿能蕃语。

朔管清笳高入云，孤臣无日不思君。

勿须更诛灞陵尉，世人谁识故将军。

【注释】

①马通：马粪。

书侯生①扇四首

绿杨新缬紫台烟，红豆新词入管弦。
又是落花好风景，杜陵客里遇龟年。

胡笳凄咽杂秦筝，窃得花奴羯鼓声。
莫道知音边地少，春风到处识侯生。

裙屐曾为海上游，牦车归去塞门秋。
似怜楚客羁愁切，玉笛梅花唱鹤楼。

象板鲲弦逐软尘，当年羼笛汉宫春。
只今惟有秦城月，长照岐王宅里人。

【注释】

①侯生：指侯俊山。详见前文《侯生曲效吴梅村体》"俊山"条注释。

沚莼诗来约看芍药适奉赐环之命依韵答

圣主深恩逾汉文，不教绝域老昭君。
此生报国无他技，笠屐归耕楚岫云。

漫道边庭花信迟，东风先发向南枝。
多情最是秦关柳，犹向征人绾别离。

四月十六日①因纪年开秩②蒙恩赐还恭纪三首寄示子和③诸弟

春光簇簇满乾坤，诏许孤臣入玉门。
倚杖应知慈母喜，衔环难报圣朝恩。
三年儋耳怜苏轼，万古江潭吊屈原。
寄语南中众昆季，诛茅先卜子山园。

黄沙西接白龙堆，逐客连翩到紫台。
寇准未归丁谓至，章惇新谪子瞻回。
眼前荣悴偕关柳，身后声名付酒杯。
莫话富平侯故事，一般蝉雀总堪哀。

来时严雪压征衫，绿柳今看绕翠岩。
五月江风吹玉笛，三巴夜雨落蒲帆。
昌黎犹惧侲文④炽，贾谊无忧绛灌⑤谗。
泽畔拼随渔父醉，不须生事问巫咸。

【注释】

①四月十六日：当是光绪十一年（1885）四月十六日。
②开秩：指每个十年的第一年（如十一年、二十一年等）。因十年为一秩，故称。

③子和：疑似王定安的五弟王养丞。王定安有三个弟弟，但三弟王梦阳此前已经去世。四弟王赓夔光绪八年（1882）曾陪同王定安到张家口，不一定回宜昌了。从后面的"诸弟"一词看，"子和"也有可能是某一堂弟。

④伾（pī）文：指唐顺宗时领导政治改革的王叔文及其同党王伾。

⑤绛灌：汉绛侯周勃与颍阴侯灌婴的并称。均佐汉高祖定天下，建功封侯。二人起自布衣，鄙朴无文，曾谗嫉陈平、贾谊等。

答沚莼明府《送别》步原韵

洋河涓涓初滥觞，云山何处非吾乡。
穹庐三载习羯俗，黄沙如海天苍茫。
昔年对扬①赓元首，那知谗慝生多口。
遂令跋前复疐后，论事何容置然否。
南冠日夜悲朔风，孤臣负国讥谗丛。
千荆万棘横吾胸，绝域几见生还侬。
九重圣主真仁恻，南归聊慰万里别。
但凭悔惧感吾皇，岂忧萧瑟长作客。
龙庭四月草初熏，朔马嘶风怅失群。
羌笛声低青冢月，胡笳响遏阴山云。
久客方觉家山好，塞上瓜期苦不早。
三边霁色送归鞍，万种闲愁付秋草。
平生忧道不忧身，班固何须答戏宾。
愿邀鲈脍莼羹客，同访妻梅子鹤人。

【注释】

①对扬：面君奏对。

宣化别戴冠英①大令作楫

东风绿遍津门草，扁舟曾访戴安道。
十年尘海苦奔波，君非少年我尤老。
边地相逢惊丑傲，渐看秋意生须眉。
季长朔郡迁流日，亭伯长岑作宰时。
阿公旧是蓬莱客，蓬莱仙吏伤迁谪。
恢恢天道有虚盈，今见郎君皆牧伯。
青云霭霭长城边，万柳青葱高拂天。
与君握手话情旧，边花塞鸟皆嫣然。
楚山嵯峨白云里，此行去访鸥夷子。
思君却望榆关月，清光常照柳河水。

【注释】

①戴冠英：戴作楫，安徽婺源（今属江西）人。光绪九年（1883）调补
宣化知县。

【相关链接】

贺李鸿章七十寿联

戴作楫

椿树衍长龄，春八千，秋八千，千里拱卫王都，晋七旬，弥见春秋之盛；
梅花启昌运，天数五，地数五，五日笃生贤相，合九有，咸知天地之心。

《塞垣集》卷六终

第二辑　其他诗歌

赋得钓竿欲拂珊瑚树[1]

一叶随烟雾，浮家到海东。

钓竿频拂拭，珊树自玲珑。

投饵蛟宫近，垂纶蜃市通。

金钩方映月，铁网似随风。

骊睡珠含绀，鱼跳浪涌红。

尽收珍贝种，都付笠簑翁。

逸兴怀巢父，离情溯杜公。

何如瑜瑾士，献宝慰宸衷。

（《湖北优选贡卷》）

【注释】

①赋得钓竿欲拂珊瑚树：诗题后有作者自注："得'东'字，五言八韵。"此诗为王定安参加湖北优选贡生考试的考卷之一，凭借此诗和另外三篇时文（见第三编散文篇），王定安被选为湖北当年唯一一名优贡生。主考官的评语为："千重鄂不，五色鳞而。"另有《总评》，见第三编散文篇。

灵泉洞①龙潭

山川有奇趣，岩穴多灵湫。
圆折蕴明月，沉渊潜玉虬。
清冽无盈竭，深森涤嚣浮。
鬻滈扬素光，瀺灂声咽幽。
静听怡心神，俯啜消烦忧。
缅思飞跃者，隐见良自由。
潜鳞避曝鳃，戢翼嬉乘流。
蕴真虽自媚，表灵辄扬休。
倾瓴降甘醴，灌溉滋农畴。
旱魃不为虐，田禾乃有秋。
济物功良厚，雨人恩亦周。
安能恢膏泽，博济遍九州。

（民国版《宜昌县志初稿》）

【注释】

①灵泉洞：指石门洞。乾隆版《东湖县志》记载："县西南三十里，近筐覆山，有洞豁然天开，旧有两石下垂如门，故名石门洞。石罅中清泉流出，潴而为潭，冬温夏凉。旁一小石洞，势蜿蜒如游龙，绕潭而昂其首。土人庙祀之。岁旱往祷，应验辄雨，又呼为灵洞。雷思霈所谓'众龙居之，雩雨辄应'者也。夫山岩石穴，嵌空离奇，仅足供隐流搜剔。而兹洞能出云降雨，应居民之请，膏泽下土，以卫其生，尤于祷祀为宜。"

溯灵泉寺而上拾百余级得二洞左右并列
土人有"龙目"之呼感此而赋长言

我闻钟山之神曰烛阴，双目瞳眬视古今。
视为昼分瞑为夜，灼灼日月相照临。

又闻元和地志载天目，上有两峰巍矗矗。

峰顶池光圆如镜，特代苍冥司眷眠。

从来名山多灵异，俶傥瑰伟无不至。

兹山神龙眼垂青，骧首云霄频愕眙。

上昉蜀道三千里，蚕丛云傍马头起。

下睐吴蜀天际流，长风破浪气和遒。

纵观宇宙如盈尺，转瞬又分今与昔。

吁嗟人世几兴废，此目长存精不昧。

电光闪烁犹烛天，得不蒿目悲戈铤。

（民国版《宜昌县志初稿》）

东山寺^①

蔼蔼东山颠，悠悠图画里。

密密众林环，峨峨飞栋峙。

上控西陵峡，下带南湖水。

万壑远朝空，群山遥迤逦。

昔时宦游人，今日释迦子。

人易寺不迁，佳胜长如此。

烹茶炽秋红，对酒斗春紫。

林深鸟语咽，客静龙吠止。

月出牧未归，日高僧不起。

参此静中机，默悟禅者理。

对景意飘然，林卧观无始。

（民国版《宜昌县志初稿》）

【注释】

①东山寺：夷陵城历史上最有名的佛寺。乾隆《东湖县志》记载："东山寺，在东门外，去城五里。其山蜿蜒盘礴而东，为一城之镇。旧建浮图其上，

前为览胜楼。登山四望，面葛道诸山，俯视江流，皆在襟带。唐建，明万历丙申年知州童世彦重修，郡人王篆记其事，国朝总兵刘业溥复修。历代名人游览，俱有诗。"

曾文正祠①雅集性老②作诗盛述文正勋伐其辞美矣
兹复就文正学术推阐言之仍用原韵呈会中诸公

屈贾长徂圣不作，骚人豪士两寥廓。
衡云黤黮颓无光，久乏新吟慰林壑。
相公崛起涟湘间，上睨皇坟③穷郰索④。
当时才子数汤何⑤，几辈能文有杨郭⑥。
颇闻下笔回万牛，淋漓元气肆喷薄。
乾嘉以来宗许郑⑦，钻就六经矜注脚。
爬罗梳垢日以新，蹈衅乘瑕各有托。
曲证古书辨真赝，引伸异诂判今昨。

每因一字费万言，如耕百亩诩一获。
顾阎江戴夸经神，钱王继武亦不恶。
此外纷纷数十家，清圣浊贤同一酌。
汉徽宋帜互诋諆，出奴入主相嘲谑。

相公读书化瑕症，如吼秋风扫寒箨。
绵纯森立系坠绪，假借旁通戒臆度。
欲融门户销畛疆，未许郱垤诮衡霍。
问字喜从扬雄醉，说理梦与紫阳遘。
力求实事矫空疏，兼崇义理耻穿凿。
斡旋大道追姬孔，况有奇勋迈管乐。
听履早登三公堂，析圭更儋通侯爵。
芟除芜秽还清明，长驱妖魅饱锋锷。

偶然抚夷示包荒，徐图自强非示弱。

胡天不憗遗一老，三年回首伤摇落。
诸道争建葛相祠，铭勋屡荷圣皇诺。
忆昔烽火遍东南，四海有家无处着。
老扶幼携苦奔波，芒鞋避走真羞怍。
岂期转翰凭公手，大倾河汉活干涸。
即今湘上会耆英，黄花酿酒恣大嚼。
满堂争看夔铄翁，沃若春意含红药。
兴酣慷慨谈往事，益因戡定钦英略。

此祠此会足千古，岂与万类同销灼。
我厕末座无须髯，甘嘲雏鸡伴老鹤。
孱足脆羽惭雄姿，谬附凤鹜且飘泊。
文章自古有异调，阳刚阴柔宁相若。
请君试读皇甫诗，气格颇与昌黎错。

（王定安《求阙斋弟子记》卷三十二）

【注释】

①曾文正祠：见第二编《曾文正公祠雅集图记》。

②性老：杨彝珍，字性农。是曾国藩极为推崇的人，王定安亦以师礼待之，故称其为"性老"或"年丈"。其诗见下面"相关链接"。

③皇坟：传说中三皇时代的典籍。

④邺索：唐贞元三年（787），李泌拜中书侍郎、同中书门下平章事，累封邺县侯，家富藏书。后用为称美他人藏书众多之典。

⑤汤何：汤海秋和何子贞。汤海秋即汤鹏，字海秋，自号浮邱子，湖南益阳人。与同时期的龚自珍、魏源、张际亮被誉为"京中四子"。官至山东道监察御史，以勇于言事触怒清室，不一月即令仍回户部供职。何子贞即何绍基，字子贞，号东洲，别号东洲居士，晚号猿叟（一作蝯叟），湖南道州（今

道县）人，晚清诗人、画家、书法家。咸丰初简四川学政，曾典福建等乡试。历主山东泺源、长沙城南书院。何绍基通经史，精小学金石碑版。据《大戴记》考证《礼经》。书法初学颜真卿，又融汉魏而自成一家，尤长草书。著有《惜道味斋经说》《东洲草堂诗钞》《东洲草堂文钞》《说文段注驳正》等。

⑥杨郭：杨性农和郭筠仙。郭筠仙即郭嵩焘，详见第五编《郭嵩焘诗文》"郭筠仙"条注释。

⑦许郑：东汉经学家许慎、郑玄的并称。

【相关链接】

曾文正祠落成，曾澄侯邀同次青、仲云、力臣、宇恬、芝田、子绶、鼎丞为主人，约予暨紫楼、仙桥、鹤村、映云、研生、海华、海琴、海青诸老为耆年会，并图形壁间。因赋诗一首纪之，即用文正集中题郭筠老诗集原韵

杨彝珍

咸丰元二兵戈作，颂洞风尘涨寥廓。

杀人流血丹川原，积骸几欲弥沟壑。

十村九室无炊烟，乾坤极目何萧索。

沿江千里鲜坚城，倚山一角余残郭。

我辈全生麋鹿群，匪匪岩阿即林薄。

毵毵白发垂两耳，滑滑赤泥沾双脚。

顾影只为朝暮人，浮生飘泊将安托？

乱定惊魂久始苏，追维往事犹如昨。

差喜湖湘无旱潦，频岁秋原俱有获。

故人为我举文尊，有酒盈觞良不恶。

不图时局有今朝，开轩且对黄花酌。

语多不觉杯行迟，纵谈文雅杂谐谑。

犹忆蛇豕莽纵横，俄顷顿如风扫箨。

微管敦成一匡功，反手补天匪意度。

指挥运策失萧曹，慷慨登坛起卫霍。

夙志思屠大海鲸，时会适与阳九遘。

遂使天地还清夷，仍令井里勤耕凿。

安堵不教鸡犬惊，宿巢只听鸟乌乐。

似此真为不世勋，曾锡茅土膺封爵。

代兴自宜有达人，已见铮铮露锋锷。

未冠早能读父书，《闻人赋》就年犹弱①。

曷来新构丞相祠，两载经营工始落。

我来瞻拜荐藻萍，恍接精灵共唯诺。

回思性昔参翱翔，四方角逐浑无着。

只今箕斗负虚名，念之不免怀惭怍。

比偕诗虎与酒龙，如及百川了不涸。

列筵何止具八珍，余炙还供奴子嚼。

就中不少向夐翁，延年休借上池药。

倚杖频烦再拜难，直取仪文概删略。

从来短景难少延，半由膏火相煎灼。

吾侪俱是山泽癯，故尔大年齐龟鹤。

耻营声利逐夸毗，粗有生涯甘淡泊。

大名应许万古垂，视彼蜉蝣羽奚若。

请看壁上须眉苍，窃与宗臣遗像错。

（王定安《求阙斋弟子记》卷三十二）

【注释】

①《闻人赋》就年犹弱：作者于此自注："劼刚通侯弱冠即成《闻人赋》。"

同人作九老会郭筠仙中丞先期解缆去性农丈首唱七言诗
同文正公题筠仙诗集韵余以五言和之仍步原韵兼呈诸公

李元度①

同治十三载，闽海鲸波作。

临轩咨旧弼，氛祲待摧廓。
飞鸿昔遵渚，巨鱼今赴壑。
来尔济川才，横海疆戎索。
曾帅首诣阙②，继者中丞郭。
吾侪与中丞，交谊颇不薄。

昔君抚岭南，阳春歌有脚。
同调恣评击，乞骸容疾托。
俛值忆南斋，巢痕故如昨。
恋阙隔九阍，树人思百获。
有诏起东山，往靖海氛恶。
同岑怅分袂，祖饯开樽酌。
岂惟叙契阔，亦有恣谐谑。
何图去帆疾，有似风吹箨。
送者自崖反，礼仪还卒度。
仍约斗华筵，磨刀声霍霍。
霜高蟹正肥，持螯兴腾趠。
绿酒泼葡萄，黄粱饱精凿。
未祖千里程，且永一日乐。
九老与七贤，序齿不序爵。

缅怀文正师，干将懔锋锷。
功成荷殊锡，彤弓纪繁弱。
专祠今考宫，燕饮成可落。
天生救时相，不随众唯诺。
揽辔奠神州，国手争一着。
嗟我昔从公，中蹶良自怍。
未逐鲲溟化，甘同鲋辙涸。
何幸拜崇祠，屠门过而嚼。

樗材愧蔓苓，怕说笼中药。

但祝寰海清，诸公奋雄略。

趋朝任罍寄，旗当光炳灼。

而我托乔荫，间云随野鹤。

洛社③陪耆英，相遭淡与泊。

饮酒和陶潜，听琴识贺若。

年年此高会，觥筹许交错。

（王定安《求阙斋弟子记》卷三十二）

【注释】

①李元度：字次青，又字笏庭，自号天岳山樵，晚年更号超然老人，湖南平江县人。著有《国朝先正事略》《天岳山馆文钞》《天岳山馆诗集》《四书广义》《国朝彤史略》《名贤遗事录》《南岳志》等。其中《国朝先正事略》荟萃清朝一代有关文献材料，尤为巨著。还主纂同治《平江县志》《湖南通志》。光绪十三年（1887）升任贵州布政使。同年九月廿七日病逝任内。

②曾帅首诣阙：作者于此自注："沅甫宫保。"沅甫是曾国荃的号。

③洛社：宋欧阳修、梅尧臣等在洛阳时组织的诗社。

曾文正祠雅集诗

黄文琛①

年至谢簪绂，啸歌天地清。

微管圣所叹，望古撼今情。

崇祠峙乡国，用答元功成。

耆俊此高会，故实留湘衡。

是月涉霜序，晚菊芬落英。

华灯继白日，丰厨移珍烹。

宾主大欢哈，醉称千岁觥。

窥镜羞眉肖，弹毫珠玉并。

金曰镵之壁，不让嵩洛名。

顾予愧衰劣，亦复相酬赓。

回首兵祸初，承乏专边城。

尚记石鼓山，拏舟祖戎行。

一别疏音问，烽檄频遥惊。

十年备艰厄，乃得江淮平。

于兹乐无事，畴不受其生。

练吉来展拜，蠲荐将虔诚。

（王定安《求阙斋弟子记》卷三十二）

【注释】

①黄文琛：字海华，晚号瓮叟，汉阳人。道光乙酉举人，历官湖南候补知府。有《思贻堂》《玩云室诸集》。

曾文正祠雅集诗

黄士瀛①

吾闻宋有名臣文彦博，历仕三朝退居洛。

梓里尚齿不尚爵，公年七十七岁犹矍铄。

是时致仕司徒富、韩公，名位亦与潞国同。

就第置酒喜相逢，以次大书某某翁，名园古刹相追从。

惟有司马温公名最次，耆年时方六十四。

匪惟潞公重其人，儿童走卒知名子。

画师郑奂能写真，鬓眉皓白各入神。

履道里中有故事，今人何必逊古人。

吾皇御极十三载，湘中勋名冠四海。

一时雅集援耆英，主人八俊皆知名。

小春天气烂漫晴，赏心乐事四难并。

坐中元恺多亲故，我来叨备九老数。

谁扰殿者郭筠仙，先期鸣驺催上路。

君不见香山之会亦偶然，会昌佳话至今传。

者番重结文字缘，兰芷芳馨罗诗篇。

名留祠壁付雕镌，不数唐人白乐天。

（李翰章编辑《曾国藩文集》四）

【注释】

①黄士瀛：字仙峤。嘉庆十八年（1813）进士。翰林院庶吉士，国史馆纂修，曾主持顺天府乡试。后离京先后任云南省昭通知府、迤南兵备道、四川省盐茶道、广西永宁道道台。咸丰二年（1852），黄士瀛卸职回乡，闲居松滋。黄士瀛被曾国藩尊为前辈，后又联姻。同治十三年（1874），黄士瀛偕秦夫人受邀前往远嫁湖南曾家的孙女家中，参加曾国藩举办的"九老会"。士瀛居家23年，静心养性，闭门读书，除参加编修《荆州府志》（同治本）外，主要精力用来整理旧作，撰写诗文。他曾自编诗集若干册，诗作3000余首，是松滋籍诗人中的佼佼者。石印本《侨鹤轩诗集》由黄士瀛的后代黄永称搜集、整理。该书存诗376首，曾国藩为其作序。

曾文正祠雅集诗

杨白元①

年逾八十早云衰，犹向崇祠酹一卮。

幸值余生休暇日，敢忘浩劫乱离时。

形图楹壁名俱永，福享泉林公所贻。

漫说偶联真率会②，纪游诗即纪功诗。

（李翰章编辑《曾国藩文集》四）

【注释】

①杨白元：字听秋，长沙人。贡生，官永州教授。有《亦啸山房诗存》。

②真率会：《晋书·羊曼传》："时朝士过江初拜官，相饰供馔。曼拜丹阳，客来早者得佳设，日晏则渐馨，不复及精。随客早晚而不问贵贱。有羊固拜临

海太守，竟日皆美，虽晚至者犹获盛馔。论者以固之丰腴，乃不如曼之真率。"
后宋代亦有设宴之例，司马光取羊曼事，名曰"真率会"。

曾文正祠雅集诗

熊兆松^①

温公伟烈炳三台，会仿耆英绮席开。
棣萼乍令祠宇焕，菊山新为友朋堆。
图形一一抡遗老，报国惓惓数众才。
莫论飞腾有迟速，且谈风月共衔杯。

帝里归来兴寂寥，未能邨落远尘嚣。
携筇止想看山出，闭户何期折柬招。
南北名流无远迩，宋唐风味此逍遥。
应知传说骑箕返，大醉狂歌定不嘲。

（李翰章编辑《曾国藩文集》四）

【注释】

①熊兆松：字鹤村，湖南善化人。曾任光禄寺署正。有《鹤村诗集》
《熊署正楼瓯百叠》行世。早年与陈宝箴、陈三立父子有诗文交往。

落成之宴已赋七律二章越日见李次青方伯诗片系次韵五古三十五韵因亦次韵和之

熊兆松

唐宋去已远，此会久不作。
元明继者谁？海宇空寥廓。
我朝有伟人，昂霄复耸壑。
号令风霆迅，腹笥饱邺索。
在宋司马相，在唐汾阳郭。
壮岁晤春明，楸枰对林薄。

苏轼撤金炬，苟勖辨车脚。
下笔动万言，慷慨多寄托。

临风一回首，卅载浑似昨。
我先赴秦陇，揽辔看秋获。
公归投袂起，扫荡豺虎恶。
功成骑箕去，崇祠盛桂酌。
东南安衽席，讴颂洗嬉谑。
写像匠镌石，称觞衲冠舄。
香山与洛社，摹仿费筹度。
挥毫有李杜，按剑无卫霍。
邂逅尽同调，愿见不为遻。
言论既水乳，性情岂枘凿。
与其案牍劳，曷若诗牌乐。

余怀淡荣利，弩力崇天爵。
觞政劝从宽，谐词胥敛锷。
赋诗如当仁，贾勇不示弱。
未听玉参差，先斟金凿落。
孰商诗社约，我必连声诺。
忆昨都门居，蹇蹇朝衫着。
酣游兴总豪，内省心多怍。
不虑酒樽空，只忧文思涸。
今归与雅集，黄华想餐嚼。
终团参不啖，当以菊为药。
至宝休令摇，卫生此大略。
善养能却病，焉用针与灼。
莫爱罗浮蝶，慢美崆峒鹤。
翩翩鸿鹭侣，且戏蓬壶泊。

来年水榭添，牵芳赋杜若。

丛桂更留人，吟笺再酬错。

（李翰章编辑《曾国藩文集》四）

曾文正祠雅集诗

曾国潢

岭上寒梅讯早传，寻芳有约会群仙。

联名数已逾元恺，叙座年频问后先。

新酿乍开薇叶露，团脐才过菊花天。

香山洛社都千古，韵事成图较昔贤。

丞相祠堂庙貌新，千秋俎豆奉明祀。

鸰原谊重怀同气，鸿爪踪留证宿因。

百尺长虹眠复道，一溪清水数游鳞。

沅湘耆旧征前会，各有群英迈等伦。

（李翰章编辑《曾国藩文集》四）

曾文正祠雅集诗

任鹤年①

帜树耆英社，筵开相国祠。

文章敦古谊，战伐罢边陲②。

白发人千里，黄花酒一卮。

回头洛阳地，胜否似今时。

此景非常觏，衣冠集大年。

吾侪初近老，末座愿从贤。

德业修惭后，熙朝辅孰先？

郭公挂帆去，别意薄霜天。

（李翰章编辑《曾国藩文集》四）

①任鹤年：任芝田，湖南长沙人，候选知府。

②战伐罢边陲：作者于此自注："近得闽中捷音。"

曾文正祠雅集诗

张自牧①

千二百六十二岁，合二十人成大年。

此会故应天下少，世间真有地行仙。

宗臣庙貌冠裳肃，诸老风流仗履联。

立德功言俱不朽，香山洛社有先贤。

（李翰章编辑《曾国藩文集》四）

【注释】

①张自牧：字笠臣，湘阴人。以生员筹贵州饷有功，授候选道，加布政使衔。

曾文正祠雅集诗

朱克敬①

板荡群黎厄，忠贞独力扶。

九州完解瓦，一德运神枢。

释负民心固，推诚士气孚。

组绔罗将相，旌帛礼师儒。

转败功由忍，弭谤道在恩。

艰难冯邓比，勋业范韩无。

吊古词人集，崇功庙貌都。

丹青瞻画像，豁达想宏模。

荆巇搜遗宝，班门少弃樗。

如公长柄国，谁更哭穷途！

（《求阙斋弟子记》卷三十二）

【注释】

①朱克敬：名亦轩，字香苏，晚年号螟庵、餐霞翁。兰州人，早岁贫寒，流寓云贵，后至湖南，与湘军首脑、幕僚、学术名流过从甚密，著述颇丰。生前著有《挹秀山房丛书》，殁后又重刊13种：《瞑言内篇》《瞑言外篇》《螟庵杂录》《晦鸣录》《浮湘访学录》《螟庵诗录》《螟庵学诗》《螟庵丛稿》《螟庵杂识》《螟庵二识》《儒林琐记》《雨窗消意录》《柔远新书》。还撰有《历代边事汇钞》《国朝边事汇钞》和《湘军志》等。未收入丛书的《通商诸国记》被辑入《小方壶舆地丛钞》。晚年，患眼疾失明，目残学不辍，湘中名士多推崇备至。后贫病而殁。自拟墓志曰："生无补于时，死无闻于后，既盲而学古无有，独以其盲传不朽。"

第二编 —— 散文篇

第一辑 时文

人之有技若己有之人之彦圣其心好之不啻若自其口出实能容之①

才德兼收，足征能容之实矣。夫有技、彦圣、才德之在人者也，大臣视为己有，笃于心好，不益信其能容乎？且大臣不恃有才，恃集众才以为才也；不恃有德，恃汇众德以成德也。盖才以分而易隔，故爱才者浑物我于无形；德以合而交融，故好德者每赞扬之莫罄。三俊三宅②，本乎一德一心，殊令我叹其意量之过人远矣。

吾言大臣有容，此不过拟之于虚，未尝征之于实也。则且即有技、彦圣之在人者，征之本原，大而官器难名。若臣固早举瑰玮之材，深藏而不用，然蕴于我者，悉归诸朴，而取于人者，兼采其华也，则翕如③之宏可想也。真积久而浑含是尚。若臣岂乐以英贤之目动世之称扬？然在我者，固邀誉之无庸；而在人者，必倾怀以相契也，则包涵之广可钦也。故理天下之纷者，赖有才技是也。人而有技，是萃两间菁华之气而特露殊尤者也。若臣则深幸其有焉。采异能于庶尹，不以位小而壅于上闻；收绝艺于名流，不以资浅而抑其登进。技本公也，而据为私；技在众也，而归于独，则若己有之也。如此，任天下之重者，赖有德、彦圣是也。人而彦圣，是殚毕生淬厉之功而克臻卓诣者也。若臣则深致其好焉。吐哺而见硕士，固己臭味之相投；交章而论名贤，转觉形容之不尽。好易纷也，而贞于一；好易外也，而笃于中。则其心好之，不啻若自其口出也。如此，吾乃服大臣之能。吾乃更征有容之实。以权奸而驱策才人，其所容者隘；以圣贤而登庸④俊士，其所容者宏。若臣则独形肫挚⑤也。疏附奔走之才，不敢稍存畛域⑥，师保公孤之器，岂徒博取褒嘉？体嵩岳生降之心，而虚怀若谷，是有技、彦圣其分呈于斯人者有尽，而统纳于若臣者无穷也，则其能为独擅矣。尚要结⑦而将文貌者，其能容尚伪；切诚求而抒悃忱者，其能容乃真。若臣则弥剀切也，任官惟才，既形骸之无间；思贤若渴，直性命之相依。

体祖宗培养之意而廓然大公，是有技、彦圣其交萃于一时者为可幸，而毕集于一身者为有真也，则其能非矫饰矣。以此而保我子孙黎民，利可胜言哉！

（《湖北优选贡卷》）

【注释】

①人之有技若己有之人之彦圣其心好之不啻若自其口出实能容之：此文为王定安参与湖北优贡考试的考卷，考官给此文下的评语是："气充词沛，志和音雅。"此题出自《大学·秦誓》："人之有技，若己有之；人之彦圣，其心好之，不啻若自其口出，实能容之。"

②三俊三宅：典出《书·立政》："严惟丕式，克用三宅三俊。"三俊，古指具备刚、柔、正直三德的人。孔颖达疏："三俊即是《洪范》所言刚克、柔克、正直三德之俊也。"一说谓有常伯、常任、准人之才者。三宅，古指上古时常伯、常任、准人三种官职。

③翕如：和谐貌，和顺貌。

④登庸：选拔任用。

⑤肫挚：真挚诚恳。

⑥畛域：疆界，界限。比喻成见或宗派情绪。

⑦要结：邀引交结。

固天将纵之将圣又多圣也①

观圣之不囿于天，而多能特其余矣。盖夫子之圣，天生之，实天纵之也。彼多能特其余耳，岂足以尽圣哉！意谓吾夫子以金声玉振之姿，诣生知安行②之极，鲜不以为天授，非人力也。顾聪明，天亶之神化，天不能拘之；学问，天成之诣力，天不能阻之。道宗一贯而多识，自能赅理溯性天，而文章其余绪。彼昧昧焉，舍其天资之厚，而讶其人事之优者，亦未识夫本末之所在矣。子以多能为圣，曷即夫子之圣而一思之乎？夫人苟非造物所甚属意，虽抱奇负异，迥异恒流，而殚平生之力，以求一间之理，有终身矻矻止其所而不迁者矣，则程途有尽也。夫人苟为彼苍之所转移，虽砥节砺名，足师百世，而顽懦足以兴中庸，不可能有守，此区区执乎中而不化者矣，则变化未神也。

吾今乃思我夫子矣，吾今乃因夫子而穆然于天矣。嘻，其圣乎！其天纵之圣乎！在维皇降衷之始，天之授我夫子者，亦不过仁义礼智之端。而自夫子受之，觉此四端者尚多含蓄未宣之蕴，扩而充之，绰绰乎其有余矣。是天之理常处其歉，而夫子之理常处其丰也。以歉囿丰，岂可囿哉？则惟有纵之而已矣。迨名山设教以来，夫子之尽其天者，亦不过尧舜禹汤之事。乃自天观之，觉此数圣者尚在范围不过之中，集而成者，落落独难合焉。是夫子之权常见其伸，而天之权常见其屈也。以屈制伸，岂可制哉？则惟有纵之圣而已矣。以是而言多能，夫子岂仅多能乎？然夫子又何尝不多能乎？夫人情之浅也，语以圣之实，人未必钦其德；奉以多能之名，人偏震其才也。令夫子必讳多能，则夫子为沾形滞质③之身，而夫子不神，抑知此多能中即天之任其洋溢，以征夫子活泼之机者乎！是多能固然验夫子之天纵也，抑圣学之深也。尊之为天纵，人多不能窥其微；示之以多能，人反得而求诸显也。令多能必非夫子，则能为异端曲学之事，而能亦不神，抑知此多能中即天之出其蕴藏，以供夫子取携之用者乎！是多能固曲证天之纵夫子也。是故子以多能，信夫子之圣，吾以圣疑夫子之多能。决为天纵而夫子之圣定。子以多能，举圣之偏，吾以多能，综圣之全，判为又多能而夫子之圣真。子其思之。

（《湖北优选贡卷》）

【注释】

①固天将纵之将圣又多圣也：此为王定安的优贡卷二，考官给此文下的评语是："清庙明堂之器，黄钟大吕之音。"文题由《论语·子罕》"固天纵之将圣，又多能也"一句改编而来。

②生知安行："生而知之""安而行之"的省语。古以为圣人方能具有的

资质。典出《礼记·中庸》："或生而知之，或学而知之，或困而知之，及其知之，一也。或安而行之，或利而行之，或勉强而行之，及其成功，一也。"

③沾形滞质：拘执而不通达。

《禹贡》三江解①

三江之说，其误始于班固，而得其说者，惟汉郑氏与宋苏氏。固之论三江也，于"毗陵县"下云："北江在北，东入大海。"于"芜湖"下云："中江水出西南，东至阳羡入海。"于"石城"下云："分江水首受江，东至余姚入海。"三处皆扬州之地，不知《禹贡》该括众流，当举其源之大者，不应专言扬州。且绅绎经意，明言汉自彭蠡东为北江，江自彭蠡东为中江。班氏于芜湖之中江，何以知为江水之所分？毗陵之北水，何以知为汉水之所独？其谬不待智者而决也。考《水经·沔水》篇，江以岷江、松江、浙江为三江，然禹于浙江未尝施功，松江乃震泽之下流，且名不见于《禹贡》，如何与岷江并列为三？则景纯之说，亦不足据。然则三江宜何从？曰江、汉，合彭蠡是也。荆、扬接壤，荆之下流扬受之，而江、汉发源于梁，合流于荆，入海于扬。无荆书江、汉而扬阙不书之理，更无扬舍扬子大江而书震泽数百里支流小河之理。况彭蠡即南江，与漾江之为北江、岷江之为中江，见于《禹贡》明文者，尤确凿可凭，则三江之为江、汉、彭蠡，断断然也。又按《职方氏》，荆州曰"其川江汉"、扬州曰"其川三江"者，正与《禹贡》同。盖大江从中东下，汉水自大别从北入之，名"汉口镇"；鄱阳湖从南入之，名"湖口县"。三江合流，力大势盛，故二经于荆州则单举江名，于扬入海，则曰"三江"，言其水之所从入有三道，其实只一江耳。是说也，本之苏氏东坡，东坡本之郑注②。郑曰："三江，左合汉为北江，右会彭蠡为南江，岷山居其中为中江。"经称东为中江者，明岷江至彭蠡与南北合，始得称中也。故以是说为宗，而诸家之言三江者皆可废。

（《湖北优选贡卷》）

【注释】

①《禹贡》三江解：此为王定安的优贡卷三，考官给此文下的评语是：

"断制谨严，笔力闳肆。"

②郑注：汉代学者郑玄对《书·禹贡》的注释。

【相关链接】

王定安优贡①卷考官评语

优选贡生一名，王定安，宜昌府东湖县学廪生，民籍。

钦命日讲起居注官、翰林院侍读学士、文渊阁直阁事、提督湖北全省学政冯②取。批：辞成镰锷，义吐光芒。

钦差大臣、太子少保、协办太学事、兵部尚书，兼都察院右都御史、总督湖广等处地方军务，兼理粮饷，兼署湖北巡抚部院官③取。批：精骛八极，心游万仞。

总　批

天骨开张，蔚麟彬之藻采；风神宕逸，掞鱼雅之华词。振巨响于铿鲸，傲环观于造凤。文思轩豁，波澜流万顷之雄；策对闳通，蹊径辟诸家之谬。经谭故简，蕴探匡刘④；句逐妍葩，体追沈宋⑤。细采珊枝于瀛海，欣收璞质于荆山。生学富青箱，词工黄绢；才高倚马，时申骈俪。篇章气吐长虹，凤具骚人怀抱。冰雪自励，持身循座右之铭；月旦公评，文曰协□时之誉。此日香分贡树，蜚声翔璧沼芳华；他年诗□食苹，联步副玉堂清辉。

（《湖北优选贡卷·乙卯⑥科》）

【注释】

①优贡：优贡生的简称。清代五贡之一。即贡入国子监的生员之一种，亦称"优生"。清制，每三年各省学政会同巡抚考选生员之优者，贡入国子监就读，称优贡生。顺治二年（1645）始行，名为贡监。雍正十一年（1733），将贡、监加以区别：凡由各直省选送廪生、增生之优者贡入国子监，称优贡；附生之优者贡入国子监，称优监。乾隆四年（1739），规定优贡名额，大省五六名，中省三四名，小省一二名。二十三年（1758）又定，优贡到部，必行朝考，试以经义、策问，文理荒疏者发回原籍。因优贡无引见录用条例，故被选者多不赴京。同治二年（1863）规定，优贡经廷试，列一、二等者授

知县或教职，三等授训导。亦属正途出身。从第一段内容看，当年湖北的优贡生指标只有一名。

②提督湖北全省学政冯：指冯誉骥。冯誉骥，字仲良，号展云、崧湖，晚年号卓如、钝叟，斋名为"绿伽楠馆"。少时，肄业于两广总督阮元创立的学海堂书院。道光二十年（1840），领乡荐。道光二十四年（1844），考取进士二甲第六名，授翰林院编修，累督山东、湖北学政。同治年间，回端州丁忧，受聘主讲广州应元书院。光绪五年（1879）八月，擢陕西巡抚。光绪九年（1883）七月，陕西道监察御史刘恩溥弹劾其贪渎、任用非人，于十月被革职，致仕居扬州。平生嗜书画，为"粤东三子"（张维屏、黄培芳、谭敬昭）之一的张维屏所赏识，岭南人士皆以他为宗师，是晚清著名的书画家之一。书法接近欧阳修，晚年效李邕；画仿王翚，秀润工致谨严。著有《绿伽楠馆诗存》。

③湖北巡抚部院官：指湖广总督官文。官文，满洲正白旗人，王佳氏，字秀峰。历任蓝翎侍卫、头等侍卫、副都统职。咸丰四年（1854）任荆州将军，参加镇压太平军。咸丰五年（1855）任钦差大臣兼湖广总督，督办湖北军务。咸丰十一年（1861），拜文渊阁大学士。同年，因破安徽安庆，加太子太保衔。同治元年（1862），派军赴河南镇压捻军，晋文华殿大学士。同治三年（1864），因征兵筹饷接济湘军攻陷天京，封一等伯爵。同治五年（1866），为湖北巡抚曾国荃劾以贪庸骄蹇，解总督职。同治八年（1869），召还京，管理刑部兼正白旗蒙古都统，旋代理直隶总督。后病死。谥"文恭"。

④匡刘：西汉经学家匡衡、刘向。

⑤沈宋：指初唐诗人沈佺期、宋之问。

⑥乙卯：咸丰五年，公元1855年。

三游洞奉别同年王子寿①赴施州

湖北学使·冯誉骥

君从荆门来，访我夷陵道。

名山古寺数共君，攀葛扪萝事幽讨②。

幽讨不辞遥，巴船尽双桡。

斜日过赤坂，西风泊下牢。

忽忆元白旧游处，荒江野岸，但有一堆苍烟高。

洞石硌砑，奢然中开。

霓旌翠盖，群仙往来。

麋麚③惊而窜伏，猿鸟鸣而悲哀。

揽梁益于指顾兮，峨眉积雪照耀千里。

光皬皬舍策兮，回舟天寒兮难久留。

昔人登临虽云乐，亦复频添离别愁。

白马滩，黄牛寺，树团团，石齿齿。

我将远游沂巴水，敢告君行自兹始。

（同治版《宜昌府志》）

【注释】

①王子寿：王柏心，字子寿，湖北监利（今属洪湖）人，晚清湖北大学者。《清史稿》称其"独步江汉五十年"。王柏心在荆南学院主讲二十余年，并长期从事著述，硕果累累，业绩丰厚。《续修四库全书提要》中谓："柏心蓄道德，能文章，三楚人士类能言之。"他谦让不以学骄人，大江南北的学者名人赴院受业求教者络绎不绝。他与宜昌有多种联系。宜都籍著名地理学家杨守敬系他的学生，他的作品《百柱堂全集》由杨守敬题写书名。他曾给《围炉夜话》的作者王永彬写传记。他的主要著述有《导江三议》一卷、《百柱堂全集》五十三卷、《螺州文集》二十卷。他不仅擅长经文，对于诗词也很有研究，写有大量诗歌。王柏心晚年精于史地之学，先后主修道光《黄冈县志》、同治续修《东湖县志》、同治《宜昌府志》、同治续辑《汉阳县志》、同治《当阳县志》、同治《临湘县志》、同治《监利县志》。足见他在当时的学术影响。这些书皆为当时所推崇，今人所借鉴。

②幽讨：探幽。

③麋麚（jūn jiā）：泛指鹿类动物。麋，獐子。麚，公鹿。

夷　陵

湖北学使·冯誉骥

夷陵古雄镇，城对大江开。

地险蛮云合，天寒峡雨来。

荆门初弭节①，西塞②一登台。

莫问秦余事，苍茫但劫灰。

下牢溪畔水，楚客送扬舲。

木落丹枫岸，沙明赤坂亭。

眼中秋望阔，愁外蜀山青。

此去三巴近，清猿定饱听。

（同治版《宜昌府志》）

【注释】

①弭节：停车。节，车行的节度。《楚辞·离骚》："吾令羲和弭节兮，望崦嵫而勿迫。"洪兴祖补注："弭，止也。"马茂元注："弭节，犹言停车不进。"

②西塞：同治版《宜昌府志》记载："西塞坝，一云西塞洲，县西北城外隔一溪，水落可陆行径达。"即今人所说的西坝。

第二辑　记

重建拱极门钓桥^①记

今天子御极之七年^②，余奉檄权知昆山县事。甫下车，问民间疾苦，废者期以兴，坠者期以举，榛莽蕴隆^③，期以芟夷而扫除之。八年春，当路又有加惠道路之令下于县，余益采访民瘼，不敢或懈焉。

邑之北门外，属北乡往来要道，地低瘴，每大雨，水势辄澎湃汪洋，行者至病涉^④。而附郭故有桥曰"城桥"，尤行人必经之路，初时规制颇宏固，既遇兵燹，桥石皆零落残毁不可问，重贻行者艰。夫司崄知山泽之阻而达其道路，道路之阻则桥梁之，载在《周礼》。《诗》曰"造舟为梁"，《夏令》曰"十月成梁"，言王者荡平之政，惟此为最亟也。旷此不修，将如欲渡无楫何？

爰命绅耆召匠度工，谋以利行者。既复命，约得钱三百余缗。北乡顾贫瘠，无以资，然又不能不集力以襄其修。余乃捐俸若干倡始之，城乡士民其各互相劝勉，有踊跃，无推诿，此余之所厚望于诸君子也。其鸠工庀材宜如何节省，如何坚固，尤愿各同志悉心筹画，不厌精详，俾斯桥之落成于不日^⑤云。

是为记。

（光绪《昆新两县续修合志》卷十八《艺文》六）

【注释】

①拱极门钓桥：光绪《昆新两县续修合志》记载："拱辰门钓桥，南昆界

宇区六图、北新界地区十三图，乾隆五十七年修。同治九年邑人募修，邑令王定安捐廉兼拨罚锾竣工。"

②今天子御极之七年：指同治七年（1868）。

③蕴隆：暑气郁结而隆盛，引申为炽盛。此指杂草丛生。

④病涉：苦于涉水渡川。

⑤不日：不久的将来。

曾文正公祠雅集图记

同治十三年冬十月，太傅曾文正公祠落成。其弟澄侯都转①谋于湘人士，仿香山洛社故事，选高年耆宿、负时望、有文行者若而人宴集祠东轩，图形壁间，复诗以张之。呜呼，盛矣！

先是，天子嘉念公勋，诏所莅行省皆建祠。于是天津、金陵、安庆、南昌、武昌同时鸠工蒇事②。而湖南为公乡里，中兴来，达官贵人遍天下，厮养走卒跻大僚者相踵，酿金庀材尤易举。其规模壮阔，延袤数十库，缭以周墙，绕二塘。其中崇堂峻宇，既庄既肃，危亭瞰青，飞榭激素，翼如缭如，环淑殊观。

诸老既醉且乐，属定安记之。因举觞言曰：

海内失承平二十年矣。当道光末造，上下恬熙，奸人伏草莽，卵育胎孳，日肆以大。有司务为姑息苟简，饰美言欺罔大吏；大吏因之欺朝廷，罔又加甚焉。至于痈溃肿决，不可收拾，乃张皇补苴，驱疲癃之卒，驭之以褒衣姁步③之将，一蹶再蹶，而大局糜烂不可为矣。

公以儒臣奋起闾里，无度支转运之供、羽檄征调之权，又非素习孙吴而夙养技击鹰扬之士也。徒以忠诚感召，率二三迂儒朴士，张空拳，持白梃，以号其乡人子弟。于是豪杰骧起，帕首缚袴，释农耜而操利刃，霆击湘汉，席卷三吴，义旗所向，金石摧靡。然犹踸踔于漳水，踯躅于祁门，内讧外哄，含垢忍尤，积十余载，而后擒渠扫穴，以竟厥功。盖经营若斯之难也。

今寰宇乂安将阅一纪，后生新进狃于军功保荐之速，嬉游宴处，动至大官，欲问湘军创立之规、艰苦百战之迹，茫然不可复识，又安知此烜烜赫赫者，固倡于二三儒生之所为哉！

君子居安乐，不敢忘忧危之境。回忆寇盗纵横，湖湘骚动，居人汹汹，携老幼走避山谷间，登高瞭远，烽火达旦不息，或扁舟隐匿，浮湛于苍烟白浪之中，与葭苇菰蒲相枕藉，鸟惊鱼骇，一日数迁。当斯时，苟得一椽之安、豆羹麦饭，以为生人大幸矣！岂尚冀夫宾朋游宴之乐、园林暇豫之观哉？

今吾与诸老徜徉湘上，饮酒为欢。睹山水之跃辉，悦风日之晴美；涧松答啸，园鞠扇英；瞬百代于须臾，纳宇宙于一室；幽蹑邈睇，陶然自得。以视畴昔之流离转徙，其欣戚悲愉为何如也！古之骚人迁客，登山临水，凭吊遗迹，虽在异世，犹流连慨慕不置，矧吾所躬历而目睹者耶？扬子云曰："当其有事也，非萧、曹、子房、平、勃、樊、霍，则不能安；当其无事也，章句之徒相与坐而守之，亦无所患。"然则吾辈之居安履顺，得举一觞以相属者，岂可不知所自耶？诸老咸韪余言，命勒诸石，并列姓氏、官阀、年岁如左：

武冈州学正，长沙杨白元紫楼，年八十一；四川永宁道，前翰林院编修，松滋黄士瀛仙峤，年八十；光禄寺署正，善化熊兆松鹤村，年七十四；署湖北布政使，湖北按察使，善化唐际盛荫云，年七十二；内阁中书，湘潭罗汝怀研生，年七十一；盐运使衔，署湖南衡永郴桂道，汉阳黄文琛海华，年七十；兵部主事，前翰林院庶吉士，武陵杨彝珍性农，年六十九；内阁中书，前翰林院庶吉士，湘阴易堂俊海青，年六十四；布政使衔，湖南辰沅永靖道，前翰林院编修，新城杨翰④海琴，年六十三。凡为客者九人，年六百四十四岁。盐运使衔，候补郎中，湘乡曾国潢澄侯，年五十五；布政使衔，云南按察使，平江李元度次青，年五十四；江西候补道，长沙朱昌霖宇恬，年五十三；盐运使衔，候选道，湘阴李槩仲云，年五十一；知府衔，即选通判，长沙任鹤年芝田，年五十一；布政使衔，广东候补道，长沙黄瑜子寿，年四十五；布政使衔，浙江候补道，湘阴张自牧力臣，年四十四；陕西候补道，东湖王定安鼎丞，年四十一。凡为主者八人，年三百九十四岁。云南云龙州知州，浏阳贺祥麟麓侨，年八十六；中书衔，候选教谕，长沙熊少牧雨胪，年八十一；前署广东巡抚，翰林院编修，湘阴郭嵩焘筠仙，年五十七。凡期而未至者三人，年二百二十四岁。都二十人，年一千二百六十二岁。

东湖王定安撰记，新城杨翰书碑。

（《湖南文献汇编第一辑》）

【注释】

①澄侯都转：曾国潢，字澄侯。曾国藩的二弟。

②蒇（chǎn）事：谓事情办理完成。

③褰衣婑步：文官之服装，女人之步态。

④杨翰：字伯飞，号海琴，别号息柯居士。祖籍直隶河间，生于四川。咸丰三年（1853），杨翰入清廷大臣胜克斋幕，理笔札。咸丰四年（1854），授永州知府，没有赴任。六年（1856）迁常德，七年（1857）徙沅州，八年（1858）始赴永州。杨翰任永州知府七年，公务之暇，常登山临水，搜求金石书画。零陵、祁阳之间，元结、柳宗元、怀素等唐宋诸文人学士、名公世卿的旧迹，如澹岩、漫郎宅、朝阳岩、绿天庵、愚溪、柳侯祠、元颜寺等，他都募资修葺一新。同治三年（1864），杨翰为辰沅道员；同治八年（1869），重回北京，再寻金石旧梦；后因母亲病重回湖南，又任道员。不久，因"溪山文字"，他被人弹劾只喜山水文物，不理民情。同治十年（1871）被免官，于是携家眷到祁阳浯溪，安居漫郎宅，以著述终老。移居浯溪后，先后撰写《诗集》《志林》《杂著》《画谈》《诗话》《息柯杂著》《息柯白笺》《归石轩画谈》《九九消寒集》等。光绪四年（1878），杨翰母亲逝世。光绪五年（1879），他在穷困潦倒中病逝，年六十七。

【相关链接】

曾文正公祠雅集图记

李元度

同治十三年冬十月，前广东抚部郭公应召入都，诸与抚部雅故者，相率祖道。时太傅曾文正公专祠方考室①，公弟澄侯都转招诸君宴饮以落之，会者以齿为序。于时杨紫楼封翁、黄仙峤观察、熊鹤村署正、唐荫云方伯、黄海华观察、罗研生中翰、杨性农驾部、杨海琴方伯、易海青中翰。年自八十二至六十四已上，称九老。其未六十者，若澄侯丈，若朱雨田观察、李仲云都转、任芝田司马、黄子寿、张力臣两方伯暨元度并为主人，王鼎臣观察年最少，亦预于会。酒半，各诗以张之，乃仿香山洛社故事，写像祠之东轩，命元度为之记。既三辞不获，乃举觞属诸老曰：

文正公之功，横被六合，虽妇孺走卒，罔弗讴而颂之矣。独其倡义之始，备历诸险艰，则元度言之有余恫焉。

贼之再犯长沙也，在咸丰四年春，自湘阴、宁乡窜陷湘潭。时会城门昼闭，饷道断，邦人士扶老携幼，势岌岌莫能终日。公檄塔忠武②帅师复潭，水师继之，又躬率水军之半，及贼于靖港。战失利，公投水者三，幕客掖以起。公知事不可为，乃止妙高峰，草遗疏及遗属凡二千余言，密令季弟靖毅公市椟，将以是夕自裁。会湘潭捷书至，乃再起视事，然且以师不全胜自劾。维时谤伤丛集，承宣、提刑、粮储、盐法诸使者至，会牍上巡抚劾公，公若弗知也。厥后师败于九江，左次南昌，困守于祁门，濒死者数矣。公百折不回，转战十二载，歼渠捣穴，卒蒇大勋，弼成我国家丕显休命。虽曰天命，抑岂非人力哉？

公薨二年矣，饰终之典，礼绝百僚，敕祀贤良、昭忠祠，又诏建专祠于江宁、安庆、南昌、武昌、天津各行省。湖南，公故里，犹南阳之祀诸葛，华州之祀汾阳也。自例发帑金外，旧部及淮商争斥重金助役，故祠尤壮伟。今吾侪得优游文宴于此间，始愿盖不及此也，其可忘其所自耶？公之神在天壤，无所不之，诸君子大半与公习，元度则门生故吏也。公今日者，风马云车，陟降庭止，环顾吾侪瞻拜酬酢于兹堂，其亦有悲喜无端，忾然如闻其太息者耶？

嗟乎！士束发受书，见古伟人，若伊、周、望、散、方、召、吉甫之徒，恨不生与同时，亲炙其丰采，或幸过其乡，得拜其祠若墓，益徘徊不忍去，此虽百世以上犹然，况于并世之英，畴昔之事，而已神化丹青若此乎？况又有平生故旧之雅，或尝与共患难生死者乎？其悲以感，宜何如也！

抑又思古人称雅集，莫著于晋之兰亭，唐之香山，宋文、富之洛社，苏、米之西园，并以图书及诗文，传千古为韵事，然第流连光景而已。今日之集，则有九原随会之思，与崇德报功之谊焉。

元度从公于军旅，将及十年，俯仰陈迹，茫然如隔世，亦复缕缕犹昨日事，而公则不可复见矣，故宜言之尤悲也。既谂于诸老，遂次其言以寿诸石，并列诸君子官阀、年齿于左方。

（李元度《天岳山馆文钞》卷十六）

【注释】

①考室：谓官寝落成之礼。

②塔忠武：塔齐布，字智亭，托尔佳氏，满洲镶黄旗人。塔齐布是曾国藩手下的大将，屡立战功。在随曾国藩平太平天国之乱的战役中，于江西九江呕血身亡，时年三十九岁。他死后，朝廷在九江建专祠以纪念，谥号"忠武"。九江塔齐布忠武祠有曾国藩的手迹对联："大勇却慈祥，论古略同曹武惠；至诚相许与，有章曾荐郭汾阳。"

山右救灾记①

逾太行而西，南界中条，北薄边塞，襟汾带河，皆古冀州地，尧舜之旧部。叔虞、文、襄②之余烈于是乎在。其民好深思远虑，崇节俭，善居积，风俗之醇，著自往昔。圣清有天下，沿明制设行省于太原，而以巡抚专治之。统州郡十有九，连城百数，岁输赋税盐课银三百八十万有奇。而大同、平定、辽、潞、泽，东踞太行之脊，首尾相属，几二千里，皆依山傍麓，羊肠峻坂，矗立霄汉；巉崖刻峭，古树纠错；回溪幽壑，宛潬③云桡。迤北则宁、朔、代、忻，山益高，地益寒，霜雪层积，百卉早凋，穿石浮沙，难施耕耨；独太原、平阳以南，地稍平衍，沃壤隩区，居之十四五焉。冀土既多硗瘠，居民朴质忠信，奉公惟谨，偶值歉岁，未敢以灾上闻。中岁所入，不足自赡，逐末者日益众，不惮风涛之险、山海之隔，贸迁服贾，轻去其乡。而大农因地择赋，他省催科，或课至八九分，于山右则必取盈。自咸同以来，边陲多事，京营兵饷，台站支销，以及本省留防之军、西征诸营之协饷，率责望于山右，罄帑藏所蓄，不能遍偿，或至诮让相加。帅斯土者，内迫部议，外惧边功之隳于垂成，补苴迁就，苟免于过斯已矣。其不暇计及度支之虚竭、民力之拮据者，亦势使然也。

今上之二年④秋九月，宫保威毅伯曾公⑤由东河总督移抚晋疆。越明年夏五月，履任视事。于时亢疠为灾，已历二载，陇亩龟坼，万树赤立，炎风熇日，燎原爇野。小民无所得食，掘草茹根，析骸而爨；沟壑填委，里舍无烟；百里之内不闻鸡犬声，但见荒墟落月，照耀白骨，乌鸢飞鸣而啄食。公具疏驰驿，诣阙言状，朝士骇异，以为山右频年丰稔，不虞骤至于此。天子轸念民依，凡公陈奏，优诏报可，乃发东南漕米数十万石、帑银数十万两以赈之。公度饥黎且五六百万众，国家费用不资，民犹无以遍及，乃手书告贷东南各省。其言至痛楚，不忍卒读，闻者皆感慨泣下，争酿廉俸，解囊橐，惟恐后时。下至佣夫贩妇，殊方异俗，皆若疾痛陷溺之在其身。不期而相赴，铢金寸帛，思效毫末之助。于是银米辐辏，馈饷络绎，饥黎全活无算。公犹惧民气太伤，疮痍难遽复，前后疏陈数大端，曰蠲免钱粮，曰筹借籽种，曰清釐荒地，曰并丁于地，曰均减差徭，曰裁并冗车。上嘉纳之。四年五月，天大雨。七月，又雨。中外大悦，咸庆三晋之民出水火而登衽席⑥，而颂公之经营荒政，感孚至远，其功德近古所罕觏也！

当公之用兵东南，霆摧电激，所向披靡，虽古韩白⑦无以过。及大功既成，渠魁就歼，天子肃筶告庙，班爵酬庸。于是功高毁积，谤议稍稍兴起矣。今公一出，而值百年未有之灾，救亿万垂弊之命，薄海内外，颂声洋溢。以视世之拘文守例，自诩为龚黄⑧者，其设施为何如也？！昔诸葛武侯韬略冠一时，而陈寿诮为短于治军。今公之治民察吏，超出寻常万万，而世但艳其武功，悠悠之论，其不足以知大贤也久矣。

是为记。

（黎庶昌纂《黎氏续古文辞类纂》）

【注释】

①山右救灾记：本文选自黎庶昌纂《黎氏续古文辞类纂》，文末有编者评点："磊落崒蟉，文品雅洁。其颂曾忠襄公处，尤彰特识。"据王定安《果仙再叠前韵因再和之兼怀周性农年丈》一诗诗中自注："拙作《山右救灾记》曾蒙性丈改削，闻此文颇为人所憎恶。"周性农实为杨性农。

②叔虞、文、襄：叔虞，指唐叔虞，姬姓，名虞，字子于，岐周（今陕

西岐山）人，西周时期晋国始祖、三晋文化创始人，周武王姬发之子，周成王姬诵同母弟；文、襄，指春秋五霸中的晋文公与宋襄公。

③宛潭：回旋盘曲。

④今上之二年：指光绪二年（1876）。

⑤威毅伯曾公：指曾国荃。曾国荃因平定太平天国之功，加授为太子少保，封一等威毅伯。

⑥衽席：床褥与莞簟。借指太平安居的生活。

⑦韩白：古代名将汉韩信和秦白起的并称，以善用兵著称。

⑧龚黄：汉循吏龚遂与黄霸的并称。亦泛指循吏。

第三辑　碑记

跋定州牧马佳①君祠碑

余读张太史《马佳祠碑》②，至兴复古乐一事，喟然曰：礼乐之感人微矣哉！当道光末造，国家晏清无事，士大夫务为容悦猥琐，苟且偷惰，以图目前一日之安。及大寇既兴，一夫倡乱，海内靡然骚动矣！马佳梦莲氏，以世胄作牧定州，独能不诡于俗，抉奸殖惠，孜孜于古循吏之所为，政兴废举，民气大和。乃考声定律，颂容揖让，日与诸生从事于孔子之堂。其流风遗韵，历今三四十年，定之人思其德弗衰。虽至寇盗纵横、兵戈扰攘之际，诵诗习礼，弦歌不辍，秩秩彬彬，未尝以安危易节。噫！古所谓爱人学道之君子者非耶？

光绪七年夏四月，公子葛民③方伯开藩晋阳。先是，余权陈臬事④，与署方伯松君峻峰⑤遴员赴齐鲁间，访求乐师不得，仅购笙、箫、琴、瑟、埙、篪、柷、敔、编钟、编磬，暨豆、登、簠、簋若干器以归。于是方伯遣人赴定州，延乐工崔和睦等选晋中聪俊子弟数十辈习其音。越明年二月上丁⑥展祭，将事之夕，天阊地旷，庆云晻蔼，星月胥滃。文武庶寮既即位，牲洁醑清，果芬黍郁，笙镛间奏，钟鼓鼚鸣。麾导于前，鼗播于后。籥翟风跹，干戚云聚。歌者中律，舞者中节。神灵恍惚，来享斯祭。礼既成，大中丞新乡卫公⑦甚嘉悦之。

嗟乎，古乐沦亡久矣！曲阜，孔子故里，宗庙在焉，而近世无有能习之者，定之人乃能存硕果于剥乱之后。《语》云："礼失而求诸野。"不信然欤！虽然，微马佳君，吾晋人安知古乐之尚有存于今者？于是叹公之遗泽及于人者深且远也。

（黎庶昌纂《黎氏续古文辞类纂》）

【注释】

①马佳：宝琳，字梦莲，马佳氏。官正定知府，调保定署清河道。著有《知足知不足斋诗存》。详见下面"相关链接"《故定州直隶州知州马佳君祠碑》。本文选自黎庶昌纂《黎氏续古文辞类纂》，标题后有编者对王定安的简介："王定安，号鼎丞，湖北东湖人，同治壬戌举人，现任安徽凤颍六泗道。有《空舫文钞》。"

②张太史《马佳祠碑》：据下面"相关链接"可知，此碑系指时任翰林院太史的张之洞所撰碑文。

③葛民：绍诚，满洲镶白旗籍，姓马佳，字葛民，别号"云龙旧纳"。同治八年（1869）任河南按察使，同治十三年（1874）任安徽布政使，光绪六年（1880）任山西布政使。"方伯"是布政使别称。葛民工书善画，而且对联工稳高古。光绪十四年（1888）进京述职时登大伾山留下墨宝。其隶书，宗法汉碑，融楷书于其中，长撇大捺，书有邓石如、赵之谦隶书韵致，自成一家。

④权陈臬事：指代理山西按察使。张布刑法为"陈臬"，亦借指任司法官职。

⑤松君峻峰：松椿，字峻峰，满洲镶蓝旗人。生员出身。累迁至直隶布政使。光绪十五年（1889）擢漕运总督。二十六年（1900）解职。

⑥上丁：农历每月上旬的丁日。

⑦新乡卫公：时任山西巡抚卫荣光。

【相关链接】

故定州直隶州知州马佳君祠碑

张之洞

夫九江传记，报功为典祀之经；抱朴内篇，德颂有揭石之义。所以陕东草木，怀茇舍之人；沔上旄倪，酹路衢之酒。托精诚于荒怪，罗池称神；绵遐想于山河，栾公立社。凡以揆张豹产，雕画宓期，镂懿图芳，其义古矣。定州北负陉塞，东蟠恶沱。五辅望紧之区，四支珠玉之地。秉麾作牧，良踬宏多。李克树恩于文侯之朝，高澂流惠于河清之代。永徽之元轨，女真之石皋。韩忠献四裔知名，苏子瞻中朝第一。躅踪方轨，其惟马佳君乎！

君讳宝琳，字梦莲，姓马佳氏，镶黄旗满洲人也。君考，礼部尚书讳升寅，谥曰勤直。八州作督，三命为卿。羽仪炳乎皇猷，行义光于柱史。君生而澹定，长而奇庞。孝感致雏鸲之祥，因心流颂鸰之誉。风仪渊令，八窗四达之名；才性都长，六笔三诗之艺。由荫生户部主事，出为直隶赵州知州，移知定州。良弱泳泽，芬若椒兰。桀黠闻声，畏逾葱艾。佳吏无其子谅，粗官无其练涤。在职八年，实兼四善。可谓笼二机而并运，掩三异而孤升者已。迁知正定府，调保定，署清河兵备道事。仁风翔于巷衢，惠问达于旒扆。方将骋长辔，拥高牙，而嗌指思亲，投簪招隐。自撰闲居之赋，无闻北山之移。今者遗爱已徂，清徽未沫。此邦美政，略可胪焉。

州南洿泽，卢奴故道。旱干水溢，下污高莱。君决其潘渚，写以落渠。重腄之疾既祛，神腴之利斯溥。泾泥数斗，下田皆良。邺亩一盅，首先种入。故能埭称召伯，沟号张纲。是曰殖利，其政一也。

州有大猾，莫敢谁何。玩密网之凝脂，腾烧城之赤口。便文卖直，鼠善穿墉。骪法告奸，狐能射影。君不陈鼎而烛魍魉，不受简而知马羊。收穤季于霸陵，案絮舜于京兆。虎冠虽健，不能烧田叔之狱词；鼠碟徒工，不敢书绛侯之牍背。掾绝文害之习，邑无讼眚之逋。是曰摘奸，其政二也。

州治置邮交午，冠盖夷庚。高鸡泊里之健儿，芒砀山中之亡命。取人大泽，分绢林阴。君厉秋隼之棱威，察渊鱼于眉睫。五色巨棒，四部督邮。绛缕禽魁，青犊匿影。十里双堠，五里只堠，如行堂奥之间；文吏赤丸，武吏白丸，膊诸高城之上。驱京兆界中之盗贼，尽入扶风；解天水道上之衣装，付之太守。桃李悬而不掇，桴鼓设而不鸣。是曰悦旅，其政三也。

建国亲民，教学为先。移风易俗，莫善于乐。君徼大酒之弗具，闵鳞虞之阙如。修治泮宫，张设雅乐。义堂阆邃，青龙勒礼器之年；石室纤荣，白鹿广子衿之问。损一益一之管，判愍特愍之钟。扣角扣宫，不硍不弇。在昔史晨铭春飨之奏，潘乾树校官之碑。揆其设施，何惭曩哲。是曰文化，其政四也。

州境有清风、明月二镇。囊家列廛，祛服阗市。丛神好博，蹇姐能歌。一枭五篮之场，跕躧弹弦之会。习沿弟靡，鼓扇轻浮。君纠之以四维，湔之以五戒。本富末富，不催博进之钱；大匡小匡，坐废女闾之令。投军门之戏具，夺北地之燕支。九涂之楚梱皆高，一夕而齐衣变紫。是曰训俗，其政五也。

方志图经，知今镜古。襄阳耆旧，桂海虞衡。君辍两部之喧嚣，拾百年之废坠。躬雠油素，手剟汗青。鲜虞肇封，靖王就国。安喜并省，解渎分封。胡燕故都，辽犰营颉。苦陉廛税，曲逆繁耗。杀虎兵冲，飞狐扼塞。初唐石墨，北宋陶官。莫不精据密搰，统蒐胪晰。令仪孝女，亲裁黄绢之辞；悴节桓娄，为翦皮金之字。补前人之荒略，扬独行之潜光。洵可为司牧之准绳，新尹之龟鉴者欤！是曰后法，其政六也。

柳子厚漱涤山川，员半千粉泽文雅。众春园址，阅古堂基。茂草不除，风流顿尽。君眈慕古，长想远思。焚刈秽芜，缮治阑楯。务使爱人思树，无间乎古今；睹器升堂，写心于向往。放衙小史，搨永和百本之毡；公宴射堂，酌中山千日之酒。政平刑措，守乐宾从。是曰景贤，其政七也。

赅此七长，爰兴百废。墨胶傅帻，是谓真清。苇杖悬庭，不关细爱。牙军课柳，见士行之吏才；壶士医桑，诵宣孟之实惠。梁公謇直，独留泰伯之祠；季友词华，重建张良之庙。语其徽烈，罄牍难殚。是用亥生卯壮之苗，并茎双穗；汗血龙文之产，一乳同槽。其去也，有解鞋断镫之思；其殁也，有抉瓖释轩之慕。乃者军州将吏，三老学僮，诉于行台，上之仪部，谓宜阐其芳秘，报以萧脂。以同治五年十二月朔上闻，即日奏可。不鄙谫劣，来征文辞。予惟汝南之祠苟勖，建于生存；秣陵之祀蒋侯，托诸神道。神道则涉于诞，生存则嫌于谀。唯兹不朽之名，庶符无愧之语。乃最其上善，俾镂贞珉。霜露星河，岁时腠腊。知朱邑之魂魄，犹恋桐乡；喜陆云之图形，常依县社。呜呼！星移谷烂，不磨岘首之碑；丽远燻今，请视雪浪之石。铭曰：

宪宪圣慈，贻我神君。琦行玮度，兼资武文。文则鸑鷟，武则毛挚。义矩不龋，仁澜不息。定武之石，不可泐思。定武之政，不可灭思。

（张之洞《张文襄公古文书札骈文诗集》骈文二）

马佳公梦莲《诗存》序（宝琳）

吴汝纶[1]

马佳公定州之治，今湖广总督张公在翰林时既为之碑，公子理藩尚书绍祺，副都统、驻藏大臣绍诚，又写定公遗诗藏传之为世业。今年，余居都下，尚书二季户部郎绍彝、兵部郎绍英，奉公诗谒序于是。

都统公有子世善方奉命出守衢州，而是时京师久沦陷，天子蒙尘，畿内州县多蹂于兵，求如马佳公之吏绩，邈不可复得，以是益重公遗文。公故不欲以诗人自居，题其集曰《诗存》，谓因诗存事。始公考礼部尚书勤直公，立朝有风采，传诗法于仁和金雨叔修撰牲，亦名其集曰《诗存》。公治行文术，多本之家学。其诗不为浮靡丽艳，读之恳恳乎孝忠人也。蕴积厚则传嬗也远，宜公后之多贤哉！

国家以八旗禁旅取天下，辽藩故家，世食旧德，寅亮登翼，代兴更盛，汉诸臣不及。唯天子亦嘉与旗人朴忠，数数以渐染汉官文弱习俗为戒。自开国逮乾嘉，武功焯赫，尽出八旗。虽时时用儒业起，顾弟不专重。咸丰用兵，将卒始多汉人。是后满勋旧，流风遗泽，稍陵夷矣。及今兹之乱，谈者至归咎近臣无学，惜哉！惜哉！

读马佳公遗诗，上溯勤直公家法，退考公子若孙，名业之著白，百年世守，蝉嫣不替乃如此！因益慨想国家隆平时，世臣贵戚，流衍之蕃且久，文武随用，中外有立，是用暨声教振威稜有余思焉。呜呼，盛已夫！

（吴汝纶《桐城吴先生诗文集》卷三）

【注释】

①吴汝纶：详见第五编《吴汝纶诗文》及其注释。

曾忠襄公祠记[1]

光绪十有六年十月己亥，太子太保、一等威毅伯、南洋大臣、两江总督、湘乡曾公薨于位，布政使以闻，天子曰："噫嘻！天不慭遗[2]一老，夺我元勋，朕罔所赖。在昔姎徒跳梁熸毒南都，育孽祸孽，日肆以大。我文考[3]赫怒遣将，惟尔昆弟克济乃师，既歼厥魁，诞膺嘉命，锡之茅土，用彰尔休烈。三晋洊饥④，尔往省灾，赈活尪羸，咸乃绩。咈人⑤不龚⑥，侵辅日南，耆汝威，罔敢称乱，江海以谧。其易名忠襄，赠太傅，使车所莅，胥建祠以祀，垂耀无穷。钦哉！"

先是，湖南将士戍江南者，创湘军公所于金陵卢妃巷⑦。及公薨，吴中市民家祭巷哭，若丧私亲，俱报饷弗逮，时万口一声，曰："公活我吴人，惟是胏盬俎豆，用答公贶，其犹敢濡缓⑧？请拓公所为祠。"金曰："诺！"于是增沼辟囿，缭以周墉，翼以曲篾，堂皇环丽，既鬋既堊。高栋蹑云，朱甍欲日。悬巇怪石，晗呀豁露。丛树嘉卉，澄鲜飒缅。亭台之胜，冠于吴会。越明年辛卯夏落成，奉主入祀。钟虡既作，管弦疏越。氛清日朗，祥云璀璨。都人氏瞻拜歌舞，神光睒睗，来歆来格，乃为之记，曰：

金陵，古东南都会，盐漕之利甲天下。咸丰初，广西寇发，据为伪都。当是时，提督向公荣⑨、将军和春公，相继为钦差大臣，总兵张公国梁副之，环攻八载，围师十万，摧峰挫锐，威声动海内。垂克矣，率因军哗致败，盖攻坚犁穴，若斯之难也。

十一年八月，公克安庆，曾文正公督两江，公伯兄也。明年穆宗改元，公统师东讨，既拔无为、含山、巢和，则益渡江，袭太平，拊贼背，六月遂薄金陵雨花台军焉。公兵不满二万，获以"城大兵单，围攻非策"危词相聋论。公夷然不为动，曰："此兵法所谓攻心，其奥非公等所知也。"逾两载，增兵至五万，卒用隧道拔其城。群贼踉跄携贰⑩，不能复振，以迄于灭。于是回捻苗教之属，次第歼除，天下乃大定。

方公之顿兵坚城也，尝盛暑疫作，军士疲苦莫任战，而伪天王洪秀全檄诸王十道来援，其众号百万，番休迭进撼我师，历四十六日不稍息。文正忧之，急招援军不至，则飞檄趣公退师图再举，公益持之，以暇伺其隙，开辟出战，贼百万皆遁走。于是大局危而复安。

公既以坚韧违众议，孤行己意，讥谤谣诼阗溢中外。已克金陵，上疏请解浙江巡抚任，散兵归农，穆宗许之。未几，起山西巡抚，不拜；移抚湖北，谢病归；再起陕西巡抚，不拜；移东河总督；再起山西。俄人渝盟⑪，诏赴山海关督师，擢陕甘总督，不拜；移督两广，权礼部尚书。十年，法兰西拘兵，有诏还镇江南。

公之为政，遇祲庨偶至，辄告籴各行省，远达海外诸岛国，酾白金千数百万哺之；无事则一意修养，用清静煦妪元气。在江南七年，民乐其宽，吏惮其严，远人既畏且悦，公悉以诚意沦洽之。

呜乎！疑谤之中于天下久矣，自古磊落魁人，靡不销铄于翕訾谗慝者之口，然当名业未就，不能不茹忍刻厉于冰蘗荼苦之中，要其诚挚，悲郁积之既久，卒为天地鬼神所鉴彻。观于公之于忍辱含垢，以成大功，豪杰之士，其能仓促一决，不务邅回^⑫审顾，以待天时之禋集哉！

定安被公知二十年，碌碌无襮，感公生平夷险一节，辄发斯谊以诏来者。

祠若干楹，经始光绪十六年二月，次年六月蒇事。董其役者，江苏候补道善化凌君荫廷^⑬也，例得并书。

光绪二十年，岁在甲午孟春月上瀚，江苏特用道前山西冀宁道历署山西按察使布政使门下士东湖王定安谨撰。

（据南京博物馆藏《曾忠襄公祠记》碑拓片）

【注释】

①曾忠襄公祠记：《南京历代碑刻集成》在录用此文时有如下介绍："碑文为江苏特用道前山西冀宁道署山西按察使布政使东湖王定安谨撰，道州何维朴书丹，歙县陈鉴刻石。"

②愸（yìn）遗：愿意留下。

③文考：周文王死后，武王颂之为文考。后用为帝王亡父的尊称。

④洊（jiàn）饥：连年饥荒。

⑤咈人：不服从或不顺从之人。咈，同"拂"。

⑥不龏：不敬慎，不恭顺。

⑦卢妃巷：在今南京洪武路一带。

⑧濡缓：缓慢，拖延。

⑨向公荣：向荣，字欣然。四川大宁（今重庆市巫溪县）人，寄籍甘肃固原（今属宁夏），晚清名将，官至四川提督、固原提督、广西提督、湖北提督，卒授一等轻车都尉世袭，谥号"忠武"。有《向荣奏稿》传世。

⑩携贰：离心，有二心。

⑪渝盟：背弃盟约。

⑫邅回：徘徊，行走困难的样子。

⑬凌君荫廷：凌荫廷，号问樵，善化人，候补道。有部分诗文存世。有《挽曾国荃联》："伯仲伊吕，事业皋夔，只手奠东南，一个臣坐镇雍容，从教海宇镜清，国家磐固；门馆叨依，骈蠁忝托，违颜未旬日，百里外惊传噩耗，忍见石城星陨，衡岳云埋。"

第四辑　序跋

《锄经堂搭题文新》序

自搭截题①风行，而题之变化不穷。居近时考试，不独岁科场中法法以此命题，即乡会两试亦间或以此取士，盖搭截题实避塾犹生之一法也，然非心思考卷，相校而行，终不夺无二之巧。

《新编大观两搭截》固理法兼到，足以嘉惠后学，惟于时下风气有未尽吻合者，揣摩家每以久无嗣响②为憾。近见玉山③李君筠谱④所选搭题，文心敏妙，藻采纷披，阅之如行山阴道上，步步引人入胜，而揆诸法理，仍一毫无遗憾，所谓观止者非耶？因急劝其付梓，并乐为之序云。

光绪庚辰⑤孟春，愚弟王定安拜序。

（《锄经堂搭题文新》卷首）

【注释】

①搭截题：清代科举考试八股文，有取经文中某段末句和下一段的首句，或上句的后半句或末一字和下句的上半句或第一字，连接起来作试题的，称"搭截题"。亦省作"搭题""搭截"。

②嗣响：谓继承前人的事业，如响应声。多用于诗文方面。

③玉山：玉山书院。昆山历史上的著名书院。

④李君筠谱：李缃，字味之，号芸圃、筠谱，新阳人。江苏昆山庠廪贡生，入京屡试不第，邑议叙训导，保举选用知县。平生嫉恶喜善，晚年自号学默道人。光绪初分纂《昆山县志》。

⑤光绪庚辰：光绪六年，公元1880年。

《鸣原堂论文》后序

右《鸣原堂论文》两卷，吾师湘乡曾文正公选汉唐已来迄于国朝名臣奏疏十七首，论述义法，以诒其弟沅甫宫保者。宫保出示定安，命校雠刊之。

叙曰：三代以上，人臣告诫其君，如禹、皋、伊、傅、周、召之所作，载在《尚书》，尚①已！彼皆圣贤之徒，体道深而更事久。其陈义甚高，而可见诸施行；其指斥甚直，而必出之和平渊懿②，不为危言悚论、诡激抵触之辞；其托意甚幽邃，而使读者易晓；其切于世情而达于时变也，仍必原本道德，不为一切苟且侥幸之计。至于《春秋内外传》所录吁谟③谠言，笃厚深美，犹有训诰遗意。下逮战国，士或为廋词隐语④，讥讪笑骂，耸撼炫骇，同于俳优。其不幸者，触怒人主，身陷大戮，祸綦烈矣，说亦稍戆焉。自兹以降，敷陈之道，约分两途。儒者拘牵文义，喜谈上古，致君必曰尧舜，礼乐必俟百年，井田、封建、学校之制，累牍而不烦。世主⑤习闻其迂，则以为老生常谈，而厌薄之。而才智之士，度时君之所能行，揣摩迎合，以售其纵横富强之术，往往辄验，天下稍骛于功利矣。若夫汉之贾谊、唐之陆贽、宋之苏轼，陈善责难，累数万言。论是非则持其平，讲制度则求其当。达闾阎颠连⑥之隐状，显军中倚伏之秘谋。高而不戾于今，卑而不违夫古。岂非敷奏之极轨哉？善乎，公之论文也！曰："必其平日读书学道，深造有得，实有诸己而后献诸君。又必熟于前代事迹，本朝掌故，乃为典雅。"呜呼，斯言尽之矣！

公所为奏疏若干卷，其佳篇传播人间，士大夫多能举其词。所选《经史百家杂钞》二十六卷，另刊行世。是书卷帙不多，盖犹黄河之滥觞耳。然苟循河而东、乘秋水、驾巨筏以望于北海，洋洋乎包天地而涵古今，岂不更为宇宙大观也哉！

同治十二年九月，门人东湖王定安叙于长沙寓斋。

（《鸣原堂论文》卷末，引自《湖北文征》）

①尚：久远。

②渊懿：渊深美好。

③吁谟：远大宏伟的谋划。

④庾（sōu）词：庾辞。隐语，谜语。

⑤世主：国君。

⑥颠连：困顿穷苦。

《曾文正公事略》序

定安以同治乙丑①谒大学士湘乡曾公徐州，命厕幕府，侍左右。戎马倥偬，奔走动千里，然公日夜读书不稍辍。时或烽火逼垣寨，贼马哮腾，部弁色变；公犹手书一卷，与幕僚参订同异，辟榛瀹源，绵绵滔滔，笑声吃吃然不衰。

余既从公问学，探求诗文义法，略识途向。同时有桐城吴汝纶、无锡薛福成、遵义黎庶昌，皆隽才逸翰，公并弟子畜之。然三人者与余从公晚，既无所设施，于时宦亦不达，徒以文学从容问难而已。

公既薨，庶昌稍出所录古文辞，梓之青浦。福成辑公奏疏，刻之苏州。定安赴湖南编公遗书，从公弟威毅伯沅浦宫保讨论先世懿德，发公生平著述未成者辩读之。乃述中兴来兵事本末，以湘军为纲，而他军战绩及外洋交涉、盐漕河工俱备焉。依宋人刘仲原父②"弟子"之名，命曰《求阙斋弟子③记》。其体例颇与《三国志》所载诸葛武侯集相似，特文不逮古耳。书既成，累百余万言。虑观者难辩及，乃撮其事之巨且要者为《事略》，四卷。以年谱非古，故芟其俚琐之体，备他日史家探择焉。

光绪元年十二月，门人王定安鼎丞谨序。

（《曾文正公事略》卷首）

【注释】

①同治乙丑：同治四年，公元1865年。

②刘仲原父：刘敞，北宋经学家，字原父，世称公是先生。临江新喻（今

江西新余）人，庆历进士。官吏部南曹、集贤院学士，判南京御史台。长于
《春秋》学，开宋儒批评汉儒的先声。撰有《七经小传》《春秋权衡》《公是集》
等。刘敞撰有《公是先生弟子记》四卷，《四库提要》介绍："是编题曰'弟子
记'者，盖托言弟子之所记，而文格古雅，与敞所注《春秋》词气如出一手，
似非其弟子所能。故晁公武《读书志》以为敞自记其问答之言，当必有据也。"

③求阙斋弟子：王定安自称。"求阙"是曾国藩的自号，"求阙斋"是曾
国藩的书斋名，王定安以师礼尊曾国藩，以弟子自居，故称"求阙斋弟子"。

《求阙斋读书录》序

湘乡曾文正公平生服膺桐城姚姬传氏①，谓学问有三途，曰义理，曰词
章，曰考据，而上遇其原，以配孔门德行、言语、文学诸科，其说允矣。公
既究心三者之学，研讨经史，泛滥诸子百家，有所得，辄以丹黄题卷上，或
载诸日录、札记。其中所诠《周礼》仪礼，讲求六书，形声骚骚乎②乾嘉汉学
之林矣。其论心性存养，诗文义法，又皆体验心得，非徒□□然徇诸人者也。
定安虑其久且湮没，乃分门掇摭为《读书录》十卷，仍以"求阙斋"名之。
求阙者，公自号也。序曰：

义理之学，其先出于曾子、子思子、孟子言。格致③诚正，天人性命之原。
厥后濂溪周子绍述圣道，横渠、明道、伊川、晦庵④起而和之，穷幽抉眇，精
胸无间，可谓至矣。迨其弊也，语高而难行，理微而难信。惘惘焉，使人亡所
归；断断焉⑤，使人拘墟⑥而无以达乎变。是故道济乎时，行践乎言者，鲜矣。

词章之学，其先出于屈原、宋玉、荀卿之徒，著骚赋以述志。厥后贾谊、
司马相如、扬雄氏起而和之。至于魏晋六朝，缛采缕文，华过其实矣。李白、
杜甫、韩愈、欧阳修、苏轼氏出，而斯文蔚然复乎古。迨其弊也，辞繁而义
赘，语精而意嚣。誉人或失其真，记事则难征诸信，迷离焉，使人趋浮袭伪，
较得失于声音字句之末，疲精锲神⑦而无当于用。是故言而契乎道，文而裨乎
世者，鲜矣。

考据之学，其先出于申公、毛公、河间献王之徒，守遗经以垂世。厥后
刘向、任宏分门纂辑，许慎、马融、郑玄详求故训。递相师授，俾奇文奥义，

灿然复明于秦火之余。唐宋以还，兹风渐邈。而陆德明、贾公彦、孔颖达、王应麟诸人犹时掇拾古义，昭示来学。迄于我朝，朴学昌明。顾绛、阎若璩、张尔歧辈倡之于前，江永、戴震、王念孙辈和之于后。其他逐流而扬波者无虑数十百家。旁搜子史，引伸异诂。如久客羁旅，忽返故庐。如披荆莽，辟莽丛而求古径之所在，可谓亿矣。追其弊也，墨守而罕通，非今而是古。其言破碎害道，其文芜杂而不成章。其为学支离曼衍，使人泥心于偏旁点画之微，而忽于持身经世之大。是故详说而知要、张记而笃行者，鲜矣。

夫三者有所偏，胜必有所偏。盖道不同不相为谋，岂不信软？而公之言曰：以周、程、张、朱之理，发而为屈、贾、扬、马之文，辅之以许、郑之训诂，然后为学之道备。

嗟乎！人生不过数十寒暑，其间人事、牵率、妻子、仕宦之撄其心，死生、哀乐、忧患、愉佚之撼其虑，而欲萃古人之所长，而兼擅之，盖上下今古或百年而无一觌焉。如公之戎马倥偬，日从事于骇锋激矢之场，犹复兼营并骛，博览覃思，与穷巷喔呀之士无以异。其文虽不备其志，已足综百氏而贯九流，非昌黎所谓性能而好之者耶？士之执一术而津津自慰者，当知所勉矣。

光绪二年十一月，东湖王定安鼎丞序于津门寓斋。

(《求阙斋读书录》卷首)

【注释】

①姚姬传氏：清代著名散文家姚鼐。姚鼐，字姬传，一字梦谷，室名惜抱轩，世称惜抱先生，安庆府桐城人，与方苞、刘大櫆并称为"桐城派三祖"。

②骚骚乎：风力强劲的样子。

③格致："格物致知"的略语。考察事物的原理法则而总结为理性知识。

④横渠、明道、伊川、晦庵：分别指张载、程颢、程颐、朱熹。

⑤断断焉：无端、绝对的样子。

⑥拘墟：《庄子·秋水》："井蛙不可以语于海者，拘于虚也。"虚，同"墟"。后因以"拘虚"或"拘墟"比喻见闻狭隘。

⑦疲精锲神：意指过多地劳神思虑，精力就会显得疲惫。

《朔风吟略》序

　　诗莫盛于唐，而独推杜少陵为诗史。诗主吟咏，史主断制，此何以称？盖才、学、识必兼三长，史家、诗家一也。余同年张芝卿①尝道其师昆圃先生②之为文，不逐逐徇人，曹好③之所趋而必择焉，曹恶之所归而必择焉。其教人最重史学，每谓放开眼孔，开拓心胸。非熟于史者不能。凡课，或论或赋或诗，大都以史标题，故其拟作如林。余慕先生作令作郡，茹贞抱璞，不随不诡④，循声达于上，劲节彰于时，必有抒其抱负若古人一官一集者。然北辙南辕，欲购其集一读而不得也。

　　乙亥⑤冬，定安需次津门，先生新授津河兵备道，获侍左右，时相晤对。每至酒酣月落，盱衡⑥世事，纵谈及汉之陈汤、傅介子，晋之刘琨、祖士雅，宋之李伯纪、宗汝霖诸公，喟然有触于怀，时欲吐国士之气。闻者疑信相参，而先生不以为诞，若其言有足采者。余每闻先生言论，辄敬佩之，因索向所为诗文者一读。先生以教授乡里，十余年著作颇富，经史各有论说。稿存生徒箱箧，灰于兵燹。至一行作吏，此事又废。惟辛酉乞归，癸亥再出，奉檄行役，弃笔从军，轮蹄几遍燕赵。凭眺山川，感怀人物。仿读史吟评之例，得诗数百首，颜曰"朔风吟略"，手出示余。卒读一过，见其才气磅礴，议论森严，阐扬忠节，指斥奸回，不袭前人窠臼，可谓矫矫不徇于俗，其识议高出流辈，奇而不诡于正，足补史论所未逮者，层迭而不穷也。余独记其《咏寇莱公祠》曰："放胆独成天下事，读书岂袭古人言。"噫！读先生之诗，可以知先生之所志矣。

　　光绪二年丙子秋七月，直隶候补道东湖王定安鼎丞谨序。

　　　　　　（《朔风吟略》及《鼎丞文录》，引自《湖北文征》）

【注释】

　　①张芝卿：张相宇，字芝卿。湖北黄安（今红安）人。同治二年（1863）癸亥科二甲十八名进士，散馆授编修。工书。

　　②昆圃先生：刘秉琳，字昆圃，黄安人。咸丰二年（1852）进士，历官顺天宝坻任丘知县、正定知府、直隶天津河间道等。详见下面"相关链接"。

　　③曹好：众人所爱好。

④不随不诡：不随流俗，也不标新立异。

⑤乙亥：光绪元年，公元 1875 年。

⑥盱衡：观察分析。

【相关链接】

刘秉琳传

刘秉琳，字昆圃，湖北黄安人。咸丰二年进士，授顺天宝坻知县。持躬清苦，恤孤寡，惩豪猾，悉去杂派及榷酤赢余者。索伦兵伐民墓树，纵马躏田禾，反诬村民絷其马，秉琳力争得直。蝗起，督民自捕，集赀购之，被蝗者得钱以代赈，且免践田苗。迁宛平京县。十年，英法联军犯京师，秉琳奉檄赴营议犒，纳刀靴中，虑以非礼相加，义不受辱。抗论无少屈，犒具皆如议。寻引疾归。

穆宗登极，有密荐者，复至直隶，署任丘。民以驿车为累，筹赀招雇，永除其害。擢深州直隶州知州。七年，捻匪张总愚窜畿辅，且至。人劝其眷属可避，秉琳曰："吾家人皆食禄者，义不可去。"授兵登陴，乡民及邻境闻之，咸挈入保，至十余万人。婴城四十余日，贼围之，不破。秉琳上书统帅，言贼入滹沱，河套势益蹙，宜兜围急击，缓将偷渡东窜。卒如其言。寇平，优叙。州地多斥卤，民以盐为恒产，课与常赋埒，水旱不得报灾，非漉盐无以应正供。秉琳议官销法，以杜私贩，民悦服。

九年，擢正定知府。滹沱溢，发所储兵米以赈。筑曹马口、回水、斜角三堤，水不啮城，民用安集。郡与山西接壤，固关守弁，苛税煤铁，商贩委物于路，聚众上诉。秉琳往解散，除其重征。镇将获盗三，已诬服，秉琳鞫之，乃兵挟负博嫌，栽赃刑逼，以成其狱，释三人者而重惩其兵。

光绪元年，擢天津河间道，兼辖南运河工。请复岁修银额，河兵口食足，乃无偷减工料之弊。筑中亭河北堤，涸出腴田千余顷。时方旱，流民集天津，设粥厂，躬亲其事，所活甚众。尝太息曰："哺饥衣寒，救荒末策也。本计当于河渠书、农桑谱中求之。"四年，乞病归。数年卒。同治初年，军事渐定，始课吏治。大学士曾国藩为直隶总督，下车即举贤员，如李文敏、任道镕、李秉衡，后并至巡抚。

秉琳及陈崇砥、夏子龄、萧世本诸人，治行皆卓著，当时风气为之一振云。

（《清史稿》卷四百七十九《列传》二百六十六）

阜城门外畏吾村①明李文正②墓

刘秉琳

明代茶陵汉太丘，当年妙用此刚柔。

默为元气争消长，不与群贤竞去留。

蜀道典兵防八党，福清知己共千秋。

大臣纳约非无牖，岂必都门逐谢刘。

（《晚晴簃诗汇》卷一百五十四）

【注释】

①畏吾村：位于今北京市海淀区东南部的北京理工大学、北京外国语大学、中央民族大学一带。畏吾，即维吾尔族。

②李文正：明朝孝宗时期的内阁首辅李东阳。祖籍湖广茶陵（今湖南茶陵）。谥号"文正"。

赵子龙①故里

刘秉琳

荆蜀都闻将略长，威声一振自当阳。

心精早识真英主，胆大原包小战场。

谏上如逢法正在，出师惜与邓芝亡。

成都盛日无旧舍，名并常山重故乡。

（张炬编《正定古今》）

【注释】

①赵子龙：即赵云，三国时期蜀国大将，常山真定（今石家庄市正定）人。

《龙冈山人①文钞》跋

近时言古文者，多祖方、姚，以其律严而制雅也。然体过洁则气薄，法太密则才力不能展，识者病之。大著诸篇，倜傥伟异，曲折生动。才大矣而不诡于法。为之不已，可以登韩、欧堂奥，岂拘拘桐城比乎？往时茶村先生^②，以古文擅名一时。公起而继之，足以张我楚军。捧读回环，忭佩无似。

光绪己卯^③十二月，东湖王定安拜识。

（洪良品《龙冈山人文钞》卷尾，引自《湖北文征》）

【注释】

①龙冈山人：洪良品，字右臣，黄冈人。同治戊辰进士，改庶吉士，授编修，历官户科给事中。除了《龙冈山人文钞》外，另有《龙冈山人诗钞》等。

②茶村先生：杜浚，其弟为杜岕。详见下面相关链接《杜苍略先生墓志铭》。

③光绪己卯：光绪五年，公元 1879 年。

【相关链接】

杜苍略先生墓志铭

方 苞

先生姓杜氏，讳岕，字苍略，号望山。湖广黄冈人。明季为诸生。与兄浚避乱居金陵，即世所称茶村先生也。

二先生行身略同而趣各异。茶村先生峻廉隔，孤特自遂，遇名贵人，必以气折之；于众人，未尝接语言，用此丛忌嫉。然名在天下，诗每出，远近争传诵之。先生则退然一同于众人，所著诗歌古文，虽弟子弗示也。方壮丧妻，遂不复娶。所居室漏且穿，木榻，敝帷，数十年未尝易。室中终岁不扫除。有子，教授里巷间。窭艰，每日中不得食，男女啼号。客至，无水浆，意色间无几微不自适者。间过戚友，坐有盛衣冠者，即默默去之。行于途，尝避人，不中道与人语，虽儿童、厮舆，惟恐有伤也。

初，余大父与先生善，先君子嗣从游，苞与兄百川亦获侍焉。

先生中岁道仆，遂跛，而好游，非雨雪，常独行，徘徊墟莽间。先君子暨苞兄弟，暇则追随，寻花莳，玩景光，藉草而坐，相视而嘻，冲然若有以自得，而忘身世之有系累也。

辛未、壬申间，苞兄弟客游燕、齐，先生悄然不怡，每语先君子曰："吾思二子，亦为君惜之。"

先生生于明万历丁巳四月初九日，卒于康熙癸酉七月十九日，年七十有七，后茶村先生凡七年，而得年同。所著《望山集》藏于家。其子掞以某年月日卜葬某乡某原，来征辞。

铭曰：蔽其光，中不息也；虚而委蛇，与时适也；古之人与？此其的也。

（方苞《方望溪集》）

《湘军记》①自叙

客有问于子王子曰：古者天子诸侯皆有史官，左史记言，右史记事，事为《春秋》，言为《尚书》，其载籍世官②守之，非儒生所得言也。圣清受命二百余载，武功之隆，迈越前古。自粤捻③肇乱，回鹘继虐，群寇之兴替，将帅之得失，备诸方略，散见于国史。今吾子述三十余年之战迹，遵国史、方略④，则为赘言；采之舆论，则一人耳目难周，虑美恶是非之失宝也，私心惑焉。

子王子曰：蒙生楚西鄙，少值寇难崎嶔烽火间；于邮传之往来，谍候之真膺，虽未悉其详，固已略识梗概矣。及壮，佐湘乡曾文正公戎幕，从今宫太保威毅伯游者二十余年。湘中魁人巨公，什识八九；其它偏裨建勋伐者，不可胜数。东南兵事，饫闻而熟睹之久矣。其后宦游天津，稍习淮军将帅。而湘阴左文襄公⑤，暨今陕甘总督茶陵谭公⑥、新疆巡抚湘乡刘公⑦钞录西北战事累百数十卷，先后邮书见界⑧。最后从云贵总督新宁湘乡两刘公⑨家得其章奏遗稿，于是又稍知滇、黔、越南轶事。自咸、同以来，圣主之忧勤，生灵之涂炭，将帅之功罪，庙谟之深远，上稽方略，下采疆臣奏疏，粲然备具。而故老之流传，将裨幕僚之麈谈，苟得其实，必录焉。其或传闻异辞、疑信参半者，宁从阙疑，非真知灼见，不敢诬也。班固氏有言："小说家者流，盖出于稗官、街谈巷议、道听途说之所造，然亦弗灭也。闾里小知者之所及，亦使缀而不忘；如或一言可采，此亦刍荛狂夫之议也。"今蒙之记湘军，盖自托于稗官野史，自为一家言，所谓不贤者识其小者与！如欲参订同异，信今传后，则方略、国史，彪炳万古，固学者所宜传习而遵守也。

客唯而退。

于是乃述广西初乱，讫新疆设郡县，起宣宗道光三十年庚戌岁，至今上光绪十三年丁亥岁，凡三十有八载。以湘军为纲，而他军战略附焉。叙曰：

皇矣圣清，包乾孕坤；东南际海，西暨昆仑；晌和濡甘，罔敢不庭。蠢兹姎徒，伏漓之滨；蕴其蚤毒，蛊飞蜮腾。八桂既燔，爰突湘沅；帅臣不武，相眙逡巡。舣舣忠烈，侠剑儒巾；提挈子弟，始张楚军。楚军之兴，湘军之萌；襄衣喋血，蔡坟扼陉。岳蹴潇沸，安堵不惊；寇愕而走，危隍以宁。作《粤湘战守篇》第一。

九疑宛蟺，郁为衡宗。竺生曾相，大邦维墉。义旗初建，铲奸锄凶；螟螣就殄，复于昭融。爰规水嬉，肇造艨艟；彭杨奋武，以倡群雄。遂浮洞庭，建旆而东；纠纠虎旅，百出无穷。千廪输饷，万舸传烽。荡涤区夏，还之大同。始于得士，成于和衷；众志巩固，以奏肤公。作《湖南防御篇》第二。

武昌形胜，虎踞上游；委之饲贼，自绝其喉。曾侯建义，猋举湘陬；谁其佐之，塔勇罗谋。雄关既下，妖氛黯收；东指建业，踯躅江州。贼狙我隙，鄂渚重蹂；乃檄胡公，返旗援枹；梏其坚城，曾槛禽囚。桓桓胡公，气吞九洲；击楫东征，楚尾吴头。李搏鲍噬，如鹰脱鞲；猎犬之获，发踪之由。作《规复湖北篇》第三。

楚师初兴，众才三旅。讨其耕氓，领以黉序；投笔提戈，章江之渚。死绥赴敌，沛然莫御；江作先声，曾继其武。陷舟鄱湖，顿兵袁抚；李公百战，乃拔溢浦。威毅急难，鸰原御侮；吉安既克，百城安堵。作《援守江西上篇》第四。

左侯巍巍，发轫乐平；景德之战，功以智成。鲍不血刃，千里横行；卷旗疾骛，闻名胆惊。金陵余孽，逃死山城；俘而磔之，寰宇澄清。作《援守江西下篇》第五。

瞻彼皖公，前江后淮；滃滃菱湖，蛟鳄所偎；凭恃险阻，以卵以胎。威毅烨烨，批吭掘荄；乃堙乃垣，乃凿其坏。英酋远踔，呼党引媒；奋其角距，如獭如豺。鲍旅先驱，多军后截；威毅罕之，归斗于穴。集贤蹻尸，赤冈喋血；遂揽雄都，成此伟烈。捷书上腾，龙髯已升；告成先庙，天眷是凭。作《规复安徽篇》第六。

长淮南北，任侠之窟；奸雄窃据，育其丑族。兆受桀骜，乃驯乃服；献关纳土，縻以厚禄。沛霖恣睢，羊质虎皮；反侧拒命，乃戮厥尸。作《绥辑淮甸篇》第七。

金陵奥区，虎跃龙骧；畴坏其堭，以穴驱狼。向帅幡幡，张公煌煌；朝蹴邗水，暮踔皖疆；贼蹈我瑕，乃走丹阳。维彼张公，号万人敌；军锋所至，霆摧电激；还战建康，复我故壁；缭而沟之，功在旦夕。贼逞狡谋，南侵武林；我师于迈，戎旃骎骎。师老则殚，旅分斯单；烧营夜哗，卒蹶于丹。作《围攻金陵上篇》第八。

向张既殒，朱维沦胥。帝曰汝藩，作督三吴；汝荃统师，布政于苏。乃整其旅，电扫风驱；北斩濡须，南剿芜湖；遂捎秣陵，连壁南都。洪酋恇詟，乃召其徒；其徒百万，封豕训狐；威毅笞之，如割如屠。忠仆侍颠，弃戈而嘘；乃张九罭，周其四陆。两徂寒暑，乃焚厥居；帝嘉乃绩，锡之券书。兄侯弟伯，析圭剖符；紫阁图形，载之典谟。作《围攻金陵下篇》第九。

苏松财赋，甲于东南；群盗潴焉，虎视眈眈。乃荐肃毅，秣厉戎骖；其才恢恢，其量俣俣⑩。提挈健儿，复我腴土；淮军之勋，湘军之辅；连类书之，用彰皇武。作《谋苏篇》第十。

左相未遇，自拟葛侯；异军特起，开府南陬；翩翩巾扇，秩秩带裘。其佐伊何？左杨右刘。烈烈蒋公，百战弥遒。载捶衢严，遂批龙游；张置富阳，嘬锋杭州；覆巢捣穴，遂平百瓯；钱唐饮马，吴山放牛；果敏之勋，文襄之谋。作《谋浙篇》第十一。

五岭瘴壤，八闽蛮区。民情犷犷，蠢如徇狙。洪杨发难，金田是庐。李汪余焰，殄于七墟。桂林之战，忠烈滥觞。嘉应藏功，成于文襄。作《援广闽篇》第十二。

蓝李之祸，发自川滇；石寇乘之，峨踔嶓巅。骆相休休，让善推贤；渠魁授首，兵连渭汧。多帅智勇，韩白比肩；秦陇垂靖，星殒八川。刘公抚陕，爱民是先；战功未竟，忧心拳拳。作《援川陕篇》第十三。

贵州僻陋，汉苗杂处；群丑呶哗，攫腾麇聚。楚师蹙之，深入岩户；刘席策勋，乃复疆土。作《平黔篇》第十四。

云南万里，夷猓所蛰；外有瓯脱，职方弗及。杜酋窃踞，连城数十；煽其种人，戈矛毵毵。岑公崛兴，羯羠是习；刘帅督师，崎岖岩邑；划平大理，蒙段就絷。野番造衅，英夷渝盟；帝命武慎，节度百城。骄将解柄，黜虏销兵；蠲除烦赋，百蛮以平。作《平滇篇》第十五。

捻徒黟掠，伏患百年；乘隙蜂起，寇骑联翩。僧王骞骞，日属橐鞬；百胜一跆，颓岳填渊。帝曰钦哉，咨藩暨荃；汝司北伐，汝镇翼躔。乃筑长墉，千里连蜷；包淮罗济，搤寇于川。大功未卒，属之后贤；守其遗躅，收功齐燕。作《平捻篇》第十六。

回入中夏，自隋而唐；讫于有元，种益炽昌。而士而农，而工而商；而登显仕，颂容庙廊。如何械杀，肆其虎狼？而陕而甘，悉焚悉戕。仇衅初起，纤尘涓流；奸宄乘便，摇撼山丘。多帅死绥，雷陶哗溃；赫赫杨公，亦讧于内。嗟我楚军，忍饥赴塞；百金石粟，十金盂菜；救死不赡，遑云敌忾。天降丧乱，以待仁人；谓予不信，请视陇秦。作《平回上篇》第十七。

左侯西征，誓期五年；二刘赞之，荡涤腥膻。群回憧扰，听命化隆；金积之战，电掣雷轰。忠壮烈烈，殁为鬼雄；京卿翩翩，卒葳厥功；沙幕策勋，卫霍媲隆。作《平回下篇》第十八。

迢迢西域，汉唐所庭；其北乌孙，遥接丁零。乌垣雄镇，殁于妥明；帕夏亡虏，窃我八城。或议弃之，息民休兵；昂昂左相，执简而争。载攻古牧，遂取车师；刘军南迈，徯我后期。俄人虎视，市地居奇；耄龄出塞，规取伊犁。充国非老，班生非稚；封侯万里，以酬凤志。作《戡定西域篇》第十九。

兵家神用，匪可迹求；魏不沿汉，秦非袭周。湘军之制，固垒深沟；取捷短衣，制胜炮舟。首重朴诚，次曰同仇；战死是荣，巧避为羞。官卑权重，分隔谊周；备书规模，以纪前筹；因时制变，后贤是求。作《水陆营制篇》第二十。

子王子曰：蒙以不才废弃，居彝陵山中，湘中诸君子书问相勉，而为此作。自光绪十三年三月讫四月，成第一至第五卷。又自十月讫腊月，成第六至第十一卷。明年五月，放棹南游，客新宁刘氏，湘人士敦促，自八月讫九月，成第十二至第十五卷。而余有江南、燕齐之行，过长沙与郭筠仙侍郎商榷得失，携其稿呈威毅伯曾公。又明年三月，余归东湖，六月至金陵，盛暑移居鸡鸣寺⑪，梁之同泰寺也。湖光山色，日在目中，意兴萧疏，超然有物外之想。因念人世悠悠，不可无所作以自遣，其传后与否，有幸有不幸耳，非吾所能主持也。乃续成五卷，自七月讫九月毕事。阅时几三载，历游五省，中间人事牵率，忽作忽辍。其执笔为文，凡九阅月耳。书成，既为叙，例复志其颠末如此。

（《湘军记》卷首）

【注释】

①《湘军记》：王定安所撰编年体史书，二十卷。起自道光三十年（1850）太平天国起义爆发，迄于光绪十三年（1887）新疆设郡县止，共三十八年历史。以湘军为主，而附他军战史。分粤湘战守、湖南防御、规复湖北、援守江西、规复安徽、绥辑淮甸、围攻金陵、谋苏、谋浙、援广闽、援川陕、平黔、平滇、平捻、平回、勘定西域、水陆营制等篇。王定安曾为曾国藩、曾国荃幕僚二十多年，据闻见和有关奏章遗稿等资料编为是书。稿成，曾与郭嵩焘、曾国荃商订得失。本书系奉曾国荃之命而作，所记湘军始末，突出曾氏兄弟。针对王闿运《湘军志》有损湘军及曾国藩、曾国荃声望诸直笔，隐作抗辩。光绪十五年（1889）由江南书局刊行。

②世官：古代某官职由一族世代承袭，谓之世官。

③粤捻：太平军和捻军。

④方略：清代所设编纂历次军事始末的机构，隶军机处。初非常设。清廷每当重要战争得胜后，设此机构，将有关上谕、奏折，按年月次序、事实原委，编为方略，或称纪略。自康熙编纂《平定三逆方略》始，先后编有方略十七种，其中十三种与民族地区有关。乾隆十四年（1749）方为常设。

⑤左文襄公：左宗棠。"文襄"是他的谥号。

⑥茶陵谭公：谭钟麟，字文卿，谥文勤，湖南茶陵人。咸丰进士。历任江南道监察御史、杭州知府、杭嘉湖道、河南按察使、陕西布政使、陕西巡抚、浙江巡抚。光绪七年（1881）擢陕甘总督，光绪十七年（1891）以尚书衔补吏部左侍郎，兼署户部左侍郎，光绪十八年（1892）署工部尚书，旋迁闽浙总督，光绪二十年（1894）署福州将军，光绪二十一年（1895）调任两广总督，镇压了孙中山领导的乙未广州起义。他反对变法，是当时因循守旧的顽固派之一。有《谭文勤公奏稿》。

⑦湘乡刘公：刘锦棠，名显谟，职名锦棠，字毅斋。湖南湘乡人。晚清将领。咸丰九年（1859）投入湘军，因镇压太平军和捻军，屡升知府、巡守道。同治九年（1870），刘锦棠接统老湘军，升署甘肃西宁道。光绪元年（1875）起，被督办新疆军务的左宗棠荐为前敌指挥，总理行营事务。因收复新疆之功晋二等男爵，旋授通政使。光绪六年（1880），受命帮办新疆军务，配合左宗棠

准备武力收复伊犁。左宗棠回京后，接任钦差大臣，督办新疆军务。光绪十年（1884）新疆建省后，成为首任甘肃新疆巡抚，加兵部尚书衔。累加太子太保，晋封一等男爵。谥号"襄勤"。有《刘襄勤公奏稿》《刘锦棠疏稿》等传世。

⑧见畀：给我。

⑨新宁湘乡两刘公：指刘长佑、刘坤一。刘长佑，湖南新宁人。清朝后期重臣，湘军中楚勇的代表将领。详见第五编《皇清诰授光禄大夫兵部尚书兼都察院右都御史云贵总督武慎刘公行状》。刘坤一，字岘庄，湖南新宁人。清朝后期政治家、军事将领。详见第五编《刘坤一诗文》及其注释，参见《皇清诰授光禄大夫兵部尚书兼都察院右都御史云贵总督武慎刘公行状》相关内容。

⑩俣俣（yǔ）：容貌大而美的样子。

⑪鸡鸣寺：位于南京市玄武区鸡笼山东麓山阜上，始建于西晋永康元年（300），已有一千七百多年的历史。是南京最古老的梵刹和皇家寺庙之一，香火一直旺盛不衰。自古有"南朝第一寺""南朝四百八十寺之首"的美誉，南朝时期与栖霞寺、定山寺齐名，是南朝时期中国的佛教中心。咸丰年间毁于战火，同治年间重修。

《曾子家语》①叙

吾尝读南丰《曾氏族谱》，载曾子裔孙汉关内侯据，遭王莽乱，始迁豫章，是为南迁诸曾之祖。宋欧阳修氏固已疑之，以为据姓名不见于年表，其世次久而难详，至于始封得姓，亦或不真。其说允矣。然据虽不载正史，自宋以前，南迁诸曾固已奉为不祧②之祖矣。昔二帝三王，其先皆出于黄帝。史迁所叙世次，或多刺谬③。彼固亲见《世本》④诸书者，而犹如此。盖年代荒远，载籍多缺，疑事勿质，未可定其是非也。

光绪庚寅之春，定安客金陵，宫保威毅伯曾公以明吕氏所为《宗圣志》若干卷，属为重刊。定安披读至再，所述曾子言行，颇多挂漏，且不详所本。盖沿明人臆断锢习⑤，芜杂不复成章。因另撰《宗圣志》二十卷。复以余闲旁搜载籍，得五万余言，仿宋薛据《孔子集语》例，编为二十四篇，谓之《曾子集语》。既卒业，呈宫保曾公。公谓《大戴记》所录曾子篇目，名义复沓，甚无谓。爰并其十一篇为六篇，又芟唐以后书若干条，萃为十八篇，以复班书《艺文志》之旧，且曰："吾衡阳湘乡诸曾，皆来自江右⑥，其为曾子苗裔与否不可考，要其祖汉关内侯，载诸往牒，子孙世守，由来久矣。今请名曰《曾子家语》可乎？"定安唯之而无以易也。

昔孔子没，其子孙守其遗书，藏之家，号曰《家语》。秦昭王时，孙卿入秦，以孔子之语及诸国事七十二弟子之言百余篇，献之昭王。始皇焚书，而《孔子家语》与诸子同列，故不见灭。于是汉孔安国氏惧其久且湮也，次为《家语》四十四篇，值巫蛊兴，未上。其后汉戴圣氏以《曲礼》不足，乃取《孔子家语》补益之，总名为《礼记》，而已见《礼记》者，则除《家语》之本篇。今世所传王肃本者，或以为伪托，然其网罗旧闻，何可废也夫！书阙有间矣。后之人于茫茫坠绪中，掇佚补亡，存什一于千百，苟有录也，皆足贵也；况曾子为孔门高第，书之存于今者，至累牍而不已，则以《家语》续孔子之后，又孰得谓之僭乎？遂书此以为序。

光绪十六年，岁在庚寅秋九月。

东湖王定安谨撰。

（《曾子家语》卷首）

【注释】

①《曾子家语》：该书共六卷十八篇。王定安曾为曾国藩、曾国荃修《宗圣志》，"复以余闲，旁搜载籍，得五万余言，仿宋薛据《孔子集语》例，编为二十四篇，谓之《曾子集语》"。后又根据曾国荃之意，改为《曾子家语》，将二十四篇合为十八篇，以复《汉书·艺文志》之旧。该书目次为：卷一《大孝》第一，《至德要道》第二（即《孝经》）；卷二《养老》第三，《慎终》第四，《大学》第五；卷三《三省》第六，《立事》第七；卷四《制言》第八，《全节》第九，《共仁》第十，《王言》第十一，《闻见》第十二；卷五《吊丧》第十三，《礼问》第十四；卷六《天圆》第十五，《吾友》第十六，《有疾》第十七，《杂说》第十八。

②不祧：古时要把世次过远的祖先神主陆续迁于太祖庙合祭，称为"祧"，只有创业的始祖是永不迁移的，称为"不祧"。

③剌（là）谬：违背，悖谬。

④《世本》：又称作世、世系、世纪、世牒、牒记、谱牒等，是古代谱牒。"世"是指世系；"本"则表示起源。据说是由先秦时期（亦有说汉代）史官修撰的，记载从黄帝到春秋时期的帝王、诸侯、卿大夫的世系和氏姓，也记载帝王的都邑、制作、谥法等。全书可分《帝系》《王侯世》《卿大夫世》《氏族》《作篇》《居篇》及《谥法》等十五篇。司马迁的《史记》、韦昭的《国语注》、杜预的《春秋经传集解》、司马贞的《史记索隐》、张守节的《史记正义》、林宝的《元和姓纂》和郑樵的《通志》都曾引用和参考书中内容。此书至南宋末年全部丢失。

⑤锢习：长期养成、不易改掉的陋习。锢，通"痼"。

⑥江右：江西省的别称，古时在地理上以西为右，江西以此得名。

《宗圣志》序

《宗圣志》者，明万历二十三年，曾子裔孙翰林院五经博士承业①始为是书。崇祯二年，海盐吕兆祥②续修之。今太子太保威毅伯曾公国荃总制两江，南宗曾氏自江右邮寄吕志，请重梓以永其传。曾公属定安校订。

盖自崇祯迄今二百五十余年，宗裔之袭代，祀典之增加，林墓祠庙之兴替，祭田户役之存没，皆阙焉无考。乃白曾公檄桐城洪州同恩波，赴嘉祥宗圣故里，与翰博曾君宪祜搜讨家乘碑记。而山东抚帅宫保张公曜复檄济宁州牧蹇君念猷、嘉祥县令陈君宪襄其役③。三月而往，七月而归。于是入国朝以来曾氏事实略备。而吕志所载曾子言行既多疏漏，其体例复沓无足取，乃悉变其例，属丹徒陈明经庆年④依类编之。采诸吕志者什不及二三。至于世系邑里，伪托臆撰，舛戾殊多。定安手加辨订，赝者纠之，漏者补之。书成凡二十卷。又别为《曾子家语》十八篇。自光绪十六年二月属稿，十二月竣事。而曾公已于十月初二日薨逝，惜乎未观厥成也。

窃尝论之，人之通塞毁誉，命也；智愚善恶，亦命也。伊遂古之初，圣哲达人，明通天地，制器立教之君子，又不知凡几；然传于后者，代不过数人，或竟无一人焉。文字既兴，镂金刊石，操铅握椠，锼精神，耗岁月，以求著作之工者，又不知凡几；然其传于后者，代亦不过数人，人不过数篇。盖学之精疏，人也；传之久暂，天也。智愚善恶，人也；其智愚善恶之获传与否，命也。夫圣而至于孔子，蔑以加矣，其传于后也远矣。彼三千之徒，亲炙于圣人之门，亦云幸矣，而当时不能举其名字，况其后焉者乎？其能举其名字者，如七十子之徒，身通六艺，亦云达矣，而著述弗传于世，况其下焉者乎？夫孔门之贤，无逾颜子，其生也未述一经，独好学为尼父所称，世主遂用以配享孔庙。而闵子骞、伯牛、仲弓诸贤，著述无闻，徒以相从陈蔡，得与四科⑤之目，后世奉为十哲。

自隋以前，世主未有推崇曾子者也。唐开元中，始封曾子为郕伯，跻于十哲之次。宋大中祥符二年晋为侯。咸淳三年晋郕国公，与颜子、子思、孟子升为四配。元至顺元年加号宗圣公，宗圣之名自此始。明世宗访曾子裔孙于江西，乃设五经博士于嘉祥，俾奉祭祀。我朝临雍⑥之典，四氏裔皆得陪祀，赏赐优隆。宗圣之尊崇，于斯极矣。夫曾子学行载于大小《戴记》，备于《孝经》，分见于《论语》《孟子》。孔门弟子著述之富，未有盛于曾子者也。周之末祀，荀卿、庄周、尸佼、韩非之伦，其人类皆睥睨百代，讥孔讪孟，然其书多称曾史，是当世未尝无闻也。汉则陆贾、韩婴、刘安、董仲舒、司马迁、桓宽、刘向、班固、王符、王充诸子，号为通儒，其书所引曾子事尤多，是后世未尝无述也。然必迟之又久，历千余年乃得跻于十哲；又数百年乃得升为四配；又数百年其苗裔始授世官，与孔、颜、孟并称四氏。岂所谓通塞关乎数者耶？

呜呼！后之君子，其学行不逮曾子远甚，或遇于时，为世尊重，则忻然以喜，或偶不遇，则侘傺咨嗟，怫然见于颜色。是岂曾子所谓宏毅忠恕之道耶？《记》⑦曰："道隆则从而隆，道污则从而污。"是故连城之璧，耀光于卞和之门；千金之马，增价于伯乐之市。其轻重贵贱世为之，于璧、马无所增损也。愿以告士之志曾子之所志，学曾子之所学者。

光绪十有六年，岁在庚寅冬十二月。东湖王定安撰于金陵寓所。

（《宗圣志》卷首，引自《湖北文征》）

【注释】

①承业：曾承业，曾子六十二代孙。

②吕兆祥：明浙江海盐人。有《宗圣志》《陋巷志》《东野志》等。

③襄其役：协助这项工作。

④陈明经庆年：陈庆年，清末民初史学家、教育家，晚号横山，江苏丹徒人。光绪十一年（1885）入江阴南菁书院，肄业；光绪三十二年（1906），任湖南高等学堂监督，并建成长沙图书馆，后协助缪荃孙创办南京图书馆；将杭州丁氏八千卷楼藏书八万余册古籍购归江南图书馆；光绪三十四年（1908），日商西泽占我东沙群岛，清政府与之力争，陈庆年遍阅海道各书，终在雍正年间陈伦炯《海国闻见录》的《沿海形势图》上找到东沙岛，证明此岛屿属于中国区域，争回了主权。主要著作有《古香研经室笔记》《兵法史略学》《中国历史教科书》《外交史料》《横山乡人类稿》等，编有《横山乡人丛刊》二集二十四种。光绪十六年（1890），陈庆年协助王定安编写《两淮盐法志》。他有《两淮盐法撰要》二卷，光绪十八年（1892）刻本。据说这部书是其协助王定安修《两淮盐法志》，取其见行章程而成，凡十八篇。据说王定安本作《淮鹾歌诀》，读此书后，遂自废所作。后人以为其"纲举目张，搜辑略备，诚为简核易晓"。

⑤四科：孔门四种科目。指德行、言语、政事、文学。孔子曰："从我于陈、蔡者，皆不及门也。德行，颜渊、闵子骞、冉伯牛、仲弓；言语，宰我、子贡；政事，冉有、季路；文学，子游、子夏。"

⑥临雍：亲临辟雍。雍，指辟雍，本为西周天子所设大学，历代皆有，亦常为祭祀之所。

⑦《记》：指《礼记》。

【相关链接】

请祭田疏

曾承业

臣自祖以来，世为山东嘉祥县人，迨祖曾据丁逆莽之乱，远离故土，避难江西，遂卜居于永丰，捐弃其庐舍，先祖不绝者，盖如线耳。以故祭田佃户，一概遗失。恭遇世宗肃皇帝御极十有三年，追思前贤，俯询宗派，诏令查有曾氏嫡派子孙应承袭者，仍世其官。寻蒙大学士顾鼎臣请旨遍访，臣祖质粹自江西抱谱应诏，即据山东、江西等衙门覆勘相同，遂荷特恩，准世袭翰林院五经博士，仍照颜、孟事例，拨给祭田佃户等项，永供庙祀。夫以先贤之裔，久栖迟于异土，草莽之贱，骤受职于清华，盖千载一时矣。比蒙山东抚按转行该府、州、县拨给，不意臣祖质粹即世，臣父继祖复尔丧明，遂致迁延日久，未蒙覆夺。及臣承袭，尚未奏讨。窃念臣以流离之子，幸得被先世之冠裳，窃艺林之俊彦，揣分自惟亦宠荣极矣，岂敢别有觊觎！但臣祖曾子，其有功于圣门，既与颜、孟相同，臣今承袭，其受职于天朝，亦与颜、孟无异。陛下崇德报功之典，优异钦恤之恩，固无所丰啬于其间也。乃二氏子孙久沐厚典，臣尚未沾实惠，且春秋二祀，殊乏笾豆簠簋之品，老稚数口，实鲜归膰致胙之仪。是以罔避自陈之嫌，敢哀鸣于君父之侧。伏望皇上垂念先贤，敕下该部，查照颜、孟事例，一体题覆，俾给祭田佃户等项。庶臣供祀，俯仰有赖，而臣祖参沐恩宠于九泉，为益深矣。臣不胜吁天待命之至。奉圣旨：礼部知道。

（明·吕兆祥《宗圣志》卷之九）

《宗圣志·传记》按语

定安案：宗圣古无定称。孔子之裔，在汉封"褒成侯"，三国魏为"宗圣侯"，是以宗圣称孔裔矣。唐立宗《圣观祀文》始真人尹喜①。陈叔达撰《大唐宗圣观记》，大抵以老子为圣，尹喜为宗圣也。《元史·文宗纪》，至顺元年七月，加封曾子为"郕国宗圣公"。《明史·礼志》，世宗嘉靖九年，改称"宗圣曾子"。考明王一夔《元丰类稿序》，曾巩字子固，鲁国复圣公之裔，远祖迁吾江西之南丰（长洲顾东岩本）。是序作于成化六年。岂曾子固亦当称"复圣"同于颜子耶？抑或顾本之误耶？然自唐迄宋，皆尊颜子为亚圣，封"兖国公"。元至顺中，进封颜子为"复圣公"，孟子遂为亚圣。四配之称，又何尝有一定乎？

（《宗圣志》卷三，引自《湖北文征》）

【注释】

①尹喜：人名。字公度，春秋时人，生卒年不详。为函谷关尹，老子西游，喜望见紫气，知有真人当过。老子至，授《道德经》五千言而去。其自著书称《关尹子》。

《三十家诗钞》序

　　将舍今世宫室舟车之安，冠裳酒馔之适，权衡之轻重，斗斛之大小，尺度之长短，事事蕲①合乎古制，则举世骇然以为怪迂不近人情。然且狃于今世宫室舟车之安，冠裳酒馔之适，权衡之轻重，斗斛之大小，尺度之长短，漫不知古制为何物，是犹获者忘耕，衣者忘织，为子孙者忘其祖父，世必目为妄庸子②矣。夫宫室舟车、冠裳酒馔、权衡、斗斛、尺度，此日用所常需，亘万古而不废者也。然由今日而溯之百年以前，则其制屡更。由百年而千年而万年，虽博洽闳通之士，不能详其式。然则不变者，百物之名耳，其体之屡变不已，机轴日新，虽善眩人③弗能穷也。

　　惟诗亦然。自三百篇变而骚赋，骚赋变而汉魏之五言，下逮晋、宋、齐、梁，文体烂然，浮于质矣。唐时乃有古今体之别，众制④大备。李白、杜甫作，而诗之轨极焉。其他清才逸翰，分道扬镳。就其善者，无虑数十百家。自生民以来，诗未有如唐之盛者也。昌黎生李、杜后，乃稍参以险词涩字；苏、黄起而和之，抉幽搜奇，而诗之变极焉。夫通其变，使民不倦，圣人之道也。而明代李、何诸子，独黜宋、元，而规仿汉、魏、盛唐，海内翕然应声，号为中兴。夫以李、何之才，假使生于汉、魏、盛唐，吾不知视曹、王、李、杜先后何如，要其汪洋恣肆，固亦一时之杰也。而世乃以剿袭字句诋诟无遗力，岂非诸贤信古之过有以贻其口实哉！虽然，尊汉、魏、盛唐而抑宋、元者，嘉、隆诸子之偏也，而因嘉、隆诸子，遂并谓汉、魏、盛唐之不可轻学，则又持论者之大谬也。盖宋、元之诗，三唐之遗；三唐之诗，汉、魏、六朝之遗。自后观之，千歧万变而不一其涂辙；自前观之，则黄河万里起于昆仑之滥觞，无所为异也。

　　余辑三十家诗钞，自曹子建迄于庾子山，六代作者略具。俾学者知宋、元、三唐之源有所自出，而善学汉、魏、六朝者，仍不可不极之三唐、宋、元，以穷其变。若专守是编，模声范字，遂姝姝⑤自喜，以为较李、杜而蹒苏、黄，此太史公所谓以耳食者，非区区谫陋所敢闻也。

　　东湖王定安鼎丞甫叙。

　　　　　　　　　　　　　　（《三十家诗钞》卷首，引自《湖北文征》）

①蕲：求。

②妄庸子：指凡庸妄为的人。

③眩人：古代称表演幻术的人。犹如现在的魔术师。

④众制：各种文体。

⑤姝姝：自满貌。

【相关链接】

曾国藩

曾文正公（国藩），诗宗《选》体，长于五言。尝取子建、嗣宗、渊明、康乐、明远、元晖六家诗，编为一集，以示学者。后经王鼎丞观察（定安）增辑，即《三十家诗钞》是也。公有《傲奴》诗一首，集中创见，可贵也。诗云："君不见萧郎老仆如家鸡，十年笞楚心不携。君不见卓氏雄资冠西蜀，颐使千人百人伏。今我何为独不然，胸中无学手无钱。平生意气自许颇，谁知傲奴乃过我。昨者一语天地暌，公然对面相勃溪。傲奴诽我未圣贤，我坐傲奴小不敬。拂衣一去何翩翩，可怜傲骨撑青天。噫嘻乎傲奴！安得好风吹汝朱门权要地，看汝仓皇换骨生百媚。"又公《三十三生日》诗云："三十余龄似转车，吾生泛泛信天涯。白云望远千山隔，黄叶催人两鬓华。去日行藏同踏雪，迂儒事业类团沙。名山坛席都无分，欲傍青门学种瓜。"同时左文襄公（宗棠）亦有《二十九岁自题小像》一诗云："犹作儿童句读师，生平至此讵堪思。学之为利我何有，壮不如人他可知。蚕已过眠应作茧，鹊虽绕树未依枝。回头念九年间事，零落而今又一时。"二公皆若不料后来勋名彪炳，位望崇隆，一至如是者，是亦诗中佳话也。

（民国·海纳川《冷禅室诗话》）

《〈金刚经〉联语》序

《金刚经》凡五千一百余言，卷帙略与《老子》等。然老氏著书，当周代文胜之时，义坚而辞简，无庄周、列御寇汪洋恣肆、诙诡雄奇之态，自《易》《书》《诗》外，宇内无此奥篇矣。

《金刚经》传自西域，世所读者，姚秦鸠摩罗什①以华语译之。其重言复喻，往复纡回，忽实忽虚，若无若有。愚者但知敛容庄诵，而不解其义。即才智聪达之士，亦徒骇其微渺惝恍，莫识途辙之所在。要旨归曰降伏其心，曰得成于忍，曰离欲，曰忍辱，是即《易》之惩忿窒欲、《论语》之克己复礼；而以无为法，以住相②为非心，则又出入老氏元妙之旨。至于须弥山王、恒河沙数、三千大千世界等喻，与《南华》鲲鹏、大椿诸寓言同，无其事而有其理，固不可与硁硁③见小者道也。

余自远戍，归奉内讳④。时陈仲耦⑤、黄幼农⑥两观察于役夷陵。二公皆好道者，各以金刚注本见贻，因于墓庐朝夕持诵，冀为先人乞冥福，兼以自律。诵之既久，间有所得，辄辑联语。前后得三百副，难不免于割裂凑合，然亦有因一二语而悟禅门宗旨，似于菩提妙谛，尚无乖戾背触之处。爰抄呈仲耦、幼农两公，与之商订，付剞劂氏，以贻世之究心禅学者。

光绪十二年岁在丙戌上元节，空舲老人王定安序。

（光绪丙戌季春江南书局刊版王定安辑《〈金刚经〉联语》）

【注释】

①姚秦鸠摩罗什：五胡十六国时期后秦（即姚秦）高僧，中国汉传佛教四大佛经翻译家之一。

②住相：佛教四相之一。住，梵语。有为法于生灭之间相续不断，使法体于现在暂时安住而各行自果者，称为住相。

③硁硁（kēng kēng）：形容浅陋固执。

④内讳：指母亲。

⑤陈仲耦：陈建侯。

⑥黄幼农：黄祖络，字幼农，清末广东巡抚黄赞汤第三子。江西庐陵

（今吉安）人，曾任上海道台。

【相关链接】

《〈金刚经〉联语》^①序

陈建侯^②

《金刚经》为如来不二法门，括《大藏》五千四十八部之精而挈其要也。世之奉是经者，率皆以读诵为行持，布施为信受，而求能解其义者鲜矣。

王鼎丞方伯同年，灵根夙具，慧眼独开，读破万卷之书，来参最上之乘，取《金刚经》而绅绎之，脱于口，了于心，摘其文，寻其义，错之综之，离之合之，融会而贯穿之，集为《联语》一卷，运用自然如自己出，是真能以广长舌说无上法者。

吾知是书所在，不独人间叹为希有，即诸天宜无不以诸华香而围绕之也已。虽然真经无字，他日者，俏于五千余言之外，而得如来所谓不可说之谛，则百尺竿头，更进一步，其功德又岂可思议也哉！

光绪十二年二月年愚弟陈建侯拜撰。

（光绪丙戌季春江南书局刊版王定安辑《〈金刚经〉联语》）

【注释】

①此书为孤本，现藏湖北省图书馆。

②陈建侯：字仲耦，福建闽县人。咸丰乙卯举人。同治元年（1862）赴湖北主持天门白沙潭、监利柴林河和子贝渊等水利工程。同治六年（1867）署安陆（今湖北安陆市）府事，又升盐运使。调署汉阳府（今湖北武汉汉阳区）。期满入觐，特旨补缺，授德安府（今江西德安县）知府。又调武昌府（今湖北武汉市），升道员加二品衔。光绪七年（1881）丁母艰，服阕仍留湖北，以道员归。又特旨班序补委办宜昌川盐局。光绪十三年（1887），权荆宜施兵备道。著有《易原》《说文提要》等。

第五辑　行状、墓志铭、祭文

皇清诰授光禄大夫兵部尚书兼都察院
右都御史云贵总督武慎刘公行状

圣清受命二百余载，缉熙桄被，窿极而跲，乃有姎徒，搅乎八桂。天子命将徂征，弗熸厥焰。湖湘豪杰投袂猋起，号曰楚军。楚军勋伐闻天下，然其规模，实权舆新宁故安徽巡抚忠烈江公忠源①首倡义旅，踵而大之者，今云贵总督武慎刘公也。

公讳长佑，字子默，号荫渠。先世居江西安福县，明初迁新宁，与两江总督刘公坤一同族而异派，其居庐前后相缀。新宁故僻邑，鲜达宦，今节钺焜耀出一门，世尤艳之，呼为隔墙两总督云。曾王父讳儒禹，府学增生，姚鄢氏、李氏。李氏王父讳世贵，国学生，姚李氏、曾氏。父讳时华，从九职衔，姚郑氏。三世皆以公贵，累赠光禄大夫，姚皆夫人。初，公父光禄公家贫，贾异县以养亲。久之，赀货稍溢，辄罄所赢，助县官②急，尝掉舟赈益阳水灾，活百人，蘽葬数百人，虽乡里豪猾，皆称刘翁善人矣。光禄公有四子，公居长，次长佐、长伸、长健。公生而严重③，不苟言笑，然近之则坦坦和易，亦不喜为崖岸④。年十七，补学官弟子。道光二十九年，登己酉拔萃科，学使梁公同新奇其貌，语幕客窃从户牖窥之，公躯干修伟，面黧如鬃，瞻视异常人，幕客皆贺。少时雅与江忠烈公善。忠烈既诛妖人雷再浩⑤，其余党李沅发乘岁祲啸聚万人，陷新宁，公徒跣走宝庆上变，制府闻公名，檄率乡团击贼，蹴之黔粤境。公以书生领兵，自此始也。忠烈谒选京师，亟称之。湘乡曾文正公国藩曾公凤奇忠烈，比公入都相见，大悦，以为二人者皆戡乱之材，然江君尤当以节义终，后竟如其言。

公赴廷试报罢，丁父母忧归里。时洪秀全倡乱金田，大学士赛尚阿公视师广西，檄忠烈募楚勇五百以从。咸丰二年，洪酋围桂林，副都统乌兰泰战死，湘楚大震，忠烈先假还新宁，谓公曰："事急矣，吾不能不赴难，君必助我。"乃增募七百人，合前军千二百人同趣桂林，营城东鸬鹚洲。当是时，督师赛公驻阳朔，提督向公荣任城守，提督余万清，总兵和春、秦定三、经文岱、音德布、侍卫开隆阿等，皆壁城外援，师逾二万，逡巡莫敢先发。忠烈入城白事，贼觇楚军少，且新造易撼，突出犯我。公开壁逆击，士无不一当百，搏之城南大花桥，由是以勇略知名。顷之，桂林解严，贼走湖南。公随忠烈扼之蓑衣渡，火其舰。八月，贼攻长沙，公说忠烈壁南门天心阁，与和春据要害，御之，论功奖教谕。贼既破武昌，据金陵，忠烈愤诸将帅坐失机，不乐东征。湘帅张公亮基令留防湖南。是冬，公随忠烈击浏阳征义堂会匪⑥，戮其魁周国愚，奖候选知县。三年春，张公权两湖总督，召忠烈援湖北，公留浏阳。时曾文正以侍郎治军长沙，趣公往谒。王壮武公鑫用诸生领湘勇三百，公领楚军五百，会攻衡山、常宁土匪，悉破平之。忠烈至湖北促公东徇通城、蒲圻，会师黄州。七月，楚军援南昌，公分兵克泰和，累奖同知、江西候补知府。忠烈已拜巡抚安徽之命，则引军趣庐州。贼围之数重，公偕江忠浚率千人驰援，壁城西五里墩，阻贼弗能达。乃募死士挟白镪油烛，缒城入以济军。十二月，庐州陷，忠烈发愤投水死。四年正月，公募人入贼中负骸出，遂以楚军隶提督和春公围攻庐州。明年，公谋归忠烈丧，舆榇过黄安，民团疑之，欲启视棺，公出示符牒，众益哗。或呼曰："棺启矣！"公愤跃入池，几不生。于是众皆叹曰："刘公长者，归其所掠。"公既间关还新宁，而广东寇陷东安，楚军将江忠淑战不利，湘帅骆文忠公秉章檄公统其众。自是公为特将⑦，贼中往往指目刘家军矣。八月，克东安，公策贼且分走新宁，倍道驱之，初战败绩，再击，再歼之，新宁围解。十月，会王壮武克郴州，奖擢道员。六年春，移驻醴陵，时江西八郡五十余城皆陷，愚民多输赀粮款贼，曾军孤悬南康间，群寇环伺，驿路阻弗通。有诏湖南巡抚募兵往援，而江西帅奏调公军疏屡上。于是湘帅骆公檄公率同知萧启江合五千人赴之，公度贼势盛，法当先取袁州，扼形胜，则东北可援瑞临，南可援吉安。乃攻萍乡，克之，进壁袁州西门，持数月不下。他贼饷遗袁州盐货，辄遣军要夺[8]，贼困惫，自相猜其党。李能通款于我，开门纳军。十一月，克袁州，留兵戍之。诏加按察使衔，三品封典。

公自将徇分宜，收新喻，檄萧启江会临江。七年二月，进屯太平墟。墟左林木茂密，诸将狃常胜[9]列营相属。先是，有黑云如幔覆垒上，公至营，颇咎诸将失地利。已而吉安援寇大至，纵横二十余里，以骁骑抄我军，营中火起，诸将士多起，军败坏不可遏。公下马卧地，引佩刀自裁。营务处刘坤一掖之上马，曰："此非公死所也！"既出濠，复自投于地，亲军数人曳之行，乃退保新喻。明日，退分宜。分宜三县士民闻败皆曰："楚军为吾故轻死。"争运粮械济之，担负者数千人，诸败军闻民团助义，则皆自愧耻，争走来归，军势复振。而湘帅复遣江忠义率千人来助，别遣王壮武将二千人出义宁。公既率启江，围临江，掘长濠自固，贼众五倍我，人人自危；而伪翼王石达开纠党二十万来援，前锋已薄太平墟，多携妇女散居村落田陇间。候骑言其状，众颇恇惧。坤一独跃起曰："贼众我寡，待其大至，且腹背受敌。今乘其未定，击之，破其前锋，则众志携矣。此天假我，急击不可失！"公以为然，乃约启江会战。乘夜衔枚，布横阵广数里。天且明，大雾迷蒙，贼不辨我军多少，遽出迎战，楚军故以火箭收队，贼见火箭纷起，辄鸣钲回营。公闻钲声，麾军大进，贼自相蹂。部将江忠义、李明惠乘胜逐之，烧其垒四十七，援贼皆返奔。是时湘军叠克江西郡县，湖北援军复湖口，贼焰寝衰。于是临江寇谋反正，其党迟回未决，乃谋突围走，诸将议合围蹙之。公曰："彼逃死耳，急之，且致力以覆我。"乃缺围，张两翼驱之，遂复临江。诏赏齐普图巴图鲁布政使衔。当是时，公部不满八千，频克大郡，破贼数十万，声威甚盛，乡民贰贼者争自拔，倚官军为固。于是大府争欲致公为将，京朝官交章论公功。明年秋，击贼建昌，七战皆捷，江西帅耆龄公奏留公部为江西军，诏军机处记名。遇江西道员缺出，请简公屯抚州。未几，士卒患疫，率其半归湖南。九年正月，石达开自福建还走江西，道南安，犯郴、永，楚边皆警。公甫班师，湘帅骆公檄募旧部击贼永州，大破之，解散万人，诏以按察使记名。四月，石酋围宝庆，众号三十万，连营百里，分党掠旁近邑，于是东安、祁阳、武冈、新宁、衡州皆被寇，湖南水陆援师近四万，聚屯宝庆，湘帅以公为总统，而鄂帅胡文忠公林翼复遣李勇毅公续宜将五千人来援，橛围师悉听续宜节度。六月，公方扼酿溪作浮桥，谋由城北乘虚袭贼，部将江忠义、席宝田皆拊髀大喜，以为破贼可翘足待，而李公新来诣公壁商方略，亦欲渡酿溪北击，时城中仅五日粮，贼亦苦食罄，期三日必破我。公乃约李公渡浮桥前击，频下其七垒，诸援军乘之。贼大溃，乘夜引去，宝庆解严。是役李公功第一，然湘人尤多公之善让云。七月，公败贼东安，石酋已南走广西，围桂林，公帅八千人赴援，师次灵川。巡抚曹公澍钟促入卫省城，公策援师赴省，贼且捣虚还走灵川，塞我运道。若由灵川径攻义宁，则桂林之围自解，乃单骑谒巡抚白其状。未几，贼果解围走义宁。陷庆远时，布政使蒋果敏公益澧与学政议军事，不合，论劾降道员，朝廷益向用公。九月，授广西按察使，逾月，擢布政使。进军攻雒容，围柳州，群盗多降。十年正月，克柳州，诏赏三代一品封典。艇匪⑩自春涉夏，数来侵犯，湘粤饷皆不至。公督饥军力战，却之。闰三月，拜广西巡抚，益澧为按察使。

　　自洪、杨倡乱，土酋揭竿踵起，其桀者崔昌、陈戊养据柳州，陈开、黄鼎凤据浔州，范亚音据容县，张高友、陈金刚据平乐、修仁。其他庆太思、南泗镇诸属，大股数千人，少或数百人。省城声教阻绝，监司守令遥拥虚号不之官，或潜匿村堡，借乡团自卫，大府度力不能尽诛，则假招抚羁縻之，奸民亦利假官爵胁愚氓，倏兵倏贼，不可究诘。公既受巡抚事，以为欲拯民生，当清吏治；欲平土匪，当兴水师。乃拣悃愊强项之吏，稍宽以文法，俾锄奸暴，安善良。奏蠲逋欠钱粮数十万，禁兵团驿骚科敛，综核关卡出入，汰其已甚者。于是商货流通，厘税增倍。遣募湖南、广东水勇造战舰扒船，上下游击，广西水师自斯盛矣。是夏，蒋军屡破陈金刚于平乐，进围贺县，湘帅遣知府刘岳昭会攻贺县，克之。土酋陈保犯雒容，公遣李明惠击杀之。而石酋踞庆远，赖裕新犯思恩、武缘、河池，辄为民团所败。乃遣党分数道窥黔楚，其左旗、后旗众犹四五万。七月，左旗出灵川，犯桂林，公檄部将鄢世堂回守省城，候卒颇言贼党携贰，思东归。公张谕招抚其酋，张志功等乞款，公轻骑出城受之，留三千人畀志功自效，余众悉资遣之。而后旗复为李明惠所破，奔义宁，公复遣鄢世堂蹑之，道州贼丧亡略尽。时石、赖两酋尚拥众数万，据武缘，掠迁江、南宁，公檄左江道吴德征等击破之，斩馘万人，贼走忻城，掠兴业，陷北流。土寇吴凌云陷太平，杀知府刘作肃，而陈戊养据太坪，塞我南道，柳州军不克进。公乃奏以记名按察使刘坤一总统楚军，击陈戊养于太坪，分兵渡河攻忻城。九月，石酋复犯南宁、武缘，掠宾州、上林、宣化，土寇李青靛率百艇犯永淳，吴德征等击走之。忻城、迁江贼掠来宾、马平、宜山、天河、融江，入永宁，坤一、明惠蹑之。贼陷绥宁、城步，湖南复扰。十月，公赴全州督师，遣军扼贼于武冈、新宁间，屡破之。贼走东安、道州、零陵，公还桂林，增遣李士恩等助攻太坪，以张志功所部赴梧州。会广东军攻下郓，破走之，蒋军复败之。竹洞、英洞贼奔浔州。十一月，坤一进攻柳城，四十八峎盗魁皆降，陈戊养亦乞抚，于是柳梧皆定。是冬，贵州独山败匪走融县，入湖南。十一年正月，檄坤一北蹑贼灌阳，会湖南军夹击，破之。而石酋余党复自贵州定番还，犯庆远、南丹。三月，艇匪犯象州，坤一还击于马皮墟，三战三捷。是月，公兼权提督。五月，蒋军复浔州，别将击破定番贼于灌阳，贼酋余明善率万人归诚，公檄左江道苏凤文抚定之，于是群贼划除略尽。石酋崎岖奔命，不复振矣。六月，公部克宾州。七月，克平南，石酋益踉跄西走，锐意犯黔、蜀。于是贵县、横州、宣化土酋皆反正。九月，石酋间行趋怀远，坤一遮击于楚边，江忠义自武冈出，要之。贼乃走黔阳，道沅州，趋浦市而东。公檄坤一疾行趋沅州，会楚黔军蹑击之。十一月，蒋军破土寇于贵县蓝田，贼或降或遁。同治元年正月，遣军复罗白土县。二月，复太平府。是时，蒋益澧擢浙江布政使，刘坤一授广东按察使，李明惠补永州镇。朝廷以广西事缓，皆促之任。而土寇时时窃发浔梧间，楚军无宿将，公乃自将讨贼。先遣副将郑金华屯浔州，右江道蒋泽春南勇继之，道员易元泰屯莲塘。四月，师次平乐，距元泰营百里。适天雨雾，公轻骑从百人走山径六七十里，窈冥不见人。既至，元泰等皆惊喜，士气自倍。遂破贼马岭，毁其木城。五月，公进驻浔州，土匪数万壁城外，掘长濠拒我。公分军扼凤凰山、洋江桥，以水师巡守南北江。六月，叛酋黄鼎凤自贵县来援，偏师袭凤凰山后，公亲督诸军击走之。艇匪入东津，水师自官江横铁锁拒之。七月，部将戴盛宽等破贼于平田岭，毁十余垒，贼分走覃塘、龙山，我军进逼贵县之大墟，且剿且抚，贼党多散降。九月，拜两广总督刘坤一为广西布政使，接统公军。时公犹在浔州搜捕群盗，多所斩禽，朝旨以广州交涉外族，且高州寇焰炽，促公赴镇。十二月，公至广州受印，未匝月，有诏浮海入觐。

二年正月，移直隶总督。当是时，山东马贼张锡珠等窜扰畿辅，逆踪慓速，日踔数百里，追师不能及，河朔奸民借寇势煽胁乡愚反侧诪张[①]，官吏莫敢诃诘。而捻酋张总愚、赖汶光横行齐、豫间，其地率濒黄河，欲投鞭北渡者屡矣。上稔知公起兵间，谙行阵，乃以南门锁钥付之。然公习楚军，其偏裨皆留南中，仅挈僚从八人以往，比道上海，与苏帅李公鸿章谋募亲军三百，以副将陈飞熊领之，仓猝亦未就也。上廑念畿疆，闻公已至天津，则大喜，趣赴前敌，期旦夕灭贼，署总督崇厚公方驻威县。三月，公至衡水受印，即率马步亲军进威县。时东匪已窜深州，总兵徐廷楷等自滹沱蹑之，另股窜广平，提督恒龄、总兵姜国仲夹击，败之。公策贼且还走山东，乃率臬司王榕吉出下堡寺，扼临清之尖庄。贼果大至，公亲督洋枪队击走之。于时贼旗分为五分，掠畿南，公还至广平。会僧军将苏克金等败贼平原，贼走德州，渡运河而北，公亲败之曲周，其酋杨鹏岭等迎马首降。散遣千人，留三百人，令诱擒余匪自赎。四月，诏督直隶、山东、河南三省剿匪事，公疏论东昌匪巢林立，习乱成风，而内黄、滑浚，毗连大名，为畿辅屏障。乃以臬司王榕吉会山东文武治其党羽，道员祝垲会河北镇道练兵防守，诛降人王恩第，殪张锡珠于阵，责杨鹏岭等勒降众缴兵，械骒马，遣之归农，其桀骜者骈首以徇。于是东匪五旗皆尽，直隶肃清。公履任才三阅月耳。

未几，宋景诗叛山东，公率军馆陶讨之。时溽暑积潦，盈途秫稭丛密，贼匪不出，乃留王榕吉三千人屯馆陶。七月，自渡临清而南，以堂邑空虚，奏饬山东巡抚移营东南，期夹击。公亲督军刈禾而进，令提督郑魁士、江长贵诱贼入伏抄击，败之。贼马犹二三千，焚掠诸村堡，我军分队番击，阵斩数百人。时僧王已破淄川教匪，移驻清平之魏湾，相距七十里。公轻骑往谒，约期会战。八月，僧军由柳林进，公亲至新集，逼贼巢七八里，连败之。滩上、岗屯贼狂走荓冠，僧军马队蹑之。乃走开州，我军邀击于井店，败之。遂从浚县渡卫河，另股百人走南乐，歼焉。而恒龄、苏克金已破寇开州西北，歼步贼殆尽，马贼亦争渡卫河，诈称官军，一昼夜奔三百里。至曲周，我军皆落其后。公方遣将北向，贼复折而东，南逼德州。公驰突冀州、武强、献县、景州间，往来策应。僧军助之，贼不得喘息。九月，擒贼目杨澱澱于大名，东股匪平。而西股朱登峰，屡逼保定，我军生获之，送僧营献捷。于是，直境复靖。惟宋景诗易装南遁，与皖捻合。初，公议建直隶练军。其法就制兵三万，拣精壮者聚处训练，增其口粮，仿湘军制，五百人为一营，五营为一军，军置马队五百，将领以南人习战阵者充之。凡设七军，分为七屯，用资拱卫，备征调。上可其奏。会侍郎薛公焕请设直隶四镇，镇各万人，户部下其议。公乃试行之，诸行省练军自此兴矣。是时，群盗殄灭，河朔粗安。十一月，公回保定，始亲吏事。三年正月，入觐，上慰劳之，促令回镇。公以直隶吏治废弛，度支奇绌，乃清积案以恤民，厘蕰纲以裕课，修河堤以代赈，买战马，汰客兵，以整军节饷。又以游民出口谋生，久恐流为盗贼，边墙颓圮，请饬将军都统严稽查，杜隐患。一时百废粲然具举，官民称便。四年二月，捻匪掠尉氏、中牟，侵黄河边。公急檄大名镇道抽兵防河，募民舟驾炮守水口。三月，捻由考城、定陶窜曹州东北，宋景诗率马贼二千声言回堂邑，直边皆警。公驻军威县。四月，至大名，捻徇开长南岸沿河窥觇，遂犯东明。是月，僧王追贼曹州中伏，薨。捻酋牛洪、张总愚、陈大憙、赖汶光、宋景诗等麇集水套，结郓城土匪马步十余万，自曹州北至濮范，东至巨野、嘉祥，西至东明、定陶，蔓延数百里，河北大震。公策，张秋最冲要，宜设重兵，遏贼北渡，咨山东帅阎公敬铭移军守之。阎公怵贼众，已由东昌驰回济南。张秋者，黄、运合流处也，河狭水浅。迤东李连桥、鱼山、滑口，处处可渡。公见东兵不设守，急遣总兵陈济清自寿张移屯张秋。时侍郎崇厚公防景州，公偕至张秋勘形胜。崇公循河而东，公循河而西，始于开州造炮船，黄河水师自此起。公之创水师也，或谓黄流激急，迁徙靡常所，帆船往来非便。比成军，舟楫轻捷，逐水性高低，驾驶如飞，北人惊为创见。公与崇公言，今捻聚濮范、郓城之间，若北扼黄河，东扼运河，圈而蹙之，待伏、秋泛至，贼马阻水，弗能骋，必自毙，惜诸帅不能如约。其后肃毅伯李公平捻卒用此策。闰五月，捻匪回窜皖境，直东解严。公回大名，增设西路水师，募清淮水勇，间以沿河舟工，乘大溜练习，出入惊涛急漩中，俾忘其险。六月，捻匪窜归德陈州，西趋巩洛，公拨炮船、马队西巡河墙。当是时，天子有事山陵，总督布政使率州县除治桥道葺行宫待幸，而关外马贼闯入喜峰口，掠迁安、遵化、玉田、蓟州，逼近东陵。公急遣兵捕治，禽诛数十人，贼遁出铁门关，乃分军屯边墙要害搜之，至八沟。八月，捻窜通许考城，沿河堤侵东明，入长垣南境。总兵姜国仲渡河击败之。公方至遵化查跸道，飞檄大名东西防军巡守河壖，移黑龙江马队南扼濮范，而选精骑数百，辅以步兵遮护跸道南。九月，乘舆谒定陵，奉安礼成，上侍两宫皇太后还京。初启銮时，中外颇以马贼为疑，召问其状，公奏称勿虞，至是行仗不惊，上嘉之。公既回省，以京东空虚，分兵屯榆木岭、三屯营，令马勇巡蓟州、玉田，提督徐廷楷驻迁安指麾之。十一月，奉天马贼窜朝阳，公亲督军御之。至三屯营，遂自迁安、冷口，历临榆九门口，阅墙栅濠堑，其不如式者，更为之。诸关隘如临榆之义院，抚宁之界岭，迁安之冷口，并增兵屯防。其他诸小口皆设守焉。五年正月，马贼窜吉林伯都讷，奉直解严。二月，捻酋张总愚逼犯汴梁。候骑至东明、长垣涉浅抢渡，水师击却之。三月，总愚走郓城，踞梁山，赖汶光、牛洪自中牟趋朱仙镇，贼骑或数百，或数千，分掠寿张、张秋、开州东岸，陈济清等督水师屡击败之。赖、牛遂与总愚合踞范县旧城，锐意北渡。公亲至大名督战，陈济清等败贼刘堤、余承恩等，收复旧范县，群捻南走曹县。四月，公与大学士曾公、山东帅阎公会沈家口，议划地防河，自范县下至张秋、东阿，隶山东防，于是直军稍稍息喙，差免奔命矣。时提督刘公铭传屡击，破张、赖巨股，群捻走徐州，公益增设炮船，以曾公前阅黄河水师谓足深恃也。六月，公因病乞罢，诏给假三月。九月，假满，请觐，诏不许。时总理各国事务衙门有变通直隶练兵之议，朝旨限半年试行，公抗疏论辨，语颇激切。上优容之，仍令依所议行。六年春，复求入觐。适神机营大操，诏令随王大臣校阅，事毕，召见。公奏："神机营纪律阵法，外军所不及，然臣愚以为宜参用久历行阵者佐之。"上韪其言。是时，捻股分为二，任柱、赖汶光奔突齐豫楚皖间，号曰东捻，肃毅伯李公鸿章驻山东讨之。张总愚自河南扰秦晋，号曰西捻，恪靖伯左公宗棠驻陕西讨之。五月，东捻窜新郑、许州，至长垣竹林口，水师击败之，遂由戴庙渡运河东走青州。公以为贼窜运东，宜集数省兵力严扼运河，而以精锐驱之一隅，彼北阻于河，东阻于海，必就毙于青、齐数郡之间。诏下诸疆臣行之。先是，公以黄河北徙，请筑开州金堤，捍河朔，用帑银二十万修治之，因代赈抚，而畿疆旱暵成灾，复请粟十万石、银二十万赈之。于时盐山静海枭匪乘机窃发，煽诱饥民劫掠州县，山东教匪应之，保定、津河诸属邑皆骚动。枭匪者燕、齐大猾，贩私盐为奸利，其来已久，聚辄数百千人。公方南赴河防而辖境大扰，诏令先其所急，乃檄前藩司唐训方屯齐河，臬司张树声屯张秋，与东豫军共图捻匪，而自将讨枭匪。七月，公至正定，枭匪已屡挫于安平晋州境，遂由广平窜临清丘县，遣军蹑之山东。而总兵刘云鹤先以失机褫职，发愤追之馆陶，力战死之，其部将刘在巇亦死。公亲历藁城献县，觇匪所向。匪由威县走广宗、任县，势将北趋，乃急赴新河扼其东北。八月，枭匪越滹沱，扰无极，复北走文安，适都统穆腾阿公率神机营兵至，匪畏威乞降，余承恩将计歼之，贼觉而狂奔，我军邀击于晋藁间，擒逆僧左春信。余匪奔深泽，无极参将赵友胜遇于定州，败死，匪益东趋大城。上以畿疆根本，尤重北路，诏总兵刘景芳屯文安、大城、雄县，隶穆腾阿节制。枭匪见北防严，还走西南，复东趋武邑、衡水。公念残寇稽诛，劳师糜饷，劾诸将纵贼，并自请议处。九月，枭匪窜临清渡，卫河知府杨毓楠败之河湾，乃走肥乡、成安，游弋顺德、广平间。十月，还走山东，公至曲周，匪复入直境，掠巨鹿、宁晋、赵州、栾城，官军常不及寇，乃以步兵分布冲要，拣马勇二千与之驰逐。是月，东捻自胶河逸出，黄防戒严，枭匪奔山东，乞款于提督傅公振邦，诛其酋吴培基等，群盗复叛。公在威县督军，枭匪乘虚北走数日，至安肃定兴，刘景芳等马步蹑之，乃窜固安、雄县，绕掠霸州，京师颇震。十一月，有诏摘去顶戴。已而革职，以大学士官文代为总督，命下十余日而枭匪平。上念公前劳，赏三品顶戴。行次德州，而东捻平，加赏二品顶戴。

七年四月，公归新宁，公之去直隶也，率楚勇二百，行粮不给，道出金陵，曾文正馈银三千济之。及还长沙，舆服朴陋，僚从寥落，人不识为达官。公故宅滨资水旁，有果园，古树合抱者数十株，公子思询[12]购而垣之，依树为屋，莳花养鱼其中。公额曰"遂园"，其室曰"省斋"。尝自谓锋镝余生，自分死疆场，今乃获放归，偃息林泉，非曩昔所敢望，圣恩大矣，用以勖其子孙。

未三年而有巡抚广东之命，同治十年四月也。六月，公道桂林赴镇，桂林之民老弱相携，焚香望拜于道。既至广州受印，甫兼旬，移广西巡抚。诏曰："广西地方辽阔，南太泗镇尤为盗贼渊薮，其近越南边境，匪徒叛服靡常。冯子材剿办越南窜匪，刘长佑当与和衷共济，迅速蒇功。"先是，粤东西奸民出关劫掠，越南官兵不能制，我军于是有河阳安边之役，及悍酋吴终伏诛，而苏帼汉复起。苏帼汉者，亦粤人，流寓越南，曾充夷练者也。九年秋，大军凯旋，帼汉乘虚袭踞谅山。诏提督冯子材进军龙州，于是我军复有牧马、长庆之役。帼汉慑中朝兵威，乞抚于两广帅瑞麟公，而自踞广安用厚赀招纳亡命，其情反侧。公既视事，与瑞公锐意主剿。时匪首邓建新扰水东，曾亚日窜北宁、谅江，袭破上林社。七月，总兵刘玉成围上林，匪穷乞降，获曾亚日等四百余人。玉成察其叵测，骈诛之。九月，玉成会广东军攻克旧街，胜兵抵海宁，匪散亡过半，其酋苏帼汉匿灵山寺，诸军围之，帼汉奔东兴，为广东将雷秉刚所禽，槛送广州枭诛。公以越南东路渐靖，檄刘玉成西赴太原[13]会攻琼山、北山，奏言论越南大局则宜直捣河阳，一劳永逸；然河阳距关二千余里，穷兵劳费，讨捕为难，应令该国自行攻剿，今拟芟荡海阳、太原，即回师列戍，以固藩篱，则可分助越之众协剿黔苗，抽出关之兵先清土莽。盖是时庆远黔防方亟，藤县土寇何先体踞满村，黄三梁㝹踞金屯，河池土寇黄有仁等踞镇南各峒，而永宁四十八弄逋寇伍㝹窜扰柳城，其他南宁、思恩各属无名啸聚者不可胜数。公虽檄道府牧令掩捕诛禽，然旋殄旋集不能绝，故鳃鳃[14]以强本轻末出万全为言。十月，副将陈得贵、游击李扬才克越南从化府，遂会刘玉成克通化、白通。十一月，击破琼山、北山匪巢。十一年正月，复败匪于三星山，禽其酋何三、宁㝹。于是东潮宁谅所辖皆平。二月，刘玉成等攻克斯立、左銮，蹑之至宣光白苗境，海太肃清。公以太原幅员延长，夷匪凭其险阻，易怨以变，乃檄刘玉成屯戍镇抚，而咨越南国王遣兵换防。久之，越兵无一至者，而法郎西领事涂普义领火轮四艘入河内，声言云南提督檄购军火，假道赴滇，越南官阻之。陈得贵时驻太原，札南官放行，其营弁陈有贵复与夷民哄斗，诬其劫饷，胁之以兵。越南官以闻，公大愕，劾论陈得贵等褫职逮讯。因念将领侵侮外藩，久暴兵非计，益决意旋师，留精锐四千人待越南接戍。时思恩、镇安、太平、西隆诸郡州，暨郁林之北流，梧州之岑溪，群盗卵育其中，公悉遣兵芟刈之。境内粗安，乃令道员覃远琎周历边隘，葺城堡，申关禁，杜内外奸民往来勾结。时匪酋黄崇英犹踞越南河阳，结白苗攻保乐，扰我镇安边，夷匪刘六等踞苏街相掎角。十二年春，公檄关内外军击之，夷苗皆遁，因密奏："越南贫弱，版章日蹙，法国蚕食于滨海，黎裔虎视于横山，桶冈则白苗跳梁，峒奔则黄酋雄踞，近闻该国君臣输款法人，黄崇英受职黎裔，虽系道听之言，亦系意中之事。臣窃谓黎裔为患，越南受之，法国为患，不仅越南受之，今欲拯敝扶衰，必须大举深入。若合两粤之力，宽以数年之期，步步设防，节节进剿，庶交夷可期复振，而他族不至生心。否则，惟有慎固边防，严杜勾结而已。"黎裔者，越南故王黎维提裔也。是时，防越诸军尚八千人，公檄刘玉成引军北还，以六营屯关外诸隘，四营屯归顺龙州，而令覃远琎督八营将佐分驻关内。远琎自率亲兵两营往复巡徼。七月，提督冯公至自龙州，于是越南诸军皆罢。十月，法人攻陷河内，黄崇英等乘机袭太原，山西奸民响应，北宁戒严。先是，涂普义假贩军装与崇英昵，约期肆扰，其公使请于总署。有安参将将游粤西，公严拒之，而越南君臣同夜腾书乞援，使相望于道。乃令刘玉成统关外十营进太原为左军，覃远琎因忧罢，令道员赵沃统其十营分布镇安为右军。法酋见王师大出，辄与越南议和，声言越地匪多，愿挈西师会剿。是时越将刘永福⑮屡破黄崇英于河阳，又与法人战河内，法人患之，此所谓黑旗之军也。法酋既畏我军屯高谅，扼群贼东窜之路，而黄崇英败后遁匿河阳，为刘永福所隔，与河内声息不相闻，故谬言与越南会剿招纳群盗，冀懈我师，且间离中外。朝廷早诇其诈，公亦策之审矣。十三年五月，诏以会剿难深信，终恐群匪被攻内犯，饬总督巡抚严为备。公曰："越官能剿匪者，莫如刘永福；越匪宜亟剿者，莫如黄崇英。若徇法人之意，则必剿刘而抚黄，越能听乎？法人之创为此议，意在撤我粤军而报河内之役，令越南自绝于中国耳。"乃益饬官军进攻。顷之，刘玉成破白苗于保乐。白苗者，黄崇英党也。于是法计稍绌，自河内退师，移轮艘于左金港，诡言待涂普义，而暗迫越官讽刘永福让河路以通舟。永福声势甚盛，视西师蔑如也。十月，公阅兵至南宁，防军统将谒商边事，时黄崇英尚伏河阳，遣其党陈亚水攻保乐，筑垒城外，期必克。周建新、陆之平、邓志雄分掠高平、谅山，为崇英声援。越南王屡乞出师，其统督黄继炎以千人备向导，公乃令赵沃、刘玉成赴之。光绪元年二月，赵沃右军由枕栏渡河，其前锋克同文，同文者洞奔也，进攻淦台。白苗见王师旌旗，辄弃巢遁，沃悉招抚之为助。苗大感悦，愿内应，遂攻底定。黄崇英遣千人来援，沃击走之。三月，克底定，陈亚水逃，沃令苗酋备竹梯攻襄安，克之。时刘玉成左军败贼于白通，阵殪邓志雄，琼山亦靖。惟余陆之平、周建新游弋北宁、太原，而刘永福已进兵河阳，崇英屡为所挫，越南国势渐振，法人稍稍敛戢矣。公策黄酋已穷，促赵沃进图河阳，檄刘玉成左军出北太会之。河阳与安边隔一水，毗连云南，公咨云贵帅岑公毓英⑯出师防边。崇英闻王师且至，嗾周建新拒左军，陈亚水守猛法，而自领悍党当右军，凭险立寨，冀坚守老我师。五月，沃军克淦，直进薄河阳，崇英亲出迎战，沃遣将败之。崇英复约陆之平出昆仑来援，右军蹑击，败之。于是进攻猛法，陈亚水惶惧，乞内应佯走安边，副将莫云成蹑之。崇英适在安边凭巢开炮，忽见望楼竖官军帜，乃拥众出奔，而河阳故巢亦遍易右军帜，守贼皆降。于是安边、河阳同日荡平，中外称快，沃益下令缉黄崇英。七月，禽之芳杜社。越民苦崇英荼毒，争欲脔割之。诸将或欲献俘，公檄赵沃就地寸磔，并其妻子骈戮之。沃之下猛法，或言洋人匿河阳造火器，及破河阳，获法匠摩啰哆七人，哀辞乞命，沃悉纵还。时刘玉成左军亦破贼于通化、白通，禽周建新于虔阳，磔之。九月，公檄左右军会攻者岩。十月，克之，其酋陆之平遁。于是宣光、河阳、金沙江上下肃清。先是奉议、来宾、贵县奸民蠢动，黔匪复掠柳州，公移关外十营讨之，及者岩克，乃悉凯撤左右军入关，分屯镇安、太平，于是越南诸军复罢。公之再抚广西也，务与民休息，奏蠲灾区钱粮，缓诸例贡，严禁私铸，以恤商贾。又以其间课蚕桑，改兵制。虽悬军绝域，而饷不加匮，司库积银一百数十万两。自兵乱以来，广西所未有也。

是年滇边野番杀洋人玛加理⑰，英吉利公使讧于朝，语连署总督岑公，上以公负时望，习边情，十二月，拜云贵总督。二年四月，至贵州受印，奏曰："臣于洋务，非所素习，然责无可辞，不得不预为防虑。云南，五金并产，洋人觊觎已久，特借玛加理事反覆挑拨，以肆要求，今若制机器开采则利由自取，权不人操。夫藩维不固，莫御外侮之侵；兵甲不修，难为小邦之庇。今缅甸接壤于印度，越南割地于法人，彼自立之未能，岂维屏之能寄？臣拟简练精兵，扼咽喉之地，备战守之资，为外藩近接声援，为中国资其捍卫，则洋人觊觎之心，或当稍敛。"上嘉勉之。五月，公抵云南省城。自咸丰中叶，滇中寇乱相仍，回番、夷苗，所在蜂起，朝廷方忧东南，未暇问荒远。大吏计无所出，辄听将领料民为兵，馈饷责之闾阎。于是豪酋骄将，习为跋扈，征粮派丁，威福自己，至戕总督、巡抚，而莫能谁何，他寻仇杀吏无论矣。及滇乱既平，诸弁犹狃故智，飞扬恣肆，怒则叫欢不受节度，大府稍稍裁抑之，辄拥众为变。先是，永昌李朝叛已就抚矣，而妖人王道士窃踞盏达，自言幻术能御枪炮，愚民多惑之。苏开先者，已保参将职，借索饷诱练军谋乱，陷踞腾越，王道士与之合，逆焰益张。于是顺宁、云州土豪悍卒乘机肆起，踞城池，杀守令，永昌降人应之，迤西大扰。公策，腾永、顺宁毗连缅甸，汉夷杂居，久则勾结益众，乃檄署提督杨玉科率师往讨，道员陈廷珍副之。闰五月，副将李应举克云州，贼并入顺宁，顺宁贼闻官军至，亦弃城走，蹑之雪山箐，禽其酋高显。而李朝窥犯永昌，为提督和耀曾所殄，余党解散。六月，杨玉科、陈廷珍攻腾越，克之。苏开先、王道士皆伏诛。公饬诸路搜治逋寇，段式虎等百数十人悉戮之，迤西平。公以土练反覆难训，奏令提督胡中和募楚勇千人自川来滇，副将文明迪楚勇五百人自粤来滇，其饷由四川、两广协饷供。故事云南额兵挑入练军者十之七，悉给全饷，赴征调其老弱汰存底营者十之三，月饷缓七发三，文武吏率以不敷防守为请。公乃裁兵就饷，减额兵之半而以五成兵数饷给之，别留练军十二营备调遣，岁增银仅十余万，而全省军制焕然改观，无忧饥匮矣。是时玛加理谳成，英人约于云南设埠通商，诏下其议。公奏曰："云南山川深阻，种人犷悍成性，剽掠行旅，本地绅练，恃众横行，挟制官长，上下猜忌，法令不行。万一防护不及，致有同于前案，或更甚于前案，其有害于云南一隅犹小，其有挠于中夏全局甚大。且洋人知前案难办，有免其既往之议。知后患难防，有保其将来之议。臣恐滇省官民于已往者不以为幸免而以为得计，将来者不引为前鉴或敢于效尤。洋人通商，意在图利，亦断无不思远害之理，应俟三五年内外官民稍稍安定，遣员商办。"上善其议。是冬，四川巴蛮掠昭通，总兵全祖凯遣兵渡金沙江击之，尽烧其船，巴蛮遁回巢。时昭通之大关，镇雄之伐乌关，土匪并起，公檄全祖凯悉破平之，迤东皆靖。而广南那鸡寨有积匪数百，踞山砢肆抢杀，饬宝宁知县李宾击走之，歼其酋王喜。三年四月，腾越逸匪许双贵扰陇州之崩竜，总兵谢景春击破之。公之初至滇也，诸骄将犹拥重兵顽梗鸱张，官民含诉隐忍，未敢颂言其非。及杨玉科移广西右江镇，胡中和履提督任，公用兵部议武职例应回避本省者，率以兼辖之贵州，量移之。诸武职亦以平昔敛怨，多惧仇雠，甘心愿徙他省避祸，于是豪率并解，兵符牧令稍得行其法，监司郡守始敢核吏治矣。公以滇事渐定，自夏徂秋，屡疏引病乞罢，优诏慰留，凡休沐五月而后视事。四年春，腾越徼外土目耿荣高等争地相杀，结回夷三千，攻陷耿马。公遣将讨之，耿荣高降。七月，临安纳楼土族普保极等争袭构兵，阿迷、蒙自、开化土匪响应，其酋杨阿幅踞田心，谋袭阿迷城。于是广南、弥勒、丘北皆扰。公遣道员许继衡率练军讨之。九月，继衡薄田心，破其垒数十，杨阿幅伏诛，余党走开化，官军复败之马塘。拔难民数千，侬回夷瑶皆就抚，而他股在广南者复为练兵所败。于是弥勒丘北诸匪皆遁，匪首普云、沈开科等诛殛殆尽。普云者，阿迷夷人，与蒙自杨阿幅初约起事者也。沈开科者，侬夷种，始与普云倡乱，已就款抚，而时服时叛。三渠既歼，群盗瓦解矣。十二月，阿迷逸匪起安平，同知潘英章等袭破于凉水井。五年正月，进克三光、马毛诸寨，擒匪首黄春、郑小安，皆普云党也。公以临郡无事，檄许继衡等筹抚辑⑱，继衡乃自临安赴纳楼，促诸头目上粮纳款，且散回众，禁烧杀土族，普保极等率老弱归诚，群回闻风乞款，继衡悉资遣之。于是临安、开化、广南皆平。自腾越苏开先之乱，其党刘宝玉逃之野山。野山者，在滇缅之交，为华夷瓯脱，其夷自为君长，不隶于羁属。刘宝玉纠野贯十三种，及盏达禩夷伏罗坤山，时出劫掠。公患其害行旅，将捕之，适缅甸遣官诣腾越，持图说上腾越，官弁约由野山通道列戍，官弁寝其事。公曰："此必英人之所嗾也。英人议通商久矣，吾虽不为彼用，亦当有以固吾圉。"乃檄熊昭镜亲赴腾越，召诸土司、野贯申禁约，其屯练田租之已失者复之，墩卡弩手之未补者补之，因嘱土司诱擒刘宝玉于干崖，诛之。诸野夷皆解散。闰三月，公以述职届期，请入觐，诏弗许。六年正月，永昌夷匪掠保山，檄腾越练军屡击破之，匪首龙保赴怒江，死。八月，公赴迤东、迤南阅营伍。十一月，赴迤西。前后赏罚奖劝有差。自道光末不行此典者三十年于兹矣。

七年三月，公因衰病乞休。诏曰："刘长佑久膺疆寄，办事实心，朝廷深资倚畀，仍当勉力从公，以图报称。"七月，公复乞骸归里，上复慰留之。时法人窥越南东京，佯称捕盗，增召兵船，将道红江达云南通市。诏滇粤备边。公以为欲援越南，宜先复琉球，欲制法人，宜先讨日本，乃奏曰："自西人通商，日本始从诸国之后，设公司于沪上，遂侵台湾，灭琉球，英法诸国相视不发。国家既释倭人而不诛，则有以知中国之好安而恶战；既不问灭琉球之罪，则必不问灭越南之罪，故法人遂恫然^⑲自肆，翦我藩篱，窥我门户。今若及法师未出，东京未破之时，先讨日本以复琉球，则时雨之师，足以下俘囚之涕，九伐之法，足以慑逆夷之心，是不战而存越南也。及此时而不日本之讨，坐待越南之亡，则英、法、俄、美又将窥我之瑕，因利乘便，同时并举，则不惟滇粤之忧，而欲求如今日之但谋东征，亦不可得也。故臣以为寝兵祸大，不如急征患小也。"旨留中^⑳。十一月，诏复询弭衅安边之策，公谓："法夷自据嘉定六省以来，越南四境皆有商埠、教堂，胁其君臣，渔其材利，已非一日。取越与否非有甚异，其所以处心积虑者，乃在通商云南。与其既吞越境为守边之计，不如乘其始动为弭衅之谋。滇粤三省与越接壤，东西几二千里，叩关造衅莫可端倪，要害与共，劳费殊甚；若自三江口以至海阳，东西仅数百里，以中国兵力为之御敌东京，兵聚而力省，以视防守滇粤之边，劳逸悬殊。请以广西兵二万为中路，广东、云南各以万人相掎角，广东之兵自钦连而入，云南之兵出洮江而东，别以轮船守广南、顺化港口，断其首尾，法人必无自全之理。"又力言刘永福可御寇，请密谕越王给其兵食。诏下总署王大臣议之。八年三月，法人陷东京，越匪纷起，广西援兵至太原，公檄道员沈寿榕引军出关与相联。法人怵王师大集，乃以东京还越官，毁其城而去。六月，遣副将谢敬彪进保胜，游击龙文藻等继之。七月，沈寿榕屯宣光之都竜，造战舰，扼红江。顷之，法越和议成，黄继炎罢，刘永福退保胜，法人益谋入滇。公以边患深，益请饬滇粤，三省合兵规北圻。八月，公卸督篆。先是，公屡疏请觐，诏福建巡抚岑毓英权其任。于是云南军需案^㉑起，事牵执政中外官，株连颇众。或劝公半途引疾归，公曰："吾蒙圣恩起用十余年，未趋阙廷，若畏纠议而避之，违夙昔恋主之忱，且增群疑，而重在事诸人之祸，如清问垂及，当独引为己咎耳。"九年四月至都，比召见，上询边事甚悉，语不及军需案，于是中外有以窥上信公之深矣。公稽首，诉衰疾，乞开缺，上许之。滇案既结，诏镌三级。七月，南行。十一月，还新宁。

公内行纯笃，平生以不逮禄养，遇父母忌日，则流涕终夕，朔望必亲祭墓，虽耄不辍也。每晨起，屏人，端坐，焚香秉烛，读《易》数篇。即戎马倥偬，未尝废书。在官以廉率下，所得禄赐，辄以恤战士，助公家急，不一訾省。出入以其赢置田赡族，充邑中宾兴资，而自奉极薄。宴居惟布袷茧裘，食蔬肉，数盂而已。性仁而恭，接僚属，虽杂职微弁，必假辞色，俾尽其言。领兵三十年，未尝诛将佐，然诸偏裨惮若严父，无敢犯约者。尤务掩人过失，人亦以此不敢欺公。公之再起也，上虑其慈柔，贻误寄谕㉒，以"勿过宽厚"相诫。公覆奏曰："臣自问无可过人，故常失之过宽；自愧未能化人，故常失之过厚。至于是非之辨，邪正之分，苟为见闻所及，亦不自欺其心，以上欺君父。"上乃悦。

公生于嘉庆二十三年十一月十九日，薨于光绪十三年六月二十五日，春秋七十。明年四月十六日葬城东二十里木鸡塘龙头山。夫人李氏，孝慈恭敬，戚郐取则，先公十五年薨于广西，春秋五十有五。子五人，长思询，道衔署凉州知府，后公一年卒。次思诣，县学增生，二品荫生，特用通判，先公三年卒。思谦，二品荫生，特用通判。思训，光绪丙子科举人，兵部郎中，云骑尉世职，出为公从弟长伟后。长伟官千总，从曾文正战靖港，殁于阵者也。思谨，县学附生，先公十五年卒于广西。女三人：长适临桂龙继栋，同治壬戌恩科举人、户部主事；次适同邑李馨德，县学附生，广西候补通判；次适武冈邓国琬，州学附生。孙绳武，原名永淇，府学附生，光禄寺署正。永溦，府学附生。永资，县学附生，五品衔，候选州判。永滇、永清、永漾、永沇、永济。女孙七人。曾孙鹤庆、鸿庆；女曾孙三人。

公之薨也，湖南巡抚卞公宝第以遗疏闻，上轸悼，优诏褒恤，予谥"武慎"，荫其子思谦同知，孙绳武分部主事。广西、江西、云南诸行省士民思公功德，吁建祠奉祀，诏如所请。

呜呼，饰终之典隆矣！

光绪十四年九月，东湖王定安谨状。

【注释】

①江公忠源：字常孺，号岷樵，湖南新宁人。举人出身。道光二十七年（1847）率团练镇压雷再浩起义，授知县。咸丰元年（1851）从赛尚阿围攻太平军。次年往援桂林，升知府。继在全州阻击太平军，追击太平军至长沙。咸丰三年（1853）升湖北按察使，受命帮办江南军务，助江西巡抚张芾守南昌，擢安徽巡抚，驻守庐州（今合肥）。次年太平军攻克庐州时，投水而死。

②县官：朝廷，官府。

③严重：严肃稳重。

④崖岸：矜庄，孤高。

⑤雷再浩：瑶族农民起义军首领。

⑥会匪：指民间秘密结社及其成员。

⑦特将：古指率领军队独当一面的将领。

⑧要夺：邀夺，阻拦抢夺。

⑨狃常胜：因常胜利而骄矜。

⑩艇匪：浙江、广东沿海一带的渔民组成的海盗。

⑪诪张：欺诈，欺骗。

⑫思询：刘思询，刘长佑长子。

⑬太原：今越南太原省太原市。

⑭鳃鳃（xǐ xǐ）：恐惧貌。

⑮刘永福（1837—1917）：清末将领。广东钦州（今属广西）人。曾参加天地会起义，在广西、云南边境组织黑旗军。后受越南约请，领兵赴越抗法。中法战争中受清政府改编，屡败法军。甲午战争时任帮办台湾防务，抗击侵台日军，后退回广东。辛亥革命后，曾任广东民团总长，不久辞职。

⑯岑公毓英：岑毓英，字彦卿，号匡国，广西西林人。岑毓英早年参加镇压金田起义，成功谈判回民军，后来率军镇压杜文秀起义军和苗民军陶新春和陶三春部，参加中法战争，抗法援越，后撤军回国，曾会勘边界。岑毓英先后署理宜良县、澄江府。后迁云南布政使、云南巡抚、贵州巡抚、云贵总督。死后，清廷追赠他为太子太傅，谥"襄勤"。

⑰玛加理：又作马蛤蜊，或马嘉理。光绪元年（1875）3月，英国殖民主

义者组织探路队，马嘉理时任英国驻华大使翻译，由他带队，自缅甸擅自进入云南曼允山。岑毓英部下李应珍、覃修纲与当地景颇族、傣族人民坚决拦阻，英军探路队自恃火枪优势，向中国军民开枪并放火焚烧森林，岑毓英所部和群众奋起还击，将马嘉理及随员五人击毙，其他人仓皇逃脱。此事件史称"马嘉理事件"。事后，英国借"马嘉理事件"威迫清政府，英公使威妥玛气势汹汹，跑到总理衙门狂妄咆哮，要求追查"凶手"，惩办涉嫌官员，并以下旗绝交、调兵开战相威胁。清政府对英国侵略者屈膝妥协，派李鸿章与之签订了丧权辱国的《烟台条约》。

⑱抚辑：安抚辑和。

⑲恟然：骄横貌。

⑳留中：皇帝把臣下的章奏留于宫禁中，不交议，也不批答。

㉑云南军需案：指云南报销案。参阅《〈塞垣集〉叙》"李郁华"条注释。

㉒寄谕：所传递的皇帝的谕旨。

致仕都察院左副都御史前工部尚书贺公神道碑铭

光绪十七年十一月丁丑，光禄大夫致仕都察院左副都御史前工部尚书贺公薨于天津。公故督学畿辅，有殊绩。畿辅士大夫相率哭于其邸，自御史孟君继埙①、编修华君金寿②，暨儒士父老四百五十人胪列事状，白直隶总督李相国以闻，诏复故官，赐祭葬。明年承重孙③纶夒④等归槥于楚。十一月壬辰葬临湘县桐梓山之原，树石神道，属东湖王定安序而铭之，礼也。

公讳寿慈，字云甫。先世自江西乐平迁湖北，遂为蒲圻人，代有隐德。康熙间有讳邦兴者，出谷帛振四县，活万人，于公为高祖。公之曾王父，讳受益，妣陈氏。王父讳魁南，早慧，十龄补诸生，妣沈氏。父讳安宗，岁疫，剂药饵疗病者，殁则具槥椟以瘗之，有声于时，妣余氏。生子男五人，公其长也。三世以公贵赠光禄大夫如其官，妣皆一品夫人。

公生而敦敏，五岁熟数经，弱冠补郡学生员，举道光丁酉科乡试，明年试礼部不第，大学士穆彰阿公闻其名，以礼延聘，公力却之。登辛丑科进士第七，卒以忤时相，不预馆选⑤，试官礼部。久之，补考功司主事，迁验封司员外郎、文选司郎中。咸丰初年授军机章京，旋授户部，坐粮厅差峻，仍直枢廷。补江南道监察御史，掌贵州道监察御史，累绾街道，巡东城。十一年迁内阁侍读学士，分校顺天乡试。同治元年转大理寺少卿、太常寺正卿，典试广东。明年迁大理寺正卿，署左副都御史。又明年为真。六年擢礼部右侍郎，出为顺天学政，转刑部左侍郎。任满回京，历署户、吏、礼、工侍郎。十年擢都察院左都御史。光绪三年，擢工部尚书。

公自释褐⑥迄掌冬官⑦垂四十年，扬历清要。天子向用甚殷，卒因细故屏弗用。五年二月李钟铭⑧狱起，事颇牵公，有诏"明白回奏"。李钟铭者，南城书贾，言路所指交通权贵者也。公奉命演龙楯⑨，迄入其肆阅书，余无他。吏议演龙楯，重礼，不宜枉道入市，竟镌三级。六月授左副都御史。言者犹未已，公遂乞骸南归。公之监督通仓⑩，上闻仓户侵蠧，严旨籍没以偿。公牒所司，一夕尽扃百数十户，空其居，令户留二人，居外自卫。帝意解，悉还其产，检视一无失，闾阎大欢。

其居台谏，首请崇俭黜汰，数上封事，条时政，议裁南河总督。所论皆经国大猷，耻攻击猥琐之谈，上嘉纳之。

其在卿贰，恪恭敬慎，务存大体。穆宗践祚恭邸，为议政王。讲官蔡寿祺疏劾疆吏，语侵王，诏下诸王九卿按问，无实，或欲坐诬置之法，公曰："寿祺诚有罪，然恕之，益以彰圣朝之仁，而全贤王之誉。"主议者以为然，仅黜其名。

其掌文衡，拔幽振滞，钩奸抉伪，吏惮其严，士乐其宽。

其按视定州，捻首张总愚自秦晋渡河北犯，贼骑日踔数百里，官军常失之不及，而定州城故不完。或劝公急趣保定，公叱曰："学政无守土责，然天子之使，义当与城存亡。"急缮守具，手剑登陴，市民皆大奋，负版筑乘城，雉堞皆满，贼不虞其有备，则睨而惊走。当是时，京师戒严，中外震骇，公以儒臣却贼，屏蔽畿南，厥功甚巨。或请上其状，公笑弗居，惟言近畿兵单，请召威望重臣会剿，上可其奏。于是肃毅伯李公鸿章、恪靖伯左公宗棠皆奉严旨促援，捻以诛灭。曾文正公移督直隶也，造公访时政，公悉举民间疾苦、长吏贪否及兴废所宜以告曾公，验试如所言，政遂大举。

其居正卿，因灾陈四事：以为牧民者州县，而察吏者监司道府也，州县不得人，责在监司道府，监司道府不得人，责在督抚，举劾实则吏治自肃。数十年来之将才体用，宏达如左宗棠，而骆秉章识之于客幕；英武善战如塔齐布，而曾国藩拔之于弁备；朴诚谋勇如罗泽南、李续宾，而曾国藩、胡林翼擢之于伏处之儒生。今以四海之大，岂谓无人，或投闲置散，则精力消亡，志气摧沮，故宜广积将才，以备缓急也。各省常平仓，岁久亏糜，一遇歉岁，穷民难延旦夕之命，宜随时买补足额，以广储积。军兴后，散勇游民结为哥会。又有传习斋教者，宜于各乡之中择族长以纠合族，择户长以纠众户，不必峻数家连坐之法，期于开导之有方；不必拘编查户口之文，期于简约而可久，日移日化，不劳诛杀而奸自弭矣。诏下直省行之。

公位既通显，尤喜宏奖后进，有片长啧啧称诵不衰，天下士归之。工书善诗，持楮帛求题者络绎于门。手评庄骚陶杜诸集，丹铅交错。老尤嗜荀卿言，谓精粹不在子思、孟子下也。

公之致仕，长子良桢⑪官南昌知府，迎养江西。比迁长芦盐运使，移居天津，遂家焉。自号赘叟，又号楚天渔叟。所著诗文集若干卷，子孙请付梓，公曰："吾以陶写性情，不必与操觚⑫家争一日名也。"

公初名于逵，继名霖若。生嘉庆十五年五月廿五日，卒年八十有二。配黎夫人，继配但夫人，皆以孝慈勤俭为戚里矜式。侧室郑宜人。公丈夫子三，黎夫人生良桢，咸丰戊午并补乙卯科举人，历官南康、赣州、吉安、南昌知府，长芦盐运使，除贵州按察使，未至卒于京。但夫人生良樾，浙江候补知府。郑宜人生良坛，幼读。女子子二，长适同邑钱氏，次字湖南魏氏。孙二：纶夒，光绪辛卯科顺天乡试举人，刑部员外郎；纶晋，中书科中书。孙女二。曾孙二，曾孙女二。

定安受公知三十余载，不能发名成业，负公平生之所期。今老矣，追回畴昔，执笔呜咽不能成辞，既丧公遇，亦自悼也。铭曰：

四明高躅，载潜其葩。历今千祀，既薶而芽。笃生大贤，克昌厥家。揽菁扰璞，殖为国华。初官铨曹，遂乘骢马。谏章洋洋，论其大者。帝纳昌言，龟协筮从。曰匪予圣，謇謇汝忠。命掌西台，匡弼朕躬。遂掌冬官，为周司空。寒畯忭野，士欢于朝。祝公总揆，师长百僚。千誉不足，一喙遂嚣。公笑置之，乃渔乃樵。公之尚友，荀孟庄骚。哦诗谁和，秋蛩夏蜩。有子从政，监司郡守。长孙郎官，北闱南首。公顾而嬉，畴其余诟。嗟嗟尼父，憎兹彼妇。周避东山，遄论其后。公固盛德，付之杯酒。谣诼幡幡，不置然否。帝念耆臣，优诏饰终。过则原之，盛襄其功。匿私其功，以劝勋庸。镌铭乐石，垂示无穷。

（清末民初江阴缪荃孙《续碑传集》卷十五，另见天津图书馆历史文献部编《三十三种清代人物传记资料汇编》第29册）

【注释】

①孟君继埙：孟继埙，字志青，又字治卿，天津人。同治十二年（1873）举人，历任内阁中书、军机、刑部湘广司主事、安徽司员外郎、广东司郎中、山东道监察御史、贵州石阡府知府等职。善书，工画兰。

②华君金寿：华金寿，字竹轩，直隶省天津府天津县人。同治十三年（1874），登进士二甲一名，改庶吉士。光绪二年（1876），授翰林院编修。光绪五年（1879），任湖南乡试正考官。光绪十一年（1885），任河南学政。光绪十九年（1893），任山东学政、左中允。光绪二十一年（1895），任翰林院侍讲、翰林院侍读。光绪二十三年（1897），任左庶子、翰林院侍讲学士。光绪二十四年（1898），升任翰林院侍读学士，詹事府少詹事、詹事。光绪二十五年（1899），任内阁学士、署工部左侍郎。光绪二十六年（1900），任福建乡试正考官、吏部左侍郎。

③承重孙：承受丧祭与宗庙之重任，称为"承重"。本身及父皆为嫡长，而父先亡，于祖父母去世时，称为"承重孙"，负责主持丧礼及宗庙祭祀。

④纶夔：贺纶夔，贺寿慈长孙，字稚民，号钝斋。湖北蒲圻人。清光绪年间任四川夔州知府、夔关川东盐茶道，后调川西道，继升任清廷边务大臣，管理西康训练新军。又以川古盐茶道兼四川兵备道，四川常备军统领，赐二品顶戴。奉光绪命开办四川陆军军官速成学堂。1914年任湖南省巡按使署政务厅长。据1988年《武汉文史资料·武汉人物选录》记载，贺纶夔与黄云鹄、王定安都是儿女亲家。王定安有一女嫁贺纶夔子。

⑤馆选：被选任馆职。馆职即翰林院等处修撰、编校等工作的官职。

⑥释褐：指进士及第授官。

⑦冬官：此指工部尚书。

⑧李钟铭：李炳勋，又名李钟铭，字崇山，又字春山，山西文水人。李炳勋在琉璃厂开设宝名斋当铺，捏称工部尚书贺寿慈是其亲戚，招摇撞骗，无所不至。贺寿慈因此被御史李璠所纠，发配天津。

⑨龙楯：载天子棺柩的车。其车辕画以龙。演龙楯，指同治驾崩，演练治丧仪式。

⑩通仓：明清仓库名。明代设于通州（今北京通州区）。永乐、天顺间陆续设置。包括大运西仓、大运南仓、大运中仓、大运东仓等十六仓。收贮改兑京师之漕粮，支付京营官军正、二、七、十二月本色俸饷。各仓设大使一人，副使、攒典、斗级若干，修仓夫员名额不定。以户部尚书或侍郎偕同内官总督之。

⑪良桢：贺良桢，字伯岷，号幼甫。历官南昌知府、长芦盐运使、贵州按察使等。

⑫操觚：执简。谓写作。

【相关链接】

武汉人物选录

光绪二年（1876）刘心源中了进士，旋授翰林院编修。一度外放宜昌关监督帮办。以后任四川省夔府知府，"夔门铭"就是他在知府任上手书的。不久又调任成都府，《驷马桥记》就是在成都府任上完成的。当时湖北籍人士在四川做官的颇不乏人，如蒲圻的贺隆夔是成雅道道台，蕲春的黄云鹄（黄侃先生的父亲）是四川盐茶道道台等。由于旧社会对儿女的亲事都要门当户对，他们又和宜昌王鼎臣（花衣进士出身，做过山西布政使），这几家彼此都联上了姻亲。如刘心源的女儿许配给王鼎臣的儿子，又一个女儿许配给贺隆夔的小儿子。王鼎臣的大女儿王蕙仞许配给黄云鹄的儿子黄侃，王家的二女儿就和贺隆夔的大儿子结了婚。刘、王、黄、贺这几家联了姻，辗转成亲，所以在家学渊源上都有千丝万缕的关系。

1988年《武汉文史资料·武汉人物选录》

此文虽然细节上有一些明显的错误，但其基本信息应该可信。王定安给女儿取名多从《楚辞》和屈原的作品中取典，王采蘋、王采蘋、王采蘅都是如此。据此推测，王蕙仞（更有可能是王蕙纫）是王定安的女儿应该不误，但不是黄侃的夫人。黄侃的夫人叫王采蘅，又名王灵芳，王蕙仞估计是王采蘅的妹妹。

祭曾忠襄公文

维光绪十有六年，岁在庚寅，月建戊子，朔日丁卯，祭日乙亥，前署山西布政使冀宁道门人王定安，谨以庶羞①清酒之仪，致祭于光禄大夫、太傅、威毅伯、两江制军曾忠襄公之灵曰：

猗欤夫子，衡岳降精。孕瑰吐玮，乘时跃鳞。峨峨其姿，娟娟其神。儒冠而武，侠巾而仁。公在髫龀，克岐克嶷②。阿兄嗟美，呼之白眉。中兴义师，发迹熊湘③。公首画策，三十二章。阿兄颔肯，谋则用臧。偶俪其一，狂卒撞搪④。公之初兴，众才一旅。戈镜庐云，旛□鄱雨。章贡底清，爰渡溢浦。桓桓万人，如貔如虎。牿其坚郛，菱湖之浒。桀狗猗猗⑤，狞目哮怒。怙凶逞枭，奋其牙距。鞭而驱之，惊麕骇鼠。皖公既夷，莫之敢御。遂捣梁山，夺其门户。巉巉石城，磷磷牛渚。崇台巍巍，平畴膴膴。乃缭其埒，乃张厥罟。姝徒屡蹶，呼其丑侣。号六十万，蜂屯螳拒。公隐雄韬，悄然安堵。流血披襟，熙熙笑语。硁然霆击，拉枯捶腐。其党鸟散，分走越楚。爰筑长围，蹙之槛圄。雄城百里，付之一炬。鲸鲭蚝帅，献关纳土。携其妇孩，载筐载筥。帝颁秬鬯⑥，锡之茅土。公让弗居，言归田墅。捻骑慓疾，西秦东齐。帝念旧勋，起视鄂师。既剪既除，还遁涟溪。返其初服，和吾天倪。

太行西转，唐魏所宅。腾腾亢暘，烧恒蒸霍。父炊子骸，骨肉相嚼。既饱而死，投骨于壑。公自河帅⑦，来抚是邦。彷徨四顾，涕泪盈眶。昔之封圻，亘二千里。六百万人，皆吾赤子。汝饥汝寒，舍子胡恃。贻书于邻，为乞火水。小子⑧在津，始议转粟。蚩蚩夸父，思移王屋。或曰晋饥，古资秦谷。泛舟之役，盲左所录。岂有齐米，而果晋腹。公独谓然，闻之九阍。橐驼万足，牛车千辕。批陉凿坂，遂达太原。公喜谓我，汝策诚良。譬彼海舶，汝司其樯。骇涛不惊，万里可杭。举国听汝，汝其予匡。苟益吾民，趣奏圣皇。神州九有，海外戎疆。闻公告籴，咸解橐囊。朱提⑨千万，义粟亿仓。悉给晋人，活彼羸尪。天乃大雨，载畊载桑。公曰未已，汝筹其长。无田胡赋，无屯胡粮。均徭减役，蠲除逋荒。岁省百万，民气以昌。比公去晋，家致壶浆。扶老携幼，拜公道旁。呼公慈母，祠公馨香。汾枯岳坏，公泽弗忘。

我投有北⑩，远乘亭嶂。公制粤疆，乃分吾谤。我惭见公，公弗咎予。书问载道，恩谊如初。帝悯孤臣，匪珙而环⑪。苏轼北返，锺仪南旋。相见秣陵，握手潸潸。公哽勿语，我拭其癍。曰公乳瘿，小子生还。譬彼恶梦，醒则胡酸。公壮吾语，反悲为欢。疾辞公去，归觐母颜。忽闻我戚，遣使来山⑫。唁我墓庐，讯我生男⑬。哦诗贺子，曰固有天。我游湘南，凭吊屈平。公忽忆我，招我石城。中兴武功，煌煌庙谟。南岛北碛，帝握其枢。历三十载，宜笔之书。蔼蔼台城⑭，俯瞰后湖。前对锺山，的砾芙蕖。我居其间，朝唔暮呼。成十万言，用表忠勋。或疑挂漏，公曰无诬。传称异辞，史阙其疑。

吁嗟夫子，怀元抱道。胡天不吊，丧兹元老。上自宫庭，下及海岛。贤士大夫，贩夫酒媪。闻公之薨，罔不震悼。公之治民，嘘枯沃槁。煦以雨风，恩犹襁褓。公之治军，安镇勿躁。壁坚则围，敌骄斯捣。公于僚属，如师如保。扬善覆过，虽犯弗恼。公于邻邦，忧其旱潦。倾橐倒篚，厥施浩浩。我辱公知，相期古人。治论三代，睥睨汉秦。人或疑诞，公独谓真。公今已矣，尚复何言。述公功德，震古烁今。国史有传，私有碑铭。裒为一书，匪异人任。庶羞既陈，清醑斯斟。公不弃我，来享来歆。

又挽联云：

张侯夺秩为陈汤，杯酒惜穷途，谓我无官有两子；

严帅作堂款杜甫，客窗编野史，报公盛德在千秋。

谨按，鼎丞方伯为东湖名下士，踔跞戎行，受知于曾文正公，因得亲传其衣钵。闻文正当年亦尝以和鲁公之许范鲁公⑮者许方伯，且目为海内文章之替人⑯。昔年方伯曾有《三十家诗钞》之选，都魏、晋、宋、齐、梁、陈之作者，得一千八百四十七首，盖本文正原，选曹阮六家诗而增其体例者，所选以陈思为冠。于此知方伯之醲郁⑰于建安诸子者深矣，宜其风骨遒上，积健为雄，悱恻沉杰，兼擅胜场。今读方伯是文，益知忠悱所寄，更祖述《离骚》而师其意。惜未得阶前尺寸地，一识荆州耳。至当日方伯初奠爵⑱，便涕泣不能仰视孝帷，上下感其诚，因之失声。此又古人所谓情生文，文生情，有是情，乃有是文者！夫岂偶然哉！夫岂偶然哉！景仰之余，爰志鸿爪。

（庚寅年十二月初二日，公元 1891 年 1 月 11 日《申报》，原题名《王鼎丞方伯祭曾忠襄公文》）

【注释】

①庶羞：美食。指美酒佳肴或祭祀用品。

②克岐克嶷：典出《诗经·大雅·生民》："诞实匍匐，克岐克嶷。"《朱熹集》传："岐嶷，峻茂之状。"后多以"岐嶷"或"克岐克嶷"形容幼年聪慧。

③熊湘：此词最早出现于《史记·五帝本纪》，一般认为是指长沙。这里指湖南。

④撞搪：冲击。

⑤狺狺（yín yín）：狗叫的声音。

⑥秬鬯（jù chàng）：古代以黑黍和郁金香草酿造的酒，用于祭祀降神及赏赐有功的诸侯。

⑦河帅：东河总督。清雍正七年（1729）改河道副总督为河南山东河道总督（通称河东河道总督），驻济宁（今山东济宁市），后移驻兖州（今兖州市），专管防治河南、山东境内的黄河与运河，时称"东河总督"。

⑧小子：王定安自称。

⑨朱提：山名。在今云南省昭通境内。盛产白银，世称朱提银。后用作银的代称。

⑩有北：北方荒凉寒冷的地方。此指王定安被贬张家口军台谪戍。

⑪匪玦而环：此指王定安被赦免回乡。"环"通"还"。

⑫忽闻我戚，遣使来山：疑似指王定安的母亲万氏去世后，曾国荃派人吊唁。王定安被赦免放还时应该是第一时间去"秣陵"（南京）见了曾国荃，然后"疾辞公去，归觐母颜"，这就意味着光绪十一年（1885）年初万夫人还在世，从"忽闻"两字看，万夫人应该在王定安回家后不久去世；而夷陵区

龙泉镇王家场的万夫人墓的墓碑上有"光绪十有四年二月王定安"字样，三年后立碑也符合宜昌一带的风俗。

⑬生男：疑似指王定安的次子王邕出生。如果理解无误，那就意味着王定安的母亲去世和王邕出生应该是一年，即光绪十一年（1885）。王定安晚来得子，长子又去世，这时再次得子，曾国荃借此宽慰王定安，自然在情理之中。此句与挽联中的"谓我无官有两子"所指应该相同。

⑭台城：六朝时的禁城。此指南京。

⑮和鲁公之许范鲁公：五代十国时期宰相和凝赞许范质。据《新五代史·和凝传》记载："（凝）性乐善，好称道后进之士。唐故事，知贡举者所放进士，以己及第时名次为重。凝举进士及第时第五，后知举，选范质为第五。后质位至宰相，封鲁国公，官至太子太傅，皆与凝同，当时以为荣焉。"

⑯替人：接替的人。

⑰醲郁：学识的精华处。

⑱奠爵：进献祭酒。

祭曾惠敏公①文

维光绪十有六年九月十九日，前山西冀宁道王定安谨以肴馔酒醴之仪致祭于太子少保、户部侍郎、一等侯曾惠敏公之灵，其词曰：

倬彼曾侯，煜乎洸洸②。嚣乎③汤汤，乃秾其光。曾侯之文，欲七咀九。弱龄弄翰，曹石谢斗④。乃究六书，许郑是师。俯睨汉芝⑤，仰阚秦斯⑥。维斯维芝，兼者其谁。曾侯侯侯⑦，胚而甄之。曾侯之勋，内禅外埏。巉巉其峻，沌沌其渊。星麾于迈，晖晖焱轮。北轸穷发，西逾昆仑。自彼穷发，迄于乌孙。反我侵地，乃畎乃屯。乃亭乃障，乃筑我垣。瓯脱⑨既截，疆索斯分。蒙君契伯，来走来奔。蠢尔虎噬，交藩帝咨。曾侯反辙，伦敦载驰。巴黎诘□，寒盟爰自。彝部腾章，帝闻臣泽。稽首昧死，上言耽耽。黜虏亡国，游魂譬观。栝玃□□，馁极而蹲。我强则走，彼将自燔。帝嘉乃谟，戎辖焞焞。强敌乞款，越裳□存。帝曰汝来，来觐于庭。象译汝司，戎政汝论。王库所储，汝橐其门。曾侯虎拜，近天子光。尧吁舜俞，媲美虞居。鸣珮锵锵，朱芾煌煌。

讵寿不禄，陨我栋梁。宫庭轸悼，邸府悲伤。温诏褒勋，曰楚之良。畀以宫衔，锡以嘉谥。荣逮其身，赏延于世。嗟嗟曾侯，实天下才。所施未尽，中外衔哀。

我交曾侯，垂三十年。柳营较射，裘马联翩。公驰我突，左回右旋。鞿然⑩相许，伯回仲骞。圣相云徂，馆我湘沅。编□遗书，三易寒暄。镂章锲句，友苏师韩。尖叉斗险，石鼎争妍。我狂不让，公宥不愆。或疑弃我，公岂其然。去春贻书，相讯儿女。谓余生男，胜于美仕。公之两郎，彬彬凤毛。公乃谦退，谑语自嘲。今春之暮，公殁京师。阿叔闻讣，泪枯神迷。我作旷语，公固无亏。立功万里，有学有词。拟之葛侯，才短二期。一门忠勋，宋范唐裴。阿叔领之，稍塞其悲。卅年交友，惟我与公。公死我谪，饮憾何穷。睹公遗容，如对公语。作诗招魂，期公万古。

并有挽联云：

九载驻狼荒，喜南越犹存，早有奇勋方陆贾；

八埏通象译，正西戎多故，那堪中夏失张骞。

（庚寅年十二月二十日，公元 1891 年 1 月 29 日《申报》）

【注释】

①曾惠敏公：曾国藩次子曾纪泽。清代著名外交家。初袭父一等毅勇侯爵。光绪年间曾担任清政府驻英、法、俄国大使，也是当时秉承"经世致用"新思维的官员。其后与俄人力争，毁崇厚已订之约，更立新议，交还伊犁及乌众岛山、帖克斯川诸要隘，有功于新疆甚大。中法战争时，力与法人争辩。官至户部左侍郎。光绪十六年（1890）卒，年五十一，赠太子少保，谥号"惠敏"。

②洸洸：威武、果毅的样子。

③翯乎：白而有光的样子。此处似乎是咏其名字中的"泽"。

④曹石（dàn）谢斗：曹植、谢灵运一样的才华。谢灵运曾说："天下才有一石：曹子建独占八斗，我得一斗，天下共分一斗。"

⑤汉芝：疑似指汉代的草书大师张芝。曾纪泽书法比其父更全面，楷、行、篆、隶多体皆有，尤其是楷行作品最多，水平也最高。

⑥秦斯：秦代的李斯。

⑦俣俣（yǔ yǔ）：魁伟貌。

⑧暺暺（tǎn tǎn）：光明的样子。

⑨瓯脱：指两国分界的缓冲地带。

⑩辴（chǎn）然：喜悦的样子。

【相关链接】

皇清诰授光禄大夫、建威将军、太子少保、户部侍郎、
承袭一等毅勇侯兼云骑尉世职、予谥惠敏曾公墓志铭

德清俞樾①撰、安化黄自元②书并篆盖

昔在咸丰、同治间，盗贼盘牙③，有震且业④。天乃笃生⑤敦庞耆艾表里文武之臣，以划拨荒莱，经纬区宇。而吾师曾文正公，实为中兴元功冠。文正公薨，惠敏公嗣，又继之以雄才伟略，为国家宣布德意，奋扬威棱，谈笑樽俎之间，折冲⑥万里之外，将天之钟美于曾氏乎，乃天之笃祜我圣清也。

光绪十有六年闰二月癸巳，惠敏公薨于位，越二日乙未，诏以公才猷练达，任事勤能，赏太子少保衔、照侍郎例赐恤。三月癸巳，又从大学士、直隶总督李公鸿章请，以其事实宣付史馆，加恩予谥。明年某月某甲子，其孤奉公之器，归葬于善化六都曹家坳之桃树湾，而乞文以铭其幽宫。

余惟公以元功侯籍⑦，弱冠登朝，智深勇沉，中外翕服，固不待余言以为重。然公仗节出疆，慷慨辨论，有中外大局所关，不可不垂示后世者，则又安敢以不文辞。

公讳纪泽，字劼刚，号归朴，文正公长子。世牒炳然，可无述也。自幼究心经史，喜读《庄子》《离骚》，所为诗古文辞，卓然成家。兼通小学，旁涉篆刻、丹青、音律、骑射，靡不通晓。从文正公在军中十余年，战守机宜、山川形势，咸得其要领。

同治以来，与泰西互市，中外之事益繁，公遂精习西国语言文字，讲论天算之学，访求制器之法，海外诸大洲地形国俗，鳞罗布列，如指诸掌。先以正二品荫生用户部员外郎，及文正与欧阳夫人相继薨逝，公连遭大故哀毁，几不胜丧，然垩庐之中，仍潜心有用之学。服阕入都，袭一等毅勇侯。朝廷知公才，命以四五品京堂候补。

光绪四年，充出使英国、法国钦差大臣，赐花翎以宠其行。是年补授太常寺少卿，明年迁大理寺少卿。公在海外，遇事侃侃，英人法人，多为折服。朝廷益知公可大用，明年遂有出使俄国之命。

先是中原多事，俄人窃据伊犁，至是议索还之。而侍郎崇厚实以全权大臣往，乃为俄人恫喝，诸事多从其请，又以全权大臣例得专行，竟与定约而归。上震怒，夺其官治罪，改命公往毁约更议。当时俄人要挟万端，且自我毁约，使彼有辞，沿海震动，以为兵事将起。公受命于艰危之际，力任其难，与其国外部书格尔斯及驻华公使布策诸人，笔舌辨难，往复十数万言，卒毁已成之约，更立新议。其大端有七：

一曰交还伊犁。原约以伊犁西南两境分归俄国，而南境之帖克斯川，实为南北要区，尤重于西，若南境属俄，则俄有归地之名，我无得地之实，力言俄俾南境悉归于我。

二曰定喀什噶尔之界。原约所载地名，按图悬拟未足为凭。俄必欲如原约者，乃争苏约克山口也。公与辨论再三，始定议两国各派大员勘定，不以原约为准。

三曰定塔尔巴哈台之界。前将军明谊、奎昌等已分有定界，及崇厚至俄，以分清哈萨克为言，于是为俄所占者，又三百里。公力争于俄，乃于明谊、崇厚所定两界间，酌中勘定，更立新界。

四曰嘉峪关通商。原约许俄商由西安汉中行走，直达汉口。而向来通商，从无指定何处许西商减税、行走之例。公与定议嘉峪关通商如天津例，而西安、汉中两路及汉口字均删去，不入载书。

五曰松花江水道。松花江直抵吉林爱珲城，从前误指混同江为松花江，致俄船驶入无禁。崇厚许其船得至伯都纳，俄犹未餍也。公与力争，竟废此条，不特于新约夺其利，且为旧约辨其诬矣。

六曰乌鲁木齐领事。公初意尽废各城领事官。俄谓各领事废，则乌鲁木齐必须增设一员。公又与争，及改为吐鲁番增设一员，而乌鲁木齐不增，余领事并罢。

七曰天山南北路税务。新疆兵燹之后，凋敝殊甚，转运维艰，是以原约有均不纳税之说。公改为暂不纳税，俟商务兴仍开征，以充国课。

凡所定界务三端、商务四端，皆毁旧约，更立新章。而又有偿款一端，改兵费之名为代守伊犁之费，减卢布五百万元为卢布四百万元。

自光绪六年至七年凡十阅月，而议始定。前使者以头等全权大臣，仅得伊犁之半，而诸要隘尽弃以畀^⑧俄。公以二等使臣，又无全权之名，乃能取已成之约而更之，乌宗、岛山、帖克斯川诸要隘仍为我有，伊犁拱辰，诸城足以自守，而又得与喀什噶尔之阿克苏诸城形势联络，其有功于新疆甚大。于补授宗人府府丞，俄迁都察院左副都御史。

至九年，而法越事起。公任满将代，诏留公任。公与法人辩甚切，法人惮之。又陈《备御日南之荣》六条，悉中肯綮。十年补兵部右侍郎。是年奉命与美国议定洋药税厘并征条约，增岁入银贰百余万两。十一年始有诏，以江西布政使刘瑞芬代公。公在外盖九年矣，历使俄、英、法三大国，适值多故，忧劳备至，须鬓皆白。至十二年冬，受代还朝，未至即命帮办海军事务。既至，又命在总理各国事务衙门行走。醇贤亲王知公谙达洋务，每事必咨焉。调户部左侍郎，命管同文馆之事，又尝摄刑部、吏部侍郎。公自以受恩厚，鞠躬尽瘁，不敢自暇逸，而在俄时积受阴寒，得中消之疾^⑨。至十六年春，方与诸王大臣会议朝鲜事，咸欲取决于公，而公旋病，病且不起矣，年五十有二。醇贤亲王亲临哭奠，谓年甫及艾，何至于此，有其才而不竟其用，惜哉！旬日之间，电传中外，无不同声太息，为朝廷惜此柱石之臣。呜呼！如公者，真我国家之尽臣，而我师文正公之肖子矣。

公娶贺氏，云贵总督贺公长龄女；继娶刘氏，陕西巡抚刘公蓉女。初无子，以弟子广铨嗣；后生子三，广銮、广铭、广鏐。铭、鏐俱幼殇。公卒，广铨赏员外郎，广銮俟及岁引见。女子子三：长适合肥李经馥，次适归安吴永，三幼殇。所著奏疏及诗古文若干卷，又著《地舆辑要》未成。其早年所撰则有《佩文韵求古编》《说文重文本部考》《群经臆说》诸书，均藏其家。公合中学西学而成一家之学，宜其所树立者大也。铭曰：

天生文正，光辅圣清。扫除群盗，东南砥平。

内乱既平，外患未已。天成公名，畀以贤子。

贤子维何，曰惠敏公。中学西学，一以贯通。

始以小侯，洊登卿列。帝知其才，授以使节。

俄恃其强，据我新疆。谁与定议，自毁堤防。

公踵其后，十易八九。折冲樽俎，夺肉虎口。

不辱君命，不激不随。公此一举，倾动四夷。

方今隐忧，实惟平壤。俄所觊觎，我之屏障。

安得如公，高议云台。雄图未展，隆栋先摧。

我作铭词，刻其墓石。赫赫令名，千载无斁⑩。

长沙陈元玉刻石

（清·俞樾《春在堂杂文》五编）

【注释】

①俞樾（1821—1907）：字荫甫，号曲园居士，浙江德清人。道光三十年（1850）进士，授庶吉士。以复试诗有"花落春仍在"之句，为曾文正公所赏，散馆授编修。所著凡五百余卷，统曰《春在堂全集》。

②黄自元（1837—1918）：字敬舆，湖南安化人，清末书法家。同治七年（1868）中进士第二名，授翰林院编修，至光绪间，迁河南道监察御史，宁夏府知府。一生勤于书法，博采颜、柳、欧各家之长，自成"黄"体。黄自元与曾纪鸿为儿女亲家，纪鸿三子广镕原配即黄自元之女。

③盘牙：相互交结，谓犬牙相交入之意也，同"盘互"。

④有震且业：意力强大有威势。语出《诗经·商颂》："昔在中叶，有震且业。允也天子，降予卿士。实维阿衡，实左右商王。"《郑笺》："震，威也。"《尔雅·释诂》："业，大也。"

⑤笃生：谓生而得天独厚。《诗经·大雅·大明》："笃生武王，保右命尔。"

⑥折冲：使敌人战车后退，指击退敌军。语出汉·刘向《新序·杂事一》。樽俎折冲，指不以武力而在宴席交谈中制胜敌人，后泛指外交谈判活动。

⑦侯籍：诸侯名册。

⑧畀（bì）：给予。

⑨中消之疾：消渴病的一种，即今之糖尿病。

⑩斁（yì）：厌倦，厌弃。

第六辑　史论

《湘军记》各卷论赞[①]（二十则）

一

王定安曰：自古奸雄窃据，必有悍厉跋扈之姿，攻城掠野，躬亲百战，而后仅乃得之。洪秀全一猥庸鄙夫耳，未尝亲行阵，其才智不过下中，托名西洋外教，语尤怪迂不经，非至愚极暗之人不能眩。然而乘世乱一呼，姝徒响应，为之效死者十余年。秀全坐拥伪号，不出堂阃，流毒及十六行省。岂天降丧乱，长养凶族，俾吾民丁其厄耶？毋抑初纵之，而后遂不可制耶？语云："滔滔不绝，将成江河。"谅哉！

（《湘军记》卷一）

【注释】

①论赞：附在史传后面的评语。司马迁《史记》称"太史公曰"，班固《汉书》、范晔《后汉书》皆称"赞"，荀悦《汉纪》称"论"，陈寿《三国志》称"评"，谢承《后汉书》称"诠"，其他或称"议"，或称"述"，名称不一。王定安的《湘军记》一书共二十个章节，每个章节之后都有王定安的评论，称"王定安曰"。这些"论赞"较好地体现了王定安的史学观念。

二

王定安曰：湖南居楚偏隅，襟山带水，其民饭稻羹鱼自给，无秦晋商贾巨万之家，赋税俭薄，才敌江浙一大郡。自粤寇起，兵饷大源由之出。初援捐输例，量赀入官助军，已乃算缗钱、榷百货而税之，谓之厘金。厘金始扬州，浸淫及湖南北，岁入数倍课税，绾以局员，藩司署纸尾，不能问其出入。东南各省仿行之。馈饷不责之大农①，遂以内绥外伐。呜呼！富强之术岂不由人哉！

（《湘军记》卷二）

【注释】

①大农：习惯用作户部尚书的别称。此指户部。

三

王定安曰：曾文正、胡文忠①皆命世之英。胡公气局恢张，有囊括四海之志。若天假之年，俾藏厥功，其勋名岂出唐郭子仪、宋韩琦下哉？然其初以黔军六百徘徊金口，进退无所属。曾公奇其才，上疏力荐，至谓"出己上"。挈之江西，犹碌碌无所表见。及援武昌，擢疆帅，感激发舒，事业烜赫矣！胡公所任大将，惟多隆阿②、鲍超是所拔擢，其他罗泽南、李续宾、李续宜、杨载福、彭玉麟均曾公旧部，抚而有之，遂成伟烈，盛矣哉！曾公穷穷畏抑，日思以人事君，所论荐如胡公者，往往有之。胡公亦号爱士，后竟无闻焉。由斯言之，曾公过人远矣。

（《湘军记》卷三）

【注释】

①胡文忠：见第一编《怀方菊人方伯大湜四十八韵》"本出益阳门"条注。
②多隆阿：见第一编《寿王枫臣军门六首》"几载忧谗积谤书"条注。

四

王定安曰：曾文正以客军羁江西，外逼石达开、韦昌辉诸剧寇，内与地方官相牴牾，其艰危窘辱，殆非人所堪。部将官至三四品者，每为州县扑责。

尝檄举人彭寿颐领一军，巡抚怒，收系之狱。其饷糈不时至，募民捐赀给军，所给印收，州县辄指为伪，拘讯捐户，诟厉之已甚。故事钦差大臣颁关防①，其他督办军务虽号钦差，无铜符，但自刊木印以为信。诸疆帅故诘公所刊关防，或谬题钦差大臣，乃移文正其名以相谴。然公包羞忍诉，卒藏大功者，恃圣主特达之知，有以弭猜忌者之焰耳。公之言曰："今日局势，非位任督抚、有察吏之权者，不能治军筹饷。"其后朝廷命将，必界以封疆。数年间成效昭著，群贼以次荡平，其议自公倡之也。嗟乎！六合一家，而疆臣私其财力不相恤，如列国然。为将帅者，处客寄虚悬之位，而欲有所成就，岂不难哉！

（《湘军记》卷四）

【注释】

①关防：旧时政府机关或军队用的印信，多为长方形。

五

王定安曰：曾文正、沈文肃①世皆号为君子。曾公尤恢廓有容，常以忍辱包羞诲其门人子弟，然争饷一疏，语稍伤于激矣。其必有忧危迫切，发于不得已者乎？沈公权势远出曾公下，舍江西则无可筹之饷。其画疆而守，聊固吾圉，世多谅之。然悻悻负气，亦过矣。嗟乎！位敌则相猜，权均则相逼。贤者不免，况其下焉者乎！

（《湘军记》卷五）

【注释】

①沈文肃：沈葆桢，原名沈振宗，字幼丹，又字翰宇，福建侯官（今福建福州）人。中国近代造船、航运、海军建设事业的奠基人之一。是清朝抵抗侵略的封疆大吏林则徐之婿。咸丰十一年（1861），曾国藩请他赴安庆大营，委以重用。同治十三年（1874），日本以琉球船民漂流到台湾，被高山族人误杀为借口，发动侵台战争。清廷派沈葆桢为钦差大臣，赴台办理海防，兼理各国事务大臣，筹划海防事宜，办理日本撤兵交涉。由此，沈葆桢开始

了他在台湾的近代化倡导之路。光绪元年（1875），沈葆桢回朝廷，被任为两江总督兼南洋大臣，负责督办南洋水师。沈葆桢以朝廷经费有限，分散建南、北洋水师感到不足，主动提议先集中力量建北洋水师。光绪五年（1879），沈葆桢在江宁病逝于任上，享年五十九岁，谥"文肃"，朝廷追赠太子太保衔。

六

王定安曰：曾文正初绾两江，所隶无完土，渡江守祁门，群贼环而攻之，欲死者数矣。幕僚皆劝公去，公弗听。其弟国荃方围安庆，流涕上书，公感悟，挈五百人移驻东流。顷之安庆克，东南大局因之转圜。假使曾公守祁门弗出，贼环攻无已，时城破身殉，大事去矣。余尝闻曾公言："吾初起兵，遇败危则有死心，自吾去祁门，而后乃知徒死无益，而苟生之可以图后功也。"曾公国荃顿兵坚城凡两载。陈玉成百战悍寇，远攻邻省，冀解围，不得则归而斗穴中。曾军坚屹不可撼，则纵横出旁邑，多隆阿、鲍超并力击之，贼进退无所据，遂至诛灭。呜呼！在祁门则如彼，居安庆则事机之顺如此。存亡之机，间不容发，可不审诸？

（《湘军记》卷六）

七

王定安曰：自古异人豪杰，多产淮甸，而奸雄草窃、跨方州拒朝命者，亦往往出淮蔡之间，其地势使之然耶？唐时方镇跋扈，中朝不加讨，率以恩义联之，恣其骄倨之性，卵育胎挛，至于凶獝不可驯伏，乃草薙而禽割之。原其始未尝不忌惮，后稍猖狂也。呜呼！为国家者，不得已而用抚，含诟隐忍，冀图旦夕之安，岂计之得哉？观苗李之事，吾于当事者有遗憾焉。

（《湘军记》卷七）

八

王定安曰：甚矣，常胜之不可以恃也。军兴，诸将阘茸畏葸，闻杀声则惊走；及贼去，虚列战功。大帅不加罪，又奖擢之者，比比皆是。独向公荣、张公国樑，当贼初起，号为能战。及建节东南，感激发舒，威声濯濯，虽古韩、岳无以过之。然恃其善战，分师远征，顿兵坚城，几克而复失之，盖克敌致果之功多，好谋能惧之心少。由斯言之，向、张特战将耳，非真知韬略者也。曾公国藩敬慎儒缓，观其奏疏，徬徨四顾，不急目前之效，宜若迂远，而阔于事情；然其坚定不摇，排众议而孤行己意，其成功亦卒以此，由学力胜也。曾公国荃挈孤军以当百万之寇，兵力去向、张远甚；饷不时至，瘟疫盛行，其危阽较向、张何啻倍蓰。徒以忠诚感召，敌盛而军不惊，饷匮而士不变，此其所以胜也。庚申大营之溃①，世多以诟和春，然月饷三分而减一，湘淮军在在有之。其致败，岂尽以此哉？吾故曰：向、张之亡，由轻举远征，非战之罪也。故详述其事，与湘军参观，知其得失之由焉。

（《湘军记》卷八）

【注释】

①庚申大营之溃：咸丰十年（1860）春末，一度虎视江宁且前后数载之中拥兵达十数万众的清军江南大营被太平军攻破，帮办江南军务的江南提督张国樑落水溺毙，其主帅和春也在浒墅关最终兵败自尽。

九

王定安曰：曾公国藩言："军之胜败，时也。时未可为，圣哲弗能强；时可为，则事半而功倍。"其言允矣！愚犹以为未也。夫兵事，瞬息千变，其安危在呼吸之间。而议者时从数千里外悬揣而遥制之，朝上一策，暮更一令，则将帅无所措手足。向公、张公战略优矣，而起武夫，乏远识，左之则左，右之则右，惟知众议可畏，不暇审量敌情。故朝皖暮越，疲于奔命，而自忘其顿兵坚城，再蹶再兴，而卒不能振也。曾公兄弟以忧惧治军，鳃鳃焉审全局，规远势，不急旦夕之效，不为群议所摇。其有所见，撼之而弗动，促之而弗行。《诗》云："发言盈庭，谁敢执其咎？"如曾公兄弟者，可谓善任咎者欤？由斯言之，得失之机，虽曰天命，岂非人事哉？

（《湘军记》卷九）

十

王定安曰：李公鸿章，初以优贡客京师，即师事曾公国藩。其后入翰林，出赞吕贤基、福济军事，崎岖颠沛，谗谤颇起。福公尝具疏荐道员，郑魁士阻之。既简延建邵遗缺，拥空名，无官守，遇亦艰矣。曾公督两江，议兴淮扬水师，请补江北司道。未行，复荐两淮运使。疏至，文宗[1]北巡，不之省。李公亦自以为数奇，不复言禄矣。未几，穆宗即位，询苏帅。曾公复荐李公，遂以道员超擢巡抚。数年之间，南定吴会，北平捻匪，剖符封爵，位兼将相，勋业烂然矣。嗟夫！士之未遇也，固有饭牛版筑三北而不羞者矣。及其遭遇圣明，乘时利见，罄其才智，则可以回乾坤，挽山河。故曰："张之则为龙，弛之则为蛇。"自古圣贤豪杰，见知于天子，建树于时者，始未尝不淹塞，后乃烜赫也。呜呼！如李公者，可谓无负曾公知人之明者欤！

（《湘军记》卷十）

【注释】

①文宗：指咸丰皇帝。

十一

王定安曰：左文襄未遇时，即自比诸葛亮，与人缄札辄署"亮白"，世多讥其妄。监利王柏心独深许不疑，往往见诸诗歌。寇初兴，张亮基居围城中，延为幕客，始赞军事。及骆文忠[1]再抚湖南，始大任用，兵饷皆倚以决，司道衔参白事，骆公辄曰："往见季高先生筹之。"骆公画诺而已。当是时，万众指目，谤议横兴，讼狱大起。朝廷遣总督按验，簿责甚厉。骆公顾委蛇，不为置辨，文襄几危。然其名已上闻，文宗召外臣，辄垂询其才。比寇事亟，曾文正、胡文忠交章论荐，朝臣亦多言宗棠可大用，文宗超擢京卿。不两载，遂跻疆帅，开府闽浙。摅其所蓄，恢恢而敷布之，南定百越，北靖中夏，西暨天山。五十余国皆兽狝而子蓄之。已，登揆席，入枢密。安南告警，耄年出师，所谓鞠躬尽瘁、死而后已者。论文襄德量才智，吾不知视武侯后先如何；要其勋伐，过祁山[2]远矣。嗟呼！自古贤人君子，遭世谤颠蹶，沉郁堙灭，抱其所学以终者，何可胜数！如左公者，可不谓厚幸欤！

（《湘军记》卷十一）

【注释】

①骆文忠：骆秉章，广东花县（今广州花都区）人，原名俊，字籲门，号儒斋。道光进士。道光三十年（1850）任湖南巡抚。咸丰二年（1852）在长沙对抗太平军。后支持曾国藩建立湘军，镇压湖南天地会起义，支援曾国藩、胡林翼同太平军争夺武昌与江西，使湖南成为湘军的后方基地。咸丰十一年（1861）调四川总督，率湘军入川，镇压李永和、蓝朝鼎起义。同治二年（1863）诱杀石达开。有《骆文忠公奏稿》。

②祁山：指诸葛亮的功业。诸葛亮曾六出祁山。

十二

王定安曰：广闽风气犷悍，地险多盗。平时帆船往来，率载巨炮以行。其轻死乐祸，习俗使之然耶？自来奸人窃据，号称侯王者，虽数短运促，亦必假仁义，设官守，治狱纳赋，涂饰蚩氓耳目；未有愚顽凶暴、荒诞无纪，如洪酋之甚者也。自初起，讫于亡，所陷郡县多矣。文无守令之司，武无上下之等，日以焚掠掳杀，威劫良懦。其枭黠者，则率之习战阵，当前敌。其后稍稍设乡官，名为治民，反鱼肉之。民之孑遗者，鲜矣。然贼之昏乱如此，犹必历十余载而后灭者，何哉？盖以承平久，文吏习于娭熟容悦①，畏事诿过，以趋利避处分为高；武弁则讲威仪，畏勤苦，勇于私斗，而怯于公战。如病者然，酿毒既久，外邪从而侵之，遂至深不可拔。由斯言之，非贼之能后亡，毋乃有以长养而蕴育之者欤？曾、胡、左、曾诸公知其然，举积年锢弊，廓而清之，遂以翊赞②中兴，康济斯世。其得失，岂不昭然如揭哉？昔民谣有曰："长发恶，逢僧灭。"世或以蒙古亲王僧格林沁当之，其后乃知僧者曾人也。呜呼！岂非天哉！岂非天哉！

（《湘军记》卷十二）

①容悦：谓曲意逢迎，以取悦于上。

②翊赞：辅助，辅佐。

十三

王定安曰：骆文忠沉毅静镇，碌碌若无所能，而其大用在任贤不贰，屈己以从人。古之仁贤诸侯众矣，其建伟勋、熙鸿号①者，必得魁材哲士，师事而友暱之，如管仲、赵衰、百里奚、乐毅之伦，苟其材也，虽举国以听可也。自宋以来，世议渐隘，士大夫喜自贤。在上位者，不屑授人柄。苟有所倚任，则举世骇然，不以为侵官，即以为挠权。若骆公之休休好贤，若己有之，岂非古大臣风度哉！当其在湖南，独任左文襄筹饷募兵，事专于幕僚，谗丛毁积，而弗之改。于是援师四出，捷音望于道，勋业巍巍被邻省矣。文襄既已大任，乃挈刘公蓉②筹蜀事，用诸生，不三载超擢藩抚。刘公勋望不逮文襄，要其文章志节，固一时之杰也。骆公既薨，蜀人野祭巷哭，为之罢市者累日；称颂功德，则皆曰："蜀中自诸葛武侯以后，一人而已。"呜呼！任贤之效，岂不大且伟欤！

（《湘军记》卷十三）

【注释】

①熙鸿号：名声广传。鸿号，大名、美称。

②刘公蓉：刘蓉，字孟容，号霞仙。湖南湘乡人，清朝湘军将领，桐城派古文家，官至陕西巡抚。其代表作为《养晦堂文集》等。

十四

王定安曰：贵州之乱，始咸丰四年，讫同治十一年，历十有九载，比于东南诸行省，蹂躏最久。贵阳之不亡者，幸矣。巡抚困守孤城，号令不出百里，日以呼吁乞援为尽职。其中苗教号杠回狃之属，其名不可胜纪。而郡县旋复旋失，其日月难考。吾就楚军战绩之所在者，撷而录之。古称蛮夷之人，其性慌忽，如黔苗者，所谓先叛后服者，然刘岳昭①、席宝田之功与鄂尔泰、张广泗比隆矣。

（《湘军记》卷十四）

【注释】

①刘岳昭：字荩臣，湖南省涟源人，湘军将领。刘岳昭早年投湘军，咸丰六年（1856）从萧启江赴江西与太平军作战，参加攻打萍乡、万载、宜春，升知县；次年冬升同知；后从攻抚州，擢知府，加道员衔；石达开部进入湖南，与太平军赖裕新部战于柳家桥，解宝庆围；咸丰十年（1860）入广西，以道员记名，加按察使衔；咸丰十一年（1861），往援湖北；同治元年（1862），与石达开激战，擢云南按察使，升布政使；同治二年（1863），赴贵州镇压苗民暴动；同治五年（1866），任云南巡抚；同治七年（1868），授云贵总督，后受革职留用处分；后镇压回民暴动有功，起复原官；光绪元年（1875），“马嘉理事件”之后被革职；光绪九年（1883）病故。

十五

王定安曰：寇兴，楚军战绩满天下。其将帅率召乡人子弟，挈之远征。独云南则不然。其初劳文毅崎岖入险，孑然一身，寝馈于毒虺封狼之侧，冀感其心而资其力；功虽未就，其志亦足壮已。刘公岳昭提数千久劳之师，当百万方张之寇，饷不时至，地非素习。其规画迤东，硁硁以攻寻甸，断贼援为说。迨寻甸克，而省围遂解，竟如所策，所谓好谋能惧者耶？当是时，岑公毓英用民练八万，忍饥血战，极人世之至难。非和衷让善，何克成此伟烈哉？刘武慎苦心孤詟，不假声色，骄将悍弁相率解兵符，离虎穴，可云潜运默移、折冲樽俎者矣。其论救越南以伐日本为先，尤中肯綮，非谫谫①小儒所能道。昔晋、楚争霸则伐郑，齐、楚争霸则伐陈、蔡，齐、晋固未能灭楚，楚亦未能灭齐、晋。今中夏之与欧洲，固若晋、楚然，而日本则郑也。故并录之，以俟识时务之君子择焉。

（《湘军记》卷十五）

【注释】

①谫谫（jiǎn jiǎn）：能言善辩，花言巧语。

十六

王定安曰：三代时，中夏无骑兵，行军皆以车战。至战国始知用骑，其风盖昉自北漠。当时诸侯王封域千里，才敌近世一行省，辄称铁骑数十万，纵横驰突，或数日即至人国都。于是三晋、燕、齐皆筑长城自卫。其见于《短长策》①者，可考也。秦并天下，中国无盗警，乃筑万里长城限胡骑。由斯言之，墙堑之足以拒马，由来久矣。自捻之盛，悍骑何啻五六万？僧王率蒙古精骑追之，常落其后。曾公国藩奉命北征，初亦苦无马，屡使使出口购之。马之至者无多，而寇日以盛。始变计筑长墙，守运河暨沙、鲁诸河。闻者皆笑其迂。其后，李公鸿章踵而行之，更守胶、莱、北运河及马颊、徒骇，遂葳厥功。夫筑墙千里，合数省兵力守之，寇至或不能保，亦计之至拙者也。然天下之至巧，非至拙者不能胜。坚守其拙，而巧者靡矣。今西洋之船坚炮利固无敌，其所谓铁甲船者，炮火不能伤，风涛不能撼，固天下之至巧者矣。然而遇沙滩则停，触焦石则漏。夫沙石，亦物之至冥顽无知者也，而铁甲船畏之，则知拙之足以制巧，断断然矣！余昔从曾公游，有诏询西夷和战事，公曰："夷可与战乎？"余对曰："可。"公问："何恃？"对曰："某不知其何恃，然观公所部七万人，皆用西洋枪炮，中国利器无出其右者，而屡挫于捻。捻仅用长矛二丈，飞腾入阵，枪炮不得再施。知捻之可以胜官军，则知西夷之可以战也。"公初疑其辩，已而曰："子之言是也，胜负在人，不在器。然安得二三孟浪不畏死者，为余前驱哉？"

（《湘军记》卷十六）

【注释】

①《短长策》:《战国策》的别称。

十七

王定安曰：回之居中国历千载，读书、仕宦、耕种、商贾，视齐民无异。独循其国俗，讽经事天，不祀鬼神。又不奉正朔①，每月持斋礼拜。此其难强同者耳。自古外族内徙者众矣。周穆王迁戎太原，汉光武迁乌桓渠帅于塞内，又徙南庭数万人居河西美稷。至西晋，刘石迭起，据有中原；然其贵族世胄，至隋唐皆为著姓，名臣将相多出其中。岂复泥守旧俗哉？而回回自隋迄今，遵其教弗稍变，畛域②明矣，情亦稍异焉。《礼》曰："车同轨，书同文，行同伦。"假使回回遵圣朝大同之化，循三代周孔之典礼，而以天方教侪诸浮屠、老子，偶一涉猎，固亦圣主之所不禁，而儒者之所时有，何碍于宇宙之大乎？其守之也愈笃，斯其溺之也愈深。天方教导人为善，而械斗戕杀累百余万弗加悔，所谓诗礼发冢者耶？呜呼！其可悯也已。

（《湘军记》卷十七）

【注释】

①正朔：谓新帝王颁布的新历法。此指历法。

②畛域：比喻成见或宗派情绪。

十八

王定安曰：甚矣，门户之为害也！以周孔之道，流而为紫阳、姚江①，入主出奴，至诋为洪水猛兽。抑思其初，圣教岂有二乎？西洋奉耶苏为基督（犹言圣人），至今亦分其教为两，旧教曰天主，新教曰耶苏。诸夷争教，怨毒过于私仇，或拥兵攻伐，连数国不得休，是岂上天好生之心哉？天方②在唐时已有白衣、黑衣之分。我朝乾隆间，奸回马明心自西域归，始诈称新教。其教规约与老教同，惟诵经头摇肩耸，脱鞋送葬，此其小异者耳。马化隆③托名新教，妄言祸福，蓄逆已久。即无陕回之变，亦将诈其徒党，窃地僭号，以遂其不轨之谋。陕回虽悍，化隆视之特仆隶耳。自化隆诛，群回望风瓦解，乱遂大定。然则金积堡之功，岂不关系西北全局哉！

（《湘军记》卷十八）

【注释】

①紫阳、姚江：分别指宋代朱熹和明代的王守仁。

②天方：原指伊斯兰教发源地麦加，后泛指阿拉伯。

③马化隆：亦作马化龙，中国伊斯兰教门宦哲赫林耶第五代教主。一名朝清，经名"拖必尔停俩"，号"赛义德·東海达依"。甘肃灵州（今宁夏灵武）金积堡人。哲赫林耶教主马以德长子。道光二十六年（1846）继教主位。

同治初，领导陕甘回民反清，与清廷相持近十年，称"总大阿訇"。同治十年（1871）正月为清军所杀。

十九

王定安曰：史称西域城郭诸国，兵弱易击，匈奴、乌孙常役属之，征其赋税，盖古之孱弱小邦也。然而恃其险远，遮杀汉使，拒王命者，亦屡矣。其后汉益出师，斩楼兰，诛宛王毋寡。诸戎畏慑，始稽首称外臣，乃设都护校尉镇抚之，匈奴遂益衰弱。故汉之经营西域，其意在匈奴，非黩武勤远之谓也。今俄夷与我毗邻，东西亘万里。其患岂止汉匈奴比哉！而回疆柔懦反侧，弃之且为所噬，日蹙百里，不致于地尽不已也。左文襄排众议而独任其难，不惜竭天下全力图之。其深谋远虑，弭祸乱于已兆，岂非古之所谓社稷臣乎！刘公锦棠[1]，挈百战之师，乘破竹之势，霆摧电激，不数月廓清万里。虽傅介子、班超、陈汤之立功绝域，何多让焉？於戏，盛矣！

（《湘军记》卷十九）

【注释】

[1]刘公锦棠：见第二编《〈湘军记〉自叙》"湘乡刘公"条注。

二十

王定安曰：古云"有治人，无治法"。法者，所以济一时之穷，未有历百年而不变者也。湘军初兴，王鑫、罗泽南皆讲步伐，谙战陈，深沟固垒，与贼相拒。曾文正采其说，而立营制（湘军规制，多采之王鑫《练勇刍言》），楚师之强，莫与京矣。及剿捻中原，贼骑猋急，官军固无筑垒挖濠之暇，即以马逐马，势常失之不及。乃弃锅帐，裹糇粮，昼则徒跣，夜则野宿，乌用所谓濠垒者乎？其后陕、甘讨回之师，贵州平苗之役，皆以野战雕剿取胜。濠垒坚脆，无关军事之得失，是岂可以常情论哉？至水师之设，历今垂四十年，盗贼畏其威，商民怀其德，固一时盛轨矣。然而兵轮铁甲，日新月异，中国智勇之士，方且师夷智，造战轮与外族争雄海上。夫船炮，固若士之笔墨然，徽墨湖笔，天下之至良也，必得善楷法者书之。楷法工矣，而其诗失黏，文背题，仍不能取胜场闱也。是故，楮精墨良不如文章；船坚炮利，不如猛士；机轮百巧，搁于顽岛；铁甲坚质，败于焦石。善乎，曾公之论水师也！曰："兵随地形贼势而变，岂有可泥之法，不弊之制？惟夫忠臣谋国，百折不回，勇士赴敌，视死如归，斯则常胜之理，万古不变耳！"愿以告世之究心兵事者。

（《湘军记》卷二十）

第七辑　奏章

善后三策①

一曰清厘荒地。令州县先就有主之田，酌给籽种，假贷牛力。如无人地亩，则按亩清查，另立册簿。如实属绝户，待至今年秋后不归，准令本户近支承种，次及远族，无人方准同甲同村或他处客民领种。其承佃之法，由官给予印票。或值本户归来，应俟明年播种之时，方许认回。倘耕至五年，本户不回，许承为永业。

一曰编审丁册。自雍正四年各直省并丁于地，独山西一隅办理多歧。乾隆年间，屡次推广，犹未能改归一律，有全未归并者二十余州县，有量归十分之二三者十余州县。晋民有无田之课，州县有赔粮之缺，官民交困，应另立料丁细册，按里按甲分户查明，原额丁口若干，现存丁口若干，其缺额之丁，无丁之粮，应核实酌减。至于有丁之粮，则归之于地，以定永久之赋。

一曰均减差徭。晋省差徭之重，倍于正赋，有阖县里甲通年摊认者，有分里分甲限年轮认者。应饬州县，除各项大差持有传单，勘合循照常例支应外，其本省军差、饷差、委员向无定例者，均应送通饬条款办理，概不准借端苛派。至于虚粮、粮认差之弊，一律涸除。减核之后，仍令阖县按粮均摊，不许分里分甲，此莞彼桔，亦不准飞洒②诡寄③，张冠李戴。国荃据以入奏，得旨谕允，岁省民钱百余万缗。

（民国版《宜昌县志初稿》）

为恭报微臣接署臬篆^①日期叩谢天恩仰祈圣鉴事

二品顶戴署山西按察使冀宁道臣王定安跪奏，为恭报微臣接署臬篆日期，叩谢天恩，仰祈圣鉴事。

窃臣接奉抚臣曾国荃行知奏委署理按察使印务，旋于光绪六年七月初三日，准臬司松椿将印信文卷委员移交前来，臣当即恭设香案，望阙叩头谢恩，祗领^②任事。

伏念臣楚北庸材，知识短浅，由举人历官江苏州县，随同前大学士曾国藩军营办理文案。光绪三年，由直隶道员调赴山西襄办赈务两次，奏派转运山东漕米接济晋赈。上年冬间，奉旨送部引见，仰蒙召见一次。圣训周详，莫名钦感。今年正月，蒙恩简授冀宁道缺。涓埃未效，惭悚方深。兹复臬篆遽权^③，弥增兢惕。

查山右毗连畿辅，臬司总汇刑名，息讼安民，在在均关紧要。如臣蒙昧，深惧弗胜，惟有勉竭愚诚，勤披案牍，随事禀商现获巡抚臣葆亨实心经理，断不敢以暂时摄篆，稍涉因循，以冀仰酬高厚鸿慈于万一。

所有微臣感激下忱^④，理合恭折叩谢天恩。伏乞皇太后、皇上圣鉴。谨奏。

军机大臣奉旨：知道了。钦此。

（1880年9月8日，光绪六年八月初四日《申报》）

【注释】

①接署臬篆：接手代理按察使官职。

②祗（zhī）领：敬领。

③滥权：职责重大。

④下忱：谦词。指本人的心思、想法。

为恭报微臣兼署藩篆①日期叩谢天恩仰祈圣鉴事

二品衔兼署山西布政使、署按察使、冀宁道臣王定安跪奏，为恭报微臣兼署藩篆日期叩谢天恩仰祈圣鉴事。

窃臣接奉暂护抚臣按察使松椿行知②，奏委暂行兼署布政使。旋于光绪六年十二月十八日准护抚臣松椿将藩司印信文卷委员移交前来，臣当即恭设香案，望阙叩头谢恩，祗领任事。

念臣荆南下士，秉性庸愚。本年七月间，由冀宁道署理臬司。半载以来，未效涓埃，方深惭悚。兹复兼权藩篆，兢惕弥增。

查山右为额赋较重之区，藩司有钱粮总汇之责。现届岁阑事冗，案牍纷烦。臣以菲才，膺兹重任，期理财、慎刑之兼尽，益朝兢夕惕之交萦，惟有随时禀商护抚臣实心经理，断不敢以暂时兼摄，稍涉懈弛。

所有微臣感激下忱，理合恭折叩谢天恩。伏乞皇太后、皇上圣鉴。谨奏。

军机大臣奉旨：知道了。钦此。

（1881 年 3 月 21 日，光绪七年二月二十二日《申报》）

【注释】

①兼署藩篆：同时兼任代理布政使官职。

②行知：指通知事项的文书。

为恭报微臣交卸兼理藩篆日期恭折仰祈圣鉴事

二品衔署山西按察使、冀宁道臣王定安跪奏，为恭报微臣交卸兼理藩篆日期恭折仰祈圣鉴事。

窃臣于十一月十八日奉护抚臣松椿行知，委令兼理藩篆。顷蒙署抚臣卫荣光饬知按察使松椿仍回藩司署任。遵于十二月二十八日，委员将布政使印信文卷移交前去。臣即于是日交卸兼理藩司篆务。理合恭折具报。伏乞皇太后、皇上圣鉴。谨奏。

军机大臣奉旨：知道了。钦此。

（1881 年 3 月 21 日，光绪七年二月二十二日《申报》）

为征收药土税银一年期满据实奏闻仰祈圣鉴事

二品衔安徽凤颖六泗道①兼管凤阳关税务臣王定安跪奏，为征收药土税银一年期满，据实奏闻，仰祈圣鉴事。

窃查凤阳关洋药税银向系专款解部。光绪二年复关之时，前监督臣胡玉垣以洋药一项质轻价贵，最易走私，长淮水路向无大宗往来，陆路又易绕越由关，稽征必致百无一报，即经详定章程，责成行户认纳税银，不经胥吏之手，历经循办在案。十一年，奉文加征洋药税厘。皖省议由芜湖关通商口岸，按每百斤统收银八十六两，随其所往，毋庸重征等因。当经前护监督臣顾树屏查明，皖北各属所行销者，土药居多，即或间有洋药，皆自上海、镇江零贩而来。既经领有海关运单，照章不能再征。详明专征土药，报解亦在案。惟此项税银向系不分洋药、土药，一律征收。今自洋药一项归芜湖关统收之后，凤关专征土药。计自光绪十九年十二月初一日起，至二十年十一月底止，一年期满，共征药土旱税正银一千九十九两，自应遵照新章，专款解还海军衙门，经费正税之外，例有随解部饭暨加平银两，亦仍随正批解，即以杂耗银两作为前项平饭暨倾工火耗之用，不准书吏人等从中染指。

除循例呈请抚臣查核具题②，一面造册报部，并委员依限起解外，谨将一年征收药土税银数目，恭折具奏。伏乞皇上圣鉴。谨奏。

奉朱批户部：知道。钦此。

（1895 年 4 月 6 日，光绪二十一年三月十二日《申报》）

【注释】

①凤颖六泗道：清代同治、光绪年间安徽三道之一，领凤阳府、颖州府、六安州、泗州。治凤阳府。

②具题：谓题本上奏。

第八辑 书札

致宫太保侯中堂夫子①

宫太保侯中堂夫子钧座：

三月间，两肃禀函，幸蒙垂察。中丞②回辕，于司道晋谒时备述吾师屡次齿及贱名，谆谆切讬，生成之恩，有同覆帱③，感戴奚似！

定安位官三载，自问毫无善政，而去官之日，父老祖送至数千余人，饯席络绎二三里不绝。足见民情易感，循夫易为；事半功倍之说，良不诬也。抵省后，闭门思过，衙参之外，不谒一客，极思乘间西上，一觐慈颜。又恐谗人构衅，将以定安有所陈诉函丈之前，只得郁郁株守，以俟转机耳。新方伯相待尚属□□。惟去秋以来，交代新章过严，凡州县垫款及民欠漕尾，既不许列抵正款，又不许开销杂项，然州县必先学黄白之术而后可为也。中丞初意原不甚恶，奈有谗人在侧从中媒孽，故疑犹未释。推其致谗之由，因春间金陵之行，疑定安以私事上告吾师，遂以莫须有之事，微词浸润，岂不冤哉！

吾师目疾、疝气当已调摄就痊，无任□□。郁暑炎蒸，消夏无长物，杨梅、□橘为洞庭佳品，谨附轮船寄献，一昼夜可达金陵④，当不致于腐败。伏之莞存是幸。

敬请钧安！恭扣千禧！

受业王定安谨禀

又

敬再禀者，去冬得劼刚⑤世子书，知葵藿下忱⑥，仰邀慈照，略去属寮之礼，命跻弟子之班。数载景仰，私情始得一慰，欣忭奚如！

顷闻外间传说，朝议以中枢⑦乏人，吁请特召老臣总领枢务。东南士民举欣欣然而有喜色，以为此举苟成，内外胥蒙其福，而定安窃有虑者。

我师自统兵建节以来，无事不矫厉奋发，毅然独断，不徇流俗，不摇物议⑧，故能挽回浇俗，蔚为盛业。而中朝士大夫习于模棱，旅进旅退，无所短长，以柔媚为盛德，以乡原⑨为至行，忽见有破除成例，戛戛独造者，势必咋舌惊走，咤为异事。若随波逐流，与时俯仰，既违吾师之素履，又非圣主倚畀之深心。且宰辅之职，以进退人材为己任。南宋以来□□用人不当，中书可以封还。今政府诸公，有将顺而无匡救，势难一人独为其异，虽朝廷信任之专，不惜举国以听，而其中委曲详画之处，恐终不能尽其所长。此中枢之难于外任者也。倘或以回氛⑩未靖，中辍留重臣以资捍卫，借雄兵以压外夷，则有益于国家者仍不为不大。不知朝臣亦有见及此者否耶？吴中入春以来，雨旸时若，二麦俱好。

定安近状平适，惟病疟烦苦耳。知关慈廑⑪，并以附闻。

定安再禀。

五月朔。

（江苏凤凰出版社《大清名贤百家手札》卷七）

【注释】

①官太保侯中堂夫子：指曾国藩。中堂是宰相的别称。唐代宰相在中书省政事堂办公，后因称宰相为中堂。宋、元沿此称。明清两朝的大学士是实际上的宰相，也称中堂。曾国藩曾被授予大学士称号。从"定安位官三载"看，此信当写于王定安离任昆山知县之后，估计写于同治十年（1871）。

②中丞：明清时用作对巡抚的称呼。此中丞疑似指同治九年（1870）江苏巡抚张之万。

③覆帱：犹覆被。谓施恩，加惠。

④金陵：南京。同治九年（1870），曾国藩回任两江总督，驻南京。

⑤劼刚：曾国藩次子曾纪泽，字劼刚。

⑥葵藿下忱：此指对所仰慕的人的尊敬之情。葵、藿二者皆有向阳特性，古人用以表示臣下对君主的忠诚或对所仰慕的人的尊敬之情。

⑦中枢：指军机处。军机大臣位同宰相。

⑧物议：众人的议论（多指非议）。

⑨乡原：指乡里中的伪善欺世的人。典出《论语·阳货》。

⑩回氛：指西北回民起义。

⑪慈厪：殷切关怀。

致曾纪泽

劼公通侯世大人阁下：

夏间①匆匆聚晤，未及多谈，别来倏已三月，渴想甚殷。定安七月抵苏，交代之事勉强就绪，而造册请咨尚需时日，九月杪当可蒇事。

本拟挈眷赴湘依托仁宇②，讵家祸洊臻③，伯兄于八月十六日弃世④，一岁方周，连遭父兄之戚，命途否塞，至于此极。老母暮岁丁斯奇□，每一忆及，心痛如割，现已改计先行回里料理葬事，屈指残冬将尽，来春方可南游。

《文正公遗集》想已开局编校，鄙意全集贵精不贵多。卷帙浩繁，读者因难生畏，骤难卒业。譬诸珍肴异味，须令食者常惜其少，转有不尽之味。肉林酒池，多则多矣，而游其中者，未食先饱，未饮已醉。世人有恒者少，于古今典籍，非深嗜笃好则鲜能终篇。故欲其传之远，必恃乎选之精。太傅诗文既少，有录无弃；尺牍、批牍，似须多选。惟奏稿但拣得意者数十篇入全集中，此外另选奏疏为一集，如《陆宣公奏议》单行于世，庶全集不至过冗，而奏稿仍可另行。不识高明以为然否？

至《经史百家文钞》《十九家诗选》，太傅平生精意所寄，尤宜早刊，以示后学。

莼斋⑤所抄古文，附以文钞目录，殊不合体，青浦张广文已付梓，此间已盛行之矣。

手肃⑥，即颂礼安，禀栗诚⑦仁弟并候。

世晚制王定安顿首

九月十三日

（《湘乡曾氏文献》第七册）

【注释】

①夏间：指同治十一年六月。同治十一年六月十七日即公元 1872 年 7 月 22 日曾纪泽日记："王鼎丞来谈极久。"

②仁宇：犹仁里。对他人住处的敬称。

③洊（jiàn）臻：再次来到，接连来到。

④弃世：去世。

⑤莼斋：黎庶昌。

⑥手肃：即拱手作揖。在书信中表示恭敬。

⑦栗诚：曾纪泽的弟弟曾纪鸿，字栗诚。

致阎敬铭①（之一）

钦羡少司空大人钧座：

前阅邸报②，敬悉道躬尚未全适，续请展假。王臣蹇蹇③，遇事苶劳，万乞为国保重，随时珍摄，三晋生灵实攸赖之。

定安此次来东，仰托宪台洪福，诸事顺适。续拨东漕④尾数，于三月初旬，由德州分水陆起运，共去九万一千石。其获鹿之五万一千石，初九日即行运完；馆陶之二万石，刻经陆运；东阳关者，一万二三千者；惟道口一路，风高水浅，节节阻滞，直至三月廿六日，头帮始到。定安顷与镇青廉访勒限严催，期以闰月蒇事。至各局运费不敷，定安业将德州所余银两酌量分润，计道口拨去二万两，获鹿拨去五千两。馆陶一局，除定安前次在津借拨钱六万串，此时又拨去八千两，满足敷用，堪纾慈廑。刻下德局无事，惟压粮兵勇尚多未回。各处账目及带办捐输事宜，留派黄倅学濂⑤、张县丞等在德经理。定安即于闰三月初九日启程回晋，约二十内外可抵太原。

肃禀，敬请钧安，伏惟慈鉴。

职道王定安谨禀

闰三月初八日

（北京师范大学出版社《清代名人书札》）

【注释】

①阎敬铭：字丹初。陕西朝邑人。道光进士。历官湖北布政使，山东巡抚，至军机大臣，总理各国事务大臣，东阁大学士兼管户部。光绪中，察视山西赈务，请裁山、陕诸省差徭；兴新疆屯田。善理财赋，主张节用为本。据落款"闰三月"推知，此信当是写于光绪五年（1879）。

②邸报：中国古代报纸的统称。清代邸报的主要信息都源自清政府发抄的皇帝谕旨与臣僚折奏。

③蹇蹇：艰难的样子。常用于歌颂大臣的辛劳。

④东漕：山东漕米。

⑤黄倅学濂：疑似王定安的妻弟黄叔宋。张之洞的奏章中说黄学濂是王定安的"至戚"。时任通判，故称"倅"。黄学濂曾帮王定安校核《湘军记》《两淮盐法志》等多部书籍。

致阎敬铭（之二）

钦宪少司空大人钧座：

客腊①十五日寄呈一禀，旋奉初九日覆谕，指示周详，莫名钦服。东漕入晋，原议以道口为大宗，故拟以六万石全走此途。待卫河封闭，始有赴道采买之说，其数犹拟三万石。嗣接曾伯宫保迭次缄札交催，以获鹿什贴驼只雇就，挽输②迅速，未能株守以待冰泮，饬将东漕先尽获鹿一路赶速起运，适值车来踊跃，一月之内遂已运出五万七千石。而道口才买之米，绕及万石，截然而止。此则前后变化，殊非初念所及料也。钧谕饬令在清华、修武一带采买赈米，路近而价廉，节省靡费无算，诚为至计。惜定安一时愚见，未能及此。若早蒙指画，非但晋省少费脚价，即东省帮官受益多矣。现在州县本色将次兑足，折色采买之米均皆有赢无绌。而晋省奉拨赈粮，只余三万三千石，业经饬派委员分赴临清、馆陶从速起运。屈指开篆前后，十二万石一律告竣。总计获鹿运去七万石，东阳关运去一万五千石，道口运去三万五千石。此其大略也，其细情备具除夕详文内，兹不赘述。

宪躬想已康健如常，至为系恋。

手禀钧安，祗贺新喜！

职道王定安谨禀

新正月初六日

（北京师范大学出版社《清代名人书札》）

【注释】

①客腊：去年腊月。

②挽输：运输。

致阎敬铭（之三）

敬再禀者：

前蒙手谕，猥以寄呈微物，致劳齿及，惭悚无任①。顷从宫宝交读钧定差徭章程数本，均就各县情形因地制宜，洵为仁至义尽，救时良相，钦服莫名。介休一县，民间岁出徭钱九万余串，闻之咋舌。现经陈丽亭太守会同该县卢令裁汰八万缗，岁定徭钱一万二千余缗，当道诸公同声称快，益佩公言之洞彻无遗。省垣为外属观瞻所系，自宜力加裁减，树之风声。而首县支应各署差使，借端科派，尤为闾阎大害。昨奉宫保面谕，禁止首县应差，各署□衙及日用什物，概用民价自行办买。业经出示晓谕，民情大悦。惟向来借此中饱之差门工房②，极为不便，未免怏怏觖望耳。州县摊捐，有妨吏治，如能一律汰净，牧令既可养廉，亦不至借口赔累。现经宫保疏请，将部铁不敷之三万余两在厘金项下动支，未知部议允否？此外，拟皆设法裁减，如能办成，有益于吏治民生，实非浅鲜。潞、泽各属皆报四月十八日雹灾，岂天心犹未毁祸耶？刻下，宪躬应已就痊，曷胜孺企^③。

定安手禀

（北京师范大学出版社《清代名人书札》）

【注释】

①无任：敬词，犹不胜。旧时多用于表状、章奏或笺启、书信中。

②工房：掌管修建工程的官员。

③孺企：谓敬仰。

致阎敬铭（之四）

敬再禀者：

前在德州寄呈禀缄，辱蒙钧答，谨悉一一。定安返晋后，时抱小恙，发寒热者数次。幸顽躯素强，屡投攻伐之剂，外感内郁旋即散解。刻下尚患咳嗽，幸不如去冬之带血，应可以发表愈之。并垣^①未得透雨，旱象复形，宫保极形焦虑。定安时时劝其耐心为之，此等大劫自关天数，岂人力所能挽回，但就识力所到者稍事补苴，亦可隐销乱萌。上忙^②既难开征，捐输瞬即停止，内外援绝，不惟赈事难于措手，即地方日用公事亦无所出。目前急务，只有吁请展捐半年，或不至尽绝生路，未识钧意以为然否？前此宪公违和，想已调摄就痊，至为孺恋。附呈近作三首，于赈事略有纪叙，伏乞钧诲是幸。

定安再叩

（北京师范大学出版社《清代名人书札》）

【注释】

①并垣：山西省城太原。太原古称晋阳，别称并州，垣指省会城市。

②上忙：旧时征收田赋，分上下二期，规定地丁钱粮在农历二月开征，五月截止，叫作上忙。

致阎敬铭（之五）

司空大公祖①大人钧座：

　　客腊肃具禀械，由驿递呈，顷蒙手谕，始识误将上曾帅书封入，而前禀竟递湘乡，签仆荒谬一至于此，悚愧无地。院弁回省，敬审道躬纳福，凡百吉羊②，深慰孺忱。静帅启节时，堂属彼此依恋不舍，殊难为情。闻于二十日抵获鹿，道山东以达清江。此次尚有奉旨交查事件，学使藩运两司均有牵涉，言路弹劾生风，疆吏动辄得咎。两湖督部、清江漕帅均交左相查办，云贵督部交丁帅查办，而川省州县委缺及官运盐务，又交鹿方伯查明复奏。彗星流毒至今未熄，诸君均可谓上应天象矣。

　　香帅励精图治，不愧盛名，夙与宪台有旧，亟思一晤慈颜，访求晋中利病，兼筹中外全局。中心倾服，出于至诚。去冬陛辞③，面奉谕旨，有宣传事宜。嗣又奉到廷寄④，事甚要密，属寮皆不知何事。今委马守赴解，敦请宪驾临省，面商一切，以便覆奏。既有传旨会商要件，想我宪台自不俟驾而行。

　　定安违侍，倏又五年，就此重亲道范⑤，曷胜瞻依欣幸之至！

　　谨此申臆，祗叩钧安，敬颂新祺！

职道王定安谨禀

正月廿四日

（北京师范大学出版社《清代名人书札》）

【注释】

①大公祖：明清时士绅对府以上官员的尊称。

②吉羊：同"吉祥"。

③陛辞：指朝官离开朝廷，上殿辞别皇帝。

④廷寄：清代制度，朝廷给地方高级官员的谕旨不由内阁明寄，而由军机处密封交兵部捷报处寄往各省，叫"廷寄"。

⑤道范：敬称他人的容颜，风范。

致王家璧①

孝凤先生有道②：

乙亥冬间一别，瞬已七年，音问久疏，时殷渴想。前闻因事左迁，直道不容，同人皆为扼腕，今幸圣恩鉴察，连次擢转，亦足稍抒忠谠之气。吾省官运不昌，中外达官寥寥无几，惟仗道义文章以振颓波而挽末运，不得以穷而夺吾志也。

定安来晋五载，幸补一官，俯仰随人，毫无树建。前刻拙著四种，板在都门，兄晤香阶枢部③，乞索取求正。

定安手启

光绪辛巳④十一月

（湖北省图书馆《鄂东王氏未刊稿丛编》第三十三册）

【注释】

①王家璧（1814—1883）：字孝凤，又字月卿，号连城。湖北省武昌县（今武汉市）人，其先世居黄冈，后徙居武昌。王家璧出身书香门第，道光二十四年（1844），王家璧中进士，授兵部主事，充顺天乡试誊寻官和会试受卷官。曾创设厘局，以应军需。先后佐理曾国藩、左宗棠营务，曾在关中讲学。后历任大理寺少卿、顺天府府丞、光禄寺少卿等职。

②有道：称有学问道德的人，书函中常用作对人的敬称。

③枢部：兵部尚书别称。

④光绪辛巳：光绪七年（1881）。

残　件①

一切安谧，岘帅②前因麻黄峻表，腠理过虚，嗣复促犯肝气，抱病兼旬。近虽平复，勉强见客，形容颇见清减。芾侯方伯③廿九日到京，三月朔请安。濒行时，岘帅曾嘱其赶速旋宁，拟于四月间陈请陛见。其奉台与免觐尚未可必，而帅意则必请无疑也。我帅资望俱隆，或升或署，俱在意中。职道仍缩善后^④，旧债未清，新债又积。我帅矜悯有素，抑有以嘘植^⑤而拯拔之耶？

手禀祗叩钧祺。

职道定安谨禀

三月初一日

【注释】

①残件：此札缺页（估计缺一到两页），无上款，从内容看，收件人应该是信札中的"我帅"。时间当是刘坤一再任两江总督期间，王定安当时应该在刘坤一幕中。查李鸿章光绪十九年（1893）正月十七日《复江苏特用道王》，其中有"承属推毂一层，便中容当道及。较论才望之宿，同侪固罕与伦，岘帅相知甚深，亦不待鄙言增重耳"一句，据此推知，收件人疑似李鸿章。

②岘帅：刘坤一，字岘庄。

③蕭侯方伯：瑞蕭侯，光绪十六年（1890）任江宁布政使。

④善后：当时王定安是江苏特用道，办理金陵善后局。

⑤嘘植：古指在上司面前为别人说好话。"嘘"指吹嘘，"植"指栽培。

致苗沛霖

雨山仁弟大人阁下：

先后接奉两函，备承详示，叠叠长言，读之不忍释手，情深远道，感不去心。敬谂履蕭绥增^①，勋华卓著，至如慰颂。中外之事，我弟办理，深得其窍，要以理论，以心服也，钦服奚似。

挖矿机器既已运到，今春开办，想已兴工矣，矿苗必然畅旺，有益饷源。前此德人游历，自是傅相暗察之意。我弟才能机谋既为傅相所知，弟台更当详细筹维，以征识见。出人头地在此时也。上年热河之役，幸贼匪羽翼未成，器械不全。一闻警信，裕寿帅^②与兄商派队伍，赶紧分道驰剿，未容其稍为驻足，直隶队伍来之亦速，两路夹击，一鼓荡平，托天之福，实为幸甚。

承嘱郑二尹，本当遵照办理，只因此案系归地方主政，裕寿帅列兄衔于首者，是其谦也。丰厚齐带出部队队二千余石，寿帅仅保百名，是以营务文案支应军械，各委员一员未保。出队者尚不能多保，不出队者更难言矣。兄实系无法代办，方命③之愆，务希鉴原④是幸。

日前吉、江两省派拨马队。昨长帅电商，均已撤回各营矣。惟传闻长春伯都讷伏莽尚多，总未净绝根株，令人不无远虑。专此并复，敬候勋祈。余惟荩照不具。

愚兄定安⑤顿首

【注释】

①履葍绥增：平平安安，福禄永存。

②裕寿帅：裕禄，清末满洲正白旗人，喜塔腊氏，字寿山。监生出身。同治七年（1868）任安徽按察使、布政使。同治十三年（1874）擢巡抚。光绪十一年（1885）署湖广总督。光绪十五年（1889）后任盛京将军、福州将军。光绪二十四年（1898）任军机大臣、礼部尚书兼总理衙门大臣，旋代荣禄任直隶总督兼北洋大臣。光绪二十六年（1900）初，直隶（今河北）境内义和团兴起，派兵镇压屡败。继而又主张招抚义和团以排外。同年夏，八国联军陷大沽、天津后，败逃至杨村（今武清县治）自杀。

③方命：违命。

④鉴原：体察实情而原谅。

⑤定安：是否即王定安，存疑。此信札原件系网上拍卖品，无相关说明。

宜昌市政协文史资料
第五十辑

王定安诗文辑注（下）

宜昌市政协文化文史和学习委员会◎编　周德富◎辑注

中国文史出版社

图书在版编目 (CIP) 数据

王定安诗文辑注 / 宜昌市政协文化文史和学习委员
会编；周德富辑注． -- 北京：中国文史出版社，2024.
10. --（宜昌市政协文史资料）． -- ISBN 978-7-5205
-4814-4

Ⅰ．I206.5

中国国家版本馆 CIP 数据核字第 2024E9N605 号

责任编辑：张春霞

出版发行：中国文史出版社

社　　址：北京市海淀区西八里庄路 69 号院　邮编：100142

电　　话：010-81136606　81136602　81136603（发行部）

传　　真：010-81136655

印　　装：廊坊市海涛印刷有限公司

经　　销：全国新华书店

开　　本：787mm×1092mm　1/16

印　　张：41.5

字　　数：635 千字

版　　次：2024 年 11 月北京第 1 版

印　　次：2024 年 11 月第 1 次印刷

定　　价：148.00 元（上、下册）

目　录

第五编
友朋作品录

附　录

第三编 ——

联语篇

第一辑 《〈金刚经〉联语》①

四言

真是菩萨，无有定法。

无有高下，希有世尊。

是名大身，云何奉持。

广为人说，应无所在。

得成于忍，如是我闻。

名为不来，降伏其心。

还至本处，即非菩萨。

如露如电，即非凡夫。

如是世尊，无我无人。

如如不动，皆是虚妄。

是真语者，在在有经。

不可思量，有佛眼不。

是名说法，即非身像。

名一合相，彼非众生。

是名庄严，种诸善根。

不取于相，悉知悉见。

无法可说，是名为心。

无实无虚，愿乐欲闻。

应如是住，无众生相。

当得作佛，实无不来。

生清净心，是名为心。

皆大欢喜，是名世界。

留作是念，实无往来。

即非微尘，无所从来。

即为是塔，乐小法者。

法尚应舍，何况其沙。

生信心不，佛说是经。

当来之世，不住于相。

皆是佛法，悉见是人。

悉知是人，能生信心。

如是如是，皆应供养。

以无为法，善哉善哉。

以是因缘，是名大身。

莫作是念，信心不逆。

无寿者相，皆为非心。

其福甚多，发菩提心。

即非我有，无法可得。

通达无我，故名如来。

于意云何，荷担如来。

不受福德，即为如来。

五言

佛在舍卫国，得无诤三昧。

身如须弥山，为利益众生。

亦无非法相，若尊重弟子。

应生清净心，作忍辱仙人。

无住相布施，应如所教住。

说忍辱波罗，当何名此经。
皆以无为法，见诸相非相。
当生如是心，言如来若来。
一念生清净，修一切善法。
诸法即如来，知若干种心。
佛法一切法，应离一切相。
我闻如是经，是名三菩提。
为最上乘说，我得阿罗汉。
生无所住心，佛说菩萨心。
离欲阿罗汉，即诸法如义。
慧命须菩提，度一切众生。
有相皆虚妄，不说断灭相。
无我即如来，应生清净心。
第一波罗蜜，亦无非法相。
万亿那由他，应作如是观。
忍辱波罗蜜，是名微尘众。
是以色见我，得无净三昧。
即非作大身，人舍卫大城。
应如是布施，护念诸菩萨。
实无有往来，往来斯陀含。
所谓佛法者，受持四句偈。
时在大众中，灭度诸众生。
无法名菩萨，不应取非法。
不能见如来，当何名此经。
如来有慧眼，佛说微尘众。
世界为微尘，身如须弥山。
是阿兰行者，所言善法者。
号释迦牟尼，能生信心不。
我若具说者，说甚深经典。

为无所得那，度无量众生。

离欲是罗汉，是名一合相。

忍辱作仙人，已种诸善根。

为发大乘者，汝勿作是念。

有所说法耶，我当度众生。

六言

善护念诸菩萨，于法应无所住。

是离欲阿罗汉，有人得闻是经。

如来悉知悉见，布施不住于相。

此法无实无虚，如来悉知是人。

无我得成于忍，为发大乘者说。

如是降伏其心，应生无所住心。

清净即生实相，为发最上乘者。

如来为发大乘，可以诸相见不。

我当庄严佛土，应离一切诸相。

即为荷担如来，是名具足色身。

知一切法无我，云何为人演说。

以七宝聚布施，不应住相布施。

过去心不可得，供养应如佛塔。

微尘众宁为多，围绕以诸华香。

于法实无所得，我得阿罗汉道。

其福不可思量，身如须弥山王。

有相即非善法，说法即为谤佛。

无我故名如来，住色不应生心。

凡夫以为有我，是人甚为希有。

如来悉见是人，我等云何奉持。

诸法皆是佛法，一切皆是佛法。

无来故名如来，众生若干种心。
如来无所说法，菩萨无我法者。
众心皆为非心，如来有天眼不。
成就希有功德，譬如人身长大。
即非具足色身，以是名字奉持。
现在心不可得，果报不可思议。
当来世复有人，得福以是因缘。
是阿兰那行者，未来心不可得。
得须陀洹果不，过去世未曾闻。
如是不住于相，但应如所教住。
云何降伏其心，悉知若干种心。
住相即非菩萨，我今实言告汝。
忍辱是名波罗，佛法皆出此经。
得法于然灯佛，诵经为消罪业。
离欲名阿兰那，说法不见如来。
知我说法如筏，经偈皆应供养。
不应住色生心，佛土即非庄严。
我相即是非相，有我应堕恶过。
佛言若有人言，无相是名大身。

七言

得如是无量福德，是名般若波罗蜜。
所谓不住色布施，过去无量阿僧祇。
于法不说断灭相，于诸法无断灭相。
无来是名阿那含，应如是生清净心。
无我人众生寿者，此福德胜前福德。
能书写读诵受持，非众生是名众生。
诸恒河尚多无数，我是离欲阿罗汉。

斯陀含名一往来，尔时慧命须菩提。

此菩萨胜前菩萨，一时佛在舍卫国。

非凡夫是名凡夫，七宝满尔恒河沙。

菩萨通达无我者，知一切得成于忍。

如来有所说法耶，应如是降伏其心。

然灯佛与我授记，有我者即非有我。

须陀洹名为入流，微尘众是名微尘。

得功德不受福德，菩萨于法无所在。

说非身是名大身，如来不说得福多。

如我解佛所说义，非善法是名善法。

悉知众生若干心，名不来实无不来。

所有相皆是虚妄，是真语实语如语。

其福德不可思量，说诸心非心为心。

皆不可取不可说，此丘知我法如筏。

应如是见如是知，世尊说恒河是沙。

须菩提莫作是念，菩萨应离一切相。

阿那含名为不来，如来悉知众生心。

是名第一波罗蜜，是法平等无高下。

是值万亿那由他，诸相具足非如来。

勿谓如来作是念，无量阿僧祇世界。

所说世界为微尘，供养那由他如来。

实无众生得灭度，得离欲阿罗汉道。

不以身相见如来，在祇树给孤独园。

贤圣皆以无为法，无我相即生实相。

□□当生如是心，白佛言而说偈言。

以智慧悉知悉见，乃至无少法可得。

于是中无实无虚，未曾闻如是之经。

如塔庙皆应供养，闻如是言说章句。

持衣钵云何奉持，有不可思议称量。

勿谓如来作是念，名微尘是名世界。

尔时世尊说偈言，见非相即见如来。

恒河沙有如世界，七宝满大千世界。

须弥山即非大身，诸佛说第一波罗。

为汝说汝今谛听，菩萨应如所教住。

无人相人尽受持，如来故说得福多。

四句偈为他人说，千万佛即非身相。

若干种是众生心，五百岁种诸善根。

成第一希有功德，忍辱即是波罗蜜。

以大千碎为微尘，离欲而名阿兰那。

日光明照佛国土，未来世有修福者。

华香围绕祇树园，大乘说以要言之。

如来说庄严佛土，衣钵所在应围绕。

菩萨无住相布施，塔庙供养非庄严。

诵此经即消罪业，实无有法名罗汉。

作是念当度众生，当于来世号释迦。

说经典即为有佛，闻佛言如是如是。

无法相是名大身，如汝说善哉善哉。

八言

合掌白佛成就希有，持钵著衣敷座而坐。

洗足敷座为发大乘，袒肩合掌愿乐欲闻。

上下虚空应无所住，知我说法如筏喻者。

受持信解不足为难，皆入涅槃而灭度之。

无我人众生寿者相，于未来世闻说是法。

名金刚般若波罗经，应无所住而生其心。

我从昔来所得慧眼，如来昔在然灯佛所。

已于佛所种诸善根，有人身如须弥山王。

成就最上希有之法，实无有法名为菩萨。
未曾得闻如是之经，不以身相得见如来。
为大乘说离一切相，皆应恭敬作礼围绕。
持四句偈种诸善根，何况书写读诵受持。
不住于相得成于忍，经典所在即为有佛。
以无为法是名为心，恒河尚多何况其沙。
凡所有相皆是虚妄，是福德即非福德性。
于此章句能生信心，诸微尘故名微尘多。
云何演说如如不动，非法非相即生实相。
所应供养处处有经，无去无来故名如来。
信心清静即生实像，菩萨不住一切诸相。
色身具足不见如来，如来悉知若干种心。
闻佛所说皆大欢喜，法尚应舍何况非法。
其福胜彼不可思量，心无所在是名为心。
是第一离欲阿罗汉，知一切法得成于忍。
若大千所有须弥山，于未来世受持此经。
过去无量阿僧祇劫，坐卧去来即是非相。
得值万亿那由他佛，受持读诵能生信心。
世间天人皆大欢喜，佛说是经不受福德。
如佛塔庙是名庄严，我于往昔而种善根。
无我法者真是菩萨，是恒河沙数佛世界。
于此经中得见如来，在舍卫国中孤独园。
三十二相即生实相，如人有目悉知悉见。
若干种心皆为非心，解佛所说无实无虚。
作如是观于相不取，偏袒右肩当为汝说。
为他人说其福甚多，所得慧眼未闻是经。
与我授记于未来世，闻说是经深解义趣。
闻佛所说生清净心，心不住法而行布施。
如人入暗则无所见，以无为法而有差别。

解佛所说皆不可量，能作是念实无往来。
若作是言即为谤佛，无有定法如来可说。
于尔所世当度众生，以是名字汝当奉持。
阿兰那行得三昧道，发最上乘是真语者。
转轮圣王名一往来，于未来世生信心不。
实无有法名阿罗汉，无我无人是名善法。
譬如人身如须弥山，若坐若卧不见如来。
口口非法不诳语者，是人即为第一希有。
见种种色而灭度之，其福亦复不可思量。
若心有住应生瞋恨，颇有众生狐疑不信。
解佛所说即是如来，是法平等愿乐欲闻。
发最上乘汝今谛听，若心有住心即狂乱。
是具足相佛说非身，是名诸佛名一往来。
汝于来世当得作佛，与我授记不诳语者。
其有众生闻说是经，为人演说以要言之。
转轮圣王即非佛法，佛说如是甚深经典。
须陀洹果名为入流，我当灭度一切众生。
应如布施不住于相，佛说是经名为般若。
以是因缘得福甚多，汝于来世当号释迦。
一切有为应堕恶道，所作福德不应贪著。
如是布施即非凡夫，闻此经典尽能受持。
不生法相是名法相，能生信心即非有我。
得见如来即为如来，不住于相是名大身。

长联

一切贤圣皆以无为法，七宝布施故说得福多。
闻是经不惊不怖不畏，度众生无量无数无边。
信解受持亦无非法相，梦幻泡影应作如是观。

得值千万亿佛悉供食，不以三十二相观如来。

佛世界如诸恒河沙数，祇树园与大比丘众俱。

得无诤三昧即是佛法，为利益众生而说偈言。

菩萨作是言即非菩萨，如来无所说故名如来。

乞食著衣说甚深经典，喻法如筏度无量众生。

如来不以具足色身见，菩萨应生如是清净心。

收衣钵皆当恭敬作礼，如塔庙不应住相布施。

无复有我人众生寿者相，不可得过去现在未来心。

无寿者相应离一切诸相，发菩提心悉知若干种心。

如梦幻泡影如露亦如电，无众生寿者无我复无人。

有为法如梦幻泡影露电，后末世能书写读诵受持。

若有色若无色皆是非相，不诳话不异语即为如来。

日光明照满大千佛世界，华香供养是第一波罗蜜。

种善根不于三四五佛所，给孤独时与千二百人俱。

以色见以声求是行邪道，无众生无寿者即非凡夫。

发大乘说如来实无法可说，生清净心菩萨不住色生心。

历无量万亿劫以身命布施，于过去五百世作忍辱仙人。

若言当灭度众生即非菩萨，是人以声音求我不见如来。

斯陀含阿那含不作得果念，诸菩萨摩诃萨应生清净心。

若当来世五百岁后众生信解，已于无量千万佛所种诸善根。

以七宝满三千世界持用布施，有众生于五百岁后信解受持。

说菩萨心云何应住云何降伏，无众生相是名世界是名微尘。

著衣钵入大城世尊即非有我，以华香供佛塔如来悉见是人。

乞食入城如是世尊即非身相，华香散处一切众生得见如来。

一切世间天人阿修罗皆大欢喜，是诸恒河沙数佛世界悉见如来。

今世若为人轻贱罪业即为消灭，菩萨无住相布施福德不可思量。

得值八百四千万亿诸佛悉供养，不以三十二相具足色身见如来。

一切如梦幻泡影露电不取于相，应无住色声香味触法而生其心。

发大乘发大乘闻佛所说皆欢喜，若有想若无想众生之类入涅槃。

菩萨若能通达无我者真是菩萨，如来不以具足诸相故得见如来。

世尊说偈言不诳语者不异语者，如来有慧眼悉知是人悉见是人。

卵胎湿化一切色想众生皆得灭度，东南西北四维上下虚空不可思量。

菩萨布施不入色声香味触法诸相，众生福德亦如东南西北上下虚空。

随说是经一切世间天人皆应供养，所得福德乃至算数譬喻所不能及。

众生相寿者相及我人等相即生实相，过去心未来心与现在诸心皆为非心。

得值万亿诸佛悉皆供养承事无空过者，所有一切众生今入无余涅槃而灭度之。

不可量不可称不可思议功德皆得成就，如是知如是见如是信解法相一切无生。

得见如来不应以具足色身及具足诸相，闻此经典皆得成无量功德度无量众生。

以此般若波罗蜜经灭度众生即消罪业，过去无量阿僧祇劫转轮圣王不是如来。

闻善哉佛言修一切善法有若善男善女子，满三千世界得无净三昧是名三藐三菩萨。

若卵生胎生湿生化生是大千世界微尘众，有天眼慧眼法眼佛眼知尔所国土若干心。

若非有想若非无想一切众生等恒河沙数，所得福德所得功德如世界中诸须弥山王。

有肉眼有天眼有慧眼有法眼是如来佛眼，若卵生若胎生若湿生若化生度无量众生。

是第一波罗蜜是忍辱波罗蜜勿谓如来作是念，善护念诸菩萨善付嘱诸菩萨已于佛所种善根。

优婆塞优婆夷及一切世间善男善女人皆大欢喜，如是知如是见得阿耨多罗三藐三菩提即为如来。

以满无量阿僧祇世界七宝持用布施当得消灭罪业，及诸比丘优婆塞天人一切信受奉行即为荷担如来。

真语者实语者如语者一切众生我当灭度无有一人灭度，初日分中日分后日分百千亿劫以身布施不应住色布施。

（光绪丙戌季春江南书局刊版王定安辑《〈金刚经〉联语》）

【注释】

①《〈金刚经〉联语》：王定安于光绪十一年（1885）到光绪十二年（1886）在宜昌老家辑录《金刚经》而成的一本对联书，其目的是"为先人乞冥福，兼以自律"。参见第二编"序跋"部分王定安和陈建侯的《〈金刚经〉联语》序。

第二辑 其他联语

挽曾国荃联

张侯夺秩为陈汤[1]，杯酒惜穷途，谓我无官有两子；
严帅作堂款杜甫[2]，客窗编野史[3]，报公盛德在千秋。

（1891年1月11日《申报》）

【注释】

①张侯夺秩为陈汤：陈汤是汉代曾说"明犯强汉者，虽远必诛"的著名战将。举荐他的是富平侯张勃。陈汤曾因隐瞒父亲去世继续为官而被弹劾，举荐他的张勃也被削户二百。此是隐喻曾国荃因王定安案被降职。参见第五编中李肇锡《为大臣滥保人员请予申儆以防流弊仰祈圣鉴事》。

②严帅作堂款杜甫：喻指曾国荃对王定安的照顾。

③客窗编野史：隐喻曾国荃安排王定安编写《湘军记》等书。

挽郭嵩焘联

投定远[1]笔，乘博望[2]槎，七万里持节归来，依然皓首穷经客；
读史迁书，讲濂溪[3]学，十余载闭门高卧，不改精忠报国心。

（谷向阳主编《中国楹联大典》）

①定远：东汉班超立功西域，封定远侯。后人称为"班定远"。此句用班超投笔从戎的典故。曾国藩创建湘军时，郭嵩焘是参与者之一。

②博望：《汉书·张骞传》："张骞，汉中人也。建元中为郎。……骞以校尉从大将军击匈奴，知水草处，军得以不乏，乃封骞为博望侯。"此句隐喻郭嵩焘曾任中国首位驻外使节，光绪二年（1876）出任驻英公使，光绪四年（1878）兼任驻法使臣。

③濂溪：源出今湖南道县西都庞岭，东北流入潇水。宋理学家周敦颐世居溪上，人称为"濂溪先生"，并称其学派为"濂溪学派"。

挽曾纪泽联

九载驻狼荒，喜南越①犹存，早有奇勋方陆贾②；

八埏③通象译，正西戎多故，那堪中夏失张骞。

（1891年1月29日《申报》）

【注释】

①南越：国名。汉高祖刘邦曾立赵佗为南越王，据有今两广之地。后三传至王兴，丞相吕嘉与大臣作乱，别立建德为王。汉武帝元鼎五年（前112），派遣路博德、杨仆讨伐吕嘉，翌年败之，吕嘉及建德被擒，南越亡，共九十三年。

②陆贾：汉初大臣。有辩才。曾出使南越，封赵佗为南越王，令称臣奉汉约。拜为太中大夫。常向高祖推荐诗书，谏劝高祖唯有文武并用才是长治久安之术。并先后为高祖著文十二篇，总结秦亡汉兴教训，名为《新语》。吕后专权后，遂称病家居。后助陈平诛吕氏，拥立文帝。文帝时再使南越，说服赵佗去除僭越之仪，尊奉汉帝。

③八埏：八方边远之地。

第四编

一

家人作品录

第一辑　胞兄王赓飏诗文

次守之^①师游石门洞韵即呈子寿比部

王赓飏^②

仓惶犹忆涉危溪，云岫烟菲草树齐。

识面云山排翠盖，同怀仙侣共丹梯。

虎蹲石乱风生壑，龙喷渊渟水绕堤。

月峡土书^③无处觅，邮经柳记表幽栖。

（同治版《东湖县志》）

【注释】

①守之：邓传密，原名尚玺，字守之，号少白，安徽怀宁人。邓石如之子。曾从清代名士李兆洛（字申耆）学，晚入曾国藩幕。敦朴能诗，篆、隶有家法，为清代书法家、学者。清代著名书法家何绍基曾有诗句称赞邓传密的书法："上客有邓子，法绍斯冰严。"他认为邓传密的篆字"有家法"，而且是与秦代的李斯、唐代的李冰阳一脉相承。1984 年出版的《宜昌市文史资料第二辑》有一篇《清末民初宜昌人物缀集》的文章记载："定庵（按，'定庵'系'定安'之误）之父，住南正街。一日过关圣楼，闻住持言'有一老者在此流寓久矣，苦无人与之接谈，王老愿一见耶？'王老欣然请见，与谈渐洽。老者乃自道名号，曰：'予邓石如也。'王老惊喜，曰：'盍不早说？'因邀至舍下，劝其迁住，便于长谈。王老复请其设馆，约邑中菁英七八人从学焉。邓即开列书名，托友在湘中买来。邓在宜流寓五六年中，所授生徒，赴省应

试，十九皆中，名遂大噪。邓，安徽怀宁人，号守之，后字石如、顽伯。早年曾为太子侍读，因得遍览宫中法帖，正、草、篆、隶四体皆备，尤擅小篆。笔姿清丽，形如闺秀，有帖传世。又长于金石。适邑人倡议重修河西龙洞（灵洞）寺庙。洞离江岸三十五里，由五龙进发，一路平坦，步行须三小时。工竣，请邓作序并书，邓乃叙其始末，复作隶书'列岫丛青'刻碑立于山顶，竖于庙前，并亲临指导刻工。"此文让我们知道了邓氏与宜昌的关系，但有几处错误：一是王定安家不是南正街，而是宜昌城北门外；二是将邓石如与其子邓传密搞混了，"守之"是邓传密的字，不是邓石如的字，从年龄看，流寓宜昌的应该是邓传密，而不是邓石如；三是作序的应该是邓传密；四是"列岫丛青"的确是邓石如所写，但并非作于河西重修灵洞（石门洞）之时，而是更早，也不是作于宜昌。"列岫丛青"石碑今仍存世，碑左侧有邓石如之子邓传密为其父邓石如书法"列岫丛青"刻碑的跋文，一百五十二个字（含标点），跋文为"先君子乾隆乙卯年书此四字于吾乡龙山秀头庵壁间，庵已遭劫火，幸昔年双钩本尚存，难后携至夷陵灵泉寺，住持普光刻之岩石，距书时已七十有一年矣。名山拱护，共寿千秋，不可志欤？适偕东湖封翁王君翔圙廷鸾、直隶州同知阎君柏泉大廉、翔圙幼子愉安来游寺中，敬识于后。是为同治四年，岁在旃蒙赤奋若阳月，不肖男传密百拜书于石侧"（蔡建国主编宜昌市政协文史资料第41辑《宜昌摩崖碑刻》，赵金财、覃建国撰文）。

②王赓飏：王定安的胞兄，号策臣。曾任同治版《宜昌府志》"考辑"。《宜昌府志》记载："拣选知县王赓飏，东湖人，同治壬戌科解元。"同治版《东湖县志》记载："同治元年壬戌科补行辛酉科，王赓飏，解元。"并记载与其弟王定安同年中举。关于王赓飏中解元的时间，《东湖县志》《宜昌府志》与曾国藩说法不一致。曾国藩说王赓飏是"戊午解元"（见曾国藩《与九弟国荃书》），疑似错误。因为《清秘述闻》亦作"同治元年壬戌科"，并记载杨守敬与之同科。该书还记载了当年的考官和考题："湖北考官，侍读学士颜宗仪，字雪庐，浙江海盐人，癸丑进士。编修谭钟麟，字文卿，湖南茶陵人，丙辰进士。（带补辛酉科）题'子曰古者'二章，'柔远人也'二句，'乐正子强好善'，赋得'水绕芦花月满船'得'船'字。解元王赓飏，东湖人。"《同治元年壬戌恩科并补辛酉科湖北乡试同年录》记载："一名，王赓飏，二十七岁，

东湖县廪生。"该"同年录"记载王定安亦是二十七岁，曾国藩称王赓飏是王定安的"胞兄"，王定安在《示季弟锡丞二首》诗中说"同母三人怜我在，一门诸季独君奇"并自注"三弟愉安戊辰年卒，年才十五耳；伯兄策丞，壬申年八月病肺痈卒"。据此推测，王赓飏和王定安是双胞胎兄弟。另见《送王策臣赴礼闱序》。

③月峡土书：参见王柏心的《游石门洞记》。

【相关链接】

刻《尔雅读本》序

杨毓秀①

夫孩提之学，为语言也。非遽能矗矗②而达也，非遽能款款③而道也，必于其目所接、耳所寓，凡日用百物所指名，一一诏之，而一一识之，而后随意之所欲，声于心而解于人，渐而熟习贯注，遂不觉其矗矗而款款矣。是欲不诏以日用百物之名，及目所接、耳所寓，而求其言之了然，无当也。而言之笔于书与宣于口者，又有异于是。学者鼓箧之始，又必于其耳目所及之端，日用百物之名，以托于文而核其义，使之一一识之，而后授以六经、诸子之言，自不觉取之左右，逢其源矣。此犹积钱于橐，直待以缗贯之而已。圣人之制《尔雅》，盖取诸此。

乃近世或难其句读，奇其字画，多废而不读。孔子以学《诗》教小子曰："多识于鸟兽草木之名。"《尔雅》于《诗》旨为尤切，鸟兽草木之在《诗》其最浅者也，而难之奇之，则所谓道之高者远者，何由望见耶？宜今人读古书如闻闽越间语音，群然诧为怪异，良可慨已。

夫圣人之道载在文。欲学其文，在先彻其理；欲彻其理，在先晰其义。字义之不晰，吾不知其所谓文，又安知其所谓道？《尔雅》命名之义，取近且正也。盖学圣人之道，致邈自迩，则读《尔雅》者，即婴儿之学言语，先求解日用百物之名者也。

王君策臣得善本而刻之，欲以广授乡塾弟子。其书于音释用旁注，便省览也。诸家疏义悉从芟获。《尔雅》本训诂之书，且初学不暇旁及也。夫王君刻此为蒙养计也。然而文章之源，即自此裕；学道之业，即自此基。

刻既竣，以示毓秀，而属为之叙云。

王子寿先生曰："朴属④微至，训词浓厚。似卜子《诗序》及卫宏《尚书序》。"

（杨毓秀《萦清楼集》）

【注释】

①杨毓秀：字子坚，东湖县（今宜昌城区）人，张之洞得意弟子，是咸丰、同治、光绪朝宜昌城较有影响力的诗人、散文家，有《萦清楼集》传世。

②亹（wěi）亹：生动流畅貌。

③款款：从容自如貌。

④朴属：指附着丛生貌。此指引用众多。

送王策臣赴礼闱序

杨毓秀

王子策臣归自江南①，又将入都赴礼闱②。其友杨子战艺③初北，失意郁郁，重以仳离④，既不自释，复冀于友，其言曰：

毓秀才劣艺下，不能邀当世之遇，以至辱于再四。孟子曰："求之有道，得之有命。"内顾欿然⑤，自识去就分，将入深山，友麋鹿，学稼圃以自活，绝口不谈诗书，无意当时之闻达矣。见王君之行，亟亟有用世之概，又不禁怦然动其心，而愤然饶其舌也。窃意士人之服古，非为市道也；朝廷之设科，非以虚拘也。今世操觚之士，足不出邑境，见不越里闬，所闻不过乡宿、腐儒之论，所读不过近时帖括之文，日挟一编，攒眉蹙额，揣声摩形，曲意巧附，务使言辞声吻悉变其故我，而后一冀司衡⑥之赏。试之而售，足以耸臧获⑦之听闻，致市井之称道耳。其于古今之事变，圣贤之理道，叩之于中，了无所有。既已得之，则遂志得意满，以为天下之事如斯已足。恃此伎俩，以致于用，宜乎值迍邅之运而抱忠悃、推心膂、感激奋发以济国家之急者廖廖也。不幸而不售，终其身为龌龊、鄙陋之伦，贫不自存，又将挟其腐朽坏烂之技，乞怜于巨室高资，授之童子而厘其句读，糊口之不得，则有消磨其气骨，抑塞其智虑而已。此毓秀所以欲废书而不读也。抑又思之，当此之际，士人挟其所学，欲以自见，非习弓马，立功营伍，则舍科第，无从出身。不然则必诡遇取容，求保荐于当路，此尤守道者所不忍为。然则由其途以出身，而不囿于其习，王君之志可谓敻⑧矣。

王君尝以其艺战于乡，三战而冠其军⑨。礼官之试，其于乡闱，大都同其程度⑩，得之，不足为王君喜；独喜王君负倜傥不羁之才，读书万卷，精神器量诚足济于用。比者泛皖豫，游金陵，览金焦之奇，涉江淮之流。悯初复之疮痍，见荒废之庐井，慨然于不可已之世局，觉有不能安其手足者。谈论所及，豪情激发。其气概如是，其得助于文章者又可量哉！

是行也，吾知其所挟之不尽于所求，而必得之券可操也。虽然得不得委之于命，要其得之，必思有以成之，毋移于外以实其内，毋移于俗以贞其志，刚毅朒笃，以济其道行，见道之昌也。道之既昌，暨于其类。《易》曰："同明相照，同类相求。"毓秀虽驽下，不合于用，犹将振羽翘足以附于弹冠合簪之雅谊焉。王君，王君，行矣自玉。

（杨毓秀《萦清楼集》）

【注释】

①王子策臣归自江南：王赓飏曾到曾国荃属下任职。

②礼闱：参加礼部组织的会试。这次进京是参加进士考试。

③战艺：指参加科举考试。此指参加乡试。

④仳（pǐ）离：离别。

⑤欿（kǎn）然：不自满。

⑥司衡：负责评阅试卷的考官。

⑦臧获：古代对奴婢的贱称。

⑧敻（xiòng）：远大。

⑨三战而冠其军：王策臣是同治元年（1862）湖北乡试的解元。

⑩程度：法度，标准。

重建石门洞灵济殿并各殿启

邓传密

夷陵居峡口万山之中，乱峰林立，嵌巇屹嵝。区域玮其寥廓，回薄肆其蜿蜒。东逾长林①，西连巴蜀，南蹑澧浦，北接武当，绵绵绳绳，葱葱勃勃，盖数千百里亏兹焉。夫理无隐而不形，执无郁而不泄。会归有极，灵奥有基。奇丽昭彰，可扬摧而陈也。

自郡城渡江而南，川泽纡回，岗陵纠错，披榛陟巘，四十余里。山谷豁然开朗，林木蔚然深秀，左绕五獐岩，右环九子峰，象山屏其前，天台拥其后。宅中正位者，乃有灵泉洞天。重岩峣兀，高矗云表，如龙如虎如狮如象之昂其首。上岩危檐，垂注如额，额左右坳，两瀑飞溅如眉。中岩二洞，并列如目，高峰隆然对峙如耳。一岗锐上丰下，突亘目前如鼻，洞居岩下，巨口宏宣，灵乳启齿，当其内，巍然宥然者，灵泉寺是也。昔辽阳张三丰真人，云游环寓，契此灵山，遂开选佛之场，大启觉善之路。因洞之高下曲折，错列殿宇，高而不危，幽而不暗，历险成砥，就曲见奇，洵避世之桃源，仙灵之窟宅也。由山门直内为罗汉殿、毗罗殿、佛殿。佛殿右旋螺而上为月台，缘台北上为客堂、客寮、僧寮。右上为真武殿，再右上为张真人殿，殿居洞之最高。自山门至此，已履百数十级矣。旁其右有基宏敞者，灵济殿故墟是也。庙后数十武，幽深懔懔，侵人肌肤，遥聆泉声，汩然激咽。亏危岩欹石之中，不舍昼夜，莫窥来去，莫形竭盈，渟之毒之，弥漫灏淼，深不可测，蛟龙伏寝者，灵泉潭是也。

其庙则肇于洪武八年乙卯，峡州枯旱，祷取潭水，立沛甘霖，刺史上闻，诏兴庙祀，祀龙神，赐名"灵济"。阅岁五百，遂为祷雨之桑林。今享殿无存，神明乏祀，澍雨不时至，渗庶以机兴，此勤思民瘼者所宜讲求，亦克恭桑梓者所当急务也。其他有日就颓废如罗汉、昆卢、佛殿、真武之宜修，诸神像之宜疢；山门至泉潭，旧有围屋长垣之宜补；探峰越谷，羊肠倾侧，谽水惊飞，宜赘以泉石、跨以梁；月台前枯竹森罗，绿阴匝地，天光圆满，仁月停云，宜有楼以当之（始名仁月楼，丙辰岁高要冯展云学使来游，信宿斯楼，留题曰"卧云"②）；面真武殿突起一阜，下临绝壑，左右飞泉漱玉，谽目盈耳，宜结亭以赏之（亭故址，上承岩瀑，屡建屡倾，今移于灵泉寺左，更名"把翠"，是皆与洞天相为辉映，莫可偏废者）。夫作于前而继于后，仁者之事也，蔽于古而显于今，智者所乐也。成人之美，见义必为，顺风之呼，狐腋之集，岂异人任耶？

兹普光和尚特辞丈席，拥锡来游，洁行清修，宏发志愿，去秋已创起山门坊表，修葺禅诵之堂。今自入夏以来，日役匠氏数十人，建造灵济殿及卷棚牌楼。担石运砖，身先庸作，资费莫继，称贷维艰，势难中止。虽百钱斗粟，曾分贫里之资，而九仞高山，实等覆地之篑。伏愿宰官居士，善男信女，兴祇园之社，散布地之金，成荆楚之雄观，脱恒沙之浩劫，即心即佛，自度度人，同修无上菩提，共证阿罗汉果。空有为法，作如是观。

咸丰六年，岁在柔兆执徐孟春月，古皖邓传密撰。同治六年岁在丁卯，邑人王赓飏书。

（民国版《宜昌县志初稿》）

【注释】

①长林：指江陵。

②留题曰"卧云"：括号中的文字为作者自注，下同。

偕邓守之刘俊贤孙敬之①罗南轩王策臣游石门洞得诗四首

王柏心

窥洞历三游，昔诧擅奇隽。近闻谈石门，旷奥乃兼胜。裹粮约渡江，沿溪蹑山径。北岭纷若延，南峰起相竞。屡盘途益高，贾勇险弥进。横空何嵯峨，积叠屹雄峻。石气陟上干，入天势犹迸。五城十二楼，荡荡几千仞。飞步莫能攀，四顾绝梯磴。訇然洞天开，轩豁顿圻堮。初地甫容窥，真形尚难定。山僧候在门，导客陟苍磴。曜灵已下舂②，暝色堕钟磬。

僧云客行倦，腰脚迤小休。卧云亦良适，挈我登高楼。窗中列群岫，拱揖同献酬。当洞月初上，正挂白玉钩。夹溪南北山，写影镜中浮。清光彻远近，可以烛层幽。皓然讶积雪，坐我山阴舟。凭阑试举手，仰摘斗与牛。应有王子晋，来作吹笙游。玑玑堕岩滴，响若铿琳璆。夕呗③互相答，妙音清且遒。兴阑各就寝，清梦落林丘。致身已福地，姑辍杞人忧。

质明起穷探，梵刹炫金碧。月峡题张仙，或疑邅逼迹。土书今安存，漶漫不复识。旁立漱玉亭，洞溜泻仙液。最胜灵济宫，有湫龙所宅。岁旱起为霖，烝民乃粒食。灵泽汇兹潭，方池湛深黑。敛智寂若愚，韬功不言德。外无滥觞盈，内有伏流匿。尸居信至神，藏用在渊默。仰首睨洞门，终日水帘织。龈腭呀然张，石齿类镌刻。傍岩多飞萝，髯胡俨拂拭。极左洞尤深，风轮转不息。龙鹿立且蟠，鳞角并森植。怪石疑通灵，縋幽谁敢逼。洞中洞复藏，投足悼险仄。仇池小有天，十九记泉脉。恐此或飞来，安知造化力。

兹洞处下舂，复有上与中。岩各列三洞，途危安可穷。溪南望山腹，有洞亦复同。猗嗟混沌初，斤斧何其雄。石骨尽磔裂，挥霍谁施工。自非黄熊子，凿空难为功。又疑地煴孕，剖胁留虚空。不然蛟龙徙，拔湫去其宫。皤腹纳五寺，曾不异缾罂。土石气镕结，温燠如春融。龙威与委宛，藏书当可充。惜兹灵幻境，幽僻途罕通。游咏阙昔贤，未得发其蒙。黾勉试留句，细响惭秋虫。安得惊人语，万壑争穹窿。

（同治版《宜昌府志》）

【注释】

①孙敬之：疑似候选训导东湖附贡《宜昌府志》"参订"之一孙可钦。同治版《东湖县志》收有他的多首诗歌，兹录二首。《癸亥重九日偕王翔圃罗南轩施俊甫牯牛峰登高》诗："步上高岗开眼界，同来好友度重阳。丹枫绚染三秋雨，乌帽飘萧两鬓霜。螺髻云封山对马，狼烽烟起世亡羊。茱萸佩与黄花酒，更可相邀费长房。"《次邓守之石门洞原韵呈王子寿比部》："仙山高揖武陵溪，罗列诸峰天与齐。绝壁喷泉增乳溜，茂林倒翠覆云梯。高楼客梦醒清梵，曲洞人归唱大堤。胜地同怀驰负担，百年何事苦栖栖。"王柏心有《次韵和守之游石门洞之作》："吐纳群峰与众溪，飞泉挂作水帘齐。黄尘白日谁能驻，紫府丹丘别有梯。清梦云萝悬绝壁，归途风叶舞长堤。灵文十赉今当撰，合待华阳逸客栖（君有岩栖之志）。"

②下舂（chōng）：称日落之时。

③夕呗：指和尚诵经。

游石门洞记

王柏心

曩至夷陵访三游洞，诧为奇绝。徐而闻此邦人士道石门洞之胜又有进焉。今年冬邑侯金序之①明府延共辑志乘，复来夷陵，都人士益绳石门之美，且云兹洞闭于僻壤，未辱昔贤题咏。近自怀宁邓君守之独发隽赏，游者始盛。寺刹亦以次创葺矣。适守之自永州来，明府又促之曰："将有事载笔，百闻不如一见，诸君盍亲探幽胜乎？"遂期以十月九日往游。

至期，邑人孙敬之、罗南轩邀柏心与桐城刘俊贤先发，而守之及王策臣乘舸继进，渡江叙葛道山下，循而南，沿溪西上，行二十许里，途益峻，夹溪皆嵚岑，沓嶂亏蔽云日。顾来时溪，下流涓涓不绝，上源反竭，俗所称干溪者也。又行数里，两岸山峰欲合，遥望空际，万石横叠作楼橹城墉状，意谓洞将在是，询之舆夫，果然。盘石磴百余级而上，榜曰"石门"，屚屟嵤岈，突若飞甍悬雷，摩豁中开，灵泉寺在焉。僧普光导入，陟"卧云楼"，学使冯展云宫詹题也。余四人皆初历，心悸目眩，未敢遽探。日已曛，姑憩是。拓窗四顾，奇峰林立，争窥生客，秉麾植幢，峻容伟态，壮靓而竦峙焉。岩溜喷空溅石，岳则水乐竞奏矣。

少顷，守之、策臣至，日已暝。俄焉月出，照溪南诸山如昼。已而溪北岫壑亦表里洞彻，月半轮挂洞口，疏星历历可摘也。客皆倦，遂宿。诘朝咸盥漱，急趋楼下。右转得灵佑宫、祖师殿，益右得张仙祠，旧有土书"月峡张仙至此"六字，疑即邅逼道人②矣，今字皆漶灭。祠前有亭曰"漱玉"，守之所名。环植竹柏，洞溜飘洒，铿然无绝响，奏八琅之音，缓园客之丝，清越当不过是。僧云盛夏骤雨时，岩滴迸为飞瀑直注，平地跃起，往往高出亭子上。亭之右为灵济宫，有龙湫。明时遇旱，祷雨有应，奉勅建祠始此。今岁旱犹循其事。秉炬诣湫所，黝然渟泓，方广丈余，深才数尺。窥其埂，距悬岩仅隔数寸。僧云曾有人缚机伏其上，缘隙入，不得进，以绠系石测之，至四十余丈未穷其底，乃返。僧又云未尝大溢，即深亦不过数尺，意者伏流他出欤。出而谛观，此宫与张仙祠适当洞口之中，呀然呿其巨吻，吞吐万壑。岩旁修萝翩翩无异龙髯，岩滴当门，垂旒缀珠，玒玑骆驿，疑张水帘，疑被璎珞。溜所啮处，石皆嵌空刻露，凝酥之乳、编贝之齿，类巧匠所刻镂。各寺之下皆有小洞，最左有风洞。僧云有石蜥蜴作龙形，鳞甲森张，多蝙蝠蛰其中，大者如车轮，诘曲深黑不敢探。大抵兹洞广阔横迹之无虑百丈，纵计之可三四十丈，测其高可七八丈。

灵秀所萃，则灵济宫、张仙祠尤胜，洞内皆细石杂土，凝结如铁，而得石气为多，故燥而温，仰睨之，若截肪削脯，其委积若肺肝然，意者元气胚胎，地媪孕灵，时有倏忽，二弟爱浑沌氏，为凿其窍者，不然何有此瓮盎大腹也？凡谈山水之胜者，不旷则奥，二者恒不可兼。兹独两擅之。终日行唇腭间，自以为适广莫之乡、游太虚之宅也。僧又云，兹山凡三成，此为下岩，其上中二岩皆有洞三，因攀陟往探之，陡绝不得上，乃返。溪南山腹亦有洞，僧云深广类是，游者特未能至耳。

余向诧三游奇绝，至此乃如河伯见海若，庄生有言，小知不及大知，予益自惭其陋。是夕仍宿楼中，寺僧夕呗彻曙，钟磬声与岩溜声相间，益发人清省，不知胸中尘虑消落何所。翌日晨起，相与命驾归，归而爇烛记之。同游者凡六人，邓守之、刘俊贤、孙敬之、罗南轩、王策臣。记之者，监利王柏心也。

同治六年岁在丁卯孟冬，王赓飏书石刻之。

（王柏心《百柱堂全集》）

【注释】

①金序之：当时的东湖知县金大镛，字序之，安徽桐城人。

②邋遢道人：应指张三丰。在现有的史料中，张三丰又名彭俊、全一、君宝等等，字玄玄，号三丰，因其平时不修边幅，又被人称为"张邋遢"，也被称为"邋遢道人"。他是武当山道教的创始人。

清故诰封荣禄大夫陈公墓志铭

冯 熙①

君讳家政，字季平，东湖陈氏，县学生，以子应昌贵，封荣禄大夫。曾祖宏溱、祖运绅、父济川，并潜德不耀，赠如应昌官。

君幼负异禀，读常兼人，年十三，诵肖选不一字遗；书法隐秀，抗希钟王。文誉日隆隆起，而不谐于俗，三十始补学官弟子。既以食指繁，三子又才，乃屏章句，敦硕师教之。尝诏应昌曰："予之不竟所学，与时贤相逐者，以若辈也。今而后，家之给否予任之，学之成否若辈勉之。予之计于目前者有尽，而待之若辈者无尽也。"又曰："士生今日，当先其通者变者，若蹈常袭故，龈龈于一文一艺之工拙，非计也。"

三子亦秉君之教，争自濯磨，有声当世。张文襄之督两湖也，奏派日本留学生。东湖风起②塞，率裹足不敢前，君独以子应泰、应龙先之。自是继者蜂起，舍旧谋新，学成而贡于廷之人，岁必数人，君所涨也。庚子之乱③，应昌官内阁，以君在奔而南，君责之曰："主辱臣死之谓何？使京朝官均如汝，国事尚可问乎？"立办资装，趣之赴行在④。追应昌官滇之开化景东，君训迪之书几日月至，谆谆以边氓瘠苦，毋倖功，毋徼利。其后应泰官汴，应龙官辇下，并诏以自身奉职，竟未竟之志，不一语及私也。荆楚间名善教子者，咸以君为收弁。

平淡身于荣利。曾忠襄抚山西，征幕府才于王兵备定安，定安以君应，忠襄虚左待君，君谢不往。后为忠襄赈江左饥，忠襄又欲劳之，亦不屑屑受也。然岁有丰凶，邑有利病，勤之如一体，能者举之，不能者道之，排群议，糜重资，必行其心之所安。东湖旧有社仓，岁久谷耗，或议以谷易钱，权子母补之。君谓社仓之谷，剂贫赈荒，今易以钱，如欠岁何？卒市谷实仓如旧额。东湖民食向仰给湘米，明年，岳沣水，米不时至，价骤踊且三倍，乃开仓粜之，价以平，民得无馁，论者始服君深识焉。自俸俭约，然三党之以缓急告者，必量其力之取及，曲为之地，不毫发计留也。

兄席珍建家祠，君复归义田。如范氏期功以内，贫不自济，与吉凶之不周于礼者，一以君为归，其曲直相角，得君一言辄解。于族然，于乡里亦然。世以比陈仲弓、王彦方云。

君生道光二十八年正月初六日，卒宣统三年二月初七日，年六十有四。娶同县王氏，定安兵备女弟⑤也。有仪，与君齐德。子三人：应昌，前云南补用道，今四川嘉陵道道尹；应泰⑥，河南获嘉县知事；应龙，内务部总务科金事。女六人，并适士族。孙九人，曾孙二人。以壬子年三月二十二日，应昌等葬君于下马溪本庄东山之阳。铭曰：

岷流东之，汇于彝陵。笃生硕儒，根极理道。葆真铲伪，孔步颜趋。洞独世变，不局一孔。暖暖姝姝，有子卓荦。联艺而东，为士前驱。吸彼新术，还为我用。君实权舆，西峡嵯峨。沱潜所环，归藏奥区。后有万年，陵颓谷衍，我文不渝。

（民国版《宜昌县志》初稿）

【注释】

①冯熙：后改名冯煦，字梦华，号蒿庵，晚号蒿叟、蒿隐。江苏金坛人。少好词赋，有"江南才子"之称。光绪八年（1882）举人，光绪十二年（1886）进士，授翰林院编修。光绪十四年（1888），出任湖南乡试主考官。历官安徽凤阳府知府、四川按察使和安徽巡抚。与两江总督刘坤一私交甚厚。辛亥革命后，曾创立义赈协会，承办江淮赈务，参与纂修《江南通志》。冯煦工诗、词、骈文，尤以词名，著有《蒿庵类稿》等。

②风起：疑似"风气"之误。

③庚子之乱：指八国联军侵华。

④行在：即"行在所"。皇帝所在的地方，本指京都。后指帝王巡幸所居之地。八国联军攻入北京后，慈禧太后和光绪皇帝逃到西安避难。

⑤女弟：妹妹。陈家政是王定安的妹夫。

⑥应泰：陈应泰。据 2014 年利川市地方史志编纂委员会编《利川人物志》，陈应泰 1926 年还曾任利川县知事。

第二辑 儿子王邕诗文

眢 井①

王邕②

眢井沉沉深百尺，金钗坠井无人惜。
中有君王一片心，青天碧海朝还夕。
静夜召阳磷火青，珠帘冷篁想温存。
回风动絮霓裳舞，白月横空环珮鸣。
金钿锦袜抛当路，玉匣珠襦无觅处。
井中碧血灿如新，井边落叶纷来去。
忆昔承恩选入时，三千佳丽号多姿。
一人荷宠诸姬摈，小妹欢颜大妹悲。
双姝并贮黄金屋，咳唾随风落珠玉。
颜色由来误美人，始知聪慧翻非福。
上寿俄闻却宓妃，玉山从此屏蛾眉。
六宫开口齐时笑，便殿君王独泪垂。
长门路冷生春荠，明月羊车③谁与共。
静女宫中团扇悲，孤臣海外刀环梦。
自别君王再见难，朅来米贼满长安。
不关烽火骊山戏，自是宗姬国步艰。
黄昏城北胡笳遍，历历蓬蒿簇芳殿。
虏骑联营聚恶氛，将军跃马来酣战。

投帻将军勇绝伦，白衣经国更无人。
大言拥众嗤房琯，万里赢粮仗马磷。
銮舆仓促奔如电，太息鸮鸱谋再现。
议置铜宫人不知，当时幸有刘从谏。
玉女清眸久倦开，忽闻王母诏追陪。
瑶阶断草凄朝露，古道斜阳落冷槐。
短衣被褐天津道，谁向铜驼怜蔓草。
南内频闻战鼓悲，北来应骇全都少。
青盖飘摇走洛阳，六龙西幸太苍黄。
石壕村里铅华尽，兴尽池头夜色凉。
失巢飞燕栖林木，四海荒残悲辀辘。
鲁东门下止爰居，姑苏台畔游麋鹿。
廛里萧条鸟雀哀，长安回首隔氛埃。
旧闻官舍如传舍，今见丛台化债台。
东方上苑花开早，百尺游丝接晴昊。
坐对夫荣忆玉人，天颜从此欢容杳。
西山晓望雾霏微，九马承尘一马归。
君王腹痛金缺暗，长子肠回玉筯垂。
凤帏寂寂思前辈，帘外幽香透帘至。
昔日齐眉奉至尊，而今独自叨从侍。
寥落瀛台春复秋，水光山态尽含愁。
蛟龙失水风云渺，鹰隼横空气象遒。
辽东兵气频年动，火入荒林风乱涌。
海上空闻住碧城，人间不复留青冢。
松槚萧骚卧夕阳，黄陵青冢两茫茫。
人生谁免埋黄土，万古千秋总断肠。

①窅（yuān）井：干枯的井。

②王邕：王定安次子，号容子。是当时宜昌著名的文化人，曾参与民国十九年（1930）版《宜昌县志》的编纂。曾留学日本，后皈依佛门。与朋友全敬存、妹夫黄侃、佛学大师太虚等唱和较多。

③羊车：宫中用羊牵引的小车。《晋书·后妃传上·胡贵嫔》：晋武帝"常乘羊车，恣其所之，至便宴寝。宫人乃取竹叶插户，以盐汁洒地，而引帝车"。后常以羊车降临表示宫人得宠，不见羊车表示宫怨。

暮春游不忍池①
王 邕

池塘波静水拖蓝，堤上人过倒影含。
风起落红铺满地，断肠春色似江南。

[《雅言（上海）》1914年第3期《容子诗选》]

【注释】

①不忍池：位于今东京都台东区上野公园。此诗应该是王邕留学日本时所写。

暮 春
王 邕

茶烟漠漠度帘迟，载酒江湖鬓欲丝。
南国新生红豆子，暮春三月断肠时。
莫到无花空折枝，伤春频诵杜秋①诗。
无花犹有枝堪折，绝胜枯条委地时。

[《雅言（上海）》1914年第3期《容子诗选》]

【注释】

①杜秋：指杜秋娘。据说是唐乐府诗《金缕衣》的作者。

题赠觉济上人

王容子

江上峰如万瓦鳞，自由竿木且随身。

一生几见花如雪，五夜同参月漾津。

觉路原无前后际，刺船只为往来人。

与公默数来瀛变，何止飘风十丈尘^①。

华汉浮天万籁沉，秋来清思满空林。

香风何意经霜润，夕磬生凉发省深。

才起念时妨转念，不关心事莫投心。

人间惟有丰干老^②，独识寒山^③放浪吟。

结习由来未易删，文章抛尽转清闲。

已将荣位输怀祖，敢道前身是戒环。

万里烟霞东向树，一龛风雨定中山。

蕉团蒲笠随时供，晚岁相期共闲关。

（《海潮音》^④ 1922 年第 3 卷第 9 期）

【注释】

①何止飘风十丈尘：作者于此自注："辛酉春始识公，公方返蜀，已，买舟回，作长夜谈，蒙势观心法，颇有领悟。"

②丰干老：丰干，唐代高僧，又作封干，生卒年不详，约生活于七八世纪，唐玄宗开元初前后在世。剪发齐眉，衣布袋，居天台山国清寺。

③寒山：唐代著名诗僧，居浙江天台寒岩，因称寒山子或寒山。与国清寺僧拾得友善。好吟诗唱偈，有诗三百余首，后人辑为《寒山子诗集》三卷。

④《海潮音》：近代历时最久、影响最大、学术价值最高的佛教期刊。该刊创办于武汉，由武汉佛教会创办。王邕是该刊物的发起者之一。本诗刊发时，有《定慈附识》："觉师是宗门得受用者，前日入普济禅林领众，四众咸发欢喜心，容子居士喜而赋此。"定慈应该是该期《海潮音》的编者。

【相关链接】

用王容子韵赠觉济上人

剩 庐

苍松幻作老龙鳞，历劫经霜不坏身。

花雨缤纷开觉路，乾坤沸荡早知津。

休云有相为无相，敢说今人逊古人。

自在中流观自在，愿将麈尾拂嚣尘。

举世伊谁挽陆沉，倦飞禽鸟返归林。

三径菊松宜雅洁，上方钟磬最幽深。

欲除烦恼须平视，莫为光荣漫动心。

击剑悲谒都往事，得饶清福且闲吟。

静爇沉檀俗虑删，龛花瓶拂自闲闲。

经翻贝叶黄金粟，座献呵陵碧玉环。

利涉波涛如止水，欣瞻云树满秋山。

频来颇似嵇康懒，可有因缘许扣关。

（《海潮音》1923 年第 4 卷第 2 期）

用王容子韵赠觉济师

定慈居士

公乃龙门鼓鬣鳞，祥云暧逮喜随身。

长生自觉多差路，大雅当前许问津。

今我岂知仍故我，劳人原是着迷人。

围炉午夜蒙开发，识透菩提等客尘。

江畔钟声到耳沉，醒时禽鸟满春林。

风斜燕子频来去，水定鱼儿自浅深。

物我双忘莫着意，龙天窥伺可留心。

弥陀念罢无余事，户外苍松恰对吟。

欲使尘劳次第删，可将忙里试偷闲。

香燃帘内丝千缕，指向天边月半环。

念摄六根若止水，功成一篑勉为山。

本来面目究何在，瓦子频频且扣关。

（《海潮音》1923 年第 4 卷第 2 期）

寄全敬存[①]

王 邕

知君新自建业回，共坐围炉话劫灰。

黎庶空伤先业尽，江山徒令后人哀。

世衰耆老争祈死，运去英雄枉费才。

冠盖又随烟雾散，东风明岁为谁来。

（全敬存《闲园诗存》，引自陈斌《全敬存与〈闲园诗存〉》）

【注释】

①全敬存：名心地，别号在兹。宜昌县分乡万家河（今属分乡镇南垭村）人。清光绪二十九年（1903），官费赴日留学，考入陆军士官学校炮兵科深造，光绪三十一年（1905）在东京加入同盟会。辛亥革命后，任南京第八师炮兵营营长。北洋政府时期，被黎元洪任命为总统府少将侍从武官。张勋复辟后弃职还乡，后在宜昌商民的邀请下出任商团团长。1925 年应五省联军司令孙传芳之邀，任联军司令部参谋长。七七事变后，返回宜昌故乡，修筑维

摩精舍智悲阁，修身礼佛，事农兴学。心情郁郁，而写下400多首大量揭露日本帝国主义侵略中国罪行的诗。

【相关链接】

追和王容子见寄之作（并序）

全敬存

抗战方始，予归自金陵，见容子于病榻。旋以诗见寄，哀不忍读。未几，容子死，大战愈烈。侧闻俗论，往往有称诸元恶为霸才者，不知中风狂走之夫，终有途穷力尽之日。惜乎容子不及见也！容子诗成绝笔，久失忽得，为录存原作，依韵和之。

豕突狼奔不肯回，欲摧大地尽成灰。

穷经尘劫难消恨，洞澈风轮莫泄哀。

岂有疯狂能定霸，未闻剽虏可言才。

沦亡接踵知何限，总向前车覆处来。

（全敬存《闲园诗存》，引自陈斌《全敬存与〈闲园诗存〉》）

怀王容子

全敬存

王子文章早岁成，暮年贫病困交征。

无薪犹道琴堪爨，悬釜谁云字可烹。

韩子有文驱五鬼，左丘无药救双明。

从来达士能安命，向守坚顽定不惊。

（全敬存《闲园诗存》，引自陈斌《全敬存与〈闲园诗存〉》）

吊王容子（并序）

全敬存

容子避难东乡杨树河①，死于先人鼎臣公之墓庐。鼎臣公学问文章有声于同、光间，容子独能世其业，卓然成家，今其诗文遗稿不知散落何处。惜哉！

楚些②难招词客魂，干戈满地一吞声。

也知早死宁非福，争奈余生尚有情。

一袭青毡传旧业，百年黄壤傍先茔。

文星两代③精英聚，待看灵芝出九茎。

（全敬存《闲园诗存》）

【注释】

①杨树河：即现在的夷陵区龙泉镇良田畈村（现属水府庙村）王家场，为王家的祖籍地。

②楚些：《楚辞·招魂》是沿用楚国民间流行的招魂词的形式而写成，句尾皆有"些"字。后因以"楚些"指招魂歌，亦泛指楚地的乐调。

③文星两代：指王邕和他的父亲王定安。

王容子临别以翠管羊毫见赠对之生感

全敬存

睹物思人只益悲，危城犹记病支离。

可怜空有生花笔，正是江郎才尽时。

（全敬存《闲园诗存》）

次韵虚师游维摩精舍①兼呈敬存居士

王 邕

朝香夕梵不留迹，绝谷幽崖疑有神。

想见法门全盛日，从思鼓腹太平人。

行妨雾露沾衣袖，对坐莲峰忆佛身。

若泛清溪寻住处，乘流合自爱山春。

四壁山添风料峭，一川水助月精神。

田园虽自无常主，景物终须属解人。

敛尽毫芽欲键笔，闲披鹤氅称吟身。

年年柳絮飞时节，记取东栏雨后春。

万家河^②畔拥书城，阁望遥通那惹坪^③。

远浦烟含初月上，稀星影聚暮流平。

六年方遂寻山愿，一榻高悬济物情。

欲问春生何处早，松萝满径最先生。

稠叠诸峰望若城，大王崖^④下地开坪。

莓苔称意缘墙上，芳草如茵爱岸平。

黄鸟东风间自语，白鸥春水淡忘情。

却思杖履追随处，轮指今生第几生。

（1947年"太虚大师全书编纂委员会"编纂，《太虚大师全书·杂藏·诗存》）

【注释】

①维摩精舍：此指全敬存所修造的智悲阁。

②万家河：今宜昌夷陵区分乡万家河（今属分乡镇南垭村）。

③那惹坪：又作罗惹坪，今作河西坪。离被国际地科联批准而成为第六颗"金钉子"的分乡镇王家湾很近。

④大王崖：今作大王岩，位于夷陵区分乡镇联合村大王坪东，原名打望岩。传说东汉末年刘备统兵入蜀路过这里，曾派人在山头打望（放哨），因名其地。后演变成大王岩。

【相关链接】

游宜昌北乡维摩精舍

太　虚^①

回流漱玉溪风峭，盘石翔空形化神。

软语林间闻好鸟，幽居谷口得全人^②。

万家摩诘密严国，一岭优昙妙净身。

试上智悲高阁^③望，水蟠山蛰正胎春。

大横峰势郁长城，万翠攒流那蓍坪。

岭表分乡④关守望，尘中混俗尚和平。

山川曲达窥经络，草木扶疏见性情。

一榻岩峣在天末，小溪清浅月初生。

（1947年"太虚大师全书编纂委员会"编纂，《太虚大师全书·杂藏·诗存》）

【注释】

①太虚（1890—1947）：中国现代高僧。俗姓吕，本名淦森，法名唯心，别号悲华。浙江崇德（今浙江桐乡）人。曾与同学杨仁山等创设中国佛教协进会，后中国佛教协进会并入中华佛教总会，其被推为会刊《佛教月报》总编辑。曾与章太炎等组织觉社，出版《觉社丛刊》，后改为《海潮音》月刊。曾创办武昌佛学院。曾任厦门南普陀寺住持、闽南佛学院院长。1928年在南京发起成立中国佛学会，是年秋出国访问，历游英、法、德、比、美诸国，宣扬佛教。与英、法等国学者共同发起，在巴黎筹组世界佛学苑，为中国僧人去欧美传播佛教之始。1931年在重庆北碚缙云寺创办汉藏教理院。1943年组织中国宗教徒联谊会。抗战胜利后，任中国佛教整理委员会主任。1947年病逝于上海玉佛寺。

②全人：指全敬存，维摩精舍（即智悲阁）是全敬存所修。

③智悲高阁：智悲阁，详见后文《募修智悲阁启》。

④分乡：现为夷陵区下辖的一个镇名。

陈圆白①居士六十寿颂

王容子

大江西来，连峰环峙。

竞秀蕴奇，迤为平地。

美逾扬越，雄丽青冀。

铁骨中含，文绮外饰。

笃生我君，闲气所钟。

质兼文武，适与之同。

刚健笃实，践履自躬。

周情孔思，取精用宏。

一行逾矩，悉德之贼。

一物失居，悉己之责。

道在坚贞，守以卓绝。

勿吝千失，终须一得。

才不虚出，时世多故。

投笔挥戈，潜身戎武。

时政不纲，人思改步。

其遇既艰，其行尤苦。

百折不折，专精乃精。

养晦南服，乘时北征。

允谐内外，众志成城。

频予至计，不有其名。

中忽大悟，旷然心目。

千劫谁归，相倚惟佛。

白衣领众，特开阡术。

晚研密教，方脱束缚。

四时之首，煦育惟春。

君生是季，适如其仁。

下振河岳，上贯日星。

和风所被，物尽欣欣。

少怀康济，楫击慷慨。

思振蒸铭，除其灾害。

老求放心，回向法界。

旷而充之，以极无碍。

仁者所降，是安乐场。

生也何幸，居其一乡。

饮德何已，颂德悠长。

于无量寿，放无量光。

（《民国佛教期刊文献集成》045 卷）

【注释】

①陈圆白：陈裕时，原名陈裕大，字符伯。后皈依佛门，法号元白，又作圆白。湖北宜昌三斗坪人。幼年胸怀大志，青年时参军，在汉阳兵工厂工防营当兵，被送到武备学堂读书，因读《鉴略》颖悟过人，受到张之洞的重视，被其送往日本深造。在日本受革命派影响，加入同盟会。回国后入滇，加入新军。后积极参加孙中山领导的革命，袁世凯称帝后，与黄恺元一道成功游说湖南总督汤芗铭、四川总督陈宧同时通电反袁。自此之后，陈裕时不再过问政治，潜心研究佛学，参与国内一些佛事活动。日本侵华战争开始后，陈裕时积极号召全国佛教徒一致抗日。1940 年 7 月 30 日在重庆去世，终年六十四岁。

挽大慈①上人

王容子

其一

绝径幽篁覆，空梁落月连。

梦随更漏促，秋老物华先。

志大犹成佛，才高却损年。

苍茫荙菱外，何处有池莲。

其二

惨淡风尘际，于今剩几人。

虎头空有相②，鱼腹幸存身③。

郁郁思康世，滔滔懒问津。

如公心迹素，应不叹沉沦。

其三

投迹嗟无所，皈心竟若何。

人间生易尽，世外理空多。

门掩青山色，楼观沧海波。

花宫仙梵隐，何似百年歌。

其四

云海声先著，诗书世所敦。

一龛曾对食，孤剑旧蒙恩。

千手难援命④，三生空断魂。

何时理烟棹，见赋性常存。

（《海潮音》第 4 年第 4 期）

【注释】

①大慈：辛亥革命元勋黄恺元。黄恺元号葆苍，字宝昌。清末民初宜昌南正街人。宜昌著名钱庄"黄大顺"老板黄任斋第七子。早年就读湖北武备学堂。1902 年东渡日本留学，在日本士官学校步兵科学习。在日期间结识孙中山先生。1905 年同盟会在东京成立时，黄恺元加入同盟会，成为首批会员。1906 年回国，任清军咨府科员，其间与黄兴交往密切，成为黄兴的得力助手。1911 年 10 月武昌首义，黄恺元随黄兴到武汉，任战时司令部顾问，辅佐黄兴指挥起义。民国初年，任陆军部军需局局长、第八师第二十九团团长、代理第二旅旅长。1913 年，辛亥革命的果实被袁世凯窃取后，黄恺元与王孝缜于该年 7 月专程赴上海力劝黄兴出任讨袁司令。后黄兴在南京成立江苏讨袁军司令部，任命黄恺元为司令部参谋长，率第八师坚守南京。"二次革命"失败后，黄恺元与宜昌老友陈裕时避难日本。后与陈裕时游历欧美，考察军政建设。1916 年回国，恰逢袁世凯称帝，黄恺元与陈裕时到长沙游说湘督汤芗铭通电全国反袁。后来受陈裕时影响，1919 夏天皈依佛门，又于 1920 年剃度为僧，成为太虚法师的首传弟子，取法名"传心"，字"大慈"。于 1923 病逝于杭州净梵院，享年三十九岁。

②虎头空有相：作者于此自注："项城极奇其貌。"项城指袁世凯，袁世凯是河南项城人，世称袁项城。

③鱼腹幸存身：作者于此自注："辛亥汉阳之战，公堕水，获救免。"

④千手难援命：作者于此自注："公常闭关，持大慈悲心陀罗。"

怀祖印法师①

王容子

明月晴开郢树烟，三年两度听谈玄。

句中眼付何人会，教外心凭苦口宣②。

渺矣高台多逝水，凄其黄叶又凋年。

群山万壑荆门路，回首灵踪一怆然。

（《海潮音》第 4 年第 4 期）

【注释】

①祖印法师：时为当阳玉泉寺的住持，是当时佛学界的名僧。太虚法师在其《在宜昌欢迎会之答辞》写道："太虚今来贵地，与诸山及各居士相见，不胜欢喜。何以故？因玉泉有我最仰慕的一位祖印老法师。法师学宗天台，腊德俱高，上江佛法尚资可观者，均系老法师之力。每次在荆宜一带讲经，太虚总想上来听听，但终未如愿，不想法师就圆寂了！虽然法师圆寂，其门人学者，在宜昌者不少。今来者与各位亲近法师的人谈谈，也就是与亲近法师一样，可喜者一。"

②教外心凭苦口宣：作者于此自注："师传曹洞宗，值末法，遂多不契。"

菩萨蛮（集八代①诗）

王邕

其一

行行春径蘼芜绿（江总），依阶映雪纷如玉（贺循）。并欲上阶生（庾肩吾），都知未有情（梁简文帝）。

庭中无限月（江洪），皎洁如霜雪（班婕好）。远近必随人（朱超），共寻千里春（卢思道）。

其二

雕轩秀户花恒发（陈后主），千娇百态情无歇（徐陵）。为寻镜中丝（范云），相怜能几时（子夜歌）。

芳春空掷度（吴均），郁郁西陵树（谢朓）。何处结同心（苏小小），但看松柏林（子夜歌）。

其三

落梅树下宜歌舞（江总），新装年几才三五（陆瑜）。栀子最关人（徐悱妻刘氏），不堪持赠君（陶弘景）。

苔生无意早（江总），我梦江南好（隋炀帝）。何以慰相思（沈约），悠然未有期（范云）。

其四

张星旧在天河上（徐陵），翠钗绮袖波中漾（陈后主）。长啸北湖边（子夜歌），菖蒲花可怜（鲍令晖）。

流波将月去（隋炀帝），回月临窗度（梁简文帝）。轩广月容开（谢朓），佳人殊未来（沈约）。

[《雅言（上海）》1914 年第 4 期《容子词选》]

【注释】

①八代：一般是指东汉、魏、晋、宋、齐、梁、陈、隋。

临江仙（集八代诗）

王 邕

其一

浮云中断开明月（释宝月），不知何处天边（庾信）。金膏玉沥岂留颜（谢庄），凉来温谢（谢灵运），思发在花前（薛道衡）。

舞袖逶迤鸾照日（汤惠休），朱颜发外形兰（曹植）。相看气息望君怜（梁简文帝），妍姿巧笑（曹丕），一步九盘桓（刘孝威）。

其二

桃花水上春风出（汤惠休），鸣鸠拂羽相寻（陆机）。班荆促席对芳林（沈君攸），风流云散（王粲），遗我洞房阴（谢朓）。

别响来时疏复促（阮卓），一声一转煎心（梁简文帝）。谁堪东陌怨黄金（江总），双情交映（陆机），离思故难任（曹植）。

[《雅言（上海）》1914 年第 4 期《容子词选》]

菩萨蛮（集李义山①）

王 邕

其一

漆灯夜照应无数，铜台罢望归何处。所得是沾衣，青灯两鬓丝。
芦花惟有白，朔雁传书绝。旅宿倍思家，身闲念岁华。

其二

如何一梦高唐雨，枉叫紫凤无栖处。雾夕咏芙渠，翻嫌脉脉疏。
地宽楼更迥，不见姮娥影。金管隔邻调，相思正郁陶。

[《雅言（上海）》1914 年第 4 期《容子词选》]

其三

桂宫留彩光难取，映帘梦断闻残语。星见欲销云，云中亦见君。

坐来疑物外，落叶人何在。山晚更参差，郊园寂寞时。

（黄负生[2]1916 年《如是斋随笔》，原载私立武昌中华大学《光华学报》
1917 年第 3 期）

其四

阊门日下吴歌远，秋霖腹疾俱难遣。襞锦不成书，人间道得无。

登楼明日意，黄叶仍风雨。回首是重帏，佳期自古稀。

（黄负生 1916 年《如是斋随笔》，原载私立武昌中华大学《光华学报》
1917 年第 3 期）

【注释】

①李义山：李商隐，字义山，号玉谿生，怀州河内（今河南省沁阳市）
人。晚唐著名诗人，和杜牧合称"小李杜"。

②黄负生：原名黄凤清，祖籍安徽休宁，生于湖北武昌。辛亥革命爆发
时，他就读于武昌昙华林工业传习所，毅然投笔从戎，以高度的热情参加革
命军。1915 年，黄负生与恽代英相识，他们召集同道，结成诗社，彼此唱和，
互相砥砺。1916 年，黄负生创作《如是斋随笔》，发表在《光华学报》上，他
对有些青年浪费光阴而不能成就事业表示痛惜。黄负生还从佛学中寻找救国
救民的思路，认为佛学最重视的平等与博爱也是革命者应有的精神。1921 年
经陈潭秋介绍加入武汉共产主义小组，是建党前全国最早的 57 名党员之一。
黄负生与王邕的结识极有可能是因为佛学，也有可能是因为黄侃，他与黄侃
都是同盟会会员，也是当时的中华大学（华中师范大学前身之一）的老师。

《塞垣集》后序
王 邕

右《塞垣集》六卷，先公所手定也。公生楚之西偏，地号雍塞，俗尚畏
谨，人囿故常，好逸恶劳，乏广大深远之思。士子白首事帖括，一衿自足，
不知有古学。自屈宋已降，载籍无闻人。盖三峡之气郁而少舒，民性因之，

短于进取，势使然也。

公之生也，独擅聪明，殆为天授。少不好弄，弱冠知名。金匮石室之藏，百家众流之会，军国政刑之典，遐方象鞮之书，罔不握要挈纲，升堂睹奥。斯固神明之绝境，浩浩乎不可测已！

中岁参曾文正公戎幕，叙功为州守，历署昆山县事。崑邑久困于兵，室若悬磬，民罔知法。公乃兴微继绝，劝善惩恶，政平讼理，期年而治。会山右①大饥，曾忠襄公②时守是邦，邀公往治，事无大小，一决于公。公感知之深，悯民之苦，独任劳怨，困赖以苏。而白璧青蝇亦自此始矣，事竟以上，天子改容。旋擢冀宁道。期年之间，陈臬③开藩④。时忠襄公已去是邦，继之者南皮张文襄公⑤也。文襄新进，异己者锄。公清介自持，不为苟同，始负薏苡之谤，终被熏胥⑥之辜。推验隔年，迄无佐证。纪元开秩，蒙恩放归。集盖是时作也。

公之归也，望绝云台⑦，心精绵枛⑧，终年搦管，无时离书，成《湘军志》二十卷，《宗圣志》□□卷，《曾子家语》□□卷，《两淮盐法志》一百卷。

复以刘忠诚公⑨保荐，开复⑩原官，任凤颖六泗兵备道。越三年卒于任所，时光绪二十四年⑪也。

公禀性既厚，疾恶若仇，而宏奖风流，善诱后进，一技之长，必诵于口，一言之善，必铭于心。故含经之士、味道之生，相望若慈母，所至如归市。洎夫远谪丁零，自伤谗慝，意多结郁，发为歌诗。九月凉秋，独沐塞外之风；八百孤寒，齐下崖州之泪。望慈帏于天际，觅中地于縠中。忧民立事之心，体国忠公之意。生不竟其施，没不传于后！呜呼，悲已！

邕幼失怙恃，长更流离，屡丁大故之年，弥惧斯文之坠。日月其迈，逝者如斯。用缀遗编，以贻来世。

宣统三年，岁在辛亥七月，孤邕谨志。

（王定安《塞垣集》）

【注释】

①山右：山西。

②曾忠襄公：曾国荃（1824—1890），字沅甫，号叔纯。湖南湘乡人。晚

清名将，湘军首领之一。两江总督曾国藩的四弟，因在族中排行第九，故人称"曾九"或"曾九帅"。光绪十年（1884），署礼部尚书，旋即调任两江总督兼通商事务大臣。光绪十五年（1889），加太子太保。翌年，曾国荃于两江任上逝世，享年六十七岁。清廷准其入祀昭忠祠、贤良祠；册赠"太傅"，谥号"忠襄"，后世称"曾忠襄"。有《曾忠襄公奏议》等著作存世。今人辑有《曾国荃全集》。

③陈臬：《书·康诰》："王曰：'外事，汝陈时臬，司师兹殷，罚有伦。'"孔传："汝当布陈是法。"后因称张布刑法为"陈臬"。此指王定安任山西按察使。

④开藩：此指王定安署理山西布政使。清朝的布政使，一般称"藩台"。

⑤南皮张文襄公：张之洞，南皮人，谥"文襄"。

⑥熏胥：互相牵连坐罪。此指受葆亨案的牵连。

⑦云台：汉宫中高台名。汉明帝时因追念前世功臣，图画邓禹等二十八将于南宫云台，后用以泛指纪念功臣名将之所。

⑧缃帙：浅黄色书套。借指书籍、书卷。

⑨刘忠诚公：刘坤一。详见第五编《刘坤一诗文》及其注释。

⑩开复：清代指官吏被降革后恢复其原官或原衔。

⑪光绪二十四年：此说错误，王定安去世的时间是光绪二十二年（1896）。王邕之所以把其父去世时间弄错，与他出生较晚有关，王定安去世时，王邕大约十一岁。

《缤华词》①序

王 邕

黄生大弟以所为《缤华词》一卷示余。余观其自记之文，为之感慨。

夫文生于情，情深者其文茂；言不尽意，意隐者其言微。若乃时珠婉缢②，而《汉广》兴歌；神光离合，而《洛神》作赋。采芳华以贻远，令鸩鸟以为媒，托想既虚，动心弥甚，斯亦贤者所宜悼叹乎！阮公③有言："既不以万物累心兮，何一女子之足思。"抑情无聊之言，犹未能超然自丧也。

嗟乎！人间何世，万事伤心。听流水于陇头，见夕阳于故国。当沉瞀离忧之日，为缠绵怨慕之辞。意所不宣，情尤可感已。

邕自伤同病，幸附知音。识楚雨④之含情，愧阳春之难和。用抽微旨，以告词人。

壬子（一九一二）七月七日，东湖王邕撰。

（中华书局《黄季刚诗文集》）

【注释】

①《缋（zuī）华词》：王邕妹夫黄侃由日本游学归国时铅印的词集，收词约二百首。由著名词人汪东和王邕作序。缋华是黄侃的笔名之一。

②婉娈（luán）：亦作婉娈，眷恋，深挚。

③阮公：阮籍。此句出自阮籍《清思赋》。

④楚雨：犹苦雨。比喻相思之泪。典出战国楚·宋玉《高唐赋序》。

致太虚法师

王邕

太虚法师净鉴：

承示惟识五观，惟重初后，依比入现义该能所，泰山不移。愚蒙顿豁，法乐无厌。此二乘所不了。乃法师慨然远惠凡夫，虽弘法应二，即此足窥平等胜义。古德有言，菩提树下，誓不空见，见当有证。虽则疲茶，敢不精勤，以为当来礼谒地。

肃此敬候道安不尽。

王邕和尚

（《觉社丛书》①1919 年第 4 期）

【注释】

①《觉社丛书》：1918 年 10 月在上海创刊，为觉社（中国近代佛教弘法团体，1918 年成立于上海。由太虚、章太炎等共同发起，蒋作宾任社长）社刊，季刊。太虚任主编。其宗旨是："内铸佛学真义，外融新学思潮，倡导整

理僧制，轨正谬说邪论，护持大教，鼓吹僧学，以期建立人间佛教，觉导群伦。"主要内容有宗论、释义、评议、小说、文辞、诗歌、答问、录事、雅言等。1919 年 10 月，《觉社丛书》出至第 5 期停刊。1920 年 1 月，改名为《海潮音》，月刊，延续至 1949 年。

【相关链接】

答王容子居士问

太虚法师

容子居士净鉴：

得元白居士来翰，知居士潜心佛法，欲精究唯识，以成妙观。甚见志道之笃，而择门之专也！略贡所习，希借览焉。

考唯识五观，最注重者，乃在遣虚存实与舍相证性二观耳。中间三观，特简菩萨智中之微细淆讹而已。欲成观智，先明理趣；欲明遣虚存实、舍相证性之理趣，当审究三性之义。何谓三性？一者遍计所执自性。此即第六意识依第七末那为根，执宇宙物我等一一法为实有自体。乃五趣二乘之凡愚有情共有之虚妄执着，此即所当遣除之虚也。二者依他起性。乃了知假实色心有为无为有漏无漏诸法一一皆展转互相仗托以为因缘，而悉由识心，分别显现，了无离识心外之实有物。所执为宇宙物我等之实有物，但是意识所取名言之境，唯有假名，都无自体。若如是知，则顺实相，此即所当存留之实也。准此谛理，一遣一存，相为剀切，安住中正，由比量之假观，入现量之真观，是为最初唯识观成。三者圆成实性。由第一观更进一步，舍离一切识心变现名言境界，而进观即心自性之离言实性。由之证入本来圆满，本来常住，本来清净，本来成就一切功德之真如心，是为究竟唯识观成。此唯识观，皆中道观。一入现量，便成祖佛。下手极分明简易，彻体无淆讹过患，诚有智者所当勤务者也。至上生兜率净土之法门，有《弥勒上生经》及《兜率龟镜》等书，居士当能自寻览之，可毋庸赘述尔！

专此，顺讯道安。

释太虚和尚

（《觉社丛书》1919 年第 4 期）

募修智悲阁启（代）

王容子

万家河在宜昌县北约百里许，河为长桥溪上流，岸侧旧有万家寺，河得名盖由于此。寺的兴废，不知其年。故老习闻，盛时当容缁众数百人。虽图记所弗详，意其必为名刹。

某某①解甲初归，访胜至此，乐其山水，遂为移居，既有年矣。居常与学佛人游，乐闻总持②，归心净业，以为庄严之境，非凡夫所宜专。乃度其遗基，建置智悲阁一所，供西方三圣③。又复备置经典，广葺禅舍，将为发心修真者，辟安居道场。中以财力牵掣，作辍不时④，再经寒暑，仅成其半，徒怀须达⑤之愿，终乏祇园之金。

今佛法昌明，归养者日众。非常之事，有待而成。大乘法门，日多日胜。得毋我佛世尊方便饶，益将欲遍垦福田于众人心耶？夫檀义摄六，资生为首。海内不乏长者居士，满足胜缘，宜大有人。

善作者不必善成。某某特其发端耳。

（《海潮音》1922 年第 3 卷第 5 期）

【注释】

①某某：指全敬存。此文为王容子代全敬存作，因此以全敬存口吻行文。

②总持：佛教语。梵语陀罗尼的意译。谓持善不失，持恶不生，具备众德。亦指咒语。

③西方三圣：又称阿弥陀三尊，中间是阿弥陀佛，观世音菩萨立于佛左，大势至菩萨立于佛右。西方三圣乃净土宗专修对象。

④作辍不时：时修时停。

⑤须达：梵语 sudatta 的音译。意译为"善与""善给""善授"等。古印度拘萨罗国舍卫城富商，波斯匿王的大臣，释迦牟尼佛的有力施主之一，号称给孤独。后皈依佛陀。与祇陀太子共同施佛精舍，称祇树给孤独园。

【相关链接】

癸亥①元宵前二月携萧止因②陈妄清杜汉三王咏香③陈子端诸居士
游万家河维摩精舍智悲阁访敬存全居士聊以伽陀④纪之

释太虚

溪风飒飒寒生袂，崖石嶙嶙看出神。

软语枝头怜好鸟，卜居谷口得幽人。

再来摩诘宾中主，一现优昙屋外身。

共上智悲高阁望，山花无限正胎生。

（《海潮音》1924 年第 2 期）

【注释】

①癸亥：公元 1923 年。

②萧止因：沙市履泰人力车行老板，车行设在童家花园南面，人力车多达三百五十多辆，是当时荆沙最大的一家车行。陈妄清亦为沙市人。

③王咏香：见后文王邕《王咏香居士行述》。

④伽陀：佛偈。

李居士墓碣

王 邕

君宜昌李氏，讳德衡，字鉴亭。家世贫苦，惟勤俭，善治生，强能有守，年十三四，即操奇赢①而自赡，其家赖之有若成人。长弥刻励。居与时逐，俯有拾，仰有取，处无旷日，亿无遗筹②，数十年间，不移尺寸。饮食衣服，未尝稍逾。风雨寒暑，未尝有间息。肇自贫微，以迄庶饶，于君之身，徒有其名而不易其境，则知微贱未贵，特用以自娱。游闲雍容之奉，固非君所屑也。

君起孤寒，更尝③之境多。曲知世情，遇人无贵贱，各当其意，退无闲言。禀赋尤过于人，忍饥能数日不食，食或尽数十品。每醉饱之余则用以助谐乐。有工为笑言，诙奇不可究诘。晏筵之上，得君而情益欢。

晚忽归心释氏，尽更其素行。兴福所资，倾囊无吝色。日课佛名数万，尤好金刚般若及小弥陀。君不甚知书，初持二经，颇患聱牙。习一岁余，才能上口。其精勤若此。民国十年夏，玉泉印禅师开弥陀法会于吾宜。时值多故，肆几中废。君以独力供其资财，始获藏事。讲肆④毕，越□日，七月辛酉遭暴疾，一夕而卒，春秋四十又□。没前犹跏趺宣佛号，至不能声乃已。

君性初通脱，不信鬼神机祥。凡禋祀之称最灵，号能祸福人者，必迹其所在，通罟以占其验否。习释而后崇奉，又什百所罟。以是，人多笑之。君夷然弗为动。尝欲传家之日，分财为三，一资佛事，一恤贫乏，一畀后人。志既有待，故斋戒虽勤，犹治产不少衰。无何而君竟死矣。

君配贺氏，子三人，长明光，次□□，又次□□。本年□月□人葬于五陇⑤之原。

友人等伤其倏忽，哀怀有所不尽，爰举平生，寿诸石，以寄遐思。始议者钟鼎，赞之者若尔人：陈裕时、王道芸、全敬存、罗大澄、王邕，皆县人。

铭曰：其生也无涯，其死也孰归。天阏纷伦，不可端倪。羌吾察所未逮，慕类兮以悲。

（《海潮音》1922 年第 3 卷第 7 期）

【注释】

①操奇赢：操纵市场上货物奇缺以及过剩的情况，以获盈利。此指做生意。

②遗筹：犹失算。亿无遗筹是说对市场变化的预测很准确。

③更尝：亲身经历，实际体验。

④讲肆：讲论肄习。肆，通"肄"，学习。

⑤五陇：五陇山又名五龙山，因五峰连峙，蜿蜒如游龙奔江，故名。在今宜昌点军区。

重修云集寺启

王容子

盖闻聚沙成塔，童戏有入佛之机；补像探珠，相好现真金之色。有感斯大应，有响传声。一粒播万斛之因，跬步实千里之实。有云集寺，亦名远祖庙①。宋朝之遗迹，心法之流支也。指灵山而东逝，持信钵以西来。九年面壁，不识谁何。一笑拈花，别开顿悟。玄宗所被，遗构犹存。当门之逝水如斯，隔峰之青山可掬。春朝秋夕，凉月和风。慨兹胜游，淹随劫壤。伏维十室之内，必有仁人；百界之中，皆为佛子。修福即同修道，观色不异观空。况无边功德，不弃微因。第二梵天，当非诳语。冀施高荫，共结胜缘。成就庄严，永孽福德。圆定领修。

（《海潮音》1922 年第 3 卷第 8 期）

【注释】

①远祖庙：疑似"达祖庙"之误。同治《宜昌府志》记载："达祖庙，在青草铺，咸丰年间重修。"在今宜昌市杨岔路小学处。

王咏香居士行述

王　邕

宜昌城居大姓，凤推陈、黄、王三氏。三大姓中，王姓人独多，而族别亦最广，虽同姓各祖所从出。王君咏香，出三大姓中。万镒王氏，数世善富者也。君讳道芸，字咏香。王本旧族，家法严谨贯郡中。君初习儒，然不甚喜读书，颇负趼弛名，戚党有谓将覆其家者。君闻之，立自责改前行，乃弃儒而学贾。肄业勤悫，恒逾于人，无巨细，必躬习焉。主者故数与细役，欲以观君，君执事愈勒。自是乡间皆改观，于时已年二十八矣。清季，川汉铁路之辟也，路局以其费用浩穰，自立钱肆，以通其财，曰"履康"。君服业肆中。李公姚琴，曹君漱珊，皆重异之。辛亥十月，武昌义军崛起，宜昌亦于是月十八日改汉号，遥闻荆州亦起民军，宜军政府谋助之。商会则议先资给其军，且遣人侦虚实，以便策应。君毅然应命往。既至荆州，满营戒备綦严，方议战守，尤仇视民军人物。沙市未敢独异，君几为所获。以乡人多为君耳目，乃传贲原款脱归，报命宜军，始决征荆沙。闻者皆多君胆识。

后宜昌钱业，共集资立钱号，曰"集和"，即以君主其事，商会复举君坐办。时李公姚琴任总理，吴君敬荄佐筹谋。其庶事及奔走，则由君与韩君慎之、李君春澄等共任之。各商帮咸持大体，团结以应。故壬迄戊七岁之中，以资遣路工一役为始。后则大兵入川者三，自当战卫者再，荆襄邻邑之变各一。排难解纷，皆由商会主办。虽风鹤频惊，而卒以自保者，固非一手一足之烈，而君等折冲周旋，其劳自不可没也。

初，邑人陈仲泉在宜创设电灯公司。宜故山邑，改步后，百业草创，公司供求，时不相中。又频贷日德外资，积至丁巳，逾期不偿将破产。君以商埠电气事业，无者犹将兴之，已建置者，岂可使之堕坏，且惧权利攘于外人，乃出资承顶，偿其外债，公司始得维系。阅岁，原经理人复以原资收回。君因交涉至汉，夙慕苏杭山水，遂乘隙往游焉。

九日，陈圆白居士延请太虚法师至汉，讲《大乘起信论》，君适过汉，乃留预讲筵，时听者才六人。是年冬，受五戒于玉泉祖印法师。明年受菩萨大戒。自是，成立宜昌佛教会也，醵金共请藏经也，在宜设置佛经流通处也，汉宜显密法会之娄启也，其事多由圆白居士首唱，君则倾心以助成之。而净财所资，君与李君鉴廷供给尤力。及鉴廷之殁，圆白适有妻丧，比归谓余曰："吾之痛鉴廷，百倍于痛吾妻。"今又失君，吾辈痛何如哉！

十四年夏，宜昌教育经费奇绌，学校欠薪积二月余，教界生活几绝。商会会长韩君慎之、副会长蔡君云程，邀君出共维持，君乃约宜绅陈君恕伯、黄君纯生等，同醵金偿欠六千余缗，全县学童始能继续课读。

又尝主贫民工厂，惟以恤老慈幼为宗，不事外名。总之，学佛以后，虽日求远世缘，倾向无为，至于乡里善事，锐意坚行，则若有谴责其后，临迫而为之者。世人见其终岁栖皇，反讥笑□为口实。呜呼！此正所难能者已。

先是，君尝从持松法师，闻密宗教义。又自日本某阿阇黎学十八道。丁戊之际，避地杭沪之间，与王君理丞同居半岁，依止瑜伽法门，共研即身成佛之义。自是弘通显密，心量为之一变。庚午夏，从诺那活佛，受灌顶法，改宗西藏教义。未几，复有恒明喇嘛，自江孜来传演密法。君闻其说，而大虒之。遂随之北上，将入五台修法，未果。遇胡君子笏于北平，君语之故，子笏曰："台地高寒，恐不堪久居。修法安有定处？"而始与约者，行踪复荒忽，遂留北平。适沁喇嘛在平开大威德法会，君从习焉。

初，君家之理贸易也，营业分四类：曰钱庄，设置最久；曰织布机房；曰绸缎疋头；曰特货税号，设置最后。而亏折自税号始，并以牵掣全局。其哲弟义亭，则君之右臂也，复于其间逝世，君遂决计辍业。时信用犹未尽坠，有劝其尽分部居，各别处辨者，君叹曰："世无百年不坏之业，即此信用未尽，尚可不负于人。时势大难，异日即欲收拾，恐亦不能自主矣。"间以语余，余颇不谓然，辨析累日夜。君持己志益坚，其用心之平，自无可訾议。至于由丰入约，移转过骤，势必日蹙，亦君智所能及，然非学道者所屑计。余之妄以世俗之见，与相推确，由今思之，转益愧恧矣。

君二代同居，壬申春，君归自北平，始为分析。家居凡阅六月，世情益淡，尝寄宿食于友人，累月不归。九月再游北平，适蒙古王公等敦请班禅国师开时轮金刚法会，欲以消除国难，为全国祈福。会号殊胜，在东土尤仅。君先期作书，招致学佛人参与。而其舍报之日，即为功德圆满之前夕。种识有寄，旧愿当不唐捐。以中华民国二十一年十月二十八夜，卒于北平，春秋五十有七。后四日，夫人刘氏卒于家。子一宗燧。君罹疾未入，预托身后事于陈子云居士，嘱薄殓，用荼毗法，葬北平。

卒后，圆白等共经纪之，不忍依其嘱，仍以棺殓。而子云居士自其始疾，即任调护，及治其身后事，纤悉周密，可谓无毫发憾，庶几不负宿诺，有始终者。

呜呼！吾辱君交二十年矣，坡蒙眛眜，不以损者相似，因得通其狂惑。自恨寡识，不能益君毫末。然夷考其平生，于世道，于佛法，皆卓然有以自见，则非余一人之所阿私。虽恶之者，亦不能磨灭之也。近岁入道日深，去俗日远，冥心孤诣，未尝求喻于人，特积习所渐，非可取尽于日夕，释然于外者，未必即释然于中，故不能无郁塞。今则纳诸寥廓，空有一如。其间，盈虚消长，皆激君以成人道之机。所得为己丰，在君则非虚来，似可以蹲踏满志矣。

（《民国佛教期刊文献集成》第四十五卷《宜昌居士林林刊》）

王居士诔

陈锦章

中华民国二十一年秋十月二十八日，王君咏香卒。呜呼哀哉！

昔有妫之后，齐民号曰王家，始兴之迁日者，筮同淮水。魏晋以降，支系独繁，且公且侯，亦玄亦史。令闻光于前载，荣构肇于遥源。绵世浸远，传谱不属。君讳道芸，字咏香，湖北宜昌县人也。诞茂渊懿，克承堂构。师计然之余策，法孔氏之雍容。操其奇赢，逐为良贾。而高情迈世，抗志济时。弗睹如粟之金，诅理毁瑕之璞。暨维新旧物，莅事于乡。仰希卜式之风，雅擅弦高之智。时当冲剧，娄追戎旃。牛酒频施，车徒不扰，君与有力焉。

粤自耆养之年，笃信竺乾之教。爱流成海，则济以虚舟；尘缚扳缠，则挥以智力。遂弘大愿，崇奉莲宗，行不忌之檀，求权化之实。戊寅春，从诺那活佛，受灌顶仪，依阿字无生之门，入帝网无尽之愿，遍看赜行海参顿教一心苏漫多声，共潮音以俱远，曼茶罗法，本自性而□成，维□玄津，宅心了义。欲以一贯显密之旨，双融华梵之文。自是专习瑜伽，独宗藏密。

壬申再游北平，月余疾作。值班禅国师开时轮金刚法会，君犹函致乡里，广为阐扬。而委化之期，即毕会前夕。预嘱其友，留葬所卒，殓勿简器，语不及私，可谓见所见而来、闻所闻而去者矣。昔启校序，尝共绸缪，缟素益亲，醇醪自醉。托襟期于越祝，推诚信于郢斤。追忆宛然，心乎痛矣。况復生寄荆南，殁留河朔。青枫关塞，北斗阑干。素牍三年，犹存怀袖之字；丹旐一去，未卜归来之期。冥契既遥，爰作斯诔。共辞曰：

物尚孤生，人贵特立。识密鉴洞，心远行质。不偏则中，无倚自直。气薄云天，志贯金石。

性乐寂静，无适非真。因心违事，辞富居贫。祸兮福倚，名者实宾。与丧所守，宁去其名。

苍苍者天，抟抟者地。系以业力，罔或失堕。大千小千，万劫万世。一念即真，转注成智。

砖壁瓦砾，地水火风。辨相有异，证性为同。有为无为，内空外空。合之无既，遗之斯穷。

子尝语我，是法最胜。毗庐诺那，可以讬命。口效其声，意□其定。身为佛身，性即佛性。

昔承清宴，秋夕春朝。论合交颂，义远互嘲。迹不可住，魂不可招。心伤契□，云互情低。

呜呼哀哉！

生有去来，神无通阂。形往道存，子规吾佩。诵佛之名，思君之诲。何以报之，三车一载。

呜呼哀哉！

（《民国佛教期刊文献集成》第四十五卷《宜昌居士林林刊》）

续修宜昌县志凡例

王 邕

宜昌县志局拟

（一）全书体例，以明备整齐、切于实用为主，复参以近代政治、地理之意以为之。

（二）志内分五门，门析凡十六类：首、党志；二、舆图若干幅：曰全县境图、城市街道图、乡区分图；三、考七类：曰地理，曰财赋，曰教育，曰军备，曰贸易，曰建设，曰艺文（金石附）；四、表四类：曰古今大事，曰职官，曰选举，曰物产；五、传二类：曰列传，曰列女。次类之中，复分子目，卷数则视文之多寡为率次分之。

（三）党治。昔周官外史，掌四方之志，畿外之国，自为春秋（列国之史总名春秋）。然纪年必系周，正所以昭同文之治也。郡县既立，方志代兴，故近代地志，尝以诏策纶言冠于首简，以示一方之祗奉①。我国家以党治国，纲为万端，施于有政。今著只承所自以□□弁首，分上下二篇：首、党纲及建国大纲暨先总理遗著中关于各方制度者，汇集为上篇；次、宜昌市区等党部组织法及国体改建后党治经过状况为下篇。

（四）旧志图未经实测，多属虚拟。又有装缀风物，号称几景者，大抵出于附会。分野虽系旧说，亦无关实际，兹悉删除。今县图皆自实地测量，并师裴氏分率遗意，计里画方，以虚空鸟瞰图之。使城池、村镇、山陵、川泽，四至八到，较然不易。准望征实，庶归有用。至于西陵山水，久蒙昔赞，随文参插风景画片，以助兴趣，不必另立门类。

（五）地理。首辨沿革；次及形势，与图相辅。凡县境之内，市、镇、乡、村，依据现行县组织法，以次相系。其中廛肆及居民若干户，水陆交通可达地点，山陵脉络所经由，及大小高庳库若干里及若干丈，川泽之广狭、浅深若干里及若干尺，溪谷支流所出所会，舟楫所通，水涨、水落可至某处，道途之所达，关、梁、堤、堰、坊、表名胜之所在，皆明晰登载，不厌详琐。各地风习，依其处以著之。

（六）财赋。凡国帑正供，丁田民屯，盐课榷关，以逮开埠后之海关及各杂税等，凡在簿籍，悉为征录。盖以麻缕之微，铢两之细，追源所自，无不来自民间，以言征求，即含隐痛，义存综核，故不避繁琐，以备留心民生者要删②焉。

（七）教育。首古今学制，次最近教育状况，社会文化事业暨教育经费并附著焉。

（八）军备。县表里江山，代为重镇，六朝南宋，尤为建瓴。今于历代形势，军制变更，以及民国以来军事概况悉为具录。

（九）贸易。县自辟为商埠，日趋繁盛，兹将通商以来，本埠及各市集商业组织及状况，并历年输出入贸易量额，以及工商各业团体组织及状况暨关系本埠诸商，约并详载之。外国人在本埠经济上之势力，尤所注意详为采集，以资参究。

（十）建设。分二类：一、实政建设。自中华后，其因时立制，益国利民，本济一时之变，遂成永久之规者（汪士铎著《江宁府志》，适当太平军之后，时以公私赤立，当事者变通趣时，颇多创立，如吏治善后等局皆是。因立《实政》一门，今师其意，以纪一时规划）。二、物质建设。举凡土木营造，城堡坛壝等以及交通机关、运输机关、机械工业新建设等悉入是中。

（十一）艺文（附金石）。旧志但选存诗文，不录著书，实乖体例，兹概删削，从《汉书·艺文志》例，但标举目录，分经、史、子、集四类，依类入目；其为县人自撰著者或别县人为宜昌而撰著者，皆在存录；金石撰刻，自昔无多，难立门类，姑附于此，以存其概（旧志诗文或入杂录或别为诗征、文征，以选存之）。

（十二）《古今大事表》仿顾（栋高）著《春秋大事表》例，上自战国，下迄今兹，以年为经（民国纪元、列朝年号及公元三种并列），以事为纬，综核纲维，使可依据。通商以后，所有交涉，巨细悉录，以备通今之用。

（十三）职官。分二表：一载历代于此设官及今制官司之数，一载官于此者之名氏，编为年表，著其起迄，每个人下略注履历，其入列传者，但书"有传"二字。

（十四）选举。古今异制，隋唐以来，以科举为选举，清沿明制，大致相同，兹分二类。一为前代科举选士年表；一为民国以来国、省、县等选举，当选人年表（每人下载略历）。表前载其制度或附以说明。

（十五）物产表。土地所出，上关国富，下系民生。各乡田野原隰，种植树艺所宜，由实地调查后，其动、植、矿三类之产区及产额，析分同异，并著于书。

（十六）列传分八类。曰先正，曰循吏，曰列义，曰敦行，曰儒林，曰文苑，曰流寓，曰方伎，按其行事以类列入。

（十七）列女。列女之名，仿于刘向，犹言士女之林，非必专存节烈也，马班之书虽未署专目，而随事自著，一同须眉，如巴清之殖财，唐山之作乐，缇萦之救父，文君之择夫，各从其长，原无轩轾；下逮范史，犹存遗意，故曹昭、蔡琰同见称述，不专一节，以取□□，遵其义例，一洗向来一偏之见。凡事迹特殊或技艺自名胥为收采，□□□其高秀，不专一□致于乡里庸行，曾蒙旌表，羌无事实者，虽不忍使之磨灭，然今昔殊尚，无事张皇，但为一表，略载氏族、生卒年月，以见其概可尔。

宜昌王邕拟草
民国十九年（公元 1930 年）二月
（民国版《宜昌县志初稿》）

【注释】

①祗奉：敬奉。

②要删：撮要删定。此指选取。

第三辑　儿子王芥舆诗文

听楞严经偈

王芥舆①

山河大地悟非真，如幻浮生如转轮。

一色一香皆正觉，万缘万虑尽前尘。

梦魂颠倒萦虚相，清净光明辨法身。

一自远公②开示后，始知原是本来人。

（《海潮音》1921 年第 1 期）

【注释】

①王芥舆：见前言中相关介绍。

②远公：东晋高僧慧远法师，为净土宗之始祖。

【相关链接】

答王芥舆《听楞严经偈》

太　虚

心精非真非非真，习气瀑流恒转轮。

此法佛常不开演，等闲人尽迷根尘。

一毛端上宝王刹，万花光中常住身。

声色见闻刹那灭，旅中谁辨主亭人。

（《海潮音》1921 年第 1 期）

第四辑　女婿黄侃诗文

寄宜昌

黄　侃①

凉风吹白露，故国已秋深。

每念空房冷，难为天末心。

长江连远海②，落日隔层阴。

若问相思意，君听别雁音。

（湖北人民出版社 黄侃《黄季刚诗文钞》）

【注释】

①黄侃：字季刚，又字季子，晚年自号量守居士，湖北蕲春人。中国近代民主革命家，辛亥革命先驱，同盟会元老。武昌起义中与黄兴等人积极组织蕲春孝义会支援革命。袁世凯窃取大总统之职后，遂"不事王侯，高尚其志"。中国近代著名语言文字学家、音韵训诂学家、国学大师。光绪三十一年（1905）留学日本，在东京师事章太炎，受小学、经学，为章氏门下大弟子。曾在北京大学、中央大学、金陵大学、山西大学等任教授。其所治文字、声韵、训诂之学，远绍汉唐，近承乾嘉，自成一家，多有创见。黄侃治学重视系统和条理，建立黄氏古声学体系，用古声学理论研究文字训诂，强调从形、音、义三者的关系研究中国语言文字学，以音韵贯穿文字和训诂。黄侃在《文心雕龙》、礼学、汉唐玄学等方面也都有独到的见解。学术之外，尤精古文诗词，文尚淡雅，上法晋宋。黄侃为学务精习，对于四史、群经义疏及

小学基本著作都研读达十几遍、几十遍，对《说文》《广韵》尤为精熟，多有批注。主要著述有《音略》《声韵通例》《说文略说》《尔雅略说》《声韵略说》《集韵声类表》《文心雕龙札记》《汉唐玄学论》等。后人称黄侃与章太炎为"乾嘉以来小学的集大成者""传统语言文字学的承前启后人"。黄侃的原配夫人叫王采蘅，是王定安的三女。据黄侃侄子黄焯《黄季刚先生年谱》记载：光绪"十八年壬辰，一八九二年，七岁。翔云公应江宁尊经书院山长之聘。先生留家，延师授读。值家用告匮，奉生母周孺人命，肃书白状，即于书末缀一诗云：'父作盐梅令（翔云公曾署四川盐茶道），家存淡泊风。调和天下计，杼轴任其空。'时宜昌王鼎丞（定安）先生自山西布政使解职，客居江宁。王先生与公为挚友，于时过从甚密，见先生诗，诧为奇才，即日以弱女许字，实先生元配王夫人"。"二十九年癸卯，1903 年，十八岁。王夫人来归"。两年后赴日本留学，此诗当是留学日本期间写给夫人王采蘅的。

　②远海：此指日本。

无题二首①

黄 侃

秋风日夕起，海上客衣单。
却恐深闺里，罗帷不耐寒。

桂树满山幽，王孙尚远游。
天涯多景物，不似故园秋。

（湖北人民出版社 黄侃《黄季刚诗文钞》）

【注释】

①无题二首：从诗歌"海上""远游""天涯"等内容看，此诗应该也是写于留日期间。黄侃戊申（1908）之秋致书王夫人云："岛国早秋，独居岑寂。思子之念，如何可言。"（见黄念容编《量守居士遗墨》，1974 年自印本，第 129 页）

寄内①二首

黄 侃

方丈蓬莱万里山，侧身西望几时还？
匣中旧贮盘龙镜，寄语游人鬓欲斑。

晓日新妆倚镜台，蛾眉鞏后为谁开？
此生愿化三青鸟，犹得将书去又来。

（湖北人民出版社 黄侃《黄季刚诗文钞》）

【注释】

①寄内：寄妻子。内，内人，指妻子。从"方丈蓬莱""西望"等词看，此诗也应该是写于黄侃留日期间。

惜别暗记

黄 侃

检历逢张事不成，采蓝难得一襜盈①。
行云半出千重峡，遮雾全须几扇屏。
孔雀孤飞伤劲翮，雌凰遥应送和声。
枳篱开处通西曲，那有车将窈窕迎。

（湖北人民出版社 黄侃《黄季刚诗文钞》）

【注释】

①采蓝难得一襜（chān）盈：整天在外采蓼蓝，护裙还是装不满。此句用《诗经·采绿》"终朝采蓝，不盈一襜"之典。《诗经·采绿》是一首妇人思念在外逾期不归丈夫的诗。

蝉①

黄 侃

斜阳身世已凄然，几树疏梧动晚烟。

漫把秋心②向人诉，断肠风露自年年。

（司马朝军《黄侃年谱》）

【注释】

①蝉：据司马朝军《黄侃年谱》，此诗写于民国五年（1916）8 月。王采蘅去世于同年 6 月 28 日，享年三十岁。据此推算，王采蘅应该出生于光绪十二年（1886）。王采蘅生育七子女，在动荡年代，黄侃常年在外，王采蘅在家的艰辛可想而知。王采蘅的去世触发了黄侃的无限愧疚之感，回想起糟糠之妻的患难之情，他仿佛觉得自己是一个不可饶恕的罪人。此后他写下很多忏悔的诗词，追悼亡妻，寄托哀思。

②秋心：即愁。

蝶

黄 侃

孤客愁闻子夜吟①，画楼高处绣帘深。

也知皓露终难避，更恐芳尘②不易寻。

风急未妨随柳絮，夜妍还得傍花心。

阿娇衣借莺黄染，岂要轻途汉殿金。

（湖北人民出版社 黄侃《黄季刚诗文钞》）

【注释】

①子夜吟：即子夜歌，乐府《吴声歌曲》名。现存晋、宋、齐三代歌词四十二首，写爱情生活中的悲欢离合，多用双关隐语。

②芳尘：王采蘅又名王灵芳。

初秋夜坐①

黄 侃

虚幌②摇摇月半明，南谯③疏鼓送残更。

高梧叶下蝉休早，从此秋怀不易平。

（湖北人民出版社 黄侃《黄季刚诗文钞》）

【注释】

①初秋夜坐：此诗写于 1916 年初秋，夫人王采蘅新逝。

②虚幌：用唐杜甫《月夜》诗"何时倚虚幌，双照泪痕干"之典。

③南谯：南边谯楼。谯楼有报时的更鼓。

秋雨二首①

黄 侃

骤雨生寒始识秋，虚房人静一灯幽。

更长万念难安恬，梦短单衾且滞留。

写恨竟无骑省②句，为身深愧步兵③谋。

茫茫来日愁无限，暂醉安能百事休？

秋味居然一夕经，孤灯飔飔雨冥冥。

西风鸣鸟原多恨，落叶裹蝉岂可听？

每捡衣裳悲节序，却因纨素忆娉婷。

空床寂寞罗裯冷，不待凝思泪已零。

（湖北人民出版社 黄侃《黄季刚诗文钞》）

【注释】

①秋雨二首：黄焯先生手批本引黄侃学生孙世扬案语云："丁巳作。"丁巳即民国六年，公元 1917 年。应该是王采蘅去世一周年所写。

②骑省：指潘岳。语本晋潘岳《秋兴赋序》："寓直于散骑之省。"潘岳与妻子感情笃厚，妻子去世后，潘岳写了《悼亡诗》《杨氏七哀诗》《离合诗》《悼亡赋》《哀永逝文》等众多诗文表达对妻子深深的爱恋。

③步兵：三国时期的阮籍。阮籍官至步兵校尉，世称"阮步兵"，以狂放不羁著称。

秋海棠

黄 侃

深院秋寒身不支，高楼人去恨谁知？
罗衣已换余香减，蜡炬初残别泪滋。
明月有情蛩语咽，斜阳无恙雁飞迟。
红颜损尽华年晏，只恐重来未可期。

（湖北人民出版社 黄侃《黄季刚诗文钞》）

感李夫人①事

黄 侃

烛影遥帷望未真，招魂如此最伤神。
桂枝秋气销何速，落叶哀蝉恨正新。
续命可无仙掌露，筑坛应愧白茅人②。
死生总负倾城意，泪洒荒埏③不忍陈。

（湖北人民出版社 黄侃《黄季刚诗文钞》）

【注释】

①李夫人：汉李延年妹。妙丽善舞，得幸于汉武帝。早卒，帝乃图其形，挂于甘泉宫，思念不已。方士少翁言能致其神，夜张灯设帷，令帝坐他帐中遥望，见一妙龄女子如李夫人貌。

②白茅人：汉武帝时，方士栾大诡称"黄金可成，河决可塞，不死之药

可得，仙人可致"。于是武帝拜栾大为五利将军。又刻玉印日"天道将军"，大衣羽衣，夜立白茅上受印。后事露被诛。见《史记·封禅书》。后因称栾大为"白茅人"。亦泛指术士。

③荒埏（yán）：荒凉的墓地。

无题二首[①]
黄 侃

海上青钟去几时，人间无路寄愁思。
可怜远道空相忆，正有离怀各自知。
南国春归情化絮，北岑日暮泪如丝。
神方驻景从君乞，悔向高楼再拜辞。

华年如水恨如烟，一度思君一惘然。
明镜虚悬三五月，鬒云应隔几重天。
玉床石阙还相似，渴凤鳏鱼总可怜。
兰径佳期浑未定，愧将密意诉红笺。

（湖北人民出版社 黄侃《黄季刚诗文钞》）

【注释】

①无题二首：此诗写于王采蘅去世一周年之际。

无题二首[①]
黄 侃

幽幌秋寒梦未成，凄然夜籁起愁声。
候虫有恨知谁诉，断雁伤离解自鸣。
愧以虚言酬挚意，誓将微命殉深情。
莫嫌人事多圜缺，君看姮娥万古明。

折碎明珠玳瑁簪，九天难与正初心。

山南已结繁钦恨，沟上犹劳卓女吟。

预计他生终悄恍，偶思前事已侵寻。

神山岂是无灵药？其奈波涛比旧深。

（湖北人民出版社 黄侃《黄季刚诗文钞》）

【注释】

①无题二首：黄焯先生手批本引孙世扬案语云："丁巳作。"丁巳即民国六年，公元 1917 年。

无 题①
黄 侃

移灯小曲夜阑干，凭仗犀心为避寒。

锦被文鸳和孔雀，玉楼孤凤爱离鸾。

乌栖月皎相留切，马滑霜浓欲去难。

肠断三更书石阙，负情第一是侬欢。

（湖北人民出版社 黄侃《黄季刚诗文钞》）

【注释】

①无题：黄焯先生手批本云："本诗写作时间同上。"即公元 1917 年。

采 若①
黄 侃

采若芳洲独自归，满堂人散忆荷衣。

谁能弹日②齐夷羿，便拟乘云觅宓妃。

翠帐层波光可接，琼筵六博坐成围。

此情回首年华晏，欲赋同心事已非。

（司马朝军《黄侃年谱》）

【注释】

①采若：据司马朝军《黄侃年谱》，此诗作于1918年，黄焯手批本引黄侃学生孙世扬案语"此首戊午正月作"。

②彈（bì）日：射日。

宫渠败莲①

黄 侃

朱栏干外御渠前，秋意殷殷付渚莲。
自有残香供客燕，漫持新恨与哀蝉。
采荷舟去将风夜，饮荈②人来欲暮天。
千遍徘徊君③不见，古坛深柏共凄然。

（湖北人民出版社 黄侃《黄季刚诗文钞》）

【注释】

①宫渠败莲：据司马朝军《黄侃年谱》，此诗作于1918年，黄侃当时在北大任教。《黄侃日记》1932年8月26日记载，王采蘅去世时，黄侃居京师，曾作一诗。"太社园暝坐，偶忆昔居京师一诗，诵之凄怆，十六年矣"。据黄焯《黄季刚先生年谱》，民国四年（1915）："是年春，先生奉田太夫人并偕王夫人以下赴北都。"北都即京师。黄侃还在当日的日记中自注曰："此诗颇婉。"见败莲，闻哀蝉，无不让他联想到去世的妻子。正如有的学者所评，此诗"诗风哀婉，缠绵悱恻，不忍卒读"。

②荈（chuǎn）：茶的老叶，即粗茶。饮荈人是作者自指。

③君：指夫人王采蘅。

亡妻生日设祭作①

黄 侃

烛光寒不舒，穷庐迫昏暮。

之子久归泉，兹辰溯初度②。

酒肴陈几筵，儿女伸思慕。

谁云情可忘，哀襟泪翻注。

死别三改火，孤馆滞权厝③。

平生辛苦心，已矣更谁语。

结发为弟兄，食贫非所恶。

贱子④好远游，春华竟驰骛。

共处曾几何，忧患相撑拄。

故山远辞别，蓬梗从遭遇。

旅食向幽都，眷属幸团聚。

僦舍东高房，车来喜迎晤。

提挈三男儿，长女知礼数。

偿君黾勉劳，驰我晨昏虑。

薄命多咎灾，安居鬼能妒。

肺疾一侵缠，仓卒行冥路。

劳生⑤本同梦，恨子独先寤。

世情多反侧，危国恒忧惧。

锋镝纵横时，亦复羡朝露。

回视诸藐孤，偶然得欢趣。

稚子忽夭殇，肠断巫医误。

所余两孩提，前后随趣步。

一身兼父母，无恃⑥犹堪怙。

余年自矜惜，缠绵为群孺。

少壮跌宕人，年来变衰癯。

偕老既初心，寒盟嗟失据。

灵台常薄责⑦，尤悔笔难具。

取醉托醇醪，何尝解愁苦。

前月得乡书，兄子新物故。

骨肉渐凋零，凄酸自回互。

揽镜观鬓毛，几时杂以素。

书卷纷陈前，神昏失章句。

此心终郁抑，庶几为子诉。

凄风飘帐帷，遗貌坐相顾。

何能击缶⑧歌，悲怀宜一赋。

霜夜诚萧条，裴回候香炷。

（湖北人民出版社 黄侃《黄季刚诗文钞》）

【注释】

①亡妻生日设祭作：此诗写作时间为 1919 年 12 月 28 日，写于武昌高等师范学校（武汉大学前身），王采薇已去世三周年。

②初度：指生日。

③权厝：临时置棺待葬。当时黄侃经济困难，王采薇的灵柩一直迟迟未能正式安葬。

④贱子：谦称自己。

⑤劳生：《庄子·大宗师》："夫大块载我以形，劳我以生，佚我以老，息我以死。"后以"劳生"指辛苦劳累的生活。

⑥无恃：失去母亲。《诗经·蓼莪》："无父何怙，无母何恃。"

⑦薄责：轻微的责备。

⑧击缶：典出《庄子·至乐》。庄子妻死，庄子击缶而歌，他以死生循环的观点来看待死亡。

偶重检得谶①

黄 侃

丙辰（1916）春游江亭，祷于丛祠，得谶曰："瑶台应有再来期，珠箔轻明拂玉墀。莫向尊前奏花落，残花犹发万年枝。"意甚喜之，今日偶检得，不胜凄然。

云飞雨散两无期，天路悠遐未有墀。

花落重开知妄语，空将白发对余枝。

（湖北人民出版社 黄侃《黄季刚诗文钞》）

【注释】

①偶重检得谶：此时大约在1921年，黄侃追忆往事。

检旧札感题二首①

黄 侃

燕台有客惜余春，独对遗编更怆神。
旧事空留断肠句，此生长作负心人。
鹃啼苦处芳菲歇，蝶梦醒时涕泪新。
万一牟尼容忏悔，不辞桃骨化香尘。

肺疾②缠绵只自伤，知无扁鹊赠奇方。
织成贝锦心徒苦，咏罢琼枝意争忘。
珠斛量愁春浩荡，灯窗写影夜凄凉。
泉台路近烦相待，不用神龙驻景光。

（湖北人民出版社 黄侃《黄季刚诗文钞》）

【注释】

①检旧札感题二首：从诗歌内容可知，此诗应该是与前一首写于同时。

②肺疾：王采蘅死于肺病。参见前文《亡妻生日设祭作》。

清晨篇

黄 侃

清晨步林樾，初日光未融。

绡衣感微凉，淅淅花前风。

云外出朱楼，高柳窥帘栊。

银屏昨夜梦，未许灵犀通。

与我期何许，郊原空翠中。

新扫远山眉，脸色芙蕖红。

共上七香车，绣鞅何珑璁。

苍苔封御路，青岫当崇墉。

澹澹昆明湖，蟾镜凝秋容。

波底金碧光，楼殿明重重。

危亭出林杪，四望皆葱茏。

相将拾级来，积叶迷前踪。

嘉会故难常，到此心憧憧。

下有燕池水，上有苍苍穹。

细语答幽泉，意密词难工。

残阳助凄恋，薄暝生层峰。

远堞动悲笳，催去何匆匆。

一步几裴回，此会难再同。

握手一为别，戚戚真无悰。

生命辰安在？哀我如转蓬。

莫歌黄生曲，此恨何时终！

（湖北人民出版社 黄侃《黄季刚诗文钞》）

记　梦

黄　侃

神山春侬，众真所封。

居备妙饰，侍以蚌容。

朗朗修眉，月出寒空。

已外形骸，犹有蔽蒙。

灵台暂启，天街来通。

忘情实难，独居寡悰。

谁奏九韶，音感玄宫。

灵来迟迟，出入无踪。

已觌复逝，阒然房栊。

招我由敖，乘鹥驾龙。

九垓既极，楼观重重。

金铺瑱题，阁道玲珑。

御风而反，非觉非梦。

芳讯殷勤，雨绝难逢。

悲忧何为，知敌永终。

鄙哉世俗，猥碧凡红。

畴能与我，游彼无穷。

日嫔月仪，相望西东。

（湖北人民出版社 黄侃《黄季刚诗文钞》）

忆先母亡妻啜粥[①]

黄　侃

〔序〕近日购米以一斗为齐，犹虞匮乏，因忆十余年前先母犹在时，值六月米荒，恒兼旬啜粥，犹不能继，则质亡妻嫁衣以济之。今虽贫，尚未至是也。先母弃养已一星终[②]，亡妻之没，亦五改火矣。病床追念，悲怆不胜，因成七言八韵。

追忆偕妻养母时，家无担石更逢饥。

难忘季夏三旬粥，尚仰闺中几袭衣。

天外飘蓬仍未定，坟前种树早成围。

可怜报德嗟何及，莫叹佣书禄太微。

索饭儿痴看冷灶，拔钗妇去对空帏。

朱儒饱死还堪笑，靖节饥驱不自歉。

戏彩久无莱氏乐，拾金真畏乐羊讥。

惟余一事夸畴昔，白板门前债务稀。

（湖北人民出版社 黄侃《黄季刚诗文钞》）

【注释】

①忆先母亡妻啜粥：据司马朝军《黄侃年谱》，此诗作于 1920 年 11 月。

②一星终：指十二年。

辛未①七夕

黄 侃

节候吾犹记，兹宵感亦多。

闲庭凛风露，积水动星河。

尘世离堪惜，天人巧易讹。

秋怀随岁变，无梦托云波。

（湖北人民出版社 黄侃《黄季刚诗文钞》）

【注释】

①辛未：民国二十年（1931）。此诗写于 1931 年 8 月 20 日，诗题一作《七夕》。

容子居鄂园中夜闻曳履声以语侃为诗记之①

黄 侃

荒园临路门常扃，客稀予以无人名。

丛树停风叫孤乌，深苔兼露流残萤。

吾兄居此百无畏，一灯夜静青荧荧。

虚堂梵诵清入耳，或恐窃听来妖精。

持灯遍觅那可见，乃知此相由心生。

人心好喧不好寂，阳舒阴惨皆恒情。

岂独深山隐魑魅，亦有奇鬼窥高明。

视人冈极不如鬼，当昼百辈呈殊形。

山阿披荔固宜笑，慰我枯槁何庸惊。

请君试续九歌响，重写萧萧风木声。

（湖北人民出版社 黄侃《黄季刚诗文钞》）

【注释】

①容子居鄂园中夜闻曳履声以语侃为诗记之：标题又作《记妇兄夜闻》，并自注："妇兄王邕居鄂园中，夜闻曳履声，以语侃，为诗记之。"

卧病简王雍①

黄 侃

陋室荒园好结邻，朝朝走觅不辞频。

江城秋早增羸疾，人世途穷念懿亲②。

万里凉风吹永夜，一篇齐物遣萧晨。

如兄已是超埃壒，憔悴应怜倚树身。

（湖北人民出版社 黄侃《黄季刚诗文钞》）

①王雍：即王邕。

②懿亲：至亲。

酬容子

黄　侃

〔序〕容子和予前韵，其意甚悲，更酬一诗，以醳①忧思，顾不能践自所言也。

嗟君清句孰为邻，发响凄然感我频。

故里田园劳梦忆，早年兄弟见情亲。

澄河纵远非无日，愁夜偏长亦易晨。

阶级②可轻门户重，相期彼此爱闲身。

（湖北人民出版社 黄侃《黄季刚诗文钞》）

【注释】

①醳（shì）：古通"释"，释放。

②阶级：指尊卑上下的等级。

致王容子书

黄　侃

容子四兄①左右：

暌隔以来，岁名三移。念昔海频游处，谈艺为欢。自叹分携，久无此乐，徒以趣途有异，致阙笺疏。然德音不遐，未尝不临风依慕也。去冬避兵沪上，曾托报纸探兄踪迹。而道路梗塞，下悃②遂废而不通。载渴载饥，匪伊朝夕③。昨接惠书及诗，具见相爱之心无殊昔者。中情欣感，宁同常数！《光复颂》一篇，文气深穆，上侪士衡④，令州进境之骤，一何至是！然士衡之文，多用隐曲，览察未审，转类浮词。尊作于此，少一致力，便当神似。素承许可，敢效愚言。其颂已为刊之报纸，略有省节，仍待商兑，以成全瑜。七言歌本拟步和，而世务牵迫，不能苦吟。当假日以为之。谨先和《画兰》三章。自惭庸响，庶以彰美来诗。倘荷纠绳，尤为欢企。

少遭颠沛，长值厄穷，虽向学志坚，而成就已趄，所赖淑人君子⑤，匡辅顽愚，况兄近在懿亲，才藻后拔，倾心相慕，何止一朝。昔岐卿、季长⑥，以佳姻而俱擅绝学。以今况古，何不可师？此后尚冀时惠音声，以开蔽壅，论文之乐，何假外求耶？自奔越以来，精神耗散，久经困昧，世念愈衰。前者友人妄以微官见畀，自量浅暗，仍守太玄。近诧迹报馆，兼充校师，亦缘困窘，始复如此。登苍天以高举兮，识故山之日远。贾生之言，何其悲乎！然结习⑦犹存，庶凭文字，琦辞可玩，尉荐穷愁。兄肯引为知音，时共吟啸，此为治心上药，虽扁卢⑧不足以喻也。

沪江尚可游邀，闻人亦众，兄倘来此，旅费盖不足忧。若能稍尽绵薄，亦素志也。兄其噬肯适我⑨乎？令妹前归省觐，亦由此地不足相活，故未能留。今稍有薪水之资，而独居又甚思子女。陌上花开，当劝归矣。若能抽暇，或当亲赴君家，起居⑩堂上，与兄弟辈叙数年之离思。然恐种种扳缠，终成虚想耳。如何如何？夜分书此，敬颂双绥⑪。

侃顿首

（湖北人民出版社 黄侃《黄季刚诗文钞》）

【注释】

①四兄：王邕排行老四，他有胞兄王恩锡，另有两个姐姐。当然还有一种可能是王邕在其祖父的孙男中排行第四。

②下悃：微衷，隐微的衷曲。

③匪伊朝夕：不止一个早晨一个晚上，意谓非一朝一夕。

④士衡：陆机的字。

⑤淑人君子：指善良贤惠、公道正直的人。

⑥季长：马融的字。岐卿疑似指赵岐，字邠卿，娶马融的侄女，官至太常，东汉著名经学家。

⑦结习：多指积久难除之习惯。

⑧扁卢：战国时的名医扁鹊又称卢医，故云。

⑨噬肯适我：出自先秦佚名的《有杕之杜》"彼君子兮，噬肯适我"。噬，发语词。一说何，曷。

⑩起居：向长辈问候请安。

⑪双绥：夫妻安好。

念楚哀辞①

黄 侃

亡妻王氏，生子女七人，迨其死时，仅存三男一女。幼儿念楚，周晬未几，初无疾病，托之佣妇，调护不肯用心，曾未浃旬，忽患寒泄，舁入医院，经月略痊。自是饥饱失节，寒燠失时。余每夕与长者两儿同眠，辄闻此子中夜而啼，而同眠两儿眉声相应。孤灯在几，遗挂在桅，凄然茫然，不知涕之既陨也。

入岁以来，儿复患耳，左瘥（chài）右剧，曾无间时。五月下旬，城中骤有战斗，弹丸虻飞于庭际，蔺石横掠于屋瓦。余以先期未行，举室匍伏地下，冀以墙壁御锋火。此儿湿寝终日，寒疾暴增。乱定始从倭医求药，医云："耳疡不割，疾不可为。"念割之或尚可生，遂令施术。奏刀深寸，闷绝愈时。耳则向痊，寒泄又作。余视其肤枯骨露，如俑人形，知无生望矣。

计初病至殇，历月十四，淹困既久，而后渐绝。倘令其母不亡，鞠育以道，虽无恙以至成立可也。自亡妻之殁，余尝抚诸子而泣曰："人生早岁偏孤，无母之苦，剧于无父。我昔十三，即倾严荫，何尝不酸楚零丁？而形骸无丝毫不适，则有母之为也。何谓汝曹命更逊我，乃令汝母先我而亡！"由今思之，诸子中唯此儿最不幸耳。潘岳曰："赤子何辜，罪我之由。"

嗟乎，嗟乎，尚何言哉！儿殇以丁巳八月二十九日，即日瘗于法源寺前湖广义园沔阳金开榜墓之左。越三日，乃为辞以伤之曰：

噫，弱子兮丧慈母！人实为之兮，微汝不寿；有形皆乐兮，汝苦何厚！生不三龄兮，何灾蔑有？病与命争兮，一以久。我欲哭兮，枚在口。不可问天兮，我之咎。从母于冥兮，永相守。汝母哀汝兮，宜我诟。呜呼奈何兮，悲来如疛。

（湖北人民出版社 黄侃《黄季刚诗文钞》）

【注释】

①念楚哀辞：据司马朝军《黄侃年谱》，此文作于民国六年（1917）10月17日。

第五编 一 友朋作品录

第一辑　黄道让诗文

过淇水县见城南门悬鞋一两不知何贤明府遗爱也
时与湖北王鼎丞同年同咏其事得诗一首（庚申①）

黄道让②

生佛今何往？当年抱脚留。

阳春犹在眼，乾没盍回头。

请看双清迹，无惭百里侯。

纵然化凫去，淇水共悠悠。

（黄宏荃《湘西两黄诗——黄道让黄右昌诗合集》）

【注释】

①庚申：咸丰十年，公元 1860 年。

②黄道让：字师尧，号歧农。原籍湖南安福县（今临澧县），其父迁居石门县新铺镇，遂为石门县人。咸丰十年取进士。授工部主事，掌营缮司。工诗文，其诗贵抒真情，有醇正之气。有《雪竹楼诗稿》存世。

第二辑 黄云鹄诗文

送王鼎丞之官江苏序

黄云鹄[①]

士之相知，在志事而已，行迹何必同。云鹄周旋师友间，颇见谓迂谨，顾深喜与跅弛豪迈之士游。咸丰间，吴又桓[②]比部在都，行止论议，与云鹄绝殊，两人相倾，尚乃过常时征逐者十倍。又桓出，果有建立，如云鹄所期。自失又桓后，居常怏怏，思见奇士。同治间，乃得吾鼎丞。鼎丞才气卓越，学识俊伟，行事不拘拘绳尺，议论常惊座人，一如又桓。独乡荐后，连上公车，几得复失，遂发愤舍去，以县尹[③]出游江左[④]。滨行时，走辞云鹄，仰天长啸，感叹不能自休。

云鹄解之曰：吾疑天道久矣，比熟窥世故，历览经传已事，乃深信天道最平。天所最靳有物焉，予之必有所夺，丰之必有所啬。盖天道之平也，负材穷约[⑤]者无论已，就令得志当时，道德勋名，震耀古今，其生平所值忧危谗谤，必有众人所不能受者。受之而不能平，则仍是庸众人而已。夫得天所靳之物，又欲取人所共爱者，兼而有之，则不平甚矣。反是以思，则谓天之不平乃最平。虽创论，实定论矣。

以鼎丞之才之学之识，必能裨益方今，声施来者。自兹以往，其无求多于天，惟孜孜焉葆其所有，推而大之，以及于无穷，则目前同异离合之迹，皆无足道矣！

同治四年秋八月，黄云鹄序。

（黄云鹄《实其斋文集》）

【注释】

①黄云鹄：黄侃之父。字翔云、祥人、缃芸，号芸谷，湖北蕲春人。清咸丰三年（1853）进士，同治八年（1869）春，由兵部主事出任雅州知府。次年六月，调任成都知府，后升建昌道巡道。官至四川盐茶道、四川按察使。为两湖、江汉、经心三个书院院长，是晚清著名学者，晚清重臣张之洞的密友。黄云鹄著书有《归田诗钞》《学易浅说》《清画家诗史》《益州书画录续篇》等。他编纂的《粥谱》流传甚广。

②吴又桓：吴荣，字又桓，黄冈人。咸丰癸丑进士，官刑部主事。有《诵芬堂诗集》。

③县尹：一县的长官。

④江左：此指江苏昆山县。

⑤负材穷约：怀才不遇。

第三辑 曾国藩诗文

题王定安《蜕敉斋稿》①

曾国藩

诗人必学四六②，故唐世诗家无不工为骈文者。姚惜抱③最服杜工部五言长排，以其对仗工，使典切，而气势复纵横如意也，尺牍中屡言之。鼎臣精心为诗，须于古人之骈文观其对仗、使典讨论一番。乾嘉以前翰林作赋，类多富赡工整；道光中叶以后，词苑后进腹俭④，而为之亦苟，骈文久不讲矣。不独骈文宜求工切，即古文亦然。班、扬、韩、柳之文，其组织何尝不工？匠心何尝不密？特未易以卤莽求之耳。

（"湖湘文库"之《曾国藩全集》）

【注释】

①《蜕敉斋稿》：此稿疑似草稿，未见刊刻。本文约作于同治年间，具体时间不详。

②四六：骈文的一体。因以四字六字为对偶，故名。骈文以四六对偶者，形成于南朝，盛行于唐宋。唐以来，格式完全定型，遂称"四六"，也称四六文或四六体。

③姚惜抱：姚鼐。他的室名为惜抱轩，人称"惜抱先生"。

④腹俭：比喻学问浅少。

复贺寿慈①

（同治四年十二月初九日）

曾国藩

云黼尊兄大人阁下：

王鼎丞大令来徐，接诵环章②，猥叨瑑饰③，感怍交并！敬惟台候绥亨，荣问嘉邕。台垣望峻，兼考工治瀫以敷猷；朵殿④恩多，值献岁发春而锡福。詹言景斋，倾颂靡涯。

弟驻军彭城，诸称平顺。前此捻踪南窜，迭经我军击却，狂奔豫境，窥伺鄂边。楚师御诸徼外，鄂省可无风鹤之虞。敝处两支游击之兵亦已办成，新岁即令全数赴豫会剿。彼时弟亦移师周口，调度一切，未知果能靖此寇氛否。

鼎丞器识闳雅，已令随营练习。知念附告。敬颂年安。不备。晚生摹璧尊谦⑤。

（《曾国藩全集·书信》）

【注释】

①贺寿慈：详见第二编《致仕都察院左副都御史前工部尚书贺公神道碑铭》。

②环章：回信之美称。

③瑑（zhuàn）饰：雕在玉器上的纹饰。此指赞美。

④朵殿：大殿的东西侧堂。

⑤摹璧尊谦：寄信者对收信者所送礼物的婉言辞谢，原物退回。

复谭钟麟①

（同治四年十二月初九日）

略告近状并安置王定安事

曾国藩

文卿尊兄大人阁下：

春初泐复寸函，久阔嗣音。顷接惠书并阅《邸报》，敬审简理京畿，荣问嘉邑，至以为慰。

承示随声附和、党同伐异之事，志不屑为。足征学养纯粹，节概坚卓。朝阳威凤，不轻一鸣，曷胜倾珮！

此间军事，自秋杪冬初徐、济、归德、周口诸军迭次击捻获胜，贼窜河南。已檄刘省三军门进兵游击，开岁即令李幼泉率马步万人赴豫会剿。国藩亦拟于正月间由济、兖、归、陈进驻周口，就近调度。劳人暮齿，久困兵间，精力衰颓，实不堪任此艰巨。而事会所乘，又不能不勉强从事耳。

王鼎丞大令器识闳远，可称佳士。已令随营练习，以副雅嘱②。复候合安，顺颂岁祺。不备。

馆愚弟曾国藩顿首

（《曾国藩全集·书信》）

【注释】

①谭钟麟：见第二编《〈湘军记〉自叙》"茶陵谭公"条注。

②雅嘱：敬词。称对方的嘱咐、托付。谭钟麟是王定安同治元年（1862）壬戌科乡试的主考官，因此向曾国藩推荐王定安。

登泰山记①

曾国藩

至泰安府，西正至岱庙。头门凡五门，正中曰正阳门，左右曰掖门，又左曰仰高门，又右曰见大门。余入仰高门，院中左有宣和碑，右有祥符碑。

二门曰仁安门。院中左右皆有乾隆御碑亭。余碑甚多。正殿曰峻极殿，祀东岳大帝。后殿曰寝宫，祀大帝与碧霞元君。正殿丹墀之下，东有古柏，如龙爪，有藤萝绕之。西有新柏，如凤翼，有倒挂嫩枝，葱翠异常。又有一柏，正当甬道，名曰"独立大夫"。稍南有一太湖石，甚奇，名曰"扶桑石"。其西院有环咏亭。自宋元以来，题咏各碑，环嵌壁间。李斯刻碑亦自山顶移嵌于此。其内为东岳帝之便殿，陈列朝所颁法物珍器于此。中有乾隆间颁镇圭长三尺许，厚二寸许。上青，中白，下绀色。首为凉玉，邸为温玉。环咏亭之南，有唐槐，苍古无匹。旋赴东院，有炳灵宫。宫前有汉柏六株，尤为奇古。又登仰高门、正阳门之楼，一望岳色。暝时还寓，料理明日登岱各事。

四月十六日②，与幕客六人登岱。出泰安北门三里许，过岱宗坊。旋至玉皇阁小坐，有孙真人化身。据道士云："孙某在此修炼，年九十四岁，康熙四十年化去，今手足皮骨尚在如干腊然，惟头系土塑耳。"又至关帝庙小坐，有盐当会馆。旋过飞云阁，有"孔子登临处"坊。旋过万仙楼下，未登楼。旋至斗姆阁小坐，水声清激可听。旋过水帘洞，在大路之西，图中误刻于东。旋阅石经峪，峪在大路过溪之东，约步行小半里，其上为摩天岭。岭上泉流涧中，巨石铺于涧底，纵横五亩许，刻《金刚经》其上，字大径尺四寸许，中署三大字曰"暴经石"。又有明汪玉者著论谈文，其子汪坦刻之石上，侧署二大字曰"经正"。旁一巨石，曰"试剑石"。旋还大路，遇一小桥，土人名曰"东西桥"。自此桥以下，路在溪之西；自此桥以上，路在溪之东矣。夹道翠柏成列，土人名曰"柏洞"。旋至壶天阁小坐。自城至此凡十八里。又过马岭，至二虎庙，登岱程途至此得半矣。路稍平夷，微有陟降，名曰"快活三"。过此为云母桥，有瀑布，名曰"御帐坪"，小坐，盖途中最胜之处也。遥望东边，石壁摩岸，一碑曰"万丈碑"。过朝阳洞，有元君殿，今颓毁矣。旋至五松树小坐，有石坊曰"五大夫松"。秦时松久不可见，今亦有虬松数株。又过此为对松山。溪之两岸，古松森列，与"东西桥"之柏洞皆岱岳茂林也。自此以上为慢十八盘。过升仙坊为紧十八盘，岱岳中最为险峻之处。

至南天门小坐，旋折而东行里许，为碧霞元君庙。又东北一百步许，为东岳大帝庙，余即在此停住。卯初自城起程，午初一刻到此，不觉登陟之艰，盖号为四十里，实不过三十二三里。小憩片时，旋至两庙，各行三跪九叩礼。

因捻匪未平，默为祈祷。中饭后小睡片时，旋与幕友步行登览各处。先至岱顶，即所谓天柱峰也。中有玉皇殿，殿外有巨石陂陀，相传为山之颠。顶门外有无字碑，广二尺许，厚一尺五六寸，高一丈二三尺，志称为汉时立。石顶之西南为青帝宫。又西为寝宫，内有元君卧像，门锁未得启视。其南为北斗台，台上两石幢高二尺许。寝宫之西为孔子殿。以上宫殿四处及北斗台，皆已颓败。旋至岱顶之东，有乾坤亭，因纯皇帝书"乾坤普照"扁而名之也。又东为日观峰亭，亦有纯皇帝诗碑。其后一碑题"孔子小天下处"。此亭本可观日出，今已颓毁，上无片瓦，不如玉皇殿东轩看日出之便。又东南为舍身岩，改名爱身岩。岩之侧为仙人桥，两石壁之间，三石相衔，下临深谷，有如飞桥。又东为东神霄山，即日观峰。迤东之耸起者，实一山耳，遥对西神霄山，即南天门迤西之耸起者。

　　傍夕，归观东岳殿后唐明皇摩岩《纪泰山铭》。其傍小泉曰圣女池，凡泰顶之可观者，略尽于此。此外如丈人峰，不过三石，略具人形。东天门、西天门、北天门，不过各立二石而已。大抵泰山自北而南，分两大支、一小支。西大支由西神霄峰而南，至卧马峰、傲来峰一带。东大支由东神霄峰而南，至乾坤山、老人寨、二虎山、摩天岭一带。中一小支，自东支之二虎山分出，南至马蹄峪、水帘洞、白杨洞一带。东大支及中小支皆不甚长，惟西支自傲来峰以西，绵亘三四十里，重峦巨嶂，惜不及遍游也。水亦分两支，发源于南天门，目下干涸，至对松山始见流水。下经傲来峰，出郡城之西门外，名曰黄西河，又名渿河。东支发源于二虎山，自二虎山以南，大路皆在此溪之沿，名曰中溪，又曰环水。余粗识脉络如此，余不及详。

　　因昨夕阴云凝雨，计五鼓断不能观览日出，遂高卧不起。而幕友黎纯斋及薛叔芸、王鼎丞、叶亭甥等四人登玉皇殿东轩，五更严风凝雨，过后竟得一睹日出之胜。乃知天下事未阅历者，不可以臆测；稍艰难者，不可以中阻也。卯初二刻起行下山，中过水帘洞、万仙楼，均小停登眺。至山麓王母池小坐。辰正一刻，即入郡城。

　　下山行走极速，盖登岱者别有一种山轿，长六尺许，两杠弧而向上，如一弓小桥然。舁夫以皮韦承肩，上下石磴，轿皆横行，舁夫面皆向前，以直行则皮韦正圆在项后，横行则皮韦斜曳在肩侧也。

此次登岱所心赏者，在庙则为镇圭，为李斯碑，为汉柏唐槐，为龙爪柏，为扶桑石；在山则为玉皇顶、无字碑，为纪泰铭，为南天门，为御幛坪。外此虽有胜迹，非所钦已。

（曾国藩《求阙斋日记类钞》）

【注释】

①登泰山记：本文原无题，此题为整理者所加。

②四月十六日：指同治五年（1866）阴历。

阅王鼎丞所为《游泰山》诗七首

（同治五年四月二十五日）

曾国藩

阅王鼎丞所为《游泰山》诗七首，仿杜公纪行诗体，语有斟酌。夜背诵杜、韩七古十余首。写零字颇多，悟北海上取直势，下取横势，左取直势，右取横势之法。大约直势本于秦篆，横势本于汉隶，直势盛于右军暨东晋诸帖，横势盛于三魏诸碑。唐初欧公用直势，褚公用横势，李公则兼用二势。二更后小睡。三点睡，迄不能成寐。颈项奇痒，小颗肿起，大者如桃，小者如豆。四更，爇火视之，捉一蚤四虱，不知何以毒气甚重如此。

（《曾国藩日记》）

复邓传密

（同治五年五月初二日）

曾国藩

守之尊兄阁下：

月前接到手书，敬悉种切①。就谂德门绥吉，道履康愉。薄游白下，计此时已与少荃②聚晤，复返珂乡矣。

承示文孙③就傅一节，十龄童子，令甥④尽可为师，似不必远求名宿，过高而无益于事。且岁脩八十金，亦非清门所易措办。阁下年齿益高，间示微疾，正宜安居一室，颐养自乐。即童孙学业，当以渐进，幸无仆仆道途，鳃鳃过虑，致使神志内瘁，风尘外侵。是即所以养身，所以肥家，所以裕后也。

王鼎丞大令现在敝处，清才宏识，足征赏识不谬。其兄另谋位置及借居一事，鄙人均不能致函，诸希亮鉴，复颂道安。诸惟心鉴，不具。

（《曾国藩全集·书信》）

【注释】

①种切：种种。

②少荃：指李鸿章。少荃系其字。

③文孙：旧时用为对他人孙子的美称。

④令甥：称对方的外甥。

与九弟国荃书

（同治五年九月初二日）

曾国藩

沅弟左右：

二十二、二十五日寄去二信，想早到矣。二十八日接弟二十三、五日两信，具悉一切。

顺斋一案，接余函后能否中辍？悬系之至。此等大事，人人皆疑为兄弟熟商而行，不关乎会晤与否。譬如筱泉①劾官，谓少荃全不知情，少荃劾余，谓筱泉全不知情，弟肯信乎？天下人皆肯信乎？异地以观，而弟有大举，兄不得诿为不知情也。审厚庵告病，季高调督陕甘，仲山升督闽浙，子青督漕，鹤侪抚秦，环视天下封疆，可胜两湖之任而又与弟可水乳者，殊难其选。朝廷亦左右搜索，将虽器使，良具有苦心耳。

捻众于二十二三至曹县、菏泽一带，二十五六麇集郓、巨，琴轩亦于二十三日追至单县。刘、张、刘、杨四淮军二十七八均抵东境。幼荃本在济宁，官军势盛，贼或不渡运。如不窜运东，不久当又西来，鄂事宜时时预防。

纪鸿②儿来周口可坐一轿，从人行李则小车可也。余详日记中。顺问近好。

再，此间幕府有王定安，号鼎丞，湖北东湖人，以分发江苏知县。贺云甫荐至兄处学习，安详有识。其胞兄王赓飏，号策臣，戊午解元③，闻学识俱可。鼎丞求余函荐弟处觅一差使。若晋谒时，弟接见，察看才具，量为位置可也。涤生又行。

（《曾国藩全集·书信》）

【注释】

①筱泉：李鸿章哥哥李瀚章（1821—1899），字筱泉，一作小泉，晚年自号钝叟，谥"勤恪"，后人多尊称其李勤恪公，合肥东乡人。其父李文安，曾官刑部郎中，与曾国藩为戊戌（道光十八年，1838年）同年。文安有六子，瀚章居长，鸿章居次，以下依次为鹤章、蕴章、凤章、昭庆。

②纪鸿：曾国藩三子。

③戊午解元：曾国藩此说错误，应该是"壬午解元"，详见第四编《次守之师游石门洞韵即呈子寿比部》"王赓飏"条注释。

王鼎丞所作骈体信稿多不工稳

（同治五年九月初九日）

曾国藩

早饭后清理文件。见客一次，坐谈颇久。围棋一局，又观人一局。阅《封建考》唐一卷。又坐见之客一次，与幕友一谈。中饭后又与幕友一谈。阅本日文件，得知刘省三、潘琴轩等初一日大获胜仗。写对联三付、挂屏两叶，约百余字。改军船局告示稿，改片稿一件、折稿一件，均未甚删润。核批札各稿。傍夕小睡。夜改信稿数件，因王鼎丞所作骈体信稿多不工稳，批令自为改正。疲乏殊甚，头眩目昏。二更三点睡，不甚成寐。

（《曾国藩日记》）

遵照部定新章甄别各道府州县官折

（同治六年四月十六日）

曾国藩

奏为遵照部定新章，甄别劳绩，保奏之各州县恭折，仰祈圣鉴事。

窃准部咨："道府州县，无论何项劳绩保奏归入候补班人员，即以到省之日起，予限一年，详加考核奏明，分别繁简补用。所有从前到省早过一年者，接准部咨，即行甄别，毋庸另扣一年之限。又特旨发往并曾任实缺、向不试用之即用委用及已经甄别人员续经劳绩保举正印官阶班次者，毋庸试看。其余无论何项出身，凡系应行试用者，未届期满得有劳绩保举官阶班次，均须一律分别试看。"各等因，历经遵办在案。

现在地方逐渐整顿，吏治亟须讲求。凡在江宁差委之各州县，据江苏藩司随时察看，详请加考具奏前来，经前署督臣李鸿章考验，得即补知县张振锽，廉明诚笃，堪以繁缺知县补用。同知衔候补知县叶瑯，明白谨饬，堪以简缺知县补用。移交汇奏。

臣于回任后考验，得同知衔候补班尽先补用知县沈启鹏，文气清畅，堪以繁缺知县补用。同知衔候补知县龚定瀛，文尚清顺，堪以简缺知县补用。候补直隶州知州许萨阿，文气清畅，书法尤佳，堪以直隶州知州不论繁简缺补用。又补用直隶州知州试用知县王定安，稳练有识，堪以直隶州知州不论繁简缺补用。惟该员王定安保升直隶州知州，尚未满一年。核其知县到省，早逾定限。

以上六员，皆因劳绩保升，相应汇缮履历清单，恭呈御览。

此外，尚有业经考试之试用知府黄克家，素有文誉。试用通判陈其衷，才具干练。同知衔大挑知县张鸿声，才明守洁。同知衔试用知县丁寿保，心地明白。均不在劳绩保奏人员之列，应归试用班照例办理。

所有遵照新章甄别各州县缘由，理合缮折具奏。伏乞皇太后、皇上圣鉴。谨奏。

附甄别各州县履历清单

谨将甄别各州县缮具履历清单，恭呈御览。

即补知县张振镇，现年二十九岁，广西兴安县人，由附生中式。咸丰六年补行辛亥、乙卯两科本县乡试举人。同治元年大挑一等。奉旨以知县试用，签掣江北，二年正月初四日到省。三年于援蒙解围收复城隘出力案内，奉上谕："仍以知县不论繁简即补。钦此。"

同知衔候补知县叶瑭，现年五十三岁，顺天宛平县人。由监生遵豫工例报捐①主簿，投效东河。道光二十三年改掣南河，徐州守城出力，保奏免补本班，以县丞分缺先补。嗣于徐州府属历次守城出力，保奏候补缺后，以知县即补。咸丰十一年正月于凤阳府县两城解围案内保奏，奉上谕："着免补本班，以知县仍留原省归候补班补用。"同治元年克复定远县城，奏奉赏加同知衔。二年八月初五日到省。

同知衔候补班尽先补用知县沈启鹏，现年四十四岁，浙江余姚县人。由议叙从九品职衔在湖北办理团练，助克黄州等郡县，保奏以府经历县丞即选。同治二年十月，在镇江米捐局捐升知县双月选用，复捐同知升衔。三年四月在安徽饷票分局报捐，分发指省江苏试用。八月在部验看，领照起程，十二月初四日到省。因委办湖北汉口镇筹饷局务出力，汇案请奖。四年十月十六日奉上谕："归候补班尽先补用。"

同知衔候补知县龚定瀛，现年四十一岁，湖南湘乡县人。由五品军功于剿平寿、青神等处股匪案内保奏，以从九品未入流即选，投效吉中营，随同克复巢和、含酉、梁山等处城隘出力，保奏以县丞遇缺即选，并保戴蓝翎。嗣于迭克城隘六案并保案内，同治元年十月二十日，奉上谕："着免选本班，以知县不论双、单月即选。"三年克复金陵省城在事出力保奏，八月二十一日奉上谕："着仍以知县留于江苏补用，并赏加同知衔。"四年三月赴部引见，领照起程，五月初十日到省，留宁差委。

候补直隶州知州许萨阿，现年三十九岁，湖南湘乡县人。由附生在江西军营，随同克复莲花厅及龙泉等县案内，两次保奏以训导不论双单月即用。截剿石逆并越境克复耒凤县城出力，保奏俟选训导，后以知县在任候选，委解军米前赴金陵，派留吉左等营襄办营务。于迭克东关、雨花台等要案在事出力，同治二年十月二十日奉上谕："以知县留于江苏补用，并加同知衔。钦此。"三年随同克复金陵省城案内保奏，八月二十一日奉上谕："着免补各班以直隶州知州仍留江苏遇缺即补，并赏戴花翎。钦此。"四年九月赴部引见，领照起程。十一月十五日到省。

补用直隶州知州王定安，现年三十二岁，湖北东湖县人。由廪生考取优贡，己未科考取八旗教习②。咸丰十年五月补镶黄旗汉教习，十一月报捐期满。十一年二月奉朱笔圈出，着以知县用。同治壬戌恩科并补行辛酉科中式本省举人，在部呈请分发。遵筹饷事例报捐，指省江苏试用。四年九月初十日行抵徐州，留营差委。以到徐之日作为到省日期。嗣于克复黄陂等城五案汇保案内保奏。五年十二月初九日奉上谕："着免补本班，以直隶州知州仍归江苏补用。"

（《曾国藩全集·奏稿》）

【注释】

①报捐：封建时代根据官府规定，纳捐若干，报请取得某种官职，谓之"报捐"。

②八旗教习：清代八旗贵族学校的教官。

复王定安

（同治八年十二月初七日）

曾国藩

鼎丞尊兄阁下：

接八月十一日手书，具悉吴中夏秋之间久雨不晴，金陵上受湘、鄂、西、皖四省巨流，下则苏、松、常、镇皆有满溢之患，宣泄不及，早稻被淹，米价腾贵。地方凋敝之后，元气未复，年丰谷贱，民力尚未能纾，罹此巨灾，将来漕折①之难，不言可喻。

挚甫②由鄜人奏改同知直牧，部文调取引见。已于本月初五日奉旨，准以直隶州留于直隶补用，不日可旋保阳。

鄜人视事畿辅③，瞬近期年，精力衰颓，毫无裨补。复值天时亢旱，年成歉薄。属内唯宣、永、河、天数郡颇称中稔，余则收数不及五分，并有不及三分者。州县报灾七十余属。八、九月少雨，宿麦又难播种。诚恐嗷鸿遍野，乏术抚绥，皆由疆吏奉职无状，殃及苍黎，焦虑何极！

复颂台安。不具。

（"湖湘文库"之《曾国藩全集》）

【注释】

①漕折：漕粮改折银两或其他实物。漕粮一般征米，有时折征布匹、其他谷物或货币。

②挚甫：指吴汝纶。挚甫是他的字。

③视事畿辅：曾国藩时任直隶总督。

第四辑 赵烈文诗文

能静居士日记（节选）

赵烈文[①]

答访王鼎丞，并晤曾粟诚、王协庭。入至涤师处久谭。闻廷旨命彭雪芹侍郎回籍穿服百日，即出统理长江水师。又闻前皖学政鲍源深奏留师在此，苏皖宁三处绅民纷纷乞留，或能挽回成命。师狂笑，余曰："烈已荷师厚意，许始终栽植，唯下江子遗无所系，不得不作此妄想。"师极誉余昨补撰《先正事略》之文，且曰："毗陵得足下一表扬，有功于诸先生不浅。"余逊谢。师又劝余到直做官，曰："足下去必是好官，能做事不可终日匿，且家计亦不可无此举。"余亦诺之。又为友人乞数事，皆格外垂允，可感特甚。

访元师，会逸亭亦至，同至彩霞酒楼，邀开、申二君及宪兄，饮至下午。复至廉防处，晤刘省三军门（铭传，淮军名将），李眉生、何镜海、朱子典、陶鹤亭诸人同饮。饮散，又至吴竹庄中丞处久谭送行，言椒侄事，许诺。二鼓返署。张廉卿（裕钊，武昌人，古文名家）来候久谭。杨卓庵来候不值。写椒孙信。即发马递。

（赵烈文《能静居士日记》）

【注释】

①赵烈文：字惠甫，晚号能静居士，江苏常州人。监生出身。其父赵仁基，官至湖北按察使。咸丰五年（1855）因其父赵仁基推荐，赵烈文入曾国藩幕。咸丰六年（1856），丁母忧归。咸丰十一年（1861）再入曾幕。同治元

年（1862），派往南京襄助曾国荃。曾国荃对他"始甚优待，继颇不欢"。天京陷落，赵烈文对湘军颇多批评。同治六年（1867）再入曾国藩幕，深受器重。同治八年（1869）曾国藩任直隶总督，奏调随往。历任磁州知州、易州知州。著有《天放楼集》《能静居士日记》。

第五辑　张盛藻诗文

鼎丞刺史手录所作百韵诗数首见示既和予虎丘诗又迭韵①为游木渎②诗
更索予和再接再厉如追穷寇意在乘人于险甫自虎阜归解衣欲寝
走笔答之不甘为城下之盟耳

张盛藻③

诗坛逢劲敌，酣战无怯色。

落笔三千言，挥戈欲返日。

鸿篇朝示我，读之爽然失④。

晚复驰报章，词源浩无极。

迭韵谢雕镌，清言肺腑出。

鹰隼在秋天，一举风生翼。

挑灯理诗筒，珍如获垂棘⑤。

我欲步后尘，谅无佳句得。

连日郭外游，亦颇思休息。

请述今日欢，昨游已陈迹。

虎丘山塘路，画舫几填塞。

花团锦簇中，一醉堪一石⑥。

管弦声暂停，藏钩笑默默。

微闻珠翠香，如入芝兰室。

东船与西舫，排比何稠密。

选色如选将，终鲜千人特。

不堕风月瘴，聊愈烟霞疾。

作诗非贾勇，欢游良足忆。

（张盛藻《笠杖集》）

【注释】

①迭韵：指赋诗重用前韵。迭韵是将本调再重迭一遍，即由小令迭为长调。如柳永迭用毛文锡《接贤宾》，另名《集贤宾》。

②木渎：镇名。在今江苏苏州市吴中区。地近太湖口，渡太湖者皆取道于此。明代嘉靖三十四年（1555），明军民追击倭寇，歼于此处。旧设木渎司，管木渎、横塘、新郭三镇。清代设县丞驻此。明代冯梦龙《山歌·烧香娘娘》："船一摇摇到木渎。"

③张盛藻：字素君，号春陔。湖北枝江县人，丁酉科拔贡，由户部员外郎补授江南道御史，官至温州府知府。有《笠杖集》《三雁纪游》。曾一纸奏折引爆中国近代史上中西文化的第一次大论战。张盛藻此诗写于同治十一年（1872）。作者于诗尾附注："吴俗十月朔日赛神，倾城士女出游虎阜。是日，潘季玉世兄邀同张菊垞孝廉、李梅生方伯载酒往观，归作此诗。"王定安时任昆山知县。

④爽然失：即爽然自失，形容茫无主见，无所适从。

⑤垂棘：春秋晋地名，以产美玉著称。后借指美玉。

⑥石：盛酒器。此处作量词。《史记·滑稽列传》："臣饮一斗亦醉，一石亦醉。"

第六辑　曾纪泽诗文

禀父亲

曾纪泽①

王鼎丞丁外艰②，请示送赙仪之数

男纪泽跪禀大人膝下：

天阴雨骤寒，不审大人体中何似？泄泻已全愈否？殊切孺怀。署中外内平安。孙女宝秀病已去体，而至今尚不肯下床行动，盖因病后气血亏损，足软无力也。

王鼎丞丁外艰，发讣至此，是否应送赙幛？同治四年，王子樊丁忧，比送赙仪百金。子樊系乡试门生，亲密多年，宜从优异。鼎丞交情不及子樊，然视他牧令不同，或送三四十金，或送挽幛而不送赙金，伏候示谕。赵惠甫来函呈阅。即跪请万福金安。

（同治十年）九月十六日申刻，男谨呈。

（《曾纪泽家书》）

【注释】

①曾纪泽：曾国藩次子。详见第三编《挽曾纪泽联》"曾纪泽"条注。

②外艰：旧指父丧或承重祖父之丧。

王母万太夫人寿诗序（代家叔父①作）

曾纪泽

王君鼎丞观察以同治癸酉②年夏，奉两江总督李公雨亭③之檄，来湘编辑先兄太傅文正公遗集。越明年春，将归东湖，为其母万太夫人寿。凡湖北人筮仕④于湖南与夫士大夫之侨寓长沙者，暨吾湘中文学君子与王君倾盖莫逆者，于王君之行，金为歌诗以美其事，而索予之一言以为序。

当同治初元，余兄弟奉朝命攘除粤逆，文正公驻节安庆，国荃视师金陵，阃阈⑤跬步，一苇可杭，幕僚往还，江舟如织。及王君佐文正公之幕也，文正公方督师徐兖，余则承诏抚鄂⑥，相望数千里，不可合并。国荃时时延见鄂中耆宿，询其乡清俊颖异之士，金曰王君实贤，间以书问达。文正公访论⑦帷幄，工文章，励古训者，亦曰王某实贤。余固心焉志之，亟思晤语而不可得，盖昕夕⑧获相过从，为抠捥抵掌，流连不倦之欢者，实自癸酉岁始焉。

王君抑亦磊落魁杰之士，通时变而识大体，不徒美秀能文而已。余既深交王君，则重有感焉。自吾束发受书以来，至于驰驱军伍之间，承乏专阃之寄，更事久矣，阅人亦众矣。一草一木，柯叶菀枯冥冥者，若未尝无意焉。故厮养之卒，刀笔之吏，被荣末秩，膺赏锱铢，推之军事之利钝，政教之通塞，脾将以一战而著闻，牧守以微长而获誉。等而上之，则古者圣贤之道行与不行，豪杰之志事成与不成，词赋经术之士名与不名，必有莫之为而为、莫之致而至焉者，固非万物芸芸自能主持于其间也。文正公知人之哲，爱才之笃，古今之所罕觏也。君臣契合之密，宫奏而商鸣，亦千载一时也。以王君精敏卓越之才，遭遇其间，辞戎幕以任民社⑨，宜若可以抟扶摇而直上，背负青天而莫之夭阏⑩者。然文正公暂离江南，王君遂为忌者踦龁⑪，屈抑于下僚且不得久焉。倘所谓运数者非耶？抑彼苍爱其质禀之懿，积之愈久而发之弥光耶？扬子⑫之言曰："世乱则圣哲驰骛而不足，世治则庸夫高枕而有余。"吾以为大之论世，其次论地。今东南大定十年于兹矣，簿书期会，矩步规行，则瑰异跅弛⑬之士，非其所急需，适以为忌者之埻臬⑭而已。王君自知甚明，而筹策良熟，宜乎其浩然长往，舍吴越笙歌绮丽之乡，而有志西陲绝塞、织柳旃廧之域也。勉之，勉之。所谓积之愈久，发之弥光者，其在兹乎！其在兹乎！

昔之从吾游者，如王君之华实并茂，诚难其选，然亦未始无挺特[15]狷介，一得偏长之伦。自归林下，友朋阔远，往往于去雁来鸿，一通息耗。盖腾骧亨衢，克酬夙志者有之；倦融惮翔，息影蓬茅者有之；亲老不可以远游，奉菽水[16]之职，辞轩冕之荣者亦有之矣。

如王君年富神王，精力完固。太夫人六十初度，幼子承欢，诸孙绕膝，足以颐性而养寿。王君之行虽道理倍蓰于所往，可以无内顾之忧，况皋兰积石，固吾楚人荟萃立功之国哉！且吾又闻太夫人温良慈惠，累累阴德，隐如耳鸣。荀子曰："乐易者常寿长。"又曰："美意延年。"然则福禄之来，如日之未中。诸子若孙，承其荫庇，咸将疾骛而高骞，事半而效倍也。观王君之贤，则建树设施以扬休问[17]，固分之宜征诸太夫人之德，则世俗黼黻荣观，譬诸操左券于此，而以右券责之，安有不酬者乎？吾故于王君之归寿其亲，劝成其志而勖之以匪懈[18]，质诸乡先生，庶几深韪余言欤！是为序。

（曾纪泽《曾惠敏公文集》卷二）

【注释】

①家叔父：此指曾国荃。

②同治癸酉：同治十二年，公元1873年。

③李公雨亭：李宗羲，号雨亭，四川开县人。咸丰、同治中，先后在庐州督理军用粮械，供职曾国藩营务处，管理江北厘金总局，参与镇压太平天国运动。历官安徽按察使、江宁布政使至山西巡抚、两江总督。

④筮仕：初出做官。此指做官。

⑤闾阎：地域，地方。

⑥抚鄂：曾国荃于同治五年（1866）调任湖北巡抚。

⑦访论：探讨各种论说。此指调查询问。

⑧昕夕：朝暮。谓终日。

⑨民社：指州、县等地方。此借指地方长官。

⑩夭阏：遏止。

⑪龁龀：陷害。

⑫扬子：汉代辞赋家扬雄。

⑬跅弛：放荡，不循规矩。

⑭埻臬：攻击的靶子。

⑮挺特：超群特出。

⑯菽水：豆与水。指所食唯豆和水，形容生活清苦。语出《礼记·檀弓下》："子路曰：'伤哉！贫也！生无以为养，死无以为礼也。'孔子曰：'啜菽饮水尽其欢，斯之谓孝。'"后常以"菽水"指晚辈对长辈的供养。

⑰休问：好的声誉。

⑱匪懈：不松懈，不泄气。

【相关链接】

我们所见的王定安母亲万夫人墓

王文澜等

二十世纪五六十年代，在宜昌县龙泉铺良田畈王家场（今夷陵区龙泉镇水府庙村），坐落着一处宏伟壮观、工艺精湛的古建筑群——晚清曾国藩的幕僚、史学家、花翎二品（官阶相当于现在的正省、部级官员）王定安母亲万夫人的坟墓，占地约300平方米。此墓不是建在山上，也不是建在山脚，而是建在开阔的田畈中间。

该镇香烟寺村80岁的王文澜回忆说，他的一位堂兄王绪昌，就住在王定安母亲坟墓旁边。1953年的一天，他11岁，在昌哥家玩时，听到大人们很神秘地讲述挖王母坟墓的事儿。好像说当时是农会组织人挖的，挖开后红色棺材好好的，遗体腐烂只剩下骨骼，没有什么贵重的随葬品，只有几件玉石玛瑙之类的首饰和一些水银（汞），拿去卖了只置办了一套"响家业"（锣鼓、唢呐和钹）。那时，距墓园竣工只相隔约70年，据几位亲眼看到王母下葬情景的老人回忆，葬礼进行了几天，场面很热闹。王定安六七个妻妾都很悲痛（不知是真情还是假意），个个都把眼睛哭肿了，王定安一次又一次地劝她们：你们不哭了，你们不哭了。

坟墓虽然被挖，但破坏性不大。坟旁两通高大厚重的乌龟碑、两张石桌、八只鼓形石凳、两根望柱（华表）也都完好无损。我每次去绪昌家，都会饶有兴致地认真观赏这些建筑，特别是乌龟碑，对我格外有吸引力。乌龟伸长颈脖，高昂着头，两眼平视前方，栩栩如生。碑身高约6米，宽约1.5米，厚约0.5米，分别驮在两只硕大的乌龟背上。碑身两边和上方，雕刻着龙凤花鸟等图案，平雕、浮雕、镂雕相结合。我站在乌龟背上，端详着碑文，欣赏着精美的书法和雕刻工艺。碑文为文言文，甚是优美，是王定安自己编撰并书写到石碑上，再由石匠雕刻的。书法真好，标准的馆阁体，洒脱隽秀。其中一些词句，我至今还记得清楚。如皇帝敕封王母为"大清诰命一品夫人"，王定安"祖籍江西南昌，后迁湖北监利"，王定安功名官阶为"壬戌（1862年，同治元年）举人，花翎二品，山西布政使……"，以及奔丧心境"惊悉吾母病危，儿心悲恸不已，即备行囊，星夜兼程……"。其中一块碑的落款这样写道："王定安恭摩上石，蒲圻杨美金刻石，大清光绪十四年二月立。"王定安祖上"后迁湖北监利"一说，从他所选聘石匠艺人的住址也可得到一些佐证，因为蒲圻（现在的赤壁市）离监利不远。

王母坟墓坐北朝南，墓体比常人的要大一些。墓围用打凿的弯石扣砌，墓顶为封土，高约丈余。墓前立有一通高约2米，宽约1米，厚约10余厘米的墓碑。1951年，龙泉铺区将此碑运到镇上，打磨后改刻成了"抗日战争殉难纪念碑"，初立在老街；2010年左右，将此碑运到小溪塔，立在森林公园。两个乌龟所驮石碑分立于坟墓左右两侧略为靠前，如同护卫。石桌分布碑前两侧，望柱立于墓与碑的左、右前方。

那两根石质望柱，每座高2丈有余，顶端盘踞一尊石猴，做观察瞭望状，故曰望柱。立望柱的地方，人们一直称之为望柱田。在我的印象中，王母墓园中所有物件儿，无论是工艺、文字、书法、图案、造型，件件堪称精品杰作，鬼斧神工，叹为观止。

王家场百岁老人王鹤龄曾经讲过，王定安母亲安葬之后，在坟墓附近修建土坯房一间，请土门垭男子李本恒守墓多年，但侵华日军占领宜昌之前就已经没有人守了。

极为惋惜的是，王母墓园这么好的文物古迹，竟未能幸免毁灭的厄运而得以保存下来。1966年"文化大革命"运动爆发，"破四旧"浪潮席卷城乡，王母墓园在劫难逃，那时谁也不敢劝阻。人们用炸药、钢钎、八磅锤，把乌龟碑等所有物件儿推倒，肢解砸烂，搬去建桥，建加工厂，建养猪场，古迹从此消失，荡然无存。

另据良田畈王家场当地老人讲，龙泉镇良田畈被群山环抱，北边、东边为天台山环绕，西边石花山向南延伸折向东边，杨树河顺石花山脚绕过，南北长约2800多米，东西宽约900米。王家场位于良田畈北边田畈中央，是天台山向田畈伸出的一支小山脊，地势比周边略高，宛如镶嵌在良田畈里的一颗珠宝，当地人称龙头。这支小山脊隐藏于一层薄薄的土壤下面，为龙脉。不知何年月，人们经山脊开凿出一条水渠，引杨树河水灌溉下方土地，水渠上搭一桥，称"接龙桥"。

在有便利公路交通之前，王家场是荆州、当阳往返宜昌、进川的必经之地。马队、商人云集，车水马龙，慢慢形成集市，客店、饭馆、茶馆、肉铺、药铺、铁匠铺、杂行一应俱全，生意兴隆。据老人们回忆，王家场当时有街约150米，赶场之日肉铺能卖十三头猪肉。因当地王姓人最多，故称"王家场"。

聊可庆幸的是，前几年，人们颇费周折，在一污水沟边发现了一只形似琴台的祭桌，石桌面长2米，宽0.9米，厚0.12米，上书两行辨认不清的文字，大约是："巉嵯白石，三峡育之。"落款为"光绪十有四年二月王定安"等字样，由此锁定了王母墓园修建的准确时间。祭桌上的两行字还透露一个信息，修建墓园所用石料，均产自长江三峡地区。在那一无先进运输工具，二无起重吊装机械的年代，真不知他们是如何将那些庞然大物（石料或者成品）运到良田畈，并且安装竖立起来的。

讲述人：王文澜　王代仁　许承贵

整理人：王文澜　望文雄　刘会慧

2018 年 8 月

（陈斌《晚清史家王定安》）

第七辑　黄维申诗文

《怀铅书上》引言

黄维申①

癸酉之冬承曾劼刚通侯之聘，校刊先集②。时同事诸君为长沙张叟燮庵、曹君镜初、杨君商农，东湖王君鼎丞，长阳谭君金皆③，湘潭王君理庵，而鼎丞尤喜讴吟，更唱迭和，迄无虚日。越丙子，明年春忽遭大故，居忧④侧席，此事废矣。读《礼》之余，排次近稿，遴为二卷，署曰"怀铅录"，亦足道人自识。

（黄维申《报晖堂集》）

【注释】

①黄维申：字笏堂，湖南善化人。诸生。有《报晖堂集》。曾国藩纂、王定安增辑同治十三年（1874）传忠书局刻本《三十家诗钞》，由黄维申校对。

②先集：其父的遗集。

③谭君金皆：谭金皆即谭文锴，字金皆，又字静皆。长阳光绪岁贡，黄冈候选训导。曾任光绪版《黄州府志》"分辑"，系杨守敬的业师谭大勋之孙。

④居忧：指居父或母之丧。

【相关链接】

长阳竹枝词

谭文锴

从无隙地种桑麻，不是山巅即水涯。

两岸重山三百里，竹荫深处有人家。

黑谷垂垂白来包，神仙谷子满山坳。
高坡洋芋低坡薯，如此荒年莫浪抛。

不似先年本色娇，何曾打扮着红绡。
近来都学好高髻，玉钏金环翠尾翘。

柳垭山尖贞女祠，金坪乡里女贞师。
二人祠屋遥相望，群女先来看翠旗。

（同治版《宜昌府志》卷十四）

谭静皆诗序
杨毓秀

　　诗以道性情，然则为诗者第规规于古法，而欲曲尽其性情以达之于诗，吾知其难也。夫道性情必如昌黎所云，张旭之于草书，凡天地事物之变，喜怒、穷窘、怨憾、思慕、酣醉、无聊、不平有动于心，皆于是焉发之，故其书变动犹鬼神，不可端倪，又乌从以法度绳之哉？然旭之始为书也，非深讲于用笔之擒纵，点画之位置，注以精神之专，迟以岁月之久，则虽有动于心，猝焉而握管濡翰，未遽能达其性情于楮墨，使观者惊心动魄若此也。然则法度者，其为变化神明之具乎？

　　长阳谭君静皆以诗世其家。其大父力臣①先生、尊甫星坨②先生皆博洽淹雅，为诗一以沉郁凝重为主。静皆独挟其绵邈俊逸之思，发为清词丽句，固亦善用其家法矣。静皆近十年间，迫于饥驱，奔走戎幕，涉洞庭，攀衡岳，极于夜郎、牂牁，幽山箐林，惊涛毒雾，变境百出。又目击伤夷之躁，耳骇战斗之声，天阴鬼哭，夜雨磷飞，凡所以耸动其神、震发其气者，吾意其于诗必能毕情尽态而有惊心动魄之观也。乃今读其所作，一步一趋，咸谨守于法度，所谓变动犹鬼神者，未之见焉，则岂其力有不足，而志有未凝欤？抑惩夫欲速者之僭规错矩③以求变化，终至流湎放荡，而词无统纪。故其奇气蓄于中，而未肯轻易以发，优而游焉，以俟自然之流露，将有如大海之波，重山之云，磅礴乎元气，转运乎天风，汹涌澎湃，恢诡万状，莫之致而至也。则其善守夫法度者，正以预待其变化乎？近有浪使才气以为骇观，而法度与性情两失者，当求静皆之所以用心矣。

予与静皆交最深，自谓能道其所志，其以为□□否耶？

龚定子先生曰："气宏以肃，笔炼而腴，直欲吞云梦八九于胸中，良由天资学力俱绝也。"

【注释】

①力臣：谭大勋，字力臣，又字兆元，号小春，长阳磨市芦溪人。道光五年（1825）拔贡，候补教谕。谭大勋博通经史，遍览百家，著述众多。同治三年（1864），受长阳知县陈惟模聘，出任《长阳县志》总纂。同治五年（1866），《长阳县志》付梓成书，并著有《读书一得》《读诗一得》《新唐书摘谬》《水经注刊误》《明事类编》《长阳县志备考》等。谭大勋在家乡多地办学，他是郦学大师杨守敬的业师。杨守敬19岁时，在许家（许滋生）学馆听谭大勋讲授汪中的《述学》，开始接触乾嘉考据之学，逢其讲学，"守敬每侧听之而欣然"。谭大勋曾游学设馆于江都，广交士林，见识卓远。

②星垞：谭启垣，字辛才，号星垞。有《辛才诗文稿》。曾协助其父谭大勋修纂同治版《长阳县志》，曾任同治版《宜昌府志》"采访"。民国版《长阳县志》记载："谭启垣，字辛才，清光绪恩贡。行谊为士林矜式。究心朴学，精医术，著传《骈散文稿》《杂体诗》及《脉诀医赘》。"其以谭公望之名所撰《医赘省录》一书成书于光绪十六年（1890）。书分前、后两编。前编包括三部分内容：一是医论随笔，作者辑取《内经》以降历代医家中医精论作为自己的论理根据而阐发己见；二是瘟病改治专册，集中讨论了瘟疫与温病的辨证、分类、发病机理、治疗等方面的问题，并附有十多剂治疗瘟疫、温病的良方及其歌括；三是痢疾改治专册，作者从痢疾别见、痢为湿热驳、痢疾客问十答、痢起噤厥论治几个方面论述了痢疾病的病因、发病机理、症状表现、诊治原则和方药选择。后编列述医案随笔、八味地黄丸议、九味羌活汤议，以及杂附等医论医话文数篇。其于八味地黄丸议、九味羌活汤议阐发颇

为详尽，有独到之见解。

③俪规错矩：指违背、改变正常的法则。

集句寄赠东湖王鼎丞太守
黄维申

闻道先生才似海，偶来此地驻吟鞭。
闲看书册应多味，细校遗编得妙诠①。
万古斯文齐岣嵝②，千秋佳话在林泉。
孤云落日西南望，剑气峥嵘夜插天。

疏狂似我人谁顾，洗足关门听雨眠。
病马已无千里志，水光翻动五湖天。
清风卷地收残暑，拄杖穿云冒夕烟。
何日晴轩亲笔砚，共将诗酒趁流年。

（黄维申《报晖堂集》）

【注释】

①细校遗编得妙诠：作者于此自注："时奉檄来湘校刻曾文正公全书。"
②岣嵝：山峰名，湖南省衡山的七十二峰之一。

与王鼎丞观察谈夷务①鼎丞有诗次韵和之
黄维申

湿云蔽空沉断雁，天公作意酣白战。
六出花飞万井玉，大地一色忘晨旰。
冻鸦饥雀时一鸣，朔风刁骚凄旅馆。
东湖才人真健者，寒夜挑灯弄柔翰。
殷忧独抱谙先机，肉食纷纷薄时患。

即今名士多于毛，大笑司空见来惯。

量海堪嗤尺泽鱼，窥天窃笑藩篱鷃。

君昔作吏居海滨，洞悉夷情思御患。

侏离鬼怪变化多，君能烛照剖真赝。

中外市易聊羁縻，海宇澄谧赖参赞。

但能忠信可行蛮，何虑焉耆^②不臣汉。

合纵信是御夷法，第恐负隅同虎戏。

自来外腐先内溃，上古敦庞何夺篡。

华夷耆欲本难通，性情扞格同冰炭。

庶几修德柔犬戎，任彼矜奇夸鹖冠。

江统徙戎论自高，班超开边力能捍。

伏波立柱界华夷，充国屯田嗤榷算。

鲰生^③谫陋无寸长，自惭知一而解半。

沃闻名论茅塞开，有如时雨施灌溉。

何况冲襟虚若谷，不鄙腐朽容疏慢。

一语献君君或然，积诚乃克化骄悍。

豚鱼可格仗中孚，天下定一归宸断。

侧闻圣主驾三王，四事兼施方待旦。

区区跳梁不足忧，但亲师保矢严惮。

草茅下士昧时机，庙廊名相有区判。

卮言无当等蛮吟，快奉君诗当龟钻。

（黄维申《报晖堂集》）

【注释】

①夷务：清代后期指与外国有关的各种事务。

②焉耆：古西域国名。国都在员渠城（今新疆焉耆西南四十里城子附近）。初属匈奴，西汉神爵二年（前60）后属汉西域都护。西汉末又属匈奴。东汉永元六年（94）班超破匈奴，又内属。

③鲰生：见识浅陋的人，此为作者谦称。

鼎丞观察母万太夫人寿诗六十韵（甲戌^①）

黄维申

宝婺星初度，瑶池宴正开。

祥光团八座，斑彩映三台。

画阁群仙集，珠楼异锦堆。

蟠桃和露熟，瑗草倚云载。

阿母女中杰，芳型众说推。

续书班氏学，咏絮谢家才。

文定方迎渭，爰居始即邰。

贤名亚梁孟，族望是卢崔。

婉娩循闺范，慈祥本福媒。

一门称淑善，万汇沐滋培。

昔在文宗世，俄惊鼓角催。

红巾^②来粤徼，赤县起氛埃。

风鹤声堪怖，天狼影正愢。

兵戈蹂躏惨，士女化离哀。

匝野残骸集，荒原百卉摧。

佐夫成令举，嘉惠到泉台。

地下铭阴德，人间出劫灰。

橐金挥勿惜，枯骨泽偏该。

复报阳侯虐^③，旋兴泽水^④灾。

田园成巨浸，峰岭失崔嵬。

浪卷茅檐去，涛翻土岸隤。

比邻虚爨火，负襁有婴孩。

寒饿肌生粟，艰难谷有莪。

悯时心在口，伤乱泪盈腮。

慷慨捐簪珥，殷勤出玫瑰。

惠风苏槁木，春雨润枯荄。

井邑千人戴，门阑百祜咳。

膝前森五桂⑤，庭下植三槐⑥。

嗣圣初承统，贤郎起占奎⑦。

齐荣夸棣萼，竞爽到蓬莱。

各擅雕龙技，都为吐凤材。

含英符勔勩，掞藻抗邹枚。

黄鹄歌中道，祥麟失长胎。

乘除关气数，措置见心裁。

不惜棼丝理，推分伯叔财。

至仁多懰悷，为义岂徘徊。

膏沃光愈远，根深树更隗。

承欢归仲嗣，孝养笃循陔⑧。

观察⑨声名大，儒林闻望恢。

诗坛牛耳执，相品虎头猜。

偶作鹿城宦，仍从幕府回。

师门孚沆瀣，经济裕盐梅。

荐牍来黄阁，欢觞覆绿醅。

高骞夸骐骥，窘步笑驽骀。

昨奉合肥檄，遄臻湘水隈。

宏文□参订，贱子⑩滥追陪。

硕学魁三楚，英名震八垓。

时流胥折服，老宿亦欢咍。

繄此麻声播，都从母教来。

孟家机早断，欧姆获曾煨。

祉福欣盈户，嘉祥兆祀祺。

瑞烟腾阃幔，璧月净阶苔。

绕砌琼芝灿，当楣玉树皑。

釜钟施厚矣，葱郁气嘉哉。

海屋筹添乍，云璈曲奏才。

喜迎青鸟使，欢溢紫霞杯。

香篆兰房结，宾筵柏馆隁。

只惭阻方域，不及上尊罍。

慈竹常留荫，贞松不染尘。

小诗聊寄祝，吟罢意潆洄。

（黄维申《报晖堂集》）

【注释】

①甲戌：同治十三年（1874）。

②红巾：此指洪秀全的太平军。咸丰三年（1853）太平军西征，该年五月十六日，太平军攻陷宜昌城。

③阳侯虐：指旱灾。

④浲水：洪水。咸丰九年（1859），长江发生特大洪水，是长江历史上的第三大洪水，洪水淹没了宜昌城的不少街道。

⑤五桂：王定安有五弟兄。

⑥三槐：相传汉代宫廷外植有三棵槐树，三公上朝时面对三槐站立，后因以借指三公。三槐王氏是中国历史上的有名家族。

⑦占奎：占魁，取得第一。同治元年（1862），王定安和胞兄王赓飏同时中举，王赓飏为该科解元。

⑧循陔：《诗经·小雅》有《南陔》篇。毛传谓：“《南陔》，孝子相戒以养也。”其辞失传，晋束晳乃据毛传为之补作。《文选·束晳》：“循彼南陔，言采其兰。眷恋庭闱，心不遑安。”李善注：“循陔以采香草者，将以供养其父母。”后因称奉养父母为“循陔”。

⑨观察：此指王定安。

⑩贱子：谦称自己。

王母歌（有序）

黄维申

　　鼎丞观察母万太君六秩称庆，既为长律寿之，友人属更作一诗以为寿，予以前言已尽，不欲重出，乃以西池王母兴起为长短句，命曰"王母歌"。

吾闻王母之居在银台，昆仑石密相崔嵬。

玉堂阴映灵异集，珠阙玲珑珍宝堆。

彤云斐亹朱檐合，曦日炯晃绮疏开。

蟠桃一熟三千岁，仙筵烂醉流霞杯。

玉芝瑶草为圣药，琼林琪树皆仙材。

尘亦不能为之缁，风亦不能为之摧。

阴渠醴泉渥，阳崖瑞露该。

百神森其备，从佩絑缃以徘徊。

冠千灵而立，极穷天地之皋隗。

其寿也若此，岂与凡物争旦夕之荣哉。

夷陵万太君，人间之王母。

在阁为淑媛，相君成佳耦。

下以慈祥御臧获[①]，上以诚孝奉姑舅。

嫕行纷纶今更无，芳型炳耀古或有。

寻常女德不胜书，数其至者在仁厚。

古来陶孟育名子，如斯纯懿宜昌后。

不见鼎丞观察人中豪，儒术淹雅倾时髦，吏治卓异空其曹。

夷然皇路方坦荡，长风万里快翱翔，即今橐笔侨吾湘。

一灯风雨丹铅劳，宗臣著述绍宗圣[②]，摩挲校读觚恒操。

间与名流事酬唱，酒边乘兴一挥毫。

吾湘耆宿杨郭李[③]，老去为文格更超。

见君击节生叹赏，谓君文章足以上掩乎风骚。

抑知文辞余事耳，其经济乃足以扶世翼教，而立名于朝。

吾辈与君习处久，知其来有自，萱华璀璨北堂高。

今年三月十八日，太夫人春秋六十又一，观察遄归，称觞于室。

白水以为浆，屑瑶蕊以为食。

亲串绸缪，逿皇而偕来。

众宾杂还，逶迤而毕集。

介眉寿者奉以觞，颂繁祉者载诸笔。

帷幄洎庭阶，次第皆逢吉。

此德门之盛事也，夫何让乎天台蓬莱方壶员峤神仙之域。

我作《王母歌》，敬为王母寿。

王母本是天上仙，偶下凡间躬井臼。

玉芝瑶草有宿根，琼林琪树环左右。

象服宜家夸昔佩，彩衣绕膝荣今绶。

吾知观察终当成母志，寿世勋名垂不朽。

君不见，银台珠阙峙天表，彤云皦日，掩映光辉，直与高厚共悠久。

（黄维申《报晖堂集》）

【注释】

①臧获：古代对奴婢的贱称。

②宗臣著述绍宗圣：指王定安编写《宗圣志》。

③吾湘耆宿杨郭李：作者于此自注："性农驾部、芸仙中丞、次青方伯。"
性农驾部指杨彝珍，芸仙中丞指郭筠仙，次青方伯指李元度。

题友人①富贵根苗图

黄维申

吾宗伯子西陵儒，襟抱雅与稠人殊。

飘然逸气凌九区，胸中磊落真大夫。

残冬放棹来湘隅，相见握手心愉愉。

酒边击剑忽长吁，牢愁万斛何时摅。

咄嗟世路何崎岖，如君俊才尚穷途。

非惧罹穷途，或受鬼揶揄。

唯阿世称贤，方正乃为迂，吾辈踟蹰安往乎。

吾闻君之尊人舜之徒，输粟赈灾饿殍苏。

捐缗瘗骨荒磷徂，兵燹不敢毁其庐。

萑苻且感况里闾，作善余庆倘不虚。

作如此善庆何如，君胡为者，一官落拓尚江湖。

弹铗长歌食无鱼，彼苍高高不可呼。

咄嗟天道诚模糊，虽然天道非模糊。

由来大树作花岂须臾，盖将老君之才储天用，不与蘘华木李争荣枯。

君不闻，德为福根，福乃德庙，根深邃者苗丰腴。

君不见，雪樵居士濡染大笔，为君写此富贵根苗图。

（黄维申《报晖堂集》）

【注释】

①友人：从后文"吾宗伯子西陵儒"看，这位友人姓黄，宜昌人；从"吾闻君之尊人舜之徒，输粟赈灾饿殍苏。捐缗瘗骨荒磷徂，兵燹不敢毁其庐"看，这位友人出身宜昌名门；从"如君俊才尚穷途""一官落拓尚江湖"看，这位友人官场很不得志。综合起来看，这位友人疑似王定安妻弟黄学濂。

第八辑　陈其元诗文

《庸闲斋笔记》二则

陈其元①

一

今人重宋版书，不惜千金、数百金，购得一部，则什袭藏之，不特不轻示人，即自己亦不忍数翻阅也。余每窃笑其痴。昆山令王鼎臣刺史定安酷有是癖，尝买得宋椠《孟子》，举以夸余。余请一睹，则先负一椟出。椟启，中藏一楠木匣。开匣，乃见书，书纸墨亦古，所刊字画，究无异于今之监本②。余问之曰："读此可增长知慧乎？"曰："未能。""可较别本多记数行乎？"曰："亦不能。"余笑曰："然则，不如仍读我监本，何必费百倍之钱购此也？"王恚曰："君非解人，不可共君赏鉴。"急收弄之，余大笑去。

近观《云谷杂记》记东坡先生云："近世人轻以意改书，鄙浅之人，好恶多同，故从而和之者众，遂使古书日就讹舛，深可忿疾。孔子曰：'吾犹及史之阙文也。'自予少时，见前辈皆不敢轻改，故蜀本大字书皆善本。庄子云：'用志不分，乃疑于神。'此与《易》'阴疑于阳'，《礼》'使人疑汝于夫子'同。今四方本皆作'凝'云云。"又记东坡集误以"幕客"作"慕容"，"银笔之僻"作"银笔之譬"，"从容"作"从客"，"江表"作"士表"，"李密"作"孝密"，诸本皆然，遂至于不可读。坡集艰得善本如此，此张淏之说也。东坡在北宋所言，如彼张淏在南宋所言，若此是当两宋之时，善本已自难得。今人于宋板书不察藏否，一概珍之贵之，岂不过哉！

（陈其元《庸闲斋笔记》卷八）

二

自咸丰军兴以来，忠义之士奋身殉难，不可胜计。其被表扬、荫子孙者固不少，然湮没无闻并姓氏不传者尤不少也。王鼎丞刺史定安尝言，从曾文正公攻安庆时，江边有一贼垒，诸军环攻之。一营官战甚力，所部死伤甚众。鼎丞念其勤，当诸军暂退蓐食时，亲诣其营视之。此营官方归就食，金疮遍体，部卒已亡其半，忿怒大言："不破此垒，誓不生还！"云云。比暮垒拔，又往视之，则其人已阵亡，残卒亦几尽矣。至今言之犹为慨然。然此君姓名，鼎丞不能记忆也。

咸丰辛酉四月十九日，粤贼自汤溪扑金华时，太守王君桐有楚勇五百驻于城上，城大勇少，不敷守陴，乃令出守大桥。余登城观贼，见一勇方据地蓐食，一勇荷戈至，谓之曰："贼势甚盛，我与若走乎！"其人大怒，目光如炬，掷其碗起曰："吃伊口粮，此时可言走乎？若与我往杀贼耳！"即持一枪疾驰而去。余窃叹曰："若兵勇尽如此，贼不足平也。"乃此五百勇守桥力拒，自卯至巳，贼竟不能过，而张军门玉良率援军由兰溪至矣。方欣慰间，军门一战而北，贼遂长驱入城，金华立时失守，此人计必死矣。然其姓名并不能知也。此为余所目击者，乃谈者谓"贼以六骑至而金华即失"，此五百人三时力战之勤，一人奋身之勇，均抹煞不传，哀哉！

（陈其元《庸闲斋笔记》卷十）

【注释】

①陈其元：字子庄，号庸闲，浙江海宁人。咸丰时以劝捐得保詹事府主簿衔，官至江苏道员。有《庸闲斋笔记》。同治年间与王定安先后署江苏新阳知县。

②监本：历代国子监刻印的书。

第九辑　罗汝怀诗文

曾太傅祠落成燕集皆以齿序自四十至八十以上凡十七人东湖王君鼎丞为之记亦各赋诗一章

罗汝怀①

昔与公聚北落门，球芝隘巷忘朝昏。
辟牖目送飞轮奔，频放歌嗥夺市喧。
昔与公聚射圃东，轩楹数折撑孤松。
谈天邹子星罗胸，谵拟武侯同闭宫。
昔与公聚郭南隅，期门饮飞金仆姑。
倚冈列幕成高居，秋蚊伺客宵嗜肤。
昔与公聚洪都川，樯橹高浪常驾天。
地危八面环爟烟，安适辄许楼居仙。
奇功书罄南山竹，崇秩封圻复钧轴。
身退骑箕叹徂伏，眼中突兀见此屋。
先忧后乐语克偿，不记昼锦歆烝尝。
东南万众悉安宅，云旗羽葆登斯堂。
高甍连闳辉大地，穹窿远轶灵光岊。
鸟革翚飞君子跻，却疑过泰非公意。
国家崇报自有经，殊勋况欲高荆衡。
寻常义烈亦庙食，讵可鼎鼐侪瓶罂。
长沙子映十万户，炎汉迄今两太傅。

千载流传濯锦坊，匡济犹须区斗斛。

冬暖晚菊荣闲僚，宾至巨钲浮香醪。

謦欬在耳神明交，共荐兰茝扬风骚。

盛筵良会诚非偶，只愧龙钟形老丑。

莫疑顾景近黄昏，座中更有庞眉叟。

（罗汝怀《绿漪草堂集》诗集卷九）

【注释】

①罗汝怀：初名汝槐，字廿孙，一作念生、研生，晚号梅根居士。湖南湘潭县人。好音韵训诂之学。清道光十七年（1837）选拔贡生。同治间，参与编纂《湖南通志》。又以数十年时间辑成《湖南文征》二百卷。从师邓显鹤、沈道宽等学者，见闻益广，以文字训诂学著称于时。

第十辑　蒋德钧诗文

丙子①十月至天津观大沽海口炮台赠王鼎丞观察定安二首

蒋德钧②

腰剑策驴访旧盟，相携海上览蓬瀛。
平原豪气关河隘，贾傅才名远近倾。
好古摩挲三代物，忧时斟酌廿年情。
富强十策非空论，早听吴门政有声③。

连朝谈舌气如云，一曲骊歌又竦神。
时事艰难空有泪，人生会合岂无因。
出山愧我仍鸥鹭，瑞世输君作凤麟。
后夜相思千里月，雁来还望寄书频。

（蒋德钧《求实斋类稿》）

【注释】

①丙子：光绪二年（1876）。当时王定安"需次"天津，见第二编《〈朔风吟略〉序》。

②蒋德钧：本名伯卣，字少穆，更名德钧，字本岊，晚号戒庐老人、乐天老人。湖南湘乡人。湘军将领蒋凝学之长孙，蒋泽沄之子。早年效力湘军，屡立战功；后自请注销道员，出任四川龙安知府，廉声与政绩卓著。丁父忧开缺后，深得自陈宝箴以下历任湖南巡抚的信任与倚重，以在籍绅士的身份广泛参与湖

南维新事业和湖南晚清政局，办成了一些关乎国计民生的大事，是湖南旧式官员中转变为新派绅士的典型。其著作《求实斋类稿》《求实斋类稿续编》等，大体反映了其在龙安知府任内的功业和作为在籍绅士服务桑梓所做出的贡献。

③"富强"二句：作者于此自注："鼎丞早岁作宰江苏，近上书译署，曰《富强十策》。"

第十一辑　曾国荃诗文

《鸣原堂论文》序

曾国荃

缩地二三千里，官为尚书侍郎，兼古御史大夫中丞之号，跨州连郡，多者百余城，少或五六十县，监司、郡守、牧令、丞倅、杂职数百人，武弁自提、镇以下，承命唯谨；赋税、刑狱、军谋、河工、盐漕、黜陟诸大政，待之而决。又有宾从往来，属僚请谒，鸡鸣盥沐，整衣肃客，阍人持手版，第其先后，鱼贯雁行以进，更十余番犹未毕，则辞以他日，他日复如此。退则吏抱文书，右手及额，左手下至腹，且行且捧，媻姗①而入，分公私新旧，错陈于几案之间。其紧要者，官乃审视而详裁之；例行者，略一瞥省②署行而已。

故今之督抚大吏，凡夫敷陈入告之词，多倚办于幕友。其不能亲自呕毫构思者，势也。然而充斯选者，率用刑名家言，规规焉循例案，避处分，以文无害为事。即有勤求民隐，发愤为雄，破除一切拘束者，辄格于部议，而不能施行。盖奏疏之难于美善兼尽也如此。

我伯兄太傅文正公，当显皇初政，以议大礼、谏圣德诸疏，忠谠闻天下。及执兵符，开幕府于东南。东南之硕儒名彦、博辩洽闻之士，皆礼罗而珍储之。其达者，洊膺③将相，勋伐烂然；次亦以文学称著于时。夫以宏通淹雅之才，论时政之得失，料军情之胜负，出之以沉思眇虑，申之以修饰润色。固无患其言之不工，意之不谐也。然公或初善之而卒易之，字点句窜，十不存一。岂与夫冥搜幽抉、憔悴专精之士，较胜负于文字哉？盖才者，天所赋也；识者，练而精者也。人之聪明材力不甚相远，天下事变之来，往往出于智慧思虑之所不及，惟历事久者能守义理之常，以待时势之变。故公之奏疏，不为大喜过美之词，亦不为忧怅无聊之语。其论贼势兴衰、中外大局，一切将然未然之事，若烛照龟卜，不失毫发，而谦谦冲挹，若不敢决其必然，而其后卒无不然，岂非识之加人一等哉？

国荃少侍公京邸，从而问学；壮岁展转兵间，随公驰逐江西、江南诸行省。赖圣天子威德，大功告藏，兄弟荷蒙殊宠，惴惴焉惧以不才致罪戾，乞身归里。公虑其昧所择也，选古今名臣奏疏若干首，细批详评，命之曰《鸣原堂论文》。国荃受而读之，盖人臣立言之体，与公平生得力之所在，略备于此。

今岁王君鼎丞来湘，编公遗书，因出此篇，属其校雠付梓。国荃行老矣，自惭荒谬，无补于时，追念往时，与公从事于惊涛骇浪之中，出万死不顾一生之计，以争尺寸之土，曾不计后此尚有安闲之一日。今海内又安，公以考终④。国荃亦得养疴林下，优游暇豫，与二三故旧联樽酒文字之欢，盖非始念所及。此后之读公书者，知其人，论其世，其必低徊往复而叹公之文章、德业与身世遭逢，为均不可及云。

同治十二年九月湘乡曾国荃叙。

（曾国荃《曾忠襄公文集批牍书札》文集卷上）

【注释】

①婆娑：犹蹒跚。
②訾省：谓计算、查核财物。
③洊膺：多次受到。此指被提拔任用。
④考终：享尽天年。

复丁乐山①

（光绪三年十月）

曾国荃

前日奉布一函，未识何日达览。顷奉二十三日手翰，具稔种切。江、鄂漕五万石，除吴太史带运外，又起运小麦糙米两万三百石，又于平粜项内先拨高粱一万五千七百石，具见拯救晋灾之切，仰佩之至。朱、唐二君以此次所办漕米、小麦赔累过多，无怪其不甚情愿。现在晋中赈粮悉赖其垫办，势亦不能用意计较。

鼎丞云粤商亦愿代办平粜，召民观察拟给予五厘，利似不足以招徕，已由鼎丞函商召翁办理，倘能有成，则晋中又多一济粮生路矣。清卿太史二十一日抵馆陶，以续运之小麦六千石由苏曹运东阳关，并信致津局，请再拨三四千石，赶紧续运。未知津局如何定议？

东漕银、粮一事，崧子蕃观察亦有信来，仅允借银十万，断不敷用。蒙伯相②已为切函代达，当可望其加增。前闻阁下不能暂离天津，正在无法可施，今蒙伯相允准，得信快怃莫名。一切统求鼎力筹办，弟处无不一一遵行。

需用布袋，应如何预先筹备之处，亦求大力酌夺。总之，晋事非仰仗伯相暨阁下与召翁诸仁贤，格外玉成扶持，断不能有今日。弟惟望云翘首，感谢仁施，一切均求随时代酌代定，必无不臻妥善也。续请江、广六万石，刻已接到奉驳之文，能否再请，尚未定夺。数百万生灵所系，不患其碰破头面，患不能邀朝廷之俞允，未知另有生路否也？

（曾国荃《曾忠襄公文集批牍书札》卷十）

【注释】

①丁乐山：丁寿昌，字乐山，安徽合肥人。淮军将领。咸丰年间在乡办团练，对抗捻军和太平军，升知县。同治元年（1862）率勇加入淮军，在苏、浙镇压太平军，累迁至道员。六、七年参与围攻捻军任化邦、张宗禹部，赏西林巴图鲁名号，以按察使记名。八年，曾国藩奏调直隶分统铭字马步全军兼驻扎保定八营。次年发生天津教案，署天津道，旋补授。光绪四年（1878）署津海关道，旋补直隶按察使。次年署布政使，不久回按察使原任。

②伯相：李鸿章。

为晋省办理赈济事务殷烦恳请调员襄助恭折会奏仰祈圣鉴事

阎敬铭、曾国荃

　　钦差稽察山西赈务、前工部右侍郎臣阎敬铭，太子少保、头品顶戴、山西巡抚、一等威毅伯臣曾国荃跪奏，为晋省办理赈济事务殷烦恳请调员襄助恭折会奏仰祈圣鉴事。

　　窃惟救荒，古无善策，惟以求才为第一要义。苟能遴派得人，则闾阎均沾实惠；如或集思不广，则弊窦难以周知。晋省渥荷天恩，稠叠拨米拨银，在朝廷已属不次之施，而在小民仍有向隅之歎。臣等再四思维，全赖实心任事、明干公正之员，方足以资佐理。

　　查有翰林院编修李用清，坚忍耐苦，事理明达。兵部主事王炳坛，宅心正大，任事宏毅。该二员籍隶山西，久为士林所钦服，用以襄助赈务，必能惠普桑梓。又丁忧起服前甘肃巩秦阶道张树荚，志洁行方，勇于任事，不避艰险，慷慨有为。该员系陕西潼关厅举人，居邻秦晋豫三省之交，地势民风，一一了如指掌。又候选道前汾州府知府罗嘉福，风裁峻洁，尽心爱民，于山右情形最为熟悉。

　　又直隶候补道王定安，经直隶督臣李鸿章檄委[1]，来晋办理赈务等事。该员博雅宏通，体用[2]兼备，历来随大学士曾国藩戎幕多年。臣敬铭昔在山东军次，闻知其服官江苏，实心爱民。理合吁恳天恩俯允，饬令李用清、王炳坛、张树荚、罗嘉福四员克日来晋，交臣等分派灾区，办理赈务，由臣敬铭饬令稽察采买转运各事，宜必能剔弊扶奸，官民一气，贯于救荒，裨益非浅。

　　王定安一员，请旨俯准留于山西，交臣国荃差遣委用。

　　臣等为遴员救灾起见，是否有当，伏乞皇太后、皇上圣鉴，训示施行。

　　奉旨，已录。

（1878 年 1 月 12 日，光绪三年十二月初十日《申报》）

【注释】

①檄委：致信委托。

②体用："体"是指仁心仁道或立德明道，"用"是指一切能够切实致用的具体建设和施为举措。

晋省疮痍难复胪陈目前切要事宜疏①

曾国荃

窃微臣待罪晋疆已逾一载，上年四月履任，即值遍省奇荒，本地钱粮既无涓滴之入，而出款反较往岁为增，仓皇补苴，朝不谋夕。仰荷皇上如天之仁，凡遇中外臣工为民请命，无不立予恩施，甚至臣下思虑所未及，已蒙庙谟筹画于几先。敷天厚泽，旷古无伦，用是感召天和，挽回浩劫。臣忧灼之余，弥深悚惕，独居默念，通筹时局，值帑藏之悬罄，痛民气之大伤，恐仁政有时而穷，则善谋不可不豫。谨就管见所及，目前切要事宜约有三端，请为我皇上陈之。

其一为清厘荒地也。此次大祲之后，丁壮转徙他乡，老弱填委沟壑，灾重之区，十室仅存二三，次亦不及五六，□田发地无邑无之，急宜招徕开垦，免致额赋虚悬。惟直豫陕三省邻封皆歉，流亡之户，或客死而不归，接壤之民，多自芸之不暇，招徕既非易事，即开垦亦徒托空言。臣拟檄饬州县，先将有主之田酌给籽种，假贷牛力，其力能自备者无论矣。此外无主地亩，即责成地方官督同公正绅耆，按亩清查，另立册簿。一面出示邻境，劝其来耕。如实系死亡绝户及寄居他处者，待至今年秋后不归，准令本户近支承种，次及远族。或支派远近相同，则以辈分年齿长幼为序。本族无人，方准同村、同甲，或因同村人少，亦许外村、外县、外府客民领种。其承佃之法，由乡约社首禀明地方官给予印票，交地户收执。或值本户归来，当年新获之粮，除纳赋外，悉予承种之人，应俟明年播种之时，方许认回。倘耕至五年，本户不回，即由该族戚、村甲承为永业。盖晋省地多硗瘠，人工牛力所费不资。若竭力以芸他人之田，而本户坐收现成之利，转使承种者工本无着，既失持平之义，将生畏阻之□者，不能不设法招致者一也。

其二为编审丁册。溯查明制鱼鳞册，以田为经，以户为纬。地丁之粮，本分为二，地则永无消长，丁则时有减增。我圣祖仁皇帝特施浩荡之恩，谕令天下丁册以康熙五十年人数定为常额，续生人丁永不加赋。世宗宪皇帝又以各邑丁粮摊入地粮，自雍正四年迄今百五十载，率土无田之民，永免追呼之累。独山西一隅，办理稍歧。乾隆年间，经前抚臣觉罗石麟、盐臣吉庆暨御史姚成烈戈涛等先后备奏，请并丁于地，屡次推广，犹未能改归一律。按之册籍，有全未归并者二十余州县，有量归十分之二三者三十余州县。历任牧令因赋税之额有常，考成之典极重，遂不复计及丁口之盛衰，但论额征之多寡，循例征收。小民迫于催科，始则卖妻鬻子以供口赋者有之，□则逃入无何有之乡。官衙以无丁可征，畏墨吏议，其桀黠者，或摊甲村之粮于乙村之丁亦有之；其循良者，则径代赔丁粮，厚受公私之累，遂致一蹶而不可复振，比比皆是。然则晋民有无田之课，州县有赔累之缺，官民交困，行之丰年，犹受其病，处此凶岁，更何以堪！持久不变，殊非承宣圣化之道也。臣拟饬该州县等另立租丁细册，按重按甲分户稽核。查明原额丁口若干，现存丁口若干，其缺额之丁，无丁之粮，应乞天恩准予核实酌减。至于有丁之粮，则归之于地，以定永久之赋。庶于国计民生两有裨益。如蒙俞允，臣即当派委妥员会同该管道府详细确查，专案奏明办理，统候圣训遵行。

其三为均减差徭也。溯查汉制，民间二十而传给徭役。唐立租庸调法，一年之中，一丁出力二十日。宋设雇役。差役历代互有得失，惟念北方差役之重，由来旧矣。晋省右辅畿疆，西通秦蜀，军差、饷差、藏差络绎于道，州县供亿之烦，几于日不暇给，车骡既资之民间，役夫亦责之里甲，其不能不扰累者，势也。窃维徭出于赋，赋重则徭重，赋轻则徭轻，而各属办理各有不同，有阖县里甲通年摊认者，资众力以应役，其法尚为公允。有分里、分甲，限年轮认者，初年摊之一甲一里，次年摊二甲二里。各里之差徭多寡不等，即甲里之认派苦乐不均，至有豪猾刁徒恃有甲倒累甲户、倒累户之弊，将其地重价出售，而以空名自认其粮，迨三五年乘间潜逃，即本村亦莫知其踪迹。本甲既代赔无主之粮，又代认无主之差，贻害无穷，控告无路。如此而流于穷乏无依者，不知凡几。官晋土者，莫不知民间疾苦由于差役之重倍于赋也，而无以苏化。此次若不廓清锢习以纾残黎，流毒依于胡底？特是大差固不敢贻误，积弊亦不可不除。为今之计，惟有减差均徭之一法尚堪略为补苴。臣拟檄饬州县，除各项大差持有传单，勘合循照常例支应外，其本省差饷差委员向无定例者，均应遵通饬条款办理，其余概不准籍端苛派。如有擅索车马者，即将舞弊之人照例治罪，并将该管官吏参核。至于虚粮认差之弊，拟即乘此大浸，一律厘正涤除。核减以后，仍令阖县按粮均摊，不许分里、分甲，此菀彼枯，亦不准飞洒诡寄，张冠李戴，庶几事理得平稍合前贤因赋定役之义，或亦补偏救弊之一端。

此三条，系就现在急宜择要兴办者，举其大概，以备圣明采择。至于应办善后事宜，千头万绪，多筹经费，以招集流亡，预备巨款，以填还仓谷，整饬醠务，以充□课税，裁减练饷，以胆养劲军，皆今年所必不可缓之事，但非有财不能使百废具举，亦非得人不能使群策兼营，除随时奏明外，臣惟有督率司道府厅州县，共竭愚诚，斟酌缓急，次第办理，以期仰副我圣朝予惠元元之至意。

（清·葛士浚《清经世文续编》卷三十二户政九）

【注释】

①晋省疮痍难复胪陈目前切要事宜疏：此奏实为王定安代拟。民国版《宜昌县志初稿》记载："国荃据以入奏，得旨谕允，岁省民钱百余万缗。"

复王鼎丞

（光绪四年正月）

曾国荃

前日接到式帅①来咨，极言东漕不应分运获鹿，比即速办咨复，并已知照台从照办。二十四日附片一稿，二十五上午接十六日手书，一一具悉。东省②官吏上下固执弥甚，既不可以情动，又不可以理争。来咨满纸皆胶固之词，愤懑之气，貌似为晋筹计甚善，实则无非悭吝自私。

接阅后，未尝不思据实奏陈，请饬水陆分运。继思，发付银米，其权操于山东，彼既不以陆运为然，若再与之争辩，必更迁延发兑。以一时之意气，误急切之赈需，不惟不敢，亦不暇。且获鹿接运津门之粮已十五六万石，东漕正月运到，趁空挽输，本属两便。今骡脚日少，津粮已有待运之虞，加运东漕，实难必其不误。东省之留难作梗，必不以运获鹿为然。安知非暗中成全晋中利钝，有不可令人思议者。平心静索，只好除已陆运若干外，余悉仍由东省自运道口，交兑丁观察接收。

阁下接信后，务将置备口袋价值、陆运车资，一一清厘。一面移请子蕃，除已陆运外，迅将漕米七万数千石迅速催齐开运，水运各事，晋中均不必预闻；一面驰赴道口，晤商丁孟翁观察、夏寿山直刺，将接运事宜，筹议周详，指示接办。

至运费五万，如已悉数领到，除付陆运车价暨置备口袋外，余银若干，即由执事带至道口，交丁观察接收。如未全领，则落得亦请东省同漕米一并在道口交付，省得沿途担心。至俊丞所云三万金，既系官捐，议定解周口买粮之用，断不肯帮协运费。

总之，东省诸君悉奉式帅伈睧成规，所言所见无非私图。阁下千万不必再与呕气。大凡办天下之事者，皆能忍天下之辱者也。此间应商应办之事甚多，切盼早旋，面谈一切。连日咳病加剧，并祈格外珍玉③。念切！祷切！片稿钞呈雅阅。

（曾国荃《曾忠襄公文集批牍书札》书札卷十）

【注释】

①式帅：时任山东巡抚文格，字式岩，清满洲正黄旗人。道光进士。咸丰四年（1854）由衡永郴桂道迁广西按察使。十一年（1861）升任湖南布政使，兼署巡抚。调任广东布政使。同治十一年（1872）任广西布政使。光绪元年（1875）改迁四川布政使。次年擢云南巡抚，未赴任即调山东巡抚。五年（1879）被降三级调用。十年（1884）任金州都统。

②东省：山东省。

③珍玉：保重。

复丁乐山
（光绪四年三月）

曾国荃

二十一日递复一函，谅已登照。顷奉二十二日惠书，承示现办运务，四处广觅脚力、驼只，格于众议，不能如愿相偿。不识车辆尚能广集否？此间待高粱较殷于别项，务祈先拨奉天解到者，趱运西来是要。井陉一路，虽已派练军赴彼试办夫运，至今未接禀函，恐难有济。

以目下情形而论，获鹿存粮尚不甚多，此后江、广、苏漕及奉天红粟接踵而来，大有壅滞之虞。奉爵相①书，已拨淮捐小麦一万石运道口，正可接济南路。弟拟再分新漕一万石并运道口，容另备公牍奉陈。翼甫观察已承设法酌拨经费，此时计可前赴苏漕矣。

鼎丞观察刻由道口来晋，勤劳之至。此次东漕，非爵相关顾、鼎丞坚持，不能如此也。

台湾捐款二十八万元，豫中竟欲全得，实为初意之所不及料。刻下能否转圜②，已函恳爵相设法。晋、豫交涉之事过多，此时微露端倪，势将处处争胜。当晋民性命呼吸之时，弟断不能含忍以修邻好，而置民生于不顾。此等苦衷，谅蒙爵相鉴及也。此间得雨不如直隶之大，土脉燥渴，到地即干，仍难布种，为之奈何。

（曾国荃《曾忠襄公文集批牍书札》书札卷十三）

【注释】

①爵相：清代总督带内阁大学士衔，而不在军机处大臣上行走者，别称"爵相"，谓"假相"之意。此指李鸿章。

②转圜：调停，斡旋。

致阎丹初

（光绪四年十一月）

曾国荃

十三日递六十三号信，不识已登签阁否？王鼎丞观察于保阳禀谒合肥相国①之后，即行东下，此时可抵德州。粮道崧镇青观察函来，允为赶办，指日即可开帮，而运费所短过巨，专望捐输恐不足恃。昨于十七日会列台衔，奏恳圣恩饬拨江苏等九省协济银五十万两，以充运费。明知各省亦在为难，然较晋省情形稍胜，倘蒙恩旨允准，各邻疆复能体念晋灾，如数筹解，庶可竣此一篑之功。再三之渎，无厌之求，自觉颜赧，然值此时势，亦出于万不获已也。

原稿录呈，奉请鉴核。绛县刘令勘查东滩一路，能否利运，不识已禀复台端否？一俟刘令禀复，如在可行，即于横水设局，以利转输。节过大雪，尚无雪意，南路一带，此时亦盼雪泽否？便乞示下是荷。

（《曾国荃全集·书札》）

【注释】

①合肥相国：指李鸿章。

致王鼎丞

（光绪五年正月）

曾国荃

十六日交回勇赉去复缄①，谅邀台察。多日未接尊讯，未审临清、馆陶存漕日内能否蒇役②。至卫河守冻漕粮万石，系由清运翼之款，将来应归丹初星夜拨赈蒲解③各属。此等州郡粮价既昂，民困尤甚。刻值春融冰泮，务请催促在事诸君，设法趱运，俾应急需为要。尊处运费，极知万窘，但此间开年，解项寥寥，实苦无能濡沫。惟迭以咨函，将晋省支绌情形恳求式帅救济此急，不知近日续有所许否？念念。

尾漕米、豆八万余，悉数求拨晋赈，已于二十日具奏。若如天之福，蒙恩允准，弟意拟以三万走获鹿，三万走苏漕，二万走道口。如与情事无迕，将来奉准后，即请阁下照办。如尚应变通，则乞阁下迅速裁示，以便照数通行，免得造车而不合辙，反令阁下多所掣肘也。省外得雪地方甚薄，麦收或尚可望。知念，附之。

（曾国荃《曾忠襄公文集批牍书札》书札卷十三）

【注释】

①复缄：回函。

②蒇役：完成运输。

③蒲解：山西所属的蒲州、解州。

复王鼎丞

（光绪五年二月）

曾国荃

昨泐一函，预商三路漕拨数目，计可先此达览。顷间连奉十七、二十等日手复，诵聆种切。东漕十一万五千石，日内业已运竣。惟馆陶存米五千石，或水或陆运往道口，既经阁下饬委松丞相机办理，计不日亦可蒇役。欣幸无似。

此番挽运之速，实为始念所不到，故伯相、式帅亦欢喜赞叹，得未曾有。以此见，名实相宾，而骏望鸿才之蜚声于燕、齐、三晋间也。本拟候阁下运竣文到，便行入告，用慰宸系[1]，并将阁下救焚拯溺深衷，快为倾吐，借酬万一之劳，而励后劲之气。今既有续请，当于奉到批回后办理。承上即以起下，似亦尚不过迟。若东省欠项，届时即于折内恳求拨充运费，俾免再延而资尊用。

辑五兄处捐项，是否尚有所存？滇捐闻委姚鹤巢观察接办，昨已咨请式帅，将晋捐并委此公办理。当更替之际，属停捐之期，未审能就此沿洄[2]歆动[3]之候，可以大为生色否？奖案行知，刻已收到，贺贺。

（曾国荃《曾忠襄公文集批牍书札》书札卷十三）

【注释】

①宸系：皇太后、皇帝牵挂。

②沿洄：顺势而下。

③歆动：欣喜动心。

复王鼎丞

（光绪五年三月）

曾国荃

二十四、二十五两日连接手书，备聆种切。漕运正在得手之际，需费孔殷，势难刻缓。此间库空如洗，本属无款可筹。纵设法匀拨，亦恐鞭长莫及。再四踌躇，似不如即请阁下就近禀商伯相，由天津赈局酌量借拨若干，以应眉急。鄙人亦另函布悃①，必不至于迟误。

至东省协款，前奉特旨拨定六万金，旋即解过三万。客腊又委张令解来三万。是此项业已清楚，所欠只运费六万。昨既由道库拨给三万，则前后仅剩三万金而已。来函仍执六万之数，想张令所解之批，尚不及知耳。本日接式帅书，亦言"应协之款只有三万金，现由司库筹发"等语。此项到手，更无余欠。阁下拟再派员往求，或亲去一层，尚须斟酌。必不得已，告贷则可，索逋则非也。

捐事近颇踊跃，不无小补。所需空白咨册，已令总局先备十分，交专差带来。倘不敷用，随后再行函取，自无不可。但捐生②上兑时日，总须填写腊月，至迟不过新正上旬，以奉到部文之日为断，免费周折。各帮津贴一项，忽求减数，所谓得步进步③也。阁下据理以争，为楚为赵，一言可决。日来想有定议，不致久劳唇舌，但不知能一气交出否？恐借此故作延搁耳。

式帅雅意拳拳，于鄙人独有针芥之契，每次来书皆真悃流露，绝非貌执可比。至拙字缩蛇萦蚓，初未识古人笔法，乃亦谬相推许，真荷嗜痂之癖矣。本拟勉涂屏幅为寄，奈屡躯病久两月有余，惟躬守药炉，不复一亲笔砚。现虽葆苓奏效，气体尚未复元，试一握管，觉手腕怯弱，全不自由。未敢潦草塞责。少迟当乘兴挥洒，或微有可观之处。书就即由尊处转递可也。

阁下疑与龙图不甚浃洽，殊属不然。两年以来，彼此并无芥蒂，每三五日必有手札往来，皆称心而谈，一空城府。至其刚正之气、忠爱之忱，则固近世所罕见，将傚法之不暇，岂故与之歧趋哉！赵守一疏，彼盖有深意存焉，未可因此致疑也。

葆芝岑方伯已于十七日请训，闻月底出京，履新当在下月初旬矣。东省星使之来，未卜果因何事，此间亦无确耗。式帅胸中必甚烦扰。协款已清，既得陇矣，再往求助，是望蜀也，必不可得。阁下以为如何？

（曾国荃《曾忠襄公文集批牍书札》书札卷十三）

【注释】

①布悃：表达恭敬。

②捐生：清代报名纳钱换取官职、官衔的人称为官生，亦称捐生。这是

当时曾国荃筹集救灾款的一个重要途径。

③得步进步：已进了一步，还要向前进一步。比喻野心大，贪心永不满足。

复郑玉轩①

（光绪五年三月）

曾国荃

顷奉手书并抄示刘观察函件，具悉种切。此间书局《四书》板片则已刊就，《六经》正在校刊。今纸张、香墨均由沪上购到，计不日即可抵晋，甚慰悬系。据刘观察来函，官堆纸三百箓，已敷《四书》《五经》各六百部之用，原可无庸添买。惟刊印别书，另需纸墨尚多，趁此次再请费神转托购办三百箓，以备明年之用，更为妙着。侧闻尊处捐款又荷集有成数，如蒙即日派员惠解来晋，以应眉急，欣荷之至。

现在东省尾漕已络绎入境，因车骡畅旺，获鹿一路拨运最多，需费亦巨，此时正在拮据之中。尚祈阁下切嘱来员星驰就道，由获邑经过时，亲往转运局晤吴舒田观察，当面议定截留数万两，余则均解太原省城。缘此刻赈务以漕粮为急，入境第一路则以获鹿为畅，与其由太原而拨往获鹿，不若在获鹿而截留，可免彼此往返之劳也。

至王鼎丞观察办理此事，甚为得手，屡次来书，惟以运费不继为虑。若由晋省筹拨，实恐鞭长莫及。昨已致函前往，请其向尊处就近通融，以救眉急。倘鼎丞果有将伯②之呼，务望阁下与捐输总局诸公设法接济，是所切祷。

（《曾国荃全集·书札》）

【注释】

①郑玉轩：郑藻如，字志翔，号豫轩，又名玉轩。广东广州府香山县（今中山）人。中国第一位驻外大使。同治八年（1869）被李鸿章聘到上海任江南机械制造局帮办，总理局务，督造枪炮、弹药、机器、轮船和船坞。光绪四年（1878）任天津津海关道。

②将伯:《诗经·小雅·正月》:"将伯助予。"毛传:"将,请也;伯,长也。"孔颖达疏:"请长者助我。"后因以"将伯"称别人对自己的帮助或向人求助。

复冯展卿①中丞

（光绪五年）

曾国荃

捧读手翰,挹谦之意,肫厚之思,蔼然流露于尺幅中,令人想见古大臣风度,钦服何似!

台端②文章、道德,当代韩、欧,久为海内宗仰。当此时事艰难之日,关辅③重地,雄控三边,非得老成宿望镇抚其间,曷以系苞桑而维磐石。即见举生平所学,一一施诸政事,勋业之盛,必有度越千秋者,岂轻材浅学所能以涓尘上裨海岳哉!乃犹殷勤下问,不鄙刍荛。此虽出于大君子集思广益之诚,而鄙忱已惶愧无地矣。

弟质本庸钝,半生精力早销磨于金戈铁马中,又所遇皆艰险危难之境,未暇优游典籍,考论古今。以此尘土填胸,垂暮而无所成就。近年筹办晋赈,胥赖朝廷高厚之恩,与邻封将伯之助,幸免阽危。然至今田野多荒,流亡未复,抚躬自问,负疚方深。蒙公奖许优加,能无踧踖?

国荃饫闻大儒之名,积三十余年矣。天假之缘,满拟霓旆出都,取道并门,距晋咫尺,希冀元戎小队暂驻郊坰,可望盘桓数日,以慰夙昔之望。旋闻鼎丞谈及将由潼关西上,刻下计已履新矣。鼎丞经济文章,渊源有自,昨已奏补冀宁道实缺。晋中得此干材,于吏治良有裨益④。我公闻之,当捻髯一笑也。

（曾国荃《曾忠襄公文集批牍书札》书札卷十五）

【注释】

①冯展卿:冯誉骥,字仲良,号展云、崧湖,晚年号卓如、钝叟,斋名为"绿伽楠馆"。道光二十四年（1844）进士,授翰林院编修,累督山东、湖北学政。同治年间,回端州丁忧。光绪五年（1879）八月,擢陕西巡抚。光

绪九年（1883）被弹劾革职，致仕居扬州。平生嗜书画，是晚清著名的书画家之一。他是王定安咸丰五年（1855）优贡的主考官，其对王定安当年考卷的评语为"辞成镰锷，义吐光芒"。

②台端：对人的敬称。多用于书信。

③关辅：指关中及三辅地区。此指陕西。

④晋中得此干材，于吏治良有裨益：曾国荃在光绪六年（1880）二月《复阎丹初》信中有类似说法："冀宁道实缺已补鼎丞观察。晋中得此干材，亦殊有用。"还有光绪六年十一月《复葆芝帅》中有："晋中库储支绌，经阁下饬令峻峰方伯、鼎丞廉访悉心斟酌，明定局章于节费之中，仍杜偏枯之弊，公平精细，钦佩莫名。"

复吴挚甫①

（光绪五年冬）

曾国荃

金陵勾当②既毕，遂伏处湘皋，以耕代禄。文正宾幕中贤如阁下者，虽早钦姓名，亦末由握叙，一申愿言之素。景企清扬，怒如饥渴。昨因王步先穷途无告，恃爱③谬以一函通于左右，求阶前之尺地，生寒士之欢颜。余情款款，多未宣展。

顷奉邮告，如亲唾咳④。忆盛集于江南，絮谭往事；抱孤琴于海上，谬许知音。把玩咏就，弥增倾倒。若夫处脂不润，入世不谐，吾辈自命为独行之事，所遭往往如此。如我公者，早已尽其在我，绝不必求知于人，惟以待造物之安排而已。然循能之声见重令仆，表率之政嗣武赵张，已非一日矣。

行见总辔天衢，驰驱皇路，发所蕴蓄，为吾道光宠。慎勿以一试不当，遂欲善刀而藏。明在世好，辄贡区区。步先尊甫早岁曾改时艺，终不忍其潦倒，因所学平平，屡援屡踬。步先所学不如箕裘，诗文塞处多而亨处少。兹幸缁衣之好，砚食有所，具纫盛谊。

入晋以来，枯坐无友。鼎丞出外日多，未能长谭。惟和甫直刺，在晋年久，情形既熟，官声亦好。年来共事，常得赞助之力。不独喜植之先生后起有人，亦以见桐城乡耄宗风流衍不坠。因辱厚问，并以奉慰。

弟早事戎旃，莫亲简册。文正徂逝以后，犹不愿以碌碌尘劳夺我田间叱犊之乐，旋以朝命起用，未敢盘桓，一秉河符⑤，遂移晋节。乃受事之始，即遭枯旱频岁，至今哀鸿弥野，甚至骨肉吞噬，而不能延旦夕之命。凡史册所无者，弟不幸皆亲见而亲闻之，昕夕⑥焦思，直穷于术。幸赖两宫仁圣恩赍便蕃，薄海臣民输将相望，而二三交好亦均竭其心思才智，企以人力补天之穷，始获免于颠踣。惊定以思，犹有余痛。

兹承溢美之词，遂谓名可独居，功无共让，竟以碌碌季弟，方之吾家贤兄，殆耳食鼎丞诸君阿好之词，要非海内之笃论也。愧荷，愧荷！鼎丞昨已由都旋晋，此后如有机遇，便有可望。古称雄长一世，若斯其难。鼎丞除官⑦，殆亦类是。然渠于晋赈宣力独多，厚以酬之，尚不尽为私谊也。

（曾国荃《曾忠襄公文集批牍书札》书札卷十五）

【注释】

①吴挚甫：吴汝纶。

②勾当：事情。

③恃爱：书信中常用为自谦的套语。

④唾咳：精当的言辞，高明的议论。

⑤河符：河道总督。

⑥昕夕：朝暮。谓终日。

⑦除官：拜官。

率同司道请安疏
（光绪六年六月十三日）
曾国荃

奏为率同司道恭请圣安，仰祈圣鉴事。

窃臣六月初十日承准军机大臣字寄①，光绪六年六月初七日奉上谕："现在慈禧端佑康颐昭豫庄诚皇太后圣躬欠安，着详细延访医理可靠者咨送来京。

等因。钦此。"臣遵即咨送通晓医理之汪守正十三日起程北上，十一日恭折由驿复陈在案。

伏念我禧圣同佑两朝，亲裁万政。正值安攘②之会，常存兢惕之诚。比年寰宇境清，方隅砥定，薄海咸蒙帱载③，深宫犹懔几康。因宵旰之过勤，致起居之未适。凡属臣子，寝馈难安。惟冀圣志稍托于优闲，宸衷常摄于清静。上企无为之治，早占勿药之祥。翊圣主立亿万年有道之基，为熙朝造千百代无疆之福。天下幸甚！臣民幸甚！

微臣羁守晋圻，瞻依魏阙。偕寅僚而颂祷，弥深犬马依恋之忱；祝辰座之康愉，长睹日月光华之盛。

谨率同在省司道葆亨、松椿、王定安等，恭折叩请慈禧端佑康颐昭豫庄诚皇太后圣躬万安，伏乞两宫皇太后、皇上圣鉴。谨奏。

军机大臣奉旨：知道了。钦此。

（《曾国荃集·奏疏》）

【注释】

①字寄：清代军机处用语。即不经内阁明发，而以军机大臣寄信的形式密发的上谕。王定安擅长骈文，极有可能参与了此奏章的撰写。

②安攘：谓排除祸患，使天下安定。

③帱载：天地之德。典出《左传·襄公二十九年》："如天之无不帱也，如地之无不载也。"

复葆芝①帅

（光绪六年十一月）

曾国荃

顷陈倅解饷到关，接展惠函，并王令、回避、直隶公文三件，当即分别存发饬领矣。弟榆关滞迹，衰病如恒。近以假限已周，势不能再行渎请。昨已专折沥陈近状，力疾从公，借以图报于万一耳。晋中库储支绌，经阁下饬令峻峰②方伯、鼎丞廉访悉心斟酌，明定局章于节费之中，仍杜偏枯之弊，公平精细，钦佩莫名。

　　惟书局专考文字之讹误，既须文理明通；如能胜任，又须熟悉事务，乃免疏虞。是以南省设立此局，其在事诸人，无论官绅以及幕游之士，但能晓通其事者，均可入局襄理，不拘拘于章程，惟求克当其任而已。荃思书局之员与他局有间，拟请略为变通，以求于事有济。凤谂求治孔殷，想能俯允施行，俾书局持久经远，为转移风俗人心之一助也。

　　雅承垂爱，管见所及，敬与我公商之，务乞鉴原是幸！外事近无动静，势须开春派使来华，方能大定。一往返间，又须数月。老师糜饷，固觉无聊，而衰病之躯，海滨久滞，亦徒结其焦劳耳。饷银二十五万两，次第解到，从此可以自立，感荷云情，实无涯涘。

（曾国荃《曾忠襄公文集批牍书札》书札卷十六）

【注释】
①葆芝：葆亨。
②峻峰：松椿。

复王鼎丞
（光绪七年闰七月）
曾国荃

　　接奉惠笺，猥以小儿之戚备蒙矜注，情谊周挚，良深衔感。来书妙言元旨，如诵南华。展阅之余，心境为之一开。蒙庄通造化之元，达物情之变，游神于漠，探道于微，窈窈冥冥，与化为体，所以齐彭殇、生死、有无、梦觉、哀乐、同异，举天下之至不齐者，悉归于齐。观其书者，如登昆仑，涉太虚，游恍惚之庭，旷然有忘形自得之概。释氏不生不灭，是色是空之旨，大略相同。

　　荃当抑郁无聊之际，时以此旨相参，亦恍若御风涉雾，与世俱忘也。西陲一席①，病躯万难前赴。当此拂逆频遭，纵能强自排遣，而无端感念，触目兴怀，五内时焦，万念俱冷。深恐精力不继，上负国恩。闰月奉旨垂询，是以复陈一疏，仍请开缺，幸荷圣慈矜恤，俯允所请。从此得赋遂初，庶可以终余年。七月回乡，足疾蹒跚，筋络亦尚未舒展。知关系念，并此附陈。

（曾国荃《曾忠襄公文集批牍书札》书札卷十六）

【注释】

①西陲一席：光绪七年（1881）二月一日，清廷授曾国荃陕甘总督兼兵部尚书衔。但他因病连连告假，获准归家调理病势。

复王观察定安

（光绪十二年八月）

曾国荃

鼎臣贤友大人阁下：

得七月初十日惠书，快如面谈。借谂台侯多绥以下下悃。鄙作承谬赞，感愧，感愧！学殖①荒落，手腕生涩，非复壮年挥翰之旧。然偶有所作，尚不忍拉杂摧烧，辄以就正有道者，亦谓惟韩陵片石②可共语也。相知定文，得诸并世，愉快何似！盐务一节，是绝好文章，而转喉触讳③，长此衔阙，抑何可笑。

香荪④所拟《湘军记》，其长处诚如明谕，而亦不无体裁未协、眉目未晰之处，明眼人乃为一一拈出。古贤论文，不厌排击，凡以求其是而已，固亦不至怨及朋友。《史通》一书，为刘子元独有，千古之作。纪河间⑤谓其抉摘精当之处，足使龙门失步，兰台变色。刘氏盖不愧此言矣。尊论各则，何以异是？惟愚兄弟因缘际会，忝窃⑥非分，固尝有志于介推之不言，羊祜之表让。若纪载之事，迹近偏重，恐不谅⑦之口，或以市掠相诟病。

又此书一经执事笔削，风行海内，将来即属信史之根据。若以阿好重累盛德，益无取焉。微尚所在，伏乞察纳⑧。第作者之笔，如化工之肖物，四时之代嬗，各如其分，若有莫之为而为，莫之至而至者，韩子有言"假善鸣者而使之鸣"，此中盖有天焉？则亦非执事及鄙人之所能为政者也。其应如何厘正，自应悉取尊裁，知我罪我，听之而已。

叠韵诗如阳羡鹅笼，幻中出幻，无不各如其意以去，此才殆可驱使草木。

东坡尖叉之韵，昌黎石鼎之吟，波诡云谲，大贤与之抗手矣！

月之二十日即须出省，都肄⑨车马之简，固亦谋国者之所有事，轻骑减从，屏谢供帐，以求此心之安。劳筋仆仆，自力而已。知念相报。

（曾国荃《曾忠襄公文集批牍书札》书札卷二十）

【注释】

①学殖：学问，学业。典出《左传·昭公十八年》："夫学，殖也。不学将落。"杜预注："殖，生长也；言学之进德，如农之殖苗，日新日益。"原指学问的积累增进，后泛指学业、学问。

②韩陵片石：比喻少见的好文章。典出唐·张鷟《朝野佥载》卷六："惟有韩陵一片石堪共语；薛道衡、卢思道，少解把笔，其余驴鸣狗吠，聒耳而已。"

③转喉触讳：指一说话或一写文章就触犯忌讳。典出唐·韩愈《送穷文》："各有主张，私立名字，掉手覆羹，转喉触讳。凡所以使吾面目可憎、语言无味者，皆子之志也。"

④香苏：朱克敬。有《湘军志》未刊。

⑤纪河间：指纪晓岚。纪昀，字晓岚，一字春帆，晚号石云、观弈道人、孤石老人，人称茶星。直隶河间府（今河北河间市）人，故又被称为纪河间。

⑥忝窃：谦言辱居其位或愧得其名。

⑦不谅：不信实，不诚实。

⑧察纳：谓考察采纳。

⑨都肄：谓检阅操练士卒。典出《汉书·王莽传下》："时忠（董忠）方讲兵都肄。"颜师古注："肄，习也，大习兵也。"

《湘军记》序
曾国荃

昔周道中兴，宣王修政攘夷，《六月》《车攻》之篇，诗人咏之。五霸迭盛，尊王室，诛僭伪，齐桓、晋文之事，《春秋》载之。大抵《诗》《书》之作，其人皆谙掌故，能文章，扬扢盛烈，以昭示来世，垂王迹于无穷，非苟为纂述已也。厥后百家之说益兴，虞卿、吕不韦、陆贾、刘向之徒亦著《春秋》《国语》，而《国策》《世本》《汉纪》《晋阳秋》之类，号为别史，不掌于史官。然其网罗旧闻，备当时之事，成一家之言，不可废也。

我朝武功烜赫，开国以来，平定中外，皆有方略专书，藏之石渠①，颁之勋贵，伟矣！盛矣！自广西寇发，湖南首当其冲，吾乡士人提挈子弟，转战粤、湘间，其后援鄂，援江西，始稍稍出征于外。会有诏行团练于东南诸省，吾伯兄太傅文正公始以墨绖②治军长沙，用诸生讨训③山农，号曰"湘军"。湘军之名自此始。当是时，戎马环生，闾阎骚动，强寇伺于外，奸民煽于内，居人仓皇惊避，不遑宁居，乃相率习技击，捍身家，以为苟免寇难斯已耳。岂敢妄希澄清之绩、阀阅④之荣、儋爵析圭、立功绝幕哉？

夫运之隆替，时也；兵之利钝，势也。时苟未至，则英雄无所用其武；势无可乘，则智士卷舌而不能画一谋。今湘人士，战绩遍天下，仰仗国家威灵，庙谟高深，不责以近效，不惜其劳费，而诸将士涵濡皇仁，发奋蹈厉，咸思图尺寸之功，以赴君父之急。愚兄弟以菲材膺兵柄，躬逢其盛，因得与观成功。盖值剥极而复之时，乘转败为功之势，圣主忧勤于上，疆臣协恭于下，而祖宗养士二百余年，膏泽及于民者，至深且久。储材承平之日，收效糜烂之际，用能涤荡区夏，复于光明，斯乃列圣贻泽之长，非区区一二臣工所能为谋也。

今海内乂安，湘中宿将存者什二三，惧其战迹之轶也，议为一书，与方略相表里。而执笔者传闻异词，乃匄东湖王鼎丞观察定安更为之。鼎丞久从愚兄弟游，谙湘军战事。其所述者，非其所目睹，则其所习闻。书既成，复与湘阴郭筠仙侍郎嵩焘暨下走商订得失，漏者补之，疑者阙之，不为苟同，亦不立异，盖其慎也。至其叙事简赡，论断精严，则仰睎龙门，俯瞰兰台，伯仲于陈志、欧史之间，可谓体大思精，事实而言文者矣。

鼎丞少负异才，不谐于俗，由州县历监司，所至树立卓卓。及承召问，摄藩条⑤，世且希其大用，谓勋名可翘足待。而顾崎龁于时，偃蹇湖山，行且以著述老，人多惜之。然鼎丞不穷，其著书必不能工且赡，信今传后，如此觥觥⑥也。鼎丞昔为诗文，喜为瑰伟悲壮之辞，今乃益诣于和平雅淡，盖彬彬然几于道矣。夫名位烜赫一时，而文章则千载事也。韩愈氏所谓不以所得易所失者，其斯之谓乎？

吾既悲鼎丞之遇，复为快语壮之。

光绪十五年岁在己丑十月，天子太保、一等威毅伯、两江总督湘乡曾国荃撰。

（曾国荃《曾忠襄公文集批牍书札》文集卷上）

【注释】

①石渠：汉代宫廷中的藏书阁名。

②墨绖：墨衰绖。黑色丧服。

③讨训：管理，训练。

④阀阅：功勋。

⑤藩条：汉代州刺史以六条察问属吏，非条所问即不省。此指按察使。

⑥觥觥：形容刚直或健壮的样子。

第十二辑　薛福成诗文

登泰山记

薛福成[①]

必置身高明之域，然后心与目不蔽于迩，有以发吾胸中闳廓俊迈之趣。所居弥峻，所涵弥远。昔孔子登泰山而小天下，非谓人之目力能穷夫天下之大，盖以天下瑰夐之境莫逾泰山，至此而襟怀超旷，与天无穷，虽极天下之大，不足以撄吾虑也。

同治四年，福成参督师侯相曾公幕府事于徐州。其望则海内之所宗仰也。明年移驻济宁，以巡阅河防，纡道泰安观形势，遂登泰山。余与李榕申甫[②]、黎庶昌莼斋、方宗诚存之、王定安鼎丞皆从。四月既望，乘山轿，出郡北门三里入山。盘曲上登，将四十里，经名迹尤著者十数，皆纵览徘徊始去。越南天门，折而东行，有碧霞宫、东岳庙。又北上为岱顶，即天柱峰也。山之大势，桐城姚姬传先生尝记之。凡今登山，皆姚先生所循道也，僻不当道者俱不往。所历未逮兹山百一，然其景之淑气之灵，各擅胜概，意象迥殊，则状之不可胜状也，余故弗著。方余未至南天门时，级道陡耸，巍矗天半。仰睇岩隙，白云孤翔。历阶可升，不知所极。俯视则一线危磴，窈深莫测，目眩神骇，趑趄却顾。屏息释虑，鼓勇复前。俄登天门，道忽坦夷，异境顿辟，睹所未见，方自幸向之不遽止也。乃趋岱顶，极目四眺。诸峰起伏环列，相背相依，若拱若蹲。汶水东来，蜿蜒似带。徂徕杰峙其上，高出群岫，其巅仿佛可及山半，而郡城踞原野，殆如方罫。遥睇穹碧，渺若无外。俯视云烟，瞬息变灭。然后知不登泰山之巅，不知众山之非高也。

人之自立，何独不然？出埃坷之表，扫拘墟之见，斯万物不能为吾蔽。而物之殊形诡趣，莫遁于吾之所瞩。盖有形之高，不能常居，无形之高，不可斯须去也。

是夕宿碧霞宫。四更后与莼斋、鼎丞趋岱顶东之日观峰候日出。风雨骤至，寒甚，良久雨止。极东红光一缕，横亘凝云之下。俄而璀璨耀目，日轮晃漾，若自地面涌出。体不甚圆，色正赤，可逼视。其上明霞五色，如数百匹锦。顾视女墙，日景甚微，忽又不见。侯相以阴雨竟夕，未观日出，笑曰："君等识之，天下事未阅历者，不可以臆测；稍艰难者，不可以中阻也。"

越三日，驰还济宁，遂为之记。

（薛福成《庸庵文编》外编卷四）

【注释】

①薛福成：字叔耘，号庸庵。清江苏无锡人，官至御史，曾出使英、法、意、比等国。讲求经世之学，所作古文有义法，衍桐城派的余绪，著有《庸庵文编》。

②李榕申甫：李榕，原名甲先，字申夫、申甫，号六容，通籍后改名榕。四川剑州东北何马沟（今广元市剑阁县）人。咸丰二年（1852）中进士，授翰林院庶吉士。次年改任礼部主事，经郭嵩焘举荐，赴湘军大营追随曾国藩。军功卓著，历迁江宁盐运使、湖北按察使、湖南布政使。同治八年（1869）罢官归故里。

跋曾文正公手书册子（丙子①）

薛福成

始余与秀水陈宝衡容斋居曾文正公幕府，共事七八年，相善也。已而别四五年，复会于天津，握手相劳苦。时容斋当以知县待阙山东，将别，出所藏文正手书格言见视，遍征诸名公贵人通儒题咏，已盈帙二三寸矣。

犹忆乙丑、丙寅②间，从文正淮北军次。是时同在幕府者，若独山幕友芝子偲、嘉兴钱应溥子密、武进刘翰清开生、黟程鸿诏伯敷、溆浦向师棣伯常、遵义黎庶昌莼斋、东湖王定安鼎丞、桐城方宗诚存之、吴汝纶挚甫，皆一时豪俊。

文正每治军书毕，必与群宾剧谈良久，隽词闳义，涛涌森至，间以识略文章相勖勉。或长日多暇，则索书之纸，杂陈几案，人人各餍其意去。追惟曩游，忽忽逾十年，文正没亦五年矣。向之同为宾僚者，皆散之四方，死者十二三矣。今独与容斋相对，啜茗谭往事，且展文正手书。公之蔼容毅气，犹若可即而觐也，如侍燕间③而闻所不闻也，如追畴昔之师友，而重晤一堂也。

容斋，容斋，其善葆是册，昕夕出而玩之，以祈践乎文正所书之言之意，则于修身、莅民、景行之资，绰有余裕矣。余与容斋相违之日久，谊不可无言以赠于其别，书是以贞之。

（薛福成《庸庵文编》卷三）

【注释】

①丙子：光绪二年，公元 1876 年。

②乙丑、丙寅：同治四年（1865）、同治五年（1866）。

③燕间：公余之时；闲暇。

叙曾文正公幕府宾僚
薛福成

昔曾文正公奋艰屯之会，躬文武之略，陶铸群英，大奠区宇，振颓起衰，豪彦从风，遗泽余韵，流衍数世。非独其规恢之宏阔也。盖其致力延揽，广包兼容，持之有恒，而御之有本。以是知人之鉴为世所宗，而幕府宾僚，尤极一时之盛云。

窃计公督师开府，前后二十年，凡从公治军书，涉危难，遇事赞画者，闳伟则太子太傅大学士肃毅伯合肥李公，礼部侍郎出使英吉利总理各国事务大臣长沙郭公嵩焘筠仙（郭公原籍，因避家讳，改书其郡，下从此例），兵部侍郎巡抚陕西长沙刘公蓉霞轩，云南按察使平江李元度次青。明练则四品卿衔内阁侍读长沙郭昆焘意城，候补道长沙何应祺镜海，武冈邓辅纶弥之，歙程桓生尚斋，主事甘晋子大，直隶清河道溧阳陈鼐作梅，河南河北道奉新许振祎仙屏，四品卿衔吏部员外郎嘉兴钱应溥子密，候补道长洲蒋嘉棫纯卿，定远凌焕晓岚。渊雅则知和州直隶州长沙方翙元子白，江苏按察使中江李鸿裔眉生，四品卿衔刑部主事歙柯钺筱泉，候补道黟程鸿诏伯敷，候选知府阳湖方骏谟元征，江苏知县溆浦向师棣伯常，出使日本记名道遵义黎庶昌莼斋，知冀州直隶州桐城吴汝纶挚甫。右二十二人，李公功最高。公之志业，李公实继之。郭公、刘公与公交最深。所议皆天下大计。

凡以他事从公，邂逅入幕，或骤致大用，或甫入旋出，散之四方者，雄略则太子太保大学士恪靖侯长沙左公①，兵部尚书衡阳彭公玉麟雪琴，前布伦托海办事大臣汉军李云麟雨苍，权福建布政使护巡抚事益阳周开锡寿珊，候补直隶州赠太常寺卿云骑尉长沙罗萱伯宜，安徽布政使权巡抚事新建吴坤修竹庄，甘肃甘凉道合肥李鹤章季荃。硕德则兵部尚书总督两江开县李公宗羲雨亭，兵部尚书总督湖广合肥李公瀚章筱泉，前兵部侍郎总督东河河道南昌梅启照筱岩，前兵部侍郎巡抚安徽衡阳唐训方义渠，都察院左副都御史吴川陈兰彬荔秋，兵部侍郎巡抚山东桂阳陈士杰俊臣，光禄寺少卿江夏王家璧孝凤。清才则太仆寺卿瑞安孙衣言琴西，监察御史乌程周学浚缦云，前知建昌府江阴何栻莲舫，候补直隶州湖口高心夔碧湄。隽辩则候选道阳湖周腾虎韬甫，前湖南布政使剑州李榕申甫，兵部侍郎巡抚广东望江倪文蔚盖岑，前山西冀宁道东湖王定安鼎丞。右二十二人，左公、彭公功最高。李云麟闻公下士，徒步数千里从公。皆才气迈众，练习兵事，而受知于公最先。

凡以宿学客戎幕，从容讽议，往来不常，或招致书局，并不责以公事者，古文则浏阳县学教谕巴陵吴敏树南屏，前翰林院编修南丰吴嘉宾子序，候选内阁中书武昌张裕钊②廉卿。闳览则前翰林院编修德清俞樾荫甫，芷江县学训导长沙罗汝怀研牛，诸生新城陈学受艺叔，知永宁县当涂夏燮谦甫，江苏知县独山幕友芝子偲，举人衡阳王开运幼秋，秀水杨象济利叔，刑部郎中长沙曹耀相镜初，出使俄罗斯参赞道员武进刘瀚清开生，知易州直隶州阳湖赵烈文惠甫。朴学则海宁州训导嘉兴钱泰吉警石，知枣强县桐城方宗诚存之，候补郎中海宁李善兰壬叔，举人江宁汪士铎梅村，候选道石埭陈艾虎臣，诸生南汇张文虎啸山，德清戴望子高，仪征刘毓崧北山，其子寿曾恭甫，海宁唐仁寿端甫，宝应成蓉镜芙卿，候选知府金匮华蘅芳若汀，候选县丞无锡徐寿雪村。右二十六人，吴敏树、罗汝怀、吴嘉宾名辈最先。敏树与张裕钊之文，所诣皆精。幕友芝、俞樾、王开运、李善兰、方宗诚、张文虎、戴望皆才高学博，著述斐然可观。

凡刑名、钱谷、盐法、河工及中外通商诸大端，或以专家成名，下逮一艺一能，各效所长者，干济则苏松太兵备道南海冯焌光竹儒，徐州兵备道歙程国熙敬之，候选主事海宁陈方坦小浦，候选教谕宜兴任伊棣香，候选知县江宁孙文川澄之。勤朴则前两淮盐运使泾洪汝奎琴西，候选直隶州汉阳刘世墀彤阶，候补道浏阳李兴锐勉林，候补知府衡阳王香倬子云。敏赡则监察御史武昌何源镜芝，江西知县忠州李士棻芋仙，候补同知宣城屠楷晋卿，候补知府富顺萧世本廉甫。右十有三人，皆能襄理庶务，剺繁应琐。虽其用之巨细不同，亦各有所挟以表见于世。凡福成所尝与共事，及溯所闻而未相觌，或一再晤语而未共事者，都八十三人。其碌碌无所称者不尽录。

古者州郡以上得自辟从事、参军、记室之属，故英俊之兴，半由幕职。唐汾阳王郭子仪精选幕僚，当时将相，多出其门。降及晚近，舍实用而崇科第，复为一切条例，以束缚贤豪，而登进之途隘矣。惟公遭值世变，一以贤才为夷难定倾之具。其取之也，如大匠之门，自文梓梗楠，以至竹头木屑之属，无不储。其成之也，始之以规矩绳墨，继之以斧斤锥凿，终之以磋磨文饰。其用之也，则楹栋榱桷，根阑扂楔，位置悉中度程，人人各如其意去。斯所以能回乾轴而变风气也。昔公尝以兵事、饷事、吏事、文事四端，训勉僚属，实已囊括世务，无所不该。幕僚虽专司文事，然独克揽其全。譬之导水，幕府则众流之汇也；譬之力穑，幕府则播种之区也。故其得才尤盛，即偶居幕府，出而膺兵事、饷事、吏事之责者，罔不起为时栋，声绩隆然。夫人必有驾乎天下之才之识之量，然后能用天下才，任天下事。

福成居公幕仅八年，于未及同游者知之不详。然于公知人之明与育才之心，粗有所睹矣。谨诠次公宾僚姓名，并叙其爵里著于篇；而于所未知者则姑阙焉。

（薛福成《庸庵文编》卷四）

【注释】

①长沙左公：指左宗棠。

②张裕钊：字廉卿，湖北武昌（今属鄂州）人。道光举人，官内阁中书，历主江宁、湖北等地书院。曾师事曾国藩，与黎庶昌、吴汝纶、薛福成并称"曾门四弟子"。所作散文宣扬儒家思想。也善书法。有《濂亭文集》等。

第十三辑　王闿运诗文

致王道台

王闿运①

鼎丞仁兄先生阁下：

舟中一别，不记春秋，然消息时闻，渐入佳境。想眷属已得团圞，无东西劳燕之恨，即可喜也。鲁公事，甚惊人。如此举措，岘公②力量甚大，静候指挥。亦有余力及我乎？盼甚，盼甚。

衡阳马先生，字岱青，酒狂也。骈散文俱傲岸不群，同时富贵人畏而避之，遂以穷死。其子才不及父，而穷过之。不得已，来投牗云。牗云遂亦奇穷，茫茫天下无可告哀。窃思仁兄能转穷为通，又怜才士，特书相干，并令晋谒。嘘枯吹生，尚不须升斗之水，而已望若云霖矣。

闿运比年跧伏荒洲，聊避币聘，不然人人皆为大人，单派我作师耶？甚难堪也。

（王闿运《湘绮楼全集》笺启卷一）

【注释】

①王闿运：字壬秋，湖南湘潭人。清咸丰举人。太平军起义时，曾入曾国藩幕。后讲学四川、湖南、江西等地。清末，授翰林院检讨，加侍讲衔。辛亥革命后任清史馆馆长。经学治《诗》《礼》《春秋》，宗法公羊。诗文在形式上主要模拟汉魏六朝，为晚清拟古派所推崇。所著除经子笺注外，有《湘军志》《湘绮楼日记》《湘绮楼诗集》《湘绮楼文集》。并编有《八代诗

选》。门人辑其著作为《湘绮楼全集》。

②岘公：刘坤一。刘坤一曾于光绪十七年（1891）六月二十九日上《酌举被议道员折》为王定安乞恩："可否仰恳天恩，俯准将王定安、许继衡交吏部带领引见，侯旨录用之处，出自逾格鸿慈。臣未敢擅拟，理合恭折具陈，伏乞皇上圣鉴训示。谨奏。"最终奉朱批："王定安、许继衡均着交吏部带领引见，钦此。"

第十四辑　郭嵩焘诗文

与王鼎丞谈

郭嵩焘^①

廿四日^②。曾文正夫人以是日成主^③，因偕意城一往，便过杨海琴、王鼎丞谈。鼎丞编辑《曾文正公读书记》《弟子记》，于文正公生平著录搜括无遗，而皆能撷其精英，足资后人搜讨。曹镜初^④才力百倍，不逮鼎丞，而一味负气，所刻《文正公文集》，已多不惬人意矣。陈镜吾回湘阴。致李少荃相国、李筱荃制军、王阆青方伯三信，并托王夔石中丞发递。

（《郭嵩焘全集·史部四》）

【注释】

①郭嵩焘：字伯琛，号筠仙。湖南湘阴人。道光进士。咸丰二年（1852）随曾国藩办团练，曾向江忠源建议办水师抗拒太平军。同治二年（1863）升署广东巡抚，与两广总督瑞麟不合，被黜。光绪元年（1875）授福建按察使，又任总理衙门大臣。次年首任出使英国大臣。光绪四年（1878）兼驻法国大臣，次年以病辞归。主张学习西方科学技术，兴办铁路，开采矿产，整顿内务，以立富强之基，并注意西方的巴力门（议会）制度。遭到顽固派的猛烈攻击。有《养知书屋遗集》等。今有《郭嵩焘奏稿》及《郭嵩焘诗文集》《郭嵩焘日记》。

②廿四日：指同治十三年（1874）九月廿四日。据黎庶昌《曾文正公年谱》，曾国藩夫人去世于同治十三年八月十三日。

③成主：俗称"点主"。从前富户家家有宗祠，俗呼祖先堂。置亡故宗亲牌位，称"主"，书以亡者姓名，雅称"题主"，即"显考某某之神主"。其"主"写成"王"，由"点主官"添加一"点"，谓"成主"。此指举行葬礼。

④曹镜初：曹耀湘，字镜初，湖南长沙人，清朝末年学者、诗人，在先秦诸子、诗歌、楚辞、经学等方面皆有建树。咸丰七年（1857），曹镜初曾由欧阳兆熊推荐给曾国藩治病。曹镜初说他的医术只能医治身体上的毛病，至于心里的病得靠黄老之学来医治，曾国藩自此改变了行事作风，复出后以柔道行事。有《曾文正公年谱》传世。

第十五辑　吴汝纶诗文

《求阙斋读书记》①序（代②）（丙子③）

吴汝纶④

札记者，小说家之技余也。自王伯厚、顾亭林辈以通儒为之，于是其业始尊，识者至谓出于古之议官⑤，列之诸子杂家。然二子之书，皆所自为，非后人集录也。独长洲何屺瞻⑥生无著述，殁而其徒相与集录师说为《读书记》，取舍失要，无复家法，君子讥焉。其后姚姬传氏尝欲论定其伯父编修君范之书，乃终其身不果为，而以付其从孙莹。盖书非自著，则立言者甘苦得失，年早莫进退之故，集录者不具知，或往往得粗而遗精，求赡而反隘，此姚氏之所慎也。

太傅曾文正公学问奥博，贯穿今古，其于国朝顾氏、姚氏尤所笃嗜者也。其读书必离析章句，条开理解，证据论议，墨注朱揩，自少至老，出入新故者屡矣，而顾未始为书。今观察东湖王君鼎丞间独就其家取所藏手校诸书，撰次散遗，厘为十卷。半辞一说⑦，皆见甄录，其勤至矣。是书出，其殆与顾、姚二家著述相颉颃⑧，何书不足数也。

某乡侍公，见其少时所读《史记》，就而索观焉，闭不之予也。其后读公遗令，则虽生平所著文章，皆所谓辛苦而仅有者，尚勅勿刊传。盖公为学，不悦己而自足类如此。夫心之精微，不可以书见也。故庄周有糟粕之说，而退之论李杜之文，有泰山毫芒之喻。今君之集是书，殆非公本意也。君子于学，期自得之而已，岂尝欲持是以自表襮于世哉？然亦乌知世之慕仰之徒，固有得其残稿剩墨，编摩而不忍舍者也。呜呼，其可尚也夫！

（清吴汝纶《桐城吴先生诗文集》文集卷四）

【注释】

①《求阙斋读书记》：当为《求阙斋读书录》稿本。

②代：此文系代李鸿章所作。晚清大学者李慈铭曾说曾国藩"论《三国志》有数篇学《史记》处，亦确。此老固可爱也！前有合肥相国序，不知何人所为。其首云：'札记者，小说家之技余。自王伯厚、顾亭林辈以通儒为之，于是其业始尊。'谓札记出于小说家，又曾见王伯厚以前人札记，皆奇谈也"（朱树人编《曾国藩逸事汇编·李慈铭评骘曾国藩文章学问》）。

③丙子：光绪二年，公元1876年。

④吴汝纶：字挚甫，安徽桐城人。同治进士，官冀州知州。后充京师大学堂总教习，赴日本考察学制。曾师事曾国藩，为"曾门四弟子"之一。又与李鸿章关系密切。为桐城派后期作家。论及时政之作，颇注意"洋务"。有《桐城吴先生诗文集》。吴汝纶曾为王定安的《空舲诗稿》作序，其中写道："鼎丞诗文纯懿浩博，间辄托诸《远游》《九辩》。以上契乡先正之指，盖其胸中雄怪磊落，非屈宋则不足宣其轸苑也。"（2011年，宜昌市夷陵区文化体育志编纂委员会编《宜昌市夷陵区文化体育志》）

⑤议官：言官，谏官。

⑥何屺瞻：何焯，字屺瞻，号茶仙，世称"义门先生"。江苏长洲（今江苏苏州）人。藏书极丰富，著有《义门读书记》。

⑦半辞一说：指很少的一两句话。

⑧颉颃（xié háng）：谓不相上下，相抗衡。

答王鼎丞元韵①

吴汝纶

王侯健笔凌曾飔，绿鬓红袖罗书帷。

太白楼头始相识，携手坐看东山棋。

君腹便便如瓠肥，我面削瓜身植鳍。

幕府优贤吏事稀，相与雕琢愁肝脾。

时复纵谑相谐熙，东极日母西因墀。

坐客尽惊君不疑，辨口有若无当巵。

当时年少百无念，出看尘俗徒氛氲。

十年人事浮沤改，西洲再往路已迷。

当筵宾客各雨散，憔悴尘土嗟吾衰。

美人红颜非昔好，君亦折节行委随。

惟余文字感知旧，闲吐芒角揩穷羁。

书成发凡持语我，闭门三月涟水②湄。

元戎持节柔万国，照耀海日森旌旗。

马前奔走尽才畯，英英宝器欺琉璃。

君才可用进不勇，拔剑起舞空儗儗。

万言杯水无用处，作茧自缚如蚕丝。

及身强健不为乐，岂有騕袅追朱羲。

足音跫然君应喜，知有拥髻同伸眉。

（清吴汝纶《桐城吴先生诗文集》诗集）

【注释】

①元韵：原韵。王定安原诗已佚。

②涟水：湘江下游支流。在湖南省中部。源出涟源市西北，东流经湘乡市到湘潭县入湘江。

答王鼎丞方伯

（光绪十年四月五日）

吴汝纶

久不奉启候。前则拘于形迹，以龙蠖①殊科，将有笺记，分应谨肃。多年不作楷，倩人作简，反涉疏外。此亦懒漫性成，不能自改。及图南暂息，竟未悉行旌②所在，更未由寄声相闻。然前承惠赠集画赞联语，久藏箧笥。及闻我公去位，乃取而张之厅壁。识时务者，顾而笑之。仆乃以为此大类庄生濠上之观：子非鱼不知鱼之乐也。所读朝报章奏，所以龁我公者不复有余地。

市人窃骂侯生，某心知其妄，及方公去官，其迹尤明。今得惠书，乃备闻颠末。此等于执事何尝加损毫末乎！吾知前时声实隆起，执事固不以为荣，即今日塞草边风，亦自不以为苦。端居多暇，撰著自娱，安知造物者非禁其为彼而开其为此乎？谪居两载，太夫人竟不及知，大有曹成王拥笏垂鱼③之风。近今人不办为此。明年家庆，计当彩衣献觞，道此事以为笑乐耳。某自量不协时俗，乞得微禄，足食九人。材力浅薄，不能取名当道。内顾百口，尚有栈豆之恋，时时自悲。数年以来，殊无治状，惟有书院筹增经费万余金，招名师教授；选其少年俊才，使在院肄业，士风稍振。

去年被水，现筹得四万余金，开河建闸，泄水入滏，方在兴役，尚未竣事。此工若成，可澹冀、衡两属沈灾。又北人苦徭役不均，某为摊差于地，百姓颇以为便。余无可言者。近数年忧患之余，心颓如翁，时事都不挂怀。少时颇欲究心文字，今冉冉将老，知已无能为役。惟国朝人矜言训诂，人人自以为康成④，家家自以为叔重。某尝略读诸家之书，疑其可传者殊少。暇日著《尚书故》一书，以时迁为主，妄自以为不在孙渊如⑤以下，要亦敝帚自珍耳。

（吴汝纶《桐城吴先生尺牍》）

【注释】

①龙蠖：《易·系辞下》："尺蠖之屈，以求信也；龙蛇之蛰，以存身也。"后因以"龙蠖"指屈伸。吴汝纶写此信札时，王定安正在张家口谪戍，吴汝纶极力宽慰王定安，其情可感。

②行旌：本为官长出行时的旗帜，后借指出行官员的代称。

③拥笏垂鱼：随身带着笏和金鱼袋。百官拥笏，朝见时以备记事。唐曹王李皋因事被御史审查时，唯恐其母郑太妃担忧，从府中出来时便穿上囚服等待审讯，回府以后则手持朝笏，身着朝服，仍旧不失其刺史的威仪，言谈笑貌一如平日，太妃竟一无所知。降调潮州时，则谎称是升迁。到官复原职之后，才哭泣着告诉太妃以往的经过，并且说道："不是很重大的事，孩儿不敢禀告，怕母亲挂念不安。"

④康成：指郑玄，字康成。后文中的叔重指许慎。都是东汉著名文字学家。

⑤孙渊如：孙星衍，字渊如，号伯渊，别署芳茂山人、微隐。清代著名

藏书家、目录学家、书法家、经学家。阳湖（今江苏常州市武进区）人，后迁居金陵。少年时与杨芳灿、洪亮吉、黄景仁以文学见长，袁枚称他为"天下奇才"。

挽王鼎丞方伯

吴汝纶

当年定交，在太白楼头，倚马才高，共看人敬张君嗣[①]；
异日掩泪，过八公山[②]下，停车腹痛[③]，苦忆书论盛孝章[④]。

（清吴汝纶《桐城吴先生诗文集》诗集附录）

【注释】

①张君嗣：张裔，字君嗣，蜀郡成都人。刘璋时举孝廉，为鱼复长。刘备入蜀，历任巴郡太守、司金中郎将、益州太守。曾被益州豪强缚送孙吴，蜀后主时始遣还。后为丞相府长史、辅汉将军。精通《公羊春秋》《史记》和《汉书》。诸葛亮十分器重他。

②八公山：在今安徽淮南市，古属凤阳府凤阳县。

③腹痛：典出《后汉书·桥玄传》记载：初，曹操微时，人莫知者。尝往候玄，玄见而异焉，谓曰："今天下将乱，安生民者其在君乎！"操常感其知己。及后经过玄墓，辄凄怆致祭："又承从容约誓之言：'徂没之后，路有经由，不以斗酒只鸡过相沃酹，车过三步，腹痛勿怨。'虽临时戏笑之言，非至亲之笃好，胡肯为此辞哉？"

④盛孝章：盛宪，字孝章，会稽人，汉末名士。曾任吴郡太守，因病辞官家居。孙策平吴后，对盛宪颇为忌惮。策死后，孙权继续对其进行迫害。孔融与孝章友善，知道他处境危急，特地写了《论盛孝章书》，向当时任司空兼车骑将军的曹操求援。曹操接信后，即征孝章为都尉，征命未至，孝章已为孙权所害。

第十六辑　李鸿章诗文

复曾宫保

（光绪元年七月十七日）

李鸿章①

沅翁宫保②姻世叔大人爵前：

连奉五月十九、二十六,六月十一、二十六等日手示，敬审宣防懋绩③，凡百胜常，至为颂慰。调甫中丞④笃厚精勤，孳孳求治，享年不永，远近同悲，况鸿章久共患难，尤增切怛。惟饰终锡类，恩礼颇隆，其世兄尚求予谥，似非臣下所能擅请。附祀、宣付史馆各节，如有胪列事迹，会禀奏请，我辈义无可辞也。筱湘中丞⑤莅任尚迟，若非刘方伯以公在河上为言，似应兼权，方符体例。伏秋黄汛屡长，赖大才随时补救，得保平稳，庆幸奚如。家兄赴滇查办英员失事之案，日内闻已启程。乃威妥玛以岑公查办迟延，情节不实，大肆要胁。昨来津门，派其副使入都，商询总署，如所欲不遂，谓将决裂，未知能设法调停否。雨生中丞⑥到津后，呕吐大作，委顿异常，顷已疏请回籍调理，或可准行。此间自六月杪至今苦热，寝食俱废，刻甫阴雨送凉，豫境想亦相等。

寄示《求阙斋弟子记》等书目，洵为大观，何时刊成，先睹为快。王鼎丞，后来之秀，未见其人，北来时借得倾谈，但保案⑦久有厉禁，拂拭⑧为难。瀛眷已否启行。前属之件，无可搜索，乞鉴原。手肃汇复，祇颂钧祺。不具。

姻世愚侄鸿章顿首

（《李鸿章全集·信函》）

【注释】

①李鸿章：清末洋务派和淮军首领。安徽合肥人。投靠曾国藩，编练淮军。历任江苏巡抚、两江总督，先后镇压太平军和捻军。同治九年（1870）任直隶总督兼北洋大臣，掌管清廷军事、经济、外交大权。19 世纪 60 年代起，提倡"自强求富"，先后创办江南制造局、轮船招商局、开平煤矿等一批近代军事和民用企业，并建立北洋海军。在对外交涉中，一贯妥协，先后签订了一系列丧权辱国的条约。有《李文忠公全集》。

②沅翁官保：指曾国荃。

③懋绩：大功、殊功。

④调甫中丞：钱鼎铭，字调甫，江苏太仓人，湖南巡抚、江西巡抚、湖北巡抚钱宝琛之子。清朝道光二十六年（1846）举人，官至河南巡抚，卒谥"敏肃"。同治五年（1866），李鸿章代替曾国藩督师围剿捻军，令钱鼎铭驻守清江浦，主管转运粮饷后勤，直到捻军被镇压，始终没有出现纰漏。李鸿章与漕运总督张之万累次上疏推荐。

⑤筱湘中丞：李庆翱，原名李转，字公度，又字小湘、筱湘。咸丰二年（1852）中进士。先后任大同、蒲州知府，长期与太平军作战。同治七年（1868）升任河东道，不久又升山西按察使、布政使。光绪元年（1875）授河南巡抚职。光绪三年（1877），河南出现饥荒，李庆翱奏请十万两白银解困，并自行截留漕米五万石以救灾民。不久，朝廷以"报灾事迟"为由，将其参处，被降三级调用，遂辞官归里。

⑥雨生中丞：丁日昌，清末广东丰顺人，字禹生，又作雨生。贡生出身。咸丰九年（1859）任江西万安知县，旋入曾国藩幕，被派赴广东办理厘务。同治二年（1863）由李鸿章奏调至上海督办军火。同治四年（1865）授江苏苏松太道，继兼江南制造局总办，旋升两淮盐运使。同治六年（1867）迁江苏布政使，次年升巡抚，整顿吏治，改革军队。光绪元年（1875）任福建巡抚，主持福州船政局，在台湾加强防务，发展煤电。光绪五年（1879）会办南洋海防兼总理各国事务大臣。以洋务能员著称。有《抚吴公牍》等，今均收入《丁禹生政书》。

⑦保案：保荐某人有特殊学识、功绩或技能，请特旨举用的案件。

⑧拂拭：将取物用时，必先拂拭尘垢，故拂拭可代指恩遇被擢用。

王定安考语片

（光绪二年十月二十日）

李鸿章

再，试用道府人员，应以到省后察看一年，出具切实考语，奏明分别繁简补用。兹查有试用道王定安到省一年期满，例应照章甄别。

臣查该道才具开展，通达治体，堪胜繁缺，俟有应补缺出照例补用。除履历册咨部外，理合附片具陈，伏乞圣鉴。谨奏。

光绪二年十月二十三日，军机大臣奉旨：吏部知道。钦此。

（《李鸿章全集·奏议》）

复曾沅浦宫保

（光绪三年十一月十三日）

李鸿章

两宫悯念晋灾，无如①枢廷手笔过紧，于尊处请江、广漕，则交部议；借东款，则令其斟酌办理，毫不助劲。司农又挟昭雪颖叔②前案微嫌，议驳江、广。今再顶奏，或可仰邀特旨耶！中朝大官老于事，讵肯感激，徒嬝婀③，古今同慨。罗讦庭④守汾州时，不收节寿，纠察属吏至严，竟可为天下清官第一。因筱湘嫉忌，华潭力弱，不能扶持，挂冠而去。昨奉奏调过保，老当益壮，虽迂拘不免，而刑名一道，素所究心，大足矜式浮靡，为台端得人贺。据称，谒恭邸，谆属勿再请款，可自由外间设法，可谓不谅人。只各省穷极，本无多方可设，内廷不予以财，又不予以言，则更有呼少应。近江、浙、鄂虽略有报捐者，涓滴之惠，曷有济于倒悬？式岩奏咨十万之说，似已牢不可破；崧道进省禀商，恐亦未能请益。彼即将东粮船运道口，距直已远，鸿章丝毫无可为力，只有吁请吾丈会商丹叟，或派张听庵、王鼎臣前往接收转运为便。专以十万金运至泽州一带，或可勉敷。清卿已至道口，未接续报。筱湘、冰如均已去位，未知接手何人。豫事固甚扰攘，秦、晋为患亦大。左公方扬威万里外，不顾其后。思之悚然。

（李鸿章《朋僚函稿》卷十九）

①无如：无奈。

②颖叔：林寿图，字颖叔。道光二十五年（1845）进士。官至陕西布政使。光绪二年（1876）调山西。次年因历年旱荒，协饷解不及额革职。

③婞婀：依违阿曲，无主见。

④罗讦庭：罗嘉福，原名嘉谟，字讦庭，号勘斋。汾州知府。光绪三年（1877）十月，晋省大饥，阎敬铭奉命督办赈务，得知嘉福休假家居，奏请调其来晋协赞。因赈务殷繁，奔波操劳，嘉福不幸感疾。四年（1878），敬铭举贤才，上奏："道员罗嘉福，前在山西汾州府知府任内，廉隅砥砺，峻洁精勤，力裁陋规，属无积讼。其详察牧令，不避嫌怨，诚为廉公有威，不同矫激。"时嘉福已病重，旋卒。

复阎丹初①侍郎

（光绪三年十二月十三日）

李鸿章

连奉手教，仁心厚德，真气至诚流溢于楮墨间，所处时地之穷，鸿章未能效毫末之助，夙夜愧疚。乃蒙长者奖藉逾分，惶悚无地。东省续拨运费五万，本与沅丈②约，一俟解直即转解台端应用。嗣未准拨解明文，适王鼎丞赴东禀求增益，恐无可再增，即留此项添补来春东漕道口以上之费。昨又缄商沅丈，如本地捐项有余，即先酌拨抵解，倘晋中无从拨抵，当请沅老另筹他项，必不落空。周口采买先有五万应急，随买随运，当可陆续指用也。海内困穷已极，理财又难得其人，尚不知咸、同初年气象。晋、豫如此奇灾，论理应发帑数百万拯救民命，而内外库储俱竭，部款固无可请，即江、浙、闽、粤、川、楚财赋素雄者，今皆寅支卯粮，毫无储积。沅丈借拨各省仅五万，犹以捐项作抵，窃虑未尽照办。至捐项取之商富，近来口岸愈添，生意愈淡，华商本利俱微，佥知晋人相食，乐于为善，或多力不从心。敝处募捐报数约十余万，以之购运赈粮，仅两三万石。遍地饿莩，从何救起？吾丈空拳赤手，其竭蹶③更当何如！清卿运抵清化之粮，只有万一千石，除拨翼城二千石外，其余尽给凤台、阳城，急切尚不能入灾民之口。明春，江、鄂东漕十四万石，盘旋山谷，计需数月乃到。人寿几何，岂能缓待？真焦急无法也！闻豫境饿毙亦众。子和④、筱午⑤二公，欲借洋债，即被部驳，欲借华商，又无成数，时向敝处筹商。直境⑥荒歉之余，秋麦未种，冬雪未降，来年春夏不知是何景象，非有数十万金接济，必为晋、豫之续记。从前兵劫丛中，无此危迫，实不仁而窃高位阶之厉耳！

（李鸿章《朋僚函稿》卷十九）

【注释】

①阎丹初：阎敬铭。详见第二编《致阎敬铭（之一）》"阎敬铭"条注。

②沅丈：李鸿章对曾国荃的尊称。

③竭蹶：原指走路艰难，后用来形容经济困难。

④子和：指河南巡抚兼河东河道总督李鹤年，字子和。

⑤筱午：当时的刑部侍郎袁保恒，字筱午，号筱坞。曾先后佐李鸿章、左宗棠军幕二十余年。光绪三年（1877），祖母郭氏寿终，袁保恒回籍奔丧，正赶上河南一带发生特大旱灾，饥民相食，饿殍遍野。河南巡抚李庆翱因赈灾迟延，被朝廷革职查办。袁保恒丧假期满后，受命到河南府（开封）帮办救灾事宜。

⑥直境：直隶境内。

复二品衔署山西臬台冀宁道王定安
（光绪六年八月二十四日）

李鸿章

鼎丞尊兄大人阁下：

前闻柏篆荣权，正深雀忭，顷值桂轮①届序，远奉鳞函②。欣谂朗抱③冰清，新猷④云焕，慰洽颂忱。俄事相持未决，议论滋纷，承示通商与割地不同，划界与口岸两事，宽以论通商，严以争划界，在我既无大损，在彼或可转圜，允推惬当之论。事非审己量敌，轻发难收，往往至于中悔。崇使出狱以后电寄劼侯，订约开端，先通商而后索地，大致与尊议相符。其嘉峪关、松花江商务，将来酌量斡旋，势恐未能坚拒。而俄人贪欲无厌，所争尚不止此。已派其水师提督里沙士几来华统带太平洋兵船，所到十余艘均屯聚吉林海边之海参崴一带，该提督已至烟台；又另派该公使布策到京争论一切，敌情甚为叵测。劼侯在彼，急切虑难入手。沅帅昨抵津门，略为部署，即日前赴榆关。鄂、皖新调两军先后均到，惟西军自包头开行，路途较远，总须九月初到防。鲍军万三千余人正在开募，竭湘、鄂两省之力，筹济月饷行装暨雇用轮船之费，约须五十万两，而应备枪炮军需骤难应手，将来到防后，恐部饷亦难接济。此间勉托敉平，又得榆关各军联络布置，似已周匝，然盱衡大局，究以不启衅端为善。来谕所云权其轻重而操纵之，办理亦甚不易言矣。沅复，敬贺节厘，附璧台版。不具。

愚兄

（《李鸿章全集·信函》）

【注释】

①桂轮：月亮。

②鳞函：书信的代称。"鳞"，与鱼有关，旧说锦鳞，为传说中的鲤鱼，可传书。

③朗抱：高洁的胸怀。

④新猷：新的谋略。指建功立业而言。

致两江制台曾

李鸿章

沅翁宫太保大公祖姻世叔大人爵前：

月初沅上一缄，计达签览。朱明炎暑，敬维履条增绥为祝。龙松岑农部继栋①自塞上归，久欲南返，前因延主宣化书院，生徒习服，维絷两年。兹以其太夫人春秋渐高，远方未便迎养，家境屯厄，乡园又不可居，亟欲在吴越间谋一养亲读书地。函牍相继，情词恳切。顷闻刘武慎哲嗣②转述王鼎臣廉访言，以金陵文正书院一席，邓弥之^③观察足疾不能来，尊意有改订松岑之语。松岑经术、文艺，近今所稀。其尊人翰臣方伯，与文正师道义渊源，延致礼堂，定孚士望。松岑自罹患难，久荷云天，前蒙解骖，今复授馆，仰见笃念故旧，迥迈常伦。松岑现已到津，旬日即当南行，先赴金陵谒谢高谊，然后航海回粤省视，年内奉母来吴。但事有不可必者，万一弥之肯来，此席便成虚愿，则将来应如何就近位置，悉仗鼎力主持。鸿章念其家世人才，并可敬悯，既不能留此间，并不得归故郡，所幸我公坐镇南服，得所因依，极知关爱至深，不待觇缕而不自觉其言之觇缕也。专泐奉恳，敬颂勋祺，诸惟霁鉴。不备。

治姻世愚侄

（顾廷龙、戴逸主编《李鸿章全集》之《信函六》）

【注释】

①龙松岑农部继栋：见第一编《中秋和韩昌黎〈赠张功曹〉韵呈李果仙侍御龙松琴农部继栋两同年》"龙松琴"条注。

②刘武慎哲嗣：云贵总督刘长佑长子，为龙继栋的妻兄。

③邓弥之：邓辅纶，字弥之，湖南武冈人。邓辅纶以诗文名世，与其弟邓绎同为"湖湘诗派"中坚人物。

复江苏特用道王

（光绪十九年正月十七日）

李鸿章

鼎丞尊兄大人阁下：

顷奉惠函，远劳饰序，敬审乘韶集祉，从事多勤，引企吉晖，式符臆祝。别笺详论西学源流，推本载籍^①，旁征博引，殚见洽闻^②。筠仙^③侍郎尝言，指为中国所无则群焉疑之，知为古人所有则无可怪矣。至论其富强之原，如上下情势之通，文书期会之简，举才任官之实，通商考工之详，皆与秦汉以前制作精意若合符节^④，即至都邑官室、衣服器用之有迹象可指者，大抵近于古而远于今，是当就大者、远者而观其会通，正不必于一名一物之微比傅求合也。承属推毂⑤一层，便中容当道及。较论才望之宿，同侪固罕与伦，岘帅相知甚深，亦不待鄙言增重耳。畿境冬雪沾濡，麦秋可望。南中得雪尤大，今岁定不患蝗，殊为欣颂。专泐布复，敬贺春禧，附完芳版，诸惟朗照。不宣。

愚弟期鸿章顿首

（《李鸿章全集·信函》）

【注释】

①载籍：书籍，典籍。

②殚见洽闻：该见的都见过了，该听的都听过了。形容见多识广，知识渊博。

③筠仙：郭嵩焘。

④若合符节：比喻两者完全吻合。

⑤推毂：荐举，援引。

复办理金陵善后局①江苏特用道王

（光绪十九年十月初二日）

李鸿章

鼎丞尊兄大人阁下：

昨奉惠书，远劳袯饰②，比审乘时集祉，从事宜勤，引企吉晖，式符臆祝。畿境重复患河，被淹四十余州县，四年三浸，民何以堪，工抚烦兴，尤费筹措。自维薄德，屡致奇灾，乃蒙曲加缘饰，弥增悚歉。金陵粥厂，新增五处，能容数万人，可省年年搭篷，又无火患，洵属一劳永逸，利益无穷。荒政本是经常之法，未可以岁丰而无备也。从前秦淮全恃东关各涵洞之水建瓴直下，以资荡涤，自道光中大浸以后，尽行堵闭，至今仅留一门，只此一线来源，断难通畅，现议添引元武湖水自足助疏瀹之功，惟湖低淮高，形势终不甚顺，似不如酌修东关洞闸数处，以时启闭，更为得力。执事全局在胸，定能详细筹度，悉臻妥善也。专泐布复，敬颂升祺，诸惟朗照。不具。

愚弟鸿章顿首

（《李鸿章全集·信函》）

【注释】

①金陵善后局：金陵善后局于同治三年（1864）成立，"布政使、督粮道、盐巡道暨候补道员掌之，总财赋之出内，上下教令，以毗省之大政，凡事涉扶绥安集者皆隶焉"。其下设善后分局（知府一人掌之），又有包括保甲局（知府掌之）、谷米局（知县以下官掌管）、善后大捐局（道员一人掌之）、善后工程局在内的下属机构。金陵善后局在战后南京的恢复重建中发挥了重要的作用。

②袚饰：谓除旧饰新。此指赞美颂扬。

复新授凤颍六泗道台王

（光绪二十年三月十九日）

李鸿章

鼎丞尊兄大人阁下：

前奉惠书，远承袚饰。昨阅邸报，欣闻分巡凤颍之命，老成宿望，公论允孚。此缺现已委署有人，约计部文到江，即当荣莅新任。皖北重地，定有一段设施①，盼慰曷任。示读曾忠襄祠堂碑②，此题此文，可云不负金陵为百战收回之旧地。台端为卅年知遇之元僚，此事推袁③，固无与让。至文体陵轹④，盘诰奇冞，尤近昌黎。追溯元和淮蔡之勋⑤，重写混成宣武之治。抚今怀昔，感慨系之矣。金陵粥厂新增五处，可容二万人，既省年年搭盖之烦，又无风雨火灾之患，泂属一劳永逸，利益无穷。荒政本是经常之法，未可以岁丰而无备也。本届奉派出洋校阅海军，现拟于四月初三日启程，周历营、青各海口，往返约须两旬余。专泐布复，敬贺大喜，顺颂春祺。不宣。

愚弟鸿章顿首

（《李鸿章全集·信函》）

①设施：措置，筹划。喻指施展才华。

②曾忠襄祠堂碑：指王定安的《曾忠襄公祠记》，详见第二编王定安散文部分。

③推袁：晋袁宏写成《北征赋》，王珣看了，指出应增益一句，宏揽笔益成，受到桓温的推赏。后用为赞赏人极富有文才的典故。

④陵轹：超越。

⑤淮蔡之勋：指的是唐宪宗力排众议任用裴度做宰相，平定淮西节度使吴元济的叛乱。后韩愈奉诏撰平淮西碑纪功，其词有云："凡此蔡功，惟断乃成。"后指保持清醒的决断力。

【相关链接】

查淮北营务处防军小队，原系四十名。光绪九年奏册。光绪□年改为三十名。二十年十月，巡抚德据凤颍六泗道王定安禀请，抽拨步勇十名，改为马勇五名，仍存步勇二十名。二十二年九月，巡抚福润札饬护凤颍六泗道冯煦改马勇二十名为步勇四十名，马勇一名改步勇二名。以复原设之旧，尚增步勇二十名。抚院卷。光绪年改为四十名。

（清·冯煦主修，陈师礼总纂《皖政辑要》）

又据凤阳关道王定安详报，于常税项下动拨银一万五千两，饬委候补从九庄炆解部交纳各等情，详请具奏前来，除分案咨部，并咨总理各国事务衙门查照外，所有安徽省奉拨光绪二十年分地丁厘金关税京饷并边防经费、筹备饷需各银两，均已筹解清疑缘由，谨片奏明，伏乞圣鉴，谨奏。奉朱批："该衙门知道，钦此。"

（光绪二十一年二月二十三《申报》）

第十七辑 阎敬铭诗文

阎敬铭片①

再，臣等前因办理赈济事务，殷烦吁恳圣恩饬令翰林院编修李用清、兵部主事王炳坛、前甘肃巩秦阶道张树荩、候选道前汾州府知府罗嘉福来晋办理赈务，并直隶候补道王定安留晋差遣委用。钦奉谕旨，允准在案。嗣派王定安驰赴山东，禀商抚臣文格②，领运东漕③事宜。迭据函报，十二月初业已驰赴山东，禀商抚臣文格，领运东漕事宜。迭据函报，十二月初间，业已驰抵东省。张树荩由潼关先赴河东，经臣敬铭檄往河南周家口、安徽正阳关颍州府等处，率同山西候补知府赵怀芳，采买粮石，兼办南路转运。李用清、王炳坛、罗嘉福三员出京来晋，十一月内均到太原省城，与臣国荃相见面商要务；星夜前往河东，与臣敬铭筹办一切。幸群策之共集，冀沴疠之全消。所有臣等奏调人员先后到晋，分途任事各缘由，理合附片陈明，伏乞圣鉴，谨奏。

军机大臣奉旨：知道了。钦此。

（1878 年 3 月 20 日，光绪四年四月十七日《申报》）

【注释】

①片：折片，古代称奏文为折片。

②文格：时任山东巡抚文格。详见第五编《复王鼎丞（光绪四年正月）》"式帅"条注。

③东漕：山东漕粮。

第十八辑　文格诗文

文格片

再，东省上年新漕，钦奉上谕，拨给山西赈米十二万石，饬于年内全行起运。当经奴才督同粮道，设法催征，依限兑运米，委员分路转输，业经奏明在案。查前项米石交兑该委员以后，即饬陆续开行。嗣以运费不敷，复由粮道库筹款拨给该委员。王定安亦能认真从事，多方雇觅车辆，分程起运。计自上年十一月二十三日起，至十二月二十六日，共运出米八万七千石。又自本年正月初四日，至二十二日，运出米三万三千石，均由获鹿、东阳、关道口三路入晋，计东漕十二万石，两月之间即已全数运完，办理尚为迅速。其年前起运之八万余石，业经递达灾区。续运之项，约计二月以内，亦可全抵晋南各邑。洵堪仰慰。宸厪①除分咨查照外，谨附片具陈，伏乞圣鉴。谨奏。

军机大臣奉旨：知道了。钦此。

（1879 年 5 月 13 日，光绪五年闰三月二十三日《申报》）

【注释】

①宸厪：帝王的殷切关注。

第十九辑　李慈铭诗文

桃花圣解盫日记（节选）

李慈铭[①]

（光绪元年八月）二十九日癸巳小尽[②]，晴，午前后微阴，终日风。张楙民[③]来，言香涛[④]从子名桐字誉琴者，以四川道员回避，入都引见[⑤]，欲来访予，属为先容[⑥]。潘孺初[⑦]来，言王鼎丞定安以道员服阕[⑧]入都，遍觅予居处，旬五日前，孺初告之鼎丞，即语其仆明早即往拜，然至今未来也。之二君者，鼎丞予之旧识，素能诗，称名士，后入曾文正幕，大被知奖，摄令昆山者，三年宦橐甚富。予时里居，鼎丞屡向王敔廷询予近状，敔廷寓书于予，属予寄以一言，予终不答也。张君则未识面，特以香涛及楙民之故来致殷勤。两君盖一真一伪耳。

（《桃花圣解盫日记》乙集第二集）

（光绪三年十一月二十八日）上谕："阎敬铭、曾国荃奏请调员襄办赈务一折。晋省振济事务殷烦，必得实心任事之员，方足以资佐理。所调翰林院编修李用清、兵部主事王炳坛、前甘肃巩秦阶道张树美、前山西汾州府知府罗嘉福，著吏部、陕西巡抚分别饬令，竟日赴晋交阎敬铭等分派办理；直隶候补道王定安，前经李鸿章檄委赴晋办理转运，著准其留于山西，交曾国荃差遣要用。"

（《桃花圣解盫日记》庚集第二集）

（光绪四年五月初三）诏直隶转运山西振粮出力各员，翰林院编修吴大澂赏加侍读学士衔；直隶按察使黎兆棠、署直隶津海关道丁寿昌，均交部从优议叙；直隶候补道王定安、湖北候补道朱其诏，均遇该省道员缺出尽先题奏，从阎敬铭曾国荃请也（吏部奏驳）。

（《桃花圣解盦日记》壬集第二集）

【注释】

①李慈铭：字爱伯，号莼客，清会稽（今浙江省绍兴市）人。曾任山西道监察御史，工诗赋，致力史学。著有《骈体文钞》《白华绦柎阁诗集》《越缦堂日记》等。其《越缦堂日记》被视为晚清三大日记之首。据台湾大学周骏富编辑《清代传记丛刊》，李慈铭对王定安还有一段记载："王定安鼎丞，好学工诗，意气傥荡，不可一世，而独心折于予，顷闻予已戒行（出发上路），怆然来别，言：'君既去，都中不复可居，亦将束装归矣。'"

②小尽：指夏历小月，今二十九天。此指小月的末日。

③张蠖民：张祖继，字蠖民，又字瓠肥，晚号老嚊，南皮人。张之洞侄子。

④香涛：张之洞。

⑤引见：旧时皇帝接见臣下或外宾，须由官员引领，叫"引见"。清制，京官在五品以下，外官在四品以下，由于初次任用、京察、保举、学习期满留用等，均须朝见皇帝一次，文官由吏部、武官由兵部分批引见。

⑥先容：语出《文选·邹阳〈于狱中上书自明〉》："蟠木根柢，轮囷离奇，而为万乘器者，何则？以左右先为之容也。"李善注："容谓雕饰。"本谓先加修饰，后引申为事先为人介绍、推荐或关说。

⑦潘孺初：潘存，字仲模，别字存之，号孺初。海南文昌人。与杨守敬交好。详见后文《潘存诗文》。

⑧服阕：三年守丧期满除服。

荀学斋日记（节选）

李慈铭

（光绪五年十月）二十七日丁卯，晴，殷萼庭来。王鼎丞定安来，以直隶候补道奉旨送部引见，由山西入都者。门者辞它出，遂至所惠三十金而去。余与此君交甚疏，而忽有此馈，亦可感也。

（李慈铭《荀学斋日记》甲集下）

（光绪五年十一月二十三日）诏本日召见之直隶候补道王定安发往山西，以道员使用。

（李慈铭《荀学斋日记》甲集下）

（光绪五年十一月）二十六日乙未，晨阴，巳后晴。作书致云门，袁爽秋来谈竟日。王鼎丞送来《曾文正公事略》四卷、《求阙斋读书录》十卷、《弟子记》三十二卷，皆鼎丞所编辑者。得褆盦书，馈蚶子、玉田脯，即复谢。弢夫、云门来，留共饭，夜谈二更去。是日诏二十八日再祈雪大高殿，仍命诸王分祷时应宫等。

二十七日丙申，晴，大风严寒。阅《求阙斋读书录》，皆于文正所阅书籍中录其随时评识之语，虽多非经意，或杂录旧说，颇不免浅近复出①之病，然时有心得，亦有细密可取者。剃头，鼎丞来不晤。夜阅《求阙斋弟子记》，分"恩遇""忠谠""平寇""剿捻"、"抚降"（李世忠事）、"驭练"（苗沛霖事）、"绥柔"（洋务）、"志操""文学""军谟""家训""吏治""哀荣"十三门，每门仍按年编辑，皆从文正军书、公牍、文集、日记中采缀而成，颇为详尽。然《弟子记》□□□□□□□□□□□□□□□□□□□□□□□□□□□□□□□□□□□□自宜详言而略事；"恩遇""哀荣"两门本可于"事略"包之，"哀荣"仅载碑志、祭文，尤为无谓②，碑志宜附"事略"之后，祭文或亦择共一二佳者附之。"平寇""剿捻""抚降""驭练""绥柔"五事可叙入于"军谟""吏治"两门。文正剿捻无功，天津洋务，晚节大玷，其于苗逆③亦无甚设施，三事皆宜于"事略"见之；即欲著其深虑，表其苦心，或取其书牍、日记中语缀于"军谟""吏治"

中可矣。至文集，业已刊行，此书不容复赘。王君捃摭虽勤，惜尚未知著书体例，所编事略亦多详略失宜。付司马厨子酒馔钱七十四千，付李升工食钱八千。邸钞，内阁侍读王宪曾授贵州贵阳府遗缺知府。

二十八日丁酉，晴，寒甚。阅段氏《周礼·汉读考》，本拟以今日始温读《周礼注疏》，而人事未绝，又苦咳嗽，心气虚耗，遂不能竖炳烛之光，深虞莫及。因先读段书，以求小补。下午答拜鼎丞，遂诣殺夫，走使邀云门，欲相偕阅市，以日已仙坪频来催饮，乃诣谢公祠，与仙坪④、鼎丞、金甫⑤、献之⑥、右臣⑦、云舫等作消寒弟三集，夜二更归，付车钱五千。

（李慈铭《荀学斋日记》甲集下）

（光绪六年正月二十八日）王定安补山西分守冀宁道。

（李慈铭《荀学斋日记》甲集下）

（光绪七年十一月二十七日）得王鼎丞山西冀宁道任中书惠银十二两，比日颇患咳嗽。

二十九日丁巳，晴，微阴仍和，作复王鼎丞书，付其家丁。

（李慈铭《荀学斋日记》丙集下）

（光绪八年五月二十一日）山西冀宁道王定安告病，闻张之洞勒令告病，又近日陈伯平⑧亦疏劾之。

（李慈铭《荀学斋日记》丁集上）

（光绪八年六月十九日）上谕⑨张之洞奏晋省治理刓敝，现筹次第整饬各折片，览奏，具见实心为民，洁己率属，深堪嘉尚。山西积弊相沿，该抚抵任未久，已将该省情形详细体察，即著悉心经理。现在未垦荒地尚多，著照所请，自实在开垦之日起，限三年后起征用示体恤。其已垦者，仍责成地方官认真稽察，依限起征。该抚现拟豁除累粮，筹办清丈何处开办，著暂免该处一年田房契税，以资集事。阳曲等州县五路差徭，业经该抚分别裁革厘正，嗣后经过文武员并兵勇需用车马，务遵定例，不得稍涉骚扰。民间栽种罂粟，屡经严禁，仍著该抚随时直察，有犯必惩。该省裁汰陋规，改立公费。据张之洞查明实系明减暗增，贻害州县。已将巡抚衙门新改公费及一切陋规全行裁革，复将通省公费酌量裁减，并禁止馈送水礼，即著饬属一体遵行，倘敢仍蹈前辙，即行重治其罪。

另片奏已革山西布政使葆亨前在藩司及护理巡抚任内，玩视民瘼，虚縻库款，贻累属吏；前冀宁道王定安创立款目，支用浮滥；葆亨一切弊端，大半王定安播弄，请旨惩处等语。山西迭遭大祲，地方大吏应如何洁清自矢，加意抚绥。乃葆亨、王定安贪黩营私，贻误善后，种种荒谬，实堪痛恨。葆亨业经革职，着发往军台效力赎罪。王定安着即行革职，一并发往军台效力赎罪。其办理善后诸务扶同⑩弊混之候补直隶州知州陈本，著即革职，驱逐回籍。候补知府安颐于局款不能细加清厘，实属疏忽，著交部议处。

（李慈铭《荀学斋日记》丁集上）

（光绪八年七月十二日）上谕："御史李肇锡奏大臣滥保人员请予申儆一折，已革山西冀宁道王定安前经曾国荃保荐擢用，乃竟至贪黩营私，种种荒谬。该督保举非人，自有应得之咎。曾国荃着交部议处。嗣后中外大臣务当懔遵迭次⑪谕旨，切实保举，不得徒采虚声，甚至徇私滥保，致于咎戾，用副朝廷延揽人才、总核名实至意。"

（李慈铭《荀学斋日记》丁集上）（另见《申报》）

（光绪十一年四月十六日）上谕："本年因纪年开秩，特颁恩旨，命将军流以下人犯，分晰减等。兹据兵部查明请旨，自应酌量办理。除军务获罪之张佩纶，奉旨后发遣之李春芳，未经查明下落之苏锦堂，未经咨报起解之许如龙、周星诒、谢洲田、福志、蒋大彰、贾文贵、李石秀、吕文经、何如璋，并在途在营在籍在配脱逃之汪殿元等三十五人，均毋庸查办。及龙继栋、潘英章、李郁华，均不准宽减外，其沈仕元、常春、王辅清、黄得贵、董家祥、龙世清、永平、葆亨、王定安、阎文选、王桂荫、锺树贤、孟传、金富、景德禄、廖得胜、文裕、谢翼清，均着加恩释回，以示朕法外施恩至意。钦此。"

（李慈铭《荀学斋日记》庚集上）

（光绪十七年十月初四日）已革山西冀宁道王定安开复衔翎，以道员发往江苏补用。

（李慈铭《荀学斋日记》丙集之上）

【注释】

①复出：重复出现。

②无谓：毫无价值。

③苗逆：指苗沛霖。

④仙坪：许振祎，江西奉新人，字仙屏，又字仙坪，号大泽村人。同治进士。咸丰初年以拔贡生为曾国藩幕僚，募乡兵同太平军作战。中进士后授编修，出任陕甘学政。在陕西泾阳设立书院，奏准陕、甘分设学政。光绪八年（1882）授河南彰卫怀道，历江宁布政使。十六年（1890）擢东河河道总督。二十一年（1895）改广东巡抚，建言停厘捐，节用民力。二十四年（1898）百日维新中裁撤广东巡抚，他奉调入京。

⑤金甫：敖册贤，字金甫，四川荣昌人。咸丰癸丑进士，改庶吉士，授编修，截取知府。有《椿荫轩诗钞》。

⑥献之：邓琛，字献之，黄冈人。道光癸卯举人，官蒲县知县，改刑部郎中。有《荻训堂诗钞》。参见后文《邓琛诗文》。

⑦右臣：洪良品。见第二编《〈龙冈山人文钞〉跋》"龙冈山人"条注。参阅后文《洪良品诗文》。

⑧陈伯平：陈启泰，字宝孚，一字伯平，号意园、瞿庵，湖南长沙人。同治七年（1868）戊辰科进士。光绪七年（1881）授山西道监察御史，改广东道、河南道。光绪八年（1882）弹劾太常寺卿周瑞清受贿，引出云南报销案。

⑨上谕：即诏书。此诏书在后文《张之洞诗文》部分亦录，可参见。

⑩扶同：伙同。

⑪迭次：屡次，不止一次。

九月望日偕同官义州赵心泉主事鸿仪邀黔西徐介亭郡丞皋嘉鱼李爽阶县令士垲宜昌王鼎丞孝廉定安饮天宁寺赏菊[①]

李慈铭

联骑城西出，寻秋到上方。

林烟乱荼火，塔影界花光。

夷语红哦酒[②]，吴歌紫鹘装。

天涯惜良会，分策又斜阳。

（清李慈铭《白华绛柎阁诗集》卷庚）

【注释】

①九月望日偕同官义州赵心泉主事鸿仪邀黔西徐介亭郡丞皋嘉鱼李爽阶县令士垲宜昌王鼎丞孝廉定安饮天宁寺赏菊：此题又作"九月望日偕贵筑徐介亭司马皋武昌李天台士垲宜昌王鼎丞孝廉定安及户部赵陈两同官携歌郎六七人夜游天宁寺有作"。天宁寺位于今北京市西城区广安门外护城河西岸。

②夷语红哦酒：作者于此自注："是日有法兰、俄罗、米利三国男女会饮山上。"

第二十辑　邓琛诗文

同人结消寒社十一月朔集右臣斋中观所藏晋永和砖同敖金甫许仙屏振祎编修李莼客慈铭郎中鼎丞定安观察陈云舫分赋

邓　琛①

石头劫灰土花赤，冶城华林俱瓦砾。

漂流一砖金鬲文，古色黝然炫苍壁。

测篆永和万年字，其厚三寸长径尺。

江左一隅耽宴乐，纤儿家居殊可惜。

洛阳陵阙随飞烟，石马仪牛几变迁。

矧此区区一残甓，谁将瓴甋夸玙璠。

晚近好异纷穿凿，传有西晋秦始砖。

倘教两物得合并，二龙跃出平舆渊。

噫吁嚱！

阿房井土未央瓦，瓶人一一工陶冶。

当筵叹赏久摩挲，波磔刻画微侧颇。

或疑此砖出东汉，汉帝建号同永乐。

为汉为晋置勿说，即作晋物看亦得。

八公山下几战争，土腥蚀尽蛟龙血。

洪君②嗜古重编摩，欲作砖砚属我歌。

众宾起劝金叵罗，竞吐秀句相砻磨。

（邓琛《荻训堂诗钞》）

【注释】

①邓琛：见前文《荀学斋日记》（节选）"献之"条注。

②洪君：指洪良品。参阅下面一诗，洪良品所收藏的晋永和砖极有可能是杨守敬从宜都带过去的。

消寒第二集莼客月缦山房送鼎丞分巡山西冀宁道兼赠杨惺吾守敬①孝廉

邓　琛

太行西行蹊径绝，增冰峨峨去京阙。

城南数子昨往还，竹屋梅花相暖热。

越缦主人②长闭户，著书岁月感飘瞥。

手把仲宣灞岸篇，离思长条争揽结。

帝阍入告陈民艰，三晋遗民资轸恤。

侧闻天语重褒嘉，荩臣劳瘁鬓成雪③。

行看返斾宣主恩，两河士女正饥渴。

晓仗晴开岢岚云，疲马寒踏晋溪月。

昔年转漕出井陉，地流粟麦飞神笔。

印章今领旧山川，更倚针砭起废疾。

座中复有草玄子，下揖冰斯上轩颉。

胸中了了见九州，岂直缣缯收断缺。

众宾起舞逐余欢，碧海浪激鲸鱼掣。

朝来风雪暗城头，黄云万里盘霜鹘。

（《获训堂诗钞》）

【注释】

①杨惺吾守敬：杨守敬。详见后文《杨守敬诗文》。

②越缦主人：指李慈铭。

③荩臣劳瘁鬓成雪：作者于此自注："鼎丞召对时，上垂问曾沅浦中丞，有'艰难劳瘁，须发俱白'之论。"

第二十一辑　洪良品诗文

越缦山人席上送王鼎丞观察杨惺吾孝廉赴山西

洪良品

火龙一啸金天愁，河汾饥雁啼啾啾。

榆皮蓬实不疗死，黄槁千里风嗖嗖。

湘阴中丞①忠胆热，图绘流民眼流血。

喜见王阳叱驭②弃，转粟青天太行雪。

夫君鹤氅飘如仙，手援北斗天覆翻。

杨枝甘露一飘洒，鸠形鹤面回春妍。

青州拯灾功第一，吴公荐士登宣室。

九重前席问苍生，不惜金钱重筹笔。

燕山雪夜风气干，烛花爆座酒胆寒。

相逢拔剑狗屠泣，高歌醉眼浮云宽。

座中凝式更奇绝，蠖扁双钩析毫发。

寻碑野寺拨寒云，镂笔晴空破残月。

我昔驱车汾水湄，唐风晋问写淋漓。

忍抛金石没尘土，岂有甘雨苏穷黎。

旧游如梦那可道，蛮蜑相随美君好。

襄陵酒美尚可沽，眼中人去吾将老。

（洪良品《龙冈山人诗钞》）

【注释】

①湘阴中丞：此指曾国荃。

②王阳叱驭：系"王尊叱驭"之误。《汉书·王尊传》："先是，琅邪王阳为益州刺史，行部至邛崃九折坂，叹曰：'奉先人遗体，奈何数乘此险！'后以病去。及尊为刺史，至其坂，问吏曰：'此非王阳所畏道邪？'吏对曰：'是。'尊叱其驭曰：'驱之！王阳为孝子，王尊为忠臣。'"此处以王尊喻指王定安忠于职守，不避艰险，勇往直前。

楚怀王墓①

洪良品

沱水②弯环啮墓门，崤关归魄夕阳昏。
当年已雪商於恨，三户亡秦尚有孙。

（洪良品《龙冈山人诗钞》）

【注释】

①怀王墓：唐代诗人张说有《过怀王墓》："咿嘤不可信，以此败怀王。客死崤关路，返葬枝江阳。啼狖抱山月，饥狐猎野霜。一闻怀沙事，千载尽悲凉。"自此之后，一般人都认为怀王墓在今湖北枝江的百里洲，其实"枝江阳"亦可理解为长江北边，不一定仅指百里洲，今仙女镇、问安镇均在其范围。问安的青山古墓群值得关注。

②沱水：指沱江。道光十年（1830）以前，长江的干流在今枝江市百里洲南边，即今松滋河；从百里洲首分出一个支流，即流经今枝江县城关马家店的长江主河道，那时是支流，称为沱江。

荆南讲院晤王子寿先生

洪良品

先生壮岁谢簪缨，归卧沧浪白发生。
自谓羲皇陶靖节，许身稷契杜文贞。

渚宫花老啼莺尽，梦泽云荒断雁征。
愧我周南久留滞，巴山夜雨梦春明。

（洪良品《龙冈山人诗钞》）

赤壁于清端公①祠

洪良品

独拜荒祠绕薜萝，堂堂遗貌壮山河。
清名白日雷霆动，故老青天涕泪多。

千载招魂悲宋玉，一龛香火伴东坡。
雪堂夜静虚明月，风马云旗缥缈过。

（洪良品《龙冈山人诗钞》）

【注释】

①于清端公：于成龙。康熙年间先后官罗田知县、合州知州、黄州知府、武昌知府、福建按察使、福建布政使、福建巡抚和江南江西总督。谥"清端"。有《于清端政书》等遗著传世。

庚 台①

洪良品

昔书枯树赋②，如见庾兰成。
故宅空文藻，荒洲绕县城。

远烟三澨晚，残雪五溪明。
萧瑟登台意，悲风日暮生。

（洪良品《龙冈山人诗钞》)

【注释】

①庚台：在枝江百里洲。传说为庾信（字兰成）当年读书的地方。

②枯树赋：是庾信羁留北方时抒写对故乡的思念并感伤自己身世的作品，全篇荡气回肠，亡国之痛、乡关之思、羁旅之恨和人事维艰、人生多难的情怀尽在其中，劲健苍凉，忧深愤激。

第二十二辑　杨守敬诗文

邻苏老人年谱（节选）

杨守敬[①]

己卯[②]，四十一岁。

因石君子韩吹嘘，卖书亦颇得利。豹臣太守知余在省垣，以其叔祖模《古今钱略》稿本付守敬，使刻之。

是年冬，得山西冀宁道王鼎丞（定安）同年信，言山西巡抚曾沅甫中丞（国荃）开书局，聘余为总办。九月，携眷入都，而以板片[③]交张玉生。及至都，时孺初住雷阳会馆，守敬遂依之。既而鼎丞亦入都，初晤即意见不合，久之益龃龉。时空手入都，距会试尚远，进退维谷，而孺初力任资斧，嘱余不随鼎丞去。孺初以穷京官，自顾不暇，而菲衣减食，以济吾困，此情此境，不堪回首。记之以告吾子孙，其恩不可忘也。

是年除日，得出使日本大臣何子峨钦使信，招余渡海为随员，乃复信于明年会试后赴之。

（杨守敬《邻苏老人年谱》）

【注释】

①杨守敬：字惺吾，晚号邻苏老人。湖北宜都人。幼贫为商店学徒，继乃劼力成学，曾充驻日钦使随员，在日搜集中国古书甚多，刊为《古逸丛书》。后任内阁中书，入民国后，任参政院参政。治学长于古代地理，著有《禹贡本义》《水经注疏》《日本访书记》《邻苏老人年谱》等。

②己卯：光绪五年，公元 1879 年。

③板片：印刷用的雕板。一板称为一片。

北宋本《古史》跋

杨守敬

北宋本《古史》六十卷，大题在下，每半叶十一行，行二十二、三、四、五字不等。前有自序，无年，后有自跋，题"绍圣二年三月二十五，苏辙子由志"。左右双边，避宋讳至哲宗止。盖即绍圣原刻。按，此书余旧有元刊本，每半叶十四行，行廿四字。又有明初刊本，半叶十八行，行二十四字。元刊本已刻入《留真谱》，后俱失之。所见有明万历三十九年南雍刊本，有孙如游、焦竑序，又有明吴宏基《史拾》，则三十五卷。所闻有孙渊如元刊大字本，又瞿氏南宋本，每半叶十一行，行廿二字。《天禄琳琅》有宋刊小字本一部，大字本二部，未知何如。然元、明本或有前序无后序，遂不知其注为其子逊作。此本前后序皆完全。

此本旧为东湖王定安鼎丞所藏，鼎丞为余壬戌同年，为曾文正及沅甫所赏识，官至淮扬道①，殁于任所。饶裕，不知何以遽以藏书来上海求售。书估视为奇货，甘君翰臣以重价偿之，不得。而潘君明训②以无意得之，嘱为题识。余惟二十年前尚有扫叶山房刊本行世，今其板已毁，明本已希有，著录家且十袭藏之。承学之士欲求一本，竟不易得。寄语潘君，何不影模付良工授梓，嘉惠学者，使天下知绍圣原本重见于世，不尤休乎？

甲寅③三月三日邻苏老人记于上海，时年七十有六。

（傅世金《杨守敬文化读本新编》）

【注释】

①淮扬道：此指凤颍六泗道。

②潘君明训：即潘宗周（1867—1939），近代著名藏书家，字明训，曾藏有 100 多部宋元古书。王定安曾收藏的北宋本《古史》最终为潘宗周收藏。郑伟章、姜亚沙《湖湘近现代文献家通考》记载，潘宗周所藏《宝礼堂宋本

书录》有其旧藏南宋刻本《古史》六十卷十六册，宋苏辙撰，有王氏藏印曰："王定安读""鼎丞""倗陵王氏宝宋阁收藏之印"等。

③甲寅：民国三年，公元 1914 年。这是文章的写作时间，而不是王定安到上海卖书的时间，因为王定安光绪二十二年（1896）就去世了。王定安到上海卖书的时间待考。

第二十三辑　王楷诗文

赠王鼎丞定安观察二首

王楷①

贺监怜才奖不虚，谪仙从此得名誉。

感恩肯负生前约，校字犹刊死后书②。

科第同里继三闾③，羡君久宦仍儒素，能把繁华习气除。

漫言萍水乍相逢，情到真时淡亦浓。

剞劂氏惟搜宋代④，步兵厨尚唤吴侬⑤。

束刍为赴林宗吊，题壁难追子美踪⑥。

惭愧儿曹豚犬辈，许随琴鹤作书佣。

（王楷《听园诗钞》）

【注释】

①王楷：字雁峰，湖南长沙人。同治庚午（1870）进士，官至云南普洱知府。著有《听园诗钞》。晚年，王楷解官回湖南，主讲于长沙南城书院。与郭嵩焘等人唱和较多。

②校字犹刊死后书：作者于此自注："因刻曾文正公遗书至湘。"

③科第同里继三闾：作者于此自注："宜昌人。"

④剞劂氏惟搜宋代：作者于此自注："藏宋刻书极多，名其斋曰'宝宋'。"

⑤步兵厨尚唤吴侬：作者于此自注："昔官吴，庖人由吴偕来，治庖别有

风味。"

⑥题壁难追子美踪：作者于此自注："前约同游岳麓，因赴吊湘乡不果。"

鼎丞赠诗次韵奉答三首

王 楷

清才端合列瀛洲，品自高华境自幽。
早备成均①三载贡，联攀锁院一枝秋。
鳌头甘让难兄得②，蚁学曾携胄子游③。
不屑词章期实政，乘时当作济川舟。

黄石传书感悟神，从戎丰沛历艰辛。
天边双凫④方辞阙，梦里三刀早付人。
粟积昆山留惠泽，水流瓦浦⑤洗征尘。
吴中旧是文章薮，选士还推老凿轮。

共劝蜺旌且驻湘，谁知彼美望西方。
陇洮此日清边境，丰镐当年是帝乡。
出塞欲张军两翼，纪功兼擅史三长。
荐贤早晚纶音下，脱颖何容久处囊⑥。

（王楷《听园诗钞》）

【注释】

①成均：古之大学。此指国子监。

②鳌头甘让难兄得：作者于此自注："伯兄策丞，同榜解元。"

③蚁学曾携胄子游：作者于此自注："充教习官。"胄子指帝王或贵族的长子，此指八旗子弟。

④双凫：据《后汉书·方术传上·王乔》载，王乔任叶县县令时，每月初一、十五乘双凫飞向都城朝见皇帝。后用"凫飞"或"双凫"指县令上任或离去。

⑤瓦浦：在今江苏昆山市东南三十六里。

⑥脱颖何容久处囊：作者于此自注："将有秦陇之行。"

笠臣①鼎丞同日各以消寒雅集相招赋谢

王 楷

都下消寒盛文酒，湘中踵事联良友。

张侯王侯皆好客，招柬同时入吾手。

老饕窃喜还自笑，食指虽动难消受。

舍鱼取熊鱼亦嘉，得陇入蜀陇谁守。

五侯兼致技原工，两乞墦间形更丑。

开筵谢傅待方殷，投辖陈遵留恐久。

踌躇二者必辞一，眼见先生化乌有。

岂知方伯体人情，缩刻迁时卯易酉。

洁园②治馔出新意，燕髀猩唇杂松韭。

譬诸咏雪禁体严，习说常谈不挂口。

既饱重趋宝宋斋③，幸未鸣钟惊饭后。

主宾坐对止三人，不速而来忽八九。

人生喧寂变顷刻，风雅遭逢信非偶。

高唱真堪击唾壶，烂醉犹呼酌大斗。

羊固丰华曼真率，风味各殊情共厚。

食贪报吝愧琼瑶，两宴惟酬诗一首。

（王楷《听园诗钞》）

【注释】

①笠臣：张自牧，字笠臣，又作力臣，湘阴人。以生员筹贵州饷有功，授候选道，加布政使衔。

②洁园：作者于此自注："笠臣所居。"

③宝宋斋：作者于此自注："鼎丞所居。"

第二十四辑　潘存诗文

送王鼎丞之官江南

潘　存[①]

一山陈子人中豪，眼空四海无刘曹。

语我京门有才子，江海一气连波涛。

指壁上诗教我读，驰骤韩杜追风骚。

须臾君来各相见，意气磊落星辰高。

卢仝四十无来往，何期二妙一时遭。

是时天门开轶荡，阿阁正待鹓鸾巢。

谁令五色都垂翅，坐看百鸟纷翔翱。

陈子拂衣归海岛，君亦奉檄临江皋。

赋诗别我之官去，尚为第一首重搔。

余闻此语增惆怅，恋战我误君休鏖。

强台再上岁未晚，弱水且至船难操。

丈夫树立自有在，岂为儿童夸宫袍。

才名在世谁增减，得失于我何毫毛。

得所借手足行意，及人涓滴皆恩膏。

不为封疆即县令，孰肯不割其操刀。

谏官宰相今非古，志士不愿虚笼牢。

安能闭门作细字，饥诵乞帖声嗷嗷。

拜乳臭儿呼前辈，何如手版趋麈旄。

况今南北兵燹后，拊循保障资英髦。

愿君此行好努力，碧霄万里初解条。

百里非难亦非易，岂第君子神所劳。

新诗非人且莫作，不知谓我士也骄。

陈子饥来字难煮，乞米不向胡奴陶。

故人金印大如斗，客他沧海赓云璈。

惟我只身羁万里，愁侵病缚无由逃。

秋风潇潇秋夜雨，谁复听我寒虫号。

行随陈子跨海隐，青天来往驱灵鳌。

归途或经过吴会，一杯当醉琴堂醪。

（潘存《潘孺初集》）

【注释】

①潘存：字仲模，别字存之，号孺初。海南省文昌县人。咸丰元年（1851）举人。光绪时，两任两广总督张树声、张之洞均赏识潘存，委任其为雷州和琼州两州团练，被赏加四品官衔。晚年致力于兴学育才，曾在广东惠州丰湖书院、海南文昌蔚文书院、琼山苏泉书院任教，后同观察使朱亮生创建文昌溪北书院。生平酷爱书法、楹联，作品名扬中外。遗著有《克己集》《论学十则》《楷法溯源》及诗词《赏花有感》等，后人编有《潘孺初先生遗集》。是李慈铭和杨守敬的好友。

第二十五辑　张之洞诗文

王定安患病请归

张之洞

张之洞片。再据冀宁道王定安详称，前在军营感受潮湿，脾胃素亏，近患心跳，夜不成眠，迹近怔忡①，据医者云，由于心血过亏，必须安心调养，恳请开缺②回籍调理等情；并据兼署布政使、按察使松椿据咨转详前来。当即饬司验明，患病属实。除照例具题开缺外，所遗冀宁道篆务，自应先行遣员接署。查有太原府知府左隽，诚实老练，堪以署理。所遗太原府知府篆务，查有候补知府马丕瑶，廉惠刚明，堪以署理。又太平县知县劳文庆告病开缺，所遗太平县篆务，查有万泉县知县朱光绶，曾署该县，能得民心，堪以调署。所遗万泉县篆务，查有轮委到班之优贡知县鹿学典，堪以署理。据藩臬两司具详前来，理合附陈，伏乞圣鉴。谨奏。

军机大臣奉旨：知道了。钦此。

（1882 年 7 月 17 日，光绪八年六月初三日《申报》）

【注释】

①怔忡：中医病名。患者心脏跳动剧烈的一种症状。

②开缺：旧时官吏因故不能留任，免除其职务，准备另外选人充任。

特参贻误善后各员片

（光绪八年六月十二日）

张之洞

再，晋省去灾祲^①之后，亦已数年，而元气益索、度支益艰、吏治益敝者，大率皆前藩司^②葆亨、前冀宁道王定安二人所为，其咎约有数端：

一曰玩民瘼。葆亨自为藩司暨护理^③巡抚，善后之款恢乎有余，而吝惜牛种^④不肯给发，查勘荒地，勒限严急，草草截数。以致灵石有社长迫限畏刑剖腹自戕之案；榆次有截数以后，报荒被驳、地芜民流、控诉不已之案；隰州、吉州有以荒报熟、钱粮无著之案；汾州灵石、临晋、冀城有请领籽种、被驳严饬之案。壅遏生机，至今凋耗。其咎一也。

一曰糜库款。葆亨在晋两年，妄费虚糜，款目含混，不一而足。其将卸藩篆之时，一日中放银六十余万，并无军饷大批急需用款。最无理显著者，如提塘赵嘉年欠款，自咸丰元年停发至光绪六年二万五千余两，参将王同文欠饷一万八千余两，总兵罗承勋奏结不发之欠饷二万七千余两。众论哗然，其故可想。他若兴不急之工作以调剂工员，支无名之薪水以弥缝^④众口。于民事则百计刁难，于妄用则挥金如土。王定安代理藩司不过一旬，亦于一日中放银三十余万，亦皆不急之款。库储即竭，但恃善后现银填补挪用，遂令善后巨款悬欠无归。是先以库款供滥支，因以善后抵库款。于是库款、赈款，二者俱伤，以致今日百废待举，无从措手。其咎二也。

一曰累属吏。晋省属吏之于上司，向有致送节寿规礼^⑤之陋习，然上下通融，每多蒂欠。葆亨用王定安之谋改为公费，明减暗增。甚至或昔少而今多，或昔无而今有。旧送水礼^⑥者，一律改为实银，乃以裁汰酌减，蒙混具奏，公然檄催委提，坐扣领款。王定安自定冀宁道所属公费，如太原通判苛岚、阳曲、交城、岚县、介休、高平、黎城、武乡等州县，皆较前有加。应酬丰简，祸福随之。晋省官场本窘，又复加以诛求^⑦，即竭力以事上，岂能洁己以恤民？以致朘削^⑧无忌，贪风未改。其咎三也。

此外，若葆亨以善后局^⑨之款七万两存放票号，纵令家丁私收利息。晋省官铁局虽有总办之员，实皆王定安一手主持，帐目、案据存其署中。用其至戚通判黄学濂⑩为提调，总办不得与闻。支用浮滥，不可纪极。王定安又创立营制所，一年开销数万金。考其帐目，无名之费甚多，内有"阃省生息公用"一项，并不遵照详定章程，于半年中擅将应备一年之款全行动用。王定安又创议岁提公款，津贴藩司五千金，并自定道署津贴千金。其署皋司时欲领全廉⑪，为诸官吏所格，因于局内自提津贴五百金。当光绪五、六年间，晋民喘息未苏，中外汲汲边备⑫，而晋省各衙门张灯演剧，豪宴无度，弥月不休。供帐苞苴⑬，较前益盛。败坏风气，非大吏之责而谁？大抵晋省弊政，事事皆葆亨出名，而大半皆王定安播弄。省城各局，王定安无局不列衔，无局不主稿。其为人才调颇长，而利心太重。曾国荃初赏其才，徐乃察知其所为，亦深疾之。该二员在晋，官民愤怨，万口沸腾。臣考核善后各案牍，因得查悉其种种弊混之端。论其贻误善后之罪，葆亨实为之魁，而王定安挟私妄为，咎亦次之。此外，十分荒谬之端，众口凿凿而文案粗可弥缝⑭者，臣尚不敢论及。缘一一穷究，展转株连，必兴大狱。朝廷宽仁，亦将不忍。然不加之惩罚，既无以谢灾余亿万之穷黎，亦无以挽晋省官场之风气。葆亨业经另案革职，其应如何惩处之，伏候圣裁。王定安顷因阎敬铭来省，恐其查询历年诸事，自惊自咤，惶惑致疾，告病开缺，应请旨即行革职。

查善后局员中办事最久者，系候补知府安颐、候补直隶州知州陈本两人。看稿秉笔，皆归陈本。该员前在河南与其兄幕友陈鉴同挂弹章⑮，其人曾当幕友，明于例案，熟于钱谷，工于舞文。臣查问以前诸事，坚不一告。及调查案卷，则放赵嘉年、王同文、罗承勋诸款，与夫一切滥发无理、蒙混挪移之稿，无一非陈本核定改削，亲笔图章，炳然案牍。盖其时凡事太支离，藩署幕友不肯核稿钤章者，则陈本悍然为之。其为该员合谋弊混，明白无疑，应请旨将陈本一并革职，即行驱逐回籍。至安颐，入局在陈本之后，出局在陈本之先。经臣查询，尚肯详晰陈明，不加回护。且查其平日居官亦属勤慎，惟在局日久，于各款目不能细加清厘，究属疏忽，应请旨交部议处。

此外，当日在事之司道首府暨各局员，不能匡正，均有不合。惟以葆亨之昏谬，王定安之恣横，两人相比，各该员势有不敌，仰恳逾格天恩，从宽免其深究。臣当随时督察，饬其洗心改辙，以观后效。除将一应款目此时尚可补救者，现仍严饬该局司道各员分别认真查核，冒领者勒限清交，虚悬者提归公款，含混者杜绝再支。并饬藩司将各项收支款目，随时详报查收。至善后公费各事，另折奏办，外相⑯应据实择尤奏参，伏祈圣鉴。

（张之洞《张文襄公奏议》卷五奏议五）

【注释】

①灾祲：灾异。光绪三年（1877）开始，山西发生了近代史上罕见的特大旱灾。山西1600万人中，有500多万人死于这次大旱，朝野震动。

②藩司：明清时布政使的别称。主管一省民政与财务的官员。

③护理：清制，官吏出缺，由次级官守护印信并处理事务，称为"护理"。

④牛种：牛与谷种。

⑤规礼：亦称"常例""陋规"。清各级政府机构及官吏凭借行政权力向所属机关和人员索取的献金和礼物。下级为应付这种需索，即加派赋税，如火耗、平余、杂派等项，收入除供办公及本身享用外，余数即向上级馈赠。向府道、藩桌、督抚进献的三节两寿礼金为"规礼"或"常例"。督抚司道则向中央部、寺馈赠"土仪"和"部费"。名目不一，种类繁多。

⑥水礼：谓酒食之类的普通食物，相对于贵重礼物而言。

⑦诛求：索取，强制征收。

⑧朘削：剥削。

⑨善后局：清代后期，在有军事的省份中，设立的处理特殊事务的机构。

⑩黄学濂：疑似王定安的妻弟黄叔宋。

⑪全廉：全额的养廉银。清代官吏正俸之外所设的养廉银，简称为"廉"。

⑫中外汲汲边备：大灾发生之后，清政府令江苏、浙江、江西、安徽、湖北、福建、广东、四川等省向山西划银拨粮。光绪三年（1877），先在省城设立捐输局，向本省富商巨绅劝捐，后来又陆续在江浙、两湖、两广和直隶、四川等地劝捐。朝廷拨给大量善后款。

⑬苞苴：贿赂。

⑭弥缝：设法遮掩以免暴露。

⑮弹章：弹劾官吏的奏章。挂弹章，指被弹劾。

⑯外相：谓在地方上主政者。

【相关链接】

上 谕

张之洞奏晋省治理刑敝，现筹次第整饬，请将未垦荒地宽限起征，并豁除累粮，裁减差徭，禁种罂粟，裁革公费馈送各折片。览奏，具见实心为民，洁己率属，深堪嘉尚。山西积弊相沿，吏治日荼，又当灾祲之后，民困未苏，亟宜兴利除弊，整顿纪纲，俾地方日有起色。该抚抵任未久，将该省情形详细体察，切实筹办，即著悉心次第经理，以肃吏治而厚民生。现在该省未垦荒地尚多，闾阎困苦，著照所请，自实在开垦之日起，限三年后起征，用示体恤。其实系已垦者，仍著责成地方官认真稽查，依限起征。该抚现拟豁除累粮，筹办清丈，何处开办，著暂免该处一年田房契税，以资集事。苛派差徭，最为地方之累，所有阳曲等州县五路差徭，业经该抚分别裁革厘正，嗣后经过文武员弁兵勇需用车马，务遵定例，不得稍涉骚扰。倘敢额外需索，即著张之洞据实参奏。民间栽种罂粟，有妨嘉谷，屡经严谕申禁，仍著该抚随时查察，有犯必惩，以挽颓俗。至该省裁汰陋规，改立公费，据张之洞查明，实系明减暗增，贻害州县。已将巡抚衙门新改公费及一切陋规全行裁革，复将通省公费酌量裁革，并禁止馈送水礼。即著饬属，一体遵行，倘敢仍蹈前辙，即行重治其罪以惩贪劣。

另片奏，已革山西布政使葆亨，前在藩司及护理巡抚任内，玩视民瘼，虚糜库款，贻累属吏；前冀宁道王定安创立款目，支用浮滥，葆亨一切弊端大半王定安播弄，请旨惩办，等语。山西迭遭大祲，地方大吏应如何洁清自矢，加意抚绥，于库款则择要开支，于赈款则核实动用，以期实惠及民，培养元气。乃葆亨、王定安贪黩营私，贻误善后，种种荒谬，实堪痛恨。葆亨业经革职，着发往军台效力赎罪。王定安着即行革职，一并发往军台效力赎罪。其办理善后诸务，扶同弊混之候补直隶州知州陈本，著革职，驱逐回籍。候补知府安颐于局不能细加清厘，实属疏忽，交部议处。钦此！

（张之洞《张文襄公奏议》卷五奏议五）

为大臣滥保人员请予申儆以防流弊仰祈圣鉴事

李肇锡

掌江西道监察御史臣李肇锡跪奏，为大臣滥保人员请予申儆以防流弊仰祈圣鉴事。

窃维人臣之义，莫大乎以人事君，盖百司庶政必待人，而理树一贤即举一职，所以名臣相业，必汲汲于夹袋储才也。顾自世风日下，作伪日滋，往往揣摩迎合，以薪见用，喜事功则务为夸诈，总核实则习尚严苛，削下奉上以邀誉，奔走趋承以乞怜。人之好恶不能无所偏，狡谲者即测其好恶以中之，遂堕其术中而不觉，如售物然，率多赝品。彼营私植党者，更无论已。列圣深知其弊，于是乎有"所举贪劣，罪及举主"之条。

恭查乾隆二年三月二十四日、三年三月十五日，嘉庆二十五年九月二十六日，迭经钦奉谕旨，训诫周详于培植人才之中，仍曲示防维之意，盖人纵不自爱，必不忍贻知己羞，而登诸荐牍者，亦不敢意为爱憎，徇私滥举，防其后正，以励其初情，法至平者也。

近日山西抚臣张之洞奏参前任冀宁道王定安贪黩营私，种种荒谬，奉旨革职，发往军台效力赎罪。仰见皇太后、皇上整肃官场，严惩墨吏之至意。查王定安本系直隶候补道员，以前抚臣曾国荃疏，调襄办赈务。于光绪五年送部引见，奉旨发往，旋奏补冀宁道员缺。曾国荃以例不应调之员，称其学识兼优，才干明敏。一似知之甚深，信之至笃。乃何以未满一考，而改行易操，竟至如此！且藩司葆亨一切弊端，大半王定安播弄，则更以己之恶，成人之恶。夫以监司大员贪劣至此，地方之被害者何限！不审曾国荃当日何以独加识拔，隔省请调？岂山西一省人员内遂无是人耶？滥举之咎，夫复何辞！或谓人不易知，知人则哲。曾国荃勋高望重，倚畀方隆。荐士失实，究属贤者之过。朝廷岂忍苛求，然而可议者功也，不废者法也。

臣闻近来疆臣中，有胪举人才连篇累牍、不一其人者。试问果确有所见乎？抑仅采虚声乎？姑无深谕，第问朝廷之用与否耳。使用之而事济，则受进贤之上赏；用之而事败，辄诿其咎于他人。是以汲引为尝试，适开躁幸之门。窃恐薰莸杂进，转无以副立贤无方之盛典也。应请诚饬中外大臣，延揽群才必实有所试而后荐，不得以虚誉空言互相标榜，致滋浮伪。如所举非人，劣迹昭著，被人参劾，原保大臣必如律议罪，以符定制而杜偏私。

至曾国荃职任兼圻，其应否照例议处之处，应请断自宸衷，非微臣所敢妄拟。愚昧之见，是否有当，伏乞皇太后、皇上圣鉴训示。谨奏。奉旨已录。

（1882 年 9 月 26 日，光绪八年八月十五日《申报》）

同日奉上谕："御史李肇锡奏大臣滥保人员请予申儆一折，已革山西冀宁道王定安前经曾国荃保荐擢用，乃竟至贪黩营私，种种荒谬。该督保举非人，自有应得之咎。曾国荃着交部议处。嗣后中外大臣务当懔遵迭次谕旨，切实保举，不得徒采虚声，甚至徇私滥保，致于咎戾，用副朝廷延揽人才、总核名实至意。钦此。"

（1882 年 8 月 29 日，光绪八年七月十六日《申报》）

书李侍御折后

《申报》编者

昨阅《邸抄》，见李侍御奏大臣滥保人员请予申儆以防流弊一折，读罢不禁喟然而叹曰：嗟乎！近来官场风气愈变愈幻，愈出愈奇，几有江河日下之势！李侍御洞悉此弊，遇事敢言，不为威惕，可谓克称厥职矣。按前任冀宁道王定安本系直隶候补道员，因前晋抚曾爵帅疏调至晋襄办赈务。孰意王定安贪黩营私，种种荒谬，不能仰副曾爵帅汲引之意。在爵帅，勋高望重，中外属望，区区之事，固不足以累盛德。而王定安之不知自爱，有玷官箴，不可不从严究办，以惩一而儆百也。晋抚张香涛中丞莅任以来，实心办事，任怨任劳，于地方公事无不设法整顿，宿弊一清，而于用人一道，尤兢兢留意，盖深有见于知人则哲，惟帝其难，一或不当，则贻害地方，所关匪细，故不敢卤莽以从事也。

或谓王定安一案，事在从前，律以不念旧恶之意，何妨曲予包容，待其晚盖，何必列之弹章，立予褫革，不亦过刻乎？不知莠草不去，则良苗不生；驽骀在前，则骅骝不至。舍黄钟而用瓦釜，不可谓知乐也；进恶草而却珍馐，不可谓知味也。若因从前之事而概置勿论，非特旧时之积弊不能搜剔净尽，即现在之属员，亦何由知所儆惧耶？一经张中丞据事直弹，而王定安遂奉旨革职，发往军台效力赎罪，仰见朝廷整肃官方，严惩墨吏之至意。而晋省各员，自此以后，益当懔然于张中丞之风裁峻整、明察秋毫而不敢犯贪黩营私之弊，其有裨于地方吏治，岂浅鲜哉？

且非独晋省然也，即各直省中道府州县，亦岂无贪黩营私者？其在捐纳之辈，始则以赀为进身之阶，继则以赀为逢迎之术。试问赀从何来？则贪而已矣！私而已矣！往往有听鼓省垣历有年所，补缺无期。差使莫委于是，到省时所带候补费，此时业已用罄，点金乏术，赠缟无人，衣归质库，仆隶豪门，洵宦海中之苦况矣。一旦遇美缺，得优差，则趾高气矜，扬扬自得，出则健仆骏马、从者如云，入则鼎食钟鸣、门庭若市。倘仅恃区区养廉之俸，亦安能若是之运用不穷哉？其在科目进身者，虽不乏谨恪自守之人，而贪婪之风亦所恒有。大宪虽有考绩之法，然亦不过奏弹一二人，借以敷衍门面而已，孰肯吹毛求疵，以丛众怨？若张中丞之不徇情面，不避怨嫌，诚为近今所罕觏。

或谓王定安前在直隶经曾爵帅奏调至晋，破格委任，今将王定安奏办褫革，得无拂曾帅之意？余曰不然。以曾帅之威望，儿童能诵，走卒皆知。无王定安一事，威望不因此而加；有王定安一事，威望亦不因此而损。况张中丞在官言官，曾帅闻之必当心许，以为张中丞能匡己之过，是国家之直臣，即僚寀之诤友也。必不因其奏参王定安，与己意不合，而稍存芥蒂于胸中也。是以张中丞奏之于先，李侍御纠之于后，侃侃而谈，旁若无人。

吾知谏草流传，足使顽夫廉、懦夫立，而不仅晋省之官方因此整饬已也，各省属吏既不免贪黩营私之事，则各省大宪之稍徇情面、稍避怨嫌者，即不能遇事直弹。既不能遇事直弹，则辗转请托，有所不能拒；徇庇包容，有所不能免。今使有一人焉，始则由我招之使来，既来矣，而若人或稍有过失，我必从而匡救之，又从而隐庇之，何也？恐受荐贤不当之名也。《礼》云："进人若将加诸膝，退人若将坠诸渊。"用人者，孰肯先施其恩，而后招其怨哉！大府之于属僚，亦犹是耳。

今得李侍御一奏，而中外大臣延揽群材，益当加意，不致如前此之以空言虚誉互相标榜，则祖训所谓所举贪劣罪及举主者，皆当谨懔恪遵，而不敢视为具文，符定制而杜偏私，岂非李侍御一奏之力哉？于是乎书。

（1882年9月30日，光绪八年八月十九日《申报》）

遵查革员侵蚀各款拟议结案折

（光绪九年九月二十九日）

张之洞

光绪八年七月二十三日，钦奉寄谕①：前据张之洞奏，已革藩司葆亨、道员王定安贪黩营私，当经降旨，将该革员等惩办，所奏滥支各款内并有奏结不发之款，国帑攸关，不容稍有亏短，著张之洞详细确查，将不应支发及蒙混开销款项，责令葆亨、王定安分别赔缴，并此外有无侵蚀之款一并查明具奏，将此谕令知之，钦此。

当经派委前藩司方大湜②、升任河东道唐咸仰、今授河东道高崇基检调案卷，传询当日局员、库官、承领经手人等，详细确查去后，惟该革司革道在晋乃赈务方殷之时，用款纷淆，文卷舛漏，有无弊端，猝难稽核。正值奏明设局、清查库款之际，因饬各员随案综核详加参考。方大湜旋即去任，兹据唐咸仰、高崇基，分派太原府知府马丕瑶、原任潞安府知府何林亨、准补宁武府知府俞廉三等先后查明，详覆前来。

查葆亨滥发之款，其为数较巨，为臣原奏所已及者，如已故总兵罗承勋欠饷二万七千余两一条，本系奏明不发之款，该革司发出后即又听罗承勋家属转借与人拨抵交代寄存外库。臣于上年七月奏参后即饬司将此款提回大库正款地丁项下，所有借拨交案概行注销，分饬另缴。如提塘赵嘉年欠领塘费、工食、马价等项二万五千余两一条，已饬太原府知府马丕瑶查讯，该提塘除使费扣成外，实领到银一万二千五百余两。如已故参将王同文欠饷一万八千两一条，亦经太原府马丕瑶暨东路营参将施绍恒查讯，王同文家属除使费扣成外，实领到银一千六百余两。询其索费扣成为谁，则家丁、库吏与夫居间关说之人兼而有之，其是否本官染指，供词含糊，未能指实。

其为数较少，为原奏所未及者，如光绪六年挑掘后小河积土案内，查明浮费银一千余两，又有与该革司素有私交流寓在晋之候选知府任鹤年③支领薪水六百七十二两，盘费二百两，查明亦系违章滥支。此外索费减扣之弊，凡属稍可缓发者，几于无款不然，数多畸零，应即勿庸核计。以上三项共计使费扣减银三万两有奇。臣衡情酌理，无论在官在吏在丁藩司，均不得辞其责，应令该革司赔缴一半银一万五千两。

王定安滥发之款，除琐细者不计外，有光绪六年十二月二十三日放楚军勇粮银一万四千两。此款本可缓发，该革员曲徇将弁之请，亦难保无丁吏索费扣成之弊。臣于上年六月查出后，即饬令该革道照数赔缴。合计葆亨、王定安赔款共二万九千两，已据陆续缴清。据藩司易佩绅详报，均于本年九月二十三日收入司库，作为专案赔款，报部拨用充饷。至王定安设立营制所，浮支糜费过多，虽所动系本省公用生息外销之款，究属虚糜误公。现因臣于省城创立令德书院以课诸生经史古学，饬令该革道赔缴公用生息银一万两，以为修造书院之费，已于本年六月初六日缴清。据清源局司道详报，收入书院工程处动用，归入外销。此查明葆亨、王定安滥发款目并分别收回、酌赔之详细情形也。

至此外有无朦销侵蚀各节，查询局员库吏在省人员，均不能指出确据。若再搜求陈案，徒致株连废事，于库款仍无所益，应请免其置议。窃惟葆亨、王定安两员不知体念时艰，节慎库帑，致有滥发浮支、索费扣成诸弊，虽非朦销侵蚀，实属荒谬异常，业经褫职遣戍，追缴巨款，已足蔽辜④。

惟葆亨家丁，贵州人龚登料即龚万铭，一名万铭，一名万联瀛，湖南人杨兴瀚，即杨清如，索贿招摇，劣迹众著，扣减滥发诸弊，率皆此两人所为。闻均现居扬州开设金珠店，且龚登科朦捐同知职衔、四品封典，杨兴瀚朦捐从九品，按经历升衔，五品封典，尤属胆玩，应即撤销捐案，革去封典、职衔，咨会两江、江苏、湖南、贵州督抚臣拏解来晋审办，以为家丁藐法舞弊者戒。王定安之戚山西试用通判黄学濂，充当营制所委员，倚势罔利，款目含糊，应请旨即行革职。葆亨任内掌库书吏贾立农，素多劣迹，已于光绪七年七月病故，所有赃款，身死勿征，应免著追。

抑臣更有请者，一省政治清浊，责在大吏，道府以下，无非视风气为转移。葆亨由藩护抚，才行昏浊，秕政多端，其咎最重。王定安办事颇有才具，而不知自爱，附和妄为。均经朝廷明正其罪，通计此案，提回司库正款银二万七千两，勒令赔缴银三万九千两，并另片附奏各官损银二万两，又此次另折奏明查出巨兴源票号隐匿捐款缴还银一万两，共提回捐缴银九万六千两。凡所以惩贪儆蠹之道，实已不遗余力。其钻营助恶，因缘为奸，最甚各员，亦经臣先后参撤，驱逐离省。此后臣当随时董戒通省属官，励清奉法，督饬藩司严察吏奸，综核财用，当不致再蹈覆辙。合无仰垦圣慈，将晋省旧案准其从此清结，于晋省官吏不复追咎前失，但考察现在实政，俾得振奋精神，濯磨自效，出自逾格⑤鸿施⑥。

再此案因待清查库款完竣，始能定议，且将各项赔款收齐，始行具奏，合并声明。

旨另有旨，钦此。

（清·张之洞《张文襄公奏议》卷七奏议七）

【注释】

①寄谕：相关部分所传递的皇帝的谕旨。

②方大湜：见第一编《怀方菊人方伯大湜四十八韵》"方菊人"条注。本书收有其《曾文正祠雅集诗》。

③任鹤年：亦为曾国藩幕僚，湖南人。

④蔽辜：犹抵罪。

⑤逾格：犹破格。

⑥鸿施：犹鸿恩。

第二十六辑　张佩纶诗文

水灾泛滥请行儆惕修省实政折（节选）

（光绪八年七月）

张佩纶①

杜中饱。汉元延时，谷永上书，引《京房传》云：饥而不损，厥灾水。谓世有饥馑之灾，不损用而大自润。百姓困贫，无以共求，愁悲怨恨，故水。樊准以谓上务省约。

在职之吏，尚未奉承往岁西北大饥。皇太后、皇上减膳赒振，所费不下数百万。今日之水，诚不宜傅饥而不损②之占然。以旱灾之事论之，内务府非不遵旨节用也，所节者宫中之服御，而其中饱，则未尝稍节。各直省非不遵旨济款也，所济者晋官之私橐，亦未尝尽施于民。然则宫廷虽损之又损，而经理财用与办理振恤之各官，其不大自润者盖寡矣。今欲治东南之灾，而不重西北侵振各官之罪，可乎？张之洞历检山西旧案，特劾葆亨、王定安。谕旨遣戍军台。夫军台，犹近边耳。臣敬稽成宪臣下婪入振款者，或治以极刑，或籍其家产，法至严也。山西灾时段鼎耀以侵振伏法，今葆亨、王定安腼然③大吏，贪黩营私，贻误善后，罪状殆浮于段鼎耀，置而不杀，何以服段鼎耀于地下哉？今朝廷轸念东南，已命有司加意抚恤。第前日贪污之吏，未予重惩，恐后来者视朘削为利薮大泽，仍屯而不下耳。伏愿朝廷将葆亨、王定安或处以极刑，或戍之极边，没其家产，以为侵振虐民者戒。

夫今日度支之绌，其弊率在中饱。本年宝廷许应骙奏发工程积弊，即中饱之一端也。方谓工部诸臣必有良法处之，乃既知各项情形，诚所不免，而毅然以无庸置议请，明目张胆，恣为欺蒙，实堪骇异。朝廷日日忧贫，此曰开源，彼曰节流，中饱则置不问。比年以来，东西陵承修工程较多，工程多即中饱多也。姚觐元为藩司，则广东报销独多，委员在京，颇招物议。报销多即中饷多也。而理财者于盐务则不问，官商之交通而求之引岸；于关务则不问，常关之赢缩而求之海关；于厘捐则不问，省局之外销而求之委员；于荒田则不问，胥吏之匿报而求之民户。机局浮冒，更甚于他局；勇营浮冒，更甚于绿营。宜乎岁入多而国用愈绌也，诚蒙朝廷黜一二贪吏以为倡，然后饬户、工两部稽出纳之数，定撙节之宜。各省盐漕关厘，一以剔除中饱为要。行之十年，国可以富。此则枢臣、部臣、疆臣，当志同道合，各以全力经营之，非颁一文告、上一奏议所能程效者也。

（清张佩纶《涧于集》奏议卷二）

【注释】

①张佩纶：清末直隶丰润（今属河北）人，字幼樵，一字绳庵，号篑斋。同治进士。光绪九年（1883）署都察院左副都御史，与宝廷、吴大澂、陈宝琛等评议朝政，号称清流派。中法战争时，赴福建会办海疆事务。当法国军舰侵入马尾港后，不加戒备，致福建海军被击溃，马尾船厂亦被毁，因受革职充军处分。光绪十四年（1888）获释后，任李鸿章幕僚。著有《涧于集》《涧于日记》。参阅第一编《和文轩〈长门行〉四叠〈百步洪〉韵》及其作者自注。

②饥而不损：《易传》："饥而不损兹谓泰。厥灾水杀人。"

③腼然：厚颜貌。

送王定安

张佩纶

柳子厚《记零陵乳穴》曲祖①崔简，荆公②作《苏安世墓铭》，称其能回欧阳文忠之狱，后世犹讥其过当。文人褒贬之重如此。

王鼎丞，文士而非良吏。在署晋藩日，侵蚀振款，事发遣戍。后为要津援引，复官风颍。作者以文字交制序送之，可也。文中称其在晋救荒所活万亿，则失之诬矣。若不删去数语，必有议。南冈之后者，敢不献净？（道员不宜称公。）

全谢山③先生喜搜考南宋末年、前明季世遗事碑碣杂文若干篇，发幽阐微，往往而是。读之，触麦秀、黍离之感，令人胸臆郁塞。此诚贤士大夫表扬忠烈之苦心，而身非遗民，时非乱世，近于无疾呻吟矣。

作者少更兵燹，中值升平，晚年教授乡邦，亲见强邻日逼，士气日漓，不得已寓之于文，所撰序跋铭志，大都此意。感喟既深，性情更厚于人才之消长，风俗之盛衰。下笔尤为微婉，不止搜考精详，有系乎一乡文献也。山谷有言，文以理为主，理足则文自可传矣。拜服，拜服。

（清张佩纶《涧于集》书牍卷六）

【注释】

①曲祖：偏袒。

②荆公：王安石。

③全谢山：全祖望，号谢山。清代著名史学家、文学家、浙东学派集大成者，享有"布衣太史""史学大柱"的美誉。

致黄再同①太史

张佩纶

闻将移居，鄙人亦正移居也。鼻出血，可念。公以成山及鄙人故忿恚，或失其正。使天下得公十余辈，足以挽世风，正友道。然忧能伤人，久而致疾。使成山与鄙人何以为情？大蹇朋来②，干宝为参权智相救也。今吾辈既不尚权智，则庄子所谓安之若命而已。公徒胶扰，日读庄子大字本，不过猎词藻为诗料而已，犹未读也。鄙人为学，亦苦不能专一。然论著作则不足，理境则颇有悟处矣。次棠赴粤与否？似须禀命老母。鄙人劝其到粤，勿以形迹与孝达不欢，其意甚苦，正与公同，非劝其退也。昨已作一书，劝其入粤治振活民，并申前意，可免传讹。绍永两都统均循例一见，初无牴牾，此必王鼎丞辈因佩纶不与诸流人伍，归而造谤耳。鄙人之气勃发，亦当有时，公亦疑我为灌夫乎？

（张佩纶《涧于集》书牍卷四）

【注释】

①黄再同：黄国瑾，字再同。清湖南醴陵人，迁居贵州贵筑。系名宦黄辅辰之孙，湖北布政使黄彭年之子。光绪二年（1876）进士，选翰林院庶吉士，散馆授编修，充本衙门撰文、国史馆纂修、会典馆总纂，兼任绘图总纂官。后主讲天津问津学院，造就不少人才。

②大蹇朋来：典出《易经》，意为拨乱反正，正本清源。

第二十七辑　张上龢诗文

题王鼎丞观察《塞垣集》

张上龢[1]

塞云黄，楚云白，乘障亭边荷刀戟。三闾以后生兰成，千载才人荡魂魄。去年识君面，今年读君诗。悲歌斫地无人知，注罢离骚神鬼出。金陀轶事编华词（先生方叙回匪始末），我闻太白流夜郎。东坡谪岭海，到处凋搜诉真宰。乾坤清气亦盗尽，惟有穷荒为君待。野狐岭上云刺天，凋崖山下雪照铠。从古诗人不能到，使君涉笔生光彩。榆林月黑草已霜，秋风起兮铁甲凉。断猿哀啼子规叫，游子极目怀高堂。高堂忽盼王尊驭，新唱弓衣入关去。敕书一日驰百程，鹊舞庭前花解语。峡雨巫云恣吟眺，正是江山不平处。天生此才必有用，宣室传呼九门曙。上书投魏阙，莫学穷少陵。蛟龙本非池中物，岂有白璧污青蝇。贱子碌碌无一能，南游吴越佳山水。为君先导除榛籐，前担琴书后担酒。拾级或可扶而升，狂言四座君毋憎。

（《钱塘张上龢泚莼《莼乡诗钞》）

【注释】

①张上龢：详见第一编《〈塞垣集〉叙》"张上龢"条注。

和王鼎丞观察《赠李果仙龙松琴》^①再用昌黎韵

张上龢

天风夜卷鸳鸯河，木叶未黄水乱波。

八月草枯大漠阔，但闻敕勒长城歌。

尽道无如边月苦，金柝敲残诈秋雨。

凭墟不见关门高，饥鹰攫肉万马号。

忽然狂吟振山谷，凤鸾惊走蟾蜍逃。

左召诗龙右文虎，穹庐不畏秋风膜。

骚坛立帜谁健者，才标七发今枚皋。

汉水湘江几千里，渚宫香草何曾死。

问君西游何时还，谪仙尚逐蓬莱班。

酒酣喝月天地变，乡音譽舌皆南蛮。

先生五十不自老，东坡二客周旋间。

蒲桃美酒未足道，峡云好约猿猱攀。

偏来此地听楚歌，悲秋宋玉真同科。

天边吟雁何其多，覆雨翻云莫怨他，但看今月明如何。

（钱塘张上龢汧莼《莼乡诗钞》）

【注释】

①《赠李果仙龙松琴》：指第一编中王定安的《中秋和韩昌黎〈赠张功曹〉韵呈李果仙侍御郁华龙松琴农部继栋两同年》。

【相关链接】

《莼乡诗钞·跋》

张蓥

大著雄浑奇丽，哀感顽艳丽。时出入于唐代三李，而于长吉尤近。故一洗乾嘉习派，不为所囿，而能独标风格，真异才也。集中长歌，如《登岱》《谒项王墓》《蓬莱阁观日》《酒楼题壁》《梦游香海吟》《题塞垣集》等作，奇气郁勃，光怪陆离。追踪太白，不特貌似，而神亦似之。又《秋梦图》《冶游曲》《隋宫古镜歌》《苦寒行》《铜雀砚歌》《懊侬曲》《乞巧篇》《拟乐府》《无题》等作，直入义山、昌谷之室。《七律咏古》诸作，与国朝梅村、阮亭为近，虽不名一家，要亦当今之能手也。

辛卯辜月，梁溪愚侄张鋆拜读，并识。

（钱塘张上龢泚莼《莼乡诗钞》）

第二十八辑　刘坤一诗文

酌举被议道员折

（光绪十七年六月二十九日）

刘坤一[①]

头品顶戴两江总督臣刘坤一跪奏，为被议道员才力堪用，钦遵恩诏，详开缘由，恭折具陈，仰祈圣鉴事。

窃奉光绪十五年三月十六日恩诏："同治元年以来，曾经任用现已革职官员，果有才力堪用，在外听该督抚详开缘由，奏明请旨等因，钦此。"仰见圣恩宽大，甄拔弃才，薄海臣工，同深钦感。

窃维为政首在得人，而用人难于求备。或才本可用，措施偶蹈于愆尤，或事出因公，磨砺益深其历练。若竟任其淹抑，致令振拔无由，殊为可惜。兹幸湛恩广被，旷典宏开。谨就微臣所知，酌举二员，以副圣朝弃瑕录用之至意。

查有已革花领二品衔山西冀宁道王定安，湖北举人，历随前大学士曾国藩、前督臣曾国荃，在江南办事多年。光绪三年，由直隶道员，经直隶督臣李鸿章委运山西赈粮。曾国荃奏留襄理赈务，深资赞助。八年，在冀宁道任内，因案革职。当经原参抚臣张之洞覆查，并无侵吞浮冒情事；惟禁止首县承办供应，仍由局创立款目支用浮滥一节，查系司道会禀前抚臣卫荣光[②]办理，业将经办不善之委员革职完案。张之洞虽经参劾于前，仍复辨明于后，足见持论之平，毫无成见。该革员原参之案，既系承办委员经理不善，则是代人受过，情尚可原。溯自被议以后，迄今将及十年，杜门著书，不与外事。前曾服官江苏，历有年所，颇著能声，为曾国藩等所契许。十五年，经曾国荃派令编纂《两淮盐法志》，将次成书，考核甚为精确。臣到任后察看，该革员学问优长，通知时事，实为不可多得之才。

又已革二品顶戴云南迤南道许继衡，湖南附生，投效军营，转战江西、广西、湖南、云南等省，积功荐保道员。光绪十四年，补授云南迤南道。是年七月，因所属威远厅西萨等乡被水成灾，经云南抚臣谭钧培以该革员未经详查据实转报，奏请议处，部议革职。

查该抚臣原奏，谓该革员先闻所属被水，饬查据复，批饬赶紧勘明通禀，系属正办。惟因继禀勘不成灾，并不详查转报，咎有应得。是该革员被议之由，仅止失于觉察。因公获咎，情节较轻。该革员人甚老练，办事认真。咸丰年间，与臣同在军营，深知其战功卓著。嗣生云南剿办土匪，身先士卒，叠克坚城，极为前云南督臣岑毓英所倚重。及抵迤南道任内，肃清边防，亦有微劳足录。似未可因一眚而令废弃终身。

臣维近年获咎各员，果有一长可取，一经疆臣据实奏请，无不仰沐恩施。今王定安、许继衡二员，宣力多年，才堪任使，幸得恭逢恩诏，正可勉竭驽骀，力图晚盖。可否仰恳天恩，俯准将王定安、许继衡交吏部带领引见，候旨录用之处，出自逾格鸿慈，臣未敢擅拟。理合恭折具陈，伏乞皇上圣鉴训示。谨奏。

奉朱批："王定安、许继衡均着交吏部带领引见，钦此。"

（1891年9月22日，光绪十七年八月二十日《申报》）

【注释】

①刘坤一：清末湘军将领。字岘庄，湖南新宁人。廪生出身。咸丰五年（1855）参加湘军楚勇对抗太平军。后随刘长佑转战赣、湘、桂等地。同治元年（1862），累升为广西布政使。同治三年（1864），再升为江西巡抚。同治十三年（1874），调署两江总督。光绪元年（1875），擢授两广总督，次年实授两江总督兼南洋通商大臣。中日甲午战争时，授钦差大臣，驻山海关，节制关内外陆军百余营，但在辽河全军溃败。此后仍主战，反对和议。战后回任两江。维新运动时，他攻击康、梁变法，但又反对废黜光绪帝。八国联军侵华战争时期，参与张之洞等东南督抚达成的"东南互保"协议。光绪

二十七年（1901），与张之洞上"江楚会奏变法三折"，请求变法，提出兴学育才、整顿朝政、兼采西法等主张，多为清廷采纳，成为清末新政的蓝本。光绪二十八年（1902），刘坤一病逝，享年七十三岁。被追封为一等男爵，加赠太傅，赐谥"忠诚"。刘坤一三任两江总督，颇有治绩。深为清廷所倚重，有"东南半壁，擎天一柱"之称。有《刘忠诚公遗集》传世。

②卫荣光：字静澜。河南新乡人。咸丰进士。咸丰九年（1859）由湖北巡抚胡林翼奏调从戎，镇压太平军，转战鄂、皖等地。同治二年（1863）擢翰林院侍讲学士，旋授济东泰武宁道。历署山东盐运使、按察使。四年（1865）奉山东巡抚阎敬铭之命督办河防，与捻军对抗。光绪元年（1875）调安徽按察使，后累迁山西巡抚。八年（1882）调江苏巡抚。

复谭文卿①

（光绪十七年七月二十八日）

刘坤一

承嘱王鼎丞之案，弟以异地异时，无从洗刷，只合从轻着，抱定才力可用一语，为之乞恩，幸得谕旨矣。

江苏候补道员既多，鼎丞在曾忠襄时声名甚大，若出自朝命，发来江南，其机势自顺，弟再为之奏调，转示人以私，非以才公天下之义，堂属②周旋，为众指目，操纵两难。鼎丞如以为请，拟即以此意谢之。农部五条，自是不得已之计。南洋经费，自顾尚在不敷，安有余资拨解？只合责之盐商。张朗帅函称北洋有铁船，请撤南洋木船，究是一偏之见。中国海防在守而不在战，守则木船亦可折冲，战则铁船难操胜算。第南洋木壳兵轮，亦须认真振顿，方可期其得力。

台教③论及部务，此亦积重难反，不易挽回，只合于政则总其大纲，弊则去其太甚耳。

（陈代湘校点《刘坤一集》第 4 册）

【注释】

①谭文卿：谭钟麟。详见第二编《〈湘军记〉自叙》"茶陵谭公"条注。

②堂属：堂官和属员；下属成员。

③台教：指称对方的观点。

两江总督兼管两淮盐政刘坤一附片

刘坤一

再查《两淮盐法志》一书，自嘉庆十一年重修之后，迄今已届八十余年，其间改纲为票，又经寇乱，变故百生，今昔情形迥然各别，自宜征文考献，载诸简篇，用存典章，而示来世。光绪十五年十一月，前督臣曾国荃始议设局续修。查照成案，由淮南北商贩略捐经费，派委前山西冀宁道王定安专司总纂。两载以来，督同员绅详加讨论，特以金陵、扬州衙署均遭兵燹，案牍荡然无存，爰遍稽旧籍，广为咨访，或从近人文集，或得故家藏案，以及老商世幕所抄秘本，采辑无遗，于纤悉必录之中，仍寓烦冗必删之意，约计得书百余卷。容俟全书告成，敬谨缮本恭呈御览，俾旧章得稽考而有证，新政垂久远而不隳。所有续修《两淮盐法志》缘由，理合附片具陈。伏乞圣鉴，谨奏。奉朱批："知道了，钦此！"

光绪十八年二月二十三日具。

（王定安《两淮盐法志》）

重修盐法志告成折

（光绪十九年二月二十七日）

刘坤一

奏为《重修两淮盐法志》告成，恭呈御览，仰祈圣鉴事：

窃两淮引盐行销六省，课额繁重，损益因时。康熙三十二年纂修《两淮盐法志》，以资考证，再修于雍正六年，复修于乾隆十三年。自嘉庆十一年，四次续修，迄今已历八十余载，其间张弛因革之端，有关遵守者不可枚举。

军兴而后，案多散佚，岁月愈久，采辑愈难。经前督臣曾国荃，于光绪十五年十一月，筹捐经费，设局重修，派委前山西冀宁道王定安总司编纂。臣莅任后，饬令该道王定安始终其事，曾于十八年二月附片奏明在案。现在纂辑成书，办理完竣。统以十门，分子目九十有九，共计一百六十卷，缮写黄册进呈，并另缮副本，照例咨送户部备查。据江宁藩司瑞璋、两淮运司江人镜、江苏补用道前山西冀宁道王定安详请具奏前来。臣谨将缮就黄册，派委员赍赍京，恭呈御览。

再，上两届纂修，一系抚臣撰序，一系臣衙门撰序。此次应否仍由臣衙门或由江苏抚臣撰序，恭候钦定。

所有《重修两淮盐法志》告成，缮册进呈缘由，理合恭折具奏，伏乞皇上圣鉴。谨奏。

（陈代湘校点《刘坤一集》，又见王定安《两淮盐法志》）

邀恩议叙[①]修志人员片

（光绪十九年二月二十七日）

刘坤一

再，查纂修会典、方略诸书各馆，成书后均得仰邀议叙。两淮历次续修盐志，在事出力人员，亦经仿照官书事例，分别奖叙各在案。

此次重修两淮盐志，自光绪十五年十一月开局起，至十八年十二月全书告竣，阅时三载之久。总纂王定安，督率各员，昕夕从公，寒暑无间。虽时隔八十余年，势易时殊，较难搜辑，中更兵燹，案牍荡然，竟能广为搜罗，获臻完备。似未便没其微劳，自应循照旧案，择尤请奖。合无[②]仰恳天恩，俯准将江苏补用道王定安交部从优议叙，其余出力各员，谨缮清单，一并恳恩，俯照所请，给予奖叙，以昭激劝。

除饬取各该员履历咨部查核外，理合附片陈明，伏乞圣鉴训示。谨奏。

（陈代湘校点《刘坤一集》）

【注释】

①议叙：清制对考绩优异的官员，交部核议，奏请给予加级、记录等奖励，谓之"议叙"。

②合无：何不。

【相关链接】

重校盐志

扬州采访友人云，《两淮盐法志》前经大宪委候补道王观察定安督同某某诸醢尹悉心修纂，两更裘葛，始得编订成书，旋用端楷缮成，恭呈御览。至今春礼部又将原本发出，其中缪误之处签注至千余条，由督盐宪刘岘庄制军转发到邢，檄饬两淮盐运使江蓉舫都转另派熟谙醢政各员逐款校正，都转随遴委郑鞠云分转琦为总校，陈醢尹凤书、冯醢尹步逵为分校，设局旧城盐义仓，悉心厘订，不知何日始告成功也。

（光绪二十三年四月二十四日《申报》）

第二十九辑　魏光焘诗文

光绪重修两淮盐志改刻叙

魏光焘①

两淮盐法曷为志？盖商民之所乐利，部臣疆吏之所区画，而圣谟洋洋仁育义取，煌煌乎一代财政之钜制也。夫以二十三场之产，济食六行省，督销分销，水陆缉私，各著为令，持其枢纽，权其出纳，稽禁而不苛，缜密而不烦。顾天府之所供特十一耳。凡夫修堤堰，设潮墩，捐振济收，则仁及灶丁；除窝价，裁陋规，轻成本，淹消淮补运，则仁及商贩；疏销获枭私，功赏各有差，则仁及员弁。

猗与，懋哉！其斯为，以美利利天下欤！是志肇修于康熙三十二年，一续于雍正六年，再续于乾隆十三年，三续于嘉庆十一年。自是而变故孔殷矣。官利匦规，奸弊丛集，亏课至数千百万。陶文毅公②淮北改票，而盐法一变，北醝畅行，而南盐疲敝日甚；陆沴阳淮南改票，而盐法又一变，发捻苗练之事起，川粤潞私充斥，大湖南北，皖军饷盐为害尤甚；自江路肃清，商灶复业，时会文正公设总栈，置岸局，整轮章，定牌价，盐法至是一新，而淮运乃大畅。惟请引多，势且不给，李文忠公定以循环给运，而纲法与票法乃互相维持于不敝。

今之行者，皆曾文正公手订章程也。其弟忠襄公相继督是邦，乃命东湖王巡道定安编辑是书，为门十二，为子目九十九，为卷百有六十。宏纲细节，既详且备。顾兵燹以还，档籍阙如，诸所原据，半出老商世幕之钞传。书成进呈下所司核定摘驳一千三百余条，递还更正。时刘忠诚公会缨多故，未遑从事。癸卯春，余奉命督两江檄，孙郡守志焄、吴明府灿麟、龙训导瑞麟海、知事沇分董其事，诸所签驳，悉予校正，用付手民③，庶以竟诸公之志事。方今物力日疲，利权外溢，江海之间骚动尤甚，天子忧勤，一以富国保民为务，《传》不云乎"理财正辞、禁民为非曰义"？后之览者，或将有感于斯编。

光绪三十年甲辰仲秋，南洋大臣、两江总督、管理两淮盐政魏光焘。

（王定安等纂修《重修两淮盐法志》）

【注释】

①魏光焘：别名魏午庄，字光邴，晚号湖山老人。湖南隆回人。与李鸿章、张之洞、刘坤一等同为十九世纪八十到九十年代清政府的重臣。署理两江总督期间，继刘坤一、张之洞之后，实施筹建三江师范学堂，为开启近代南京大学的重要人物。

②陶文毅公：陶澍，字子霖，一字子云，号云汀、髯樵，湖南安化人。清朝经世派主要代表人物。嘉庆七年（1802）进士，曾先后调任山西、四川、福建、安徽等省布政使和巡抚。道光十年（1830），任两江总督，后加太子少保，任内督办海运，剔除盐政积弊，兴修水利，并设义仓以救荒年。道光十九年（1839），病逝于两江督署，赠太子太保衔，谥号"文毅"。

③手民：指雕版排字工人。

第三十辑　田明山诗文

癸巳①春读王鼎丞方伯《湘军记》兼记旧游感怀集古七绝十首录呈曲园先生②大人咏坛斧削

田明山

其一

罗湘田明山海筹③氏谨呈

文章似锦气如虹（刘禹锡），只把篇章助国风（李咸用）。

彩笔烟霞供不足（郑谷），知君才是济川功（杜甫）。

其二

修持清苦振家声（方干），白首从军未有名（许浑）。

可惜报恩无处所（雍陶），到头难与运相争（徐夤）。

其三

万古惟留楚客悲（刘长卿），壮年征战发如丝（张说）。

陶庐僻陋那堪比（白居易），莫恨当年入用迟（韩偓）。

其四

免愧于心负此身（韩偓），无才不得预经纶（韩偓）。

新仇旧恨都难说（雍陶），有限生来死去人（齐己）。

其五

鬓毛衰尽路尘中（卢纶），沧海东北独有功（杨巨源）。

穷达他年如贱命（李咸用），誓将龙剑定英雄（胡曾）。

其六

悔将名利役疏慵（薛逢），不使功名上景钟（柳宗元）。

自顾勤劳甘百战（曹唐），分明神剑化为龙（胡曾）。

其七

高议云台论战功（王维），愚谋都以杀为雄（周昙）。

此中无限英雄鬼（李山甫），百捷长轻是掌中（秦韬玉）。

其八

半是悲君半自悲（吴融），有人偷眼羡吾师（齐己）。

到头功业须如此（李山甫），正藉将军死门时（吴融）。

其九

古来投笔尽封侯（许浑），窃禄忘归我自羞（苏轼）。

早岁功名望吾子（郭钰），回回都在阵前头（王建）。

其十

不堪闲坐细思量（李后主），纵死犹闻侠骨香（王维）。

窗下展书难久读（来鹄），腰间惟有会稽章（羊士谔）。

（1893 年 8 月 25 日《新闻报》）

【注释】

①癸巳：光绪十九年，公元 1893 年。

②曲园先生：俞樾，号曲园。详见第二编《皇清诰授光禄大夫、建威将军、太子少保、户部侍郎、承袭一等毅勇侯兼云骑尉世职、予谥惠敏曾公墓

志铭》"俞樾"条注。

③罗湘田明山海筹：田明山，字海筹，湖南湘阴县人。曾官长江湖南岳州等处地方水师中军游击，后赏戴花翎，官至副将衔参将。有《木樨香舍诗钞》六卷。罗湘，指汨罗与湘阴之地。

第三十一辑 黎汝谦诗文

广东中丞许公振祎①赐示近作《舟行杂咏》诗刻敬次集中 《和王鼎丞观察用东坡"粲"字韵》诗韵敬献一篇

黎汝谦②

危坐诵公诗，展卷才及半。

清风生户庭，敛气发深叹。

恍侍涪翁前，劲峭不容玩。

句律淬精金，神完气萧散。

襟期栗里高，峻洁绝俦伴。

粹然儒者言，至性出平旦。

根柢盘九经，陈编丛雪案。

余事作词章，行身规治乱。

欲举八州民，诗书为濯盥。

平生报国心，吐握犹嫌缓。

政事与文章，挈持归一贯。

近观仕宦场，妙技贵巽懦。

果能明是非，与世定冰炭。

惟才解爱才，寸善延宾馆。

往即片言温，胜于冬日暖。

坐治视百城，家家盈白粲。

（清黎汝谦《夷牢溪庐诗钞》卷六）

【注释】

①许公振祎：见前文《荀学斋日记（节选）》"仙坪"条注。

②黎汝谦：清末变法维新人物。字受生。贵州遵义人。光绪元年（1875）中举人。光绪八年（1882），随叔父黎庶昌出使日本，先后任神户领事、横滨领事。是变法维新运动的鼓吹者和参加人。多次上书李端棻、张之洞等人，阐述变法思想，推崇康有为、梁启超等。有《夷牢溪庐诗钞》。

再叠前韵

黎汝谦

泚笔颂公诗，晨兴过夜半。

道扬无百一，力薄增惶叹。

公诗如泰华，峻极不易玩。

高才驾骏词，冲襟写疏散。

圣代蔚耆英，魏潞差能伴。

布帛菽粟言，豳风续姬旦。

六载治宣防，措施成铁案。

移节抚岭南，茧丝棼不乱。

新泽看旁敷，旧污皆涤盥。

民安法网宏，时清裘带缓。

百度重更张，九功循旧贯。

和光懔山立，廉顽起钝懦。

常怀天下忧，只手援涂炭。

清节动堂廉，文章焜史馆。

下吏接温言，欢如挟纩暖。

俚语污公跌，愿公发一粲。

（清黎汝谦《夷牢溪庐诗钞》卷六）

第三十二辑　姚永朴诗文

谒王鼎丞观察定安赋赠①

姚永朴②

峡江云雨接澧湘，南丰③弟子况升堂。

遗芳故事征佳传，济世新猷见典章。

此日清雅棠政美，春风白下藻思长。

濠梁颍尾同沾泽，应许知鱼乐两忘④。

宏奖风流士所归，江南遗韵岂应稀？

沈寥天地神龙在，浩荡江湖一雁飞。

雨雪中原勤说项，图书燕寝夜觚韦。

短衣尺剑流澌道，造楄容狂或未非。

（方守彝、姚永朴、姚永概著，徐成志点校《晚清桐城三家诗》）

【注释】

①谒王鼎丞观察定安赋赠：据徐成志点校《晚清桐城三家诗》注："此题安庆本作'谒东湖王鼎丞观察定安于凤阳赋赠'。"由此推知，此诗当作于王定安任凤颍六泗道期间。

②姚永朴：字仲实，号蜕私，桐城人。出身书香官宦世家。姚文然、姚范、姚鼐是其先辈；祖父姚莹，清文学家；父姚濬昌，同光诗人；姊丈马其昶。光绪七年（1881）家贫，赴湖口县授经。光绪二十年（1894）顺天乡

试举人。客凤阳王鼎丞观察署中，与长沙朱仲武（朱孔璋）同修《两淮盐法志》。光绪二十六年（1900），其父卒于湖北竹山县署，遂绝意仕途，殚心教育。次年起，先后受聘任广东起凤书院、山东高等学堂、安徽高等学堂院长与教习。宣统元年（1909），荐为清廷学部咨议官兼任京师政法学堂国文教习。民国三年（1914），开清史馆与弟永概同聘为纂修，成《清史稿》四十余卷。主要著作有《古本大学解》《大学章义》《论语述义》《伦理学》等。

③南丰：县名，代指曾氏。此指曾国藩、曾国荃。

④应许知鱼乐两忘：作者于此自注："君游曾文正公门，尝著《湘军记》。"

偕朱仲武游龙兴寺①明太祖微时寄食处也翌日王鼎丞观察以和王紫裳太守咏霓②游寺诗见示步韵和之

姚永朴

梵宫花气破春寒，连骑追游日未残。
正觉停骖逢境好，更欣近郭有山盘。
荒陵落照驱车过，古寺穹碑剔藓看。
余兴满怀红烛下，眼明云锦为加餐。

忆昔龙兴濠泗年，神功如日耀中天。
关河再见新王起，父老空悲轶事传。
此日鸿篇怜胜地，当时鹃血洒寒烟。
羽书旦夕还江海，北望中原又惘然。

（方守彝、姚永朴、姚永概著，徐成志点校《晚清桐城三家诗》）

【注释】

①龙兴寺：位于安徽省滁州市凤阳县府城镇。参见后文中袁昶《鼎丞以濠州龙兴寺宴集诗寄示次均答之》。

②王紫裳太守咏霓：王咏霓，原名王仙骥，字子裳，又字紫裳，号六潭，

清浙江省黄岩县（今台州市椒江区）人。少精习经史，聪慧不凡，光绪六年（1880）进士，授刑部主事，签分河南司行走。光绪年间驻法国、德国、意大利、荷兰、奥地利、比利时等国公使随员。工诗属文，善书法，兼善篆刻。有《函雅堂集》。时官凤阳知府。

刘忠诚公
姚永朴

新宁刘忠诚公坤一，当光绪戊戌变政时，孝钦显皇后[1]因用康南海有为、梁新会启超之故怒德宗[2]，乃以端郡王之子溥儁为穆宗嗣子，令荣文忠公禄[3]电告各省督抚，公方督两江，复电中有"上下之分已定，中外之口宜防，坤一所以报国者在此，所以报公者亦在此"数语，大位始不致摇动。及义和团变起，端邸谓为义民，矫诏令天下无得剿捕。时东南将帅彷徨无策，乃电询李文忠公于粤，文忠复电云："此乱民也，不敢奉诏。"公意与合，因电告各省，设法保全东南。于是与外国定约，勿以兵舰来，凡在东南洋商教堂，一切归地方保护，乃得安堵无恐。

曾忠襄公尝委东湖王鼎丞定安修《两淮盐法志》，已而部驳数十条。光绪二十一年，王君在凤颖道任，延予及朱仲我[4]重修。逾年王君卒。予偕仲我至江宁谒公，更以某道员为总办，某估费五万金。公询仲我，以五千对，公立撤某，以事嘱仲我与予，书旋告成。此虽一端，亦可见公办事核实，且能信用士流也。

（姚永朴《旧闻随笔》）

【注释】

①孝钦显皇后：慈禧太后。

②德宗：光绪皇帝。

③荣文忠公禄：荣禄，字仲华。清满洲正白旗人。历官大学士、直隶总督、军机大臣等职，甚为慈禧所宠倚。戊戌政变后总统武卫军。义和团之役，随幸避难西安。事定回京，仍居要职。谥"文忠"。

④朱仲我：朱孔璋，原名孔阳，字仲我，又字仲武，号半隐，晚自署圣和老人。朱骏声子。光绪八年（1882）举人。少入曾国藩军营幕府，留营读书。后襄校江南官书局。能传父业，精经学小学。熟于咸、同时军事情况。宣统时掌教安庆存古学堂。有《说文粹》《中兴将帅别传》《半隐庐丛稿》等。其中《半隐庐丛稿》多次写到王定安。

第三十三辑　朱孔璋诗文

王定安观察书额"阳雒僧鳞"[①]
朱孔璋

　　王定安观察，字鼎丞，湖北东湖人，甲子科举人。博览群书，文词兼美。初选江苏昆山县，以荐举升道员。山西旱灾，曾忠襄令办振务，救饥民数百万，由太行山运粮至晋，调度神速，皆鼎丞观察建策也。以事罢官，谪戍张家口，后以保荐赦回，授凤颍六泗道。适值慈禧太后万寿，凤阳张灯悬彩，观察书额云"阳雒僧鳞"四字，咸不解，其义盖出《后汉书·西南夷传》，远夷人本语，愿主长寿也。

（《半隐庐丛稿》卷一）

【注释】

①阳雒僧鳞：典出《后汉书·南蛮西南夷列传》："愿主长寿，阳雒僧鳞。子孙昌炽，莫稚角存。"

代王鼎丞答王子裳[①]书
朱孔璋

　　读大著《〈书·序〉答问》及《考异》二册，引据详赡，驳议精塙，佩服靡已。百篇之序，断非孔子作明矣。蒙[②]窃有说与尊论有相发明[③]者，亦有献疑者。按《史记·儒林传》，秦时焚书，伏生壁藏之。其后兵火起，流亡。汉定，伏生求其《书》，亡数十篇，独得二十九篇，即以教于齐鲁之间学者，由是颇能言《尚书》。蒙谓伏生，汉大儒，果藏百篇之书，能记忆背诵者，当不止四之一。又孔臧《与安国书》云："旧《书》潜于壁室欻尔复出，古训复申。"惟闻《尚书》二十八篇，取象二十八宿，何图乃有百篇？是伏生时无百篇之证。

尊说王充《论衡》伏生抱百篇藏山中不足据，极是。又班氏《艺文志》云："《书》之所起远矣，至孔子纂焉，上断于尧，下讫于秦，凡百篇，而为之序，言其作意。"是班氏以《书·序》为孔子遗文，尊说以为沿刘歆之误是也。蒙谓秦时孔腾、孔鲋皆藏《尚书》，安知不出二人之手，且汉时称孔子者不尽是仲尼。如《说文》中引孔子曰"一贯三为王"，孔子曰"视犬字，如画狗"之类，岂尽仲尼之言？周彝器中王字作舌，《说文》亦作舌。"贯三"之说，乃秦小篆后。世传《延陵季子碑》亦非孔子书，此其比也。又《史记》："有扈氏不服，启伐之，大战于甘。将战，作《甘誓》。"《书·序》"启与有扈战于甘之野，作《甘誓》"与《史记》同。《淮南子·齐俗训》高诱注："有扈，夏启之庶兄也，以尧舜举贤，禹独与子，故伐启。"此三说皆言启。而《墨子·明鬼篇》云："尝上观乎《夏书·禹誓》曰：'大战于甘。'"《庄子·人间世》："禹攻有扈，国为虚厉。"《吕览·召类篇》："禹攻曹、魏、屈骜、有扈，以行其教。"又《先己篇》："夏后相，孙氏校'相'当作'柏'，即'伯'，禹与有扈战于甘泽而不胜。"《说苑·正理篇》："禹与有扈战三陈而不服。"此四说皆言禹按国为虚厉，谓因用兵而有疫厉，仍与战，不胜，同战，不胜，故启复伐之。又《左传》夏有观、扈、武观，是启、子观、扈对举，则禹时有扈未灭可知。然《墨子》《庄子》《吕览》皆先于《史记》，究以禹战甘为长。

又尊著《答问》末云"曰若稽古帝尧，即尧典之序"一节，以《诗》宜有序，《书》不必有序，说本马贵与而加详，可谓善读二十九篇者，实获我心。此数说与尊论相发明而有献疑者。窃谓《书·序》虽非孔子作，史迁载之，刘歆述之，班固志之，马郑注之，究与晚出古文不同。诸子百家之言，与《书·序》有异同者，宜并录，不必是素而非丹，妍姜而嗤子，尤不宜胶一说，食肉不食马肝可也。先儒传闻异词，如《左传》"天灾流行"二语为百里奚之言，《国语》为秦伯之言。"韩之战，惠公不振旅"三句，《左传》以为却至之言，《国语》以为栾武子之言。二书皆出左氏，亦有异同。《说苑·复恩篇》前章载介之推事后章，又以为"舟之侨"二章皆出刘向，亦有异同。则《书·序》或出伏生，而大传言《九共》篇及武丁桑榖事，不妨与《书·序》异，此可疑者一。

又《史记》："帝太康失国，昆弟五人，须于洛汭，作《五子之歌》。"《书·序》同，"国"作"邦"。按五子，启子太康、仲康、武观等五人也。武观幼，子弟五，尝封于观，故亦称五观。左昭公元年，传夏有观扈，楚语启有五观，《墨子·非乐篇》云："《武观》曰：启子淫溢康乐，野于饮食，将将铭苋磬以力，湛浊于酒，愉食于野，万舞奕奕，章闻于天，天用弗式。"又《周书·尝麦篇》曰："其在启之五子，忘伯禹之命，假国无正，用胥兴作乱，遂凶厥国。皇天哀禹，赐以彭寿，恩正夏略。"《离骚》："五子用失乎家巷。"《竹书纪年》云："启十一年，放季子武观于西河，十五年，武观以西河叛。彭伯寿征西河，武观来归。"是武观尝叛而后归顺，留于京师者也。王符《潜夫论·五德志篇》云："太康、仲康更立，兄弟五人，皆有昏德，不堪帝事，降须洛汭。"伪《五子之歌》未深考，遂以为五子皆贤，系误会《史记》《书·序》，非《史记》。《书·序》之误，可疑者二。

《史记》所载，多与《书·序》同，惟《太戊》一篇，《史记》有，而《书·序》无，疑至《臣扈》二篇，《书·序》有，《史记》无。《伯禽之命》《唐诰》二篇，则见《左传》，而《书·序》《史记》均无。据尊说，以为作书者或本《史记》而节取其文，然何以不作《太戊序》，又增疑。至《臣扈》二篇，《书·序》有《汨作》《九共》《九篇》《槁饫》，皆不叙于《史记》。或言《汨作》即鸿范，汨陈之汨，言鲧之治水也。《书·大传》引《九共》曰："予辨下土，使民平平，使民无敖。"数语，而《汨作》《槁饫》无闻，《书·序》"帝厘下土方"亦不知何所本，可疑者三。

又《书·序》"秦穆公伐郑，晋襄公帅师败诸崤还归"作《秦誓》，《史记》则以为败崤后四年，缪公自茅津渡河，封殽中尸，乃誓于军，思不用蹇叔、百里傒之谋，故作此誓，令后世以记余过。大旨相同，绅绎誓词，尚未有立功之事，则仍以《书·序》为是。史迁《本纪》《世家》中错综叙事倒置者不少，不仅此一条也。《书·序》孙疏"于是悔过作秦誓"七字，《左传》无之，诚然。然玩"不替孟明，孤之过也"二句，则悔过之意已有，不必引用成语。又

《书·序》："平王锡晋文侯秬鬯、圭瓒，作《文侯之命》。"而《史记·新序》以为晋文公刘伯庄以为天子命晋，同此一词，索隐非之。蒙按，此说亦通《左传》，明言晋文公事用平礼也，即平王享晋文侯之礼，然究以《书·序》为长，左氏载"王谓叔父，敬服王命，以绥四国，纠逖王慝"四句，此则周襄王命晋文公之词，文侯之命不载斯语，故知是周平王，可疑者四。

因并录就正焉。

（《半隐庐丛稿》卷四）

【注释】

①王子裳：见前文《偕朱仲武游龙兴寺明太祖微时寄食处也翌日王鼎丞观察以和王紫裳太守咏霓游寺诗见示步韵和之》"王紫裳太守咏霓"条注。

②蒙：谦称自己。

③发明：犹印证。

第三十四辑　袁昶诗文

鼎丞新得凤颍诗以代简①

袁　昶②

碧油幢③引向方州，团扇风情内史优。

濠上鱼腾欢育育，淮南桂拂盖修修。

行看父老思贤将，同向京尘忆旧游④。

自鄙宏农徒坐啸，发硎只乞润新锨。

（袁昶《于湖小集》诗二）

【注释】

①鼎丞新得凤颍诗以代简：光绪二十年（1894），王定安授安徽凤颍六泗兵备道。袁昶此诗可能写于这一时期。

②袁昶：原名袁振蟾，字爽秋，一字重黎，号浙西村人，浙江桐庐人。光绪二年（1876）进士，历官户部主事、总理衙门章京，办理外交事务，后任江宁布政使，迁光禄寺卿，官至太常寺卿。光绪二十六年（1900），直谏反对用义和团排外而被清廷处死，同时赴刑的还有许景澄、徐用仪等四人，史称"庚子五大臣"。《辛丑条约》签订后，清廷为其平反，谥"忠节"。袁昶也是同光体浙派诗人的代表。袁昶一生著作很多，已刊行的有《浙西村人初集》《安般簃诗续钞》《春闺杂咏》《水明楼集》《于湖小集》《参军蛮语止斋杂著》《浙西村人日记》等。

③碧油幢：指青绿色的油布车帷。此代指车。

④同向京尘忆旧游：作者于此自注："君前述京洛友人潘孺初、邓伯讷献之皆已逝，洪李两端公尚健在。""洪李两端公"疑似指李慈铭和洪良品。

鼎丞以濠州^①龙兴寺宴集诗寄示次均答之

袁昶

远驿将疏麻，停云暖深樗。

遗予青琅玕，萧索澹尘虑。

为语精蓝游，不殊冷风御。

濠梁有嘉招，芳醴无浅饫。

六潭^②吾故人，别绪黯烟絮。

与公驺蛮^③并，妙得山水助。

列城息鸣桴，披襟写元著。

治如小鲜烹，泥饮田父誉。

丹经搜刘安，汗简笺郭恕。

美荫苏喝人，条风洒明庶。

未忘精卫衔，试叱王尊驭。

封豕耻待雪，亡羊戒当曙。

玉斧划未成，珠厓弃何遽。

世屯迟君康，淮沘劲兵处。

刮扫赤岸雾，荡涤青丘淤。

还祠谷城石，功成拂衣去。

（袁昶《于湖小集》诗四）

【注释】

①濠州：州名。隋开皇二年（582）改西楚州置，因濠水为名。治钟离（今凤阳东北）。唐辖境相当于今安徽蚌埠、定远、凤阳、明光等市县地。明初改为临濠府。

②六潭：指王咏霓。参见前文《偕朱仲武游龙兴寺明太微时寄食处也翌

日王鼎丞观察以和王紫裳太守咏霓游寺诗见示步韵和之》"王紫裳太守咏霓"条注。

③驵(jù)蛩:形容关系密切。典出《淮南子·道应训》:"北方有兽,其名曰蹶,鼠前而兔后,趋则顿,走则颠,常为蛩蛩驵蹉取甘草以与之,蹶有患害,蛩蛩驵蹉必负而走。"

第三十五辑　林旭诗文

述　哀①

林　旭②

海风吹夏寒，闭户听瑟飔。

哀从静中生，有若井泉溢。

斯人王夫子，白日谢昭质。

哭寝忽几时，余怆托简毕。

昔岁客江宁，闲居重九日。

高轩隆隆过，文场之魁率。

幼卑不敢见，童仆笑喽喓。

敦敦拈髯髭，风雅意无匹。

扬榷极古今，头纷而绪密。

百川秋灌河，乃睹会归一。

海内宝宋斋，牙签③三万帙。

招我坐其中，竟日常折瓡④。

巍巍文正公，遗教为称述。

宗法司马迁，文章综事实。

学诗杜与韩，万化本六律。

私淑⑤愧非才，再拜心空朏。

别公夷陵去⑥，千里风吹鴂⑦。

有美见山川，嶵嶵而滭汩。

行公钓游处，作诗⑧附归驷。

中间再见公，钟山雪花霭。

客坐见小同⑨，髧髦⑩垂如茁。

试文中学官，钟爱时加膝。

顾言此儿异，老夫让跨轶⑪。

子昔年如渠，定是更秀出。

昨日得佳章，开缄怔复咥。

子自求庄逵⑫，我已任蓝荜。

蹉跎两仪⑬迁，悽怆九言卒。

疚心音问寥，极目丘坟窋。

平生良史才，叙述纷四七。

古人贵报恩，蔡邕岂直笔。

国家权煮海，为治至纤悉。

历载有成书，辛苦见次比。

义与桓生殊，颇亦言民疾。

公卿虽不用，退省初无失。

化行颍水清，彻珮如私恤。

空舻有夜猿，泪尽血泏泏。

（林旭《晚翠轩集》）

【注释】

①述哀：作者于标题后自注："故观察东湖王公定安。"

②林旭：字暾谷，号晚翠，福建侯官（今福州）人。光绪举人。光绪二十一年（1895）甲午战争后，反对割让辽东和台湾，上书请拒和议，旋任内阁中书。光绪二十四年（1898）三月倡立闽学会，与粤、蜀、浙、陕各学会相呼应，开展维新运动。百日维新中，受到光绪帝召见，赏四品卿衔，在军机章京上行走，参与新政。戊戌政变前夕，曾把光绪帝的密诏带给康有为，共商拯救光绪的办法。戊戌政变时被捕，与谭嗣同等同时被害，为"戊戌六君子"之一，年仅24岁。遗著有《晚翠轩集》。其妻沈鹊应为民族英雄林则徐曾外孙

女，清代重臣沈葆桢之孙女，沈瑜庆之长女。自幼师从著名诗人陈衍，天资聪颖，现存《崦楼遗稿》（附《晚翠轩诗集》后），存诗29首，词35首。

③牙签：系在书卷上作为标识，以便翻检的牙骨等制成的签牌。此指书籍。

④堲（jí）：蜡烛的余烬。

⑤私淑：私下敬慕效仿而未直接拜师得到传授。

⑥别公夷陵去：林旭的岳父沈瑜庆（沈葆桢第四子）光绪十八年（1892）委办宜昌加抽川盐厘局，林旭此次宜昌之行当是前去探望岳父。

⑦铁（zhì）：帆索。此指船。

⑧作诗：下面所录林旭有关夷陵的诗歌应该都是写于此次夷陵之行。

⑨小同：即小童。疑似王邕，十岁左右。

⑩髧髦（dàn máo）：古时小儿发式。语出《诗经·鄘风·柏舟》："髧彼两髦。"

⑪跨轶：犹穿越。引申为超过。

⑫庄逵：四通八达的路。

⑬两仪：阴阳。

戏赠拔可①

林 旭

昆弋名辈今已希，秦腔三十年来尚。
高弦急板声尤悲，吹律微畏北风。
空舲老人②侯生③曲，颇详叙述知泛旺。
南人新贵五月仙，北人自喜天明亮。
嗟予快耳实非知，止似文章爱奔放。
荒城作客乐官拙，有耳甘聋目甘眢。
舍中无事弦索鸣，堂上伊优谁最强。
异哉李子尔何才，独作乌乌能揣状。
天生长颈必有谓，日日羁禽转哀吭。
自言师法极矜夸，似恃乡愚恣欺诳。

摇头顿足了不惭，听者颇亦嗤其妄。

我思此意正堪伤，寂寂谁能且复狂。

善书殿体必贵人，行看飞去九天上。

不愁执笏作参军，刺史帘前事吟唱。

（林旭《晚翠轩集》）

【注释】

①拔可：李宣龚，字拔可，号观槿，室名硕果亭，晚号墨巢。清光绪甲午（1894）举人，官至江苏候补知府。福建闽县人，沈葆桢为其舅祖。李宣龚是林旭的同辈人，比林旭小一岁，"拔可于畹谷妻党晚一辈，然两人齿相若，皆早歌鹿鸣，友爱如弟昆，又同客沈涛园（沈瑜庆，林旭岳父）许有年"。

②空舲老人：作者于此自注："王鼎丞师。"

③侯生：见第一编《侯生曲效吴梅村体》"侯生"注。

奉酬彦修①
林　旭

都中得彦修诗，将依韵答之，会有他事遂废。归过武昌，闻彦修以来而不往颇不喜，因复足成以副其意。

神龙不见飞腾迹，健力有如作诗客。

郑郎学古穷攀追，挥斥阳阿谢为役。

夷陵作客足诗情，春来应折游山屐。

嗟予逐队走红尘，天涯忽觉吟身支。

把玩君诗欣叹兼，多谢深情慰迢隔。

（林旭《晚翠轩集》）

【注释】

①彦修：失考。

宜昌城南有汉景帝庙

林 旭

城南汉景祠，郁郁依大栗。
婆娑舞巴童，迎神激清瑟。
普土皆王臣，瘴狭犹荐苾。
惟王禘其祖，礼先所自出①。
郡国奉禋祀，我疑章武日。
孔明礼乐材，斟酌得疏密。
儒生许孟辈，会议想奋笔。
惜哉无史官，宪章坐散逸。
罘罳此仅存，取证谅难必②。

（林旭《晚翠轩集》）

【注释】

①礼先所自出：作者于此自注："从王肃说。"

②取证谅难必：作者于此自注："猇亭，战后此地东属，或孙休庙，岁久讹为汉也。"

暑夜泛姜诗溪①

林 旭

清溪十里几多盘，收束将穷却放宽。
山要拦人拦不住，侧身让过乞人看。

击汰声齐力未孱，扁舟催进几湾湾。
我们冠者偕童子，只有篙师束手闲。

大家莫把仙源说，那有仙源到两回。

昨日好山撑不近，明宵须换小船来。

桥柱孤栽细石平，相将上去卧纵横。
不防山贼防洋鬼，犬吠儿啼锣乱鸣。

本来沙路有人行，溪水长干江水平。
过去中元游十日，中秋毛水月空明。

（林旭《晚翠轩集》）

【注释】

①姜诗溪：在今宜昌点军区。

寄题宜昌姜孝岩^①涛园外舅^②所作亭子

林 旭

梦见孝岩萝树青，偃松闻已化龙形。
宜州^③近日添新语，一郡游人上沈亭。

（林旭《晚翠轩集》）

【注释】

①姜孝岩：今名孝子岩。姜指汉代的姜诗。乾隆《东湖县志》记载："姜诗，字士游，广汉人。事母至孝，母好饮江水，妻庞氏每溯流汲之，值风归迟，诗责而遣之。一日，母病思江鲤，舍侧忽涌甘泉兼得双鲤，以供母，乃命为夫妇如初。永平中，举孝廉，授江阳令。今邑隔江有姜诗溪，上有孝子祠，并庞氏祀焉，春秋二仲祭之。相传诗流寓于此。"

②外舅：岳父。林旭的岳父沈瑜庆曾于光绪十八年（1892）受两江总督刘坤一委办宜昌加抽川盐厘局。沈瑜庆，字志雨，号爱苍、涛园，侯官县（今福州市区）人。沈葆桢第四子。清光绪十一年（1885）举人，贵州最后一位巡抚。清光绪五年（1879），父死，恩赏为候补主事。历官刑部广西司行

走、江苏淮扬道道员、护理漕运总督，兼淮安关监督、湖南按察使、顺天府尹、山西按察使、广东按察使、江西布政使、江西巡抚、贵州布政使、河南布政使、贵州巡抚。

③宜州：此指宜昌。

龙王洞①
林 旭

去城四十里，戴石若菡萏。
空青落眼中，尘翳荡先澹。
欲近势转下，渐陟路轲坎。
呀然数百尺，金碧烟中嵌。
龙居洞里潭，激水洞上糁。
有如春雪融，清茗楼头揽。
吾欲寻其源，但怖水色默。
山深积嘘吸，形埒气所感。
稍上有二洞，松茑蔽黮暗。
天光豁重眯，风力集众喊。
楚境清江流，巫山白日晻。
南望见苗疆，五色莎萝毯。
归来夸腰脚，独往负志胆。
丈人谈龙德，清味自渊醰。
弱年罕壮游，如此实未览。
新诗谁先成，岩松可用絷。

（林旭《晚翠轩集》）

【注释】

①龙王洞：在今宜昌点军区。乾隆《东湖县志》记载："龙王洞，在河西铺，去城西六十里，洞出绝壁间，离地二丈余。土人避乱，蹑梯而上，再经

盘旋，方达于洞。洞中平敞，约二亩余，空处可容千余人。水渗洞下石罅中流出。有警则藏梯洞中，壅石罅之水，令流洞口，障蔽原入之处，赖以全活者甚众。又山石更悬出洞外十余丈，若罩护然。"

题三游洞①

林　旭

闭门不看宜州山，临去还来访窟颜。
聊欲向僧寻枕簟，溪轩暂卧听潺潺。

（林旭《晚翠轩集》）

【注释】

①三游洞：位于宜昌西北的南津关西陵山上。乾隆《东湖县志》："三游洞者何？唐白乐天及弟知退、元微之游此，名缘以始也。后之游者不更仆数矣。洞背大江，面下牢溪，深十余丈，广如之，稍前列三柱，外则豁然轩开，上竦霄汉，下瞰深谷，翠屏前列，万丈壁立，残垒荒堑，断续嵯峨，鹘吻猿啸，响振洞壑。每于雨歇云销，而潇飒潺湲之声，与洞中石鼓石钟相应，翛然意远，如起昔贤而晤对也已。"

宜州作

林　旭

便当西去蹑深幽，古佛精蓝记上头。
应被山灵笑逋客，已输群从擅清游。
枯肠准备酬高唱，傲趣宁须托故丘。
拟向三游乞泉水①，清泠稍为涤尘愁。

（林旭《晚翠轩集》）

①拟向三游乞泉水：此处的"泉水"指虾蟆泉。乾隆《东湖县志》记载："虾蟆碚在县西五十里扇子峡，伏绝壁下，临江南岸，大数丈。宋黄庭坚云，从舟望之，颐颔口吻宛然。碚后有洞出泉，陆羽品其水味为天下第四。陆游诗云：'巴东峡里最初峡，天下泉中第四泉。'"

荷叶洲①杂诗

林 旭

云绕青山山绕江，一洲中著四淙淙。
登楼忽忆青龙阁②，清景原来亦有双。

新建③词中唱卖盐，雕镌荷叶我犹嫌。
只从和悦渠依语④，春尽潺潺不卷帘⑤。

九华见说春茶盛，新摘毛尖一日程。
慰我窗中吟望意，风生两肋即飞行。

依然天际识归舟，落日荒山柱础⑥稠。
足底江流似裙带，何人朱字写空侯⑦。

（林旭《晚翠轩集》）

【注释】

①荷叶洲：在安徽省铜陵市区西南。

②青龙阁：作者于此自注："宜昌盐局临江一小阁。"其岳父沈瑜庆当时在宜昌盐局办盐务。

③新建：作者于此自注："勒中丞方锜。"勒方锜，原名人璧，字悟九，号少仲，江西新建人。历任江苏按察史，广西布政史，江苏、福建和贵州巡抚，官至河东河道总督。

④只从和悦渠侬语：作者于此自注："土人音转为'和悦'。"

⑤春尽潺潺不卷帘：作者于此自注："来此未尝见月。"

⑥柱础：比喻船的桅杆。

⑦何人朱字写空侯：作者于此自注："灊山矶有亭名'识舟'，兵后改作，题非其旧。"

第三十六辑　杨深秀诗文

题吴道子画佛像帧[1]

杨深秀[2]

皇觉真人统天纪，萨迦思巴西北徙。

手裂舆图王诸男，三男曰枘分参觜。

中朝有诏赐高僧，道场无遮荐皇妣。

崇善古刹城东偏，素车白马王来止。

特颁佛像招提中，天龙八部大欢喜。

谁能如许出神奇，云是前辈吴道子。

妙湛总持三世尊，圆融无漏两大士。

犍连尊者横大目，菩提长者老无齿。

青螺髻子旋顶光，紫金卍字沁肌理。

如闻狮吼震动声，法界缤纷雨香蕊。

吴生画笔盖有神，谢赫姚最那堪比。

元精直贯雀明王，余力犹胜龙眠李。

大李将军王右丞，南北分宗写山水。

若令写作如来像，正恐庄严未及此。

自唐迄明八百年，金刚呵护灵无已。

玉炉恒受旃檀香，锦贉仍装藏经纸。

我闻道子水陆图，今在平阳废寺里。

康熙诗人王西樵，曾赋长歌盛称美。

胡为崇善访此帧，寺僧谢云已亡矣。

闽氛昔到晋阳城，竟随藩府同销毁。

噫哉有明三百载，恒与沙门作缘起。

北固和尚竟能兵，西山老佛疑未死。

晚有隆庆李太后，唤作菩萨竟奇诡。

只余一幅九莲像，供养长椿坏殿址。

唐贤妙迹尚云烟，此像虽存安可恃。

不如太原铁弥勒，劫火荼毗终不毁。

何况一颂镌墨王，清河房璘妻高氏。

（杨深秀《雪虚声堂诗钞》卷三并垣皋比集）

【注释】

①题吴道子画佛像帧：据下面《前题乃王鼎丞观察课试之题闻意主论画再拟示诸生》一诗可知，此诗题为王定安在山西课试诸生的考题。作者于诗题后自注："旧在太原崇善寺，乃明晋恭王㭎所赐，今亡矣。"

②杨深秀：原名毓秀，字漪村，山西闻喜人。清末维新派。光绪十五年（1889）进士。张之洞巡抚山西时曾聘请其担任令德堂山长。曾任刑部主事、郎中，光绪二十三年（1897）授山东道监察御史。三月创立关学会，四月参加保国会。继与徐致靖上疏请定国是。百日维新期间劾礼部尚书怀塔布等阻挠维新变法，光绪帝遂将怀塔布等革职。主张维新的湖南巡抚陈宝箴被守旧派奏劾，他为之抗疏剖白。戊戌政变时，慈禧太后宣布重新"训政"，他上疏诘问光绪帝被废之故，坚请归政，遂被捕，与谭嗣同等同时被害，为"戊戌六君子"之一。有《杨漪村侍御奏稿》《雪虚声堂诗钞》。

前题乃王鼎丞观察课试之题闻意主论画再拟示诸生^①

杨深秀

曹顾陆张日已远，画家一脉递盛唐。

将军金碧格明丽，右丞水石气清苍。

曹霸韩干貌人物，犹逊吴生远擅场。

蜀江千山挥殿壁，洛庙五圣绘宫墙。

既工天尊复工佛，弹指华严无尽藏。

如来趺坐师子座，阿难迦叶侍其旁。

正眼慧运青莲色，舒臂神耀紫金光。

手轮海印胸卍字，广长说法听琅琅。

三十二相妙俱足，千百五众肃成行。

文殊师利合掌白，憍陈阿若两眉长。

一切无漏阿罗汉，雷音海潮震十方。

下列比丘优婆塞，龙王鬼王夜叉王。

灵鹫森森上下顾，怖鸽翾翾左右翔。

雨散万花贝多树，烟飘千穗旃檀香。

八流环绕水功德，五色迷离云吉祥。

观者如生极乐界，欢喜赞叹不可当。

奇哉前辈真能事，不知几日方成章。

晋中佛画凡二本，一在平阳一晋阳。

习闻崇善老僧说，赐出明代晋王枫。

非徒妙迹酹古德，实为冥福资高皇。

身居人上崇佛事，北有姚秦南萧梁。

此举琐事无足论，此画绝作试评量。

笔底精心通道妙，篇终元气接混茫。

直与菩萨争慧业，那能弟子传芬芳。

衣钵千年得髓少，宋惟伯时元子昂。

十洲祕戏剧亵渎，两峰鬼趣太披猖。

便有老莲青蚓辈，每画盗魁志亦荒②。

可知古人诚难及，初时命意已堂堂。

神品不知今何在，能购何惜千金偿。

非学沙门瓣香供，只同宋殿古锦装。

得暇有缘开玉躞，历劫不坏同金刚。

（清杨深秀《雪虚声堂诗钞》卷三并垣皋比集）

【注释】

①前题乃王鼎丞观察课试之题闻意主论画再拟示诸生：联系作者生平经历看，这首诗当是作者任山西令德堂山长时所写。

②每画盗魁志亦荒：作者于此自注："陈章侯画《水浒传》像。"

第三十七辑　李宗棠诗文

归途过凤阳王鼎丞观察留宿署中适黄漱老①从大梁至聚饮两夕

李宗棠②

记得春明③送别酒，座中即此二三人④。

浮踪偶合原无定，老辈重逢若有因。

时事欹歔如醉梦，功名感慨叹风尘。

我将策骑先归去⑤，扬子江头好问津。

（李宗棠撰、李兴武校点《千仓诗史初编》）

【注释】

①黄漱老：黄体芳（1832—1899），字漱兰，浙江瑞安人。同治二年（1863）进士，曾任都察院右副都御史、兵部左侍郎，署都察院左副都御史等。晚年历掌安庆敬敷书院、开封信陵书院及金陵文正书院讲席。子绍箕、侄绍第亦并有名于时。黄体芳立朝，素以峭直刚正著称，纠弹不避权贵，朝廷大政得失亦能切实指陈，言人所难言，在同治、光绪年间，为京朝清议之冠，与张佩纶、张之洞及宝廷有"翰林四谏"之称。

②李宗棠：字柏荫，一字隐伯，别号江南吏隐、千仓旧主。清末安徽阜阳人，著名教育家、外交家和社会活动家。20岁从戎，因有军功被举任候补道，在湖北、山西、安徽、江苏等地办理教育、留学、译学、营务、警务、矿务等方面事务。他曾九次赴日本考察学务。他曾在南京创办千仓师范学堂，为国内最早成立的私立师范学校之一；又在颍上、阜阳办千仓义塾八所，享誉皖北。

③春明：即唐都长安春明门。因以指代京都。

④座中即此二三人：作者于此自注："鼎公陛辞时，漱老饯别于陶然亭，予亦在座，座无他客。"陛辞指朝官离开朝廷，上殿辞别皇帝。

⑤我将策骑先归去：作者于此自注："由陆路回南京，鼎公派队护送。"

【相关链接】

哭黄漱老

袁 昶

人物方眇然，耆旧日凋谢。

东瓯箭竹尽，孤屿鸿钟嗄。

风摧长松标，冰裂山木稼。

节操奄云徂，国瘁运可诧。

忆昨接轨仪，培塿附嵩华。

交在方群间，披韬绝娶假。

斜篸丹汧曲，广宴西林下。

击强秋鹰豪，锄奸夏日炙。

孤标朱游侪，直声李邕亚。

晚敏浊世屯，去辞京洛舍。

萧然大梁游，复税钟阜驾。

挂席丹山阳，开樽翠滴榭。

崖林陪逸兴，筇竹侍清暇。

欣披卧游图，会合双星乍。

星移不可论，电泡俄观化。

哭既不冯棺，奠复不亲罜。

浩然返太虚，驭气白霓跨。

国失一蓍龟，遑言支漏罅。

臣今悼质亡，里应为社罢。

南冥剑韬铓，有泪浩如泻。

（民国·徐世昌辑《晚晴簃诗汇》）

第三十八辑　曾广钧诗文

题王定安鼎丞《塞垣集》二首

曾广钧①

紫台环佩三千里，白首关河百一诗。

岂有周侯衰凤德，故知正则自蛾眉。

出门西笑轻秦缶，投璧南征忆晋祠。

首望山高资绕郭，话归为我摘辛夷②。

时局真成强弩末，惊才喜遇大刀头。

阴符有注传银鹿，厌胜无方奠石牛③。

八部天龙持绮忏④，九歌山鬼绁兰愁。

纵横捭阖非长计，要酹蚩尤战五洲⑤。

（曾广钧《环天室古近体诗类选》）

【注释】

①曾广钧：字重伯，号伋庵，又号伋安，湖南湘乡人。曾国藩长孙，曾国藩三子曾纪鸿长子。光绪十五年（1889）中进士，同年五月，改翰林院庶吉士。光绪十六年（1890）四月，散馆，授翰林院编修。甲午战争后，官广西知府。

②话归为我摘辛夷：作者于此自注："将赴新宁访刘印公，且求苎萝村人。"

③厌胜无方奠石牛：作者于此自注："新得骥子，颖慧绝伦，闻河绝，不易塞，捐金为之祈福设斋。"

④八部天龙持绮忏：作者于此自注："集《〈金刚经〉联语》，颇佳。"

⑤要酹蚩尤战五洲：作者于此自注："不持和议。"

附 录

第一辑　其他史料

王定安优选贡卷·履历

王定安，字仲貘，号文白，一号鼎丞，行二。道光丙申年①八月初二日吉时生。宜昌府东湖县学廪生，中三里，民籍。

曾祖，肇绪，号绍曾，从金陵迁夷陵。妣氏，汪、黎。

祖，正芳，号芬林，例赠修职郎。妣氏，杨，例封孺人。

父，廷鸾②，号翔圃，邑庠生，例封文林郎。母氏，王，例封孺人。具庆下③。

胞伯，国栋，议叙八品，例授修职郎。

胞叔，国椿，邑庠生。

胞堂叔，国权。

胞兄，赓飏④，邑廪生。

胞弟，梦阳、永安，俱幼。

堂弟，悦安，早殁；从安，业儒；奠安，业儒；长安，业儒。

堂侄，邦彦、邦杰，俱幼。

娶黄氏，从九品印运昌之女。

女一，尚幼，待字。

族繁，不及备载。

业师：

屈体庵夫子，印相仁，邑廪生。

曾锐夫夫子，印先敏，邑庠生。

邓守之⑤夫子，印传密，怀宁庠生。

龚九曾⑥夫子，印绍仁，庚子翰林，户部主事，掌教墨池书院。

庄卫生⑦夫子，印受祺，庚子翰林，现任湖北按察使。

刘章侯⑧夫子，印步骊，进士，刑部郎中，现任宜昌府知府。

受知师：

江晓帆⑨夫子，印国霖，戊戌探花，前任湖北学政。

龙翰臣⑩夫子，印启瑞，辛丑状元，前任湖北学政。

杜继园⑪夫子，印翰，甲辰翰林，前任湖北学政。

陈西桥⑫夫子，印熙晋，优选进士，前任宜昌府知府。

王友竹夫子，印梦松，举人，前任东湖县知县。

张溽山⑬夫子，讳建基，进士，前任东湖县知县。

严渭春⑭夫子，印树森，举人，现任荆宜施道。

阮赐卿⑮夫子，印福，前任宜昌府知府。

卢星岩⑯夫子，印联璪，前任公安县知县，壬子房师。

阮岱生⑰夫子，印泰，现任东湖县知县。

学师：

吴楚白⑱夫子，印光珩，举人，现任宜昌府学教授。

靖古年⑲夫子，印郁恒，举人，现任东湖县学教谕。

（《湖北优选贡卷·乙卯科》）

【注释】

①道光丙申年：道光十六年，1836 年。

②廷鸾：王定安的父亲王廷鸾。关于王廷鸾，同治《宜昌府志》上记载有两条信息：一、他是同治《宜昌府志》众多的"参订"人员之一，"东湖县学武生王廷鸾"；二、王廷鸾曾为宜昌府宾兴馆捐款，"武生王廷鸾捐钱二百串文"。1984 年出版的《宜昌市文史资料第二辑》有一篇《清末民初宜昌人物缀集》的文章对其有记载，见邓传密《重建石门洞灵济殿并各殿启》"邓传密"条注释。另，孙可钦的《癸亥重九日偕王翔圐罗南轩施俊甫牡牛峰登高》写到了王翔圐。可参阅《次守之师游石门洞韵即呈子寿比部》"守之"条相关

注释。

③具庆下：谓父母俱存。

④赓飏：参见第四编《胞兄王赓飏诗文》及其相关注释。"梦阳""永安"分别指王愉安和王赓夔。

⑤邓守之：邓传密，怀宁（今安徽安庆）人，著名书法家邓如实之子，不仅是王定安的老师，也是王定安胞兄王赓飏的老师，王赓飏有《次守之师游石门洞韵即呈子寿比部》，见第四编《胞兄王赓飏诗文》。王定安入曾国藩幕应该就是邓传密介绍的。曾国藩同治五年（1866）五月初二日《复邓传密》书札中云："王鼎丞大令现在散处，清才宏识，足征赏识不谬。其兄另谋位置及借居一事，鄙人均不能致函。"这说明邓传密不仅介绍王定安给曾国藩，而且还委托曾国藩帮王定安的哥哥王赓飏谋事。

⑥龚九曾：龚绍仁。其侄子龚耕庐在《容城耆旧集》中记载："龚绍仁，字九曾，道光庚子进士，选庶吉士，散馆，授户部主事，乞养归，遂不出。著有《九曾诗初集》四卷、《二集》四卷、《宜都县志》若干卷。门生私谥曰'孝逸先生'。阳湖庄受祺谓其诗'上溯骚雅，而归于唐代各家之盛，当代言诗者无以难之'。龚绍仁家居二十四载。主讲宜昌日最久。"宜昌另一名士杨毓秀亦为其弟子。

⑦庄卫生：庄受祺，武进人。字蕙生，一字卫生。道光二十年（1840）进士，殿试二甲二名。翰林院庶吉士，授编修。历充起居注协修、本衙门撰文、国史馆协修、纂修、武英殿协修、功臣馆纂修、道光二十三年（1843）山西副主考。历任福建漳州、福州、湖北宜昌府知府，安襄郧荆道、盐法武昌道、湖北粮台、福建按察使、浙江布政使。赏戴花翎。以词林起家，工古文，善书法，精兵法，尤善识别将才。著作有《湖北兵事述略》《随时录》《维摩室随笔》《维摩室遗训》《枫南山馆遗集》等书。

⑧刘章侯：刘步骈，直隶高阳人，道光戊戌进士，由刑部郎中拣发知府，是年三月署任，八年六月补授。在宜昌期间曾重修宜昌府署、龙王庙等。

⑨江晓帆：江国霖，字雨农，号晓帆，四川大竹县人。道光戊戌一甲三名进士。授编修，历官广东布政使、广东代理巡抚等。道光二十六年（1846）任湖北学政。

⑩龙翰臣：龙启瑞，广西临桂（今桂林市）人，字辑五，号翰臣。道光二十一年（1841）状元，授翰林院修撰。曾出任湖北学政。咸丰二年（1852）丁忧，负责广西团练，成功保卫桂林。后卒于江西布政使任上。治古文，工书能篆、籀，善画。颇自矜重，故流传者少。与曾国藩、胡林翼等均有交往。卒年四十五。有《经德堂集》等。

⑪杜继园：杜翰，字鸿举，号继园，山东滨县（今滨州市滨城区）人，帝师杜受田长子。道光二十四年（1844）进士，选庶吉士，授翰林院监察。道光二十九年（1849）任湖北学政。咸丰二年（1852），其父杜受田去世时，由湖北赶赴江苏护送其父灵柩回京。咸丰三年（1853），擢工部侍郎，在军机大臣上行走，办理京城巡防事宜，甚受倚重。十年（1860），随咸丰帝逃热河。十一年（1861），咸丰帝病重，遗命杜翰等八人为赞襄政务大臣，反对两宫太后垂帘听政。同年，慈安太后、慈禧太后与恭亲王发动"辛酉政变"，解除八大臣职务，处死载垣、端华和肃顺，杜翰遭革职，流放新疆，后被赦免，从此闭门不出。同治五年（1866）卒。

⑫陈西桥：陈熙晋，原名津，字析木，号西桥。浙江义乌人。道光二十二年（1842），由贵州仁怀厅升宜昌知府，八年间清理积案1700余件。二十九年（1849），楚地大水，灾民逃聚宜昌。陈熙晋毕力抚绥，并报请以工代赈修葺城垣，灾民免遭饥馑。三十年（1850），母丧，辞官归里，次年病逝。生前积书数万卷，公余精研古籍，订疑纠谬，务穷原委。著作有《春秋规过考信》《春秋述义拾遗》《古文孝经述义疏证》《帝王世纪》《贵州风土记》《骆临海集笺注》《仁怀厅志》等。同治《宜昌府志》记载："为政尚仁恕，崇简易，用法最平，然于奸豪不少贷，使民咸悦。时郡廨久圮，前守皆僦居试院，晋倡修之，凡堂厅轩寝及吏舍差房，无不备。守郡八载，每诣墨池书院课士，商榷评骘，讲析谆详，士竞劝于学，踵登贤书。属邑拔萃，旧多阙额，兴山竟缺至七十余年，至是始皆充数。二十八年楚大水，下游诸郡流民多聚夷陵，晋给缗资遣，留者尚夥，乃募赀缮城垣，以工代赈。会秩满，奉部行取，留六阅月葳事，亲为文，纪于石，乃戒行。士民闻其去，送者数千人，咸挥涕焉。晋富于学，生平著述等身，其《刘炫春秋规过考信》九卷、《春秋术义拾遗》八卷、《古文孝经术义疏证》五卷、《宋大夫集笺注》二卷，

皆守宜昌时撰。"

⑬张浒山：张建基，道光甲辰科进士，与王柏心、聂光銮同年。道光三十年（1850）、咸丰九年（1859）曾先后两任东湖知县。后升荆州知府、荆宜施道。另据民国版《霸县新志》记载："张建基，字浒山，永清县籍，去职后居霸县城内。建基幼贫，日怀糠饼就学数里外，乏膏火，然香照读。道光庚辛联捷成进士，历署蒲圻、东湖令，时巡行田野，询父老疾苦，政令有不便者更张之，或与耕夫牧竖聚谈树下，依依如家人父子。节相官文调赴楚署江陵令，值江水暴发，城堤岌岌，昼夜防御，化危为安。同治元年擢守荆州兼护道篆，猺獞作乱，建基诱其自至，即座上斩之，乱悉平。八年授湖北按察使就迁布政使。庚午乡试，监临闱中，用水污秽，饮者多病，建基设法引城外水入闱中，士子无一病者。建基在官慎重名器，杜一切请托，介介不苟，每为时俗所不悦，值报政，引病致仕。"

⑭严渭春：严树森，初名澍森，字渭春。四川新繁人。原籍陕西渭南。道光举人，捐纳为内阁中书。官至河南、湖北、广西巡抚。同治《宜昌府志》记载："严树森，四川新繁人，道光庚子科举人，选授东湖知县，咸丰八年任荆宜施道，累擢湖北按察使、布政使、巡抚部院，赏戴花翎。"

⑮阮赐卿：阮福，字赐卿，一字小芸，号喜斋，江苏仪征人，居扬州。官至甘肃平凉知府、候选郎中等。通经学，尤好金石考据。著有《孝经义疏补》《小嫏嬛丛记》《两浙金石志补遗》《揅经室训子文笔》《呻吟语选》。其中《普洱茶记》影响很大。阮福任宜昌知府是咸丰四年（1854）由户部郎中选授。

⑯卢星岩：卢联璪，泽州人，举人。

⑰阮岱生：阮泰，江西安福人，监生。宜昌府通判，同治三年（1864）六月兼署东湖县知县。曾"协修"同治《宜昌府志》。

⑱吴楚白：吴光珩，广济甲午举人。道光二十八年（1848）任东湖县教谕，咸丰四年（1854）以东湖县教谕兼署兴山县教谕，咸丰五年（1855）推升宜昌府学教授。

⑲靖古年：靖郁恒，道光十一年（1831）乡试举人。授东湖教谕，后荐汉阳府教授，主讲六一书院，所至皆有声，从学者众。聂观察光銮、布政使

张建基先后拟以廉能荐，均辞不就。道光二十四年（1844）任满归籍，主持问津书院秋祭，讲学问津书院数年。清《黄州府志》有传。黄州人，道光辛卯科举人。

【相关链接】

黄牛峡谣

屈相仁

西陵西山万山簇，神人日日策黄犊。

渴不饮江昂若狮，鹿角狼头喘欲缩。

白狗左侍为之奴，虾蟆右随戴其足。

白马不来猢狲啼，洞獭张口仰其腹。

蚕丛走叱疲且僵，鸟道盘纡惧其触。

虎牙祗应守荆门，何如一声牛峡曲，头角蹄毛尽皆绿。

（同治版《东湖县志》）

鹤峰留别

宜昌通判·阮泰

自念闲曹①拙可藏，斗州游宦又殊方②。

夷陵回首巢痕在，容美关心治谱③详。

柘岭仙飞双白鹤，桃源劫换几红羊④。

我来正值初冬候，转盼江城岁事忙。

讼庭花落又春余，抚字深愁志愿虚。

勤俭不殊唐魏俗，秀良须达圣贤书。

满城桃李原吾爱，当道荆藤为尔除。

稍喜半年留牍少，又催瓜代⑤上肩舆。

（同治《宜昌府志》）

①闲曹：指闲散的官职。此为作者的谦称。

②斗州游宦又殊方：作者于此自注："余任宜昌通判年余，去冬调署鹤峰。"

③治谱：称颂父子兄弟居官有治绩之典。

④桃源劫换几红羊：作者于此自注："州治古桃源。"

⑤瓜代：本指瓜熟时赴戍，到来年瓜熟时派人接替。后世就把任期已满，换人接替叫作瓜代。

戊午秋杪阁彭石招饮萃福山兴会一时感怀千古率成七律二首

靖郁恒

十二巫峰六度过，游踪久已谢烟萝①。

那知宦辙随缘住，又听渔舟起汕歌②。

难得主人为北道③，来游宾客赴东坡。

片帆指顾临江渚，程计芦林渡④几何。

盘山珠曲蚁穿过，蜡屐相随印碧萝。

立定脚根皆实地，放开眼界且高歌。

襟江城郭全披画，插汉峰峦半露坡。

更有小楼闲憩处，焚香煮茗意云何。

（同治《宜昌府志》）

【注释】

①游踪久已谢烟萝：作者于此自注："先君宰西蜀，曾屡省，溯岷江三十有二年矣。"

②起汕歌：渔歌。汕，一种捕鱼的网。起汕，宜昌特有的捕鱼方式。

③主人为北道：北道主人，北道上接待过客的主人。与"东道主人"同义。

④芦林渡：在今点军孝子岩。

游石门洞简王子寿比部

怀宁·邓传密

斜日青林发五溪，万峰苍翠入云齐。

重甗^①仙去留丹灶，避地人来蹑玉梯。

骢马曾嘶芳草岸^②，霜枫又上白沙堤。

拍肩笑展英贤录，镌凿鸿文望简栖。

（同治《宜昌府志》）

【注释】

①甗（yǎn）：炊具名。分两层，上层可蒸，下层可煮。此指上大下小，形状像甗的山。

②骢马曾嘶芳草岸：作者于此自注："丙辰仲秋，偕展云学士、阮郡伯及策臣伯仲同游。"

同治《苏州府志》相关记载

万岁行宫，在新阳县^①城隍庙东，其地本宾馆旧址。国朝同治九年，昆山县知县王定安、新阳县知县廖纶改建为朔望朝贺之所。

（同治冯桂芬编《苏州府志》卷二十一）

积谷仓，在新阳界天区三图^②望山桥，国朝同治十年署县事王定安捐廉创建。

（同治冯桂芬编《苏州府志》卷二十三）

桑圃，在天区三图，国朝同治九年署昆山县知县王定安、新阳县知县廖纶捐建，栽桑三百余株。十年，里人席元禧续购拱字圩宇区八图废地四亩，栽桑四百余株。

（同治冯桂芬编《苏州府志》卷二十四）

九年，署昆山县知县王定安等建名宦、乡贤祠并东西斋房。十年，明伦堂圮，里人席元禧等重修。

（同治冯桂芬编《苏州府志》卷二十七）

堵、何二公祠，在明伦堂西，祀明训导堵应畿、国朝教谕何锡九。初惟祀应畿，名堵公祠，在训导署内。国朝雍正十一年移建今所。道光二十八年，以锡九合祀，改题今额。咸丰十年毁。同治九年昆山县知县王定安、新阳县知县廖纶重建。

（同治冯桂芬编《苏州府志》卷二十七）

北门钓桥，国朝乾隆五十七年修。道光十七年又修。同治八年重建，王定安记。

（同治冯桂芬编《苏州府志》卷三十四）

【注释】

①新阳县：清雍正二年（1724）分昆山设新阳县，新阳、昆山两县同城，民国初新阳并入昆山。王定安同治九年（1870）十月曾兼任新阳县知县。

②图：明清时期行政区域的名称，比村的范围大，大致类似今天的乡。沿海地区，州县以下基层组织层级有两个系列，一是县—都—图—圩，二是县—乡—村。前者是在明代里甲体制基础上形成的户籍管理系统。其中的都、图、里、甲，属于户籍编制的单位。后者是基层社会既有的社区组织系统，乡、社、村落通常以自然聚落为基础的地域单位。

光绪《昆新两县续修合志》相关记载

（同治）七年，昆山知县王定安、新阳知县廖纶、清丈委员李棠各捐廉，并拨清丈余款，经绅董重建名宦、乡贤、忠义、孝悌、堵何各祠，及东西斋房、儒学东仪门等处。九年，昆山知县王定安、新阳知县廖纶、昆山教谕王芝年重浚泮池。

（光绪《昆新两县续修合志》卷四《学校》）

同治九年，昆山知县王定安拨（玉山书院）经古课^①膏火田。调区十四图竹逐圩二亩；雨区三十四图若虞圩七亩六分，三十五畾孔千圩七亩二分，四十一畾辱圩八亩三分，雨圩二亩一分；云区十七畾西甜圩五亩五分，乔任圩五亩六分，犊琴圩二亩。以上罚戴姓充公，共四十亩三分。又吕区十二畾佳魄圩五亩四分，御遭圩三亩二分五厘，十三畾碧泽圩五亩四分四厘；岁区三十八畾超切圩一亩五分；调区三十九畾韦扶圩四亩七分。以上罚邹姓充公，共二十亩二分九厘。统共两姓充公，计六十亩五分九厘。知县王定安有碑石置书院讲舍。

（光绪《昆新两县续修合志》卷四《学校》）

城池。同治初年被兵焚后克复，城垣略加修葺。七年昆山知县王定安、新阳知县冯渭查看城墙坍坏，捐廉百余千文修葺。

（光绪《昆新两县续修合志》卷一《风俗占候》）

广泽堂，在注浦南铜圩港口。嘉庆十六年里人夏之麟等建，收瘞^②暴露尸棺。咸丰末堂屋毁于兵。同治三年^③县令王定安谕里人许澍等经理，八年移至张浦镇南金锁庵旧址，建屋两埭。前供武帝，后为办公之所。原捐田三百四十余亩，续捐田四十余亩。共田三百九十余亩。

（光绪《昆新两县续修合志》卷三《公署》）

积谷仓，在天区一畾南黄圩忠义祠后。同治九年绅董朱惟沅、蒋泰咸议建，邑人徐允升捐地一亩五分，县令王定安详请忙漕^④带征每亩积谷一升，折收钱十三文创建仓廒十二间，仓厅三间，从屋连大门三间。计拨用钱一千二百八千七百六十文。光绪四年知县金吴澜、督董方坤添置南黄圩李郎氏基地三分。又邑绅朱成熙捐地一分二厘二毫，就仓扩充，原建仓厅加以间隔，改建向西廒共八间，又添建十二廒。除起座仓厅外，连原建，共仓廒三十二间。五年九月止，先后共存谷六千五百四十六石有奇，又存典钱一万余千。

（光绪《昆新两县续修合志》卷三《公署》）

邑中向以纺绩为女工，而妇女亦务农者多，蚕桑则无之。自同治六年⑤昆山知县王定安、新阳知县廖纶倡始捐俸，购隙地栽桑，延娴其事者教以树桑、养蚕、煮茧、调丝之法。今则渐次风行，亦阜民财厚风俗之一善政也。

（光绪《昆新两县续修合志》卷一《风俗占候》）

忠义总祠，在望山桥下塘昆山积谷仓右，祀咸丰庚申两邑士民殉难者。邑绅朱惟沅捐建。昆山知县王定安、新阳知县廖纶捐廉建坊一，在陈墓镇莲池禅院殿侧。祝文云："谨以少牢⑥之礼，致祭于咸丰庚申殉难诸忠义之灵曰：承平既久，人不知兵，教化素娴，民皆向义。忆在庚申之岁，适逢百六之辰，恨粤逆之鸱张，折天有力，痛吴民之兽骇，入地无门。未执干戈也，慕国殇之烈，能涂肝脑，信为鬼伯之雄。兹者，天日重开，烽烟永靖。灵之格矣，望故里而遄归，神其鉴诸，沾皇仁而来飨！"

（光绪《昆新两县续修合志》卷一《已废祠宇》）

九年，昆山知县王定安、新阳知县廖纶开浚玉带河，谕董办理。

［光绪《昆新两县续修合志》卷五《水利（附圩岸）》］

王定安，见昆山，九年十月兼理（新阳知县）。

（光绪《昆新两县续修合志》卷十六《职官》）

昆新殉难忠义总坊，在天区一图时家园口，为咸丰庚申殉难者立。同治十年春，堂董朱惟沅捐建总祠。昆山县知县王定安、新阳县知县陈其元捐立总坊于祠前。祠基玉山书院西南隙地。

（光绪《昆新两县续修合志》卷八《牌坊》）

望山桥，桥东西界同上，在万寿桥南。明永乐间陈永修。国朝乾隆四十六年重建。同治七年知县王定安捐廉重建。

（光绪《昆新两县续修合志》卷九《桥梁》）

新河桥、三桥俱在县东南西横塘，并国朝康熙六年里人钱惟善建，嘉庆八年里人重建。新河桥，同治九年知县王定安重修，光绪三年知县金吴澜钮承筵重修。

（光绪《昆新两县续修合志》卷九《桥梁》）

拱辰门钓桥，南昆界宇区六图，北新界地区十三图。乾隆五十七年修。同治九年邑人募修，邑令王定安捐廉兼拨罚锾⑦竣工。

（光绪《昆新两县续修合志》卷九《桥梁》）

东新桥，在天区一图宾曦门内，跨至和塘，不详所自。国朝道光初年邑人重建。同治七年知县王定安捐廉重修，并罚锾助之。

（光绪《昆新两县续修合志》卷九《桥梁》）

【注释】

①经古课：书院考试科目名称，内容以经学、古学为主。

②收瘗：收拾埋葬。

③同治三年：此处时间记载错误，王定安任昆山知县是同治七年（1868），兼任新阳知县是同治九年（1870）。

④忙漕：明清时期的一种税收制度。

⑤同治六年：此处时间记载错误。

⑥少牢：旧时祭礼的祭品，牛、羊、豕俱用叫太牢，只用羊、豕二牲叫少牢。

⑦罚锾：谓纳金赎罪。

民国《昆新两县续修合志》相关记载

杜鸿绪，字伟卿，自号匏隐居士。少孤，赖母陈守节抚育成立。性至孝，善诗文，工书法。幼时学率更①书，颇得神似，后益肆力于晋唐法帖，而于王右军、颜鲁公两家临摹不倦。虽年逾七十，每日晨起必临池习字，未尝稍辍，故书名噪一时，求之者恒踵相接。庚申之变②，昆城沦陷，鸿绪奉母避难于乡，虽乱离中，旨甘无或缺母。疾笃，医药罔效，因割臂肉以进，母病旋愈。

东湖王定安，名士也，来宰昆邑，与结文字交，诗词投赠无虚日。时新令巴江廖纶，以书法擅名，一见即相契合。廖侯仿吕氏蓝田乡约，集士绅于知止山房，每朔望各出日记相质证。与徐家畴、李清藻等以道义相切劘。所作诗古文辞大半散佚，今存者惟《鲍隐小草》一集，为避难时作。卒年七十五。

（民国《昆新两县续补合志》卷十三《人物·耆硕》）

彭龙光，字登甫，号云门，岁贡生。自幼颖异，年十六入昆学，好读两汉书，喜六朝文，书法赵文敏，尤工小楷，求书者罔弗应。前后书朱柏庐《治家格言》不下数十百通。

同治七年，东湖王定安摄令昆山。定安固博学能文，久客曾文正幕，下车即观风两邑，出三十余题，自天算、舆地，以至诗词、歌赋，无所不备。案发③，龙光居首，文名大著，识与不识皆知有云门先生也。年七十三卒。

（民国《昆新两县续补合志》卷十三《人物·文苑》）

凡东作男妇皆有事，女亦能耕，男有能织。东南乡民纺纱织棉布，西北乡民绩缞④织夏布。初邑民不知蚕桑，光绪初邑令王定安、廖纶捐俸购地，教民树桑育蚕，荒地日辟，民怀其德。

（民国《昆新两县续补合志》卷一《风俗》）

【注释】

①率更：指唐书法家欧阳询。询曾任率更令，故称。

②庚申之变：此指咸丰十年（1860）太平天国攻克苏州府治下的昆山县城。

③案发：公布考试结果。

④缞（cài）：古代的一种丝。

重建明伦堂碑记

吾邑文庙遭粤匪后仅存大成正殿。今上御极三年，邑绅等禀请于租捐内提拨款项，饬董修建。四年春，新邑侯周闲会同昆邑侯依克机善，禀请官为经办修理大成殿，建造崇圣祠、两庑、戟门而工中辍。接任昆邑侯张潘禀拨前任依所存前款，檄董建造明伦堂。越明年四月，领款兴工，旋以经费不继暂缓其事。又明年秋，冯侯渭署理新邑，慨然自任，曰："是乌可中止乎？"爰倡捐俸钱九百串以济工，而张侯亦陆续发前款。由是上栋下宇，向之停工暴露者，至此得覆陶瓦焉。既而九仞粗成，功亏一篑，乡贤、忠义、孝弟等祠未建者尚有七楹，适李郡丞棠会办两邑清粮，深知底蕴，颇为惋惜，会商昆邑侯王定安、新邑侯廖纶，禀拨清粮经费钱八百串，而李郡丞又捐助钱一百十六串，王邑侯①、廖邑侯并捐廉洋一百圆，以补不足而蒇其事，遂其八年十二月告成。是役也，建明伦堂五楹暨斋房各祠宇二十六楹。奉宪监造者，新学师殷元善，后昆学师王芝年亦会同焉。司其事者，两邑绅士。建造匠头，则郁国英等也。若夫尊经阁、育贤堂外围墙等，以绌于经费，姑俟后日云尔。是为记。

同治八年十二月囗日邑绅士等立石。

（民国潘鸣凤《昆山见存石烧录》）

【注释】

①王邑侯：此指王定安。

王定安传

王定安，字鼎丞，湖北东湖人。由举人从戎，积功至道员。在山西为巡抚曾国荃办赈，筹银数百万，活饥民六百万人。因事罢官遭戍，复起用，特旨授凤颍六泗兵备道。长于政治，案无留牍，清厘关务，税课增加，添练马队，盗贼屏迹。尤知人善任，使爱才士，增书院经古课，拔柳汝士①、熊仕导②等校雠书籍，所著《两淮盐法志》一百六十卷，《求阙斋弟子记》三十卷，《湘军记》二十卷，《曾子家语》四卷，俱行于世。

（光绪《凤阳府志》卷十七《宦绩传》）

【注释】

①柳汝士（1869—1932）：字冠民，凤阳县人。清末廪生，补行庚子辛丑恩正并科举人。柳汝士协助时任凤颍六泗兵备道台的王定安编校大量书籍，如《两淮盐法志》一百六十卷、《求阙斋弟子记》三十卷、《湘军记》二十卷、《曾子家语》四卷等。宣统元年（1909）被选为安徽省咨议局议员，同年当选为北京谘政院议员。民国元年（1912）12月，当选为安徽省第一届议会议员兼凤阳县民政局长。晚年辞官回故里，曾注释《大通全释经》，同时潜心研究中医中药，收集民间疑难杂症偏方，编写成册，并免费为乡里百姓施医给药。

②熊仕导：民国初年曾任山东曲阜县知事。其他不详。

【相关链接】

巡防三·马兵·马厂

清咸丰九年正月，曾国藩《添练马队折》略云，就数省而论，安徽军务最为吃重，近闻粤匪常以马队冲锋，李续宾三河之败，即系贼马数千，为湘军向来所未见。今欲整顿陆军，不得不添设马队。拟奏调察哈尔马三千匹来南，颍亳一带有善骑之勇可募，名曰马勇，应即添练新马队，与旧队相辅而行，训练期于成熟。练成之后以二千匹交江北，五百交江南，以壮步军之气。按右折因有关于安徽马政为练防马营之先声，即巡防马队之缘起，故溯及之。

光绪九年三月，巡抚裕禄奏略云，皖省额兵，咸丰三年以后散亡殆尽。同治四年、六年原设马兵只将外额募复。同治八年，巡抚英翰抽调编立，分驻省城皖南皖北，训练操防，并复马兵原额，择精壮挑补，同原练编营马队，以八十为一起，可练四起。以三起分拨省城暨皖南一带驻扎，一起拨皖北屯扎。操防定例，马兵月支二两，米三斗。既立营训练，按月酌加练饷，马兵每名一两，其例支马乾①皖省。各营数目不同，有月支一两一钱，有月支一两五分，亦有分季支发草豆，每月折银不及一两。若照例支之数，不敷喂养，亦须量加津贴一两。练军马队应三百二十匹，先将现裁防军马一百八十匹，抵补支发马乾。其余一百四十四，与各绿营新复马四百五十四照价买补足额，应支马乾皆于买马到营之日起支。

光绪十六年，巡抚沈秉成据威靖统领李得胜禀，冬防吃紧，防段窎远^②，马队过少，不敷分布，添募马勇二十名巡缉冬防。二十年十月，凤颖道王定安两次禀请，皖北营务处亲军马队，自光绪九年裁减以后，仅余四十名。淮北地方强悍盗案叠出，惟马勇分驰迫捕较为得力。巡抚福润批准，添马勇六十名，合成百名。二十二年，巡抚福润据凤颖道冯煦禀请，马勇一名可改步勇二名。又据五河申报，撤还马队，调驻盱眙，仍留马勇八十名，余改为步勇。二十一年四月，饬卓胜营添募马队一起八十名。闰五月，据凤颖道王定安禀，马勇丁原为冲锋陷阵而设，今卓胜所买马匹均系内地土驹，羸弱疲小，应俟九月间口马北来，概行挑换，以壮军威。六月，据卓胜统领郭占元禀，新募马队暂行裁撤四十名，俟口马北来再行补足。六月，以省城马队调出饬威，靖营添募马队四十名裁撤。二十三年七月，卓胜添募马勇四十名裁撤。二十五年四月，巡抚邓华熙奏准，寿春镇总兵郭宝昌招马勇六十名，及在另案议裁。寿春镇标练军马兵内挑留三十六名，合成一百名，名之曰卓胜马队。二十六年六月，巡抚王之春以皖北地段绵长，民情素称强悍，原有马队不敷分布，应添募马队一起。二十七年七月裁撤。二十九年，藩司联魁呈报动拨练饷核查调练马队，战马实存一百六十八匹，抚左营四十七，抚右营三十五，安庆营九，游兵营五，潜山营十六，皖左营六，皖右营八，徽州营十七，池州营七，芜采营八，广德营十。三十年八月，巡抚诚勋奏准，省城皖南北练军马战守各兵，本由绿营抽拨，其底饷亦系由司库查照绿营兵丁原支饷乾名数，按季动放，仍汇入兵马造报。今绿营亦改为巡警，不支马乾，亦无马战守名目，而练军抽拨各营马步守兵应支底饷，名目繁琐，请将底饷名目裁除，每年由司将所节底饷全数解局充作练饷。三十一年二月，皖南练军为队一起裁撤，改皖北练军卓胜为续备车马队，仍照原制威靖改续备，亦暂仍旧。三十二年二月，准练军处查淮北营务处防军小队原系四十名。光绪九年奏册，光绪□年改为三十名。二十年十月，巡抚德寿据凤颖六泗道王定安禀请，抽拨步勇十名，改为马勇五名，仍存步勇二十名。二十二年九月，巡抚福润札饬护凤颖六泗道冯煦，改马勇二十名为步勇四十名，马勇一名改步勇二名，以复原设之旧，尚增步勇二十名。抚院卷光绪□年改为四十名。

（民国《安徽通志·武备考稿》卷三）

【注释】

①马乾：饲马的干食料。

②窎（diào）远：遥远。

王定安传

王定安，字鼎丞①。幼颖异，年十三补县学生，咸丰辛酉科拔成均②，同治元年壬戌恩科领乡荐。是科解元为定安伯兄王赓飏，兄弟同榜，乡人荣之。

四年，以教习叙知县③，分发江苏参督师曾国藩戎幕，荐署昆山令。善听讼，有再醮④妇犯奸者，以离参⑤法廉得⑥前夫被谋杀状，开馆检验，情实，遂置之法，昆民皆服，颂为神明。

光绪三年，山西大饥，人相食。定安时以候补道需次荆门⑦，倡捐资购粟之议，白直隶总督李鸿章，檄东南善士分道募；复驰书晋抚曾国荃，谓宜请发国币，截留京漕，远运苏、粤、奉天之米，赈务始有济。国荃大韪之，檄定安赴晋襄筹赈事。十一月奉檄往山东接运赈米八万石。晋东距太行之险，依山傍麓，羊肠峻坂，十里百折，车倾马仆，米莫能至。兼岁荒车少，民畏役，率走匿山谷中。定安创各县分募法，令直东州县派人赴乡招募，合五十辆为一批，一绳头领之，皆用民价平僦⑧，严讥刻减，事遂以集，而自获鹿、井陉，辟隆凿阪，以入于晋，备极艰险。定安躬督之，至呕血不少休。

四年六月，山西复旱，诏拨漕米十二万石⑨。五年正月，复诏拨东漕尾数九万余石，国荃仍檄定安督运。论功最，擢以遇缺题奏道，留晋委用。

晋有饥馑洊臻⑩，疮痍未复，定安陈善后三策。一曰清厘荒地。令州县先就有主之田，酌给籽种，假贷牛力。如无人地亩，则按亩清查，另立册簿。如实属绝户，待至今年秋后不归，准令本户近支承种，次及远族，无人方准同甲同村或他处客民领种。其承佃之法，由官给予印票。或值本户归来，应俟明年播种之时，方许认回。倘耕至五年，本户不回，许承为永业。一曰编审丁册。自雍正四年各直省并丁于地，独山西一隅办理多歧。乾隆年间，屡次推广，犹未能改归一律，有全未归并者二十余州县，有量归十分之二三者十余州县。晋民有无田之课，州县有赔粮之缺，官民交困，应另立料丁细册，按里按甲分户查明，原额丁口若干，现存丁口若干，其缺额之丁，无丁之粮，应核实酌减。至于有丁之粮，则归之于地，以定永久之赋。一曰均减差徭。晋省差徭之重，倍于正赋，有阖县里甲通年摊认者，有分里分甲限年轮认者。应饬州县，除各项大差持有传单，勘合循照常例支应外，其本省军差、饷差、委员向无定例者，均应送通饬条款办理，概不准借端苛派。至于虚粮、粮认差之弊，一律涠除。减核之后，仍令阖县按粮均摊，不许分里分甲，此菀彼枯，亦不准飞洒诡寄，张冠李戴。国荃据以入奏，得旨谕允，岁省民钱百余万缗。

旋□除冀宁道，历署臬司、藩司^⑪篆。

八年夏，乞病归养，七月奉谕赴张家口军台效力，逾岁案雪，赐还。

十五年，刘坤一任两江总督，岚重定安才，召赴江宁，保荐以原官留江南候补。

二十一年^⑫，授安徽凤颖六泗兵备道。越三年，殁于任所，年六十有五^⑬。

生平撰述甚富，犹长于史事，著有《湘军记》二十卷，《曾子家语》四卷，《宗圣志》二十卷，《两淮盐法志》一百六十卷，《求阙斋弟子记》三十二卷，《曾文正公大事记》四卷，《平回记事本末》十卷，《宝宋阁书目》二卷，《夷器^⑭名》二卷，《空舲随笔》四卷，《三十家诗钞》六卷，《塞垣集》六卷，《空舲文稿》八卷，《空舲诗稿》十六卷，又拟辑《皇朝群经正义》《晋宋齐陈北魏北周隋辽金元明诸史会要》，皆未成而卒。

（民国版《宜昌县志初稿》）

【注释】

①字鼎丞：曾国藩同治五年（1866）九月初二日《与九弟国荃书》、黎庶昌《黎氏续古文辞类纂》均称"鼎丞"为王定安的号，而不是字。曾国藩和黎庶昌均是与王定安有深度交往的人，且都是治学很严谨的人，他们的说法应该比《民国宜昌县志初稿》的说法更可信，并且《王定安优选贡卷》所载

的履历也记载为号。

②拔成均：指考上拔贡。后文中的"领乡荐"指中举。

③叙知县：叙议知县。

④再醮：旧时指妇女在丈夫死后再结婚。

⑤离参：分别调查参酌。

⑥廉得：访查得知。

⑦荆门：系"津门"之误。参见《送黄叔宋归觐即寿其母王太恭人四首》《〈朔风吟略〉序》《办赈获报》等诗文。

⑧平粜：平抑物价。

⑨十二万石：原书漏"万"字。

⑩洊臻：再次来到，接连来到。

⑪臬司、藩司：分别指按察使和布政使。

⑫二十一年：此说错误，实为光绪二十年（1894）。光绪二十年三月十九日，李鸿章有《复新授凤颍六泗道台王》。

⑬年六十有五：此说错误，实为六十岁。据《王定安优选贡卷》所附王定安履历，王定安"道光丙申年（1836）八月初二日吉时生"。

⑭夷器：疑似"彝器"之误。彝器指古代宗庙常用的青铜祭器的总称。

【相关链接】

湖湘近现代文献家通考

郑伟章、姜亚沙

　　王定安（1834—1898），字鼎丞，湖北东湖（今宜昌）人。生于道光十四年（1834），卒于光绪二十四年（1898）①，年六十五。生长楚之西偏，地号壅塞，士子白首事帖括，一衿自足，不知有古学。王氏之生也，独擅聪明，弱冠即知名乡里，金匮石宝之藏，百家众流之学，军国刑政之典，遐方象鞮之书，罔不握要制纲，升堂睹奥。咸丰十一年（1861）以知县简用，翌年试用江西知县。同治元年（1862）中乡试。四年（1865）十月经人推荐②，入参曾国藩戎幕。七年（1868）六月，国藩赴直隶总督之际，奏保为知昆山县事。九年（1870）九月曾国藩回任两江总督，王氏亦回曾氏幕。国藩殁后，曾国荃守山西，邀其入幕，事无大小，皆征询之。王氏感知之深，独任劳怨。旋擢冀宁道。时国荃已去是邦，继之者为张之洞，异己者锄。光绪元年（1875）^③被放归。后于光绪二十一年（1895）由刘坤一保荐，开复原官，任安徽凤颍六泗道。越三年卒于任所。工古文辞，有《塞垣集》六卷，系于光绪八年（1882）至十年（1884）之诗作，共405首。

定安虽非湘籍，然在曾氏兄弟幕府时间甚长，一生以弘扬曾氏及湘军事业为己任，关系湘军文献及曾氏文献极巨，故附于此。定安一生所撰所编此类文献列目如下：

《湘军记》二十卷，撰于光绪十三年（1887）至十五年（1889），有光绪十五年江南书局刻本；参与编辑《曾文正公全集》，湖南传忠书局刻本；《曾文正公事略》四卷，王定安撰，光绪元年（1875）刻本；《曾文正公大事记》四卷，王定安撰，清末上海《申报》馆丛书；《曾文正公祠雅集图记》一册，王定安撰，光绪元年都门刻本；《求阙斋弟子记》三十三卷，王定安撰，光绪二年（1876）都门刻本；《求阙斋读书录》十卷，王定安编，光绪二年都门刻本；《曾文正公水陆行军练兵志》四卷，王定安纂，光绪十年（1884年）上海文海书局版；《曾文正公诗集》四卷二册，李瀚章辑，王定安增辑；《三十家诗钞》六卷二册，曾国藩纂，王定安增辑；《曾忠襄全集》，王定安编，光绪二十九年（1903）刻本；《曾忠襄年谱》四卷，王定安编，肖荣爵增订；《宗圣志》二十卷，曾国荃重修，王定安辑；《曾子家语》六卷二册，（春秋）曾参撰，曾国荃订，王定安辑，光绪十六年（1890）刻本；《曾国荃批牍年谱》，王定安编，台湾学海出版社出版《中国近代史料丛刊》之第105册；《曾国藩全集》，王安定编，光绪二十九年刻本；《曾国藩传》，王定安撰，重庆出版社1998年出版《清末稗史精选丛书》本；《分类详注曾氏治家全书》二卷；《鸣原堂论文》二卷，曾国藩汉唐以迄清代名臣奏疏十七首，以教其弟沅甫（曾国荃）者。国藩交定安，命校雠刊之。

虽生长雍塞，家亦不富。因宦游四方，其家亦富藏书。清华大学图书馆今存《宝宋阁书籍法帖字画目录》稿本一册。前后无序跋，初不识系何人所藏。细阅而考之，可判断系出定安之物无疑。该目前夹一红签，云："书籍凡一百二十一只，字帖箱共十八只，逐箱装匀，以便查阅。其中书籍、字帖逐部查对无讹，并将有子目者逐卷誊写。子目凡有目无书皆签红条在某处，以期查考。谨呈鉴核。树声谨录。"树声迨为手录该目者，但不知姓氏及呈与何人。按，是目不分类，依箱著录。前有"凤颍六泗道署书箱位置次序"，光绪二十一年（1895）至二十四年（1898）定安所任正是"凤颍六泗道"。可初步判断属王氏所藏。东内房38箱，东外房7箱，中堂屋21箱，西外房22箱，西内房33箱，正与红签所注同。其书有宋本九种，元本七种，仿朱钞本、汲古阁本、抄本各若干种。细审之，其中多有关湘军、曾氏家族、盐法志等史料，颇可参考。后附《宝宋阁藏帖目录》，内有履历底稿一函、《湘军记》底稿一函、信稿五本。又附《宝宋阁藏字画目录》，有赵孟頫人物中堂，仇实甫山水人物中堂，曾忠襄公对联，郭筠仙、潘祖荫、成亲王、莫友芝等人对联，又有宝宋阁额并序二幅。所庋之物多与曾氏兄弟及其幕僚人物有关，又有王氏所撰《湘军记》底稿及有关湘军、曾氏家族史料等，可判断确系王氏之物。罗振常《善本书所见录》有其《孟子通》十四卷，藏印曰："夷陵王氏宝宋阁收藏之印。"李盛铎《木犀轩藏书题记及书录》史部之宋刊本《晋书》，有"宝宋书房"朱大方，疑亦系其所藏。《祁阳陈澄中旧藏善本古籍图录》有其所藏宋刻本《五灯会元》二十卷，宋释普济撰，上有"王氏定安""夷陵王氏宝宋阁收藏之印"等。潘宗周所藏《宝礼堂宋本书录》有其旧藏南宋刻本《古史》六十卷十六册，宋苏辙撰，有王氏藏印曰"王定安读""鼎丞""夷陵王氏宝宋阁收藏之印"等。（《张元济古籍书目序跋汇编》上册）可见王氏多有零星精品散见于各家书目。按，从《宝礼堂朱本书录》所载《古史》钤印，可证宝宋阁确系王定安藏书处已无疑。上述种种证据可凿证《宝宋阁书籍法帖字画目录》主人为王定安。

（郑伟章、姜亚沙《湖湘近现代文献家通考》）

【注释】

①辛于光绪二十四年：此说是依据王邕在《塞垣集·后序》中的说法，此说错误，王定安去世于光绪二十二年（1896）。王定安去世时王邕尚小，估计十一岁左右，王定安的去世时间可能是听其家人所说，导致错误。

②经人推荐：指谭钟麟和贺寿慈。

③光绪元年：此说错误。是本文编者对王邕《塞垣集·后序》中的"纪元开秩，蒙恩放归"一句的误读所致，应该是光绪十一年（1885）。

王定安家北门

前山西冀宁道王定安，东湖北门外人，因案革职，近闻已沐圣恩，准其效力赎罪，未知然否。

（1885年1月27日，光绪十年十二月十二日《申报》）

王定安因捐款赈灾恢复花翎二品衔

京师近事。闻已革花翎二品衔、山西冀宁道王定安，近因山东水旱告灾，待赈孔亟①，睹此哀鸿遍野，待哺情殷，竭力凑集数千金，捐助东赈。已将此银寄交山东，归于振济项下散放，并称"不敢仰邀议叙"等语，刻经张朗斋②中丞以"山左连年灾歉，需振过巨。王革道捐资助振，尚属勇于好善。若不予以奖叙，不足以资观感"附片入陈恳恩，赏还王定安原保花翎二品衔，以为助振者劝已。

奉旨："交部议奏矣。"

（1889年11月18日，光绪十五年十月二十六日《申报》）

【注释】
①孔亟：很紧急、很急迫。
②张朗斋：时任山东巡抚张曜，字亮臣，号朗斋。光绪二年（1876）随左宗棠进军新疆，参与克复吐鲁番和乌鲁木齐。六年（1880）命帮办新疆军务，移驻喀什噶尔。十一年（1885）授广西巡抚，未行，留治京师河道。次年调山东巡抚，曾治理黄河水患，在青州（今属山东）建海岱书院。后襄办海军。光绪十五年（1889），加封太子少保。光绪十七年（1891），病死济南，赠太子太保，谥"勤果"。病重时犹贻书李鸿章，言山东为北洋门户，宜治炮台以防不虞。

办赈获报

东湖王鼎丞方伯年逾四十无子，值山右奇灾，方伯时需次天津，乃与丁乐山廉访、黎召棠京堂首倡义举，募捐运粮，度太行而西。曾伯宫保奏留山西襄理赈务，资其擘画，活灾黎数百万人，晋民至今感戴。曾公如慈父母者，方伯之力也。其后历官山西藩臬，裁减差徭，每岁省民钱一百余万缗，豁除无著银粮岁十余万两，晋人皆感其德。未几，方伯连生两男两女，人皆以为积善之报。今年七月，山东河决，方伯又捐赈银四千余两。又以新著《湘军记》数百部售洋四五百元，分助苏、浙赈项。其孳孳①好善，不遗余力。行见瓜瓞绵绵，多男多寿，食报无穷。今其文章著述，海内共仰，无劳赘述也。是特登报，以为办赈乐善者劝。

（1889 年 12 月 12 日，光绪十五年十一月二十日《申报》）

【注释】

①孳孳（zī zī）：勤勉。

张曜片

再，臣据赈抚局司道详称，沿河被水地方，户口众多，赈款不敷，每赖各处捐助，借资赈济。兹有已革山西道员王定安，闻悉山东黄水为灾，捐助赈银四千两，汇兑到东。捐此巨款，于赈务不无裨益。如何请奖之处，详请具奏前来。臣查已革花翎二品衔山西冀宁道王定安，籍隶湖北，由举人服官江南、直隶山西等省，优于学问。褫职以后，闭户著书。因闻山东黄水为灾，捐助赈款四千两，获济良多。臣未便没其善行，惟有据情奏陈，可否仰恳天恩，赏还原衔翎枝以为好善者劝。理合附片具陈，伏乞圣鉴训示。谨奏。

奉朱批："该部议奏。钦此。"

（1890 年 1 月 1 日，光绪十五年十二月十一日《申报》）

王定安去世①

电报云：王定安观察向居宜昌北门外，自起复后分往两江，现任凤颍道。前日忽有电报来家，悉观察已于上月二十七日在任仙逝云。（《宜昌问俗》）

（1896 年 6 月 7 日，光绪二十二年四月二十六日《申报》）

【注释】

①王定安去世：原报道无标题，此题目为编者所加。

"江安"轮船接王故道定安灵柩①

藩台瑞莘②候方伯亲诣督署禀知，借筹防局"江安"轮船赴瓜洲口接王故道定安灵柩，岘帅随饬管驾杨星田遵照，即日鼓轮下驶。（《白下官话》）

（1896 年 8 月 15 日，光绪二十二年七月初七日《申报》）

（六月）二十三日，总理两江营务处候补道桂总兵张腾蛟，辞赴吴淞赣州营守备江清、南昌城守营守备潘玉桂，均江西来，均见潘台瑞禀知借筹防局"江安"轮船赴瓜洲接王故道定安灵柩。（《金陵官报》）

（1896 年 8 月 16 日，光绪二十二年七月初八日《申报》）

（七月）十七日，徽宁道袁见，知县周衍龄到仪凤门外保甲差，又叶琳销仪凤门外保甲差。又蒋嶙禀知王故道定安灵柩于二十日起程。海州营参将杨文彪到，"福安"轮船黄友胜到，接常镇道吕回。（《金陵官报》）

（1896 年 9 月 1 日，光绪二十二年七月二十四日《申报》）

【注释】

①"江安"轮船接王故道定安灵柩：这一组报道原无标题，此标题是编者所加。

②瑞莘：当时的江宁布政使瑞璋。

【相关链接】

为道员因病出缺先行遴员护理请旨迅赐简放以重职守恭折

尚书衔安徽巡抚臣福润跪奏，为道员因病出缺，先行遴员护理，请旨迅赐简放，以重职守恭折，仰祈圣鉴事。窃据凤阳府知府冯煦禀，凤颍六泗道王定安于光绪二十二年三月二十九日因病出缺等情。查该道管辖四府州属，地方辽阔，兼有稽征关税、防军营务，责重事繁，胥关紧要，不容稍有旷误。该府冯煦精敏有为，办事干练，且系同城，一切情形均为熟悉，堪委就近暂行护理，以专责成。所遗凤阳府篆务，查有候补直隶州知州丁文炳，稳练老成，能耐劳苦，堪以酌委代理。除分檄饬遵，并将该道王定安出缺日期，另行恭疏题报外，所有凤颍六泗道员缺紧要，相应请旨迅赐简放，以重职守。谨会同两江总督臣刘坤一恭折具陈，伏乞皇上圣鉴训示，谨奏。奉朱批：另有旨。钦此。奴才恩泽跪奏为遵旨。

（1896 年 7 月 10 日，光绪二十二年五月三十《申报》）

曾国藩古文派别

李　详①

湘乡曾氏古文，导自梅伯言②氏，熟于阳刚阴柔之旨，极其伸缩变化，铿訇隐辚辚，自成清越，刘彦和《文心雕龙·风骨》一篇，固曾氏所心摹手追者。国藩门下，有武陵杨彝珍、东湖王定安、武昌张裕钊、无锡薛福成、桐城吴汝纶、遵义黎庶昌。彝珍、定安，肉多于骨，长于用复，而短于使单。裕钊善叙事，而规模不免狭小。福成具体而微，首尾完密。汝纶习于间架，其铭词陶铸诗骚，颇堪继武。庶昌读书较多，不囿于法而范围较广。此六君者，虽未能各自树立，然皆湘乡入室之弟子也。龚、魏之学兴，偏霸之才，易饰耳目，求其优游揖让，不诡于正者，以余所知，海内不过十数人。推原其故，知于古文中求古文，而于古人为文所从事之书，未尝肄业及之；况古人与不可传者俱死，其存者糟粕而已。吾虑湘乡一派，积久渐绝，读书者少便于习《古文辞类纂》，他书概从束阁故也。

（朱树人编《曾国藩逸事汇编》）

【注释】

①李详：字审言，一字慎言，中年后号百药生，字癯生，又更为愧生，自署辉叟，江苏兴化人。近代史学家、方志学家。曾任江苏通志局协纂、东南大学教授。有《李审言文集》行世。

②梅伯言：梅曾亮，字伯言。江苏上元（今南京）人。道光二年（1822）进士。梅曾亮少喜骈文，与同邑管同交好，转攻古文。姚鼐主讲钟山书院，二人俱出其门。管同早卒，曾亮居京师 20 余年，承姚鼐余势，文名颇盛，治古文者多从之问义法，有继主文坛之势。

第二辑　王定安大事记

1.道光十六年丙申年（1836）八月初二日，王定安出生。

"道光丙申年八月初二日吉时生"（《王定安优选贡卷》）

2.道光二十八年（1848），王定安考中秀才。（13岁）

"幼颖异，年十三补县学生。"（民国《宜昌县志初稿》）

3.咸丰五年（1855），王定安考取湖北优贡。（20岁）

"优选贡生一名，王定安，宜昌府东湖县学廪生，民籍。"（《湖北优选贡卷·乙卯科》）乙卯是咸丰五年（1855）。民国《宜昌县志初稿》记载王定安"咸丰辛酉科拔成均"，这个说法与《湖北优选贡卷·乙卯科》档案矛盾，与曾国藩的记载也不一致，曾国藩记载是优贡在先，八旗教习在后。并且曾国藩记载，咸丰十一年（1861）二月，王定安因为"报捐期满"，"奉朱笔圈出，着以知县用"。此外，王楷的《鼎丞赠诗次韵奉答三首》有"早备成均三载贡，联攀锁院一枝秋。鳌头甘让难兄得（伯兄策丞，同榜解元），蚁学曾携胄子游（充教习官）"，说明王定安考取贡生多年之后才中举，而不太可能是中举前一年考取拔贡。

4.咸丰九年（1859），王定安考取八旗教习。（24岁）

"由廪生考取优贡，己未科考取八旗教习。"（曾国藩《遵照部定新章甄别

各道府州县官折》)

5. 咸丰十年（1860）五月，王定安补镶黄旗汉教习。（25岁）

"咸丰十年五月补镶黄旗汉教习。"（曾国藩《遵照部定新章甄别各道府州县官折》)

6. 咸丰十一年（1861）二月，王定安奉朱笔圈出，着以知县用。（26岁）

"（咸丰十年）十一月报捐期满，十一年二月奉朱笔圈出，着以知县用。"（曾国藩《遵照部定新章甄别各道府州县官折》)

7. 同治元年（1862），王定安中举。（27岁）

"同治壬戌恩科并补行辛酉科中式本省举人，在部呈请分发。"（曾国藩《遵照部定新章甄别各道府州县官折》)

8. 同治四年（1865），以叙议荐署昆山令，以知县分发江苏参曾国藩戎幕，代拟书启。（30岁）

"四年，以教习叙知县，分发江苏参督师曾国藩戎幕，荐署昆山令。"（民国版《宜昌县志初稿》）"四年九月初十日行抵徐州，留营差委。以到徐之日作为到省日期。嗣于克复黄陂等城五案汇保案内保奏。"（曾国藩《遵照部定新章甄别各道府州县官折》）王定安《曾文正公事略》序记载："定安以同治乙丑谒大学士湘乡曾公徐州，命厕幕府，侍左右。"同治乙丑即同治四年（1865）。另外，黄云鹄有《送王鼎丞之官江苏序》写于"同治四年秋八月"，并且说他是"以县尹出游江左"，县尹即知县。曾国藩同治四年十二月初九日《复贺寿慈》信札中说"鼎丞器识闳雅，已令随营练习"，同一天所写《复谭钟麟》也说"王鼎丞大令器识闲远，可称佳士。已令随营练习，以副雅嘱"。据此可知，王定安到江苏后并未实际到任昆山知县，而是一直在曾国藩幕中任事。贺寿慈是湖北老乡，因此写信关心他，谭钟麟是王定安同治元年（1862）壬戌科乡试的座师，因此推荐他。"贺云甫荐至兄处学习，安详有识。"（曾国藩同治五年九月初二日《与九弟国荃书》)

9. 同治五年（1866）四月，王定安随同曾国藩及其部分幕友巡视济宁，顺道登泰山。（31岁）

同治五年"四月十六日，与幕客六人登岱""因昨夕阴云凝雨，计五鼓断不能观览日出，遂高卧不起。而幕友黎纯斋及薛叔芸、王鼎丞、叶亭甥等四人登玉皇殿东轩"（曾国藩《登泰山记》）。

10. 同治五年（1866）十二月，王定安保升补用直隶州知州。（31岁）

"四年九月初十日行抵徐州，留营差委。以到徐之日作为到省日期。嗣于克复黄陂等城五案汇保案内保奏，五年十二月初九日奉上谕：'着免补本班，以直隶州知州仍归江苏补用。'"（曾国藩《遵照部定新章甄别各道府州县官折》）"惟该员王定安保升直隶州知州，尚未满一年。核其知县到省，早逾定限。"（同治六年四月十六日，曾国藩《遵照部定新章甄别各道府州县官折》）

11. 同治七年（1868）七月，王定安任江苏昆山县知县。（33岁）

王定安实际到任昆山知县，当是曾国藩同治六年四月十六日上奏章《遵照部定新章甄别各道府州县官折》之后，但从曾纪泽"然文正公暂离江南，王君遂为忌者龁齮，屈抑于下僚且不得久焉"此句话推测，曾国藩此次的奏章也许并未被采纳。光绪《昆新两县续修合志·职官》记载："王定安，鼎丞，湖北东湖举人，七年七月署。"（《昆新两县续修合志》卷十六《职官》）王定安自己在《重建拱极门钓桥记》亦记载："今天子御极之七年，余奉檄权知昆山县事。"王定安离开昆山应该是因为其父去世，王定安的父亲去世于同治十年九月。

12. 同治九年（1870），王定安兼理新阳知县。（35岁）

"王定安，见昆山，九年十月兼理（新阳知县）。"（光绪《昆新两县续修合志》卷十六《职官》）

13. 同治十年（1871）九月，王定安父亲去世。王定安离任昆山知县。（36岁）

"王鼎丞丁外艰，发讣至此，是否应送赙帱？"（曾纪泽同治十年九月十六日《禀父亲》）"丁外艰"指父亲去世。

14. 同治十一年（1872）六月，王定安前往长沙编辑曾国藩文集。七月抵江苏办理离职手续。（37岁）

同治十一年六月，署两江总督何璟〔同治十一年二月丙寅（1872年3月20日）至同治十一年十月丙子（1872年11月25日）在位〕派王定安前往长沙经理曾国藩文集编刊事宜。（湘潭大学古籍研究所王澧华《曾国藩诗文编刊考述》）"王鼎丞来谈极久。"〔曾纪泽同治十一年六月十七日（1872年7月22日）日记〕"定安七月抵苏，交代之事勉强就绪，而造册请咨尚需时日，九月杪当可蒇事。"（王定安《致曾纪泽》）

15. 同治十一年（1872）八月十六日，王定安胞兄王赓飏去世，王定安回宜昌料理丧事。（37岁）

王定安《示季弟锡丞二首》："同母三人怜我在，一门诸季独君奇。"作者于此句后自注："三弟愉安戊辰年卒，年才十五耳；伯兄策丞，壬申年八月病肺痛卒。"壬申年指同治十一年（1872）。"本拟挈眷赴湘依托仁宇，讵家祸洊臻，伯兄于八月十六日弃世，一岁方周，连遭父兄之戚，命途否塞，至于此极。老母暮岁丁斯奇□，每一忆及，心痛如割，现已改计先行回里料理葬事，屈指残冬将尽，来春方□南游。"（王定安《致曾纪泽》）

16. 同治十二年（1873）九月，王定安重返长沙继续编辑曾国藩遗集。（38岁）

据曾纪泽同治十三年代其叔叔曾国荃所写的万夫人六十寿序记载："王君鼎丞观察以同治癸酉年夏，奉两江总督李公雨亭之檄，来湘编辑先兄太傅文正公遗集。"李雨亭即李宗羲，是何璟之后的两江总督。王定安《〈鸣原堂论文〉后序》的落款是"同治十二年九月，门人东湖王定安叙于长沙寓斋"；王定安同治十二年九月十三日在其《致曾纪泽》信札中专门就曾国藩遗集编撰提出建议；曾国荃同治十二年九月所写《〈鸣原堂论文〉序》："今岁王君鼎丞来湘，编公遗书，因出此篇，属其校雠付梓。"这些均可证。黄维申在其《集句寄赠东湖王鼎丞太守》"闲看书册应多味，细校遗编得妙诠"一句后自注："时奉檄来湘校刻曾文正公全书。"黄维申在《鼎丞观察母万太夫人寿诗六十韵》又说"昨奉合肥檄，遄臻湘水隈。宏文□参订，贱子滥追陪"。说明王定安到长沙编辑曾国藩遗集一事，直隶总督李鸿章也曾下文，其中原因可能是王定安虽然是江苏昆山知县，但是"以直隶州知州仍归江苏补用"。王定安诗中有"三年随我吊湘纍，木叶黄飞二女祠"一句，可推知王定安应该在长沙至少待了三年。

17. 同治十三年（1874）三月十八日，王定安由长沙回宜昌为其母亲万夫人庆祝六十大寿。同年，由王定安校对的曾国藩《十八家诗钞》由传忠书局刊刻问世。（39岁）

"王君鼎丞观察以同治癸酉年夏，奉两江总督李公雨亭之檄，来湘编辑先兄太傅文正公遗集。越明年春，将归东湖，为其母万太夫人寿。"（曾纪泽《王母万太夫人寿诗序》）"鼎丞观察母万太君六秩称庆，既为长律寿之，友人属更作一诗以为寿，予以前言已尽，不欲重出，乃以西池王母兴起为长短句，命曰'王母歌'。""今年三月十八日，太夫人春秋六十又一，观察遄归，称觞于室。"（黄维申《王母歌》）黄维申另有《鼎丞观察母万太夫人寿诗六十韵（甲戌）》。

18. 光绪元年（1875）前后，在长沙编写《求阙斋弟子记》《曾文正公事略》等。（40岁）

"公既薨……定安赴湖南编公遗书，从公弟威毅伯沅浦宫保讨论先世懿德，发公生平著述未成者辩读之。乃述中兴来兵事本末，以湘军为纲，而他军战绩及外洋交涉、盐漕河工俱备焉。依宋人刘仲原父'弟子'之名，命曰《求阙斋弟子记》。"（王定安《〈曾文正公事略〉序》）"圣相云徂，馆我湘沅。编□遗书，三易寒暄。"（王定安《祭曾惠敏公文》）说明王定安在长沙前后共三年时间。

19. 光绪元年（1875）八月底，王定安守丧结束。（40岁）

李慈铭在光绪元年八月二十九日的日记中记载："潘孺初来，言王鼎丞定安以道员服阕入都，遍觅予居处，旬五日前，孺初告之鼎丞，即语其仆明早即往拜，然至今未来也。"（《桃花圣解盦日记》乙集第二集）服阕，指守丧期满除服。

20. 光绪元年（1875）冬至光绪三年（1877），王定安以直隶候补道需次津门。（40岁至42岁）

"乙亥冬，定安需次津门。"（王定安《〈朔风吟略〉序》）"光绪三年，山西大饥，人相食。定安时以候补道需次荆门，倡捐资购粟之议，白直隶总督李鸿章，檄东南善士分道募；复驰书晋抚曾国荃，谓宜请发国币，截留京漕，远运苏、粤、奉天之米，赈务始有济。国荃大韪之，檄定安赴晋襄筹赈事。"（民国版《宜昌县志初稿》）

21. 光绪三年（1877），由直隶道员调赴山西襄办赈务两次，奏派转运山东漕米接济晋赈。（42岁）

"直隶候补道王定安前经李鸿章檄委赴晋办理转运，着准其留于山西，交曾国荃差遣委用。该部知道，钦此。"（1877年12月11日，光绪三年十一月初七日《申报》）"光绪三年，由直隶道员调赴山西襄办赈务两次，奏派转运山东漕米接济晋赈。"（王定安《为恭报微臣接署臬篆日期叩谢天恩仰祈圣鉴事》）"光绪三年，由直隶道员，经直隶督臣李鸿章委运山西赈粮。曾国荃奏留襄理赈务，深资赞助。"（刘坤一《酌举被议道员折》）"光绪三年，山西大饥，人相食。定安时以候补道需次荆门（按，系"津门"之误），倡捐资购粟之议，白直隶总督李鸿章，檄东南善士分道募；复驰书晋抚曾国荃，谓宜请发国币，截留京漕，远运苏、粤、奉天之米，赈务始有济。国荃大韪之，檄定安赴晋襄筹赈事。十一月奉檄往山东接运赈米八万石。晋东距太行之险，依山傍麓，羊肠峻坂，十里百折，车倾马仆，米莫能至。兼岁荒车少，民畏役，率走匿山谷中。定安创各县分募法，令直东州县派人赴乡招募，合五十辆为一批，一绳头领之，皆用民价平僦，严饬刻减，事遂以集，而自获鹿、井陉，辟陉凿版，以入于晋，备极艰险。定安躬督之，至呕血不少休。"（民国版《宜昌县志初稿》）

22. 光绪四年（1878），王定安献《善后三策》，为山西赈灾捐银。（43 岁）

《善后三策》实际是王定安代曾国荃拟的《晋省疮痍难复胪陈目前切要事宜疏》的节本，详见《曾国荃诗文·晋省疮痍难复胪陈目前切要事宜疏》。"国荃据以入奏，得旨谕允，岁省民钱百余万缗。""四年六月，山西复旱，诏拨漕米十二万石。五年正月，复诏拨东漕尾数九万余石，国荃仍檄定安督运。论功最，擢以遇缺题奏道，留晋委用。晋有饥馑洊臻，疮痍未复，定安陈善后三策。"（民国版《宜昌县志初稿》）《善后三策》当是王定安从政经历中的一大亮点，是他治国理政思想的体现。"候补道王定安捐洋合银一百三十九两。"（李鸿章《李文忠公奏稿》卷三十一，李鸿章光绪四年二月十五日《津局晋赈收数折》）

23. 光绪五年（1879）十月，王定安以直隶候补道奉旨送部引见，接受慈禧太后和光绪帝召见。（44 岁）

"上年冬间，奉旨送部引见，仰蒙召见一次。圣训周详，莫名钦感。"（王定安《为恭报微臣接署臬篆日期叩谢天恩仰祈圣鉴事》）"忆昔觐彤廷，温语褒勤伐。感涕叩天恩，奏对词转讷。持橐未三载，溺职遭颠蹶。"（王定安光绪八年九月二十八日所撰《赴戍篇》）

24. 光绪五年（1879）十月，王定安与杨守敬在京都相见。（44 岁）

"是年冬"，"既而鼎丞亦入都，初晤即意见不合，久之益龃龉"。（杨守敬《邻苏老人年谱》）

25. 光绪五年（1879）十一月，王定安奉诏前往山西，以道员使用。（44 岁）

"诏本日召见之直隶候补道王定安发往山西，以道员使用。"（李慈铭《荀学斋日记》甲集下）

26. 光绪六年（1880）正月，王定安选授山西冀宁道。（45 岁）

"鼎丞经济文章，渊源有自，昨已奏补冀宁道实缺。晋中得此干材，于吏治良有裨益。我公闻之，当捻髭一笑也。"（曾国荃光绪五年所撰《复冯展卿中丞》）"今年正月，蒙恩简授冀宁道缺。"（王定安《为恭报微臣接署臬篆日期叩谢天恩仰祈圣鉴事》）"余于光绪六年正月简授冀宁道，公时开藩山右。"（王定安《塞垣集·癸未正月二日呈葆芝岑中丞再叠前韵》"曾随冠盖伴"一句后自注。）

27. 光绪六年（1880）七月，王定安代理山西按察使，官至二品。（45 岁）

"庚辰七月公摄山西抚篆，余权臬司。"（王定安《塞垣集·癸未正月二日呈葆芝岑中丞再叠前韵》"微材忝刑案"一句后自注。）"窃臣接奉抚臣曾国荃行知奏委署理按察使印务，旋于光绪六年七月初三日，准臬司松椿将印信文卷委员移交前来，臣当即恭设香案，望阙叩头谢恩，祗领任事。"（王定安《为恭报微臣接署臬篆日期叩谢天恩仰祈圣鉴事》）

28. 光绪六年（1880）十二月十八日，王定安代理布政使。（45 岁）

"窃臣接奉暂护抚臣按察使松椿行知，奏委暂行兼署布政使。旋于光绪六年十二月十八日准护抚臣松椿将藩司印信文卷委员移交前来，臣当即恭设香案，望阙叩头谢恩，祗领任事。"（王定安《为恭报微臣兼署藩篆日期叩谢天恩仰祈圣鉴事》）

29. 光绪六年（1880）十二月二十八日，王定安卸任布政使。（45 岁）

"顷蒙署抚臣卫荣光饬知按察使松椿仍回藩司署任。遵于十二月二十八日，委员将布政使印信文卷移交前去。臣即于是日交卸兼理藩司篆务。"（王定安《为恭报微臣交卸兼理藩篆日期恭折仰祈圣鉴事》）

30. 光绪六年（1880），王定安长子王恩锡出生。（45 岁）

"观风三晋荷恩纶，翠柏红薇次第春。最好一家欢乐事，胡僧摩顶识麒麟。江上秋风解组还，无端远谪到边关。老亲未识龙庭戍，但道朝天谒圣颜。"（王定安《忆春词十首》）"麒麟"喻指聪明的儿童，说明他的长子出生在他任职山西解组回家之前。"东湖王鼎丞方伯年逾四十无子，值山右奇灾，方伯时需次天津，乃与丁乐山廉访、黎召棠京堂首倡义举，慕捐运粮，度太行而西。""未几，方伯连生两男两女，人皆以为积善之报。"（光绪十五年十一月二十日《申报》）"儿子恩锡三岁，略识字。"（王定安《芷莼和余示弟诗二首叠韵奉酬》一诗中自注。）

31. 光绪八年（1882）六月十二日，张之洞上《特参贻误善后各员片》弹劾葆亨和王定安。（47 岁）

32. 光绪八年（1882）夏，王定安乞病回宜昌休养，七月十一日抵达宜昌。（47 岁）

"光绪壬午夏余自山西冀宁道乞病归养，七月十一日抵家，即闻谪戍军台。"（王定安《光绪壬午夏余自山西冀宁道乞病归养七月十一日抵家即闻谪戍军台八月二十二日启行赴戍留别家山亲友四首》）"八年夏，乞病归养。"（民国版《宜昌县志初稿》）

33. 光绪八年（1882）八月二十二日，启程前往张家口军台谪戍。（47 岁）

王定安《光绪壬午夏余自山西冀宁道乞病归养七月十一日抵家即闻谪戍军台八月二十二日启行赴戍留别家山亲友四首》。"山西迭遭大祲，地方大吏应如何洁清自矢，加意抚绥。乃葆亨、王定安贪黩营私，贻误善后，种种荒谬，实堪痛恨。葆亨业经革职，着发往军台效力赎罪。王定安着即行革职，一并发往军台效力赎罪。"（李慈铭光绪八年六月十九日日记）

34. 光绪八年（1882）九月初六日，王定安携季弟王锡丞赓夔、妻弟黄叔宋自上海乘"保大"轮船渡海。（47 岁）

"九月初六日，余携季弟锡丞赓夔、内弟黄叔宋刺史自上海乘'保大'轮船渡海。"（王定安《九月初六日》）

35. 光绪八年（1882）十月二十日，王定安抵达谪戍之地张家口。（47 岁）

"十月二十日，奉阿尔泰军台都统谦公（即察哈尔都统兼摄）派第十三台

效力。"（王定安《出塞行》）

36. 光绪十一年（1885）四月十六日，因纪元开秩，被赦免回乡。（50岁）

光绪十一年四月十六日上谕："其沈仕元、常春、王辅清、黄得贵、董家祥、龙世清、永平、葆亨、王定安、阎文选、王桂荫、锺树贤、孟传、金富、景德禄、廖得胜、文□、谢翼清，均着加恩释回，以示朕法外施恩至意。"（李慈铭《荀学斋日记》庚集上）王定安《四月十六日因纪年开秩蒙恩赐还恭纪三首寄示子和诸弟》。

37. 光绪十一年（1885），王定安母亲万太夫人去世。王定安守丧期间编写《〈金刚经〉联语》。（50岁）

"忽闻我戚，遣使来山。唁我墓庐，讯我生男。"（王定安《祭曾忠襄公文》）碑文字样："大清光绪十四年二月立""光绪十有四年二月王定安"（王文澜《我们见到的王定安母亲万夫人墓》）。三年后立碑符合宜昌一带的风俗。

38. 光绪十一年（1885），次子王邕出生。（50岁）

"有花皆结子，含蕊似连珠。故送宜男喜，秋风产凤雏。"（王定安光绪十年所作《灯花三首》）"疾辞公去，归觐母颜。忽闻我戚，遣使来山。唁我墓庐，讯我生男。哦诗贺子，曰固有天。"（王定安《祭曾忠襄公文》）

39. 光绪十三年（1887），在宜昌老家开始编写《湘军记》，至光绪十六年（1890）完成。（52岁至55岁）

"蒙以不才废弃，居夷陵山中，湘中诸君子书问相勉，而为此作。自光绪十三年三月讫四月，成第一至第五卷。""阅时几三载，历游五省，中间人事牵率，忽作忽辍。其执笔为文，凡九阅月耳。"（王定安《〈湘军记〉自叙》）

40. 光绪十四年（1888），王定安为其母万太夫人修墓立碑。（53岁）

（王文澜《我们见到的王定安母亲万夫人墓》）

41. 光绪十四年（1888），王定安客新宁刘氏，撰《皇清诰授光禄大夫兵部尚书兼都察院右都御史云贵总督武慎刘公行状》。（53岁）

"光绪十四年九月，东湖王定安谨状。"（王定安《皇清诰授光禄大夫兵部尚书兼都察院右都御史云贵总督武慎刘公行状》）

42. 光绪十五年（1889），王定安因捐银四千两给山东救灾（当时黄河接连发生水灾），恢复花翎二品衔。（54岁）

"京师近事。闻已革花翎二品衔、山西冀宁道王定安，近因山东水旱告灾，待赈孔亟，睹此哀鸿遍野，待哺情殷，竭力凑集数千金，捐助东赈。已将此银寄交山东，归于振济项下散放，并称'不敢仰邀议叙'等语，刻经张朗斋中丞以'山左连年灾歉，需振过巨。王革道捐资助振，尚属勇于好善。若不予以奖叙，不足以资观感'附片入陈恩恩，赏还王定安原保花翎二品衔，以为助振者劝已。奉旨：'交部议奏矣。'"（光绪十五年十月二十六日《申报》）

43. 光绪十五年（1889）至光绪十八年（1892），编写《两淮盐法志》。（54岁至57岁）

"光绪十五年十一月，前督臣曾国荃始议设局续修。查照成案，由淮南北商贩略捐经费，派委前山西冀宁道王定安专司总纂。"（刘坤一光绪十八年二月二十三日《两江总督兼管两淮盐政刘坤一附片》）"此次重修两淮盐志，自光绪十五年十一月开局起，至十八年十二月全书告竣，阅时三载之久。总纂王定安，督率各员，昕夕从公，寒暑无间。"（刘坤一光绪十九年二月二十七日《邀恩议叙修志人员片》）

44. 光绪十六年（1890），仍客居南京，编写《宗圣志》《曾子家语》。（55岁）

"光绪庚寅之春，定安客金陵，宫保威毅伯曾公以明吕氏所为《宗圣志》若干卷，属重刊。定安披读至再，所述曾子言行，颇多挂漏，且不详所本。盖沿明人臆断锢习，芜杂不复成章。因另撰《宗圣志》二十卷。复以余闲旁搜载籍，得五万余言，仿宋薛据《孔子集语》例，编为二十四篇，谓之《曾

子集语》。"（王定安《〈曾子家语〉叙》）"自光绪十六年二月属稿，十二月竣事。"（《〈宗圣志〉序》）

45.光绪十六年（1890），王定安应两江总督刘坤一征召赴南京，刘坤一保荐以原官留江南候补。（55岁）

"十五年，刘坤一任两江总督，岚重定安才，召赴江宁，保荐以原官留江南候补。"（民国版《宜昌县志初稿》）民国版《宜昌县志初稿》把时间弄错了，刘坤一任两江总督是光绪十六年十月。

46.光绪十七年（1891）十月初四日，王定安以道员发往江苏补用。（56岁）

"已革山西冀宁道王定安开复衔翎，以道员发往江苏补用。"（李慈铭《荀学斋日记》丙集之上）

47.光绪十七年（1891），撰《致仕都察院左副都御史前工部尚书贺公神道碑铭》。（56岁）

48.光绪十八年（1892），王定安三女王采蘩许字黄侃。（57岁）

"十八年壬辰，1892年，七岁。翔云公应江宁尊经书院山长之聘。先生留家，延师授读。值家用告匮，奉生母周孺人命，肃书白状，即于书末缀一诗云：'父作盐梅令（翔云公曾署四川盐茶道），家存淡泊风。调和天下计，杼轴任其空。'时宜昌王鼎丞（定安）先生自山西布政使解职，客居江宁。王先生与公为挚友，于时过从甚密，见先生诗，诧为奇才，即日以弱女许字，实先生元配王夫人。""二十九年癸卯，1903年，十八岁。王夫人来归。"（黄焯《黄季刚先生年谱》）

49.光绪十九年（1893），王定安任江苏特用道。（58岁）

李鸿章光绪十九年正月十七日《复江苏特用道王》、李鸿章光绪十九年十月初二日《复办理金陵善后局江苏特用道王》。

50. 光绪二十年（1894）三月，王定安授安徽凤颖六泗兵备道兼管凤阳关税务。（59 岁）

"王定安，湖北东湖举人，二十年任。"（光绪《凤阳府志》）"复以刘忠诚公保荐，开复原官，任凤颖六泗兵备道。"（王邕《〈塞垣集〉后序》）"新授凤颖六泗道王鼎丞观察定安由白下乘招商局'江永'轮船于初一日抵皖谒见沈中丞呈缴文凭。"（光绪二十年四月十五日即公元 1894 年 5 月 19 日《申报》）李鸿章光绪二十年三月十九日有《复新授凤颖六泗道台王》书札。民国版《宜昌县志初稿》记载王定安"二十一年，授安徽凤颖六泗兵备道"的说法是错误的。光绪二十年六月十七（1894 年 7 月 19 日）《申报》登载的时任安徽巡抚沈秉成奏章中有："再，新授凤颖六泗道王定安现已到皖，应即饬赴新任，以重职守，除檄饬遵照外，谨会同两江总督臣刘坤一附片具陈，伏乞圣鉴，谨奏。奉朱批：'知道了！钦此。'"

51. 光绪二十年（1894）四月初八回宜昌。（59 岁）

"新任凤颖六泗道王鼎丞观察日前至皖呈缴文凭，已纪报章。观察捧檄频年，离乡日久，皖鄂相距不远，一苇可航，遂于初八日乘招商局'江孚'轮船回里望故乡之云树，话旧日之桑麻，亦人生不可多得之境也。皖北诸军营务处系归凤颖六泗道兼办，新任王鼎丞观察到省后，中丞札委兼办营务处，观察即诣宪辕谢委，俟履任时再行接办。"［光绪二十年四月十八日（1894 年 5 月 22 日）《申报》］

52. 光绪二十年（1894）十月二十一日回到凤阳就任。（59 岁）

"凤颖六泗道王鼎丞观察定安于廿一日行抵省城，即住湖北会馆，次日谒见抚宪福少农中丞，温语逾时，然后辞出，小作勾留，不日即当回署。"［光绪二十年十月二十八日（1894 年 11 月 25 日）《申报》］

53. 光绪二十二年（1896），王定安去世。（61岁）

"光绪二十一年，王君在凤颍道任，延予及朱仲我重修。逾年王君卒。"（姚永朴《刘忠诚公》）"凤颍六泗道王定安于光绪二十二年三月二十九日因病出缺等情。"（安徽巡抚福润《为道员因病出缺先行遴员护理请旨迅赐简放以重职守恭折》）"前日忽有电报来家，悉观察已于上月二十七日在任仙逝云。"〔光绪二十二年四月二十六日（1896年6月7日）《申报》〕

第三辑　王定安著述版本一览

序号	书名	版本	卷数	刊刻时间	编写时间	其他
1	《曾文正公诗集》	湖南传忠书局刻本	四卷二册	同治十三年（1874）		李瀚章辑，王定安增辑
2	《十八家诗钞》	湖南传忠书局刻本	二十八卷	同治十三年（1874）		曾国藩辑，李瀚章审订，王定安校
3	《三十家诗钞》	湖南传忠书局刻本	六卷六册	同治十三年（1874）		曾国藩纂，王定安增辑
4	《鸣原堂论文》	励志斋刊	二卷	同治十三年（1874）		曾国荃审订，王定安校字
5	《曾文正公事略》	都门刻本	四卷二册	光绪元年（1875）		
6	《曾文正公祠雅集图记》	都门刻本	一册	光绪元年（1875）		
7	《求阙斋弟子记》	都门刻本	三十二卷十六册			
8	《贼酋名号谱》	北京龙文斋刻本		光绪二年（1876）		
9	《求阙斋读书录》	都门刻本	十卷四册	光绪二年（1876）		
10	《曾文正公全集》	湖南传忠书局刻本		光绪三年（1877）		李瀚章编次，李鸿章校勘，王定安参编

序号	书名	版本	卷数	刊刻时间	编写时间	其他
11	《彝器辨名》		二卷			在山西任职时，榷州县访金石，拟为《山右金石录》，此为已完成的部分
12	《曾文正公水陆行军练兵志》	上海文海书局版	四卷	光绪十年（1884）		
13	《〈金刚经〉联语》	江南书局		光绪十二年（1886）	光绪十一年（1885）至光绪十二年（1886）	
14	《曾文正公家书》《曾文正公家训》《曾文正公大事记》《曾文正公荣哀录》《求阙斋日记类钞》	鸿文书局排印本	十卷二卷二卷一卷二卷	光绪十四年（1888）		曾国藩（撰）、王定安（撰）（大事记）；王启原（编）（日记钞）
15	《湘军记》	江南书局刻本	二十卷	光绪十五年（1889）	光绪十三年（1887）至光绪十五年（1889）	此书另有民国石印本等版本
16	《曾子家语》	金陵刊本	六卷二册	光绪十六年（1890）		曾国荃审订，王定安辑
17	《皇清诰授光禄大夫兵部尚书兼都察院右都御史云贵总督予谥武慎刘公行状》		一册	光绪十六年（1890）		
18	《宗圣志》	金陵刊本	二十卷	光绪十六年（1890）		曾国荃重修，王定安辑
19	《重修两淮盐法志稿》		一百六十卷，首一卷	光绪十五（1889）至光绪十九年（1893）		

序号	书名	版本	卷数	刊刻时间	编写时间	其他
20	《曾忠襄公年谱》		四卷	光绪二十九年（1903）		王定安编，肖荣爵增订
21	《曾忠襄公荣哀录》		二卷	光绪二十九年（1903）		王定安编，肖荣爵增订
22	《曾忠襄全集》			光绪二十九年（1903）		
23	《曾忠襄公批牍》		五卷	光绪二十九年（1903）		曾国荃撰，王定安辑
24	《曾国藩全集》			光绪二十九年（1903）		
25	《两淮盐法志》	金陵刊本	一百六十卷	光绪三十一年（1905）		
26	《曾文正公大事记》	上海商务印书局（铅印本）	四卷一册	光绪三十一年（1905）		
27	《塞垣集》	京师书局	六卷一册	宣统三年（1911）		
28	《分类详注曾氏治家全书》		二卷			
29	《分类详注曾文正公大事记》	上海广益书局石印本	二卷	民国十八年（1929）		
30	《曾国藩年谱》十二卷，附《事略》四卷，附《荣哀录》一卷	长沙岳麓书社排印本，《湘军史料丛刊》之一	一册	1986年		黎庶昌撰，王定安撰并辑附录
31	《曾国藩传》	重庆出版社《清末稗史精选丛书》本		1998年		

序号	书名	版本	卷数	刊刻时间	编写时间	其他
32	《曾国荃批牍年谱》	台湾学海出版社出版《中国近代史料丛刊》之第 105 册	五卷			
33	《平回纪事本末》		十卷			疑似从张家口军台赦免之后所编
34	《宝宋阁书目》		二卷			
35	《空舲随笔》		四卷			
36	《空舲文稿》		八卷			
37	《空舲诗稿》		十六卷			
38	《皇朝群经正义》					未完成
39	《晋宋齐陈北魏北周隋辽金元明诸史会要》					未完成

说明：同一内容但以不同书名刊刻的均作记录，同一书有多个版本的只记录最早版本，"其他"栏目中未作说明的均为王定安独立编纂。

后　记

　　近年来，宜昌市政协文化文史和学习委员会认真贯彻落实习近平新时代中国特色社会主义思想、习近平文化思想，围绕宜昌市委市政府中心工作，按照宜昌市政协党组工作部署，持续推动宜昌历史文化资源的挖掘整理、活化利用、大众传播。

　　你不一定知道王定安，但你一定知道曾国藩。王定安是晚清宜昌对中国文化贡献较大的一个人物，他给中国近代史留下了大量可供研究的资料。他是曾国藩的高级幕僚，有关曾国藩的重要著作，绝大多数都是出自他之手，包括文史界几乎尽人皆知的《湘军记》《曾文正公家书》等。他留下的文字到底有多少？目前似乎没人能给出一个准确的说法，有人说有近千万字，也有人说只有四百万字。但四百万字也不是一个小数字，在宜昌，他留下的文字应该是仅次于杨守敬，在全湖北的排位应该也很靠前。仅此就足见他在晚清文献界的重要地位和对后世的深远影响。其实，王定安还是清代著名的文学流派古文派文学的一个较有影响力的人物，他的作品不止一篇入选多种古文派选集。他还是著名的藏书家，他特别钟爱宋版书籍，是收藏宋版古籍的"大咖"。王定安的家人有好几位也是影响力很大的人物，他的女婿黄侃是晚清民国时期著名国学大师，其子王邕是当年宜昌乃至更广范围的大名人，是现代佛教的重要贡献者，是太虚大师的得意弟子，是民国版《宜昌县志》的编者，王邕对宜昌文化的传承作出过很大的贡献。

宜昌文史界向来重视对王定安的研究，新中国成立以来，各类文章众多。2019 年，宜昌市夷陵区政协委托陈斌老师在此基础上编辑出版了《晚清史家王定安》。这部书重点介绍了王定安的《湘军记》等有关曾国藩和湘军的历史著作，但对王定安本人介绍甚少，诸如他的生平经历、诗文作品等都介绍不多。读者读后，了解的更多的是曾国藩及其相关的湘军、淮军将领，而不是王定安本人。如果再编写一部以介绍王定安本人及其家人为主的书，这样就可以与《晚清史家王定安》一书形成互补，非常有利于读者全面深入了解宜昌这位近代历史上的大名人。这就是我们推荐、立项、编写《王定安诗文辑注》一书的动因。

周德富老师是宜昌市知名文史研究专家，曾经先后整理乾隆版《东湖县志》、同治版《宜昌府志》、康熙乾隆道光同治版的四部枝江古县志，出版文史著作十八部，对宜昌历史很是熟悉，掌握有大量宜昌史料，因此我们特地委托周老师协助文史委编写《王定安诗文录辑注》一书，并通过 2022 年《七届宜昌市政协文史资料选题协作规划》，将《王定安诗文辑注》列入 2024 年文史资料出版计划。

经过几年的努力，《王定安诗文辑注》一书终于要和读者见面了，现就编写过程中的一些具体做法和我们编者感到较为满意的地方略作说明：

全书由五编正文和一编附录，共计六大板块构成。每一编内再分若干辑。

前三编分别是王定安存世的诗文和联语。王定安生前曾写有大量诗文，刊刻行世的诗文集就有多部，但我们目前能找到的只有诗歌集《塞垣集》和联语集《〈金刚经〉联语》，其他诗文集查无踪影，极有可能已遗失。虽然我们动用了大量资源，查阅了国家图书馆、湖北省图书馆等国内众多大型图书馆，查阅了"中国基本古籍库""晚清民国报刊数据库"等大型数据库，但找到的王定安其他诗文作品仍然数量有限。因此，前三编呈现给读者的作品，诗歌以《塞垣集》为主，联语以《〈金刚经〉联语》为主，其他零碎所得占比不高，合计诗歌 410 首，联语 289 条；文章全是来自不同文献中的零散之作，合计 41 篇（含存疑 1 篇）。

第四编和第五编分别是王定安的家人和友朋的作品。主要收录其他人写王定安的作品。其作者包括王定安的家人、同僚、友人、弟子、老师等，也包括他的政敌。共有作者 41 人，共收作品 166 篇（首）。这些人与王定安的关系不一样，知晓的事情自然不同；站的角度不同，看到的王定安的优缺点自然有差异。在王定安本人作品大量遗失的情况下，这些人的作品对我们了解王定安其人无疑是很好的渠道，能帮助读者从不同侧面了解王定安的方方面面。这部分作品还有一个好处是能让读者更宏观更具体地感受王定安在各个时期的生存生活环境，从而更深入地了解其内心感受和人生追求。其中部分史料十分珍贵，诸如他与曾国藩、曾国荃、李鸿章及其他友朋的通信等。

"附录"的内容有点儿杂，"大事记"是为了读者更便捷地了解王定安及其家人的经历，"著作版本一览"是为了突出他著书立说的成就。王定安的主要成就毕竟是史学著作，虽然此前《晚清史家王定安》已经对此作了详细的介绍，我们没有必要重复，但作为一部介绍王定安的书籍，不可能没有这方面的内容，而列一"著作版本一览"则是一个既简洁又全面的介绍方式。"其他史料"主要是为介绍他的生平，展示他的政绩。其中有王定安的籍贯地宜昌，也有他的工作地昆山、凤阳等地的方志，还有当时最有影响力的大报《申报》等。

有些作品后面设"相关链接"。"相关链接"的作品主要是对王定安相关作品涉及的人、事、物等作一些补充，以使读者对该作品了解得更加深透。

作品正文之后的"注释"，有的是原作者的注释，这些注释原本是作者放在正文相关句子或字词后面的，为了排版的方便，我们将其移到"注释"部分，并注明"作者于此自注"字样。我们编者的注释主要是两个方面，一是重要字词的解说、难懂典故的介绍，二是作者及其所写人、事、物的介绍。这之中尤其值得读者注意的是周老师的一些考证，不少很有学术价值，或言人之所未言，或纠正以往的一些错误说法，比如王邑的出生时间、王定安的去世时间、王定安的家庭地址等等。

"前言"其实是本书的重要组成部分。虽然三万多字的篇幅似乎不太合乎前言的一般写法，但对本书则十分必要，因为王定安的家庭状况、生平经历、师徒关系、政治才华、办事能力、思想境界、情感倾向、为官政绩、著作成就、诗文价值等都是散见于他的众多作品和其他关系人的作品中，非常零散，有的还较隐蔽，很难引起读者的注意，读者自然难以形成整体印象。因此很有必要在开头进行这样一个相对具体详细的综述，这对读者读后面的正文很有帮助。

对宜昌文史研究而言，本书的价值不仅在于对王定安作了到目前为止最为详细的具体介绍，而且让读者对王定安的家庭有了更多了解。王定安的哥哥王赓飏也是举人，并且还是当年的解元，这样的人物在宜昌的历史上并不多。王定安的弟弟王养丞也是民国时期宜昌城的一个很活跃的人物。王定安的儿子王邕更是宜昌历史上的一个重要人物，本身就值得进行专题研究，甚至值得为之编写专著，但由于史料缺乏等原因，此项工作一直没有人做，以至今天很多人包括一些文史工作者都对王邕知之甚少。周老师这次辑录了目前所知的王邕的全部存世作品，读者借助这些史料了解的不仅仅是王邕，也不仅仅是王定安及其家属，还有当时宜昌文艺界、佛教界的诸多名人、众多活动，诸如辛亥革命元勋黄恺元、民国宜昌商界巨子佛教大居士王咏香、著名的宜昌籍爱国诗人全敬存等一大批当时的宜昌名流，宜昌文化界的状况部分得以复活再现。而宜昌的民国史恰恰是目前研究最薄弱的一块，民国时期也恰恰是读者渴望更多了解的一个时期。其女婿黄侃是中国近代史上的著名的国学大师，以往读者即使知道他夫人是王定安之女，但也大多停留在才子娶佳人的好奇层面，或停留在对国学大师的崇拜层面，很少有人知道黄侃写有这么多与宜昌有关的至情诗文，并且这些诗文艺术品位极高，能给读者美的享受，一般读者也没有什么阅读障碍。

乡帮文献的整理，地方名人的宣传，任重而道远。近几年，宜昌市政协、县市区政协和多个部门在这方面持续发力，做出了有目共睹的成绩。挖掘历史文化资源，存史资政、团结育人，更是我们政协文化文史和学习委员会的重要职责。我们愿与宜昌文史界的众多专家学者和相关部门合作，为推动这项工作高质量发展尽我们政协人、政协文史工作者的最大努力，为建设长江大保护典范城市、打造世界级宜昌提供文化支撑。

文史资料工作是政协的一项重要特色工作和经常性工作。历届宜昌市政协领导高度重视，统筹部署；文史工作部门精心谋划，向难而行；文史工作者精益求精，默默无闻；政协委员履职尽责，担当作为；专家学者皓首穷经，史海拾贝；社会各界广泛关注，热情参与。自 1982 年宜昌市政协文史资料第一辑编辑出版，文史资料工作一路风雨兼程，40 多年来，领导和文史工作者换了一批又一批，但文史资料工作坚守人民政协为人民的初心使命未变，赓续存史、资政、团结、育人的传统未变。

聚沙成塔，汇流成海。值此《王定安诗文辑注》公开出版发行，宜昌市政协文史资料至今已整整编撰出版 50 辑，2000 多万字，汇聚成宜昌规模最大、自成体系、政协特色的地方文献史料。

谨此为记。

宜昌市政协文化文史和学习委员会

2024 年 6 月 28 日